HEYNE <

JESSICA
AMANKONA

Das GEHEIMNIS von MURANO

ROMAN

WILHELM HEYNE VERLAG
MÜNCHEN

MIX
Papier | Fördert gute Waldnutzung
FSC® C014496

Penguin Random House Verlagsgruppe FSC® N001967

Originalausgabe 06/2025

in der Penguin Random House Verlagsgruppe GmbH,
Neumarkter Straße 28, 81673 München
produktsicherheit@penguinrandomhouse.de
(Vorstehende Angaben sind zugleich
Pflichtinformationen nach GPSR)

Redaktion: Tamara Rapp
Coverdesign: t.mutzenbach design
unter Verwendung von Akg Images (akg-images),
Shutterstock.com (kzww, Tama2u, OlgaBegak)
Satz: satz-bau Leingärtner, Nabburg
Druck und Bindung: GGP Media GmbH, Pößneck
Printed in Germany
ISBN 978-3-453-42733-4

Für Maureen, meine Zwillingsschwester
und beste Freundin

Kapitel 1

Flavia hielt die fertige Skizze ihrer nächsten Glasskulptur ein Stück von sich weg, betrachtete sie mit schief gelegtem Kopf und entschied, dass zehn Flossen für ein Meeresungetüm selbst bei ihrer Fantasie ein paar zu viele waren. Wenn dieses Geschöpf schon die Macht besaß, sie ins Gefängnis zu bringen, nachdem es in seiner vollendeten Form aus dem Kühlofen gekommen war, dann sollte es wenigstens auch beeindrucken und nicht ausgelacht werden.

Den ganzen Morgen schon saß sie in ihrem Arbeitsraum und zeichnete, um sich von ihren eigentlichen Pflichten abzulenken.

Es war ein jetzt in den Wintermonaten zugiger, vom Rest der Glaswerkstatt abgetrennter Anbau, den ihr Vater dem Hinterhof abgetrotzt hatte, nachdem in Flavias Gegenwart seiner Meinung nach zu oft unbedachte Sprüche seitens der Garzonetti gefallen waren. Seine Arbeiter wollten, nur weil eine Frau anwesend war, die angewidert das Gesicht verzog, nicht darauf verzichten, von ihren nächtlichen Eroberungen zu berichten. Dem Argument, dass dies nun einmal ihre Domäne war und unter Kerlen ein derber Ton herrschte, konnte Flavias Vater nichts Sinnvolles entgegensetzen, also hatte er kapituliert und seine Tochter beklommen darum gebeten, sich zwischen Putz und einer nackten Ziegelwand zu entscheiden.

Zuerst hatte sie aufbegehrt und mit den Männern Streit gesucht, nicht bereit, sich aus der Werkhalle vertreiben zu lassen, doch nach der Ermahnung ihres Vaters, sie könnten froh sein, dass überhaupt noch jemand für sie arbeiten wolle, war sie zur Vernunft gekommen und hatte sich sogar auf die kleine Baumaßnahme gefreut. In ihrer Begeisterung hatte sie Marmorino ausgewählt, jenen glänzenden Verputz aus Kalk und Marmorpulver, mit dem schon die prächtigen Palastfassaden am Canal Grande bearbeitet worden waren. Ein paar Tage später, als sie die Schmuckstücke ihrer Mutter, grob in einen Beutel gestopft, auf dem Bürotisch gesehen hatte, war ihr die Bedeutung dieses unüberlegt geäußerten Wunsches mit Übelkeit erregender Heftigkeit klar geworden – und so hatte sie ihrem Vater versichert, dass sie Marmorino doch zu altmodisch fände und sie auf simplen Kalkputz umsteigen sollten.

Der Verzicht schmerzte immer noch, jedoch auf die gute Weise, wie ein lahmer Arm, nachdem man die ganze Nacht die canna geschwungen hatte. Und in der Abgeschiedenheit ihres eigenen kleinen Arbeitsraumes konnte sie sich immerhin der Inspiration hingeben und voll und ganz dem nachgehen, wofür sie wirklich entflammt war: der Glasbläserei.

Inzwischen füllte sie aus eigenem Antrieb die Lücke, die ihre Schwester Orietta mit ihrer aus der Not geborenen Flucht aus Venedig im Familienbetrieb hinterlassen hatte. Und was zunächst aus reiner Hilflosigkeit und einem Schuss Pflichtbewusstsein erwachsen war, entwickelte sich nun mehr und mehr zu Flavias eigenem Herzenswunsch. Leider waren damit nicht alle einverstanden.

Selbst ein Jahr, nachdem sie sich der Geschäfte angenommen

hatte, wurde sie bei einem korrigierenden Griff um eine Glaspfeife immer noch irritiert von den Garzonetti angestarrt. Oder wenn *sie* anstelle ihres Vaters zur Lösung eines Problems herbeieilte. Davor hatte ihre größte Herausforderung darin bestanden, Nonnas selbst gebackenen Kuchen beim Wohltätigkeitsbasar glaubhaft als ihren eigenen auszugeben – so gering waren die Erwartungen, die an sie gestellt wurden. Nun wollte sie den Familienbetrieb wieder auf Kurs bringen. Auch wenn das bedeutete, sich immer öfter zwischen der Verantwortung einer Geschäftsführerin und den Pflichten einer wohlerzogenen jungen Dame aufzureiben.

Ergeben machte sie sich im Büro ihres Vaters an die Arbeit.

Ein Klopfen an der Tür kündigte Enzo an, der sie ohne Umschweife auf eine Unstimmigkeit in seiner Gehaltsabrechnung aufmerksam machte. Als Cousin ihres Vaters war er einer ihrer betriebsältesten Glasfacharbeiter und hatte die Familie entgegen einigen anderen nicht fallen lassen, nur um bei der absatzstärkeren Konkurrenz, den Dal Corsos, anzufangen.

»Unstimmigkeiten? Verstanden. Ich kümmere mich darum«, sagte sie und bedeckte mit dem Unterarm beiläufig ihre Skizze. Ihr Lächeln sollte Enzo eigentlich sanft wieder hinausbegleiten, doch er blieb im Türrahmen stehen. Da begriff sie. »Oh, du meinst *jetzt*? Natürlich, sicher!« Planlos begann sie in den Schreibtischschubladen nach der Liste mit den Überstunden zu suchen. Dabei spürte sie Enzos ungeduldigen Blick auf sich und hörte das Scharren seiner Füße.

»Mein Fehler. Ich hätte dich vorwarnen sollen«, sagte er schließlich, nachdem er sie fünf Minuten hatte herumkramen lassen. »Aber ich dachte, das wäre im Handumdrehen geklärt.«

Ja, als ihre Schwester noch die Büroarbeiten erledigt hatte, wurde jedes Problem auf der Stelle geklärt. Der Vergleich schien ihm, wie allen Mitarbeitern, seit Orietta fortgegangen war, auf der Zunge zu liegen, sobald Flavia sich den geringsten Fehler erlaubte. Doch er besaß genug Taktgefühl, es in all der Hektik, die sie verbreitete, nicht auszusprechen.

Immer noch an derselben Stelle im Türrahmen wartend, zuckten seine Finger nun ungeduldig auf dem Türknauf. Einen Fuß im Zimmer, den anderen schon wieder draußen, schien er allmählich zu bereuen, sie überhaupt behelligt zu haben. »Weißt du was? Ich gehe in die Mittagspause und bespreche das später mit deinem Vater. Du hast mit deiner anderen Aufgabe schon genug zu tun.«

»Nein, warte! Ich bin mir sicher, dass ich die Stunden hier abgeheftet habe. Einen Moment noch, ja?« Flavia machte eine flehende Geste mit den Händen und blinzelte sich die verirrten Fransen aus den Augen, die außerhalb des Hauses normalerweise in blonde Löckchen gelegt waren und ihre Stirn rahmten wie eine Spitzengardine, sich nun allerdings ohne die gewohnte Sprungkraft schlaff in ihren Wimpern verfingen. Zwischen Frühstück und Arbeitsbeginn fehlte ihr die Zeit, sich ausgiebig zu frisieren, seit sie beschlossen hatte, jeden Tag diejenige zu sein, die in aller Frühe das Eisenschloss der Glaswerkstatt, der Fornace Volpato, entriegelte, während drüben im Glaswarenladen der Familie, der Vetreria Volpato, der Betrieb erst gegen zehn aufgenommen wurde. Nach dem Feierabend legte sie für gewöhnlich eine kurze Pause ein, und wenn sie zurückkehrte, hatte der lärmende Touristenschwarm schon längst das letzte Vaporetto zurück nach Venedig bestiegen – ein beliebiges Dampfschiff der Linien 4.1 und 4.2, welche in einander entgegengesetzten großen Schleifen alle zwanzig Minuten Passagiere auf einer zweistündigen Rundfahrt zwischen den Inseln hin und her beförderten. Die meisten

Glasbläser schliefen, wenn sie wieder vor Ort war und die Glasmasse für den nächsten Tag bei 1200 Grad Celsius einschmolz. Danach erst konnte sie von dem mehrstündigen Prozess ablassen und dem Garzonetto, der für den Nachtdienst abgestellt war, die Aufsicht über die Öfen übertragen.

»Verausgab dich nicht, Mädchen. Das tut auf Dauer nicht gut.« Enzo musterte ihre nicht gerade damenhafte Erscheinung und fügte zögerlich hinzu: »Mit kaltem Tee getränkte Lappen mildern Augenringe, sagt meine Frau. Aber die ersetzen keinen Schlaf, wenn du mich fragst.«

Flavia lächelte müde. Sie schlief ja, nur nicht so ausgiebig wie andere Glasbläsertöchter. »Ohne diese Augenringe würdet ihr mir alle noch weniger zuhören als sowieso schon.« Dass sie sich in Taft, mit Puder und Parfum wohlfühlte, änderte nichts an den unausgesprochenen Regeln der Werkstatt: Nur wer nach harter Arbeit aussah, hatte der rein männlichen Belegschaft der Fornace Volpato auch etwas zu sagen. Und obwohl Flavia diese Auffassung kleingeistig fand – und immer schon gefunden hatte –, musste sie zugeben, dass es ihren Alltag erleichterte, nicht ständig im Spiegel kontrollieren zu müssen, ob die Haare noch saßen.

Doch sosehr sie sich auch bemühte, ihre natürlichen Reize einzudämmen, so fühlte sie sich doch nie ganz von den Männern angenommen und unter ihnen willkommen.

Enzo kam seufzend zu Flavia und zog ein gefaltetes Blatt Papier aus der Brusttasche. »Ich hab eine Strichliste geführt.« Der Auszug seines notdürftigen Arbeitstagebuchs landete auf dem Schreibtisch und verschmolz mit den Dokumenten ihres Vaters, die sie schon vor Tagen hergebracht hatte, um sie zu bearbeiten, und die zunehmend die gesamte Tischplatte unter sich begruben. Ordnung war leider nicht ihre Stärke.

Flavia nahm Enzos Notizen mit zitternden Fingern auf und unterdrückte die Scham darüber, als Tochter des Maestros weniger gut organisiert zu sein als seine Mitarbeiter. Im Grunde war sie trotzdem davon überzeugt, alles im Griff zu haben.

Während sie sich einen Überblick verschaffte und darauf achtete, nicht zu lange an einzelnen Wörtern herumzubuchstabieren – auf keinen Fall länger, als man es von jemandem, der eine grundlegende Schulbildung genossen hatte, erwarten durfte –, krachte Damasio herein. Er war einer ihrer Nachwuchsglasbläser, der dem Betrieb ebenfalls erhalten geblieben war, obwohl er mit seiner Ausbildung überall eine Stelle gefunden hätte. Mit einem vorwurfsvollen »Flavia?!« erlöste er sie von ihrem inneren Kampf mit Enzos Handschrift.

»Ja, bitte?« Sie legte das Blatt dankbar beiseite, was Enzo ein weiteres Stöhnen entlockte. Dennoch trat er vom Schreibtisch zurück und machte für seinen jüngeren Kollegen Platz, der einen leeren Jutesack mit der Aufschrift »Natriumsalz« über den verstreuten Papieren ausschüttelte.

Kein Körnchen rieselte mehr heraus. »Aufgebraucht wie das halbe Lager.« Damasio zog eine entsprechende Grimasse, und für den Fall, dass ihn jemand missverstanden hatte, warf er Flavia die ausgefranste Hülle hin. »Du hast dich um Nachschub gekümmert, hoffe ich.«

»Die Lieferung ist schon unterwegs«, erwiderte sie gelassen, obwohl ein Blick ins Lager genügte, um zu erkennen, wie knapp sie kalkuliert hatte.

In einem Raum im hinteren Teil der Werkstatt speicherten riesige Holzkisten mit Klappdeckeln Barium, Natriumsalz, Kaliumnitrat, Borax und Soda – essenzielle Mineralien für die Glasherstellung, die niemals ausgehen durften. Meistens war es Flavia, die die Zutaten abwog und mischte, den Quarzsand und das Metalloxid dosierte, um die gewünschten Farbtöne zu erzielen. Doch jeder hatte Zugang zu den Rohstoffen und konnte die Bestände einsehen.

»Morgen ist Sonntag, da wird nicht geliefert.« Damasio stieß Enzo mit der Schulter an.

Der verlagerte sein Gewicht auf das andere Bein und verschränkte die Arme vor der Brust. Sein eigenes Anliegen schien er vergessen zu haben. »Sonntags keine Warenannahme«, brummte er zustimmend, und seine erwartungsvoll hochgezogenen Augenbrauen versetzten Flavia in Nervosität.

»So verfuhr unser *alter* Lieferant. Unser neuer Handelspartner kennt den Wert der Vetreria Volpato und bietet auch Sonderlieferungen an.«

Die beiden Männer tauschten einen skeptischen Blick. Enzo räusperte sich zuerst. »Während des Gottesdienstes ist die Werkstatt nicht besetzt, wer soll da die Zeit haben, den Wareneingang zu kontrollieren?«

»Ich werde morgen Mittag selbst parat stehen.«

»Flavia, bei allem Respekt, du musst deine Mutter zur Messe begleiten.«

»Und das werde ich auch.« Es war bloß eine Frage der richtigen Taktung. Sie würde das Getuschel der Nachbarinnen ertragen und sich lange genug mit ihnen in eine Bank quetschen, damit keine von ihnen behaupten konnte, sie wäre dem Gottesdienst ferngeblieben. Und wenn es so weit war, reichte eine Notlüge, um die Kirche rechtzeitig wieder zu verlassen.

Enzo schüttelte resigniert den Kopf. »Genauso stur wie der Bruder.« Damit meinte er ihren ältesten Bruder Giovanni, und Flavia spürte, wie sich etwas in ihrem Inneren verschob.

Damasio, der die zehnjährige Ausbildung zum Glasfacharbeiter in seinen letzten Lehrjahren unter Giovannis Kommando absolviert hatte, warf ihr einen mitfühlenden Blick zu. Himmel, da war es ihr lieber, wenn er wie sonst ohne Anklopfen hereinstürmte und sie schamlos anschmachtete, als wäre sie ein freischwebender zwölfarmiger Kronleuchter.

In der Halle läutete jemand die Glocke zur Mittagsstunde, was die Diskussion über die Sonderlieferung auf unbestimmte Zeit vertagte. Die Männer folgten ihrem Hunger und stürzten wie die Tauben auf der Piazza bei ihrer Suche nach Brotkrumen aus dem Büro. Flavia blieb zurück. Endlich allein stieß sie heftig die Luft aus und presste sich die flache Hand auf die Brust. In dem sich um sie drehenden Zimmer suchte sie nach irgendetwas, das sie jetzt beruhigen konnte. Ihr Blick heftete sich auf das Wandbrett, wo die Miniaturskulpturen aus Glas glitzerten, die ihr Vater von seinen Söhnen sammelte. Jahrelang hatte er nicht geahnt, dass das krumme Pferdchen in der Mitte von ihr stammte. Sie war vierzehn gewesen, als sie es heimlich geblasen hatte. Es hier in der Mitte der anderen Figürchen strahlen zu sehen, gab ihr die Bestätigung, die sie brauchte, und ihr Atem beruhigte sich etwas.

Sie zog den Handgelenksbeutel mit ihrer Geldbörse aus dem Papierhaufen, der sich auf dem Schreitisch türmte, und fegte dabei neben Abrechnungen und Auftragsbestätigungen auch die Zeichnung von dem Meeresungetüm herunter – die neue Skizze für ihr Geheimprojekt –, sowie ein paar Entwürfe für den gewöhnlichen Bestand. Obwohl der Vater ihr im schöpferischen Bereich kaum noch dreinredete, wartete sie immer erst seine Freigabe ab, bevor sie ein Glasobjekt in die Herstellung gab. Hatte er sich ihre gegenwärtigen Ideen überhaupt schon angeschaut? Flavia hob alle Blätter auf und schob sie zu einem ordentlichen Stapel zusammen. Ihr zerknittertes Konzept für eine venezianische Maske aus Glas, die als Wanddekoration dienen sollte, legte sie obenauf, ehe sie die Skizzen in das Büro ihres Vaters brachte und dort auf dem Tisch platzierte. Als sie sich schließlich zum Gehen wandte, versperrte ihr Zwillingsbruder ihr den Weg. »Cicchetti und ein Ombra?«, fragte Jaco, der in lässiger Manier vor ihr stand. Die gerösteten Brotscheiben mit ihrem Belag aus Gemüse, Fisch oder Fleisch waren die übliche Stärkung für zwischendurch. Am Mittag gehörten dann ein kleines Glas Wein und ein Schwatz in einem der schattigen Stehlokale dazu.

»Du isst lieber mit mir als mit deinen Jungs? Habt ihr euch wegen einer Frau verkracht?«

Er verpasste ihr prompt einen Klaps auf die Schulter, den sie mit ihrem in seine Richtung schwingenden Geldbeutel quittierte. »Es geht um keine Frau, sondern um die Bibliothek.«

Sofort wurde sie hellhörig. »Hast du einen Weg gefunden, wie ich an die Aufzeichnungen komme?«

»Wir brechen da ein.«

»*Was?* Wir dürfen auf keinen Fall Aufsehen erregen, schon gar nicht bei der Polizei!«

»Scht. Ich habe einen Plan. Den erfährst du, wenn es so weit ist.« Er deutete hinter sich in die Werkhalle, die zwar dabei war, sich zu leeren, wobei aber immer noch die Gefahr bestand, dass jemand zufällig mithörte. Von ihren dreißig Mitarbeitern standen ein paar schwatzend zusammen, ehe sie sich auf ihre wohlverdiente Pause besannen und lachend in den Hinterhof oder hinaus auf die Straße strömten. »Jetzt gehen wir erst mal ins Lokal, und du erzählst mir nebenbei von deinem Geheimprojekt. Wie ist der aktuelle Stand der Dinge?«

Flavia hätte lieber die Einzelheiten seines sogenannten Plans besprochen, dennoch wusste sie, dass sie aus ihrem Bruder nichts herauskriegen würde, bis er es für angebracht hielt. Also durchquerte sie mit ihm die Halle und berichtete ihm von dem mehrflossigen Seeungeheuer. Doch beim Anblick der verlassenen Garderobe versiegte ihre Stimme. Nur einige wenige Lederschürzen hingen noch an den Haken, dazwischen klafften unverkennbare Lücken, und in den Lichtsäulen der Sonne, die durch die Reihe Fenster und Oberlichter brach, tanzte der Staub. Die meisten Ecken der Halle beherbergten bunten Glasbruch, zu funkelnden Pyramiden aufgeschichtet. Schubkarren, die seit Tagen nicht von der Stelle bewegt worden waren, standen trostlos daneben. Einst hatte die Fornace Volpato vor Geschäftigkeit gesummt, hatte das Geheimnis, welches das Handwerk umgab, Flavia angelockt wie die Abnormitätenschauen auf den Jahrmärkten neugierige Kinder – das schlechte Gewissen mahnte, dass man nicht dort sein durfte, und doch war man gleichzeitig zu neugierig, um dem verbotenen Ort fernzubleiben. Nun hingegen, wo sie selbst als viel beäugtes Objekt in der Manege stand, fühlte sie sich in ihrer Rolle als provisorische Geschäftsführerin gefangen. Aber egal, was sie empfand, sie musste weiterlächeln, denn das Publikum bestand auf der Vorstellung.

Draußen in der frischen Winterluft zündete sich Jaco einen Zigarillo an und streckte seine Glieder, die, von den immer gleichen Arbeitsabläufen beansprucht, stets bald anfingen zu schmerzen. Sie gingen die Calle Dietro Gli Orti entlang, passierten ein Spiegelgeschäft, mehrere Glasfachhandlungen und einen Modeschmuckladen, bevor sie ihr Ziel, die Osteria Dedolo, erreichten, die sich auf der Fondamenta dei Vetrai direkt am Wasser befand und die besten Cicchetti machte. Leider stellte der Gehweg entlang des Kanals auch die meistfrequentierte Straße der Insel dar, da sie an die Hauptanlegestelle Colonna grenzte, die halbstündlich von den Vaporetti aus Venedig angefahren wurde.

Zwischen den ersten Touristenströmen vom Morgen und Mittag wurden vor den Ladeneingängen in aller Ruhe Markisen abgeklopft oder das Pflaster gekehrt. Viele Besucher kamen nur, um zu gucken. Man kannte das Spiel und wusste, wann es sich lohnte, einem Kunden nicht bloß zuzulächeln, sondern ihn anzusprechen. Die wohlhabenden Glasliebhaber aus dem Ausland sowie die Vertreter der feinen italienischen Gesellschaft schickten ihre Einkäufer dann am frühen Abend her, wenn die Erschöpfung eines langen Tages hinter dem Kassentresen den Biss bei Preisverhandlungen abmilderte.

»I Gemelli, buongiorno!« Man hatte sie und Jaco entdeckt. In der Glasbläserzunft waren sie als »die Zwillinge« bekannt und wurden von den meisten auch so gerufen, wenn sie gemeinsam unterwegs waren. Und obwohl Flavia dank Jaco weniger Aufmerksamkeit als sonst ausgesetzt war, richteten sich einige Blicke zuerst auf *sie*, bevor sie zum Wunderkind der Glasbläserfamilie Volpato wanderten. Bei dem angeschlagenen Ruf der Familie sollte sie vielleicht froh sein, dass sie überhaupt noch zur Kenntnis genommen wurde. Doch da das Interesse ohnehin nur ihrem Äußeren galt, hätte sie lieber darauf verzichtet. »Guten Tag, Signor Dutti, Donna Violanda!«, erwiderte sie mit einem aufgesetzten Strahlen.

»Du scheinst die Tanzbälle auszulassen«, bemerkte Donna Violanda, eine enge Bekannte ihrer Mutter, und drehte die Glasklunker an ihrem Hals zwischen den Fingern. *Genauso wie letztes Jahr*, schwang unausgesprochen in ihren Worten mit. »Muss ich es also nicht persönlich nehmen, dass du diese Saison noch keinen Schmuck bei mir gekauft hast?«

»Ich habe die Suche nach einem Adeligen aufgegeben.« Flavia zwinkerte ihr zu.

Die Schmuckhändlerin sprang sofort darauf an. »Wenn dich die Grafen und Herzöge langweilen: Ich habe einen tüchtigen Sohn in deinem Alter.«

Wieder einmal weckten Flavias konventionelle Schönheit und das Handwerk ihrer Familie die Hoffnung, sie als Schwiegertochter zu gewinnen. Ja, sie war schon immer das Aushängeschild der Volpatos gewesen. Die erste Glasperle auf der Schnur. Ihre goldblonde, gewellte Haarpracht, die bis zur Brust reichte, die großen blauen Augen, ihr üppiger und doch wohlgeformter Körper – all das waren bedeutende Vorzüge innerhalb einer Gesellschaft, die sich immer stärker zwischen der Landwirtschaft im Süden und der Industrialisierung des Nordens aufrieb. Doch bei aller Modernität, die im Norden herrschte und dafür gesorgt hatte, dass sich die Rolle der Frau veränderte, kämpfte man auch in Venedig noch gegen rückständige Gedanken. Auch innerhalb ihrer Familie waren Flavias neue Freiheiten noch nicht ganz etabliert. Einen Sieg – den wichtigsten –, hatte sie bereits errungen: die Erlaubnis, weiterhin das Glas der Vetreria zu blasen. Wenn auch heimlich, wie sie es, schon seitdem sie vierzehn war, im Einvernehmen mit ihrem Zwillingsbruder tat. Frauen war die Glasbläserei schließlich offiziell verboten. Und sie konnte sich nicht einfach über das Gesetz erheben. Denn dann würde man sie festnehmen und ihren Eltern den Betrieb aberkennen.

»Hör nicht auf diese Elster! In der diesjährigen Ballsaison sind angeblich ein paar britische Lords auf Brautschau. Angele dir lieber einen von denen!«, mischte sich Signor Dutti überraschend ein, der selbst keinen unverheirateten Sohn besaß und eigentlich nie mehr als einen Gruß für Flavia übrig gehabt hatte. Als stärkster Exporteur von Muranoglas mit Verkäufen bis nach Amerika war er eine feste Größe im internationalen Glashandel, und ihre Familie durfte sich glücklich schätzen, dass er hin und wieder Geschäfte für sie abwickelte – auch wenn die Nachfrage immer weiter nachließ.

»Murano für einen verregneten Landsitz verlassen?« Flavia tat, als würde sie erschaudern.

Das löste bei Donna Violanda begeistertes Kopfnicken aus, und auch Signor Dutti lächelte stolz, als hätte sie gar keine bessere Antwort geben können. »Nur weil man ein Privileg besitzt, muss man es nicht auch nutzen. Unsere Signorina darf einen Adeligen heiraten, verpflichtet ist sie dazu noch lange nicht!«

»Es nicht zu tun, wäre aber verdammt unklug.« Jaco, der schweigend der Unterhaltung gefolgt war, stieß einen letzten Rauchschwall aus, dann drückte er seinen Zigarillo an der nächstbesten Hauswand aus und ließ den Stummel in seiner verrußten Gesäßtasche verschwinden. Flavia versetzte ihm einen dezenten Stoß in die Seite, doch hier auf der Straße des Glases, der Lebenslinie Muranos, verschafften ihm seine graue Jacke und die Arbeiterhose, seine Schiebermütze und das geschwärzte Hemd einen Respekt, der ihm über kleine Fehltritte hinweghalf, und Signor Dutti lächelte bloß.

Denn wie das Wasser die angelaufenen Fundamente der Bauten am Kanal verfärbte, stärkte die Glasbläserkluft Jacos Ansehen und machte ihn zu einem über jeden Zweifel erhabenen Helden – ein Bild, dessen Anforderungen er nur leider nicht gerecht wurde.

»Gelästert wird später«, zischte Flavia durch ihre zusammengebissenen Zähne. »Jetzt heißt es, freundlich sein.« Ihr Bruder zuckte die Achseln, und einen Moment lang packte sie der pure Neid. Eine peinliche Eifersucht darauf, dass *er* die Kleidung ihrer Zunft am helllichten Tag und mit einem Schulterzucken tragen konnte, während sie keine eigene Montur besaß und außerhalb der Werkstatt noch nicht einmal mit der Lederschürze gesehen werden durfte. Dass er zu Respektpersonen frech sein durfte und noch ein Lächeln dafür erntete. Doch dann drängte die Hilflosigkeit, die sie dieser Tage immer deutlicher verspürte, ihren Wunsch nach Anerkennung zurück und hinterließ bloß ein taubes Gefühl in ihren Fingern.

Flavia verabschiedete sich höflich. Jaco zog sie wie einen sperrigen Karton mit sich, bis er sie mit einem brüderlichen Schubs abschüttelte und aus eigenem Antrieb die Osteria ansteuerte.

Drinnen herrschte eine ganz andere Atmosphäre als auf den morgendlichen Gassen Muranos. Die schummerige Dunkelheit der Kneipe offenbarte die bekannten Gesichter aus den verschiedenen Glaswerkstätten der Nachbarschaft, und die Gespräche drehten sich nicht länger um die Ballsaison und mögliche Heiratskandidaten, sondern um den bevorstehenden Kunstwettbewerb, die Prima Esposizione Internazionale d'Arte della Città Venezia, für die alle Glasbläser aufgerufen waren, sich mit einem Beitrag zu bewerben. Ein Auswahlkomitee würde drei Künstler ernennen, die ihre Glaskunst stellvertretend für Murano in einem Pavillon während des mehrtägigen Fests präsentieren durften. Doch zuerst wurde unter den Bewerbern ein Vorentscheid getroffen. Und natürlich hoffte jeder, der schon einmal ein Eisen in der Hand gehalten hatte, zu den Auserwählten zu gehören.

Don Gregorio hinter dem Tresen erhob zur Begrüßung das Glas auf Jaco: »Auf dass ihr den ersten Platz macht!«

»Hört, hört!« Pfiffe ertönten, verhaltener Applaus brandete

auf, manche fühlten sich dazu berufen, Jaco auf die Schulter zu klopfen. Sich deutlich unwohl fühlend, ignorierte er die vorschnellen Gratulationen und widmete sich der Bestellung ihrer Cicchetti.

»Gut so. Weiterlächeln …« Flavia tat, als würde sie sein Unbehagen nicht teilen und warf ein gönnerhaftes Lächeln in die Runde. Sie setzte sich auf den Stuhl, der wortlos von seinem Besitzer für sie geräumt worden war. Einen kurzen Blick in die aufgeschlagene Zeitung erhaschte sie noch, dann klemmte der Mann, der vorher dort gesessen hatte, sie sich eilig unter den Arm, und Flavia konnte die Schlagzeile nur mehr zur Hälfte lesen. Es war um den Wettbewerb und die Favoritenliste gegangen.

»Welches Meisterwerk wirst du auf der Kunstausstellung denn präsentieren?«, fragte ihr linker Sitznachbar über ihren Kopf hinweg, als wäre sie ein störender Baum, der zwischen ihm und Jaco wuchs. Ihr Bruder schwieg. »He, Wunderkind! Ihr werdet euch doch für die Ausstellung qualifizieren? Antwortest du, oder muss ich jetzt schon ›Maestro Volpato‹ sagen? Man hört, Don Emilio schwächelt in letzter Zeit.«

»Nicht darauf eingehen«, murmelte Flavia aus dem Mundwinkel, doch die Mischung aus Spott und Stichelei sowie die irrige Annahme, jedes dahergelaufene Großmaul könnte sie vertraulich ansprechen, nur weil er ebenfalls Glas blies, schürten auch ihre Wut.

»Ich setze auf euch. Mir egal, was die Leute reden. Den Dal Corsos reicht ihr allemal das Wasser. Ich meine, Giovanni wird doch pünktlich zurückkehren, oder?« Der kaum den Kinderschuhen entwachsene Glasfacharbeiter stammte aus einer dubiosen Werkstatt, die sich keine Hoffnung auf eine Teilnahme machen durfte und mit dem sie in den Gassen kaum mehr als ein flüchtiges Buongiorno austauschten. Nichts an ihm wirkte aufrichtig. Seine laute Art zu reden und die ausladenden Handbewegungen zeugten eher davon, dass er nur Staub aufwirbeln wollte.

Flavia bremste ihn mit einem bösen Blick und reichte zugleich Jaco unauffällig ihre Geldbörse. »Was willst du von uns? Deine Unterstützung bekunden oder Gerüchte für den Schaukasten sammeln? Zuspruch sieht anders aus.«

Vor ihrem anklagenden Zeigefinger fuhr er mit dem Oberkörper zurück, als hätte sie ein glühendes Eisenrohr gezückt. Dann fing er sich und setzte ein triumphierendes Lächeln auf, das alle Töne zwischen »Nun hab dich nicht so« und »So einfach ist es also, deine Aufmerksamkeit zu erhaschen« umfasste.

»Nur weil unsere Vetreria zu den erfolgreichsten Muranos gehört, bedeutet das noch lange nicht, dass unsere Angelegenheiten öffentlich zur Diskussion stehen.« Flavia starrte ihn nieder.

»Ich wollte euch Mut machen, nachdem die großen Aufträge ausbleiben, wie man hört …«

»Du weißt *nichts* über unsere Auftragslage. Wer was anderes behauptet, lügt. Und jetzt geh und kümmere dich um deine Massenware, von der jeder weiß, dass sie nur eingekaufter Schund *à la façon venise* ist. Wir in der Vetreria Volpato widmen uns derweil dem echten Muranoglas.«

Mit einem Schlag war der Geräuschpegel um sie herum gesunken, und wo man vorher kaum seinen eigenen Namen verstanden hatte, war nun selbst das Rascheln von Kleidung deutlich zu hören. Doch davon ließ sich der Garzonetto nicht beirren. Er sprach einfach direkt in Flavias Ohr: »Ja, fürs Blasen bist du zuständig – aber nicht für das von Glas.«

Vor Empörung stockte ihr der Atem. Krampfhaft suchte

sie nach einer passenden Erwiderung, doch auch wenn ihr unzählige Möglichkeiten durch den Kopf schossen, brachte sie kein Wort heraus. Jaco hatte die Beleidigung nicht gehört, sonst hätte er sie sofort mit fliegenden Fäusten verteidigt, anstatt nur ungeduldig darauf zu warten, dass das Brett mit Cicchetti und Wein zu ihnen herüberwanderte.

Während ihr Kinn bebte und sie ihren Körper überdeutlich spürte, kamen die Gespräche im Hintergrund wieder schleppend in Gang.

Der Garzonetto tippte sich an seine Schirmmütze. »Die Vetreria Fratelli Toffolo empfiehlt sich.«

»Wir verschwinden.« Flavia erhob sich, bevor *er* ihr den Rücken kehren konnte. Mit einem vernichtenden Blick stopfte sie sich eine Scheibe Brot in den Mund und spülte mit dem Ombra nach – ein Zug, und das Glas war leer. Verdutzt, aber ohne Fragen zu stellen, kippte Jaco sich ebenfalls den Wein in den Rachen und raffte die Häppchen in seinem Schwitztuch zusammen. Nonna hatte es mit seinem Namen bestickt, und es lugte immer aus seiner Gesäßtasche hervor.

»Grüße an Giovanni!«, rief ihnen der Garzonetto noch nach, doch die einzige Antwort, die er erhielt, war der Tritt, mit dem Flavia die Tür hinter sich ins Schloss beförderte.

»Ganz ruhig. Iss ein bisschen was«, murmelte Jaco.

Als ob sich ihre Wut mit Essen besänftigen lassen würde. Als ob sie auch nur irgendetwas annehmen würde, das in sein Schwitztuch eingewickelt gewesen war!

»Was hat er dir zugeflüstert?«

Es war ihr unangenehm, die Worte zu wiederholen, doch Flavia hatte keine Geheimnisse vor ihrem Zwillingsbruder, also sagte sie es ihm. »Dieser Hund!« Jaco machte auf dem Absatz kehrt, sobald er die Beleidigung gehört hatte, bereit, die ganze Osteria in Trümmer zu legen, doch Flavia ergriff fest seinen Arm.

»Wir zeigen es ihm auf andere Weise. Nämlich indem wir diesen verdammten Wettbewerb gewinnen!« Sie gab sich souverän und plapperte auf dem Rückweg irgendwelche Belanglosigkeiten, dennoch verfolgte sie die Scham, so erniedrigt worden zu sein, bis zurück in die Werkstatt. Ihre Hände zitterten, als sie die Tür zur Halle aufdrückte und Jaco sich postwendend an den Ofen stellte, um Dampf abzulassen. Auf Damasios Nachfrage, ob etwas vorgefallen sei, bedeutete sie ihm mit einem Augenrollen, dass ihr Bruder sich wie so oft umsonst aufregte.

»Zweifelt wohl auch an der Sonderlieferung morgen, hm?«

Flavia klopfte ihm gegen die Brust. »Jaco hat Cicchetti mitgebracht. Vielleicht kannst du ihm eins abschwatzen.« Und damit war sie ihn los.

Kapitel 2

Kaum hatte sie sich ins Bett gelegt und nach einem langen Arbeitstag die Augen geschlossen, war die Nacht auch schon wieder vorbei, und die Kirchenglocken des kleinen Campanile von Murano läuteten zum Gottesdienst.

Flavia schlurfte mit ihrer Mutter in einer Menschentraube aus dunklen Anzügen und hochgeschlossenen Kleidern auf die Basilica dei Santi Maria e Donato zu, die an diesem Morgen gar nicht schnell genug näherrücken konnte. Weiße Wölkchen standen ihnen bei jedem Atemzug vor dem Mund, so kalt umgab sie die Luft. Von außen betrachtet waren Flavia und ihre Mutter ein fester Teil der Gemeinde, doch in Wirklichkeit zwei Ausgestoßene in einer eingeschworenen Gemeinschaft. Keine der herausgeputzten Frauen hielt mit ihnen Schritt, um lockere Konversation zu betreiben, und wenn doch eine Nachbarin unverhofft auf ihrer Höhe ging, ließ sie sich mit dem entschuldigenden Blick einer Mutter, die ihr Kind suchte, zurückfallen. Der ausgelassene Nachwuchs trieb wie Fettaugen auf einer erkalteten Hühnersuppe zwischen den Erwachsenen umher, wandte sich gegen den Strom oder blickte verzaubert aufs offene Meer, sodass die Väter nach ihrer gescheiterten Drohung mit dem Gehstock schließlich umkehren und die ungehorsame Brut an der Hand vom Ufer wegzerren mussten. Die vertraute Szene erinnerte Flavia daran, dass sie ein junges Mädchen gewesen war, das die Füße in kleinen vornehmen Schritten neben die ihrer Mutter gesetzt hatte und dem man auf dem Weg zur Sonntagsmesse nicht erst durch einen festen Griff um den Oberarm das richtige Benehmen eintrichtern musste. Natürlich wussten auch diese Kinder sehr wohl, welches Verhalten sich schickte, nur durchschauten sie die Heuchelei ihrer Eltern und entschieden sich regelmäßig dafür, bei dem Schauspiel nicht mitzuwirken. Denn nur die wenigsten Kirchgänger waren im Geiste bei der heiligen Mutter Gottes, vielmehr sinnierten sie über die Gerüchte, die bei Tagesanbruch im Schaukasten auf dem Campo San Bernardo prangten.

Der Hauptplatz von Murano war für sein gläsernes Postfach in der Ecke bekannt, wo jeder anonym eine Notiz hineinhängen konnte. Doch neben dem Klatsch galt er auch als erste Anlaufstelle für die spannenden Neuigkeiten aus Venedig. Nicht zuletzt war es jener Schaukasten, der damals den schicksalhaften Maskenball der Veridiani angekündigt hatte, einen Ball, der eine fulminante Saison lang die ganze Stadt in seinen Bann gezogen, allerdings auch schreckliche Geschehnisse in Gang gesetzt hatte, die Flavias Familie bis heute zerrütteten. Seither machte sie mit ihrer Mutter stets einen weiten Bogen um diesen Ort, doch spätestens beim wöchentlichen Kirchgang holte der Tratsch sie immer ein.

Hier und da hörten sie nun denselben Angst einflößenden Namen: Sibilla Veridiani. Die international bekannte Salondame war vor zwei Jahren mit ihrem literarischen Zirkel für einen Sommeraufenthalt von Rom nach Venedig übergesiedelt. Doch gleichzeitig hatte sie einen verwerflichen Plan verfolgt, der den Familienbetrieb der Volpatos zerstören sollte, wenn sie sich weigerten zu kooperieren. Und auch wenn es ihr letztendlich nicht gelungen war, hatte sich Flavias Leben wegen einer einzigen Person für immer verändert.

* * *

Nachdem die Gemeinde zum Hauptgeläut in die Kirche geströmt war, pferchten sich Flavia und ihre Mutter neben den parfümierten Glasbläserfrauen der Nachbarschaft in eine Bank. Es dauerte weniger als eine halbe Stunde, bis sie es leid war, mitansehen zu müssen, wie die Schwätzerinnen ihr einstiges strahlendes Zentrum, Angelica Volpato, mit Missachtung straften. Selbst hier, an einem so heiligen Ort wie der Kirche. Ohne Scham vor der Gestalt Marias, die in der goldenen Halbkuppel des Altarraumes aufragte, während zu ihren Füßen in einem Marmorsarkophag die Reliquien des heiligen Donatus von Evorea ruhten, behandelten sie sie wie Luft. Ständig wandte Donna Lucia ihnen während der Predigt den Rücken zu und steckte den Kopf mit Clarissima Dal Corso zusammen, um dieser zuzuflüstern und albern mit ihr zu kichern. Prudentia, Flavias ehemalige beste Freundin und zugleich Donna Clarissimas Tochter, saß daneben und amüsierte sich ebenfalls köstlich. Oder sie war vielleicht in dem Hühnerhaufen die Einzige, die nur so tat.

Damals, als die Welt noch in Ordnung gewesen war, hatte sie es nicht erwarten können, sich in der Kirche an Flavias Seite zu flüchten, um dem Klatsch der älteren Damen zu entgehen. Ganz von ihrer eigenen kleinen Welt beseelt, wollte sie sich jedes Mal über ihren aktuellen Schwarm auslassen und all die unaussprechlichen Dinge beschreiben, die er in ihren

Träumen mit ihr anstellte. Heute hingegen wandte sie rasch den Kopf ab, als Flavias Blick den ihren kreuzte.

Nach dem, was Giovanni ihr angetan hatte, hätte Flavia es ihr wahrscheinlich nicht verübeln sollen, trotzdem raunte sie ihrer Mutter aus dem Mundwinkel zu: »Was für eingebildete Ziegen!«

Zur Antwort erhielt sie die Anweisung, still zu sein. Einzig das Drehen und Wenden des weißen Spitzentuchs, das ihre Mutter mit ihrem von den heißen Kohlen rauchenden Handwärmer – dem scaldino – auf dem Schoß hielt, verriet, dass diese gerade Ähnliches gedacht hatte. Die Erfahrung, von ihren langjährigen Freundinnen geschnitten zu werden, wog schwerer als der eigene Drang zu lästern. Und auch wenn sie Donna Clarissima und Konsortinnen ganz sicher für einen ebenso großen Haufen eingebildeter Ziegen hielt, wollte sie wohl lieber erfahren, über wen gerade getratscht wurde. »Was war das, meine Liebe?«, fragte sie mit vorgetäuschter Leichtigkeit und stupste Donna Lucia in die Seite. Sie sprach gerade laut genug, dass ihre Sitznachbarin sie hörte, ihre Frage den Priester jedoch nicht unterbrach. »*Wer* ist in die Stadt gekommen?«

»Ach, niemand.«

Flavias Mutter öffnete den Mund und schloss ihn resigniert wieder. Schließlich ließ sich die einen Platz weiter sitzende Donna Clarissima zu einem Blick herab, der besagte, dass sie die Frage zur Kenntnis genommen hatte und gleich darauf eingehen würde. Und während Flavias Mutter entschuldigend lächelte, flammte in Flavia eine bedrohliche Mischung aus Unglauben und Wut auf. Um Beherrschung bemüht, ergriff sie das aufgeschlagene Gesangbuch auf der Ablage vor sich und umklammerte es so fest, dass ihre Finger schmerzten. An irgendetwas musste sie ihren inneren Druck einfach auslassen, wenn schon ihr empörter Blick an der stoischen Fassade ihrer Mutter abprallte, die so viel vermittelte wie: *Wir haben Wichtigeres zu tun als zu tuscheln, beispielsweise dem Gottesdienst aufmerksam zu folgen.* Also richtete Flavia das Gesicht wieder nach vorn und stattete die Kirche in ihrer Fantasie mit ein paar prunkvollen gläsernen Kronleuchtern aus. Das war zumindest spannender als der Sermon des Priesters.

Es wurden zwei Lieder gesungen, zu denen sie bloß lautlos die Lippen bewegte. Während sie in Gedanken versank, schwang sich die Lobpreisung der Gläubigen die weiß getünchten Wände und Säulen hinauf, kroch in die roten Backsteinbögen der Fenster und verhallte im dunkelbraunen Holzgebälk der Kuppel. Bei all der Kälte, die noch in der Kirche herrschte und sich in jedes Stück entblößter Haut biss – obwohl nach einem eisigen Januar draußen langsam die Temperaturen steigen sollten, froren die meisten Damen in ihren feinen Festtagsmänteln trotz der glühenden Handwärmer. Flavia wünschte, sie hätte sich zusätzlich den Überwurf umgelegt, zu dem ihre Mutter ihr geraten hatte, doch der hätte die Puffärmel ihrer lachsfarbenen langen Jacke verdeckt, und die stammte von Doucet, einem aufstrebenden jungen Modeausstatter, für den Flavia warb. Diesen Freundschaftsdienst hatte sie von Orietta übernommen, ohne ausdrücklich darum gebeten werden zu müssen. Denn nicht nur hatte Doucet Orietta damals ein für Furore sorgendes rotes Kleid auf den Leib geschneidert, er hatte sie nach dem ersten Maskenball auch weiterhin ausgestattet, als sie sich die Bezahlung schon nicht mehr leisten konnte. Seine aktuelle Kreation *musste* also gesehen werden. Darüber hinaus lief Flavia regelmäßig auf den Modeschauen seines Lehrmeisters, des stadtbekannten

Damenausstatters Masin, der stur darauf bestand, ihre Tätigkeit mit einem kleinen Gehalt zu vergüten. Doch auch er war ihr nichts schuldig, immerhin hatte er Orietta damals mit den Papieren seiner verstorbenen Frau zur Flucht verholfen.

Ein drittes Lied wurde ausgehaucht, und Pater Consiglio steigerte sich nun so inbrünstig in seine Predigt über den Glauben, der Berge versetzen konnte, hinein, dass er die immer lauter werdenden Damen in der dritten Bank links ohne Weiteres ausblendete. Aus anfänglichem Getuschel war inzwischen fast ein richtiges Gespräch geworden. Doch im Gegensatz zu den Vorzeigekatholikinnen hinter ihnen, die zischend um Ruhe baten, wollte Flavia sich nicht beschweren. Sie würde bald ebenfalls den Gottesdienst stören, nämlich indem sie aufstand und die Kirche frühzeitig verließ. Sie durfte die Sonderlieferung auf keinen Fall verpassen!

Mit einem angespannten Blick auf ihre grazile Armbanduhr lauschte Flavia eine Weile den aufgeregten Worten ihrer Sitznachbarinnen über die laufende Ballsaison. Sechs Repräsentanten des britischen Königshauses, welche die Festivitäten begleiten sollten, waren gestern Mittag angeblich mehr als herzlich auf der Piazza empfangen worden.

Also stimmte es, was Signor Dutti behauptet hatte. Bei einem der Lords handelte es sich wohl sogar um den Earl of Sunderland, was ihn, auch wenn man nichts Näheres über ihn wusste, bereits zur hervorragenden Partie erklärte. Ein so angesehener Adelstitel bedeutete in der Regel Ländereien, Vermögen und Einfluss. Und welche Familie würde das nicht für sich wollen? Sein Rang entsprach dem eines italienischen Grafen, und das war mehr, als sich selbst die kühnste Glasbläsertochter erhoffen durfte. Schon die Heirat mit einem einfachen Lord ohne Titel wäre ein wahrer Glücksgriff. Donna Clarissima genoss es sichtlich, mit ihren Zuhörerinnen zu spielen und ihnen all den Tratsch häppchenweise zu füttern. »In einer flammenden Rede hat Sibilla Veridiani versprochen, der Earl würde Venedig mit Erfahrung und Tatkraft zur Seite stehen. Seine Anwesenheit ist uns also auf allen Tanzbällen gewiss, meine Damen. Jetzt müssen wir nur noch herausfinden, hinter welchem der sechs feinen Herren er sich verbirgt. Man hört, sie erlauben sich ein kleines Verwirrspiel. Demnach könnte jeder von ihnen der Earl sein.«

»Aber warum sollten sie seine Identität geheim halten?«, fragte Donna Lucia. »Winkt etwa eine Einladung zum Tanz, wenn man richtig tippt?«

»Ich nehme an, der wahre Earl sucht in Venedig nach einer Frau, die ihn um seiner selbst willen liebt und nicht auf seinen Status aus ist«, erwiderte Donna Clarissima mit einem amüsierten Schnauben, als wäre das Streben nach Aufrichtigkeit ein geradezu absurdes Unterfangen.

Flavia konnte sich dem aufgeregten Fächeln, das nun unter den Damen ausbrach, nicht anschließen. Sie dachte nicht an Bankette und Champagner, geschweige denn an Verwirrspiele und Rätselraten. Im Gegenteil! Sie fürchtete Veridianis Rache. Nach einem Jahr hatte die Salondame immer noch nicht zurückgeschlagen, sondern sich fast gänzlich aus dem Stadtgeschehen zurückgezogen. Schon in der Folgesaison hatte das Parkett im Palazzo Zenobio nicht mehr gequietscht, die gläsernen Kronleuchter zitterten nicht mehr, und auch die Gondeln hatten nicht mehr an der einst beliebten Anlegestelle gehalten. Der gefeierte Literaturkreis war sang- und klanglos in der Versenkung verschwunden. Keine Paraden mehr, keine Feste – nicht eine einzige Schlagzeile, ohne eine Erklärung, warum. Die Gerüchteküche propagierte eine vorübergehende Krankheit.

Böse Zungen behaupteten allerdings, die Mitglieder des Literarischen Zirkels hätten sich zerstritten, und die Salondame habe noch keinen Ersatz gefunden, schließlich müsse sie, um sich treu zu bleiben, die Ballsaison vom letzten Mal mit einem noch größeren Spektakel übertrumpfen. Die ganze Wahrheit kannten allerdings nur die Beteiligten.

Orietta war, um die Papiere der Glaswerkstatt zurückzuerlangen, auf einen Handel mit der Veridiani eingegangen, der sie zur Leihmutterschaft verpflichten sollte. Doch als sie feststellte, dass sie von ihrem Geliebten, Salem, schwanger war und nicht von Attilio Veridiani, wie von der Salondame gewünscht, brach sie die Abmachung und floh nach Konstantinopel. Gut möglich, dass die Salondame abgetaucht war, um ihre Wunden zu lecken, nachdem ihr das lang ersehnte Enkelkind verwehrt worden war. Doch Flavia ahnte, dass sie eher im Stillen ihren Gegenschlag vorbereitet hatte. Die Zeitung hatte jedenfalls schon damals geschrieben, dass die Veridiani eine Glaswerkstatt erworben und damit den Einstieg in die Glaskunstbranche vollzogen hätte. Doch bis heute wusste niemand auf Murano, um welchen Betrieb es sich dabei handeln sollte, geschweige denn, dass irgendwer die stolze neue Besitzerin wieder auf der Insel gesichtet hatte. Es schien ganz so, als hätte sich Veridianis Interesse am Glaskunsthandwerk mit Oriettas Weggang in Luft aufgelöst.

Donna Clarissima holte Flavia mit einem Blick wieder in den Gottesdienst zurück. Immer noch ging es um die Heiratspläne des Earls, was die ehemalige Busenfreundin ihrer Mutter dazu bewog, sie mit unverhohlener Geringschätzung zu mustern, als würde sie sich den Earl und Flavia gerade unfreiwillig als Paar vorstellen.

Donna Vittoria, die auf Prudentias anderer Seite saß und

am hingebungsvollsten an Donna Clarissimas Lippen hing, beugte sich vor. »Glauben Sie wirklich, dass der Earl in Venedig nach einer Heiratskandidatin Ausschau hält? Von wem haben Sie das gehört?« In Gedanken war die Glasbläsergattin wohl bei ihrer einzigen Tochter, die in diesem Frühjahr achtzehn geworden war, und mit ihr lauerten alle anwesenden Mütter Muranos, die sich eine gute Partie für ihren Nachwuchs wünschten, auf die Antwort.

»Ich habe meine Quellen. Aber nun gut … später beim Wohltätigkeitsbasar kann ich vielleicht noch weitere Details verraten.« Jetzt war es Flavias Mutter, die von Donna Clarissima taxiert wurde. »Schließlich haben wir alle eine Anwärterin im heiratsfähigen Alter zu Hause.«

Prudentia strich sich die Stirnlocken ihres mattbraunen Haares hinter die hervorlugenden Ohren, während sie errötend tiefer in die Bank rutschte. Während Flavia früher davon überzeugt gewesen wäre, dass sich ihre Freundin genierte, konnte sie nun nicht mehr mit Gewissheit sagen, ob nicht gerade eher Verärgerung aus ihr sprach – Verärgerung darüber, dass andere vermeintlich hübschere Mädchen als sie nun auch an die kostbaren Informationen gelangen würden, wie man sich einen Repräsentanten des Adels angelte. Schließlich hatte sie Flavia beim Wettstreit um die Einladungskarte zu Veridianis Maskenball schon damals absichtlich falsche Informationen zugespielt.

»Schätzchen, wir müssen an Angelica denken«, sagte Donna Clarissima nun gedämpft, als wäre die Bemerkung wirklich nur an Prudentia gerichtet, doch ihr wölfisches Lächeln bezeugte ihre wahre Absicht: nämlich alle den Seitenhieb mitanhören zu lassen. Und als würde es ihr vor lauter Sorge selbst gar nicht auffallen, ließ sie bei der Erwähnung ihrer ehemaligen

Freundin Angelica das »Donna« vor deren Namen weg. Die informelle Anrede löste Gemurmel aus, doch man erhielt keine Gelegenheit, lange dabei zu verweilen, denn schon sprach sie weiter, diesmal ausdrücklich an die ganze Gruppe gewandt: »Die Volpatos haben eine schwere Zeit hinter sich. Sie müssen nun ihre gesamte Hoffnung in Flavia setzen. Diese ist zwar, wie wir alle sehen, sehr schön, kann aber – und das ist bekannt – bei Weitem nicht mit dem Intellekt ihrer älteren Schwester mithalten ...« Zustimmung sowie ein paar Seufzer wurden laut. »Und wenn selbst Oriettas Geschichte trotz ihrer vielversprechenden Gaben so tragisch geendet hat, welche Erwartungen dürfen wir dann noch für Flavia hegen?«

Flavia erstarrte, als das vorgetäuschte – und vereinzelt vielleicht sogar echte – Mitleid sie von allen Seiten traf. Fehlte nur noch, dass die Damen eine Schweigeminute für sie einlegten! Als wäre sie im Schlachthof zur Beschau freigegeben, unterzog man sie einer Musterung, der die junge Frau in der engen Kirchenbank hilflos ausgeliefert war. Die forschenden Blicke verrieten, dass Donna Clarissimas Worte gerade auf ihre Richtigkeit überprüft wurden.

Natürlich, wieder einmal hielt man sie bei aller Schönheit – oder gerade deswegen – für ausgesprochen dumm!

Scham gepaart mit Wut brodelte unter Flavias Haut und breitete sich in ihrem gesamten Körper aus, während sie nach einer eloquenten Erwiderung suchte, die sie wie so oft auf die Schnelle nicht fand. Sie war Orietta in der Tat intellektuell unterlegen, und bis auf ein paar rüde Beleidigungen, die ihr durch den Kopf schossen wie Gewehrkugeln auf der vergeblichen Suche nach einem Ziel, blieb es dort alarmierend leer.

Sie versuchte tief durchzuatmen. Das alles brauchte sie doch gar nicht zu kümmern. Sie hatte Wichtigeres zu tun:

pünktlich zur Warenlieferung in der Werkstatt zu sein beispielsweise. Innerlich machte sie sich bereit für ihren Abgang, während ihre Mutter wie immer ihre Verteidigung übernahm.

»Wir wissen eure Besorgnis zu schätzen.« Beiläufig drückte sie Flavias Hand. Durch die ledernen Handschuhe übertrug sich eine tröstliche Wärme, die zwar das Gesagte nicht rückgängig machen konnte, jedoch die Sehnsucht nach der fehlenden Schwester erlöschen ließ. »Allerdings sollten wir die kostbaren Ratschläge auf nachher verlegen, meine Teuerste, nämlich dann, wenn der Kuchenverkauf beginnt und das letzte Amen gesprochen wurde.« Der Appell wirkte tatsächlich, und der Großteil der Damen wandte sich betreten wieder dem Pfarrer vor dem Altar zu. Nur Donna Clarissima selbst hielt noch den Blickkontakt. Und in dem verborgenen Austausch eisiger Anklagen wurde Flavia deutlich, dass die Bemühungen ihrer Mutter um Wiederaufnahme in den Nachbarschaftskreis nicht fruchten würden, jedenfalls keineswegs so rasch wie erhofft.

Sie wartete nicht länger und duckte sich aus der Bank.

»Hiergeblieben, junge Dame!« Prompt ertönte ein warnendes Zischen ihrer Mutter, doch Flavia blieb nicht stehen und schaute sich auch nicht mehr nach ihr um. Mit hoch erhobenem Kopf und betont vorwurfsvoller Miene steuerte Flavia auf den Seitenausgang zu. So sündigte sie zwar immer noch – und manch eine fragte sich bestimmt, welcher Dämon sie ritt, den Gottesdienst einfach zu verlassen –, doch wenigstens konnte sie nun einen Teil der Schuld auf die Dal Corsos schieben.

Alle hatten die Bemerkung über ihren Intellekt gehört, und auch wenn die frömmelnden Kirchgängerinnen ihre Flucht sicher nicht guthießen, so konnten sie Flavias Gründe dafür sicherlich verstehen. Wenn sie die gütigen Katholikinnen waren, die sie vorgaben zu sein, dann würden sie an dieser Stelle ein wenig Nachsicht walten lassen und nicht auf Angelica herumhacken.

Flavia atmete auf, als die Tür in ihrem Rücken zufiel und die – im Vergleich mit der Eiseskälte drinnen – laue Luft sachte um ihre Nase strich. Die Anspannung, die sie in der Kirche aufrecht gehalten hatte, verließ sie, und nun war es nur noch ihr Korsett, das ihr den Anschein einer aufrechten Haltung verlieh. Innerlich schrumpfte Flavia angesichts der harschen Kritik und der verächtlichen Blicke. Sie war sich sicher: Die nächste Attacke von Donna Clarissima würde ihren Selbstwert endgültig zu Staub zermahlen.

Mit gesenktem Kopf entfernte sie sich von der Kirche und war kaum zehn Schritte weit gekommen, als sie gegen eine Art nachgiebige Mauer prallte, so heftig, dass sie es in den Zähnen spürte. Sie keuchte auf, dann stolperte sie einen Schritt zurück. Vor ihr stand ein Mann mit ungekämmten dunkelblonden Haaren und einem abgetragenen Havelock-Mantel – dem typischen Herrenumhang ohne Ärmel, dafür mit Pelerine, die bis über seine Ellbogen reichte.

Während Flavia aus der Kirche schlich, hatte er wohl beabsichtigt, durch den Seiteneingang hineinzuschlüpfen und war ebenso kopflos vorwärtsgestürmt wie sie. Sie hatte ihn noch nie gesehen. Der Umstand, dass er weder wusste, wo sich der Haupteingang befand, noch wann die Messe begann, und dass er auch nicht die verrußte Kleidung eines Zunftbruders trug, ließ bloß einen Schluss zu: Er konnte von überall her stammen, nur nicht aus Murano.

»Ich mag zwar duften wie ein Kissen und zuweilen entsprechend anschmiegsam aussehen«, sagte er jetzt, »doch ich versichere Ihnen, ich bin weit davon entfernt, eines zu sein. Sie hätten sich nicht mit voller Wucht auf mich stürzen dürfen. Was, wenn ich nun verletzt bin?« Er rieb sich mit gespielter Leidensmiene die Seite. Sein heller Teint war für die arbeitende Klasse untypisch, und das machte ihn zum reichen Sohn eines noch reicheren Staatsdieners oder bestenfalls zu einem orientierungslosen Studenten. Da sie Ersteres für wahrscheinlicher hielt, ließ ihre Sympathie für ihn schlagartig nach.

»*Sind* Sie denn verletzt?«, fragte sie.

Er schenkte ihr ein hintergründiges Lächeln, langte hoch zu ihrer Schulter und richtete mit leichter Hand den Kragen ihrer langen Jacke. Überrumpelt von so viel als liebenswürdige Geste getarnter Dreistigkeit, ließ sie es geschehen, doch als ihr dämmerte, auf was für Unterstellungen zufällige Zeugen dieser Szene kommen mochten – Unterstellungen, die nirgends so voreilig wie in Murano gemacht wurden –, wischte sie seine Finger ärgerlich fort.

»Sie sind also nicht verletzt«, sagte sie tonlos.

»Und Sie?«, entgegnete er sanft.

»Mir geht es gut.« Trotz ihres aufkeimenden Widerwillens antwortete sie ihm höflich, bevor sie sich dazu entschloss weiterzueilen. Doch er verstellte ihr immer noch den Weg, und das Aufleuchten seiner dunkelblauen Augen sagte ihr, dass er aus irgendeinem Grund nicht vorhatte, sie so bald entkommen zu lassen.

»Wenn Sie so freundlich wären?« Sie wollte an ihm vorüber, doch er rührte sich kein Stück.

»Ich suche eine Glasbläserei.«

»Herzlichen Glückwunsch. Hier haben Sie die Qual der Wahl.« Ohne ein Lächeln drückte sie sich energisch an ihm vorbei.

»Ich meine, ich suche eine bestimmte. Die *beste* Glasbläserei von Murano.« Seine Aussprache klang angelernt, nichts Ungewöhnliches in einer Stadt wie Venedig mit ihren verschiedenen am Hafen verwurzelten Handelshäusern. Die Deutschen hatten ihr eigenes großes Warenlager, genau wie die türkischen Händler einst und die Holländer, sie alle verliehen der Weltstadt ein Stück ihrer unvergleichlichen Aura. Dieser Mann hier klang allerdings eindeutig nach einem Briten. Unwillkürlich fragte sie sich, ob er wohl der besagte Earl sein mochte. Doch sein heruntergekommenes Äußeres sowie der Mangel an Manieren ließen sie den Gedanken gleich wieder verwerfen. Außerdem, was sollte der Earl auf Murano wollen? Die Ballsaison fand in Venedig statt. Vermutlich war er ein Tourist, der von der Kunstausstellung Wind bekommen hatte.

Und worüber zerbrach sie sich da eigentlich den Kopf? Die Warenannahme stand kurz bevor, ihr rannte die Zeit davon …

Dennoch konnte sie der Versuchung nicht widerstehen, mit ihm über das Traditionshandwerk ihrer Familie zu sprechen.

Der Mann grinste, als wüsste er genau, dass sie angebissen hatte. *So schnell?*, schienen seine Augen amüsiert zu fragen. Und das ärgerte sie noch mehr.

»Hat man Ihnen in der Stadt keine Adresse genannt?«, erkundigte sie sich grimmig und in der Hoffnung, dass es weiterhin die Vetreria Volpato war, auf die bei einer solchen Frage verwiesen wurde.

Er schüttelte den Kopf.

»Wenigstens ein paar Empfehlungen?« Ihr Puls regte sich, während er nachdachte und sich dabei durchs Haar strich. Die weizenblonden Strähnen waren nicht gescheitelt, frei von Pomade und sahen dem Anschein nach nur in unregelmäßigen Abständen eine Schere. Seine Jünglingshaut, die statt

Sonnenschein tagein, tagaus nur dem Deckenfresko desselben verstaubten Palazzos begegnete, schimmerte ebenmäßig, an Kinn und Kiefer zeichnete sich ein Bartschatten ab, aber er trug keinen Schnurrbart.

Falls sie danebenlag und er doch nicht zu den Vornehmtuern gehörte, die nun in den kurzen Wochen vor der ersten internationalen Kunstausstellung des Landes nach Venedig strömten, um ihre Kunstkenntnis unter Beweis zu stellen, dann war er sicherlich ein verliebter Reisender auf der Suche nach einem gläsernen Andenken für seine Verlobte. In seinem Alter und mit seinem Aussehen hatte er vielleicht sogar schon geheiratet. Nicht dass es sie etwas anging, doch bei dieser Überlegung fielen ihr die hübschen Broschen ein, die sie zum Auftakt der Ballsaison in die Auslagen ihres Schaufensters gelegt hatten – das perfekte Souvenir.

»Keine Adresse, keine Empfehlungen«, sagte er, während sie im Kopf bereits die Reihenfolge durchging, in der sie ihm die Schmuckstücke präsentieren würde. »Offen gestanden habe ich auch nicht großartig nachgefragt. Meist ist es besser, die Dinge vor Ort zu erkunden. Und als der Glückspilz, der ich nun mal bin, bin ich ja auch gleich auf Sie gestoßen …« Er ließ den Satz in der Luft hängen, und sie befürchtete schon, dass er sie mit einer peinlichen Schmeichelei beglücken würde, wie die meisten Schürzenjäger, sobald sich der Moment bot, doch er neigte sich herab und endete schlicht mit: »Eine selbstbestimmte junge Dame, die den Gottesdienst schwänzt.«

Zugegebenermaßen angenehm überrascht, hob Flavia ihm spielerisch das Kinn entgegen. »Ich schwänze nicht.«

»Ach nein? Und wie würden Sie das sonst nennen, was Sie hier gerade tun?«

»Ich … weise einem verirrten Gentleman den Weg.«

»Oh, ist mein Italienisch so schlecht? Well, you got me there!« Er lachte. »Die Lüge kam Ihnen übrigens ziemlich glatt über die Lippen. Erfahrung darin?«

Unwillkürlich begannen ihre Wangen zu prickeln. »Manchmal muss man die Regeln brechen, um zu schützen, was man liebt. Und einige von uns brechen sie eben öfter als andere.«

»Aber was ist mit: *Du sollst nicht lügen?* Darf diese Regel auch gebrochen werden?« Er verschränkte abwartend die Arme vor der Brust. »Wie würden die da drinnen das wohl finden?«

Flavia schnaubte. »Das ist mir herzlich egal.«

»Warum gleich so gereizt?« Er lachte unbefangen. »Stehen Sie mit der Gemeinde auf Kriegsfuß? Dann hätten Sie gar nicht erst zum Gottesdienst erscheinen sollen.«

Sie kniff die Augen zusammen. »So einfach ist das nicht. Ich habe Erwartungen zu erfüllen.«

»Woran Sie gerade kläglich scheitern.« Mit einem Wink seines Kinns verwies er auf die Basilika hinter ihr.

»Vielleicht wurde mir ein guter Vorwand geliefert, um aus der Kirche zu stürmen?«

»Hat man Ihnen etwa die Oblate verwehrt?« Er grinste und musste sich unheimlich schlau vorkommen, doch Flavia ließ sich von seiner Spitzfindigkeit nicht beirren.

»Man hat mich auf weitaus schmerzhaftere Weise beleidigt.«

»Was könnte es denn an Ihnen zu beleidigen geben?« In der Gewissheit, keinen Makel an ihr zu finden, glitt sein Blick über ihren Körper. »Ich finde Ihre Kurven ganz reizend.«

»Wie bitte?«

»Verzeihung.« Er hob beschwichtigend die Hände. »Ich habe nur versucht zu ergründen, was die an Ihnen nicht mögen.«

»Offenbar stehe ich im Schatten meiner scharfsinnigen Schwester.«

Er tat schockiert. »Von Ihrer Sorte gibt es *zwei*?«

»Nein, wir sind uns ganz und gar nicht ähnlich.«

»Wenn das so ist: Wo ist sie? Ich bräuchte eine scharfsinnige Beratung.«

Unschlüssig, ob sie lachen oder ihm gegen den Arm schlagen sollte, behalf sie sich mit einem spöttischen Prusten. »Sie weilt in Konstantinopel, tut mir leid. Da müssen Sie wohl weiterhin mit mir vorliebnehmen.«

»Einer Lügnerin und Sünderin?« Dramatisch fasste er sich an die Stirn, ihr dagegen blieb der Mund offen stehen.

Hin- und hergerissen zwischen Faszination und Verdrossenheit schlug sie schließlich den Weg ein, den sie kannte und der ihr bisher noch jeden dreisten Mann vom Hals gehalten hatte: »Oh, bitte. Wenn *mein* Laster das Lügen sein soll, dann ist Ihres wohl die Neugier – beides der Bibel nach Sünden. Wie wäre es also, von Sünderin zu Sünder, wenn Sie sich nun Ihren eigenen Angelegenheiten zuwenden würden und mir aus dem Weg träten? Der Beichtstuhl steht Ihnen offen.« Und damit drängte sie sich endgültig an ihm vorbei.

»Warten Sie!« Wenn sie mit einer Retourkutsche gerechnet hatte, musste sie nun feststellen, dass er beschwingt über ihren Ausbruch hinwegging, ganz so, als hätte er nie stattgefunden. »Auch auf die Gefahr hin, dass ich dank Ihnen geradewegs in die Hölle fahre, möchte ich in der Sache dennoch gern Ihre Meinung hören. Welche Vetreria empfehlen Sie mir?«

An einem gewöhnlichen Tag hätte sie ihn spätestens jetzt wortlos stehen lassen, doch Donna Clarissimas Gemeinheiten von vorhin wühlten sie immer noch auf. »Die Qualität, die ich empfehle, können Sie sich nicht leisten, sparen wir uns also die Mühe«, erwiderte sie schroff, in einem letzten Versuch, ihn loszuwerden, doch natürlich steckte er den Seitenhieb ungerührt weg.

»Auf welcher Grundlage haben Sie denn diese Einschätzung getroffen?« Er lachte und fuhr sich mit seiner großen Hand über den Nacken.

Nun, auf leidige Fragen gab es bekanntermaßen leidige Antworten. Flavia ließ ihren Blick vielsagend von seinem vor Tagen zuletzt rasierten Gesicht über die in Halstuch und Weste gehüllte Brustpartie unter dem Havelock-Mantel gleiten, über seine schlichte Hose, bis hinab zu seinen Stiefeln. Allesamt Kleidungsstücke, von denen jedes für sich allein genommen passabel gewesen wäre, doch er hatte die Farben auf so scheußliche Weise miteinander kombiniert, dass es wirkte, als hätte er seine Garderobe von der Wohlfahrt erhalten. Was war bloß aus gediegenem Schwarz geworden? Mussten es denn wirklich Rot und Senfgelb im Zusammenspiel sein? Nun, da sie ihn so eingehend betrachtete, fragte sie sich außerdem, wo er Hut und Gehstock gelassen hatte. Ohne diese Accessoires galt ein Mann doch als halb nackt. Und tatsächlich schauderte er ein wenig, als würde er frieren.

»Gefällt Ihnen, was Sie sehen?«, erkundigte er sich mit einem selbstsicheren Lächeln.

Was für ein Gockel! Mit verschränkten Armen blickte er auf sie hinab. Seine schmalen Augen, die etwas Wölfisches an sich hatten, schimmerten in diesem seltenen Tizianblau. Am liebsten hätte Flavia ihm eine gepfefferte Antwort gegeben, doch dummerweise fand sie ihn tatsächlich … anziehend. Wie ärgerlich! Sie beschloss, sich diesem albernen Spiel nicht länger auszuliefern. »Ich fürchte, ich kann Ihre Frage nicht beantworten, ohne erneut die Regeln zu brechen«, erwiderte sie so nüchtern wie möglich.

Er zog den Mundwinkel hoch und wischte damit beiseite, was immer sie ihm noch hatte sagen wollen. »Habe ich Sie etwa schon entwaffnet? Fällt Ihnen keine passende Erwiderung ein?«

Sie lächelte kühl. »Ich wiederhole: Sparen wir uns die Mühe.« Ihr Auftrag war es schließlich nicht, einen nervtötenden Touristen bei Laune zu halten, sondern pünktlich in der Glaswerkstatt zu erscheinen, um die Lieferung anzunehmen und zu prüfen. Gott, wenn sie noch länger trödelte, wäre ihre Mutter mit dem Kuchenbasar durch, ehe Flavia die Werkstatt betreten hatte!

Entschlossen marschierte sie an dem Störenfried vorbei und schlüpfte in die nächste Gasse.

»Sind Sie vielleicht gar nicht so schlagfertig, wie es der erste Eindruck versprach?« Er eilte ihr nach und passte seinen Schritt an ihre Geschwindigkeit an, bis sie auf gleicher Höhe nebeneinanderher liefen.

»Und hat *Ihnen* nie jemand gesagt, dass Sie zu viel reden?«, konterte sie und bog um die nächste Ecke. Der Verbindungsweg war, wie sie wusste, so schmal, dass sich ihr aufdringlicher Begleiter hinter ihr einreihen musste, um auf demselben Pfad zu bleiben. Sollte sie ihm jetzt vielleicht auch noch eine kostenlose Stadtführung spendieren?

»Ich würde mich nicht als Vielredner, sondern als aufgeschlossen bezeichnen«, sagte er. Sie ignorierte ihn. »Eine wertvolle Eigenschaft, die *Ihnen* offenbar nicht in die Wiege gelegt wurde.«

Seine Bemerkung stach, wo sie stechen sollte, und führte Flavia vor Augen, wie sehr sie sich über die Monate verändert hatte. Früher war sie sehr wohl aufgeschlossen gewesen, hatte mit Begeisterung an glanzvollen Bällen und Banketten teilgenommen, hatte sich ins Vergnügen gestürzt, keine Möglichkeit ausgelassen, Neues kennenzulernen. Doch wenn Oriettas Abwesenheit sie eines gelehrt hatte, dann dass es gefährlich war, seine Empfindungen zu sehr nach außen zu tragen.

Man wusste schließlich nie, wann sie wieder gegen einen verwendet wurden.

Und sosehr sie ihre Wesensveränderung auch bedauerte, sosehr half sie doch auch, dass Flavia nun abweisend und hart bleiben konnte, während sie noch Monate zuvor während Masins Modenschau bei ihrem Auftritt gestürzt war, weil sie vor lauter Tränen den Laufsteg nicht mehr gesehen hatte.

»Seien Sie nicht so gierig«, entgegnete sie knapp. »Sie erhalten hier gerade einen erschwinglichen Rundgang durch Murano. Von einem Begleitkommentar war keine Rede.«

»Aber soweit ich weiß, gehört zu solchen Aktivitäten *immer* ein Kommentar.« Nacheinander verließen sie die enge Gasse, und sofort war er wieder an ihrer Seite. »Sehen Sie hier …« Er räusperte sich und imitierte die näselnde Stimme eines Stadtführers. »Der Dogenpalast in all seiner Pracht. Und dort: die endlosen Bögen der Prokuratien.« Sein ausgestreckter Arm zerschnitt vor ihrer Nase die Luft, als sie den weitläufigen Campo San Bernardo überquerten und er auf die Kneipenzeile deutete. Flavia schob ihn ungeduldig beiseite, woraufhin er leise lachte.

»Und dort: Was ist das für eine Menschenansammlung, die sich in der hintersten Ecke auf einem Haufen drängt?«

Nun hatte er sie doch fast zum Lachen gebracht. »Hören Sie schon auf«, sagte sie.

»Nein, im Ernst. Warum drücken sich die Leute auf einem Fleck herum, als würde der Ausverkauf des Jahres stattfinden?«

Sie seufzte. »Darf ich vorstellen: unser Gerüchteschaukasten.« Der Schlund, in dessen Tiefen jeder stürzen konnte, der sich zu nahe an ihn heranwagte. Momentan betrafen die üblen Klatschgeschichten vor allem Flavias Familie. Und das versammelte Volk wollte nichts lieber, als mehr über die in Ungnade gefallenen Volpatos mit der geflohenen Tochter und ihrem getürmten Bräutigam zu lesen.

Trotz des Versuchs, die Menge zu ignorieren, entging ihr nicht, dass der Platz selbst heute am Sonntag nicht wie erhofft ausgestorben dalag. Und es entging ihr auch nicht, dass ein paar der Mädchen unter den Schaulustigen waren, mit denen sie für Masin Kleider vorführte. Bekanntschaften, die sie eigentlich liebgewonnen hatte.

»Offenbar kennen die Leute keine schönere Beschäftigung, als zu schwätzen«, bemerkte sie mit aufgesetzter Gleichgültigkeit. »Oh, aber da haben die alle ja eine Gemeinsamkeit mit Ihnen!«

»Nicht nur abgebrannt, sondern auch noch geschwätzig«, fasste er ihren Eindruck von ihm trocken zusammen. »Ob ich bei diesem Urteil noch Ihrer Empfehlung für die beste Glasbläserei trauen kann? Denn Sie irren sich natürlich, was mich betrifft.«

»Dieses Risiko müssen Sie wohl oder übel in Kauf nehmen. Sie halten mich schon lange genug von der Arbeit ab, und das soll nicht umsonst gewesen sein.«

»Aus einer Kirche zu flüchten, kommt mir gar nicht wie Arbeit vor. Auch wenn Sie die Sache mit Bravour gemeistert haben.« Er hob die Hände. »Immerhin, ich mochte den Teil, bei dem Sie in mich hineingekracht sind und sich nicht dafür entschuldigt haben – *obwohl* Sie jetzt schon mindestens eine Viertelstunde dafür Zeit hatten.«

Jetzt reichte es. Das erwartungsvolle Funkeln in seinen Augen ignorierend blieb sie abrupt stehen. »Am Ende der Straße befindet sich die Vetreria Volpato. Auf ganz Murano finden Sie keine bessere.« Ihr nüchterner Tonfall verbot jede Diskussion und brachte ihren Begleiter dazu, ihrer Blickrichtung gehorsam zu folgen. »Am Sonntag hat sie wie die meisten Läden geschlossen.« – Genau wie mittwochs und montags, weil ihre Mutter aufgrund ihrer gesellschaftlichen Verpflichtungen dann nicht hinter dem Verkaufstresen stehen konnte und Jaco, ihr Vater, und mittlerweile auch wieder Onkel Don Agostino, in der Fabrik das Glas formten. Aber das sagte sie selbstverständlich nicht laut. Stattdessen fuhr sie fort: »Sie können gern einen Blick durch die Schaufenster werfen und sich ein erstes Bild von der Ware machen.«

Er nickte zögerlich, offenbar hatte er trotz des vorausgegangenen Gestichels erwartet, dass sie ihn bis vor den Eingang bringen und nicht unverrichteter Dinge auf offener Straße stehen lassen würde, doch die Glaswerkstatt und der Laden befanden sich nun einmal nicht unter ein und demselben Dach. Flavias Weg führte in die entgegengesetzte Richtung. Obwohl es sie gereizt hätte, dem Fremden eine kurze Beratung zu spendieren, während sie draußen gemeinsam vor der Glasscheibe standen und zusahen, wie sich die Sonnenstrahlen drinnen in imposanten Kronleuchtern an der Decke und unzähligen Vasen und Skulpturen spiegelten, und obwohl das bunte Schillern der Lüster ihr jedes Mal wieder ein Seufzen entlockte, wenn die roten, violetten und gelben Lichtpunkte über das Gesicht eines staunenden Kunden tanzten, musste sie den

Briten doch endlich loswerden. Die Lieferung konnte jeden Moment eintreffen.

»Die Sache ist die, ich bin nicht unterwegs, um etwas zu kaufen«, sagte er plötzlich und warf ihr einen entschuldigenden Blick zu.

»Ach, oft siegt das Auge über die Vernunft. Wenn Sie erst all die schönen Vasen sehen …«

»Ich besitze mehr als genug Vasen aus Muranoglas.«

Dann hatte sie ihn also ganz umsonst hergebracht?

Ah, bella!

Seine Hand legte sich auf sein Herz, während er eine Verbeugung andeutete. »John Pomeroy – Glassammler aus Leidenschaft. Es ist mir eine Freude, Sie kennenzulernen.«

Ohne Umschweife hob sie ihre Röcke ein wenig und knickste ihrerseits – mit der typischen Höflichkeitsgeste, die ihr seit der Kindheit eingetrichtert worden war. »Flavia Volpato, die Freude ist ganz meinerseits.«

»Volpato? Dann gehört Ihnen die Vetreria?«

Für einen flüchtigen Moment entflammten ihre Wangen in dem eisig brennenden Schmerz, endlich als das, was sie wirklich war, erkannt zu werden – ehe sie begriff, dass sich John Pomeroy bloß den üblichen Scherz mit ihr erlaubte. Natürlich war dies nicht *ihr* Geschäft, denn für Frauen galt immer noch das Handwerksverbot. Flavia kannte keine andere Frau, die Glas fertigte, und neben all den Traditionen war auch kein entsprechender Name in der Geschichte der Glasbläserei überliefert – zumindest hatte ihr Vater nie eine Maestra erwähnt, wenn er von den Vorfahren schwärmte.

Ja, sie musste wirklich so bald wie möglich in die venezianische Nationalbibliothek und die Archive auf einen Präzedenzfall überprüfen. Doch auch in dieser Angelegenheit galt leider, wie in fast allen interessanten Bereichen des modernen Lebens: kein Zutritt für Frauen. Sie konnte nur hoffen, dass Jacos Plan, dort einzubrechen, hieb- und stichfest war. Das schelmische Grinsen, das sie seit einem Jahr an ihm vermisste, war zumindest beim Gedanken an diesen Plan auf seine Lippen zurückgekehrt.

Sie riss sich zusammen. »Wenn Sie Glas sammeln, momentan jedoch keines mehr erwerben möchten, dann wünschen Sie wahrscheinlich, Ihre Kollektion auf Echtheit prüfen zu lassen?«, fuhr sie laut fort, trotz ihrer Eile nicht gewillt, Mr. Pomeroy als Kunden einzubüßen. Er schloss den Mund eine Spur zu spät, um seine Überraschung zu verbergen, und Flavia hätte nicht sagen können, ob er ihr nicht zutraute, das anspruchsvolle Verfahren zu kennen, oder ob er bloß kein fachmännisches Gespräch erwartet hatte.

»Richtig … mir schwebt eine Überprüfung vor. Der Glasmeister ist Ihr Vater?«

Sie zögerte, länger als sie es sonst in ähnlichen Situationen tat, dann sagte sie: »Natürlich. Und bevor Sie weiterbohren, er ist sehr beschäftigt und für die nächsten Tage nicht zu sprechen.«

»Wann wäre der beste Zeitpunkt, ihn anzutreffen?«

»Sagen wir: Frühjahr 1995?«

Pomeroy lächelte müde und zu ihrer Verärgerung mit leichtem Spott. »Leider habe ich keine hundert Jahre Zeit. Bringen Sie mich einfach zur Werkstatt. Ich versuche mein Glück dort.«

Sie zwang sich zur Ruhe. »Wissen Sie, warum die Glaskunst Muranos unter anderem so berühmt ist? Weil die Herstellungsprozesse strenger Geheimhaltung unterliegen. Niemand von außen darf die Werkstätten betreten, erst recht kein …« Sie atmete scharf ein, um ja nicht das falsche Wort zu wählen.

»Brite?«, vollendete er ihren Satz. Sie nickte, dabei hatte sie eher an »Lackaffe« gedacht. Er schien das zu ahnen, und erneut blitzte der Schalk in seinen Augen. »Signorina Volpato, mit jeder Aussage, die Ihren schönen Mund verlässt, beeindrucken Sie mich mehr. Neben dem Frevel der Sünde dürfen Sie sich nun also auch den Stempel der Fremdenfeindlichkeit aufdrücken. Was kommt als Nächstes? Hassen Sie Kinder?«

Oh, nicht schon wieder! Sie stemmte die Hände in die Hüften und funkelte ihn an. »Sie wollen hier doch bloß herumschwadronieren. Machen Sie, dass Sie fortkommen, Mr. Pomeroy!«

»Die Straße gehört also auch Ihnen?«

Flavia hütete sich, ihm einen Fluch an den Kopf zu werfen, doch für seinen herausfordernden Blick hätte sie ihn am liebsten in die Hölle gewünscht. »*Mister* Pomeroy …«, sagte sie betont. Das Kanalwasser, das unter kleinen Brücken dem Horizont entgegenlief, schien hinter ihrem englischen Begleiter plötzlich eine abgründige Anziehungskraft zu entfalten – doch leider stand er zu weit vom Ufer entfernt, um hineingestoßen zu werden. Natürlich war das ein Gedanke, der besser zu der ungestümen Flavia gepasst hätte, die sie vor anderthalb Jahren noch gewesen war, und sie unternahm eine letzte ernsthafte Anstrengung, sich zu beruhigen. »Es tut mir leid, die Vetreria Volpato arbeitet mit anständigen Menschen zusammen, die nicht nach jeder noch so kleinen Gelegenheit suchen, eine Frau in Verlegenheit zu bringen. Wir können Ihnen also nicht weiterhelfen.«

»Wenn Sie *wir* sagen, klingt das so, als würden Sie für Ihren Vater sprechen. Dass er Ihnen diese Befugnis erteilt hat, meine Liebe, kann ich mir beim besten Willen nicht vorstellen.« Pomeroy vergrub die Hände in seinen Manteltaschen. »Im Übrigen hat das nichts damit zu tun, dass Sie eine Frau sind, beileibe nicht. Eher damit, dass Sie einen Kunden auch dann nicht zu überzeugen verstünden, wenn er Ihnen voller Kauflust auf den Kassentresen steigen würde. Ich hätte eine Menge Geld in diese Überprüfung investiert.« Seine Miene verfinsterte sich unerwartet. »Geld, das nun ein anderes Zuhause finden wird.«

Flavias Knie begannen bei seiner Rede zu beben, doch sie zwang sich, ihn bis zum Ende anzuhören. Als er endlich schwieg, fragte sie: »Sind Sie jetzt fertig? Oder folgt noch irgendeine üble Beschimpfung? Verdient hätte ich sie doch, nicht wahr? Ich Sünderin.«

Er schüttelte bedauernd den Kopf, schüttelte den Kopf über sie. Bevor er sich abwandte und sie allein am Kanal stehen ließ, fügte er noch hinzu: »Selbstverständlich habe ich mich in der Stadt über die hiesigen Glasbläser informiert. Ich *weiß*, dass Ihr Vater der beste ist. Und ich weiß auch, dass die Vetreria Volpato in finanziellen Nöten steckt. Was ich allerdings ebenfalls gehört habe und nicht glauben wollte, ist, dass der schlechte Ruf der Familie Don Emilios Töchtern und Söhnen geschuldet sei. Dank Ihnen, Flavia, denke ich jetzt anders darüber.«

Kapitel 3

»War der Lieferant schon da?«, keuchte Flavia, während sie im Stechschritt die Halle durchquerte, wo Damasio untätig herumlungerte. Er war am arbeitsfreien Sonntag als einziger Mitarbeiter in die Werkstatt gekommen, um sich von ihrer Niederlage mit der Sonderlieferung zu überzeugen.

»Ich hab ihn alles ins Lager stellen lassen. Knappe Kiste, Flavia.« Er zog zur Gratulation dennoch die Schiebermütze vom Kopf, ehe er sich wieder verabschiedete. Flavia spürte die Anspannung von sich abfallen und machte sich mit einem erleichterten Lächeln in den hinteren Bereich der Werkstatt auf. Im Werkstofflager empfingen sie eingedellte, zum Teil angerissene Pakete, die sich übereinanderstapelten, und sie musste der Tür einen Stoß versetzen, um sie ganz aufzukriegen. Dank Damasio hatte der Lieferjunge die Warensendung immerhin nicht auf der offenen Straße vor dem Eingang liegen lassen, wo jemand sie klauen oder weiter beschädigen konnte. Und doch brach ihr der kalte Schweiß aus, als sie feststellte, dass der Zulieferer nicht etwa wie von ihr gehofft im Hof hockte, während sie in aller Ruhe die Packliste durchging, sondern dass Damasio ihn nach der *keineswegs* ordnungsgemäßen Zustellung einfach hatte verschwinden lassen.

Fluchend holte sie die Kopie des Lieferauftrags aus dem Büro und glich ihn mit der Packliste ab. Dann durchtrennte sie rasch mit einer Zange aus Metall, die sie eigentlich zum Skulpturieren des Glases nutzte, nacheinander die Schnüre der kniehohen Kartons. Sie musste überprüfen, ob auch wirklich alles von ihrer Bestellung angekommen war.

Füllmaterial, das nach modrigem Stroh roch, ergoss sich aus der Kiste, während sie mit den Händen bis zu den Ellbogen hineinstieß und vorsichtig nach den Rohstoffen grub. Levantische Soda, Quarzkiesel aus dem Tessin, trockenes Brennholz sowie alte Glasbrocken und -scherben sollten neben den Säcken mit anderen Mineralien in der zentnerschweren Lieferung enthalten sein. Dabei gab es eine goldene Regel, die zu beachten war, einen Grundsatz, den ihr Vater schon Giovanni eingetrichtert hatte, seit er das erste Mal eine Zange gehalten hatte, und den dieser an Jacopo weitergegeben hatte, als es für ihn so weit gewesen war: *Die Qualität der Asche bestimmt die Qualität des Glases – das richtige Mischverhältnis zwischen Sand und Soda muss jedoch ein jeder Glasmacher für sich selbst herausfinden.* Deshalb besaß Giovannis cristallo eine andere Klarheit als Flavias Werke, und deshalb stammte das reinste Glas ihrer Vetreria immer noch aus den Händen des Vaters, der selbst im Halbschlaf die richtige Mischung anrühren konnte.

Seine besten Rezepturen und Geheimnisse waren in seinem Kopf niedergeschrieben und weggeschlossen, und wie es sich für den Berufsstand gehörte, würde er sie seinem ältesten Sohn erst auf dem Sterbebett mitteilen. Dank dieser Tradition stach jeder Glasmacher von Rang mit seiner eigenen Handschrift heraus. Flavia arbeitete schon lange an ihrer Unverwechselbarkeit, auch wenn diese der Öffentlichkeit immer noch als Jacopos geläufig war. Sie würde nie aufhören, ihre Kunst zu verfeinern, und irgendwann *würde* sie dafür bekannt sein.

In einer kleinen Osteria eines beliebigen Sestiere unter die Glaskelche zu spähen und dort die eingravierten Initialen F.V. vorzufinden, das war ihr Traum. Allein die Idee, so ihren eigenen Namen zu verewigen, versetzte ihr einen gleißenden Stich, der in ihrem Bauch auffächerte, bis jeder Teil ihres Körpers vor Wonne summte. Irgendwann würde sie gewiss die Kronleuchter des Königshauses kennzeichnen – eines Tages zum letzten Mal die feinen Linien eines geschwungenen »F.V.« mit dem Finger nachziehen, bevor sie die kostbare Fracht auf den Weg zu Königin Margherita schickte. Doch damit ihr innigster Wunsch jemals eine Chance hatte, wahr zu werden, musste sie nun sorgfältig die Waren prüfen, abwiegen und verräumen.

Auf den ersten Blick erkannte sie, dass mit den Quarzkieseln etwas nicht stimmte. Normalerweise strahlten sie weißer als der Mond, doch diese hier zeigten allesamt schwarze Adern oder gelbliche Flecken. Misstrauisch hob sie eine Handvoll davon dichter an die Augen, schnupperte daran, legte sich einen zwischen die Backenzähne und biss testweise zu – oje, viel weicher als gewöhnlich. Diese Steine stammten aus einem Fluss, aber der strömte sicher nicht von der Schweiz bis nach Norditalien und war auch nicht der Ticino.

Der Kiesel gab ein klackerndes Geräusch von sich, als er ihr durch die Finger schlüpfte, auf den Boden fiel und davonsprang, aber Flavia hörte noch viel deutlicher ihren eigenen Puls, der ihr immer schneller in den Ohren klopfte. *»Jaco?«* Noch während sie auf die Beine kam, rief sie ihn schon. Er war nicht bei der Messe gewesen, und weil er auch hier nirgends zu finden war, musste er mit Onkel Agostino wohl für eine kleine Verschnaufpause in ihrem Stammlokal, der Osteria Dedolo, sitzen. Sie rannte los.

Schon wenige Minuten später zog sie ihn mit einer knappen Entschuldigung, die ihrem verwunderten Onkel galt, eilig nach draußen. Jaco trug die gewohnte Schiebermütze und sein Spielzeug, jene Brille mit den runden grün getönten Gläsern, die er im Alter von zwölf Jahren für sich angefertigt hatte, obwohl er eigentlich an dem zehnteiligen Hochzeitsgeschirr für eine Familie aus Cannaregio hätte sitzen sollen. Diese Art von mangelndem Verantwortungsbewusstsein hatte Flavia damals zum ersten Mal in tiefes Grübeln über seinen Ehrgeiz gestürzt, und weil er sich sogar dann nicht ans Werk gemacht hatte, als sie ihm die Glasmacherpfeife entwendet hatte, um sie angeblich in den Kanal zu werfen, war sie schließlich selbst vor den Ofen getreten und hatte die heiße Glasmasse aufgespießt. Seitdem war ihr die canna viele Male aus der Hand geglitten, doch wirklich losgelassen hatte sie sie nie mehr.

»Hat dich die Neugier übermannt?«, fragte Jaco bei ihrem Anblick. »Ich habe doch gesagt, ich erzähle dir alles, wenn es so weit ist.«

»Es geht gerade nicht um die Bibliothek.« Sie ergriff ihn beim Arm und dirigierte ihn von den drei umstehenden Kerlen weg, die nach ihnen die Osteria verlassen hatten und drauf und dran waren, sich zu schlagen. Ein flüchtiger Blick über die Schulter verriet ihr, dass es ihre eigenen betrunkenen Mitarbeiter waren. Von Gio waren sie es gewohnt, dass man nach Feierabend gemeinsam einen heben ging – bloß kurz noch den Gaumen mit dem geliebten Ombra benetzen und das warme Gefühl der Zusammengehörigkeit spüren, bevor der Heimweg angetreten wurde. Flavia hätte wissen müssen, dass sie an ihrem freien Tag erst recht beieinanderhocken würden.

Nur hatte sie eigentlich gedacht, dass die richtigen Saufgelage erst gegen Abend stattfanden. Denn leider Gottes entwickelten sich die Stehlokale nach Sonnenuntergang zu kleinen Lichtpunkten, die Muranos Gassen zu einem engmaschigen, verhängnisvollen Netz aus Casinos und Tanzhäusern machten und damit sämtliche Geschöpfe der Nacht anzogen. Viel zu oft ließ auch Jaco sich wieder ködern, als hätte er verdrängt, dass jegliches Glücksspiel tabu war, seit Giovanni den Familienbetrieb riskiert und Orietta unter Einsatz ihres Lebens die Besitzurkunde gerettet hatte.

»Wenn es nicht um meinen meisterhaften Plan geht, worum bitte dann?« Doch noch während er sprach, schien ihr Bruder selbst draufzukommen. Jacos wohlgeformte Brauen schossen über den Rand seiner Brille in die Höhe, als ein Ruck seinen Körper durchfuhr. »Haben wir einen Brief erhalten? Hat er mir …?«

Flavia seufzte, und das war Antwort genug. Mit der Schulter versetzte sie ihm einen tröstlichen Schubs. »Wer weiß, wo Gio sich gerade befindet und wie lange ein Brief von dort aus unterwegs ist? Sicher geht es nicht so schnell wie die Post vom Bosporus. Und Orietta war schon immer eine fleißige Schreiberin, was man von unserem älteren Bruder nicht gerade behaupten kann.«

»Fast zwei Jahre«, flüsterte Jaco. Mit einem hohlen Lachen versuchte er, über seine wahren Gefühle hinwegzutäuschen, wie sie es innerhalb der Familie immer alle getan hatten, um ihn vor der harschen Wirklichkeit zu schützen. Obwohl sie ein Zwillingspaar und damit gleich alt waren, hatte er lange Zeit als das Nesthäkchen der Familie gegolten. Flavia konnte nur erahnen, inwieweit es ihn verändert hatte, diese Stellung auf einen Schlag zu verlieren. Äußerlich wirkte er wie immer, bis auf seinen neuerdings in Form gestutzten Schnurrbart, den er angeblich so lang wachsen lassen wollte, bis er ihn zwirbeln konnte.

»Also, was gibt es Wichtiges?«, fragte er schließlich, als hätte sein schwacher Moment nur in ihrer Einbildung stattgefunden.

Sie antwortete erst, als sie zurück in der Werkstatt und unter sich waren. »Der Lieferant hat uns geleimt.« Flavia schilderte ihm kurz und knapp die mangelnde Qualität der Quarzkiesel. »So bekommen wir kein klares cristallo zustande. Ich muss die Fracht zurückschicken.«

»Und in der Zwischenzeit können wir nicht arbeiten«, schloss er. Ein Grinsen stahl sich dorthin, wo ein bedauernder Zug um seinen Mund hätte liegen sollen. Nicht nur einmal hatte er die Glasmacherpfeife von sich gestreckt, das Gebilde an deren Ende hin und her gedreht und selbst die mittelmäßige Arbeit erkannt, die er da geleistet hatte. Doch anstatt das Glas noch einmal zu erhitzen, behalf er sich in der Regel mit einem Achselzucken. »Du hast von vornherein zu spät bestellt. Das Rohstofflager ist fast leer, und das, was wir haben, reicht nicht, um große Sprünge zu machen, hab ich recht? Wir müssen warten, bis die neue Lieferung da ist.«

»Du klingst mir eine Spur zu triumphierend.« Flavia trat vor seinen Ofen und bedeutete ihm, die Klappe zu öffnen, damit sie den glühenden Kolben herausholen konnte, den er vor seiner Pause aus der Glasmasse geformt hatte.

Er stöhnte. »Müssen wir das wirklich noch fertig machen? Das rettet uns auch nicht vor dem Produktionsstopp.«

»Vielleicht nicht. Aber wir können zumindest dem wenigen Glas, das wir noch haben, echte Brillanz verleihen!«

* * *

Zu Hause beim Abendessen wusste Flavia nicht mehr, was sie sich von ihrem Gespräch mit Jaco versprochen hatte. Einen Funken Beistand? Die Gewissheit, dass auch ihm dieser Fehler unterlaufen wäre? Niemand konnte schließlich zu jedem Termin pünktlich erscheinen. Und außerdem: Was hätte es geändert, wenn sie es rechtzeitig zur Werkstatt geschafft hätte? Die Steine wären derselbe wertlose Haufen geblieben. Sie wünschte bloß, ihr Bruder hätte ihr deutlich gezeigt, dass er sie verstand. Genau genommen hatte er ihr weder Vorwürfe gemacht noch ihr gut zugeredet, sondern war schlussendlich eher selbst in leichte Panik verfallen.

Bei allem, was er gesagt oder auch nicht gesagt hatte, war jedoch für sie sein Grinsen das Schlimmste gewesen: Jacos Freude darüber, dass er nicht weiterzuarbeiten brauchte, weil gar nicht weitergearbeitet werden *konnte*. Und all das hatten sie Flavia zu verdanken.

Energischer als beabsichtigt, spießte sie das Fritto Misto mit der Gabel auf, das als Zwischengang zu Vor- und Hauptspeise aufgetischt worden war, und schob sich die Mischung aus gebackenen Scampi und Tintenfisch in den Mund. Obwohl die Küche ihrer Mutter traditionsgemäß salzarm ausfiel und sie eigentlich daran gewöhnt war, stellte Flavia fest, dass das Essen heute nach rein gar nichts schmeckte. Oder war nur sie diejenige, die nichts wahrnahm – nichts von dem edlen kaltgepressten Olivenöl und dem Hauch frischer Zitrone, die sich mit dem Fett zu einer köstlichen Wohltat vereinen sollte.

Ihre Nonna hatte sie immer schon davor gewarnt, dass Ärger auf den Magen schlug, hatte ihr seit der Kindheit vorgelebt, wie komfortabel es sein konnte, lieber ein Stück Schmalzgebäck zu vertilgen, statt zu schmollen. Und die Maßnahme hatte auch viele Jahre lang gewirkt, doch heute befürchtete

Flavia, dass selbst ein fettiger Krapfen ihr aufgewühltes Gemüt nicht würde besänftigen können.

Es war gar nicht der Fehler auf Lieferantenseite, der sie am meisten quälte, sondern vielmehr der blamable Umstand, dass sie sich mit einem ungehobelten Glassammler verschwatzt hatte und deshalb zu spät eingetroffen war.

»Ein gewisser John Pomeroy hat nach dir gefragt«, sagte sie in die Stille aus Kauen und Schlucken, die nicht vergleichbar war mit dem regen Tischgespräch, das stattfand, als alle Geschwister noch an der Tafel gesessen hatten. Die Blicke ihrer dezimierten Familie wandten sich ihr zu, ein jeder hoffnungsvoll, vielleicht dieses Mal in eine längere Unterhaltung verwickelt zu werden. Seit die zwei meinungsstärksten Familienmitglieder fehlten, gestalteten sich die gemeinsamen Essen zunehmend wortkarg und zäh. Niemand zeterte herum, man piesackte sich nicht mehr gegenseitig oder fuhr vom Stuhl auf, um den anderen zu überragen, wenn man ihn schon nicht übertönen konnte.

»Was wollte der Mann?« Ihr Vater ließ seine kaum gefüllte Gabel über dem Teller schweben, bevor er sie unangerührt beiseitelegte.

»Seine Glassammlung einer Prüfung unterziehen lassen.«

»Dafür haben wir keine Zeit.«

Flavia nickte, und erst jetzt, da ihr Vater genauso reagiert hatte wie angenommen und die Anspannung von ihr abfiel, merkte Flavia, dass sie trotz aller Kenntnis, die sie von ihm besaß, doch auch eine andere Reaktion für möglich gehalten und vielleicht auch ein wenig gefürchtet hatte. Aber der berüchtigte Zorn ihres Vaters blieb aus. Mit einer wegwerfenden Handbewegung fuhr sie fort und verkündete schon eine Spur mutiger: »Ich habe den Wichtigtuer davongejagt.«

»Dann hat sich mein Unterricht wohl endlich bezahlt gemacht.« Jaco schlug feixend einen Kinnhaken in die Luft.

»*Ohne* Gewaltanwendung«, korrigierte sie ihn.

Ihr Bruder gluckste. »Hast du ihm deine haarigen Beine gezeigt? Das schlägt jeden Sprücheklopfer in die Flucht.«

»Kinder, bitte.« Ihre Mutter stöhnte. Dank ihres Instinkts, der trotz des Kummers immer noch tadellos funktionierte, hatte sie durchschaut, dass hinter der Angelegenheit noch mehr stecken musste. Mit müdem Blick erteilte sie Flavia wieder das Wort.

»Also ... eventuell ist es zu einer kleinen Auseinandersetzung gekommen. Aber das war nicht meine Schuld, er wollte einfach kein Nein akzeptieren. Ich habe ihm versichert, dass Vater beschäftigt ist, doch er hat sich eingebildet, er könnte einfach so in die Werkstatt spazieren und herumschnüffeln.«

»Schade! Wir hätten uns doch alle über einen selbst ernannten Kenner amüsiert, dem das Berufsgeheimnis der Glasbläser kein Begriff ist«, sagte Jaco; er wirkte fast enttäuscht. »Warum hast du ihn nicht zu mir geschickt? Ich hätte ihm schon gezeigt, wo's langgeht.«

»So springen wir nicht mit Kunden um.« Ihr Vater warf seine Serviette auf den Teller und marschierte in das angrenzende Wohnzimmer. Zu Flavias Entsetzen kehrte er mit Stift und Notizblock zurück. »Wie lautet sein Name?«

»Aber du hast doch gerade gesagt, wir haben keine Zeit dafür ...«

»Dann müssen wir sie uns jetzt wohl nehmen.« Sein Blick verdüsterte sich. »Schadensbegrenzung betreiben. Erst Giovanni, dann Orietta ... Wir können uns nicht noch einen Knacks in unserem Ansehen leisten.« Was er nicht aussprach, war: Wenigstens der Ruf *eines* Volpato sollte ungetrübt bleiben. Dass für die Rettung von Jacos Ruf jede Hilfe zu spät kam, brauchte er nicht eigens zu erwähnen. Und sicher hatte er auch schon von Flavias Demütigung in der Kirche erfahren, was ihm wohl zusätzlich zu schaffen machte.

Der Druck, in einer Vitrine voller Porzellan das strahlende Kristallglas zu sein, machte sich in Flavia mit voller Wucht bemerkbar. Keiner von ihnen konnte etwas für die ihm zugeschriebene Rolle – weder Orietta für ihren scharfen Intellekt noch Flavia für ihr gutes Aussehen oder Jaco für seinen Status als Nesthäkchen. Solange alle ihren Part übernahmen, war Flavia auch gewillt gewesen, nach außen hin die einfältige Schönheit zu mimen. Doch jetzt, da durch das Fehlen der älteren Geschwister die vormalige Familienordnung in sich zusammengestürzt war, konnte sie sich nicht mehr so arglos verstellen. Mit jedem Scherz, der auf Kosten ihrer Intelligenz gerissen wurde, mit jedem Verehrer, der sie nur ihres Aussehens wegen wollte, ja, mit jedem preiswürdigen Unikat, das *sie* angefertigt hatte und das als Einfall ihres Bruders ausgegeben wurde, zerbrach ein Stückchen mehr von ihr. Wenn heute jemand sie maßlos unterschätzte, konnte sie nicht mehr einfach nur dazu lächeln. Seit heute, und wenigstens das hatte sie dieser elende John Pomeroy gelehrt, wollte sie das nicht mehr.

»Ich könnte mich nach ihm umhören und herausfinden, wo in der Stadt er residiert«, sagte ihre Mutter. »Wir laden ihn zum Essen ein.«

»O nein, bitte nicht!« Flavia schlug sich die Hände vors Gesicht. »Er war furchtbar blasiert und von sich eingenommen.«

»Du sollst ihn ja nicht heiraten. Eine Entschuldigung deinerseits wäre allerdings angebracht. Und falls das nicht hilft, überzeuge ich ihn mit meinem Lammbraten. Irgendwie müssen wir deinen Fauxpas ja wieder ausbügeln.«

Fauxpas.

Flavia ließ die Hände sinken und schüttelte den Kopf. Allmählich wurde sie wütend. »Wie hätte ich es denn geschickter anstellen sollen? Ich habe versucht, mit ihm einen Termin zu vereinbaren, doch er hielt mich für unfähig, weil ich eine Frau bin.« Bei der Erinnerung daran versteifte sich ihr ganzer Körper. *Nicht, weil du eine Frau bist, bloß unfähig, einen Kunden zu beraten.* Das jedenfalls hatte Pomeroy angedeutet.

»Warum hast du ihn dann nicht umgarnt, wenn er schon deine Reize erkannt hat? Es gibt doch charmante Wege, einen Mann abzuweisen, ohne ihn gleich vor den Kopf zu stoßen. Nutze deine Talente, Herrgott!«

Das war der Moment, in dem die unsichtbare Verbindung griff, die Jaco und Flavia als Zwillingspaar hatten. Sein Beschützerinstinkt erwachte mit einem Paukenschlag. »Genau das tut sie doch die ganze Zeit – ihre Talente nutzen! Jeden Tag, den sie für mich unser cristallo fertigt!« Er schob seinen Teller mit einer Heftigkeit von sich, dass das Geschirr klirrte. Als sie noch Kinder gewesen waren, hatte sich Flavia ihre Gefühlsbrücke immer wie einen Spiegel vorgestellt, durch den sie einander betrachten konnten. Hob einer die Hand, so musste auch der andere die Hand heben, begann einer zu weinen, so flossen auch bei dem anderen die Tränen. Egal, ob sie sich manchmal uneinig waren oder sich gegenseitig am liebsten erdrosselt hätten, sie blieben zwei Teile eines Ganzen. Man musste sie lediglich hin und wieder daran erinnern.

Ihre Eltern schwiegen betreten nach Jacos Ausbruch, doch er war noch nicht fertig und starrte sie beide nieder, als hätte er sich gerade erst auf die richtige Temperatur gebracht. »*Ich* sollte an den Öfen stehen und schuften, vielleicht hätte Flavia dann die Muße, aufdringliche Schmierlappen zu umgarnen!« Seine Stimme flatterte vor Erregung. »Aber ich habe es nicht im Blut, richtig? Und das wird sich auch nie ändern! *Ich* bin der verdammte Fehler in dieser Familie – nicht Flavia! Wann begreift ihr das endlich?«

Zwischen Einatmen und Ausatmen rührte sich niemand von der Stelle, erst als Jaco einen Fluch ausstieß und vom Tisch aufsprang, kamen Vater und Mutter wieder zur Besinnung. Sie wechselten einen hilflosen Blick. »Du könntest immer noch Don Benvenutos Glasfachschule besuchen«, sagte ihre Mutter betont ruhig und hob den Finger, als der Vater bei der Erwähnung der Dal Corsos – ihrer Rivalen, und, wenn es nach ihm ging, ihrer ewigen Erzfeinde – die Hände über dem Kopf zusammenschlug.

»Was könnten die mir schon beibringen?«, schnappte Jaco. »Nichts, was die fertigen, ist für unseren Vertrieb interessant.«

»Aber sie beherrschen die Grundlagen. Und Dinge, für die wir bisher keinen Sinn hatten. Wir könnten unsere Palette erweitern«, mischte sich Flavia vorsichtig ein, obwohl nun sie an der Reihe gewesen wäre, ihrem Zwilling den Rücken zu stärken. Doch was ihre Mutter vorschlug, klang gar nicht so unvernünftig. Wenn Jaco das Handwerk noch einmal von der Pike auf erlernte, wäre er in ein paar Jahren eine verlässliche und wahrhaft wertvolle Hilfe im Betrieb. So wie er jetzt arbeitete, musste sie zu oft eingreifen und nachbessern.

Andererseits … Was wäre das für ein vernichtender Skandal, wenn sie öffentlich zugaben, dass Jaco sein Handwerk nicht richtig beherrschte? Unweigerlich würde die Frage aufkommen, wer denn nun das Wunderkind war, das all die Unikate schuf.

»Wir sollten Wandmosaike und Flaschen in unser Sortiment aufnehmen … irgendwann. Aber natürlich nur, wenn du das möchtest, also auf diese Schule gehen, meine ich. Wir könnten mit Don Benvenuto eine Vereinbarung treffen, es so aussehen lassen, als würdest du die Schüler als moralische Stütze beaufsichtigen. Irgendwas fällt uns schon ein«, sagte sie hastig. Jaco durchbohrte sie mit Blicken aus seinen haselnussbraunen Augen – die Strafe dafür, dass sie es überhaupt in Betracht zog, ihn zu den Rivalen zu schicken. »Falls nicht, auch in Ordnung. Ich bin ja hier. Du wirst schon sehen, ich mache aus dir einen wahren Meister, auch ohne dass du wieder die Schulbank drücken musst.«

Nun starrte er in sein Wasserglas, während ihre Mutter vom einen zum anderen blickte.

»Wenn doch bloß Orietta zurückkehren würde«, murmelte ihr Vater in sich zusammengesunken. Weder die Aussicht, Jaco könnte die Glasfachschule der Dal Corsos besuchen noch das Versprechen, Flavia würde seine Fähigkeiten schärfen, schien ihm zu gefallen. »Ich bin so ein Sturkopf gewesen.« Flehend, beinahe gequält, wies er an die Zimmerdecke. »Orietta hätte nie … sie wäre nie so …« Und Flavia wusste, was er sagen wollte, ohne dass er sich weiter erklären musste.

Ihre Schwester hätte sich nie so zum Gespött gemacht.

Wahrscheinlich hätte sie Pomeroys Beratung gleich in die eigenen Hände genommen und ihm an Ort und Stelle den Auftrag samt Anzahlung abgerungen.

Erst bei den Worten ihrer Mutter wagte Flavia, von ihren ineinander verkrampften Fingern wieder aufzublicken.

»Unsere Orietta wird irgendwann zurückkehren, da bin ich mir sicher. Aber im Augenblick sind es eben Flavia und Jaco, auf die es ankommt, und das muss genügen.«

Bloß was, wenn es das nicht tat? Diese Frage plagte sie, seit sie die Buchhaltung übernommen hatte.

»Jetzt beruhigen wir uns alle wieder und konzentrieren uns darauf, was morgen ansteht«, erklärte ihre Mutter versöhnlich und schob die Ärmel ihres Kleides hoch – ein vertrautes Signal, das das Ende des Abendessens ankündigte. Innerhalb der nächsten Atemzüge mussten alle, denen ihre Freiheit lieb war, die Küche verlassen, ansonsten wurden sie zu hundertjähriger Knechtschaft an der Spüle verdammt. »Ich kümmere mich morgen um die Adresse von diesem Pomeroy, und bis dahin wird nicht mehr gestritten. Euer Vater zieht sich jetzt zurück.« Besagter Vater grummelte, wanderte jedoch auf ihren Wink hin ins Wohnzimmer und ließ sich mit einem Ächzen aufs Sofa fallen. »Und ihr zwei Hübschen«, ihre Mutter legte eine mahnende Pause ein, »geht jetzt zurück in die Werkstatt und setzt die Glasfritte für morgen an. Unsere Rohstoffe vermischen sich nicht von allein. Wie mir ein Vögelchen gezwitschert hat, ist heute Mittag eine frische Lieferung eingetroffen.«

Jaco öffnete den Mund, als wollte er sie über die mangelhaften Steine in Kenntnis setzen, doch Flavia war schneller, schoss von ihrem Platz hoch und trieb ihren Bruder vorwärts. »Wie Sie wünschen, Frau Mutter!«

Jaco, wohl verwundert darüber, dass ihr die Ablenkung so glatt von der Zunge gegangen war, biss sich auf die Lippe und schenkte ihr einen anerkennenden Blick, bevor er die Küche verließ. Flavia wollte ihm schon nacheilen, als ihre Mutter sie auf ein Wort zurückrief.

»Ich werde meine Entschuldigung dreimal vor dem Spiegel üben«, nahm Flavia die Belehrung vorweg.

»Sehr vorbildlich, aber ich wollte dir etwas anderes sagen.« Ihre Mutter klopfte ihr flüchtig die Schultern ab, als bräuchte sie etwas Festes, auf das sie ihren schwimmenden Blick richten konnte. »Du *musst* das alles nicht erdulden, das weißt du, oder, piccola?«

Flavia erstarrte. Unfähig, sich zu rühren, hörte sie bloß zu.

»Auch mit unserem derzeitigen Ruf würden wir für dich jederzeit eine annehmbare Partie finden. Du könntest ausziehen und deinen eigenen Hausstand gründen. Den Schatten, der nun auf dem Namen Volpato liegt, mit einer einfachen Zeremonie abstreifen.« Ihre Mutter bemühte sich redlich, aber vergebens, ihre aufwallenden Schluchzer zu unterdrücken. »Als Kind wolltest du immer heiraten ... Ich musste einer Puppe sogar die Haare abschneiden, damit sie als Bräutigam für die andere herhalten konnte.«

»Danach habe ich selbst wochenlang auf einem Kurzhaarschnitt bestanden.« Flavias Stimme klang heiser in ihren eigenen Ohren. »Du musstest die Schere vor mir verstecken.«

Ihrer Mutter entrang sich bei der Erinnerung ein trauriges Lachen, dem sich Flavia unwillkürlich anschloss.

»Das möchte ich immer noch«, versicherte sie dann. »Nicht den Haarschnitt – heiraten. Nur nicht so. Nicht unter diesen Umständen. Und wer mich als Ehefrau bekommt, der kann sich gleich hier ein Zimmer aussuchen. Ich werde euch nicht im Stich lassen.«

Kapitel 4

Wenn sie am Abend noch geglaubt hatte, sie würde mit ihren Lügen davonkommen, so musste Flavia am nächsten Morgen, während die Schimpftirade ihres Vaters in seinem Arbeitszimmer auf sie niederging, zugeben, dass sie sich gründlich geirrt hatte. Wenigstens war es nicht Jaco gewesen, der sie verraten hatte, sondern einer der Garzonetti. Von ihrem Vater angehalten, etwas aus dem Rohstofflager zu holen, war der Kerl wohl über die Kartons gestolpert, die Flavia für den Rückversand wieder verschnürt und beiseitegestellt hatte. Und in dem Glauben, sie hätte sie schlicht übersehen, hatte er sie aufgerissen und die minderwertigen Quarzkiesel gefunden. Das hatte einen Großalarm in der ganzen Werkstatt ausgelöst. Jeder, der irgendwie konnte, hatte sein Werkzeug fallen lassen und war herbeigeeilt, um die Katastrophe zu besichtigen, und nun standen sie alle mit rauchenden Köpfen und ratlosen Mienen draußen in der Werkhalle in einem Kreis und beratschlagten sich. Da sich niemand außer Enzo und Damasio erklären konnte, warum ihr sonst so zuverlässiger Lieferant sein Qualitätsversprechen zum ersten Mal in zehn Jahren nicht eingehalten hatte, und die beiden eisern schwiegen, war der Verdacht schnell auf Flavia gefallen. Sicher hatte sie bei der Bestellung das falsche Kästchen angekreuzt. Im Schreiben war sie ja noch nie die Beste gewesen. Dass sie nach den sich zuspitzenden finanziellen Einbußen ihren Handelspartner hatten wechseln müssen, kam ihnen gar nicht in den Sinn, und Flavia würde es ihnen gewiss nicht auf die Nase binden, ganz gleich, was sie über sie lästern mochten. Sie hatte sich das monatliche Budget der Firma ganz genau angeschaut und schließlich eine notwendige Umverteilung vorgenommen. Die oberste Priorität eines Unternehmens lag in dem Erhalt und der Zufriedenheit der Mitarbeiter – war es nicht so? Ihnen pünktlich die Löhne zu zahlen, weiterhin dafür zu sorgen, dass drei Mahlzeiten täglich auf den Tisch kamen, das war Flavias Anliegen. Auch deshalb hatte sie sich mit einem günstigeren Lieferanten zusammengetan, auf die Gefahr hin, dass eben solche Schwierigkeiten auftreten könnten, wie sie sich nun unglücklicherweise ergeben hatten. Ein Gutes hatte das Ganze immerhin, sie musste ihrem Vater nicht mehr Rede und Antwort stehen, warum sie die Glasfritte gestern Nacht nicht wie versprochen vorbereitet hatte, denn das erklärte sich von selbst: ohne Rohstoffe keine Glasmasse. Erst jetzt, da sie ihm an seinem Schreibtisch gegenübersaß, während er sich auf die flachen Hände gestützt zu ihr herabbeugte, in diesem skurrilen Moment, da sie nebenbei bemerkte, dass sein zurückgegangener Bauchumfang nicht eine einzige kleine Glasfigur umfegte, weil er so sehr abgenommen hatte, zweifelte sie an der Richtigkeit ihrer Handlungen. Vielleicht hätte sie ihren Eltern gestern beim Abendessen Bescheid geben und sie um Hilfe bitten sollen, statt das Problem vertuschen zu wollen. Vielleicht würde sie sich dann jetzt nicht so schlecht fühlen.

»Ich bin nicht wütend darüber, dass falsche Ware angekommen ist«, sagte ihr Vater, nachdem er einen langen Moment pausiert hatte, wie jemand, der im Kopf von zwanzig herunterzählte, um sich zu beruhigen. »Aber ich kann es nicht leiden, wenn meine eigene Tochter mich belügt.«

Flavia zuckte zusammen.

»Warum haben wir gestern stundenlang über einen britischen Glassammler gesprochen? Damit du uns das wahre Problem nicht beichten musstest? Existiert dieser Mann überhaupt?«

»Aber natürlich!« Dass er ihre Ehrlichkeit wegen einer Sache, über die sie nicht gelogen, sondern lediglich geschwiegen hatte, nun grundsätzlich anzweifelte, schockierte sie.

»Sag mir die Wahrheit, ragazza.« Eine unangenehme Zeitspanne lang blickte er sie mit aller Strenge an, dann brachen seine Schultern ein, und er gab es auf. Der Stuhl knarzte, als er sich hart darauf zurückfallen ließ und den Kopf in eine Handfläche stützte.

»Ich schicke die Steine zurück«, sagte sie rasch. »So lange können wir uns von den anderen Glashütten Material leihen, um unsere Öfen weiter unter Feuer zu halten.« Und kaum hörbar fügte sie hinzu: »Es tut mir leid, Papà.«

Er seufzte, sagte aber nichts davon, dass er ihr bereits verziehen hatte. »Meinetwegen. Geh zu allen außer zu den Dal Corsos. Sag unseren Zunftbrüdern, wir haben eine überraschend starke Auftragslage und werden die Kalkulation der Rohstoffe mit der nächsten Fracht anpassen.«

»Wird diese Erklärung nicht bloß Missgunst und Neid schüren?«

Ihr Vater löste die Hand von der Stirn, beinahe glaubte sie, er würde sie in seiner Verzweiflung zur Faust formen und sich in den Mund stopfen, wie um einen Schrei zu ersticken, doch er umfasste bloß die Lehne seines Stuhls. »Besser, sie beneiden uns, als dass sie uns bedauern.«

Flavia war nicht überzeugt, dennoch nickte sie. »Gibt es sonst noch etwas, das ich für dich tun kann? Soll ich schnell zur Osteria und dir ein paar salzige Leckereien holen? Du hast Mammas Suppe kaum angerührt, dabei liebst du doch Linsen.« Überhaupt machte er in letzter Zeit einen antriebslosen Eindruck, nicht nur wenn es ums Essen ging. Alles schien ihm zunehmend schwerer zu fallen, selbst das Aufstehen. »Natürlich könnte ich dir auch einen feinen Kräuterlikör besorgen …«

Ihre Fürsorge schmeichelte ihm. Mit einem Kopfschütteln und dem Hauch eines Lächelns schob er ihr einen Brief mit dem Stadtstempel hin. »Hauptsache, die Öfen brennen weiter. Hier, den wollte ich dir schon seit Tagen geben, aber wir bekommen einander ja kaum zu Gesicht.«

»An Jaco adressiert«, bemerkte sie trocken.

»Was drinsteht, richtet sich an dich.« Ihr Vater lehnte sich zufrieden zurück und faltete die Hände vor dem Bauch, als würde er davon ausgehen, dass sie laut vorlas. Als sie es nicht tat, gab er vor, in der Schublade etwas zu suchen, damit sie sich weniger beobachtet fühlte und ihre Beklommenheit abstreifen konnte.

»Die offizielle Bestätigung unserer Wettbewerbsanmeldung«, hauchte sie, nachdem sie das Schreiben im Stillen gelesen hatte. Obwohl ihre Teilnahme als traditionsträchtige Familie von vornherein so gut wie gesichert gewesen war, hatte sie mit Spannung die Antwort auf ihr schriftliches Konzept erwartet. Denn wo sie es im Tagesgeschäft nicht wagte, von den bewährten Strukturen und Techniken abzuweichen, war sie hier ganz ihrer Fantasie gefolgt. Sie hatte sich eine Unterwasserwelt ersonnen, die in einer raumhohen Glastafel zum Leben erweckt werden sollte. Dabei würden allerlei Meeresgeschöpfe – echte und erträumte – sowie unzählige Pflanzen und Korallen in den buntesten Farben erstrahlen, während das Wasser sie als kristallklares Vlies umschließen würde, ganz wie in einem echten Bassin.

Es war neu und gewagt, eine Idee, auf die in der Form noch kein Glasmacher vor ihr gekommen war – oder die zumindest noch niemand zuvor erfolgreich umgesetzt hatte. Natürlich würde es knifflig und zeitaufwendig werden, die einzelnen kleinen Elemente zu modellieren und am Ende zu einem Ganzen zusammenzufügen, doch für sie war es den Versuch und die Mühe wert. Mithilfe der Massello-Technik würde Flavia das Bedürfnis der modernen Gesellschaft befriedigen, aus rein ästhetischen Gründen ein Aquarium im Salon aufstellen zu können, jedoch ohne dass dafür echte Seetiere eingesperrt werden mussten, die ja obendrein irgendwann das Zeitliche segneten. Wenn die Leute schon so viel Wert auf eine maritime Umgebung legten, konnte sie sich auch an ihrer schillernden kunstvollen Reproduktion ergötzen. Das war zweifellos weniger grausam.

Hier hielt sie jedenfalls die Bestätigung dafür in den Händen, dass ihre Visionen durchaus auch bei alten zugeknöpften Männern Anklang finden konnten. Den Beweis dafür, dass sie die Kunstwelt mit ihrem Handwerk wunderbar bereichern konnte – wenn man sie nur offiziell ließe. Die Herren der Wettbewerbskommission hatten ihren Ideenreichtum schließlich ausdrücklich gelobt, auch wenn sie ihn in ihrer Ahnungslosigkeit Jaco zuschrieben.

»Behalt ihn ruhig bei dir«, sagte ihr Vater, als sie den Brief, vor Stolz ganz zittrig und ein bisschen ungläubig, wieder sinken ließ. Bevor sie ein weiteres Mal einwenden konnte, dass er doch an ihren Bruder adressiert sei, nahm er seinen Kohlestift, strich Jacos Namen durch und setzte ihren darüber. »Und jetzt sieh zu, dass du aus dem Büro kommst. Die Öfen warten, und ich will deine Post nicht hier herumliegen haben.«

»Danke, Papà!« Mit wenigen Schritten war sie um den Tisch getreten und hatte ihn umarmt. Er machte sich scheinbar ärgerlich von ihr los, als wäre ihm bereits entfallen, worüber sie gesprochen hatten und wofür ihm Dank gebührte, doch das Glänzen in seinen Augen verriet den Stolz, den er in vollem Maße für sie empfand. »Nun an die Arbeit, Mädchen! Avanti!«

* * *

Trotz ihrer lästigen Aufgabe schlängelte sich Flavia leichtfüßig durch die Gassen. Das Wissen, wie gut ihre Idee aufgenommen worden war, verlieh ihr den nötigen Antrieb, um entgegenkommenden Passanten auszuweichen und im genau richtigen Moment einen Schritt zur Seite zu machen, wenn mal wieder aus einem der geöffneten Fenster oben ein Schwall Spülwasser herabstürzte und den Gehweg flutete wie das Acqua Alta den Markusplatz im November. Ehe sie sich's versah, klopfte sie schon an die Tür der nächsten Glaswerkstatt, und auf ihre Lippen stahl sich ein siegessicheres Lächeln, als der älteste noch lebende Glasmeister Muranos, Don Ignazio, höchstpersönlich an der Tür erschien. »Volpato«, grunzte er verächtlich und rieb sich mit dem Zeigefinger die großporige Nase, als würde sie von innen jucken. Seinem grimmigen Gesichtsausdruck nach zu urteilen, fasste er wohl eben jenes Jucken als eindeutiges Zeichen dafür auf, dass der vor ihm stehende Besuch nichts Gutes verheißen konnte. Ohne ihr die Chance zu lassen, ihn zu begrüßen und in ein, zwei Nebensätzen das schlechte Wetter zu erwähnen – wie es sich für zwei waschechte

Insulaner untereinander gehörte –, versetzte er der Tür einen Tritt, sodass sie zuflog.

»Don Ignazio?« Flavia hob die Stimme und begann erneut zu klopfen, diesmal jedoch nicht mehr gelassen, sondern mit zunehmender Vehemenz. »Buongiorno, Signore. Mein Vater schickt mich, um eine bescheidene Anleihe zu machen. Unsere Auftragslage hat sich in kurzer Zeit verdreifacht, sodass wir mit den vorrätigen Rohstoffen nicht ganz hinkommen. Ihre Werkstatt könnte unserer aushelfen, wo wir doch seit Jahrzehnten Freunde sind.« Kaum hatte sie geendet, schwang die Tür wieder auf. Der alte Glasbläser beäugte sie – ob interessiert oder kritisch, vermochte sie an seiner starren Miene nicht abzulesen, doch bei seiner anschließenden Frage wurde klar, dass es sich schlicht um Neugier handelte. »Von allen Seiten höre ich, der Betrieb stehe kurz vor dem Aus?«

»Uns geht es blendend«, log sie lächelnd.

Er gab ein Schmatzen von sich, als hätte er eine Fleischfaser, die vom Vortag noch zwischen den Backenzähnen steckte und an der er bereits den ganzen Morgen arbeitete, endlich mit der Zunge zu fassen gekriegt – und als wäre es allein Flavia, die ihn davon abhielt, den Fingernagel zu benutzen, um das lästige Ding ein für alle Mal zu beseitigen. »Verzeihung, unser Lager lässt derzeit keine Anleihen zu«, sagte er und krümmte die Hand um den Türrahmen. »Erst recht nicht an Betriebe, denen es *blendend* geht. Bei einer Notlage sähe das sicher anders aus, aber euch geht es ja …« Er ließ den Satz unvollendet und zuckte feixend mit den Achseln. Dann verzog er sich zurück ins Innere seiner Werkstatt und schloss die Tür.

Flavia blinzelte. Natürlich hatte sie nicht sofort mit einem Ja gerechnet, nicht bei dem Ruf, den ihre Familie inzwischen innehatte, doch dass man ihr nicht einmal mehr ein Mindestmaß an Freundlichkeit zugestand und ihr sogar den Einlass verwehrte – das hätte sie nie gedacht. Sie wurde ja behandelt, als wäre sie eine Fremde, dabei hatte Don Ignazio vergangenes Jahr noch auf der Geburtstagsfeier ihres Vaters betrunken wie eine ganze Mannschaft Matrosen unter ihrem Küchentisch gelegen; und sie, Flavia, hatte seinem Enkelsohn, Riziero, interessiert zugenickt, während der über seine Vorliebe für indischen Tabak herumschwadronierte – nur weil sie praktisch die beiden einzigen jungen Leute auf dem Fest gewesen waren und es ihr unhöflich erschienen wäre, ihn vor seinen Zunftbrüdern abblitzen zu lassen. Aber vor allem hatte sie es getan, weil sie ihre Eltern nicht in ein noch schlechteres Licht rücken wollte.

Offenbar waren ihre Bemühungen umsonst gewesen, denn wie es nun aussah, wartete die gesamte Zunft geradezu auf den Niedergang ihrer Familie. Vermutlich hatten sie schon Absprachen getroffen, wer den Laden bekam und wer die Öfen.

Mit einem mulmigen Gefühl machte Flavia sich zu den nächsten zwei Werkstätten auf, kleine Betriebe, die auf der Rangliste der bekannten Glasmeister Muranos zwar weit unten standen, jedoch dank der jüngst erhöhten internationalen Nachfrage nach Muranoglas zweifellos über genügend Kunden verfügten, um ein gefülltes Rohstofflager zu besitzen. Als man sie auch dort mit fadenscheinigen Ausreden abwies, änderte sie die Erklärung ihres Vaters für den Engpass nach eigenem Ermessen ab. So wurde aus einer verdreifachten Auftragslage erst eine doppelte, dann nur noch eine gute, und schließlich, als die nächste Glaswerkstatt sie ungeniert abschmetterte, beschönigte sie die Situation gar nicht mehr, sondern sagte die Wahrheit: »Wir haben uns verkalkuliert und brauchen einen Zentner Quarzkiesel. Am besten noch heute.

Könnt ihr uns aushelfen?« Donna Annunziata besaß immerhin den Anstand, sie hereinzubitten und vor eine Tasse Tee zu setzen, bevor sie ihren Mann holen ging, der, wie sie wenig später zerknirscht erklärte, leider unabkömmlich war. Aber Flavia sollte gerne noch eine Weile bleiben und mit ihr den Kuchen kosten, gebacken nach einem Rezept, das sich ihr im Traum offenbart hatte.

Es war bereits Nachmittag, als Flavia entmutigt das Kanalufer entlangtrottete, ebenso beschämt wegen ihres kläglichen Versagens wie empört über die sogenannten Zunftbrüder, die so oft mit ihrem Vater Karten gespielt, das Mittagessen geteilt und ihn bei der geringsten Kleinigkeit um Rat gefragt hatten. Nun taten sie, als kennten sie ihn überhaupt nicht. Vielleicht war es die Suche nach einem letzten Faden, der ihre Familie noch mit der Glasbläsergemeinschaft verband, was Flavia schließlich zu den Dal Corsos führte.

Doch wenige Gassen vor deren Haus blieb sie plötzlich wie angewurzelt stehen. Dort vorne … eine hochgewachsene schlanke Dame im modischen Schwarz der feinen Gesellschaft, und hinter ihr folgten zwei Geschäftsmänner mit Aktentaschen. Flavia hielt die Luft an. Konnte das Sibilla Veridiani sein? Sie kniff die Augen zusammen, um deutlicher zu sehen. Was besprach sie mit den Herren, die sie begleiteten? Einer hatte Block und Stift gezückt und schien alles aufzuschreiben, was sie mit interessiertem Blick in die Ladenschaufenster äußerte. Flavia spürte, wie sie vor Zorn errötete. Dass diese Frau die Dreistigkeit besaß, hier aufzutauchen!

Im nächsten Augenblick stürmten unter lautem Gekicher ein paar Jungs von hinten an Flavia vorbei und rempelten sie an. Sie machte unwillkürlich einen Schritt nach vorne –

»Mi spiace!«, stieß einer davon lapidar hervor –, dann waren sie ins nächste Quersträßchen abgebogen, und Flavia richtete sich wieder auf. Doch als sie mit ihren Blicken erneut nach der Veridiani suchte, war die nicht mehr da.

Aufgewühlt klopfte Flavia wenige Minuten später an die Tür der Dal Corsos. Obwohl sie sämtliche umliegenden Gassen abgesucht hatte, war und blieb die Salondame verschwunden. Nur die Fragen, die ihr überraschender Anblick in Flavia aufgewirbelt hatte, waren noch da: Bedeutete ihr Besuch auf Murano, dass die Salondame doch wieder Interesse an der Glasbläserei zeigte? War es vielleicht nie ganz erloschen, und sie hatte das letzte Jahr bloß still daran gearbeitet, einen eigenen Betrieb aufzubauen? Die Vetreria Veridiani vielleicht? Flavia schnaubte. Dann sollte sie mal sehen, wie weit sie damit käme. Niemand, der Muranoglas schätzte, würde bei einer Amateurin einkaufen, solange wenigstens noch einige der alten Traditionsbetriebe existierten.

Grimmig klopfte sie abermals bei den Dal Corsos an die Tür und verlangte, als man ihr öffnete, mit bebender Stimme, Don Benvenuto zu sprechen.

Eine Mischung aus Argwohn und Erleichterung durchströmte sie, als statt seiner Prudentia die Treppe herabschritt und ihre schlanke Hand langsam über das Geländer glitt wie Wasserperlen über den Hals einer Karaffe. Das Verhältnis zwischen ihnen war zwar angespannt, doch in ihrem aufgewühlten Zustand erschien es Flavia wie ein Glücksfall, denn Prudentia zu einer Leihgabe zu bewegen, erschien ihr einfacher als ihren streitbaren Vater.

Sobald sie beide allein am runden Tisch in der Empfangshalle saßen, umringt von geistlosen Glasflaschen, die hüfthohe Sockel und Wandvorsprünge zierten und die ein Laie für Kunst halten mochte, sobald sie abwechselnd in die Gebäckdose gegriffen und an ihrem Tee genippt hatten, ohne einander aus den Augen zu lassen, da gestand Flavia sich ein, dass sich ein Teil von ihr wohl auch danach gesehnt hatte, wieder mit ihrer besten Freundin vereint zu sein. Hier in Gegenwart der anderen Glasbläsertochter konnte sie sich entspannen und die Veridiani samt allen Fragen wieder aus ihren Gedanken verbannen. Stattdessen dachte sie über die ehemals unzertrennliche Freundschaft mit Prudentia nach.

Ob sie wohl immer noch über dieselben Dinge lachen konnten, immer noch mit nur einem Stichwort in ein Gespräch fanden, das bloß der aufsteigende Mond oder die strenge Ermahnung ihrer Mütter beenden konnte? Sie wagte es kaum zu hoffen …

Oder vielleicht war es genau andersherum, und sie wollte gar nicht, dass die Verbundenheit noch existierte. Ihr Vater hatte sie schließlich nicht ohne Grund davor gewarnt, zu den Dal Corsos zu gehen. Und dennoch … Wenn Flavia darüber nachdachte, in welchen Momenten ihres Lebens sie am glücklichsten gewesen war, kam in jeder Erinnerung ihre ehemalige beste Freundin vor.

»Als das Dienstmädchen von einem schönen Ding vor der Tür sprach, das auf den Hausherrn wartet«, sagte Prudentia tonlos, »hatte ich auf ein neues Kundengeschenk gehofft – schade. Die Leute überhäufen uns derzeit mit Präsentkörben, um sich bei uns einzuschmeicheln, musst du wissen. Damit wir ihre Aufträge bevorzugt behandeln.« Sie lächelte steif und gekünstelt, als wäre nicht bloß ihre gestärkte Bluse unter dem steingrauen Kleid gebügelt worden, sondern zusätzlich auch ihr Gesicht. »Du hast Glück, überhaupt jemanden anzutreffen. Unsere Familie ist gerade sehr beschäftigt.«

Flavia hob eine Braue, im Zwiespalt, ob sie ebenfalls eine Prahlerei von sich geben sollte oder die Information ganz nüchtern als bedrohliche, aber zutreffende Tatsache verbuchen sollte.

»Ich komme gerade aus der Stadt«, fuhr Prudentia in demselben unbeteiligten Tonfall fort, »genau genommen muss ich in wenigen Augenblicken auch wieder los. Mach nächstes Mal einen Termin aus.«

»Das klingt nach einer ausgiebigen Einkaufstour«, sagte Flavia, gerade bevor Prudentia sich erheben wollte. »Bist du fündig geworden?«

»Eine Armspange und die dazu passende Kette von Scarpa.« Sie machte eine wegwerfende Handbewegung, schien aber wieder tiefer in ihren Polstersessel zurückzusinken.

»Die Silvesterkollektion?« Flavia ahnte bereits die Antwort, noch ehe ihr Herz entzückt zu klopfen begann.

Scarpas neuartiger Schmuck aus geflochtenem Perlmutt in Goldfassung sorgte seit einigen Monaten unter den jungen Damen Venedigs für Aufregung, nachdem eine englische Gräfin damit gesichtet worden war, die an Schönheit und Eleganz alles übertraf, was man aus Mailand und Rom kannte. Bis nach Murano war die Welle der Bewunderung geschwappt. Doch hier, wo die Absätze von Arbeitertöchtern durch die Gassen klapperten und nur die wenigsten sich ein solches Schmuckstück leisten konnten, geschweige denn ein ganzes Set, schlug die Begeisterung rasch in Neid um. Wer sich mit in Gold gefasstem Perlmutt von Scarpa behängte, war in den Augen der Öffentlichkeit zweifelslos ein strahlender Schmetterling, der seinem Kokon entschlüpft war, doch wenn sich abends die Türen schlossen, durfte man nicht glauben, dass die Freundinnen und Nachbarinnen vergessen hatten, was dieser schillernde

Falter einmal gewesen war: eine am Boden kriechende Raupe. Und manchmal brauchte es nur einen Flug etwas zu nah an der Sonne, um seine Flügel zu versengen und in den alten Zustand zurückzustürzen.

»Ich werde die Kette auf dem ersten Tanzball der Saison ausführen«, flötete Prudentia, nachdem sie Flavias Begeisterung mit einem zufriedenen Lächeln registriert hatte. Unwillkürlich lehnte sie sich vor und begann zu gestikulieren, als hätten sich ihre Hände endlich aus der festen Schicht Mörtel befreit, die sie in einer Starre gehalten hatte. »Oh, wenn du nur wüsstest, wie sich die Plättchen an meine Schlüsselbeine schmiegen und meinen Teint vervollkommnen: als wäre ich ganz aus Mondlicht. Dazu das silberne Ballkleid und die edlen Satinhandschuhe ... Ich bin vielleicht zum ersten Mal in meinem Leben am Puls der Zeit, Flavia. Ich mache wirklich etwas her! Aber was plappere ich da, du müsstest es selbst sehen!« Und normalerweise wären sie beide auch schon längst in ihr Zimmer gelaufen, um gemeinsam die neuesten Errungenschaften zu bestaunen, doch die Zeiten hatten sich geändert, und nichts war mehr normal, also rührte Flavia sich auch nicht von der Stelle, sondern inspizierte stattdessen die aufgeschlagene Tageszeitung auf dem Tisch. So musste sie Prudentia nicht ins Gesicht sehen. Das enttäuschte Stöhnen aus deren Richtung blendete sie aus.

»Ja, lies nur: die Volpatos. Immer noch findet deine Familie Eingang in den Gesellschaftsteil.« Ihre ehemalige Freundin schnaubte, und wo eben noch ein reger Mitteilungsdrang geherrscht hatte, strahlte sie nun wieder kühle Verachtung aus. Sie schnappte sich die *Harper's Bazaar* und schlug sie ungeduldig über den Knien auf. »Hat Murano über keine anderen Skandale zu berichten? Was ist mit dem Schuhverkäufer, der ein Geschäft daraus gemacht hat, die Liebesbotschaften von Fremdgängern hin- und herzutransportieren, versteckt unter den Innensohlen der Schuhe? Warum redet niemand mehr über den?«

»Das war vorbei, als sich herausstellte, dass der Herausgeber des *Corriere della Sera* zu ebenjenen Fremdgängern zählte«, erwiderte Flavia, und hätte sie aufgeblickt, wäre ihr sicher in Erinnerung an die Geschichte ungewollt ein Lächeln entwischt, doch der aktuelle Inhalt der Klatschspalte nahm sie nun tatsächlich gefangen. Neben dem Rätselraten um den wahren Earl war von ihrer Familie die Rede, besser gesagt, von Flavia persönlich. Es ging um das leidige Thema, ob sie nun – wie ihre Schwester einst an der Seite der großartigen Sibilla Veridiani – die Ballsaison bestreiten würde, und falls nicht, ob sie sich dann wenigstens dazu herablassen würde, endlich Licht in das Dunkel der damaligen Geschehnisse zu bringen.

»Venedig brennt auf Antworten«, las Prudentia die Schlagzeile auf dem Kopf. »Tja, ich übrigens auch.« Es hätte Flavia nicht verwundert, wenn sie den ganzen Text laut vorgetragen hätte, so besessen, wie sie damals von Giovanni gewesen war. Wahrscheinlich hatte sie den ganzen Morgen über die Worte des Artikels verinnerlicht, nur um die Zeitung demonstrativ offen liegen zu lassen, sprich für den Fall, dass ein Kunde vorbeischaute, dem der Skandal um die Volpatos nach einem Jahr nicht mehr präsent war und den sie wieder darauf hinweisen konnte.

»Warum ist er bloß ohne jede Erklärung verschwunden?«, flüsterte sie.

Flavia biss sich auf die Innenseite ihrer Wange. Mit dieser Frage und ihrer unzureichenden Antwort darauf hatten sie und Prudentia sich schon viel zu oft befasst, hatten all das

Gute an ihrer Freundschaft zerstört und jedes Vertrauen zerschlagen. Prudentia hatte ihr nicht geglaubt, und auch jetzt nahm sie ihr die Ahnungslosigkeit nicht ab. Flavia lebte seitdem mit dem Vorwurf des Verrats, weil es nichts gab, das ihre Unschuld bezeugt hätte. Was konnte man denn auch noch vorbringen, wenn selbst die Wahrheit nicht gut genug war?

»Mein Vater fragt, ob ihr uns Quarzkieselsteine ausborgen könntet, bis unsere nächste Lieferung eintrifft. Natürlich zahlen wir alles zügig zurück und legen noch ein bisschen extra drauf«, sagte sie, zwang sich dazu, aufzublicken und ihrer Geschäftspartnerin in die Augen zu sehen, denn genau das waren sie gerade, nicht mehr und nicht weniger.

»Du bist neuerdings wirklich eiskalt.« Prudentia spreizte die Finger, als bereitete sie sich auf einen Angriff vor, der über das Verbale hinausging. »Warum spreche ich überhaupt mit dir?« Ruckartig stand sie auf.

»Ich weiß, dass ich kein Recht habe, dich oder deinen Vater um diesen Gefallen zu bitten. Verzeih mir, dass ich es trotzdem tun muss.« *Und immer noch keine Erklärung für Giovannis feiges Verhalten von damals für dich habe.*

»Jaco hat die Bestellung vermasselt, hm? Jetzt, wo sein großer Bruder nicht mehr da ist, um ihm die Verantwortung abzunehmen.«

Flavia biss die Zähne zusammen. »Wir haben unerwartete Aufträge hereinbekommen. Das ist alles.«

»Ach ja? Dann hat der Presserummel um die Prima Esposizione Internazionale d'Arte wohl leider den Falschen geholfen.« Sie beugte sich über den Tisch, blätterte grob um und deutete mit ihren schlanken Fingern auf den Artikel über die erste internationale Ausstellung zeitgenössischer Kunst der Stadt Venedig, die am 22. April im Sestiere Castello eröffnet werden sollte. »Auf der Liste der Wettbewerbsteilnehmer steht euer Name ganz oben. Ist die Welt nicht ungerecht?«

»An erster Stelle, tatsächlich, noch über eurem«, murmelte Flavia ungläubig und hocherfreut, nahm sich jedoch sofort zurück, als ihr bewusst wurde, was sie gerade gesagt hatte. »Die Reihenfolge spielt selbstverständlich keine Rolle. Hauptsache, unsere beiden Familien sind dabei.« Mit einem hoffnungsfrohen Lächeln blickte sie auf.

Prudentia wischte die Zeitung mit einer wilden Bewegung vom Tisch. Ihre mausbraunen Haarsträhnen verirrten sich auf ihre erhitzten Wangen, während sie sich zur vollen Größe einer kleinen Frau aufrichtete und ihr Mieder zurechtzupfte. Mit einem brüsken Schwung ihres Kopfes brachte sie ihre Frisur wieder in Ordnung. »Es kann nur eine Familie siegen. Und das werdet ganz sicher nicht ihr sein.«

Flavia erhob sich ebenfalls und stemmte die Hände in die üppigen Hüften, bereit, sich auf den Schlagabtausch einzulassen. »Nur weil man Wünsche laut ausspricht, heißt das noch lange nicht, dass sie wahr werden …«

»Die Welt hat schon genug Muranovasen gesehen.«

»Und Flaschen erst recht.«

»Wer sagt, dass wir mit einer Flasche antreten?«

»Habt ihr denn je etwas Originelles zustande gebracht?«

»Oh, du gemeine Kuh!« Prudentias Augen blitzten, doch bei all dem Zorn, der daraus sprühte, erkannte Flavia auch … ein gewisses Amüsement. »Wenigstens können *wir* uns darauf verlassen, dass sich unser Wunderknabe nicht im wichtigsten Moment von Frauen und Glücksspiel ablenken lässt.«

»Ja, weil ihr gar keinen Knaben habt!«

»Unter der Gürtellinie«, knurrte Prudentia nun, und Flavia biss sich auf die Lippe.

»Stimmt, entschuldige.« Rasch kam Flavia auf ihr Anliegen zurück und bat noch einmal um Hilfe.

Prudentia hörte sie an und zischte schließlich: »Fein. Ich gebe dir die Steine. Aber nur, weil unser Lager gerade aus allen Nähten platzt.«

»Und das beschließt du, ohne vorher deinen Vater zu fragen?«

»Er vertraut mir und meinen Entscheidungen.«

Was Flavia von ihrem Vater nicht behaupten konnte, auch wenn sie es sich wünschte. Doch sie hatte nie den Eindruck gehabt, in seinen Augen die gleiche Souveränität wie Orietta zu besitzen, nicht wenn er in jedem von Flavias Vorschlägen immer noch nach dem Instinkt und der weisen Vorausschau ihrer älteren Schwester suchte.

»Ich danke dir, Prudentia«, sagte sie, und zu ihrem eigenen Ärger klang ihre Stimme belegt.

»Nicht so voreilig, liebe Flavia.« In der Betonung ihres Namens schwang eine eindeutige Forderung mit. »Dafür verrätst du mir ein kleines Detail eures Wettbewerbskonzeptes. Woran arbeiten Jaco und dein Vater?«

Rein sportlich betrachtet, war es ein raffinierter und angemessener Spielzug, eine derartige Gegenleistung zu verlangen, aber Flavia hatte sich nie etwas aus Sport gemacht. Überdies war sie – wie hatte John Pomeroy es noch gleich ausgedrückt? – eine verlogene Sünderin.

Nun, vielleicht hatte er es nicht ganz so drastisch formuliert, doch für eine Lügnerin hielt er sie auf jeden Fall. Und im Augenblick kam ihr, wie sie zugeben musste, nichts gelegener, als noch eine Weile eben diesen Dämon zu mimen.

Kapitel 5

»Vielen Dank, den Rest schaffe ich allein.« Flavia schüttelte ein paar Münzen aus ihrem Beutel und überreichte sie dem jungen Garzonetto. Der Dal-Corso-Lehrling, der ihr nur zu gerne mit einer voll beladenen Lastenkarre den ganzen Weg über die kleinen, Kanäle überspannenden Brücken und durch die engen Gassen bis vor die Werkstatt ihres Vaters gefolgt war, machte sich beim Anblick des Gebäudes lang und versuchte, einen Blick an ihr vorbei ins Innere zu erhaschen. Doch die Gitterfenster waren mit einer Schicht Staub und Ruß geschwärzt. Spätestens seit Flavia das Ruder übernommen hatte, verdichtete sich der Dreck mit jedem Monat mehr. Niemand durfte zufällig sehen, wer noch Stunden, nachdem die wenigen regulären Mitarbeiter nach Hause gegangen waren, in der Halle das Eisen schwang, oder gar wer als Erste morgens auf Giovannis scagno saß, mit einem Becher Zichorienkaffee in der Hand, und sich sehnsuchtsvollen Erinnerungen an alte Zeiten hingab.

»Soll ich Ihnen die Fracht nicht doch hineintragen? Dann müssen Sie die Arbeiter nicht stören.«

Ich störe nicht, hätte Flavia den Jungen am liebsten belehrt, stattdessen klopfte sie ihm gutmütig vor die Brust und schulterte beherzt einen der Säcke. Fast wäre sie in die Knie gegangen. Hatte Prudentia sie so randvoll gepackt, in der Hoffnung, einer bei Volpato möge sich einen Bruch heben? Oder hatte sie es nur gut gemeint, die Säcke nach dem Abwiegen heimlich wieder aufgeschnürt und eine großzügige Schippe obendrauf gelegt, wohl wissend, dass Flavia nichts davon ahnte?

Während der Gedanke sie seltsam erwärmte, durfte sie sich, so erstaunt sie auch war, nach außen hin keine Schwäche anmerken lassen. Erst recht nicht, als der junge Lehrling weiterhin mit ausgebreiteten Armen um sie herumsprang, als wäre er nur zu gewillt, sie aufzufangen, sollte sie unter dem Gewicht des Sackes zusammenbrechen.

Wenn er noch einmal betonte, wie er hieß und dass seine Freunde ihn Gino nannten, würde sie ihm leider mitteilen müssen, dass er keineswegs reifer war, als er aussah.

In der kurzen Pause, die entstand, während sie mit dem geschulterten Sack vor und zurück wankte und er abwartete, was geschehen würde, färbten sich seine Wangen dunkler. Nein, es ging ihm tatsächlich nicht einzig darum, sie aufzufangen, sondern vor allem um die günstige Gelegenheit, sich ihr zwanglos vorzustellen.

Aber so war es immer schon gewesen: Diejenigen jungen Herren, die unbekleidet vor ihr Polka hätten tanzen können, ohne dass sich in Flavia etwas regte, machten ihr den Hof, während jene, für die *sie* sich interessierte, entweder zur Kategorie »verboten« oder »bereits verlobt« zählten. Und »verboten« nicht etwa deshalb, weil das Gesetz es so vorschrieb, sondern weil ihr sturer Vater sich in den Kopf gesetzt hatte, dass nur ein Zunftbruder aus einer traditionsreichen Glasbläserfamilie ihrer Hand würdig war – umso mehr, seit er ihr eigenes Talent entdeckt und anerkannt hatte.

»Grüße an die Familie Dal Corso«, sagte Flavia mit freundlichem Nachdruck. »Und jetzt geh bitte, du handelst dir nur Ärger mit meinem Bruder ein, wenn du dich noch länger vor unserer Tür herumdrückst.« Die Erwähnung von Jaco traf durchaus ins Schwarze, auch wenn Flavia sich gewünscht hätte, dass der Name ihres Zwillings unter den Kollegen eine andere Art von Ehrfurcht erweckte. Was musste er in seiner wenigen freien Zeit treiben, dass selbst kräftig wirkende Kerle einen Konflikt mit ihm scheuten? Dieser Sache musste sie noch auf den Grund gehen, genauso wie sie ihn nach seinem genauen Plan für die Erlangung des Bibliotheksschlüssels fragen würde. Doch alles der Reihe nach. Erst einmal hatte sie dafür zu sorgen, dass die Rohstoffe ins Lager kamen und die Angestellten ihre Arbeit wiederaufnahmen.

Drinnen klirrte die Luft vor Kälte, wie sonst nie bei Betreten der Halle, weil die Öfen immer befeuert waren, doch ohne die nötige Glasmasse darin hatte man sie ausgehen lassen. Das Licht in den Wandlaternen war gelöscht, und obwohl Flavia auf den ersten Metern keiner Menschenseele begegnete – wahrscheinlich hatte ihr Vater seine Garzonetti auf Abruf in die umliegenden Kneipen entlassen, bis ihnen wieder Arbeitsmaterial zur Verfügung stand –, ahnte sie, dass die Stille trog. Nie nahm *er* sich einen freien Tag, lieber fand er auch dort noch etwas zu tun, wo schon alles erledigt war. Selbst wenn er sich eigenhändig den Anlass dafür schaffen musste.

Bitte keine spontane Inventur.

Flavia ließ den Sack mit einem Ächzen von ihrer Schulter gleiten und begann ihn über den Boden Richtung Lager zu schleifen.

Und falls doch Inventur, dann bitte diesmal ohne mich.

Sie würde so bald keinen Streit mehr über falsch durchgezählte Regale und abhandengekommene Unikate ertragen. Die letzte Meinungsverschiedenheit über den Jahresabschluss vor acht Wochen hatte die Familie beinahe entzweit, dabei hätte Flavia immer noch vor jedem Gericht der Welt geschworen, dass ihre Mutter die zwei Kisten Briefbeschwerer »übersehen« hatte, damit Jaco sich mit den Verkaufszahlen besser fühlte. Genau solche Situationen beherrschte die Dame des Hauses nämlich im Schlaf: den Verdacht gekonnt von sich zu weisen und auf jemand weniger … Geübtes zu lenken. Und vor allem auch: diejenigen zu schützen, die es dringend nötig hatten und die selbst nicht so recht wussten, wie verletzlich sie eigentlich waren. Flavia konnte ihr nie lange dafür böse sein. Mehr noch, wenn sie ganz genau hinschaute, steckte ein bisschen dieser wohlmeinenden Skrupellosigkeit wohl auch in ihr.

An der Bürotür ihres Vaters hielt seine sonore Stimme sie auf, und sie konnte buchstäblich sein verdrießliches Kopfschütteln hören, angesichts einer Lage, die wohl noch hoffnungsloser war, als er vor seinen Kindern zeigen mochte. Unter der Tür leuchtete ein Spalt warmen Lichts hindurch und berührte ihre Stiefelspitzen. Wenn sie nicht befürchtet hätte, dass dort drinnen Ordner gewälzt wurden, vielleicht sogar – Gott bewahre – ihre kunterbunte Buchhaltung überprüft wurde, wäre sie hineingegangen und hätte ihrem Vater mit einer tröstlichen Umarmung versichert, dass sie all die Zukunftsängste gemeinsam durchstehen würden. Sie suchte nicht das Weite, wenn es brenzlig wurde. Wenn sie etwas wusste, dann dass sie dem Handwerk ihrer Familie niemals den Rücken kehren würde, ganz gleich, wer oder was sie bedrohte.

Gerade noch rechtzeitig konnte sie die Hand vom Knauf zurückziehen und sich in eine Nische drücken, als Jaco in Begleitung eines männlichen Gasts in die Halle polterte. Wen er mitbrachte, der durfte sie womöglich auch mit einem Sack Quarzkiesel oder dem Eisen in der Hand ertappen, dennoch saß die Angst, erwischt zu werden, seit ihrem vierzehnten Lebensjahr zu tief.

Tatsächlich erwies sich ihr Instinkt als goldrichtig, denn ihr Bruder hatte keinen Geringeren als den abscheulichen John Pomeroy im Schlepptau. Und zu ihrer Überraschung benahm der sich mit Jaco ganz anders als mit ihr! Wo waren die Arroganz und die spitzen Worte geblieben? Mit ihrem Bruder scherzte er wie mit einem Saufkumpan, und wenn sie die Ausdünstungen richtig deutete, die zu ihr herüberwehten, als sich die beiden näherten, mussten die Herren gerade eben aus einem Stehlokal gestolpert sein.

Flavia gestikulierte ärgerlich aus ihrem Versteck heraus, in der Hoffnung, dass Jaco im Dunkeln auf sie aufmerksam würde, doch der schaute nicht nach links und rechts, sondern hielt lachend auf die Bürotür des Vaters zu.

Was für Umgangsformen, er klopfte nicht einmal an! Und trotzdem wurde er mit einem herzlichen Gruß empfangen. Was wäre wohl los gewesen, wenn *sie* angeheitert in Gesellschaft eines Fremden um sieben Uhr abends das Büro gestürmt hätte. Da wäre das Gelächter, das nun durch die wieder geschlossene Tür drang, sicher eine Spur weniger fröhlich ausgefallen.

Durchaus versucht, die kleine Besprechung zu stören, verharrte sie unschlüssig vor der Tür. Schließlich zwang sie sich, ein paarmal ruhig durch die Nase zu atmen, bevor sie ihr Ohr vorsichtig an die Tür presste.

»Signor Volpato, es ist mir eine Ehre, endlich den Meister hinter all diesen wunderschönen Glaskunstwerken kennenzulernen«, hörte sie Pomeroy sagen und stellte sich dabei vor, wie er die Hand ihres Vaters zwischen seinen barg, sie frenetisch schüttelte und gar nicht mehr loslassen wollte. Wie er dabei auf diese falsche Art lächelte. Ein Lächeln, das er für Personen reservierte, bei denen er Eindruck schinden wollte. Für kurze Zeit hatte er auch sie so angelächelt, wobei seine Grübchen zum Vorschein gekommen waren. Aber als sie ihm erklärt hatte, dass *sie* anstelle ihres Vaters die Überprüfung seiner Sammlung vornehmen würde, war es mit seinem Vergnügen schlagartig vorbei gewesen.

Zu Flavias Verdruss stieß Pomeroys vorgetäuschte Freundlichkeit auf Resonanz. Ihr Vater stellte sich wortreich vor und behauptete, ebenso erfreut zu sein, seine Bekanntschaft zu machen. Die vielen eiligen Schritte vermeldeten ihr, dass er gerade die kleinen Pferdeskulpturen vom Regalbrett zog und wellenförmig durch die Luft reiten ließ, damit sich das Licht des Deckenlüsters darin brach und seinen Gast in Staunen versetzte.

Wehe, er nimmt das gehörnte, dachte Flavia. Wehe, er nahm es und setzte es Pomeroy auf die Hand – *ihr* Pferd, die erste Miniaturskulptur, die ihr jemals gelungen war!

»Ein entzückendes Geschöpf!« Pomeroy lachte auf. »Als Glasmeister muss man neben Technik und Ausdauer wohl auch über eine reiche Fantasie verfügen.«

»Das Einhorn stammt von mir.« Jacos Stimme.

Etwas erleichtert nickte Flavia, während sie ihrem Bruder und seiner Anekdote lauschte – die eigentlich ihre war. Den Beteuerungen, wie er damals tagelang an den zarten Beinchen verzweifelt war, die am Ende nie exakt gleich dick und lang herausgekommen waren, egal, wie sorgfältig er mit dem tajòl daran gearbeitet hatte. Um davon abzulenken, hatte sie das gedrehte Stirnhorn modelliert.

In ihrer Naivität hatte Flavia damals geglaubt, dass neben großer Schönheit kleine Makel verschwanden. Nun, einige Jahre später, wusste sie, dass im Makel erst die wahre Schönheit verborgen lag.

»Wie teuer ist es? Ich würde es Ihnen gerne abkaufen«, sagte Pomeroy, zweifellos mit dem gönnerhaften Zwinkern der Reichen, und Flavias Puls beschleunigte sich. Zum Glück würde ihr Bruder das nicht tun: ein Erinnerungsstück verhökern, das für sie so unendlich kostbar war, auch wenn er selbst es des Öfteren schon als »sentimentalen Tand« bezeichnet hatte.

»500 Lire?«, fragte Jaco.

»Machen wir 600 draus, dafür schaut sich der Maestro meine bescheidene Glassammlung morgen früh als Erstes an.«

Flavia schnappte nach Luft und taumelte von der Tür zurück. Im Stillen fluchend drehte sie sich einmal um die eigene Achse und schüttelte die Fäuste. Vor Anspannung bebend horchte sie, ob ihr Bruder den Preis auf die Spitze treiben würde, bevor er Pomeroy vom Haken ließ, oder ob er den Handel, so wie es richtig war, endlich abblasen würde, schließlich durfte er das Pferd – *ihr* Pferd – nicht einfach verkaufen.

»Abgemacht!«

Flavia rauschte zu der Wandnische, wo sie zuvor Zuflucht gesucht hatte, und trat gegen den Sack Quarzkiesel. Prompt sprang ein kleiner weißer Stein auf den Lichtspalt zu und rollte in das Büro. Zehn Sekunden verharrte sie atemlos, doch als nichts passierte und niemand die Tür aufriss, presste sie ihr Ohr wieder gegen die Tür. Ihr Vater sah sich offenbar in der Pflicht, einzugreifen. Doch nachdem er Jaco knapp verwarnt hatte, entschuldigte er sich bei Pomeroy auch gleich für Flavias Fehltritt am Tag zuvor. »Sie ist so hilfsbereit, dass sie oft übers Ziel hinausschießt«, erklärte er. »Aber es stimmt, meine Zeit ist begrenzt, und Überprüfungen führe ich schon lange nicht mehr persönlich durch. Meine Tochter dagegen ist bestens für solche Aufgaben geschult. Nun, das sagte sie Ihnen ja bereits.«

Mit einem Schlag ging Flavia das Herz auf. Dass ihr Vater sie so verteidigen würde, hatte sie nicht erwartet. Zu gerne hätte sie den Schatten des Unbehagens auf Pomeroys Gesicht gesehen und die Maske fallen hören, doch er riss sich offenbar zusammen. Freundlich stellte er Nachfragen über Flavias angepriesenes Wissen, bat um Referenzen und ließ sich am Schluss tatsächlich dazu überreden, sie für die Erstsichtung seiner Sammlung zu akzeptieren. Die beste Gelegenheit dazu bot zweifelsohne ein schönes Abendessen. Bei diesem Vorschlag ihres Vaters, obwohl er ja nicht unerwartet kam, hätte sie sich am liebsten die Haare gerauft. Noch schlimmer erschien ihr bloß sein Versprechen, dass sie sich dort angemessen für ihre barsche Art entschuldigen würde.

Wutentbrannt verließ sie das Gebäude und trommelte die wenigen Männer, die für sie arbeiteten, aus den umliegenden Osterien zusammen. Zwei sollten die geborgten Materialien verstauen, ein anderer die Öfen anfeuern, und der Letzte erhielt den Auftrag, Jaco zur Herstellung der Glasfritte zu überreden. Denn dank diesem verfluchten Abendessen musste sie nun die verbliebene Zeit bis dahin nutzen, um sich auszustaffieren. Nichts weniger erwarteten ihre Eltern von ihr. Und nachdem sich ihr Vater vor Pomeroy so beharrlich auf ihre Seite gestellt hatte, obwohl er das nicht hätte tun müssen, wollte sie trotz aller Wut nicht, dass er sich noch einmal für sie entschuldigen musste.

Gebadet und frisiert, in ein maßgeschneidertes Kleid von Doucet gehüllt, half sie ihrer Mutter später unaufgefordert, den Tisch zu decken.

Sie füllte zwei Flaschen Wein aus einem kleinen Fässchen ab und wischte jeweils das Etikett sauber, sodass der Anschein gewahrt blieb, es handelte sich um einen gehobenen Tropfen, den sie vom Winzer gekauft hatten. Natürlich, sobald sich das Geschäft stabilisiert hatte, würden sie auch wieder Valpolicella-Weine erstehen und ihren Gästen einen echten Amarone kredenzen, statt auf die selbst gekelterte Mischung von Nonnas Nachbarin zurückzugreifen, die wohlgemerkt unter Keltern verstand, Traubensaft mit alten Weinresten zu mischen. Aber das musste ja niemand wissen, außer Flavia und Nonna. Ihrer Großmutter schmeckte der so kreierte Trank, und Flavia konnte mit ihrem Schweigen der Familie helfen, an einer weiteren Ecke Ausgaben einzusparen.

»Ganz reizend siehst du aus.« Ihre Mutter gab ihr einen flüchtigen Kuss auf die Wange, bevor sie die Kasserolle aus der Röhre zog und zum Abkühlen ans geöffnete Fenster stellte. »Das sollte sie herlocken, wenn sie nicht schon längst auf dem Weg sind.« Zufrieden mit sich und dem, was sie in so wenig Vorbereitungszeit gezaubert hatte, überblickte sie ein letztes Mal die gedeckte Tafel, auf der die Gläser und das weiße Porzellan im Kerzenlicht schimmerten, dann huschte sie in ihr Schlafzimmer, um selbst ein frisches Kleid anzuziehen und sich das dunkelblonde Haar neu aufzustecken. Als sie zurückkehrte, war sie die gereifte, charmantere Version Flavias und ein vielleicht noch größerer Blickfang als ihre Tochter.

Wenn sie doch bloß auch das Bezirzen für sie übernähme!

Doch beim Äußeren, so fürchtete Flavia, endeten wohl heute die Ähnlichkeiten. Pomeroy fiel in *ihre* Zuständigkeit, und so gern ihre Mutter auch zuweilen die eigenen Reize einsetzte, in dieser Sache erwartete sie zu Recht, dass Flavia einsprang.

Ihr Vater kehrte noch vor Jaco zurück. Gut gelaunt lobte er den köstlichen Duft, der bis in den Laden hinunterwehte. Natürlich hatte er noch kurz in der Vetreria vorbeigeschaut, die wieder von Don Agostino besetzt war, bis die geliehenen Rohstoffe einsatzbereit waren und er an den Ofen zurückmusste.

»Wie ich höre, warst du in der Nachbarschaft erfolgreich.« Der von Schwielen verhärtete Zeigefinger ihres Vaters stupste sanft und aufmunternd gegen ihr Kinn. »Eine so großzügige Leihgabe. Scheint, als hätten wir auf der Welt doch noch ein paar Freunde.«

Flavia nickte, bevor sie sich mit Verdruss daran erinnerte, wen ihr Vater ihr zum Abendessen aufgehalst hatte. »Ihr habt diesen Mann also tatsächlich gefunden?«, sagte sie in anerkennendem Tonfall, obwohl sich ihr Inneres bei der Vorstellung krümmte, gleich Pomeroy gegenüberzustehen.

»Mamma hat sich darauf verlassen, dass dein Bruder ihn in der Stadt ausfindig machen würde. Und offenbar hat sie dich früh genug vorgewarnt. Das Essen duftet himmlisch, und ihr beide seht bezaubernd aus.« Da ihr Lächeln ausblieb, musterte er sie mit einer Spur Besorgnis. »Es ist dir doch recht, dass er mit uns isst?«

»Nur ein Bad im Kanal wäre schöner.«

Ihr Vater schmunzelte, dann ließ er die Hand in seiner Hosentasche verschwinden und zeigte ihr einen kleinen weißen Stein. Mit einem amüsierten »Fang!« ließ er sie stehen und zog sich für das Abendessen um.

Er hatte also die ganze Zeit geahnt, dass sie vor der Bürotür gestanden und gelauscht hatte. Vermutlich hatte er ihre Stimme vor dem Gebäude vernommen, als sie den Lieferjungen abgewimmelt hatte, oder einfach ihre Präsenz gespürt, wie mit einer Art Instinkt, den man Müttern in Bezug auf ihre Kinder so oft nachsagte.

Was immer sie verraten hatte, nun spielte auch um ihre Lippen ein Lächeln.

»John Pomeroy«, flötete ihre Mutter, sobald der Gast eingetroffen war, überstrapazierte dabei all die »o«s in seinem Namen und rollte begeistert das »r«. Er gab seinen Hut ab, zog jedoch den Mantelkragen mit einem Schaudern enger um sich.

Wie um sich zu vergewissern, dass er noch dalag, linste ihre Mutter zum Sofa mit dem Teppich davor, der nur während der Wintermonate zum Einsatz kam – nicht nur, um den Gästen im Sommer den glänzenden Steinboden zu präsentieren, sondern vor allem auch, um lästigen Insekten wie Flöhen keinen Unterschlupf zu bieten. Bei seinem Anblick war es, als machte sie sich eine Notiz, dort den Aperitif mit Pomeroy einzunehmen, wo die Atmosphäre gemütlicher war. Seinen englischen Gruß – den Händedruck – überging sie mit dem in Venetien üblichen Küsschen rechts und links. So weit, so gut. Doch dann bestand sie darauf, dass er sie beim Vornamen nennen *musste*. »Ich habe schon so viel von Ihnen gehört, Mr. Pomeroy.« Flavia hätte fast laut aufgestöhnt.

»Tatsächlich?« Er rieb sich verlegen den Nacken, dann fiel sein Blick auf Flavia und ihre entnervte Miene, und obwohl er bis zu diesem Moment beinahe wie ein normaler Mensch gewirkt hatte, verwandelte er sich nun postwendend in den überheblichen Geschäftsmann zurück. »Meine Glassammlung ist in der Tat herausragend. Ich hätte nur nicht gedacht, dass ich für meinen Zeitvertreib über die Ufer der Themse hinaus Bekanntheit erlangen würde. Aber wenn so ein reizendes

Geschöpf wie *Sie* davon gehört hat, Angelica, dann muss es wohl so sein, das nehme ich freudig zur Kenntnis.«

Ihre Mutter strahlte, und während Pomeroy sich dem Vater zuwandte, um ihn mit einem festen Handschlag zu begrüßen, machte sie selbst sich daran, in die Gläser auf einem Tablett Sherry einzuschenken. Dabei schickten ihre Augen eine unausgesprochene, jedoch deutliche Anweisung in Flavias Richtung: *deine Bühne.*

»Guten Abend, Mr. Pomeroy«, sagte Flavia widerstrebend. Er drehte den Kopf in ihre Richtung, als hätte sie ihm eine Nadel in den Hintern gestochen. Zögerlich trat er auf sie zu und ergriff zum Gruß ihre Hand. Sie war nie glücklicher darüber gewesen, lange, bis zum Ellbogen reichende Handschuhe zu tragen. Auch wenn derlei eher bei öffentlichen Veranstaltungen Anwendung fand, passten sie an diesem Abend hervorragend zu ihrer Trägerin und dem Kleid. Man konnte sogar behaupten, sie verliehen dem bescheidenen Empfang einen gewissen Glanz.

»Signorina Volpato. Sie sehen sagenhaft aus.« Pomeroys Lippen streiften die Luft statt ihres Handrückens. Er führte die Geste so nonchalant aus, dass er sie auch ganz hätte bleiben lassen können. Durch den feinen Satinstoff nahm sie das kalte Leder seiner Handschuhe wahr.

Säuerlich entzog sie sich seinem Griff. »Schön, dass Sie es einrichten konnten. Nach unserem ersten, vielleicht etwas misslungenem Geschäftskontakt war mir schnell klar, dass eine Entschuldigung angebracht wäre.«

Er starrte ihr in die Augen, ihre unterschwellige Andeutung, wer von ihnen beiden sich entschuldigen sollte, sofort durchschauend. Ein qualvoller Moment verstrich, dann sagte er lauernd: »Nur zu, entschuldigen Sie sich.«

Mit ihren Eltern im Rücken, die sie genau beobachteten, zwang sie sich zu einem Lächeln, auch wenn sie innerlich tobte. In der Hoffnung, ihr Bruder möge endlich hereinplatzen, ließ sie den Blick Richtung Tür schweifen. Doch nichts. Also fasste sie sich ein Herz und stieß die elenden Worte aus: »Verzeihen Sie bitte, Mr. Pomeroy. Mein gestriges Verhalten war wirklich …« Sie zuckte mit den Achseln, während sie nach der richtigen Bezeichnung suchte.

»Dilettantisch?«, führte er den Satz für sie zu Ende und schlenderte hinüber zum Kaminofen, der eine Wand des Wohnzimmers zierte, aber wie in venezianischen Haushalten üblich nur zur Dekoration diente. Als der Brite begriff, dass kein warmes Feuer darin prasselte, kehrte er mit versteinertem Gesicht um. Offenbar hatte ihm niemand gesagt, dass man hier in Venedig die Sonne als die einzige legitime Wärmequelle betrachtete. Wer im Haus fror, musste sich eben an der frischen Luft aufhalten. Mit ihren vielen Fenstern und den kalten Steinböden waren venezianische Wohnungen auf heiße Sommer ausgelegt und konnten bis zu den warmen Tagen im Mai eine durchaus zugige Angelegenheit sein. Das hätte er sich bei einer Venedig-Reise im Februar wirklich denken können. Aber wahrscheinlich hätte das Wissen um die Kälte ihn gar nicht abgehalten, dachte Flavia verächtlich; er wollte es bloß in jeder Lebenslage komfortabel haben. Diese Art von Anspruch hätte zumindest zu seiner Arroganz gepasst.

Flavias Augen verengten sich. »›Übereifrig‹ ist das Wort, nach dem ich gesucht habe«, erwiderte sie kühl.

Er nickte. »Dann gilt die Entschuldigung als angenommen.«

Natürlich waren das hohle Worte, ihre ebenso wie seine. Umso misstrauischer stimmte es sie, dass er es so schnell dabei bewenden ließ und den von ihrer Mutter dargebotenen Sherry annahm. Er prostete Flavia zu, sie reckte ebenfalls eines der kleinen Gläser in die Höhe. Anschließend begaben sie sich zu Tisch.

Miserabel gelaunt trottete Flavia voraus. Pomeroy rückte für sie den Stuhl zurecht und nahm, wie der Galan, für den er sich hielt, erst Platz, als sie sich zurechtgesetzt und die Stoffserviette über ihre Knie gebreitet hatte. Ihr Vater erhob sich prompt wieder, wanderte zum anderen Tischende und tätschelte die Stuhllehne seiner Ehefrau. Für ein Zurechtrücken war es zwar schon zu spät, doch mit diesem kleinen Zeichen konnte er beweisen, dass ein Funken Gentleman auch in ihm steckte. »Wasser, Liebste?«

»Sehr aufmerksam.«

Flavia musste trotz ihrer üblen Stimmung schmunzeln. Das wollte sie später auch haben: einen Ehemann, der nicht perfekt war, sich aber größte Mühe gab, in den Augen seiner Angetrauten so zu erscheinen, selbst wenn dies bedeutete, sich hin und wieder lächerlich zu machen.

Das Tischgespräch, vor dem es ihr so sehr gegraut hatte, entpuppte sich überraschend als lockere Konversation, die zum größten Teil von John Pomeroy bestritten wurde. Seinen Anekdoten über das englische Landleben wohnte ein eigentümlicher Witz inne, der Flavias Eltern eindeutig ansprach. Das erste Glas Wein war noch nicht leer getrunken, da lachten sie schon ausgelassen über seine Scherze und übertrumpften sich gegenseitig mit Erzählungen von eigenen Pannen und Peinlichkeiten. Sie wirkten unbefangen wie Kinder. Und selbst Flavia, die ihr Bestes tat, ungerührt ihr Fleisch zu verspeisen und dem gefälschten Amarone zu widerstehen, ertappte sich zweimal bei einem Grinsen.

»Und da habe ich ihn gefragt: Wo sind verdammt noch

mal die ganzen Pferde?«, rief Pomeroy gerade und hieb zum Unterstreichen seiner Empörung auf den Tisch. »Muss ich etwa zu meinem Hotel *schwimmen*? Das letzte Mal, als ich einen Zeh in den Teich gehalten habe, war bei der Besichtigung von Loch Ness, besser gesagt, um meinem alten Freund Munro zu demonstrieren, dass dort kein Ungeheuer unter der Wasseroberfläche lauert – und falls doch, dass ich es keineswegs fürchte.« Hinter vorgehaltener Hand raunte er Flavias Vater zu: »Ich hätte mir beinahe in die Hose gemacht vor Angst«, woraufhin dieser schallend lachte.

»Wir brauchen keine Pferde, wir haben Gondeln.« Flavia verschränkte die Arme vor der Brust.

Pomeroys Blick verharrte einen winzigen Moment darauf. Dann erwiderte er mit hochgezogener Braue: »Aber die Gondeln steuert man nicht selbst, oder? In dem Fall scheint mir das Ganze nur halb so packend.«

»Ihnen geht es beim Reiten also um den Nervenkitzel?«

»Nicht nur.« Seine Finger begannen mit dem Tischtuch zu spielen, während er die Augen von ihr abwandte. »Es ist die emotionale Verbindung zu dem Tier, das blinde Verstehen. Das lässt sich nur begreifen, wenn man es selbst erlebt hat. Sind Sie schon mal geritten, Flavia?«

Unter seinem Blick, der nun zu ihr zurückschoss, voller Intensität und Interesse, errötete sie spürbar. Sie hatte Mühe, sich davon zu überzeugen, dass er ihr eine harmlose Frage gestellt hatte. »Nein, ich … reite nicht.«

»Schade, die richtigen Beine dazu hätten Sie.« Diesmal war sie sich sicher, dass in seinem Tonfall etwas Anrüchiges mitschwang.

»Und das können Sie anhand meines Kleides beurteilen?« Schließlich war ihr Körper unter mehreren Schichten von

Stoff verborgen. »Oder besitzen Sie die Gabe, durch Tüll und Taft hindurchzusehen?«

»Flavia …«, warnte ihre Mutter, dabei hätte Pomeroy die Rüge verdient gehabt. Mit einem gekünstelten Lächeln entschärfte die geübte Streitschlichterin die Lage und ermunterte die Herren dazu, sich mehr von dem Braten aufzutun.

Der Aufforderung wurde nicht widersprochen, doch sobald ihre Eltern durch ihren eigenen kurzen Austausch abgelenkt waren, stupste Pomeroy sie unter dem Tisch mit dem Fuß an, bis sie ihn empört anblickte. Sie saßen einander gegenüber, und er musterte sie schamlos und quälend langsam von oben bis unten, als würde er wirklich durch ihre Röcke hindurchsehen.

Und so etwas schimpfte sich Gentleman!

Zu Flavias Leidwesen dauerte es den gesamten Hauptgang, bis endlich die Wohnungstür aufflog und ein unbekümmerter Jaco mit Zigarren und Bitterlikör im Gepäck in die Runde platzte. Doch ihre Erleichterung hielt nicht lange an. Genau wie ihre Eltern war auch ihr Bruder John Pomeroys Charme verfallen.

»Wissen Sie, ich bin froh, dass wir dieses Missverständnis auf so wohltuende Weise aus der Welt schaffen konnten«, sagte ihr Gast irgendwann und rieb sich zufrieden den Bauch. »Sie und Ihre Familie sind wirklich feine Leute, Signor Volpato. Ich bin sicher, meine Sammlung ist bei Ihrer Tochter in den besten Händen. Wann hätte sie wohl Zeit, die Erstsichtung vorzunehmen?« Mittlerweile hasste Flavia regelrecht die kleine Sprechpause, die er einlegte, bevor er sich von seinem vorherigen Gesprächspartner abwandte und sich ganz auf sie konzentrierte. Jedes Mal fuhr ihr dabei ein unangenehmer Schlag durch Mark und Bein. »Flavia, meine Liebe, wann könnten Sie es denn einrichten?«

Zähneknirschend nannte sie ihm ein Datum. Wäre es nach ihr gegangen, hätte es in weiter Ferne gelegen, aber …

»Dann also morgen gegen Mittag.« Er grinste zufrieden.

»Italienische Zeit«, sagte sie und überließ es ihm, zu bestimmen, was das für sein britisches Zeitgefühl wohl bedeuten mochte.

Nach der Verabschiedung – wieder ein Handkuss, der keiner war – verschwand sie sofort nach oben, anstatt wie ihre Mutter dazustehen und abzuwarten, bis die Schritte ihres Gastes im Treppenhaus verklungen waren … und ganz sicher, ohne ihm aus dem offenen Fenster mit einem weißen Taschentuch hinterherzuwinken. Ihr Bruder stieß wenige Minuten später zu ihr und hockte sich auf das Himmelbett mit den geschnitzten Pfosten und seitlichen Vorhängen, das Flavia seinerzeit anstelle eines Schreibsekretärs bekommen hatte.

Nicht nur deshalb war es oft Orietta gewesen, die statt ihrer die ungeliebte Aufgabe übernommen hatte, die Schularbeiten zu erledigen.

Flavia vermisste sie schrecklich, und daran konnte auch der bestehende zweimonatliche Briefkontakt nichts ändern. Immerhin hörten sie *überhaupt* voneinander. Wenn sie da an Giovanni dachte … Er konnte am Leben oder tot sein – niemand hätte es erfahren. Bis heute hatte er sich nicht ein einziges Mal gemeldet oder sich nach ihnen erkundigt, und mit jedem Tag, der verstrich, wurde Jaco deswegen eine Spur gleichgültiger. Inzwischen wartete er nicht mehr auf das Postschiff, das morgens seine Runde um die Lagunenstadt und ihre Inseln drehte. Stattdessen war Flavia diejenige, die dienstags in der Frühe an der Anlegestelle hockte und zusah, wie der große Sammelbriefkasten geleert wurde. Fast immer schüttelte der Postangestellte den Kopf, wenn sie ihm fragend zurief, ob etwas für ihre Familie dabei sei.

»Lass mich bitte allein, ich möchte schlafen«, bat sie ihren Bruder, während sie sich die Arme verrenkte, um ihr Mieder im Rücken aufzuschnüren.

»Wütend? Auf mich?« Er kam ihr unaufgefordert zu Hilfe. »Gib's zu, du fandest ihn auch unterhaltsam.« Als sie schwieg, erklärte er: »Ich wollte doch bloß die Stimmung nicht ruinieren. Im Grunde habe ich für dich gelacht, damit Lord Pomeroy …«, und nun hörte sie seiner Stimme das untrügliche Grinsen an, »besänftigt ist und du ohne Groll seine heilige Glassammlung prüfen kannst.«

»Denkst du wirklich, er ist ein Lord?« *Oder vielleicht der Earl?* Sie lachte unsicher, weil der Gedanke zwar abwegig erschien, ihr jedoch auch bereits einmal in den Sinn gekommen war.

»Ausdrücken tut er sich nicht wie einer – jedenfalls nicht in einer gemütlichen Kneipe und ganz sicher nicht mehr nach dem zweiten Bier.« Jaco stimmte in ihr Lachen mit ein, und während sie das Nachtgewand anlegte, schaute er sich in ihrem Zimmer um. Neben dem Standspiegel, ihrem Schrank und Bett hatte es nicht viel zu bieten, nur den orientalischen Teppich, den ihre Mutter in besseren Zeiten erworben hatte und dessen Fransen mindestens einmal am Tag hätten gebürstet werden müssen, was natürlich niemand tat – weshalb sie wie erkaltete Spaghetti zusammenklebten und sich kräuselten.

»Ich glaube nicht, dass er nach Murano gekommen ist, um seine Sammlung prüfen zu lassen«, sagte sie, schlüpfte ins Bett und klopfte auf den Platz neben sich. »Er verbirgt etwas vor uns.«

»Sagt dir das dein weiblicher Instinkt oder deine lodernde Abneigung gegen ihn und die gesamte Oberschicht?« Ihr

Bruder streifte die Stiefel ab, streckte sich aus und überkreuzte die Knöchel. Die Hände faltete er hinter dem Kopf. Flavia stützte sich auf den Ellbogen und wandte ihm das Gesicht zu.

Wie viele Stunden hatten sie damals als Kinder genauso dagelegen und geredet, bis ihnen die Augen zufielen? Nie war ihnen der Gesprächsstoff ausgegangen. Auch jetzt noch spürte sie diese Ungezwungenheit, die es so leicht machte, über ihre wahren Beweggründe und Ängste zu sprechen.

»Ich kann ihn nicht ausstehen.« Sie seufzte.

»Wahrscheinlich habt ihr euch gegenseitig einfach auf dem falschen Fuß erwischt.«

»Er hat mich beleidigt mit seiner Annahme, dass ich keine Ahnung von Glas hätte.« Sie schloss erschöpft die Augen. »Nur ändert das nichts.«

Ihr Bruder stieß sie mit dem Ellbogen sachte an. »Beweis ihm, dass er sich irrt.«

»Nicht nur ihm – ich will es allen beweisen.« Ruckartig setzte sie sich wieder auf, als ihr siedend heiß etwas einfiel. »Unser Vorhaben! Der Bibliotheksschlüssel! Wie lautet denn nun dein Plan?«

Jaco grinste: »Und ich dachte schon, du fragst nie.«

Kapitel 6

Flavia nahm ihre Verpflichtung ernst und stand pünktlich im Laden, um John Pomeroy mit seiner Glassammlung hereinzulassen. Im Hinterzimmer hatte sie mit der Hilfe ihres Onkels die breiten Klapptische aufgebaut und zusammengeschoben, die aus der Jugendzeit von Flavias Vater und Don Agostino stammten. Aus jenen Anfangsjahren, als die beiden noch grün hinter den Ohren gewesen waren und voller Eifer während der Sommermonate ihre Glaswaren auf der kleinen Piazza am Molo verkauft hatten, gewissermaßen heimlich und aus der Tasche heraus. Unter der Besatzung der Österreicher, die das Böhmische Glas bevorzugten, hatten die Glasbläser von Murano hohe Steuern und drastische Importbeschränkungen der Rohstoffe hinnehmen müssen. Wagte man es dennoch, an einem improvisierten Stand im Herzen der Stadt seine Waren zu verkaufen, musste man entweder ein guter Sprinter sein oder sich damit abfinden, die Nacht hinter Gittern zu verbringen.

So ungerecht einiges davon auch war, so gerne hörte Flavia immer noch die alten Geschichten ihres Onkels. Wenn die Jugend in Form von geröteten Wangen und leuchtenden Augen in sein schmales Gesicht zurückkehrte, er das am Ansatz lichte

Haar mit einer Hand beim Erzählen zurückstrich, wie einst, als er noch ein begehrter Junggeselle gewesen war, fiel ihr erst auf, wie sehr er doch inzwischen gealtert war.

Gebeugt und um etliche Zentimeter geschrumpft, trat er von der Glassammlung weg, die er für die Überprüfung mit aufgereiht hatte. Pomeroy streckte den Arm aus, offenbar in der irrigen Annahme, ihren Onkel könnte die Kraft verlassen, und er würde stürzen. Es stimmte zwar, dass Don Agostino seit dem letzten harten Arbeitsjahr eine unsichtbare Last auf dem Kreuz zu liegen schien, die seinen Oberkörper krümmte, aber er war ein zäher Knochen, der nicht einfach so zu Boden ging. Und falls doch, würde er dort gewiss nicht lange liegen bleiben.

Uns Volpatos zieht es gen Himmel und damit immer wieder zurück auf die Füße.

John Pomeroys Geste war also höchst unpassend und ging Flavia gegen den Strich.

Ihr Onkel zog sich schweigend an die Wand des kleinen Hinterzimmers zurück, wo er sich auf eine umgedrehte Kiste setzte, die Beine langmachte und ihnen träge zuschaute. Vermutlich hatten die Eltern ihn darum gebeten, Flavias Anstandsdame zu spielen.

»Wunderbar, da haben wir ja schon ein paar Schwindler in der ersten Reihe«, sagte sie und eröffnete damit das Identifikationsverfahren. Innerlich kostete sie die Macht aus, die es ihr verschaffte, Pomeroy im Unklaren darüber zu lassen, welche Gläser genau sie meinte. Vor ihnen breitete sich ein Arsenal von fünfzig Artikeln aus, und sie hatten gerade einmal mit der Kategorie »klare Trinkgläser ohne Stiel« begonnen. Es warteten noch die farbenfrohen sowie die mit Henkel auf sie, und natürlich gab es darüber hinaus die traditionellen

Trinkgefäße und Verlobungspokale, die nicht mehr oft gefertigt wurden und daher gut aus einem vergangenen Jahrhundert stammen konnten.

In Pomeroys Kollektion befanden sich auf den ersten Blick drei davon.

Die größeren und wertvollsten Arbeiten – Vasen und Skulpturen, auf die Flavia besonders brannte, würde er zu ihrem nächsten Termin hertransportieren lassen. Sobald er jemanden Verlässliches für die Logistik gefunden hätte.

Er stand einen halben Schritt von ihr entfernt an ihrer rechten Seite und verströmte einen intensiven Duft nach Küste und Sandelholz. Bei ihrer Bemerkung über die »Schwindler« beugte er sich über den Tisch. Und während er konzentriert die erste Reihe musterte, musterte Flavia *ihn*, natürlich nur aus dem Augenwinkel. Was er heute trug, entsprach schon mehr der gängigen Herrenmode als das, womit er bei ihrer ersten zufälligen Begegnung aufgewartet hatte. Ein weißes Hemd aus Musselin gesellte sich zu einer dunkelgrauen Weste. Unter dem gestärkten Hemdkragen, der bis zu seinem Kinn ragte und sein Gesicht ansatzweise einrahmte, schloss sich ein ordentlicher Krawattenknoten. Die lange dunkle Hose fiel im Schritt locker und hatte nicht mehr diesen taillenhohen Sitz, der zu Biedermeierzeiten der letzte Schrei gewesen war; inzwischen riet man in den Modejournalen den Männern nur noch zur viktorianischen Herrengarderobe. Diese mutete auf den ersten Blick hübsch an und erfreute sich über die Grenzen Englands hinaus großer Beliebtheit, doch Flavias Ansicht nach strahlte sie auch eine gewisse Begräbnisstimmung aus.

Mit seinem schwarzen Gehrock und dem Zylinder war John Pomeroy nun zweifellos eine ernst zu nehmende Erscheinung, dennoch stellte sie fest, dass sie seinen alten Aufzug irgendwie vermisste, das Unvollkommene, Zusammengewürfelte daran. Abgesehen davon konnte sie sich des Gefühls nicht erwehren, dass er sich eigens in Schale geworfen hatte, um *ihr* zu imponieren. Der Eindruck verdichtete sich, je länger sie ihn betrachtete. Er war glatt rasiert und sein Haar penibel gescheitelt.

Ja, er wollte ihr zweifellos gefallen.

Hatte ihn ihre angedeutete Kritik an seiner Garderobe so sehr getroffen? Oder war die heutige Kleidung bloß wärmer?

»Goodness gracious, allesamt Fälschungen?« Seine Stimme traf sie aus dem Nichts. Blinzelnd richtete sie ihr Augenmerk wieder auf das Glas.

»Das wäre bitter, oder? Wie viel Geld steckt in Ihrer Sammlung?«

»Über zwei Dinge redet ein Gentleman nicht im Beisein einer Lady: seine Verflossenen und sein Vermögen.«

»Wie gut, dass ich keine Lady bin, sondern eine Glasbläsertochter.« Sie lächelte, schob wie zum Beweis die Ärmel ihres rosafarbenen Kleides hoch und ergriff ein Glas, das sie anschließend prüfend in der Hand wog. In ihrem Rücken hörte sie das zufriedene Grunzen ihres Onkels, als wollte er sagen: *Ganz recht, Mädchen. Zeig ihm, aus welchem Feuer du gegossen bist.*

»Dann legen Sie keinen Wert auf Anstand und Manieren?« Pomeroy zog sich den Zylinder vom Kopf und pfefferte ihn in die nächstbeste Ecke. Grinsend forschte er in ihrem Gesicht nach einer Regung.

»Nur zu, schmettern Sie Ihren Hut durch den Laden«, sagte sie ironisch. »Durch einen Laden *voller Glas*.«

»Ich kann gut zielen. Jahrelanges Tontaubenschießen.«

»Worin haben Sie eigentlich *keine* Übung? Ich meine, Reiten, Schießen, Sprücheklopfen …«

»Letzteres ist ein gottgegebenes Talent.« Er nahm ihr das Glas ab und wog es selbst in der Hand – der Versuch, ihren Beweggründen für die Gewichtskontrolle auf die Spur zu kommen. »Was ist mit Ihnen? Was machen Sie den lieben langen Tag? Ich nehme an, Muranoglas zu identifizieren, ist nicht die Regel?«

Während sie über eine gute Antwort nachdachte, folgte er ihr aus dem Hinterzimmer vor in den Laden, wo sie ein seinem Glas recht ähnliches Exemplar aus der Vitrine holte. Ihr Onkel trabte ihnen mit Verzögerung nach. »Ich stehe hin und wieder Modell.«

Er schloss so abrupt den Mund bei ihrer Antwort, als wäre ihm die nächste Frage, zu der er schon angesetzt hatte, plötzlich entfallen. Flavia amüsierte sich königlich darüber. Seinem verwirrten Schweigen nach zu urteilen, dachte er gerade an Aktmalerei. Das Blau seiner Augen hatte sich merklich verdunkelt, als er fragte: »Und für wen stehen Sie Modell? Wissen Ihre Eltern davon? Wie sind Sie denn bloß dazu gekommen?«

»Nun geben Sie schon her!« Ihre ausgestreckte Hand verlangte nach dem Prüfobjekt. Ein besseres Mittel, als sich in die Arbeit zu stürzen, fiel ihr nicht ein, um die plötzlich seltsam aufgeladene Stimmung zwischen ihnen zu überspielen. Außerdem musste sie in der Tat die beiden Gläser gegeneinander aufwiegen, anders konnte sie Abweichungen – und damit Hinweise auf eine Fälschung – nicht ausschließen.

Auf den ersten Blick schien alles in Ordnung. Pomeroys Kelch lag genauso federleicht in der Hand wie der aus dem Hause Volpato, und die Oberfläche fühlte sich erwartungsgemäß leicht rau an. Es mussten allerdings noch andere Qualitätsmerkmale gegeben sein, um eine genaue Aussage über die Echtheit treffen zu können, beispielsweise das Vorhandensein eindeutig erkennbarer Zeichen der Verarbeitungstechnik. Während die maschinell in Serie hergestellten Fälschungen alle dieselbe Vollkommenheit zeigten, wiesen Defekte im Glas, kleine Bläschen im Inneren auf eine handwerkliche Produktion hin. Das Konzept einer Glasarbeit fiel bei zwei handgefertigten Objekten zwar immer ähnlich, aber niemals gleich aus.

Ein weiterer Indikator war die Farbe. Muranoglas zeichnete sich durch seine Brillanz und Homogenität aus. Fehlten diese Aspekte bei einem Stück, lag das an der vermutlich gestreckten Rohstoffmischung, womit man versucht hatte, die Kosten niedrig zu halten, was nichts Geringeres darstellte, als einen absichtlichen Betrug am Kunden.

Flavia übergab das Volpatoglas nach abgeschlossener Messung an Pomeroy – »Stellen Sie das mal bitte weg« – und widmete sich nun ganz dem Prüfobjekt.

Sie betrachtete es von allen Seiten, oben, unten, innen, außen. Rasch hatte sie den Mittelpunkt lokalisiert, von dem aus das Glas geblasen worden war. Feierlich verkündete sie: »Herzlichen Glückwunsch, Ihr Stück ist mit absoluter Gewissheit echt. Leider aber ziemlich hässlich.« Weshalb sie es auch nicht länger als »Glas« bezeichnen konnte. Denn diesen Titel verdienten nur echte Blickfänger. Jetzt, da sie es genauer inspiziert hatte, fielen ihr mehrere Herstellungsfehler auf, die einem Meister mit schlampiger Arbeitsweise geschuldet waren. Die eingravierten Initialen sagten ihr dabei nichts. Wahrscheinlich jemand zuzeiten ihres Vaters, der mittlerweile nicht mehr produzierte, weil er den Betrieb an den Sohn übergeben hatte.

»Mein Stück?« Pomeroys in die Höhe gewanderte Brauen verliehen seinen Worten einen zweideutigen Anstrich. Doch diesmal ließ Flavia sich nicht aus der Reserve locken.

»Verzeihung, hätte ich stattdessen sagen sollen: Ihre verschwendete Geldanlage?«, entgegnete sie unschuldig.

Er knurrte. »Was an diesem Glas erfüllt bitte nicht die Schönheitsstandards?«

»Es geht nicht um Schönheit, sondern um Qualität.« Mit einem Seufzen trat sie zu ihm, hob das Glas dicht vor seine Augen und drehte es im Licht. »Hier hat sich jemand an der Rigadin-Technik versucht. Und ich sage ›versucht‹, weil die Ausführung stümperhaft ist. Sehen Sie, die Glasmasse wurde bei der Herstellung nicht gleichmäßig in die Bronzeform eingeblasen, deshalb verlaufen die Rillen, die im Endprodukt entstehen sollten, auch nicht parallel zueinander. Das ist keine künstlerische Freiheit, sondern ein Beispiel für Nachlässigkeit.«

»So ein Unsinn.« Pomeroy fasste nach dem Glas, um es Flavia zu entreißen, doch sie ließ nicht los, und da es weder Henkel noch Stiel hatte, kamen seine Finger auf ihren zum Liegen. Sie zuckten beide zusammen. Flavia war sich der Anwesenheit ihres Onkels im Hintergrund überdeutlich bewusst, doch so unschicklich die Situation auch war, sie konnte jetzt nicht nachgeben.

Pomeroy blieb ebenfalls standhaft. »Das Glas ist vollkommen«, beharrte er. »Ich habe es in Paris bei einer Auktion von Ducourt ersteigert. Hôtel Ducourt, sagt Ihnen das etwas? Ein wichtiges französisches Auktionshaus, das alte Kunst wiederentdeckt und zeitgenössische aufspürt.«

»Dann haben die Ducourts wohl nicht gründlich genug nachgeforscht.«

»Sie irren sich.«

»Nein, *Sie* irren sich!«

»Ich habe doch gleich gewusst, dass diese Überprüfung Ihre Fähigkeiten übersteigt.«

Das Funkeln seiner tizianblauen Augen, mit dem er sie bedachte, fuhr ihr unter die Haut. Die trotzige Stimme in ihr beharrte darauf, nun erst recht nicht loszulassen. Nach kurzem Hin- und Hergezerre war es schließlich das vertraute Splittern von Glas, das den Sachverhalt klärte.

»Sie haben es fallen lassen«, stellte Pomeroy tonlos fest.

»Meines Erachtens hatten *Sie* zuletzt Ihre Hände dran.« Flavias Stimme bebte, ihre Atmung geriet aus dem Takt. Sie wusste nicht, wer tatsächlich schuld war, nur dass ein Fehler wieder ausgebügelt werden musste. Benommen kniete sie sich neben ihren Onkel, der »Nichts passiert!« gerufen hatte und mit Kehrblech und Besen an ihre Seite geeilt war.

»Lass mich das machen, mio zio.« Flavia scheuchte ihn beiseite.

Schon ging Pomeroy ebenfalls in die Hocke, um sich das Unglück aus der Nähe anzusehen. »Bitte sagen Sie mir, dass das reparabel ist«, sagte er.

»Machen Sie Scherze?« Ein konsterniertes Lachen entfuhr ihr. Aber natürlich, warum fragte sie überhaupt? Er glaubte vermutlich auch, für ihn würden sich die Gesetze der Schwerkraft aufheben, wenn er nur höflich darum bat, und genauso einfach konnte sie Millionen kleiner Splitter wieder zu einem großen Ganzen zusammensetzen. Flavia fürchtete den Moment, wo er sagen würde, dass die ähnlich aussehenden Gläser auf dem Tisch bedeuteten, dass es sich um ein Set handelte – ein Set, das nun unvollständig und damit wertlos war.

»Und was schlagen Sie nun vor? Kauern wir hier, bis unsere Kniescheiben schmerzen, oder finden wir eine Lösung für das Malheur?« Er richtete sich auf und hielt ihr die Hand hin.

Sie zögerte, blickte ihn scharf an, dann packte sie ergeben zu und ließ sich von ihm aufhelfen. »Sie nennen mir den ursprünglichen Kaufpreis, und ich ziehe die Summe von den Kosten für die Echtheitsprüfung ab«, sagte sie entschlossen. Er lachte bloß leise. Gestern beim Abendessen hatte das Geräusch weniger bedrohlich geklungen.

»Die Kosten, die Sie mir für die Überprüfung in Rechnung stellen dürfen, decken gerade mal ein Zehntel meiner Ausgaben. *Hôtel Ducourt.*« Er wartete, ob bei ihr etwas klingelte. »Nie gehört?«

»Oh, tun Sie jetzt bloß nicht so, als wenn *ich* die Ungebildete von uns beiden wäre. *Sie* dachten immerhin, in Venedig gäbe es Pferde!« Flavia kippte die Scherben in den Mülleimer hinter dem Kassentresen. Ihr innerer Tumult zwang sie dazu, sich geschäftig zu geben, auch wenn sie am liebsten die Hände vors Gesicht geschlagen und gebrüllt hätte.

Ja, sie hatte keinen Schimmer von Auktionshäusern und Reitsport, aber sie wusste verdammt noch mal ein Qualitätsstück von Mangelware zu unterscheiden.

»Das mit den Pferden war eine Anekdote, verflucht.« Nun war er es, der ärgerlich die Stimme erhob. »Sie diente zur reinen Erheiterung!«

»Dann ist das mit Loch Ness wohl auch nicht wahr?«

Er schnaubte. »Sehe ich aus, als würde ich an Seedrachen glauben?«

Flavia musste sich das Vaterunser vorsagen, um ihm die Antwort darauf schuldig zu bleiben. »Sie sind ein Hochstapler, Mr. Pomeroy«, erklärte sie schließlich kühl. »Ein Aufschneider und gnadenloser Schwätzer!«

»Nennen Sie mich wenigstens beim Vornamen, wenn Sie mich schon so leidenschaftlich beleidigen!«

»Mit Leidenschaft hat das hier rein gar nichts zu tun. Sie können mich mal – *John*!«

»Flavia ...« Das war ihr Onkel. Sie spürte seine Hand auf der Schulter, und obwohl sie wusste, dass sie sich beruhigen sollte, wollte sie das nicht, wollte nicht wieder klein und unsichtbar sein. Sie stieß einen Fluch aus, der mehr ihr selbst als den Männern galt, dennoch veranlasste er ihren Onkel dazu, mit einem resignierten Stöhnen den Laden zu verlassen. Flavia marschierte in die entgegengesetzte Richtung, zurück ins Hinterzimmer. Doch ihr war keine Ruhe vergönnt, denn Pomeroy folgte dicht hinter ihr und verharrte im Türrahmen, während sie innerlich brodelnd versuchte, sich auf die Glassammlung zu konzentrieren.

Seine Atemzüge erfüllten die Stille. »Wo waren wir stehen geblieben?«, fragte er schließlich gereizt. Da sie ihm immer noch den Rücken zukehrte, führte er das Gespräch alleine weiter. »Ich glaube, Sie boten mir an, Sie gernzuhaben. Das muss ich derzeit leider ablehnen.«

Flavia wirbelte wütend zu ihm herum, den Mund schon für die nächste Replik geöffnet.

»Da ist sie ja wieder«, kommentierte er ihre Reaktion amüsiert. Es war fast, als würde er sich nach weiteren Beleidigungen von ihr sehnen. Und sie hätte ihm diesen Wunsch nur zu gerne erfüllt, doch da sprach er schon weiter: »Haben Sie denn eine brauchbare Idee, wie wir nun in dieser Angelegenheit am besten verfahren?«

Der Zorn, der sich überall in ihrem Körper angestaut hatte und sie ganz starr machte, entwich allmählich, doch nicht schnell genug. Sie musste dringend wieder zur Besinnung kommen. »Ich könnte Ihnen zur Entschädigung Prozente auf unsere Einzelstücke anbieten«, erwiderte sie steif.

»Das wäre natürlich geschickt. Sie würden mir preislich

entgegenkommen und damit nebenbei einen weiteren Verkauf abwickeln. Aber ich muss Sie enttäuschen: Nein.«

Sie holte so tief Luft, wie es ihr bei all der Anspannung möglich war. »Auch nicht, wenn es sich um ein Unikat handelte? Ein Produkt, das es kein zweites Mal auf der Welt so gäbe? Wir fertigen nur ein einziges davon an, darauf erhalten Sie Brief und Siegel.«

Er schien ins Grübeln zu geraten, das erkannte sie an seinen Fingern, die sich krümmten und wieder streckten, und die er, als er ihren Blick bemerkte, unauffällig in die Hosentaschen steckte. »Von welcher Größenordnung sprechen wir?«

»Wie wäre ein Briefbeschwerer?«

Er musterte sie unbeeindruckt.

»Gut, dann eben ein Trinkglas. Auge um Auge, Sie wissen schon.« Sie presste die Lippen aufeinander, nun konnte sie nichts weiter tun, als zu beten.

Er ließ sie schmoren.

»Reichlich bibelfest unterwegs – für eine Sünderin«, sagte er endlich. »Na los, wie geht der Vers weiter? *Auge um Auge …* Wenn Sie ihn richtig aufsagen, nehme ich Ihr Angebot vielleicht an.«

»Das werden Sie sowieso nicht«, platzte es aus ihr heraus.

»Nein, das werde ich nicht.« Er lächelte.

»Was wollen Sie dann, John?« Irgendetwas hatte sich mit seinem letzten Satz geändert. War es, weil seine Stimme plötzlich sanfter klang? Oder war es sein Lächeln? Wie nach einem Gewitter war die Luft mit einem Mal gereinigt, und nur die aufgestellten Härchen an ihren Armen zeugten von der Spannung, die eben noch geherrscht hatte.

»Ich weiß nicht …«, er zerrte an seiner Krawatte, bis sie sich löste. »Wie wäre es, wenn Sie mir etwas gäben, das genauso kostbar für Sie ist, wie mein zwölfteiliges Glas-Set es für mich war?«

Zwölf Teile. Flavia musste schlucken. Verdammt, er verdiente in der Tat eine Kompensation. »Ich nehme an, Sie meinen nicht mein schönstes Ballkleid«, erwiderte sie. Es war ein matter Scherz.

»Durchaus verlockend.« Ein Schmunzeln ging über seine Lippen, bevor er wieder ernst wurde. »Aber ich glaube, ich habe eine bessere Idee. Ich bin noch nicht lange in Venedig, trotzdem langweile ich mich. Alle Orte sehen gleich aus, wenn man niemanden an seiner Seite hat, der sich auskennt. Sie könnten mich mit der Stadt vertraut machen …«

Sie unterbrach ihn knapp. »Dafür habe ich keine Zeit.«

»Natürlich zu Ihren Bedingungen und nur in den Tagesabschnitten, wo Sie auch wirklich abkömmlich sind und nicht in Schwierigkeiten geraten. Ich denke, drei Ausflüge wären angemessen.«

»Leider gerät eine unverheiratete Frau unweigerlich in Schwierigkeiten, wenn sie mit einem … Blender wie Ihnen durch die Gassen zieht.«

Er beugte sich vor. »Sie sind also von mir geblendet, ja? Ist es mein messerscharfer Verstand oder mein anziehendes …«

»Seien Sie still!« Flavia hörte das Blut in ihren Ohren rauschen. Und sie hatte gedacht, die Lage hätte sich entspannt! Zugleich regte sich jedoch noch etwas anderes in ihr: ein Hauch von Neugier. Sie reckte das Kinn. »Was würde ich Ihnen schon zeigen können? Das Hafenviertel? Ich verkehre weder in feinen Salons, noch besuche ich Soiréen.«

»Und wer sagt, dass *ich* das tun möchte?«, hauchte er ihr ins Ohr, und sein Atem streifte ihre Wange.

Mit einem unwillkürlichen Schauder machte sie einen

Schritt nach hinten, um Abstand zwischen sie beide zu bringen. Merkwürdigerweise fühlte sie sich nicht bedrängt, eher schien er etwas in ihr zu wecken, das sich sonst alle Mühe gab, verborgen zu bleiben. »Können Sie mir das schriftlich geben? Dass Sie auf eine finanzielle Entschädigung für das Glas verzichten?«

»Setzen Sie einen Vertrag auf.«

Sie nickte möglichst sachlich.

»Und was Ihren Part angeht, werde ich die Details ebenfalls in einem kurzen Schreiben festhalten.« Er zwinkerte ihr zu. »Damit auch alles mit rechten Dingen zugeht.«

Flavia sog beleidigt die Luft ein. Als ob sie nicht zu den abgemachten Treffen erscheinen würde, die ihr eben den Allerwertesten gerettet hatten. »Haben Sie etwa Angst, ich lasse Sie in einer gefährlichen Gasse stranden?« Sie bemühte sich um einen ähnlich provokanten Tonfall, wie er ihn zuvor angeschlagen hatte. Aus dem Augenwinkel beobachtete sie, ob er darauf ansprang.

»Oh, keineswegs.« Er sah sie nicht einmal an. »Schließlich haben Sie mir schon bewiesen, was für eine vorzügliche Fremdenführerin Sie sein können.«

Kapitel 7

Nachdem sie diesen ersten Termin hinter sich gebracht hatte und ihr neuer, zahlungskräftiger Kunde gegangen war, suchte Flavia sogleich das Gespräch mit ihrem Onkel. Er verurteilte ihren Wutausbruch nicht, schließlich hatte Pomeroy ihrer Streitlust ja standgehalten. Doch obwohl sie ihm glaubte, musste sie das gesamte Hinterzimmer samt Verkaufsfläche auf Vordermann bringen, ehe sie sich für ihr Benehmen nicht länger schämte. Erst die sanfte Mahnung, in der Werkstatt wären ihre Anstrengungen besser aufgehoben, ließ sie innehalten und den Staubwedel senken. Beim Hinausgehen sah sie durchs Schaufenster, dass ihr Onkel ihren Platz eingenommen hatte, seufzte und noch einmal gründlich über all die Glasobjekte ging, die sie schon gereinigt hatte.

Erbsenzähler!

Aber wahrscheinlich hatte er recht: Allen war besser damit geholfen, wenn sie an die Schmelzöfen zurückkehrte und sich auf die bewährte Weise nützlich machte. Doch zuerst musste sie in ihren Arbeitsraum und einmal tief durchatmen!

Mit seinen Pfeilern und den unter der Decke entlangführenden Rohren, dem fleckigen Betonboden und zahlreichen Eisenstäben, die überall aus rostigen Metalleimern ragten, verströmte ihr Rückzugsort das Flair einer Baustelle – war nichts Halbes und nichts Ganzes. Doch wenigstens beschaffte ihr Jaco hin und wieder neue Dekorationselemente, mit denen sie die Wände und Raumecken ausstaffieren konnte. Wenn er in der Stadt war, schaute er immer nach Truhen, Spinden oder ausgefallenen Stahlkunstgegenständen. Hauptsache, die Fundstücke waren schwer entflammbar und passten zu seiner Vorstellung von Geschmack, da ihrer, wie er so gerne betonte, wohl auf unbestimmte Zeit am Lago Maggiore Ferien machte. Flavia wusste sein Engagement zu schätzen, auch wenn er sich für seine Sticheleien des Öfteren einen Knuff in die Seite einfing. Nur dank ihm gelang es ihr immer mehr, sich im Betrieb eine eigene Nische zu schaffen, einen Ort, an dem sie sich wohlfühlte und frei entfalten konnte. Etwas, das sich zwar noch in der Entstehung befand, jedoch irgendwann zu ihrer Zufriedenheit gestaltet sein würde – genau wie ihre Laufbahn als Glasbläserin.

Sie betrat ihren Arbeitsbereich und hielt einen Moment an der Tür inne, überrascht, ihren Bruder vollkommen in den Herstellungsprozess vertieft am Werktisch vorzufinden. Den scagno vor dem Ofen hatte er für sie frei gelassen, und wie jedes Mal wärmte ihr der Respekt, den er ihr damit zollte, das Herz. Es waren kleine Gesten wie diese, die sie trotz der vielen Anflüge von Niedergeschlagenheit weitermachen ließen und sie daran erinnerten, dass sie nicht allein an ihren Traum glaubte, irgendwann als Glasbläserin anerkannt zu werden.

»Schon zurück?«, murmelte er, ohne sich nach ihr umzusehen. Sein sarkastischer Ton wies beiläufig darauf hin, dass sie ihren Arbeitstag reichlich spät begann. Offenbar sah ihr Bruder sein eigenes Laster nicht gerne in ihr widergespiegelt.

Bei dem Versuch, sich auch nur eine Arbeitswoche ins

Gedächtnis zu rufen, in der *er* konstant pünktlich gewesen war, musste Flavia ein lautes Lachen unterdrücken.

»Was hast du denn so mit Pomeroy getrieben?«, fragte er mit einer abwesenden Stimme, die verriet, dass er sich vorbildlich auf das Glas konzentrierte. »Hattet ihr Spaß?« Vor Jacos Bauch klemmte die Lötlampe so an der Tischkante, dass die gasbetriebene fauchende Flamme ihren Strahl auf den Rohling in seinen Händen richtete.

»Kaum. Eher einiges zu klären«, sagte sie knapp. Natürlich scheiterte sie innerhalb der nächsten Minuten daran, das zersplitterte Glas aus dem zwölfteiligen Set nicht zu erwähnen. Stattdessen purzelten die Worte nur so aus ihrem Mund, und dazu hatte es bloß zweier weiterer kleiner Nachfragen bedurft.

Ihr Zwilling kannte sie einfach zu gut.

»Wie käuflich du bist.« Ein unverhohlenes Grinsen lag in seiner Stimme. »Aber eigentlich begrüße ich diese verruchte Seite an dir. Endlich muss ich mich wegen meiner Schwächen nicht mehr schlecht fühlen.«

Flavia lachte. »Man bemerke den feinen Unterschied, dass *ich* mich für die Familie opfere, während du meist nur dich selbst im Sinn hast.«

»Brave Flavia. Hätte ich eine Hand frei, würde ich dir den Kopf tätscheln. Aber du stehst ja wie eine unheimliche Wächterin hinter mir und schaust mir auf die Finger.« Er drehte ihr den Kopf zu, in den haselnussbraunen Augen eine stumme Anklage. »Du hast die Glasblasen tadellos vorgefertigt. Das Weitermodellieren kriege ich gerade noch hin.«

»Entschuldige.« Betroffen gab sie ihren Posten auf und zog den Stahlstuhl in Thronform heran, der auch ohne Polster und Bezug noch bequem genug war, um darauf längere Zeit den eigenen Gedanken nachzuhängen.

Jaco hatte ihn nach einer durchzechten Nacht den »Geistesblitz-Sitz« getauft, bevor er zwischen den Lehnen eingenickt und am nächsten Tag mit höllischen Kopfschmerzen wieder aufgewacht war. Aber wo er recht hatte … Wann immer Flavia über ein halbgares Konzept nachgrübelte und alles, was sie je erschaffen hatte, ihr unoriginell erschien, setzte sie sich auf den Thron, kreuzte die Beine unter dem Gesäß und schloss die Augen, bis sich die Einfälle aus dem Nichts formten.

»Woran arbeitest du denn gerade?«, fragte sie und beäugte das Objekt aus der Nähe. Nach dem dunkelvioletten Rochen, den sie ihm für die Nachbildung des Aquariums anvertrauen wollte, sah es nicht aus.

»Eine Palette Sektgläser. Vaters Auftrag.«

»Aber der ist doch erst in zwei Wochen fällig.«

»Heute kam die Nachricht, dass die Ware schon eher gebraucht wird.« Er zog den Glasrohling, den er über der Flamme erhitzt hatte, mit rotierenden Bewegungen auseinander, bis sich an einer Seite ein Gebilde wie eine Christbaumspitze ergab, jener interessante Baumschmuck, den Königin Margherita von Savoyen vor nicht allzu langer Zeit zur Mode gemacht hatte, als sie im Palazzo del Quirinale in Rom eine Tanne damit schmückte. Der Brauch, am 8. Dezember einen Weihnachtsbaum aufzustellen, hatte sich rasch im ganzen Land verbreitet und war vor einigen Jahren auch im Hause Volpato angekommen. Flavias Mutter behauptete steif und fest, sie könne der ganzen Sache nichts abgewinnen, verfluchte sogar am 6. Januar regelmäßig denjenigen, der ihr das Nadelfiasko überhaupt erst ins Wohnzimmer geschafft hatte. Für gewöhnlich Giovanni. Ihm hatten einfach immer die übrig gebliebenen missratenen Tannen leidgetan, die auf dem Markt in Cannaregio zu Brennholz verarbeitet wurden, ohne ein einziges Weihnachtslied gehört und ohne je die geschmückten Arme beschützend über einen Berg Geschenke gebreitet zu haben.

Doch mit seinem Weggang hatte sich natürlich auch das erledigt.

Zum ersten Weihnachtsfest ohne Orietta und Gio war ihr Vater zwar noch selbst losgezogen, um einen Baum zu kaufen, doch da er mit leeren Händen und tränenüberströmtem Gesicht zurückgekehrt war, hatte er im zweiten Jahr schon Jaco geschickt und nur mitfühlend genickt, als dieser ebenfalls ohne Tanne und dafür mit einem ordentlichen Schwips ins Haus gepoltert war. Einen dritten Versuch würde er sich und der Familie dieses Jahr hoffentlich ersparen.

»Hat Vater einen Aufschlag für den geänderten Liefertermin genommen?«, fragte Flavia besorgt. Noch wusste sie nicht, was sie von der Nachricht halten sollte.

Jaco zuckte die Achseln. »Mit mir redet er nicht über die Finanzen.«

»Verstehe. Ich prüfe das.«

»Lieber nicht.«

Sie hob abwartend die Brauen.

»Damasio und die anderen wetten darum, wie sehr du an die Decke gehst, wenn du den wahren Auftraggeber erfährst. Ich habe eine stolze Summe zu verlieren.«

»Signor Lippi, oder nicht?«, sagte sie mit wankender Selbstsicherheit. Er war ein vermögender Großhändler aus Florenz und einer ihrer beständigsten Abnehmer.

»Nicht wirklich Lippi – Veridiani. Laut dem Gerüchteschaukasten wurden die beiden vor Kurzem zusammen gesichtet. Man vermutet eine Affäre. Aber mich besorgt eher, dass sie nun schon unsere Handelspartner nach ihrer Pfeife tanzen lässt.« Jaco blies Luft in die Spitze, die er aus dem Glas geformt hatte, bis sich an dessen Ende kurz vor der späteren Bruchstelle, aus welcher der Stiel hervorgehen würde, ein bauchiger Hohlraum formte – das Becken. Darunter gestaltete er in einigem Abstand eine zweite, kleinere Kugel, die er ebenfalls aufblies.

Der Schock bewirkte, dass Flavia sich von dem Anblick losriss. Sibilla Veridiani war die Letzte, die sie als Auftraggeberin erwartet hatte. Unwillkürlich kam ihr die seltsame Beinahe-Begegnung mit ihr in den Gassen Muranos in den Sinn, und sie fröstelte. »Ganz sicher plant sie etwas. Aber warum sollte sie ihren Vergeltungsschlag damit einleiten, Sektgläser bei uns zu bestellen?«

»Vielleicht ist sie unserem Geheimnis auf der Spur und sammelt Arbeitsproben, die sie unter die Lupe nehmen kann?«

Flavia warnte ihren Bruder mit einem schneidenden Blick, den Teufel nicht an die Wand zu malen, was ihm allerdings entging, da er die zweite Kugel über der Flamme konzentriert größer werden ließ. »Ich habe sie gesehen, Jaco.« Zögerlich erzählte sie ihm von dem Vorfall. »Zur Hölle, sie muss von Oriettas Brief wissen«, sagte sie. »Seinen Inhalt kennen. Und nun hat sie Angst vor *unserem* nächsten Schritt.«

»Dann wüsste sie aber mehr als wir.« Jaco stieß den Spachtel in die Öffnung und trieb die kleine Kugel auf, bis sich die Fußscheibe eines Sektglases gebildet hatte. »Von allen Versprechen, die du Orietta je gegeben – und nicht eingehalten – hast, entscheidest du dich ausgerechnet dafür, *dieses* zu wahren?« Er schnalzte mit der Zunge. »Seit einem halben Jahr sage ich dir, du sollst den Brief endlich öffnen. Schließlich hat sie ihn uns für den Notfall hinterlassen. Was, wenn das Druckmittel nach so langer Zeit gar keines mehr ist? Was dann, Flavia?«

Ihre Finger bebten, als sie sich mit dem Handrücken über die Stirn fuhr. Plötzlich waren ihr die von dem stetig brennenden Ofen ausstrahlende Hitze und die zusätzliche Flamme der Lötlampe zu viel. »Was auch immer drinsteht, die Veridiani hat Angst vor einer Enthüllung. Deshalb kauft sie bei uns ein und bemüht sich, ihr Wohlwollen auch zu uns durchdringen zu lassen. Sie will sich wieder einschleimen, um uns erneut zu schaden, wenn wir es am wenigsten erwarten.« In deutlicher Erinnerung an das Grauen, das die Salondame über ihre Familie gebracht hatte, schüttelte Flavia den Kopf. »Ich hätte aufmerksamer sein müssen. Wenn ich nicht so mit dem Wettbewerbsbeitrag beschäftigt gewesen wäre, hätte ich eine Bonitätsprüfung veranlasst und den Auftrag sofort auf sie zurückführen können.« Sie hielt inne. »Eine Bonitätsprüfung müssen wir wirklich bei jedem Auftrag machen, damit …«

»… nicht das Gleiche wie letzten Sommer passiert, ich *weiß*.« Jacos Augen blitzten.

»Ich wiederhole mich und nerve dich damit, entschuldige.« Sie seufzte mutlos und drückte die Fingerknöchel fest gegen ihre Schläfen, als könnte sie so ihre Gedanken in weniger lästige Bahnen lenken.

Jaco drehte die Lötlampe ab und stellte sein frisch gefertigtes Glas in den Kühlofen. »Brauchst du eine Umarmung?« Unschlüssig, ob ihre Entschuldigung auf echte Verzweiflung oder bloß einen kurzen Moment der Schwäche hindeutete, wartete er ab. Sein stets spöttischer, aber diesmal auch ein wenig besorgter Gesichtsausdruck signalisierte ihr, dass er sie zur Abwechslung mal nicht in den Schwitzkasten nehmen würde, wenn sie sich traute, sein Angebot zu akzeptieren.

»Man fragt nicht, ob jemand eine Umarmung braucht, sondern gewährt sie einfach«, sagte sie matt.

»Verzeihung, wir sind von spitzen Werkzeugen umgeben. Ich wollte nicht mit einer Schere im Bauch enden.« Doch schon war er bei ihr, zog sie mit inniger Geschwisterliebe an sich und stützte sein Kinn auf ihren Scheitel. »Meinst du, wir müssen uns wegen der Salonhexe Sorgen machen?«

»Ich bin mir nicht sicher, aber Vorsicht ist bekanntlich besser als Nachsicht«, erwiderte sie dumpf gegen seine Brust. Sie lösten sich wieder voneinander, und Flavia stellte fest, dass es ihr bereits einen kleinen Hauch besser ging.

»Wo wir gerade von Vorsicht sprechen …« Ihr Bruder rieb sich betreten den Nacken. »Eventuell bin ich gerade dabei, eine Dummheit zu begehen.« Auf ihren alarmierten Blick hin schob er hastig nach: »Nicht das Casino oder etwas in der Art.«

Flavia verschränkte die Arme unter dem Busen. »Wie heißt die Glückliche?«

»Natalina.«

Auf einen Schlag versteifte sie sich.

»Und an anderen Tagen Amalia.«

Nun riss sie den Mund auf. »Entschuldigung, hast du gerade giftigen Dampf eingeatmet? Dich vielleicht zu nah über die Lötlampe gebeugt?« Sie rüttelte ihn an den Schultern. »Die Dal Corsos? Und dann auch noch beide zugleich? Ist das dein Ernst?«

»Was soll ich tun? Sie sind hübsch, eine wie die andere.« Er duckte sich vor ihrem Schlag. »Außerdem sind sie mit Micaela befreundet. Und die …«, er hob abwehrend die Hände, »ist die Tochter des Bibliothekspförtners – also bring mich nicht gleich um.«

Eine Aufregung, die sie jetzt so gar nicht gebrauchen konnte, wallte in ihr auf. Denn das, was ihr Bruder da trieb, war absolut unmoralisch … aber unbestreitbar auch hilfreich.

»Der Zweck heiligt die Mittel, richtig?«, fragte er, als könnte er in ihrem Gesicht lesen, dass sie bereits mit dem Gedanken spielte, ihn einfach machen zu lassen. »Deshalb wirst du dich doch auch privat mit John Pomeroy treffen und ihm Venedig zeigen, stimmt's?«

Damit hatte er den Nagel auf den Kopf getroffen. Ihr Handel mit Pomeroy war genauso verwerflich wie sein Umgang mit den Dal-Corso-Mädchen. Denn auch wenn er schändlicherweise beiden gleichzeitig den Hof machte, hatte er neben der Sache mit dem Bibliotheksschlüssel wenigstens auch echtes Interesse an ihnen, während Flavia John vorrangig deshalb ertrug, weil es wichtig für den Erhalt des Betriebs war.

»Ich …« Hilflos hob sie zu einer Rechtfertigung an, brach jedoch ab und ballte die Hände zu Fäusten. »Wir werden im Gegensatz zu dir und deinen Freundinnen aber nicht miteinander ins Bett steigen.«

»Schade.« Jaco schnipste ihr gegen den Arm. »Bei Pomeroy könntest du was verpassen. Also, nur so ein Gefühl.«

Kapitel 8

Zwei Wochen vergingen, in denen sie nichts von John Pomeroy hörte. Beschäftigt mit ihrem Wettbewerbsbeitrag und dem Arbeitsalltag in der Werkstatt, fragte sie sich Anfang März irgendwann, ob sie sich das Arrangement mit ihm nur eingebildet hatte oder ob sie irgendwas an seiner Bitte, ihm Venedig zu zeigen, missverstanden hatte. Nicht dass sie seine Abwesenheit bedauerte. Doch sie würde sich wohler fühlen, wenn sie ihren Teil der Abmachung endlich erfüllen könnte und die Angelegenheit mit dem zerbrochenen Glas vom Tisch wäre.

Alles würde sich besser anfühlen, als in John Pomeroys Schuld zu stehen. Nachdem er sich tagelang nicht gerührt hatte, war sie sogar zweimal in dem Hotel gewesen, das er ihr genannt hatte, Hotel Palazzo Alfieri, um ihn über den Fortschritt der Echtheitsüberprüfung in Kenntnis zu setzen. Als sie dort nach ihm fragte, bat man sie, nach anfänglicher Ratlosigkeit, das Aussehen des Gentlemans genau zu beschreiben, und verriet ihr dann, dass er den Großteil seiner Zeit außer Haus verbringe und üblicherweise nur für die Bettruhe zurückkehre. Eine Nachricht könne aber gegen einen Obolus selbstverständlich an der Rezeption für ihn hinterlegt werden. Und auf die Art, wie der Rezeptionist ihr mit einem wissenden

Lächeln die kleine Ledermappe über den Tisch zugeschoben hatte, ging Flavia davon aus, dass dies nicht das erste Mal war, dass eine übereifrige Dame Auskunft über John Pomeroy erbeten hatte. Sie hatte dankend abgelehnt und weder Namen noch Notiz hinterlassen. Wenn Pomeroy es ernst meinte mit seinem Vergnügungsprogramm, dann würde er eben auf sie zukommen müssen. Und falls nicht – auch gut. Sie hatte tausend wichtigere Dinge zu tun, als auf eine Nachricht von ihm zu warten.

Jedenfalls versuchte sie, sich selbst davon zu überzeugen, sobald ihre Mutter wieder einmal das Gespräch auf ihn lenkte, immer noch ganz eingenommen von seinem Auftritt bei jenem Abendessen. Oder wenn Jaco plötzlich hinter sie trat und ihren Hals nach verräterischen Spuren untersuchte, weil er ihr nicht abnahm, dass sie Pomeroy inzwischen nicht wiedergesehen hatte. Natürlich unterstellte ihr Bruder ihr diese Dinge nur zum Spaß, zumindest hoffte sie das, doch seine Sticheleien halfen nicht gerade dabei, die Gedanken an den Briten aus ihrem Kopf zu vertreiben.

Wenn sie vor seiner Sammlung stand und das nächste Objekt überprüfte, fragte sie sich, was seine Leidenschaft für Muranoglas geweckt hatte. Erkannte er die Kostbarkeit eines jeden Produkts, begriff er, wie viel Schweiß und manchmal auch Tränen in die Herstellung eingeflossen waren? Erspürte er die Seele des Meisters hinter dem Werk, oder war er einfach auf den Zug der Mode aufgesprungen und hatte sich eine Kollektion zugelegt, um damit vor seinen Landsmännern zu prahlen? So wie sie ihn kennengelernt hatte, tippte Flavia auf Letzteres. Doch vielleicht – und das war das erste Mal, dass sie sich eine harmlose Erklärung zu dem Thema erlaubte – besaß die Kollektion ja auch nostalgischen Wert für ihn. Womöglich hatte er sie vor Kurzem von einem geliebten Familienmitglied geerbt und sich entschieden, trotz seiner Trauer nach Murano zu kommen und dort so lange zu bleiben, bis er den genauen Wert seiner Sammlung erfahren hatte. Ja, nur darum ging es bei Flavias Aufgabe: ihm Klarheit zu verschaffen, ganz gleich, ob sie ihn abseits der Werkstatt wiedersah oder nicht.

Nachdem sie die Wasserpflanzen für ihr Salon-Aquarium fertiggestellt hatte und sich das Brennen in ihren Augen auch durch energisches Reiben nicht mehr vertreiben ließ, erlaubte sie sich die erste Pause des Tages. Es war bereits nachmittags, die Unterwasserwelt nahm Gestalt an, und sie selbst verspürte den Hunger der Fleißigen. Obwohl sie ihren Vater regelmäßig daran erinnern musste, sich zwischen den Arbeitsschritten zu stärken, war sie heute selbst so in den Prozess vertieft gewesen, dass sie das Mittagessen vergessen hatte. Ermattet, aber zufrieden flog sie auf der Suche nach ihrem Bruder über den grünen Innenhof mit den vereinzelten Bäumen, der direkt neben ihrem Anbau lag. Da der Garten von der Tür aus gut einsehbar war und sie Jaco nirgends entdeckte, ging sie, obwohl sie gerne noch einen Moment länger an der frischen Luft verweilt hätte, in die Werkhalle zurück. Die Latzschürze, die einmal ihrem Vater gehört hatte und die ihr über Brust und Bauch reichte und bei jedem Schritt knatschend um ihre Waden schlackerte, behielt sie vorsorglich an. Ihr stand der Sinn nach mindestens drei Scheiben Musetto mit Kren, und falls sie beim Genuss der Kochwurst kleckerte, würden die zusätzlichen Flecken auf dem abgegriffenen Leder nicht weiter stören. Sie brauchte nur jemanden, der so freundlich war, ihr das Gericht aus der Osteria in der Gasse gegenüber zu holen. Den Aufwand, ihr Kleid erst auf Rußflecke absuchen und gegen den Qualmgeruch mit Talkumpuder einstauben zu müssen, bevor sie hinaustrat, konnte sie nach der anstrengenden Morgenschicht nun beim besten Willen nicht betreiben.

Zügig durchstreifte sie die üblichen Ecken und Verstecke in der Werkhalle, bis sie Jacos Stimme aus Richtung des Eingangs vernahm. Die drei schweißüberströmten Garzonetti, an denen sie vorbeiging, unterhielten sich während einer Wartepause lautstark und mit aufgestellten Stiefeln an Giovannis alter Werkbank. Bei Flavias Anblick zogen sie hastig die Füße herunter und verstummten. Einer wischte mit der Hand nach, sobald er ihren wütenden Gesichtsausdruck registrierte, ganz so, als wäre das Andenken ihres Bruders nicht beschmutzt worden, solange keine Dreckklumpen zurückblieben. Sie strafte ihn mit einem vernichtenden Funkeln, dann war es wieder Jaco, dem ihre Aufmerksamkeit galt.

Im Vorraum der Halle schien er jemanden wortreich abwimmeln zu wollen. Seine Hand hatte er als Signal, dass der Eintritt nicht gestattet war, an den Türpfosten gelegt. Der linke Flügel des schweren Portals war nur einen Spaltbreit vor ihm geöffnet.

»He, Jaco!« Bei Flavias Ruf ging ein Ruck durch seinen Körper, und als hätte er etwas vor ihr zu verbergen, richtete er sich gerade auf und schmetterte dem Besucher die Tür vor der Nase zu. Lautstarker Protest in Form eines Klopfens erscholl von der anderen Seite, wurde jedoch von ihrem Bruder geflissentlich überhört. Jaco stellte sich mit dem Rücken gegen die Tür, seine scheuchende Handbewegung war eine unmissverständliche Aufforderung an sie, schleunigst zu verschwinden. Für gewöhnlich kam sie derlei Bitten auch nach, ohne lange zu lamentieren, doch nun weckte sein Benehmen ihre Neugier.

Sie wollte sich nicht verscheuchen lassen.

»Na, wer ist es denn? Amalia oder Natalina«, stichelte sie in der gleichen Art, wie er es ständig mit ihr machte. »Oder etwa beide?« Erst als sein Mund sich unter dem dünnen Schnurrbart zu einem bleichen Strich zusammenzog, begriff sie, dass sie schnellstens ihre Arbeitsschürze loswerden musste, selbst wenn wirklich nur die Dal-Corso-Mädchen auf der anderen Seite standen. Ihre bloße Anwesenheit in der Werkstatt konnte Flavia den beiden noch irgendwie erklären – schließlich brachte sie Jaco bekanntlich das Mittagessen –, dass sie gerade aussah und stank wie ein Glasbläser, allerdings nicht. Aber vielleicht handelte es sich ja auch um jemand ganz anderen.

Pomeroy, formte Jaco überdeutlich mit den Lippen. Wie von der Tarantel gestochen riss Flavia sich die Schürze über den Kopf und schleuderte sie beiseite. Ihr blieb keine Zeit, zurück in ihr eigenes Arbeitszimmer am Ende der Halle zu flüchten, sie schaffte es gerade noch zu einer Bank. In dem Moment, als Pomeroys selbstsichere Schritte ertönten, hatte sie die Hände in den Schoß gelegt und quer durch den Raum mit Damasio Blickkontakt aufgenommen. Er schob gerade Jacos fertige Gläser zum Abkühlen in den Wärmeofen. Zunächst verwirrt, dann angetan von ihrer ungeteilten Aufmerksamkeit, streckte Damasio die Brust heraus und führte seine Bewegungen mit einer betont lasziven Trägheit aus, bevor er nach verrichteter Tat sein Hemd hochzog, um sich damit das Gesicht trocken zu wischen. Ein Augenzwinkern sollte dafür sorgen, dass sie die gestählten Päckchen seines Bauches, die sich bei jeder Bewegung regten, nicht nur bemerkte, sondern das Muskelspiel auch richtig zu deuten wusste: als verlockende Einladung.

»Oh, komme ich gerade ungelegen?« Pomeroy trat neben ihre Bank.

Flavia hob ihm zögerlich den Blick entgegen. Ihre Hoffnung, dass sie bei Damasios alberner Darbietung nicht errötet war, erstarb, sobald sie die vertrauten heißen Flecken auf ihrem Dekolleté und dem Hals spürte. Ihr unerwarteter Gast maß allerdings nicht sie abschätzig, sondern musterte mit unverhohlener Missbilligung Damasio. In der Ferne hängte Jaco ihre Lederschürze an einen Haken.

»Guten Tag, John«, sagte sie. Er bedeutete ihr mit einer beschwichtigenden Geste seiner Hand, sitzen zu bleiben. Seine Musterung war inzwischen in eine interessierte Betrachtung des Werkstattbetriebs übergegangen.

»Flavia. Schön, Sie erinnern sich daran, mich beim Vornamen zu nennen.«

»Was tut man nicht alles fürs Geschäft.« Entschlossen stand sie auf, nicht ganz sicher, wie sie ihn begrüßen sollte – vielleicht ganz nüchtern mit dem unter Männern verbreiteten festen Händedruck? Allerdings trug sie keine Handschuhe, genauso wenig wie er, und für den Kontakt ihrer bloßen Haut fühlte sie sich nicht gewappnet. Als er ihre Verlegenheit bemerkte, legte sich das wohlbekannte neckende Grinsen auf sein Gesicht, und sein Blick umfing sie, kurz, aber doch so spürbar, dass sie prompt von Neuem errötete. Endlich wandte er sich ab.

»Ein eindrucksvolles Gebäude. Ich wollte schon immer eine Glasbläserei von innen sehen«, bemerkte er anerkennend. »Im nüchternen Zustand.«

»Nun, das haben Sie ja hiermit geschafft.« Natürlich war das ganz allein die Schuld ihres Bruders. Er hätte sämtliche Sympathien beiseitelassen und Pomeroy den Zutritt verweigern müssen – so wie sie es bei jedem anderen Fremden handhabten, seit Flavia das Handwerk auch tagsüber ausübte.

»Ich freue mich, Sie zu sehen, Flavia«, sagte er und drehte sich wieder zu ihr um. »Habe ich das schon erwähnt? Obwohl ich eher im Laden mit Ihnen gerechnet hätte.«

Jaco, der endlich zu ihnen getreten war, räusperte sich. Seine anfängliche Anspannung war bereits in Belustigung umgeschlagen. »Meine Schwester ist nie dort, wo man sie erwartet. Sie muss immer mehrere Eisen gleichzeitig im Feuer haben. Auch wenn sie zweifellos hinter der Ladentheke eine besonders gute Figur abgibt.«

Flavia sog scharf die Luft ein, und hätte Pomeroy nicht gelacht, wäre sie ihrem Bruder wohl trotz aller drohenden Konsequenzen an die Kehle gesprungen.

»Weiß der Maestro Bescheid, dass du kommen wolltest?«

Bei der vertrauten Anrede in Richtung John fielen ihr fast die Augen aus dem Kopf. Die beiden waren schon beim Du? In den vergangenen zwei Wochen hatten die Herren wohl so oft gemeinsam die nächtliche Casinolandschaft erkundet, dass zwischen ihnen nun dieser zwanglose Umgangston herrschte. Vielleicht waren Saufgelage und vergnügte Stunden ja auch der Grund, warum Pomeroy bisher nicht auf die Stadtführung durch Flavia zurückgekommen war – er brauchte sie gar nicht mehr.

»Wärst du so freundlich, deinen Vater an das Treffen zu erinnern?« Pomeroys Blick glitt von Jaco zu ihr. »Ich bin derweil bestens in Flavias Obhut aufgehoben.«

»Daran besteht kein Zweifel.« Ihr Bruder rempelte sie spielerisch mit der Schulter an, als er an ihr vorbeiging. »Sie wird sich gut um dich kümmern.«

»Komm sofort zurück«, zischte sie ihm nach, doch er schlenderte unbeteiligt davon, die Hände lässig in den Hosentaschen.

»Aufgeweckter Bursche. Ich mag ihn.«

»Ach ja?« Flavia presste die Kiefer aufeinander. »Ich gerade nicht. Zum Glück ist er an den meisten Tagen erträglich.«

Pomeroy bedachte sie mit einem milden Lächeln, dann nahmen seine Augen einen prüfenden Zug an. Zögerlich hob er die Hand an ihr Kinn. »Sie haben da etwas Schmutz.« Mit seinem Daumen fuhr er über die Stelle, erst sanft, dann mit festerem Druck. Flavia hielt still, eher verblüfft als verärgert. Erst als sich der Fleck auch nach längerem Reiben nicht löste und Pomeroy etwas Spucke zu Hilfe nehmen wollte, erwachte sie aus ihrem Nebel und schlug seine Hand fort und rieb sich mit den Fingern selbst über das Kinn.

Pomeroys Mundwinkel zuckten. »Gratulation, Sie haben es gerade verschlimmert.« Schon saß wieder der Schalk in seinen Augen, als er auf ihre dreckigen Finger deutete. Beim Blick auf die Ascherückstände setzte ihr Herz aus. Waren ihre Hände die ganze Zeit schon so schmutzig gewesen? Eilig wischte sie sie an ihrem Gesäß sauber.

Du lieber Himmel, vermutlich hatte sie jetzt regelrecht schwarze Streifen im Gesicht!

»Ich könnte Ihnen einen Spiegel organisieren«, sagte er belustigt. »Oder Sie überlassen das mir.« Damit zückte er ein blütenreines Taschentuch und schwenkte es vor ihrer Nase.

Flavia gab seufzend klein bei und nickte unmerklich.

»Also, was machen Sie hier?« Seine Stimme klang beruhigend, irgendwie nach einer friedlichen Sommernacht auf dem menschenleeren Campo, wenn die Sonne längst untergegangen war und das Leben in den Gassen sich auf die Balkone und schließlich in die Wohnungen zurückgezogen hatte.

Ein Teil von Flavia hätte am liebsten einfach dieser Stimme gelauscht und das vorsichtige Tupfen mit dem Taschentuch genossen, doch sie musste sich zusammenreißen und sich eine Rechtfertigung für ihre Anwesenheit einfallen lassen.

»Ich habe meinem Vater und Bruder das Mittagessen

gebracht. Wenn sie so in ihre Arbeit vertieft sind, gerät alles andere zur Nebensache.« Und in der Überzeugung, dass Angriff manchmal das beste Mittel zur Verteidigung war, fügte sie hinzu: »Was Sie nicht kennen, nicht wahr? Konzentration und harte Arbeit. Ihnen steht der Sinn lediglich danach, uneingeladen in Werkstätten zu platzen und den Glasmeister von der Kreation seines nächsten Kunstwerks abzuhalten.«

Pomeroy verharrte mit dem Tuch auf der Höhe ihrer Lippen, offenbar ahnungslos, womit er diesen Seitenhieb verdient hatte. Doch im nächsten Moment grinste er wieder und parierte gekonnt: »Ich hätte nicht gedacht, dass sich eine Frau hier so frei bewegen kann und in einem Traditionshandwerk wie diesem willkommen ist. Man kennt die Verbote.«

»Nirgends steht geschrieben, dass wir nicht … zusehen dürfen.« Entschlossen entzog sie sich seinem Griff und damit seiner Nähe, die schon viel zu lange währte.

Er ließ langsam den Arm sinken und steckte das Taschentuch ein. »Das sollte es aber. Sie machen mit Ihrer Anwesenheit ja die gesamte Belegschaft nervös …«

»Ach ja?« Verächtlich stieß sie die Luft aus.

»Ich meine es ernst. Schauen Sie sich doch um. Wie die Blicke an Ihnen kleben, an Ihren Rundungen – die wohlgemerkt in diesem schlichten Kleid besonders reizvoll zur Geltung kommen.«

Sein anzügliches Kompliment ärgerte sie schon allein deshalb, weil es vermutlich ins Schwarze traf. Und weil der Gedanke, dass er sich ihre Hüften unter dem Stoff vorstellte, ein Kribbeln in ihr auslöste, das ihren gesamten Körper überlief.

»Seltsam, ich sehe keine Blicke. Nur einen ungehobelten Kerl, der permanent versucht, mich aus der Fassung zu bringen.«

»Gelingt es mir denn?«

»Nicht im Geringsten.«

»Warum erröten Sie dann gerade bis zur Nasenspitze?«

Sie funkelte ihn an, und er senkte die Stimme zu einem Flüstern. »Dir ist es doch nicht etwa unangenehm, dass du so verlockend bist?«

Ein summender Schwindel erfasste Flavia, der sich bis in ihre Magengrube hinunterzog. Rasch suchte sie sich einen Punkt außerhalb von John Pomeroys Gesicht, den sie fixieren konnte, ohne noch weiter zu erröten.

Herrgott, warum fand dieser Mensch bloß immer wieder den kleinsten Anlass, sie in Verlegenheit zu stürzen? Er war nichts als ein lästiger Kunde, ein Schwätzer und Süßholzraspler. Er sollte sie nicht so leicht aus der Fassung bringen können!

»Was wollen Sie von meinem Vater?«

»Zum einen den aktuellen Stand der Überprüfung meiner Glassammlung einholen, zum anderen abklären lassen, ob ich ein gutes Angebot vielleicht ablehnen muss. Die Meinung eines Glasmeisters würde mir sehr bei meinem Dilemma helfen.«

Ein *Dilemma?* Was sollte das bedeuten? War er etwa unzufrieden mit ihrer Arbeitsgeschwindigkeit? Wollte er sich an einen anderen Prüfer wenden? Wie auch immer dieses Angebot aussah, er durfte es nicht annehmen. »Da immer noch *ich* Ihre Glassammlung betreue, werden Sie sich mit Ersterem wohl an mich wenden müssen«, sagte sie.

Er kreuzte die Arme vor der Brust und beugte sich verschmitzt zu ihr herab. »Etwa hier zwischen den Öfen? Oder verlegen wir das vielleicht auf später? 19 Uhr wäre eine gute Zeit, den Stand der Überprüfung zu besprechen und unseren kleinen Handel ins Rollen zu bringen, meinen Sie nicht?«

Sie hütete sich davor, sogleich vor ihm einzuknicken. »Ich hatte ja gehofft, Sie in Ihrem Hotel anzutreffen, um erste Ergebnisse zu besprechen. Aber Sie waren wiederholt nicht da. Ihre Isolation ist wohl doch nicht so qualvoll, wie von Ihnen dargestellt. Scheint, als hätten Sie reichlich Beschäftigung …«

»Oh, hätte ich gewusst, dass *Sie* kommen würden, hätte ich Fanfaren bestellt und Ihnen den roten Teppich ausrollen lassen. Wie oft waren Sie dort? Für wie viele Tage muss ich das Orchester mieten?«

»Gibt es etwas, das Sie vor mir verbergen, John?«

Er hielt ihrem forschenden Blick stand. »Rein gar nichts, meine liebe Flavia. Ich bin allerdings ein kultivierter Mensch, der auf den stetigen Austausch mit anderen angewiesen ist. Und da ich Ihnen schlecht meine gesamte Freizeitgestaltung aufbürden kann, habe ich auf eigene Faust Kontakte geknüpft. Ihr Bruder war mir dabei eine willkommene Hilfe. Das wird Sie doch sicher freuen?«

Also tatsächlich! Flavia presste die Lippen zusammen. Was dachte sich Jaco nur dabei?

»Dann kann ich meinen Teil unseres Arrangements ja abgeben.« Sie wandte sich zum Gehen, doch Pomeroy erwischte sie am Handgelenk und zog sie zurück. Eilig und mit einem hastigen Blick durch die Werkstatt machte sie sich von ihm los und trat zurück, bis wieder ein angemessener Abstand zwischen ihnen hergestellt war.

»Verzeihen Sie mir. Ich höre nun auf, Sie zu ärgern«, sagte er versöhnlich und mit einem Gesichtsausdruck, der es ihr schwer machte, ihn weiter böse anzustarren. »Erweisen Sie mir die Ehre und begleiten mich heute Abend durch Muranos Gassen? Bitte.«

Hätte Flavia es nicht besser gewusst, hätte sie fast glauben können, dass in seinen Augen Hoffnung aufblitzte. Tatsächlich – und obwohl es ihr ein völliges Rätsel war, warum er sich trotz allem ihre Gesellschaft wünschte – löste der Gedanke neben Genugtuung auch einen Funken Vorfreude in ihr aus. *Vorfreude*? Was für ein Unfug.

»Tut mir leid, ich habe Wichtigeres zu tun.«

Er zog skeptisch eine Braue hoch, als wollte er sagen: *Etwa dem Facharbeiter beim Glasmachen zusehen?* Sie wusste, dass sie ihm keine Rechenschaft schuldete, dennoch erfand sie die Notlüge, dass der Modeausstatter Masin sie noch zur Anprobe erwartete und sie anschließend mit den anderen Vorführdamen gemeinsam zu Abend essen würde. In Wirklichkeit war beides schon länger nicht mehr der Fall gewesen.

»Bleibt also nur noch ein Mitternachtsspaziergang«, erwiderte er mit einer so lässigen Unbeirrbarkeit, dass sie fast lachen musste. »Ich bringe ein Licht mit.«

»Hieß es nicht: Wir treffen uns zu *meinen* Bedingungen und nur in den Tagesabschnitten, wo ich auch *wirklich* abkömmlich bin, ohne in Schwierigkeiten zu geraten?«

Seine Grübchen kamen zum Vorschein. »*Vielleicht* habe ich das so gesagt, und *vielleicht* werden Sie noch beim Ausstatter und zum Abendessen erwartet, aber was ist mit meiner schrecklichen Angst, in einer dunklen Gasse zu stranden?« Ein paar Atemzüge lang starrten sie einander angespannt an, hin- und hergerissen zwischen dem Verlangen, erneut einen Streit heraufzubeschwören oder endlich in erlösendes Gelächter auszubrechen.

Schließlich war es Flavia, die diesen stummen Austausch beendete. »Nun gut. Bei Anbruch der Nacht auf dem Campo San Bernardo. Das ist der Platz …«

»Wo der Gerüchteschaukasten hängt.« Er zwinkerte ihr zu.

Und ohne ein weiteres Wort trat er an ihr vorbei, ihrem Vater entgegen, der mit herzlicher Miene und ausgebreiteten Armen auf ihn zukam.

Sobald die beiden einander auf den Rücken geklopft und die Bürotür hinter sich geschlossen hatten, knöpfte Flavia sich ihren Bruder vor, der ihren Vater begleitet hatte. »Wehe, du lässt mich noch mal mit ihm allein!«, fauchte sie. »Und wenn es nur für eine Sekunde ist!«

»Ach komm, so abscheulich findest du ihn nun auch wieder nicht.« Amüsiert suchte Jaco in ihrem Gesicht nach Bestätigung.

Sie seufzte und schüttelte resigniert den Kopf. »Du hast ihn die vergangenen Tage also durch sämtliche Kneipen geschleppt? Das hättest du gerne mal erwähnen können.«

»Mein Fehler, aber Gesprächen über John gehst du ja gekonnt aus dem Weg.« Er zuckte mit den Achseln.

»Nenn ihn nicht John!«

»Wie darf ich ihn denn sonst nennen? Er hat gesagt, ich solle ihn wie meinen eigenen Bruder behandeln.«

Flavia riss die Augen auf. »Er *ist* nicht dein Bruder!«

»Tja, aber wie passend, dass der Posten kürzlich frei geworden ist.«

Darauf fehlten ihr die richtigen Worte, wie eigentlich immer, wenn es um Jacos und Giovannis zerrüttetes Verhältnis ging.

»Wir sind ein höllisch gutes Duo, John und ich«, fuhr Jaco achselzuckend fort, wie um die Bitterkeit, die in seiner Aussage über Giovanni mitgeschwungen hatte, vergessen zu machen. »Die Wirte spendieren ihm Freirunden, um ihre Gastfreundschaft zu demonstrieren, während die Damen der Nacht gar nicht genug kriegen können von seinem britischen Humor. Und ich stehe daneben und profitiere von allem.«

Die Damen der Nacht.

Ein Stich durchfuhr sie. Aus Sorge, Jaco könnte sich in Schwierigkeiten bringen? Oder weil ihr die enthemmte Gesellschaft nicht passte, in die sich die beiden so leichtfertig begaben? Sie konnte es nicht genau sagen. Dennoch verkniff sie sich den schwesterlichen Vortrag über vermeidbare Gefahren. Für wen war *sie* schon ein Vorbild?

»Schön, dass ihr so wunderbar miteinander auskommt«, murmelte sie. »Das ist gut für die Kundenbindung. Bring ihn dazu, nach Abschluss der Überprüfung ordentlich bei uns einzukaufen, ja?«

Jaco musterte sie skeptisch. »Alles in Ordnung? Du kaust auf deiner Unterlippe, was bedeutet, dass du unzufrieden bist.«

»Es geht mir blendend.«

»Möchtest du das nächste Mal mit in die Kneipe? Irgendwie schleusen wir dich schon rein. Glaub mir, ich wollte dich nicht absichtlich ausschließen.« Sein unsinniges und doch rührendes Friedensangebot holte sie in die Gegenwart zurück.

»Er möchte mich um Mitternacht zu einem Spaziergang treffen«, sagte sie. »Ich bin also reichlich bedient.«

»Um *Mitternacht*? Ziemlich ungewöhnlich. Soll ich euch begleiten?«

»Nein«, sagte sie schnell – eine Spur zu schnell, selbst für ihr eigenes Empfinden. »Das kriege ich schon hin. Aber wenn du darauf bestehst, könntest du uns aus der Ferne folgen und sichergehen, dass mir nichts passiert.«

Ihr Bruder schien alles andere als begeistert davon. »Dafür ist es draußen zu kalt, und nimm es mir nicht übel, aber für eine Beschattung seid ihr zwei mir eindeutig zu langweilig.« Spielte er etwa wieder auf ihren Hals an, der entgegen seiner Prophezeiung immer noch frei von Kussspuren war?

Grimmig verzog sie das Gesicht. »Überleg es dir einfach, in Ordnung?«

»Misstraust du ihm? Könnte er sich dir aufdrängen?«

»Nein, das nicht.« Der Gedanke war ihr tatsächlich bisher nicht gekommen. Sicher würde er sie mit seiner Besserwisserei entsetzlich nerven und sie wünschen lassen, sie hätte der Nachtwanderung nie zugestimmt, aber dass er ihr auf diese Weise wehtun könnte, befürchtete sie nicht.

Wie Nonna schon sagte: *Hunde, die bellen, beißen nicht.* Und John Pomeroy veranstaltete ein gehöriges Gekläff.

»Also, wenn du dich allein mit ihm nicht unwohl fühlst, kannst du doch auf mich verzichten. Achte nur darauf, den Gerüchtekasten nicht zu sehr zu füttern. Sprich: Lass schön die Hände dort, wo alle sie sehen können.«

»Jaco!« Sie trat ihm gegen das Schienbein.

Er lachte. »Was? Ich denke nur mit.«

»Mach dich lieber auf andere Weise nützlich!«

»Tu ich doch.« Sein Grinsen leuchtete auf. »Eventuell durchforste ich heute noch die Bibliothek.«

Ihr entfuhr ein aufgeregtes Japsen. »Warte, du hast den *Schlüssel?*«

»Ich will es nicht verschreien, solange ich ihn nicht ausprobiert habe, also: *pscht.* Aber ja, ich denke, wir sind deinem Traum von einer eigenen Glaswerkstatt einen Schritt näher gekommen. Alles durch Micaelas nicht enden wollenden, von mir fachmännisch herbeigeführten Höhepunkt.«

»Jaco!«

»Was denn?«

Kapitel 9

Die Lichter im Haus waren bereits erloschen, als das gläserne Windspiel unten vor der Ladentür erzitterte. Es hatte schon eine Weile geklirrt, bevor Flavia sich einen Ruck gegeben hatte und die Treppe hinuntergeschlichen war, um es mit einem raschen Griff nach oben zum Schweigen zu bringen.

»Lauter, als man meinen würde«, sagte John Pomeroy, der ihr eine rote Rose hinstreckte und ihren wütenden Blick mit einer entschuldigenden Miene quittierte. »Verzeihung. Ich wusste nicht, wie ich mich sonst bemerkbar machen sollte. Das Risiko, Steine gegen das falsche Fenster zu werfen, erschien mir zu hoch.«

»Was tun Sie denn hier?« Flavia nahm die Rose geistesabwesend entgegen und roch daran. »Wir hatten als Treffpunkt den Campo San Bernardo ausgemacht. Und Sie haben behauptet, Sie würden mühelos hinfinden.« Obwohl ihr ein betörender Duft in die Nase stieg, schüttelte sie die Verzückung angesichts der kleinen Aufmerksamkeit ab und bedankte sich lediglich knapp, bevor sie sich abwandte.

»Ist es die richtige Sorte?« Pomeroy schlich ihr in den Laden nach und sah sich im Halbdunkel um. Der Schein einer entfernten Straßenlaterne flimmerte durchs Schaufenster hinein und brachte die Glasskulpturen auf ätherische Weise zum Leuchten. Kein Wunder, dass die Glasbläser sich selbst »Lichtfänger« nannten.

Bevor Flavia ihren Gast daran erinnern konnte, ja nichts anzufassen, hatte er schon die Finger nach einem Kristallschiff ausgestreckt. Behutsam fuhr er die Konturen der Segel nach, und allein die überraschende Zärtlichkeit, die er dabei zum Ausdruck brachte, hielt sie davon ab, ihn zurechtzuweisen.

»Ich liebe alle Blumen, danke«, sagte sie und riss sich vom Anblick seiner gepflegten Hände los.

»Nächstes Mal ein ganzer Strauß. Ist notiert.«

Mit einem Lächeln, das er nicht sehen konnte, weil sie ihm den Rücken zugekehrt hatte, nahm sie eine Kristallvase aus dem vollgestellten Regal, steckte die Rose hinein und trug sie zum Kassentresen. Wasser würde sie dazugeben, sobald sie Pomeroy wieder vor die Tür gesetzt hatte. »Warum sind Sie hierhergekommen?«, fragte sie ihn noch einmal, aber diesmal milder gestimmt.

»Die berüchtigte Straßenkriminalität in Venedig bereitet mir Sorgen.«

Flavia verdrehte die Augen. Was für ein nobler Grund, sich nicht an die Abmachung zu halten. Nobel und überflüssig. »Mir passiert schon nichts. Ich kenne die Gassen in- und auswendig – selbst bei Nacht.«

»Darauf möchte ich wetten. Ich dagegen bin ein wandelndes Leuchtfeuer für jeden Dieb.« Er klopfte sich auf die Manteltaschen, in deren Tiefen sie seine prall gefüllte Geldbörse vermutete. »Wissen Sie, wie nervenaufreibend allein der Weg von der Anlegestelle bis hierher für mich war? Das hektische Ausschauhalten alle paar Schritte?«

Flavia musste unwillkürlich schmunzeln. »Sie waren vor Angst sicher wie erstarrt.«

»Ich kam kaum vorwärts. Mein Bootsmann dachte schon, ich würde ihm Avancen machen, so oft, wie ich mich nach ihm umgedreht habe.«

»Jetzt übertreiben Sie aber.«

Und seinem verschmitzten Lächeln nach zu urteilen, genoss er jede Sekunde davon.

»Ich bin so froh, endlich bei Ihnen in Sicherheit zu sein.« Er schlüpfte mit arroganter Selbstverständlichkeit aus seinem Mantel und reichte ihn ihr, immer noch ein wenig fröstelnd.

Dann wollte er sie also bloß beschäftigen, damit sie ihn nicht hinauswarf.

»Geben Sie mir einen Moment, um mich zu sammeln. Ich bin gleich wieder bereit, mich gemeinsam mit Ihnen zurück in die Gefahr zu wagen«, sagte er und blickte an ihr hinab auf ihre Pantoffeln. »Vielleicht nutzen Sie ebenfalls die Zeit, um sich – ich weiß nicht – vollständig anzukleiden?«

Flavia hob angriffslustig das Kinn. Wenn er dachte, es würde sie beschämen, dass er sie in ihrem schlichten Hauskleid und Schuhwerk angetroffen hatte, dann irrte er sich. Er konnte froh sein, dass sie nicht gerade ihre Brennschere in der Hand hielt, schließlich war *er* der unangemeldete Besucher. »Tut mir leid. Ich darf Sie im Laden nicht allein lassen«, sagte sie scheinheilig und warf seinen Mantel betont achtlos neben der Kasse auf den Tresen. »Sie könnten etwas entwenden.«

Was eigentlich als Vorlage hätte dienen sollen, ihn vor die Tür zu setzen, lieferte ihm den passenden Grund für seine nächste Unverschämtheit. »Sie haben recht. Die Versuchung ist zu groß. Besser, ich warte oben im Wohnzimmer.« Er tat unbeteiligt, doch in seinen Augen blitzte Interesse auf. Vielleicht war es auch nur der Triumph über seinen vermeintlich klugen Schachzug. Doch da musste sie ihn leider enttäuschen.

»Zu gewagt, meine Eltern schlafen.«

»Aber Ihre Eltern *lieben* mich.«

»Das hört augenblicklich auf, wenn sie von lautem Getrampel aus dem Schlaf gerissen werden.«

Er versuchte, in ihrem Gesicht zu lesen, auszuloten, wie ernst sie es mit ihrem Verbot meinte. Und weil Flavia sich unter seinem eindringlichen Blick plötzlich selbst nicht mehr traute, wandte sie sich rasch ab.

»Es ist Ihnen also wichtig, dass Ihre Eltern mich weiterhin mögen? Natürlich, ich habe verstanden. Ich werde schleichen wie ein Panther.«

Oh, sie hätte ihn erwürgen können für seine Dreistigkeit und Arroganz! Doch weil er nun einmal ihr Kunde war und die Gepflogenheiten es nicht erlaubten, lästige Kunden – insbesondere so selbstgefällige wie Pomeroy – so zu behandeln, wie sie es eigentlich verdienten, ließ sie es dabei bewenden und führte ihn hinauf. »Passen Sie bloß auf, wo Sie hintreten. Kein Laut! Ich weiß, das fällt jemandem wie Ihnen wahrscheinlich sehr schwer, aber bemühen Sie sich trotzdem.«

Er sparte sich eine Antwort. Oben im Wohnzimmer legte sie den Zeigefinger an die Lippen und beorderte ihn zu einem der zwei Samtsofas mit Holzrahmen und zeigte ihm, wie man sich leise hineinsinken ließ, ohne dass die fragilen Beine unter dem Gewicht knarzten. Sie selbst war nicht gerade ein Fliegengewicht. Doch ehe sie sich wieder erheben konnte, plumpste er schon neben sie.

»Möchten Sie, dass wir auffliegen?«, zischte sie.

»Nein, nur dass Sie aufhören, so unglaublich überspannt zu sein. Davon bekomme ich regelrecht Herzrasen.«

Himmel, konnte er nicht leiser sprechen? Nein, dazu war er offenbar nur fähig, wenn keinerlei Notwendigkeit dazu bestand, etwa wenn er sie damit aus dem Konzept bringen konnte wie heute in der Werkstatt. Sein Benehmen verriet ihr, dass die Vorstellung, erwischt zu werden, ihn irgendwie reizte. Bevor er ihr womöglich mit einem kleinen Pfeifkonzert demonstrieren konnte, dass sie den Ernst der Lage überschätzte, befahl sie ihm, den Mund zu halten.

Er starrte sie an, als hätte sie einen faszinierenden Taschenspielertrick vorgeführt, den er nicht durchschaute. Einen verwirrenden Moment lang befürchtete Flavia, dass sie zu weit gegangen war, ihm nicht die Stirn hätte bieten sollen. Sie hielt den Atem an. Doch da zupfte schon das übliche Grinsen an seinen Mundwinkeln, und mit einer Geste bedeutete er ihr, ihm wenigstens von dem Sherry einzuschenken, der wie immer auf dem Rollwagen neben anderen Aperitifs und Digestifs stand. Außerdem verlangte er nach einem Stift. Während er ein Blatt Papier auf dem Schoß glättete und begann, ihre bisher nur mündliche Abmachung zu dokumentieren, verschwand Flavia in ihrem Zimmer. Sie war ein wenig überrascht. Sie selbst hatte bisher nicht eine Zeile des Vertrags aufgesetzt ... aber leider erledigte sie Formalitäten stets auf den letzten Drücker, selbst wenn sie sich Pünktlichkeit vornahm.

Der Nachtkälte Anfang März entsprechend kleidete sie sich in warme Sachen. Bevor sie allerdings zu ihrem Gast zurückkehrte, klopfte sie an Jacos Tür. Ihr Bruder stand vor dem Spiegel und zuckte zusammen, als Flavias Reflexion seitlich hinter seiner auftauchte. Der mit Schaffell gefütterte Gehrock aus kräftigem Stoff, den er trug und in dem er sich von allen Seiten betrachtete, gehörte Giovanni. Er war eine der wenigen

Habseligkeiten, die ihr großer Bruder bei seinem überstürzten Aufbruch nach Böhmen zurückgelassen hatte.

Flavia hatte gedacht, sein Zimmer würde bis in alle Ewigkeit in ein und demselben Zustand verharren und ein unberührtes Dasein unter dem Dach fristen. Sie hatte gedacht, dass niemand aus ihrer Familie es je wieder betreten würde, weil das letzte Paar Schuhe wegzuräumen, auch bedeutet hätte, sich Gios Abwesenheit endgültig einzugestehen. Doch auf unbestimmte Zeit an etwas festzuhalten – das hatte Flavia während seiner Abwesenheit gelernt –, schmerzte in Wirklichkeit mehr, als die Sache in einem einzigen schrecklichen Moment loszulassen. Und was die Leute über das Sterben behaupteten, stimmte ebenfalls nicht. Für ihr Gefühl *gab* es etwas Schlimmeres als die Trauer um einen Toten – das Trauern um einen Lebenden.

»Der ist wärmer als meiner«, sagte Jaco, obwohl sie nicht nach seinen Beweggründen für das Anlegen des Mantels gefragt hatte. An seinem Kiefer zuckte ein Muskel.

»Er steht dir.«

Und ich weiß, wie viel Kraft es dich gekostet haben muss, allein dort hinaufzugehen.

Sie trat zu ihm und richtete das mit Biber besetzte Revers. Der Stoff schloss exakt mit seinen Schultern ab, und auch im Brustbereich füllte Jaco den Gehrock angemessen aus. Vermutlich musste sie aufhören, ihren Zwilling als den feingliedrigen Jungen aus ihrer Jugend wahrzunehmen und ihn endlich als den gereiften Mann betrachten, zu dem er geworden war. »Behalt ihn an«, sagte sie, und er richtete sich ein wenig auf.

»Vielleicht sollte ich auch gleich ins oberste Geschoss einziehen«, entgegnete er. »Da hätte ich mehr Platz für alles.«

»Wirst du nicht schon genug verhätschelt?« Flavia überspielte das Zittern ihrer Unterlippe mit einem leisen Lachen. »Ich bin eine Minute älter als du, Gios Zimmer steht also mir zu.« Und während sie beide versuchten, den eigenen Schmerz nicht zu deutlich im Gesicht des anderen zu lesen, klärte sie Jaco darüber auf, wer gerade unten bei ihnen im Wohnzimmer saß, weil derjenige sich offenbar nicht an schlichte Absprachen halten konnte.

»Du hast ihn in die Wohnung gelassen?«

»Ach, angeblich fürchtet er, überfallen zu werden. Er wollte nicht vor dem Laden warten.« Flavia dachte an die rote Rose und Pomeroys Geschwafel darüber, dass er ihr beim nächsten Mal einen ganzen Strauß mitbringen würde. Tadelnd schüttelte sie den Kopf. »In Wirklichkeit wollte er mich nur nicht allein zum Treffpunkt laufen lassen. Er traut mir nichts zu.«

»Vielleicht misst er deiner Sicherheit besondere Bedeutung bei.« Jaco kniete sich vor das Nachtkästchen neben dem Bett und begann in der Schublade zu kramen.

»Was soll das heißen?«

»Na, vielleicht gefällst du ihm.«

Das empörte Schnauben, das sie gern ausgestoßen hätte, blieb ihr im Hals stecken. Stattdessen schnappte sie nach Luft wie ein Fisch auf dem Trockenen. »Ich habe nie einen größeren Unsinn gehört.«

»Erwiderst du seine Gefühle?«

»Jaco …!«

Auf ihre Warnung hin zückte er den goldplattierten Schlüssel, den er zwischen Gummibändern, Knöpfen und anderem ausrangierten Zeug herausgekramt hatte.

»Jetzt, wo dein Verehrer bereits hier ist und ihr euch nicht mehr am Campo treffen müsst, sollten wir eine kleine Planänderung vornehmen.« Er wog ihre Eintrittskarte zur Bibliothek spielerisch in der Hand. »Lust, der Piazza einen kleinen Besuch abzustatten?«

»Mit Pomeroy? Er würde nur stören – oder schlimmer: uns verraten.«

»Natürlich, weil sich Queen Victoria für nichts mehr interessiert als für die nächtlichen Ausflüge ihrer zigtausenden Untertanen. Kann ihr doch gleich sein, was er über zwei Glasbläser zu berichten hat!« Er rollte mit den Augen. »Herrgott Flavia, an wen soll er uns schon verpfeifen?«

Sie lächelte ertappt, auch wenn ihr Bruder gerade meisterhaft davon ablenkte, worum es eigentlich ging. »Er wird wissen wollen, nach welchen Aufzeichnungen wir suchen. Und von dort ist es nur noch ein kleiner Sprung bis zur Wahrheit.«

»Glaub mir, kein Mann kommt je darauf, dass *du* das Glas der Familie bläst.« Jaco ergriff ihre Schulter und drückte sie tröstend. »Dazu sind wir Ochsen viel zu sehr von uns selbst eingenommen. Es ist für uns schlicht unvorstellbar, dass eine Frau in einem so schwierigen Handwerk brillieren könnte.«

»Scheint so.« Und hatte sie sich nicht selbst das Gleiche vorgebetet? Immer dann, wenn sich ihre Angst, entdeckt zu werden, durch ein neues hämisches Gerücht über die Familie verdichtete und halb Murano die Vetreria Volpato unter Beobachtung stellte, nur um den Klatsch entweder widerlegt oder bestätigt zu sehen. Aber John war nicht wie der Rest. Er kam von außerhalb, aus England, er hatte vielleicht einen ganz andern Blickwinkel …

Ihn in die Bibliothek mitzunehmen, grenzte jedenfalls an Leichtsinn – und dennoch verspürte Flavia deutlich weniger Widerwillen, als sie bei der Vorstellung hätte empfinden sollen.

»Ich besorge uns ein Boot.« Jaco fing ihren ausweichenden Blick ein, und schließlich gab sie sich einen Ruck.

»Dann darf er uns eben begleiten.«

»Hervorragend. Er kann draußen Schmiere stehen.«

Sie seufzte. »Ich werde ihn fragen, ob er uns Gesellschaft leistet.«

»Erst mal musst du Zeit schinden, also lauf mit ihm einen Umweg zum Wasser. In der halben Stunde, die mir das verschaffen sollte, habe ich irgendein Boot aufgetrieben.« Er zuckte mit den Achseln. »Und wenn ihr dann zufällig an der richtigen Anlegestelle vorbeikommt, lachen wir gemeinsam über die glückliche Fügung, und ich lade euch zu einer kleinen Nachttour ein.«

»Wir könnten immer noch ein anderes Mal gehen … zu zweit.«

»Durchaus.« Die haselnussbraunen Augen ihres Bruders blitzten auf. »Aber wo bliebe dann der Spaß?«

* * *

Die spärlich beleuchteten Plätze lagen so still vor ihnen wie ausgetretene Flecken Erde, auf denen kein Gras mehr wuchs. Sie schlenderten schon eine Weile nebeneinanderher, und obwohl Murano der allgemeinen Ansicht nach weniger überlaufen war als Venedig, und Großstädter es zu Recht als idyllisch bezeichneten, ächzte auch hier das Pflaster an einem langen Tag unter der Last von zigtausend Schritten, kräuselte sich auch hier das Wasser unentwegt in kleinen Wellen, wenn die Privatboote der reichen Besucher durch die Kanäle pflügten. Nur nachts gehörte alles wieder ihnen, den Glasbläserfamilien, die einst aus Furcht vor Repressalien – nun jedoch aus eigenem Antrieb – die Geheimnisse der Insel bewahrten. Nachts, wenn der vom Wasser aufsteigende Nebel alles in einen milchigen

Schleier hüllte und das diffuse Licht der Straßenlaternen wie kleine gelbe Sonnen ihn nur an bestimmten Punkten durchbrach, sodass es nicht ausreichte, um den Weg durchgängig zu beleuchten, dann besaß Flavia ihre Heimat ganz für sich.

Sie war noch nicht bereit, dieses private Gefühl mit einem Mann zu teilen, den sie kaum kannte.

»Bewegen wir uns auf ein bestimmtes Ziel zu oder laufen wir seit drei Runden im Kreis?«, fragte Pomeroy, während sie den Campo Santo Stefano tatsächlich das dritte Mal abschritten. »Dieser Turm kommt mir schmerzlich bekannt vor.«

»Das liegt daran, dass es sich um den beliebtesten Platz Muranos handelt. Kirche und Turmuhr sind vom Meer aus als Einzige schon von Weitem zu sehen. Sie sind das Erste, was die Touristen bewundern, wenn sie vom Vaporetto steigen.« Und mit einem schnalzenden Laut fügte sie tadelnd hinzu: »Hören Sie auf, sich zu beschweren, und widmen Sie dem Wahrzeichen der Insel wenigstens fünf Minuten Ihrer Aufmerksamkeit.« Innerlich musste sie lachen, als er ergeben stöhnte.

Sie hätte gedacht, dass er ihre Hinhaltetaktik schneller durchschauen würde, aber wie es schien, war John Pomeroy nur allzu gewillt, sich weiter von ihr an der Nase herumführen zu lassen.

»Nun gut, was können Sie mir denn über das Wahrzeichen erzählen?«, fragte er artig, und Flavia holte zu einem langatmigen Vortrag über die Entstehungsgeschichte von Kirche und Uhrturm aus. Er hörte ihn sich geduldig an, hütete sich jedoch, Fragen zu Details zu stellen. Als ihr keine weiteren Ausschmückungen mehr einfielen und sie einen Augenblick zu lang Luft holte, ergriff er eilig das Wort: »Was war das Lieblingsversteck Ihrer Kindheit? Bringen Sie mich dorthin!«

Flavia hielt belustigt inne. »Ich muss Sie enttäuschen. Einen solchen Ort gibt es nicht.«

»Ach, kommen Sie. Wohin gingen Sie, wenn niemand Sie verstanden hat und Ihnen alles zu viel wurde? Jedes Kind hat doch ein Versteck.«

»Mein Leben verlief so reibungslos, dass ich keines brauchte«, erwiderte sie kühl, in Gedanken war sie jedoch bei der tröstlichen Wärme der Schmelzöfen. Wenn sie die Rohstoffe auf der Waage abmaß, war sie im Vollbesitz der Kontrolle – über die Klarheit und Reinheit des späteren Glases, aber auch über ihr Leben. Ihre Leidenschaft für das Glas war ihr Versteck. Eine Höhle, die auf keiner Karte der Welt verzeichnet war und für deren Zugang man erst einen Haufen unbeweglicher Gesteinsbrocken hätte beseitigen müssen.

Aber das begriff jemand wie John Pomeroy nicht. Er war es schließlich nicht gewohnt, sich die Hände schmutzig zu machen.

»Haben *Sie* denn eine Zuflucht gebraucht?«, fragte sie, um weiter Konversation zu betreiben, ohne eine aufrichtige Antwort zu erwarten.

»O ja, oft.« Er stieß ein bitteres Lachen aus. »Immer.«

Und zum ersten Mal entdeckte sie in seiner glatten Fassade deutliche Sprünge.

Gemeinsam hielten sie an der Kunstgießerei Ariotti, deren Hauswand Flavia nicht passieren konnte, ohne wenigstens einmal flüchtig mit der Hand darüberzustreichen, denn wie bei der Begegnung mit einem Schornsteinfeger brachte die Berührung Glück – so sagte man jedenfalls. In Wirklichkeit dokumentierten die geschwärzten Einkerbungen in der Mauer den Hochwasserstand über die Jahre. Wenn von Herbst bis Frühjahr ein starker Scirocco heranwehte und den Himmel über Murano mit seinem Wüstensand gelb-bräunlich färbte, musste sich die Region Venetien auf Wolkenbrüche, Graupelschauer und Überschwemmungen gefasst machen. Es war ein besonderes Spektakel im Jahr, zu dem sogar neugierige Touristen anreisten, um sich den Markusplatz von der Sicherheit der Passerelle aus anzusehen, während zwischen den Holzpfählen der erhöhten Passagen das Wasser bedrohlich schäumte und rauschte. Was die Fremden jedes Mal bass erstaunte, war für die Bewohner Venedigs längst zur Gewohnheit geworden und störte in den seltensten Fällen ihren Tagesablauf. In den Restaurants saßen die Leute mit den Füßen ungerührt knöcheltief im Wasser, aßen ihr Mittagessen oder schlürften ihren Kaffee. Nur auf dem vor Wind und Wetter weniger gut geschützten Murano herrschte bei einem hüfthohen Wasserpegel echte Gefahr, wenn die breiten Straßen so hoch überflutet wurden, dass vor der eigenen Haustür ein ganzes Meer entstand. In solchen Extremfällen erloschen die Öfen für mehrere Tage, und der Inselbetrieb kam zum Erliegen.

Damit derlei nicht zur Regel wurde, berührte Flavia lieber jedes Mal im Vorbeigehen die Hauswand der Fonderia.

»Das müssen Sie näher ausführen«, knüpfte sie an, ohne die kurze Zwischenstation zu erklären. Der Grund, weshalb John Pomeroy während seiner Kindheit eine Zuflucht gebraucht hatte, interessierte sie tatsächlich brennend, auch wenn sie ihm mit ihrer ausdruckslosen Miene das Gegenteil vermittelte.

»Nur die übliche Leier«, erwiderte er. »Als mittlerer Sohn einer angesehenen britischen Familie wurde ich den Großteil meiner Kindheit über von den Eltern ignoriert. Alles, was ich gut konnte, beherrschte mein älterer Bruder besser. Und wenn ich ihn doch einmal zu überflügeln drohte, baten sie mich, mir einen anderen Zeitvertreib zu suchen.«

»Daher also Ihre zahlreichen Interessen.«

Er deutete eine spöttische Verbeugung an, und hätte sie das Thema selbst nicht so berührt, hätte Flavia ihm wahrscheinlich den Gefallen getan und gelacht. Doch sie konnte nur allzu gut nachempfinden, was es bedeutete, die eigenen Passionen aufgeben zu müssen, um das Ansehen seines Bruders zu schützen. Nichts daran war amüsant, sondern das Ganze vielmehr sehr traurig. »Tat es weh, in seinem Schatten zu stehen?«

»Ich denke, diese Frage können Sie sich selbst beantworten. In diesem Punkt haben wir doch etwas gemeinsam, nicht wahr?«

Sie nickte zögerlich. Ganz so war es nicht, nur konnte sie ihm das nicht sagen. Natürlich blies sie in Jacos Namen das Glas der Vetreria Volpato und konnte kein direktes Lob für ihre Arbeiten empfangen, doch in einer Gesellschaft, in der ein schönes Gesicht immer noch mehr wog als der Intellekt, hatte im Grunde *sie* jahrelang einen Schatten auf Orietta geworfen. Und ganz gleich, wie unzulänglich sie sich oft neben ihrer klugen Schwester gefühlt hatte, in Anbetracht dessen, dass Orietta es im Leben so viel schwerer hatte, war es ihr immer falsch vorgekommen, die eigenen Bedürfnisse darüberzustellen.

»Und jetzt Sie: Was ist zwischen Ihnen und Ihrer scharfsinnigen Schwester vorgefallen, dass sie das Land verlassen musste?«

»Mein Gott, gibt es auch etwas, das Sie sich nicht merken?«

»Ich merke mir alles, was aus Ihrem frechen Mund sprudelt.«

Sie schnaubte. »Um es später wieder gegen mich zu verwenden?«

»So ist der Plan.« Er grinste kurz. »Nein, im Ernst. Mich interessiert wirklich, warum Ihre Schwester in Konstantinopel ist und warum alle der Meinung sind, dass Sie ihr nicht das Wasser reichen können.«

Sorgfältig darauf bedacht, nicht zu viel von der Wahrheit preiszugeben, sagte sie: »Orietta hat etwas geschafft, wovon viele Mädchen nur träumen können: in den Literaturkreis von Sibilla Veridiani aufgenommen zu werden. Nachdem sie an der Seite ihrer Mentorin eine überwältigende Ballsaison erlebt hat, befindet sie sich nun auf ihrer wohlverdienten Studienreise.« Dass sich die Inhalte dieser Reise auf Stillen und Windelnwechseln beschränkten, behielt sie in wehmütiger Erinnerung an ihre viel zu schnell entschwundene Nichte, Baby Louise, für sich.

»Von Ihnen wird also erwartet, dass Sie das Wunder jener Saison wiederholen, obwohl Sie von Literatur keinen blassen Schimmer haben? Jetzt ergeben die Zeitungsartikel einen Sinn.«

Flavia starrte zu Boden. »Man sollte nicht alles glauben, was in den Klatschblättern steht.«

»Gut, dass ich von Natur aus eher skeptisch bin. Aber selbst wenn Sie sich nicht für Bücher interessieren: Die Geschichten, die Glasskulpturen zu erzählen haben, sind doch viel spannender als irgendeine Aneinanderreihung von Buchstaben.« Er stupste mit seiner Hand wie zufällig gegen ihre, und als sie aufschaute, schenkte er ihr einen verschwörerischen Blick, den sie trotz der schwachen Straßenbeleuchtung zu deuten wusste und dankbar erwiderte. Dass er eine Überleitung darstellte, erkannte sie erst, als er begann, sie über die Unternehmensführung auszuhorchen. »Warum hat Ihr Vater eigentlich Sie in die Glasherstellung eingeweiht und nicht Orietta? Wo doch Ihre Schwester die ambitioniertere von Ihnen beiden war?«

Flavias Puls beschleunigte sich. Mit dieser Frage hatte sie

gerechnet, vielleicht nicht schon in diesem Augenblick, aber irgendwann ganz sicher. »Ich fürchte, das müssen Sie ihn fragen.«

»Das habe ich.«

»Und?« Angespannt erwartete sie seine Antwort.

»Er hat praktisch das Gleiche gemeint wie Sie: Ich fürchte, das müssen Sie meine Tochter fragen.«

Oje. Blinzelnd wandte Flavia sich wieder dem Weg zu.

»Warum also Sie und nicht Ihre Schwester?«

»Aus Mitgefühl. Damit ich mir nicht völlig nutzlos vorkomme.«

»Das denke ich nicht.« Er schwieg, bis sie ihn wieder ansah, mit trommelndem Herzen und einem festen Kloß im Hals. »Ich denke, er hat Ihre Liebe zum Detail erkannt. Ihren Wunsch, in allen Belangen tiefer zu gehen, statt nur an der Oberfläche zu kratzen.«

Sie atmete zittrig aus, ehe sie sich wieder zusammennahm. »Gibt es noch andere Sehenswürdigkeiten außer dem Uhrturm, die Sie besuchen möchten? Offen gestanden weiß ich nicht, was ich Ihnen als Nächstes zeigen soll. In die Abgründe des Nachtlebens hat mein Bruder Sie bereits eingeführt, und hier gibt es nach Ladenschluss nicht viel anderes zu tun.« Ohne ihn zu Wort kommen zu lassen, hastete sie voraus. Das leise Ächzen, das er ausstieß, als aus dem Nichts vor ihnen die Stützsäulen eines Arkadenganges auftauchten – die er nur knapp verfehlte –, war Musik in ihren Ohren. Er sah keine Armeslänge weit und konnte sich auch nicht von einer instinktiven Ortskenntnis leiten lassen, weil er diese im Gegensatz zu ihr nicht besaß. Es blieb ihm also nichts anderes übrig, als ihr angestrengt zu folgen und dabei seine neugierigen Fragen zu vergessen.

»Es ist nicht der Sinn unserer Treffen, möglichst viele Orte nacheinander abzuklappern«, sagte er. »Lassen Sie mich die Insel durch Ihre Augen wahrnehmen, Flavia.« Sobald sich der Gehweg wieder verbreiterte, schob er sich neben sie und richtete sich hoch auf, ganz wie der arrogante Lord, der die vielversprechenden Ländereien seiner Kolonien besichtigte. »Zeigen Sie mir *Ihr* Murano.«

Also führte Flavia ihn zum Palazzo da Mula.

Diese beliebte Sommerresidenz der Adeligen war eine der wenigen eindrucksvollen Villen auf der Insel und befand sich in Sichtweite der Werkstatt. Natürlich stand der Palast direkt am Wasser, wo er mit seiner fensterreichen Fassade bei Touristen ähnliche Bewunderung auslöste wie die Prunkbauten am Canal Grande.

»Als wir Kinder waren, haben wir uns leidenschaftlich gern in den Garten geschlichen. Zwei von uns sind als Strauchdiebe durch die Büsche gestreift, die anderen beiden haben in der Rolle der adeligen Besitzer die Verfolgung aufgenommen.« Sie kicherte leise. »Ein einziges Mal war Giovanni so kühn, eine Handvoll Zitronenkekse von der Terrasse zu stibitzen, während wir anderen am Fuße der Treppe ausharrten.« Sie deutete auf das Eisentor und einen Pfad entlang, der in der Dunkelheit nur zu erahnen war, hinter dem sich jedoch ein Arsenal an Erinnerungen verbarg, die sie mit ihren Geschwistern teilte. »Gio konnte die Beute gerade noch in ein Küchentuch einschlagen und mir zuwerfen, bevor der Hausangestellte ihn am Hemdzipfel zu fassen bekam.«

»Und dann? Seid ihr geflohen?« Gefesselt von ihrer Geschichte, pfiff Pomeroy auf die Höflichkeit und sprach mit ihr, als wären sie alte Freunde. Flavia musste zugeben, dass es sie diesmal kein bisschen störte.

»Orietta und Jaco sind weggelaufen. Ich habe die Stellung gehalten.«

Er sperrte ungläubig den Mund auf, und sie fuhr fort: »Man kann ihnen keinen Vorwurf daraus machen, John. Gio hat uns *befohlen* wegzulaufen. Ich habe bloß den Gedanken nicht ertragen, ihn im Stich zu lassen, also bin ich zu dem Angestellten gestürmt und habe ihm mit zusammengekniffenen Augen und all der Kraft, die eine verzweifelte Zehnjährige aufbringen kann, die Hose heruntergezogen.« Sie brach lauthals in Gelächter aus, und je lauter sie lachte, desto begeisterter stimmte John mit ein.

»Bitte sag mir, dass der arme Kerl anschließend über seine eigenen Füße gestolpert und gestürzt ist«, ächzte er schließlich.

»Das ist er – nachdem Gio ihm noch gegen das Schienbein getreten und ihm einen Schubs verpasst hatte.«

Sie verbarg das Gesicht in den Händen und schüttelte den Kopf. »Wir waren schlimme Kinder. Unsere armen Eltern.«

»Klingt für mich eher nach einer Menge Abenteuer.« Und wohl aus der guten Laune heraus fügte er hinzu: »Wo ist er denn eigentlich, dein kühner Bruder Gio? Er war nicht beim Abendessen in eurer Wohnung, und in der Werkstatt bin ich ihm auch nicht begegnet.«

Flavia erstarrte. Alles in ihr verkrampfte sich und versetzte sie zurück an den schrecklichen Morgen, als ihre Mutter den Abschiedsbrief gefunden hatte und niemand außer Orietta imstande gewesen war, auch nur einen einzigen klaren Gedanken zu fassen. Wie damals hätte sie sich am liebsten der Situation entzogen und wäre in den Hintergrund zurückgetreten, bis sie gegen eine Wand stieß. Bis die Mauer sie auffing und verschlang, und von ihr nichts als kalter Stein übrig blieb.

Doch heute konnte sie sich nicht einfach verkriechen. Ihre

Schwester war fort, alle erwarteten nun, dass *sie* den Betrieb voranbrachte.

»Er ist tot«, erwiderte sie heiser, aber mit einer Endgültigkeit in der Stimme, die sogar sie selbst von der Richtigkeit ihrer Worte überzeugte. Giovanni Volpato würde nicht nach Hause zurückkehren. Nie wieder.

John erstarrte. »Mein Gott, das tut mir leid. Ich … verflucht, Flavia. Bitte verzeih meine Neugier.«

Sie schüttelte abwehrend den Kopf. »Du fällst doch nicht ins Wasser, wenn wir ein wenig am Ufer entlanglaufen?«, fragte sie und steuerte die Anlegestelle an, wo Jaco bereits mit einem heruntergekommenen Vaporetto auf sie beide wartete.

* * *

Auf dem kleinen Dampfschiffchen herrschte Grabesstimmung. Flavias Bemerkung über Giovannis Ableben, mit der sie den Spaziergang für beendet erklärt hatte, stand noch immer zwischen ihnen – wie das rätselhafte Säulenpaar auf der Piazzetta neben dem Markusplatz. Immerhin hatte John so nicht die Chance, das Thema erneut zur Sprache zu bringen. Denn wie es nach dem Glauben der Einheimischen jedem Menschen Unglück brachte, zwischen der Colonna San Todaro und der Colonna San Marco hindurchzugehen, hätte ein weiterführendes Gespräch über Giovanni bloß nur noch mehr Schmerz und Trauer bedeutet.

Flavia war froh, dass der eisige Wind ihnen in die Wangen stach und das Schnaufen des Dampfantriebs die Stille der Nacht zerriss, als sie volle Fahrt aufgenommen hatten. Den größten Teil ihrer dreißigminütigen Seereise über konnte sie die Schultern hochziehen, sich im Kragen ihrer langen Jacke vergraben und so tun, als hörte sie John nicht. Als nähme sie nicht wahr, wie nah er neben ihr stand, ein Fels in stürmischer See, bereit, sie aufzufangen.

An der Anlegestelle am Molo sprang sie als Erste von der Sitzbank auf und schlug die Hilfestellung ihrer Begleiter aus, während sie an Land kletterte. In unerbittlichem Tempo hielt sie auf die Biblioteca Marciana zu, die sich südlich des Markusplatzes zwischen dem Campanile und der Zecca, der alten Münzprägestätte, befand. Dort angekommen, drückte sie sich sofort in den Schatten einer Hauswand, von wo aus sie einen guten Blick auf das Gebäude hatte. Ein einzelner Nachtwächter patrouillierte vor dem Eingang. Sie würde ihm die Dame in Not vorspielen und ihn dadurch ablenken. Doch ehe sie losstürmen konnte, traf sie ein Stoß zwischen die Rippen, der von einem kopfschüttelnden Jaco stammte. Seine Warnung, jetzt nicht vorschnell zu handeln. Natürlich, sie musste sich den geplanten Ablauf ihrer nächtlichen Mission – und damit auch Pomeroys Rolle – ins Gedächtnis rufen.

»Würde es Ihnen etwas ausmachen, kurz hier draußen zu warten?«, fragte sie ihn, während sie ihre gefütterten Handschuhe abstreifte, um den Schlüssel in wenigen Momenten mit Präzision ins Schloss führen zu können. »Wo wir schon da sind, fällt mir ein, dass wir noch die Bücher abholen müssen, die Jaco versäumt hat auszuleihen. Er braucht sie dringend für die Glasfachschule, sein Lehrauftrag startet morgen.«

Jaco schob ein betontes »Ich bin ja so vergesslich« ein, und Flavia musste sich beherrschen, um eine unbewegte Miene zu bewahren.

»Die Vertreter wichtiger Handwerke haben jederzeit Zugang zur Bibliothek. Fremde allerdings nicht«, fuhr sie fort.

»Es wäre also fabelhaft, wenn Sie sich mit dem Nachtwächter unterhalten könnten, während wir hineingehen. Ein bisschen über den Platz spazieren, Sie wissen ja, wie man sich die Zeit vertreibt.«

Pomeroy sah von ihr zu Jaco und wieder zurück. »Ich soll euren Lockvogel spielen?«

Schockiert, dass er sie innerhalb eines Atemzugs durchschaut hatte, wechselten Flavia und Jaco einen Blick.

»John, machen Sie jetzt bitte keinen Wirbel …«, hob Flavia eindringlich an, während ihr Blick zwischen dem Nachtwächter und Pomeroy hin und her sprang. Doch entgegen all ihren Befürchtungen drückte er bloß den Rücken durch und ließ seine Fingerknöchel knacken.

»Meine Hilfe ist gefragt? Ihr beschämt mich«, sagte er sichtlich geschmeichelt. »Bevor ich zum Komplizen werde, möchte ich allerdings erst wissen, was in diesen Büchern so Wichtiges steht, dass ihr sie bei einer Mission zu mitternächtlicher Stunde stehlen müsst. Die Geschichte vom Unterrichtsmaterial glaube ich euch keine Sekunde.«

Jaco zog ihn am Nacken zu sich und flüsterte ihm die Antwort ins Ohr. Angespannt beobachtete Flavia Johns Miene, in der Hoffnung, abschätzen zu können, wie viel ihr Bruder ihm wohl verriet. Nur den Teil, dass Flavia sich in die Bibliothek schleichen wollte, weil ihr als Frau der offizielle Besuch verboten war? Oder auch gleich den ganzen Rest, nämlich dass sie im historischen Archiv nach einem Fall suchten, der sich mit dem Handwerksverbot für Frauen auseinandersetzte?

Denn sie benötigten einen Präzedenzfall. Wenigstens eine einzige schriftliche Aufzeichnung darüber, dass sich schon einmal eine Frau in der Geschichte Venedigs das Recht erstritten hatte, Glas blasen zu dürfen. Wenn sie so etwas fänden, könnte

Flavia dasselbe tun und würde ihrem Traum von der eigenen Glasbläserei einen bedeutenden Schritt näher kommen.

Endlich gab Jaco John wieder frei, und beide Geschwister musterten den Lord prüfend.

Der erwiderte den Blick für einen langen Moment, dann erklärte er nüchtern: »Mir ist in der langen Tradition der Glaskunst kein einziger Fall bekannt, in dem das Handwerk öffentlich von einer Frau ausgeübt wurde. Aber ich habe bisher auch nicht in der Nationalbibliothek Venedigs nach Antworten gesucht.«

Flavia atmete hörbar auf, und Jaco boxte dem Engländer kameradschaftlich gegen die Schulter. »Also hilfst du uns?«

»Sicher.« Pomeroy trat an ihnen vorbei aus den Schatten. »Meines Wissens ist die Libreria allerdings seit 1812 in einem anderen Gebäude untergebracht …« Wieder einmal machte er eine seiner geliebten Kunstpausen, begleitet von einem teuflischen Grinsen. »Nämlich im Dogenpalast.«

Kapitel 10

Flavia hätte nie gedacht, dass sie die Liste ihrer Jugendsünden einmal um einen Einbruch in den Dogenpalast erweitern würde. Doch hier war sie nun, an der Seite ihres Bruders, unterstützt von einem geschwätzigen Glassammler, der dem Wachpersonal vorgeschwindelt hatte, er wäre ein Abgesandter des britischen Königshauses, der vor drei Tagen eine Nachtführung gebucht hätte, zu der er nun antreten wolle, auch wenn sie offenbar seine Anmeldung verschlampt hätten. Und nein, er würde *kein* Einsehen zeigen, schließlich wäre es nicht seine Schuld, dass man ihm den Termin schriftlich bestätigt hätte, obwohl die Vorschriften eine Gruppenstärke von mindestens zehn Personen verlangten, bevor überhaupt eine Führung zustande kam. Ob er diese Bestätigung mit sich führe? Natürlich nicht! Schließlich gehörten Dokumente in einen Aktenschrank, und nur Dilettanten riskierten es, wichtige Papiere zu verlieren. Deshalb könne er sich auch nicht ausweisen. Aber im Namen von Queen Victoria dürfe er wenigstens so viel verraten: Die Verzögerung und der menschenunwürdige Empfang, den man ihm bereitet habe, würden ein Nachspiel für alle Beteiligten haben, es sei denn, man ließe ihn augenblicklich in den Palast vor. In diesem Fall würde er nicht nur von einer Meldung bei der Königin, sondern auch von der ihm zugesicherten kommentierten Führung absehen. Der richtige Ansprechpartner sei wohl gerade ohnehin nicht vor Ort.

Und während die beiden Wachmänner erwogen, ob die Konsequenzen, wenn sie Pomeroy vorließen, ärger waren als der entfesselte Zorn der britischen Königin, erfuhr Flavia zum ersten Mal am eigenen Leib die Aufregung, die ihr Vater und ihr Onkel damals durchgestanden haben mussten, als sie auf dem Markusplatz illegal ihre Glaswaren verkauften. Angstschweiß prickelte auf ihrer Haut, und ein nervöses Flattern in ihrem Magen verstärkte sich noch, als sie aufgefordert wurde, Auskunft über sich zu geben.

»Meine Gastfamilie hier in Venedig«, kam Pomeroy ihr zuvor. Sein angewinkelter Arm ermutigte sie, sich bei ihm unterzuhaken, mit der freien Hand schnappte er sich die Gaslampe des nächsten Wachmanns. »Wenn Sie uns nun entschuldigen würden?« Die beiden Männer stoben bei seinem beherzten Vorwärtsschritt ratlos auseinander und ließen sie passieren. »Geradeaus schauen«, murmelte Pomeroy durch die Zähne, und Flavia reckte postwendend das Kinn. Gemeinsam traten sie durch die Porta della Carta, eine in Goldverzierungen eingebettete Tür, die sich unter dem prunkvollen Arkadenbogen der Fassade öffnete und in den Innenhof führte. Mit einem an die Wächter gerichteten »Bis später« folgte Jaco ihnen durch das Portal. Jetzt mussten sie hoffen, dass die Wächter ihnen vorerst nicht hinterherkommen würden. Jaco zog an Flavia vorbei und erklomm als Erster die Scala dei Giganti.

Oben auf dem Treppenabsatz trafen sie auf das berüchtigte »Löwenmaul«, Bocca di Leone, jenen »Briefkasten« für Beschwerden, den man zuzeiten der Dogen nutzte, um seine

Mitmenschen anonym anzuzeigen – oder in den meisten Fällen eher: zu verleumden.

John strich mit der Hand über den mit menschlichen Zügen versehenen Löwenkopf, der mehr mit einer Hexenfratze gemein hatte als mit sonst etwas. »Ich wüsste so einige Namen, mit denen ich das Löwenmaul füttern könnte«, erklärte er mit einem amüsierten Blick zu Flavia. Sein Wissen über die ursprüngliche Funktion des Bocca di Leone sowie die Beiläufigkeit, mit der er ihn berührte, ließen erahnen, dass er ihn nicht zum ersten Mal sah. Entweder hatte er zu Hause in England die Architektur des Palastes genau studiert oder er war schon zuvor hier gewesen, vielleicht sogar tatsächlich im Rahmen einer geführten Besichtigungstour. Trotz seiner eigenen Geschwätzigkeit wirkte er wie die Art Mann, der sich geschichtliche Fakten und langatmige Informationen zum Frühstück einverleiben konnte und immer noch hungrig nach mehr war. Auch Flavia hörte er ja stets mit ungeteilter Aufmerksamkeit zu und nicht bloß mit halbem Ohr wie die Facharbeiter in der Werkstatt – oder manchmal sogar ihr eigener Vater. Er war die eine Person innerhalb einer Gruppe, die den Blickkontakt hielt, wenn alle sich schon dem nächsten Sprecher zuwandten, obwohl der erste noch gar nicht ausgeredet hatte.

Flavia ertappte sich dabei, wie sie Pomeroy von der Seite musterte, und rief sich zur Ordnung. Dass er ein guter Zuhörer war, änderte nichts daran, dass er sich ihr gegenüber oft unmöglich benahm.

»Wohin nun?«, flüsterte Jaco. Sein Blick sprang unstet zwischen Wänden und Decke hin und her. Die figurativen Darstellungen historischer Begebenheiten, biblischer Szenen und Personifikationen antiker Gottheiten waren sichtlich ein wenig zu viel für ihn. »Bringen wir das endlich hinter uns.«

Auch Flavia schüchterte der Pomp ein, all das flächendeckende Gold und der Marmor. Plötzlich überfiel sie das gleiche Grauen wie damals, als sie vom Tanzball der Verdiani nach Hause zurückgekehrt war und erst im Schutz ihres eigenen Schlafzimmers erkannt hatte, dass der Saum ihres teuren Kleides wohl die ganze Zeit über den Boden geschleift und deshalb ganz dreckig geworden war. Während sie schwitzend vor Scham versuchte, die ärgsten Schmutzstreifen herauszubürsten, bevor ihre Mutter sie zu Gesicht bekam, hatte sie sich wie eine Versagerin gefühlt. Eine Hochstaplerin unter lauter echten Prinzessinnen, eine kleine Handwerkertochter, der man nichts Kostbares anvertrauen durfte, schon gar nicht die Begehung geschichtsträchtiger Amtsräume. Doch genau dorthin, in den dritten Stock, dirigierte John sie jetzt.

Umgeben von Fresken Tizians, Tintorettos und Veroneses, jener berühmten Künstler, von denen jedes venezianische Kind – auch sie – im Unterricht wenigstens einmal gehört hatte, begegnete ihnen in den Räumen nichts als überraschende Leere. Kaum Gestühl, keine Schränke und erst recht keine Bibliothek. Sie hatte sich während ihres nächtlichen Ausflugs wirklich bemüht, freundlich zu bleiben, doch nun geriet ihre Beherrschung ins Wanken, und sie begann an Johns Behauptung über den Standort der Libreria zu zweifeln. »Nun wäre ein guter Zeitpunkt, uns zu beichten, dass Sie sich geirrt haben«, zischte sie. Laut zu sprechen wagte sie nicht, genau wie ihr Bruder.

»Allerdings! Wo sind denn all die Handschriften und Bücher und Folianten?« Jaco drehte sich mit an die Decke gerichtetem Blick und ausgebreiteten Armen im Kreis. Prompt packte ihn der Schwindel, und er wäre fast gestürzt, doch dann fing er sich und setzte sich auf den Boden. Vielleicht war ihm ja die Tragweite ihres Scheiterns gerade mit aller Macht bewusst geworden und hatte ihn in die Knie gezwungen. Pomeroy ignorierte ihn. Stattdessen schaute er bedauernd auf seinen Arm, nachdem Flavia sich von ihm gelöst und Abstand zwischen sie beide gebracht hatte.

»Wir folgen nur dem klassischen Besucherrundgang«, antwortete er. »Also bitte ein bisschen Geduld. Ich habe bei meiner Ankunft in Venedig schon eine Besichtigungstour durch den Dogenpalast unternommen. Bei Nacht sieht zugegebenermaßen alles verwirrender aus, aber mein Orientierungsvermögen ist untrüglich. Vertrau mir.« Wieder streckte er ihr den angewinkelten Arm hin, doch diesmal verzichtete sie.

Vertrau mir.

Warum sprach er nur zu ihr? Sein eindringlicher Blick verriet, dass er höchsten Wert darauf legte, von ihr für fähig gehalten zu werden. Und Flavia fragte sich, weshalb. Sollte er nicht eher versuchen, ihrem Bruder zu imponieren, wie es das unter Männern übliche ständige Kräftemessen gebot?

»Uns bleiben zehn Minuten, bis die Wachmänner zur Polizeistation gelaufen und mit Verstärkung zurückgekehrt sind«, sagte sie und stemmte die Hände in die Hüften. »Es wäre also von Vorteil, wenn Sie sich ein bisschen schneller orientieren könnten.« Herrgott, warum siezte sie ihn eigentlich noch, wo er schon längst immer wieder ein Du einstreute? »Wenn wir gefasst werden und im Gefängnis landen, dann bringe ich dich um, John, das schwöre ich!«

»Bis in die Zellen haben wir es ja nicht weit.« Er lachte leise. »Ich wollte schon immer mal über die Seufzerbrücke schreiten. In Begleitung einer schönen Lady – umso besser.«

Sie schnaubte. »Ja, es wäre wirklich edel von dir, freiwillig dem Müßiggang zu entsagen und die hart arbeitende Gesellschaft nicht länger mit sinnlosen Sprüchen zu belästigen.«

Er neigte sich zu ihr. »Ich wäre ja nicht lange eingesperrt. Mir würde die Flucht aus den Bleikammern gelingen, genau wie einst Casanova.«

»Genug Dreistigkeit besitzt du jedenfalls.« Sie tauschten einen Blick, keiner dem anderen in irgendeiner Weise unterlegen, dann mahnte Flavia wieder zur Eile: »Die Bücher!« Und John ließ ihr den Vortritt durch die hintere Tür der Längswand.

Ihre Beklemmung wuchs, als Jaco ihnen wie ein Lamm die Treppe hinunter folgte, bereits die Entschuldigungen vor sich hin murmelnd, die ihre Eltern von ihm hören würden, sollte ihr Vorhaben wirklich missglücken. Auch Flavia drängte sich die Frage auf, was aus dem Familienbetrieb werden sollte, wenn nun auch noch die beiden jüngeren Kinder in Konflikt mit dem Gesetz gerieten? Das würden ihre Eltern nicht verkraften. Sie könnten es gar nicht. Und das Geschäft auch nicht.

»Bitte schön, der Sala dello Scrutinio – unsere Endstation.« John vollführte eine ausladende Geste, doch auch so hätte das Ölgemälde, das sich neben anderen Bildern über eine der Schmalseiten erstreckte, Flavia gefangen genommen. Es war eine überaus beeindruckende Darstellung des Jüngsten Gerichts, und Flavia gab sich für einen Moment dem Staunen der wissbegierigen Künstlerin hin, die in ihr schlummerte, und die, sobald sie einen Bleistift in die Hand bekam, die Produkte ihrer Fantasie skizzierte – Kronleuchter, wenn es gut lief, Gekritzel an schlechten Tagen. Dann riss sie sich los und hastete zu den vollen Regalreihen im hinteren Teil des Raumes, wo sie wahllos Band um Band herauszog. Da sie nur eine Lichtquelle dabeihatten, musste John neben ihr stehen bleiben und ihr leuchten. Nicht lange, und die Ungeduld packte ihn. »Wir sollten geordneter vorgehen«, sagte er grimmig. »Wenn das alles zu Venedigs Justizgeschichte gehört, stehen die älteren Fälle vermutlich am Boden und die aktuellen griffbereit.«

Aus reinem Trotz, weil sie sich nicht von ihm korrigieren lassen wollte, stellte Flavia sich nun umso dringender auf die Zehenspitzen und suchte das oberste Fach ab, obwohl er recht hatte und sie sich dort bloß in den neuen Aufzeichnungen des letzten Jahres bewegte. Er beugte sich mit einem Ausspruch, der wie »Sturkopf« klang, tiefer und suchte in der untersten Regalreihe. Bald ging er ganz in die Hocke.

Flavia ließ eine Anstandsminute vergehen, bevor sie sich neben ihn hinkniete.

»Das kommt mir bekannt vor«, murmelte er.

Die unverhoffte Nähe zu ihm ließ ihre Wangen erglühen wie angefachte Kohle. Und seine Worte ließen sie an den Moment mit dem zersplitterten Glas denken, als das Missgeschick eine seltsame Atmosphäre geschaffen hatte, die auch jetzt wieder herrschte.

»Ich habe wohl ein Talent, dich in die Knie zu zwingen«, versetzte sie atemlos.

»Das hast du wohl.« Seine tiefblauen Augen glommen im Lichtschein auf eine Art, die sie nicht deuten konnte. Fast so, als bereitete ihm der bloße Gedanke, vor ihr zu knien … Vergnügen. »Sollten wir uns darüber Sorgen machen?«, fügte er hinzu und klang dabei so atemlos, wie sie sich fühlte.

Flavia blieb die Erwiderung im Halse stecken, während sich ihr Blick verselbstständigte und zu seinem leicht geöffneten Mund wanderte. Wie konnten derart sinnliche Lippen nur immer so viel Unfug von sich geben? Sie erwischte sich bei dem Gedanken, wie leicht es wäre, sie zu verschließen …

»He, da sind Schritte! Beeilt euch!« Unter Jacos dringlicher Warnung zuckte Flavia zusammen. Im nächsten Moment war ihr Bruder bei ihnen, trieb John mit einem Schlag auf den Rücken an und half ihr selbst grob auf die Beine. »Jeder Raum hatte bis jetzt zwei Türen, oder?«, sagte er. »Von da sind wir gekommen, also geht es dort hinten wieder hinaus. Wir müssen sofort verschwinden!«

»Aber wir hatten ja kaum die Möglichkeit, richtig zu suchen.« Flavia wehrte sich gegen seinen Griff.

»Zum Teufel mit deinem Präzedenzfall!«

»Aber wenn wir die Lampe löschen und uns ruhig verhalten, gehen sie an uns vorüber. Da bin ich sicher!«

Jaco und sie wandten sich gleichzeitig zu John um. Sollte er entscheiden.

John schaute ihr mit einem gequälten Ausdruck fest in die Augen. »Zu riskant, meine Liebe.« Dann schlang er entschlossen den Arm um sie, und so gelang ihm, woran ihr Bruder gescheitert war: sie fortzuziehen.

* * *

Sein Arm lag weniger wie ein Schraubstock, sondern mehr wie ein rettender Ring um ihre Körpermitte und spendete ihr genug Sicherheit, um im Angesicht der Gefahr nicht zu straucheln. Sobald sie den Bibliothekssaal verlassen hatten, ließ er von ihrer Taille ab und packte sie stattdessen bei der Hand. Obwohl es sich so besser lief, bedauerte sie das unwillkürlich. Mit jedem hektischen Atemzug sog sie Johns maritimen Duft nach Küste ein, der von ihm, seinem ganzen Wesen ausstrahlte. Kurz darauf begann ihre Seite unter dem erbarmungslosen Laufschritt, den er vorgab, zu stechen, und sie fragte sich zum ersten Mal, ob sie beide nicht schneller wären, wenn er sie ganz losließe. Jaco hatte schon einen beträchtlichen Vorsprung, den er nach einem hastigen Blick über die Schulter immer wieder kurzzeitig schmälerte, um auf sie zu warten, bevor er wieder an Geschwindigkeit zulegte, Treppen hinabpolterte und Gänge entlangrannte. Ja, inzwischen machten sie ordentlich Lärm, aber um das Klappern ihrer Stiefelabsätze konnten sie sich jetzt nicht kümmern. Immer noch besser, sie wurden von den Wachmännern gehört als *gesehen*.

»Da vorne! Stehen geblieben! Hände hoch!« Wütende Rufe ertönten dicht in ihrem Rücken, doch sie bewirkten nur das Gegenteil und trieben sie weiter an.

»Ich hätte nicht gedacht, dass ich das einmal aussprechen würde«, japste John, während er gemeinsam mit Flavia um die nächste Ecke schlitterte, »aber deine Angewohnheit, dich männlicher Autorität um jeden Preis zu widersetzen, rettet uns gerade den Hintern!«

Wohl wahr, eine besser erzogene Dame hätte der Aufforderung der Wachmänner vermutlich gehorcht. Flavia stieß ein keuchendes Lachen aus. Sie wusste nicht, was sie in dem Augenblick mehr belustigte: dass er sich selbst als Mann für eine Autorität hielt – oder sie immer noch für eine Dame.

»Dort – der Ausgang!« Ihr Ausruf galt vor allem ihren eigenen Beinen, die so kurz vor dem Ziel einzuknicken drohten. Ihre Schritte waren seit dem letzten dunklen Gang, den sie bewältigt hatten, immer unsicherer geworden, und sie stolperte, wo es überhaupt keine Hindernisse gab. Nun war sie doch froh darüber, dass er weiterhin ihre Hand gepackt hielt.

Von der Tür trennte sie nur noch ein Katzensprung. Ihr Bruder stemmte sich bereits mit verschwitztem Gesicht dagegen und feuerte sie und John unter Flüchen dazu an, sich zu beeilen.

»Lauf schon voraus!«, rief sie ihm zu. Die Angst, er könnte ihrer schlechten sportlichen Verfassung zum Opfer fallen, wenn er noch länger auf sie wartete, wog schwerer als der Gedanke, ohne ihn festgenommen zu werden und den Behörden allein Rede und Antwort stehen zu müssen.

Jaco haderte sichtlich mit sich. Unschlüssig, ob er wirklich gehen oder noch auf sie warten sollte, versetzte er dem Türrahmen einen Schlag. Dann hatte er sich offenbar entschlossen. »Die Carabinieri! Ich lenke sie ab!« Und damit war er hinaus und ihren Augen entschwunden.

»Du auch!«, befahl sie John. Wenn sie es erst einmal nach draußen geschafft hatten, würden sich ihre Absätze bestimmt in den Pflastersteinen verfangen und ihn unnötig aufhalten.

Doch er behielt ihre Hand unbeirrt in seiner. »Sosehr ich von deiner Streitlust überzeugt bin, Liebes«, presste er zwischen abgehackten Atemzügen heraus, »muss ich stark bezweifeln, dass sich die Auseinandersetzung … mit den Ordnungskräften auf einen verbalen Schlagabtausch beschränken wird. Was wir … getan haben, nennt sich Hausfriedensbruch. Und wie überall … steht das wohl auch hier unter schwerer Strafe.« Er drückte ihre Finger. »Deine Familie … kann sich kein Bußgeld leisten, habe ich mir sagen lassen. Und ich mir nicht … die Demütigung einer öffentlichen Anzeige. Uns bleibt also nur die gemeinsame Flucht.«

Und obwohl er gerade einen offenkundigen Fehler beging, war sie ihm unendlich dankbar, dass er ihn mit ihr beging.

Sie schossen aus dem Palast wie der Korken aus einer Proseccoflasche, ehe sie bei der Überlegung, wo sie sich hinwenden sollten, unwillkürlich ihren Schritt verlangsamten. Der

Platz lag in gespenstischer Leere vor ihnen; längst hatte sich das Kammerorchester di San Marco, das bis in die Abendstunden vor dem Campanile Stücke von Vivaldi gespielt hatte, wie sein Publikum für die Nacht zurückgezogen und in den engen Gassen von Castello und San Polo verstreut. Aus der Entfernung gellten Rufe, von denen Flavia ein paar ihrem Bruder zuordnen konnte. Mit einem provokanten »Kriegt mich doch, wenn ihr könnt!« schien er die anrückende Polizei erfolgreich vom Dogenpalast wegzulocken. Doch die zwei Wachmänner innerhalb des Gebäudes waren John und ihr nun umso grimmiger auf den Fersen, als wollten sie sie eigenhändig dafür bestrafen, dass sie selbst dem Geschwätz dieses glattzüngigen Gecken auf den Leim gegangen waren.

»Nicht das Dampfschiff«, sagte John, als sie Kurs auf die Anlegestelle nahm. »Ohne deinen Bruder können wir es nicht anwerfen.«

»Er hat es uns zur Flucht überlassen.«

»Was führt dich zu dieser irrigen Annahme?«

»Hör doch.« Sie bedeutete ihm, in die Nacht zu lauschen, wo Gelächter und Gejohle davon zeugten, dass Jaco seine Verfolger nicht länger abzuschütteln versuchte, sondern mittlerweile Spaß daran hatte, sie an der Nase herumzuführen. In dem dichten Gassengeflecht verlor man sich schon am helllichten Tage nur allzu leicht aus den Augen, wenn Passantenströme aus allen Richtungen zusammentrafen, sich aneinander vorbeizwängten und überholten. Doch hier, ohne vernünftige Beleuchtung, wenn ein stetiges Berühren der Häuserwände in den verschachtelten Sträßchen die einzige Form der Orientierung darstellte, grenzte es an Unmöglichkeit, jemanden zu erwischen, der die Schlupflöcher der Stadt in- und auswendig kannte.

»*Quite clever*! Wir sollten es ihm gleichtun. Ab in die Gassen!« John wollte sie von der Piazzetta weg- und tiefer in die Stadt hineinziehen, doch das kam gar nicht infrage. Flavia fand sich in Venedigs Stadtteilen bei Weitem nicht so gut zurecht wie Jaco, der mit Giovanni damals täglich in den Casinos und an anderen zwielichtigen Orten herumgelungert hatte.

»John, wir haben es doch gleich geschafft ...« Die salzige Seeluft kribbelte ihr bereits in der Nase und legte sich als sachter Film auf ihr Gesicht.

»Warte! Ausgeschlossen. Wir können das Boot nicht nehmen«, wiederholte er.

»Das sagtest du bereits.« Wehe, er behauptete jetzt, die Wasserpolizei würde sie bis nach Murano verfolgen, denn das würde sie nicht. Einige blau zugedeckte Gondeln waren die einzigen Boote, die neben ihrem kleinen Vaporetto friedlich in der Brise schaukelten.

»Ich kann es nicht steuern!«, herrschte er sie in ungewohntem Aufruhr an. Sein attraktives Gesicht war zu einer Maske des Grauens verzerrt.

»Und wer hat behauptet, dass du das sollst?« Sie zog ihn weiter vorwärts, die zwei berühmten Säulen, die das Ende der Piazzetta markierten, hatten sie bereits passiert – tatsächlich durch die Mitte, doch auf den alten Aberglauben konnte Flavia jetzt keine Rücksicht nehmen.

»Auch *du* kannst es nicht steuern.«

»Das werden wir ja sehen.«

»Flavia, die offene See ist kein Spaß. Du wirst uns umbringen!« Seine Hand verspannte sich in ihrer, und erst jetzt wurde ihr bewusst, dass ihre Finger immer noch miteinander verschränkt waren. Als hätte sie versehentlich das glühende Ende der canna angefasst, machte sie sich von ihm los. Er starrte kurz auf seine leere Hand, dann runzelte er die Stirn und konzentrierte sich wieder auf das derzeitige Problem. »Nicht fern von hier befindet sich das Mezzanin eines Bekannten. Er wird uns Unterschlupf gewähren, bis die Sonne aufgeht und wir ein bisschen mehr als eine Nasenlänge Sicht haben. Dann werde ich mich zwar immer noch widerwillig, aber mit deutlich weniger Sorge auf das Boot und in deine Hände begeben – versprochen.«

»Wie hast du es noch gleich ausgedrückt?«, sagte sie über ihre Schulter. *»Vertrau mir.«* Mit einem kühnen Sprung überwand sie die Lücke zwischen Steg und Bootsrand und landete an Deck des Vaporettos.

»Herrgott, das tu ich ja!«

»Dann spring!«

»Aber ich … ich …« Er riss die Augen auf, spähte hinter sich, wo die Wachmänner zielstrebig auf sie zuhielten, und drehte sich wieder um. »Ich kann nicht schwimmen!«

Kapitel 11

Flavia starrte ihn an, einen Atemzug lang, zwei. Unfähig, etwas zu sagen.

Er rieb sich beschämt übers Gesicht, als hätte er ihr diese Schwäche, die in ihren Augen bloß ein Versäumnis in seiner Kindheit war, unbedingt verschweigen wollen.

»Wir sind mit einem zusammengeschusterten Vaporetto hergefahren …«, brachte sie schließlich leise heraus.

»Ja, und ich bin währenddessen tausend Tode gestorben.«

»Es tut mir leid. Das wusste ich nicht.« Wenn sie das geahnt hätte, hätte sie ihn ganz sicher nicht mit hergeschleppt. Dieser ganze nächtliche Ausflug war der reinste Wahnsinn, geboren aus vielleicht noch größerem Wahnsinn: dem Wunsch zu beweisen, dass Frauen in der Geschichte des Kunsthandwerks längst erfolgreich Glas geblasen hatten, und dass es ihnen deshalb auch im Jahre 1895 zustand, das öffentlich zu tun.

»O bitte, Flavia. Erspar mir dein Mitleid.«

Hinter ihm auf dem Platz wurden die Schritte der Wachmänner immer lauter.

Jetzt oder nie! Rasch lehnte Flavia sich vor und streckte ihm die Hand hin, doch der zur Salzsäule erstarrte John Pomeroy bewegte sich nicht vom Fleck. »Der Kessel ist aus. Wir werden das Schiff niemals schnell genug zum Laufen bringen«, murmelte er. Plötzlich ging ein Ruck durch ihn, und er wandte sich der Gondel zu, die neben dem Vaporetto im Wasser wippte. »Ich kann zwar nicht schwimmen, aber Rudern dürfte wohl nicht so schwer sein.«

Wenn er wüsste. Unwillkürlich dachte Flavia an ihre frühe Jugend, als Jaco regelmäßig an Regatten teilgenommen hatte und sein Körper noch Tage nach den Rennen geschmerzt hatte. Aber sie stieg trotz ihrer Bedenken hastig an Land und in die Gondel zu John, der gerade am Tau riss. Als sich der Knoten endlich löste, beförderte er sie mit einem Tritt vom Ufer weg.

Zuerst tauchte das lange Ruder elegant in die Tiefe, doch schon bald darauf begann ihr Gefährt zu schlingern, als hätte eine unsichtbare Strömung es erfasst, und sie kamen nicht mehr von der Stelle. Flavia ahnte, dass es besser wäre, zu schweigen. Doch sie konnte nicht einfach zusehen, wie Johns Atmung immer hektischer wurde und die Angst zu ertrinken Wurzeln in seinem Geist schlug, also berührte sie ihn behutsam an der Schulter. Nach einem langen angespannten Moment, in dem er sie wider Erwartung nicht abschüttelte, ließ sie die Hand dort liegen. »Jedes Versäumnis kann aufgeholt werden«, sagte sie ruhig. »Es ist gewiss kein Grund, sich zu schämen.«

»Ich kann mich eine Zeitlang über Wasser halten, so ist es nicht. Aber nachts und bei Wellengang …« Er schauderte, und nur die dunkle See, auf die er seinen Blick gerichtet hatte, mochte erraten, was ihm dabei durch den Kopf ging.

»War das eine der Gelegenheiten, bei denen es galt, deinen Bruder nicht zu übertrumpfen?«, fragte sie, ungeachtet der Tatsache, dass die Wachmänner schon am Anlegesteg standen und ihre Leuchten wie Glutfunken wild in der Luft auf und ab sprangen. Die Gondel dümpelte noch so nah am Ufer, dass sie die Gesichtszüge der Männer erkannte, wo sie zuvor nur zwei vage Gestalten hatte ausmachen können.

John straffte sich. »Wenn wir *das* überleben, beantworte ich dir all deine Fragen.«

»Das sagst du nur, weil du sowieso davon ausgehst, dass wir kentern.«

Er erwiderte ihren Versuch zu scherzen mit einem freudlosen Lächeln und hantierte mit dem Ruder – ohne ihre Lage zu verbessern.

»Lass es mich versuchen!«, sagte sie.

Nur widerwillig übergab er ihr das Ruderblatt und ließ sich etwas wackelig auf dem herzförmigen Pärchensitz nieder, der mit roten Samtpolstern ausstaffiert war. Flavia stellte sich breitbeinig auf den Heckschnabel links hinten, wie sie es schon etliche Male bei den Gondolieri in den Kanälen beobachtet hatte. Das Ruder ließ sich geschmeidig über die Rudergabel führen und durchstieß mit ein paar kräftigen Zügen die unruhige Wasseroberfläche. Nachdem die Gondel ihr Gleichgewicht gefunden hatte, glitten sie lautlos in die Nacht.

John wollte vor Jubel aufspringen, doch als sich die Gondel merklich zur Seite neigte, setzte er sich schleunigst wieder auf die Bank. In stummer Ehrfurcht fasste er hinter sich und berührte wie zum Applaus Flavias Schienbein.

Die unerwartete Geste ließ ihr den Atem stocken, dann brachte sie sie zum Schmunzeln, während sie sich bemühte, das Ruder ruhig zu führen.

Die Wachmänner brüllten ihnen nach, und plötzlich hechtete einer mit wütendem Gebrüll in die Fluten und begann ihnen hinterherzukraulen.

»Verdammt, kann er uns einholen?« Flavia keuchte, ihre Lunge kratzte, als würde sie Glassplitter inhalieren, und ihre linke Seite hatte wieder zu stechen begonnen.

»Wenn er so weiterschwimmt …«

Und wir nicht deutlich an Geschwindigkeit zulegen, ergänzte Flavia im Geiste. Ihre Muskeln zitterten bereits vor Anstrengung.

Hektisch klopfte John seine Taschen nach etwas Brauchbarem ab, das er werfen konnte – irgendetwas, um ihren Verfolger zu entmutigen. In seiner Not begann er, die Knöpfe von seinem Mantel abzureißen. Wie hoch war die Wahrscheinlichkeit, dass er bei derart schlechten Lichtverhältnissen ein bewegliches Ziel traf? Selbst bei einem Rekordhalter im Tontaubenschießen – was er ganz sicher nicht war – wäre es ein Wunder gewesen. Nicht mal ein Auge konnte er dem Wachmann damit ausstechen. Andererseits, was blieb ihnen für eine Wahl?

»Soll er nur kommen. Ich brate ihm mit dem Ruder eins über«, ächzte Flavia.

John lachte grimmig und feuerte jetzt die Knöpfe, die er in der Hand gesammelt hatte, einen nach dem anderen auf den Wachmann ab. Obwohl zwei davon trafen, entwickelten sie kaum genug Schlagkraft, um den Wachmann auch nur zu irritieren. Hätten sie nicht in unmittelbarer Gefahr geschwebt, wäre es beinahe zum Lachen gewesen.

Während er sich fluchend nach nützlicher Munition umschaute, wurde Flavia plötzlich klar, dass sie gar nicht den Mumm für einen Hieb mit dem Ruder besaß. Sie würde es ja nicht einmal schaffen, das Holz aus der Rudergabel zu heben. Als sie es jetzt dennoch versuchte, rutschten ihre zitternden Finger daran ab, und schließlich war es nur noch die Verankerung aus Lederriemen, die das Ruder aufrecht hielt. Ihre

Gondel verlor an Fahrt, lief langsam aus, dann dümpelten sie auf der Stelle vor sich hin.

»Flavia, was soll das werden?« John ließ sie gar nicht erst antworten, sondern schlüpfte aus dem Mantel und begann seine Hemdsärmel hochzukrempeln. »Es ist eine Ewigkeit her, dass ich mich mit den Fäusten behaupten musste, aber ich schätze, so etwas verlernt man nicht. Wenn unser Freund sich an der Gondel hochzieht, bin ich bereit.«

Flavia war schon viele Male über Bord gegangen in den vielen heißen Sommern ihrer Kindheit, und im Gegensatz zu John wusste sie genau, wie schwer es sein konnte, sich an der Seite eines Ruderbootes aus dem Wasser zu hieven, wenn der Körpermittelpunkt unter den Wellen lag. Sie konnte sich ausmalen, dass das minutenlange Kraulen bei Wind und frostigen Temperaturen durch das Bacino San Marco es nicht gerade leichter machte. Doch der Wachmann schien aus anderem Holz geschnitzt als sie und schwamm weiter.

Voller Entsetzen begriff sie, was ihnen blühte. »Er wird die Gondel umreißen!«

Langsam, jedoch spürbar besorgt trat John von der Kante zurück. »Das verleiht dem Spruch *learning by doing* eine gewisse Komik, findest du nicht?«

»Ich lasse dich nicht ertrinken!«

»Überleg's dir noch mal, dann wärst du mich los.«

»Erzähl keinen Unsinn!« Sie schälte sich hastig aus ihrer langen Jacke – und warf sie im nächsten Augenblick ihrem Verfolger über den Kopf. Gebannt und zugleich angewidert von sich selbst sah sie zu, wie er sich darin verfing und das schwarze Wasser über seinem Kopf zusammenschlug. Um Himmels willen, er würde doch nicht seinerseits ertrinken? »Was hab ich getan?«, kreischte sie und stürzte an den Rand.

Unter dieser plötzlichen Gewichtsverlagerung begann die Gondel heftig zu schwanken.

»Das Richtige«, knurrte John und riss sie zurück. »Keine Sorge, der taucht wieder auf. Wir sollten machen, dass wir hier wegkommen.« Er griff zum Ruder, drückte es ihr wieder in die Hand und setzte sich hin. Sie schritt sofort zur Tat, lenkte die Gondel um und schlug den Weg nach links ein, hielt auf das Kanalgeflecht der Stadt zu, nicht hinaus aufs offene Meer.

»Sag mir, wenn er wieder …«

»Ich behalte die Stelle im Blick.«

Einige quälende Sekunden sprach keiner von ihnen, bis John sie mit einem erleichterten »Da!« erlöste.

»Ist er uns erneut auf den Fersen?«

»Wenn er an seinem Leben hängt, schwimmt er zurück. Das Intermezzo mit deinem Mantel dürfte seine letzten Kraftreserven aufgebraucht haben.« Und mit einem hörbaren Lächeln in der Stimme fügte er hinzu: »Du hast uns gerettet, Signorina Gondoliera.«

»Dann habe ich hiermit meine Schuldigkeit getan. Keine weiteren Treffen.«

»O nein, du bist ganz sicher nicht von unserer Abmachung entbunden. Noch lange nicht.«

»*Lange* umfasst in diesem Fall noch zwei weitere Treffen.«

Er grinste. »Weißt du, wie sie eine Pedantin wie dich auf Englisch nennen?«

»Your Highness?«

Bei ihrer anmaßenden Miene und dem breiten italienischen Akzent wurde ein Lachen daraus. »A pain in the ass«, korrigierte er sie.

So verdächtig, wie das klang, wollte sie sich die genaue Übersetzung davon gar nicht erst verraten lassen.

In friedlicher Eintracht glitten sie dahin, ehe sie in dem verblüffend stürmischen Wellengang vor den Mauern der Stadt wieder etwas ins Wanken gerieten. Erst als die alten Patrizierpaläste an der Uferlinie auftauchten und Flavia ohne Erklärung in einen ruhigen Seitenkanal bog, stieß John einen Seufzer der Erleichterung aus. »Ich dachte, es geht nach Murano?«, fragte er schwach.

»Um dein Leben noch mal aufs Spiel zu setzen? Nein, danke. Ohne Dampfantrieb bräuchten wir eine ganze Rudermannschaft, um die Strecke zu bewältigen.« Sie zuckte mit der Achsel. »Ich meine, für einen guten Zweck wäre dein Tod gewiss vertretbar. Um ein Kätzchen vor dem Ertrinken zu retten, zum Beispiel. Oder für Karten im La Fenice, erste Reihe.«

»Die Premierenvorstellung?«

»Natürlich für die Premiere.«

»Was auch sonst.« Sie lachten gemeinsam, dann änderte sich sein Tonfall, wurde ernster und rauer. »Was würdest du denn noch gerne mit mir unternehmen, wo wir gerade bei der Freizeitplanung sind?« Sie errötete, und leider ließ sich das auch im von trüben Laternen beleuchteten Seitenarm des Canal Grande nicht verbergen. »Irgendwelche Lieblingsrestaurants, für deren Besuch ich mein Leben riskieren darf?«

Gerne hätte Flavia ihm für die sarkastische Bemerkung einen gespielt bösen Blick zugeworfen, doch das Ruder zu führen und die Fahrspur in der Dunkelheit nicht zu verziehen, erforderte ihre volle Aufmerksamkeit. In den schmalen Kanalausläufern, durch die sie sich nun schoben, konnte eine falsche Bewegung zur Kollision mit den Häuserwänden führen. Und wenn ihr Johns Sicherheit wirklich dermaßen am Herzen lag, wie sie eben behauptet hatte, sollte sie sich besser hüten, diese für einen Konter wieder zu gefährden. Allein die

Vorstellung, ihr bester Kunde würde durch ihr Verschulden ertrinken, weil sie daran scheiterte, eine Gondel zu manövrieren … Die schreckliche Beklemmung, die sie bei der bloßen Überlegung erfasste, ließ sich nur schwer abschütteln … und eine Stimme in ihrem Inneren sagte ihr, dass es dabei nicht nur um John als ihren besten Kunden ging. Tatsächlich würde es sie unaussprechlich schmerzen, wenn ihm etwas zustieße – viel mehr, als sie es sich eingestehen mochte.

»Unser nächstes Treffen wird nicht im Restaurant stattfinden«, erwiderte sie jetzt, denn gerade war ihr eine brillante Idee gekommen. »Ich soll dir Venedig zeigen, schon vergessen? Also suche auch ich wieder den Ort aus.«

»Solange du diesmal die Obrigkeiten und nervenaufreibende Verfolgungsjagden weglässt …«

Sie musste lachen. »Hattest du etwa keinen Spaß?«

»Doch, und wie! Mir schlottern jetzt noch die Knie vor lauter Nervenkitzel.«

»Mir auch.« Schon lange hatte sie sich nicht mehr so lebendig gefühlt, so sehr von einer Angst beherrscht, die nicht mit Bauchgrummeln, sondern einem schlagenden Puls einherging. Die sie in einen regelrechten Rausch versetzt hatte.

»Vielleicht können wir nächstes Mal auch auf deinen Bruder verzichten.«

»Ich dachte, ihr versteht euch so gut?«

»In der Tat. Aber ich möchte eurem Geschäft nicht unnötig schaden, indem ich das Wunderkind von der Arbeit abhalte.«

Das tust du bereits, hätte sie am liebsten entgegnet. Doch nur weil sie heute Nacht ein Gesetz gebrochen hatte, bedeutete das nicht, dass sie einfach damit fortfahren würde. Es stand ihr nicht zu, ihn komplett in die Familiengeheimnisse einzuweihen, auch wenn er vorhin nicht mit der Wimper gezuckt hatte, als Jaco ihm offenbart hatte, wonach sie in der Bibliothek suchten.

»Gut, das nächste Treffen findet ohne Jaco statt.«

Er streckte ihr lächelnd die Hand hin und zog sie von ihrem erhobenen Platz am Ruder zu sich nach unten in die Gondel, wo sie nicht gleich festen Stand fand und gegen seine Brust prallte. »Zusammenstöße mit dir sind wohl wahrlich unausweichlich«, flüsterte er. Sie schlug ihm halbherzig gegen die Schulter, doch er schlang die Arme fest um ihre Taille und schloss sie für einen Moment darin ein. »Danke.«

Sein Tonfall und die Verletzlichkeit in seinen Augen verwirrten sie.

»Tu jetzt bitte nicht so, als hätte ich dir das Leben gerettet.« Sie schnaubte, doch was sie laut sagte und was sie leise fühlte, waren zwei unterschiedliche Dinge. Aus irgendeinem Grund schien er sie mühelos zu durchschauen, auch wenn sie sich die größte Mühe gab, das Durcheinander in ihrem Inneren zu verbergen. Seine Finger verschränkten sich in ihrem Rücken, und endlich einmal erlaubte sie sich, die steife Haltung aufzugeben, die sie sich antrainiert hatte. Als wäre es das Natürlichste von der Welt, sank sie tiefer in seinen festen Griff und ließ sich von ihm halten. Nur wagte sie nicht, ihm das Gesicht entgegenzuheben.

Er atmete tiefer ein, auch sie inhalierte seinen Duft; jetzt, da sie es sich gestattete, darin zu schwelgen, nahm sie neben der herben Frische auch noch etwas anderes wahr, den ursprünglichen Geruch seiner Haut, das Salzige, Eigentümliche. Als er sie wieder freigab, kam sie sich vor wie aus dem Nest gestoßen. Rasch streifte er seinen Mantel ab und legte ihn ihr um die Schultern, und erst dank dieser fürsorglichen Geste begriff sie, dass sie tatsächlich fror, nachdem sie ihre Jacke ans offene Meer verloren hatte.

»Das macht dann fünf Lire«, sagte er heiser.

»Die Leihgabe oder … deine Umarmung?«

»Unsere Nachtfahrt … die hiermit startet.« Er schwang sich in einer fließenden Bewegung auf den Steuerposten und ergriff das Ruder. »Sollen wir hoffen, dass ich mich doch noch als Naturtalent entpuppe? Oder zeigen *Your Highness* mir, wie das geht?«

***

Ihre Reise endete noch im Stadtteil San Marco, als John die Gondel nach ein paar hoffnungslosen Fahrversuchen in einem Seitenkanal an einem Pfosten festband. Über Schleichwege wanderten sie zu einem Ort, der von Touristen kaum frequentiert wurde, weil er nicht auf dem üblichen Rundgang um den Dogenpalast lag, wo sich eine Sehenswürdigkeit an die andere reihte. Der Palazzo Contarini del Bovolo war ein kleines Juwel und in der ganzen Stadt Flavias liebster Platz. Nicht weit von der Rialtobrücke, in einer weniger belebten Straße nahe dem Campo Manin, versteckte sich hinter einem gusseisernen Zaun mit offenem Tor mitten im Wohngebiet das schmale Gebäude. Eine weiße Treppe mit ansteigenden Rundbögen auf schlanken Säulen wand sich spiralförmig die Fassade hinauf und vermittelte die Illusion eines Gehäuses, das sich optisch von der Wand absetzte. Ein Schneckenhaus. Und so hatte die Wendeltreppe dem Palazzo seinen Beinamen eingebracht, denn nichts anderes bedeutete »bovolo« im venezianischen Dialekt.

John lachte leise in sich hinein, als Flavia ihm die Geschichte erzählte, und irgendwie stimmte das samtige Geräusch sie zufrieden. Er ließ ihr mit einer einladenden Handbewegung den Vortritt, wofür sie sich mit einem launigen Knicks bedankte, bevor sie Stufe um Stufe hinaufstieg. Obwohl er sich eigentlich ganz den achtzig Stufen hätte widmen sollen, spürte sie seinen brennenden Blick im Nacken, auf ihrem Rücken und direkt darunter. Eine Stelle, auf die sie ihm, wie sie nun erkannte, freie Sicht gewährte. Dass sie bald beide vor Anstrengung keuchten, machte es nicht besser. Sein stoßweises Luftholen fesselte ihre Sinne. Sie lauschte darauf und wartete immer wieder mit seltsamer Spannung auf seinen nächsten Atemzug.

Viel zu schnell kamen sie oben auf der runden Aussichtsplattform an.

Unter deren Kuppel bot sich durch die Arkadenbögen darum herum ein unvergesslicher Blick auf die roten Dächer Venedigs. Als könnten sie alle Winkel der Stadt zugleich in sich aufnehmen und dabei nach dem Himmel greifen. Die erhellten Fenster der umliegenden Häuser wurden in der Ferne zu flimmernden Lichtpunkten und bildeten am Horizont einen funkelnden Streif. Flavia, die sich an den Schweifstern erinnert fühlte, der in manchen Nächten am Firmament stand, hätte sich am liebsten etwas gewünscht.

»Das hier ist meine Zuflucht«, sagte sie leise.

Es verwunderte sie, dass John seine Frage, die er ihr zu Beginn ihres Ausfluges gestellt hatte, nicht schon längst vergessen hatte, doch bei ihrem unwillkürlichen Geständnis leuchteten seine Augen auf. »Habe ich es nicht gesagt? Jeder braucht eine Zuflucht.« Er klang, als könnte er wirklich nachempfinden, was sie an diesem Ort so besonders fand, doch dann machte seine leidige Angewohnheit, sie zu belehren, die wohlige Stimmung zunichte. »Ein Schneckenhaus ist allerdings kein sicherer Rückzugsort. Ein Tritt kann die fragilen Wände zum Einsturz bringen – selbst wenn es der eines Freundes ist und aus Versehen geschieht.«

»Du findest meinen Geheimplatz also reizlos.« Sie stemmte herausfordernd die Hände in die Hüften. »Sag das doch gleich.«

»Keineswegs. Du identifizierst dich mit einem schleimigen Kriechtier, und das finde ich mehr als reizend.« Er begann zu grinsen. »In Frankreich wärst du eine Delikatesse.«

Wortlos funkelte sie ihn an und registrierte im selben Moment, wie seine Augen sich verdunkelten. Er fand sie anziehend – auch wenn er sie gerade mit einem Teller Schnecken verglichen hatte.

»Ich verrate dir mal was«, sagte sie drohend. Er trat näher und stand ganz still, als sie ihren Zeigefinger in seine Brust bohrte. »Ich bin kein rückgratloses Wesen, das sich bei der kleinsten Gefahr verzieht. Und mein Haus stürzt auch nicht ein, ganz gleich, wie viele Tritte es einstecken muss, und ganz gleich, von wem.«

»Aber es bekommt doch schon die ersten Risse«, flüsterte er, dann drehte er ihren Finger von sich weg, bis sie auf sich selbst zeigte.

Inzwischen standen sie so nahe voreinander, dass sich die weißen Wölkchen vor ihren Mündern zu einem einzigen vermischten. Ihr Wortwechsel, seine tiefe reizvolle Stimme, die zufälligen Berührungen – all das ging Flavia unter die Haut und entfachte ein Sehnen in ihr, das sie noch nie jemandem gegenüber empfunden hatte.

John *sah* sie. Ihren wunden Punkt. Das schluchzende Mädchen, das sich ohne ihre Geschwister so unsagbar hilflos fühlte und dennoch vor allen beteuerte, dass sie die Dinge im Griff hatte.

Ein halb scherzhaft, halb ernst gemeintes »Meine Güte, ich werde alt!« durchschnitt die verwirrende Spannung, die in der Luft lag. Doch erst, als ihr Bruder am Treppenabsatz erschien und von seiner abenteuerlichen Flucht zu erzählen begann, schaffte Flavia es, sich von John abzuwenden.

Was sie in den letzten Minuten fast vergessen hatte, fiel ihr jetzt wieder ein: Sie war auch deshalb hergekommen, weil sie gehofft hatte, hier auf Jaco zu treffen. Er teilte ihre Vorliebe für diesen Ort.

Kapitel 12

Als klar wurde, dass niemand von ihrem Einbruch in den Dogenpalast Wind bekommen hatte, erledigte Flavia ihre Aufgaben rund um den Ausstellungswettbewerb mit einer nie gekannten Energie. Während sie sich zuvor an anstrengenden Tagen nach der Mittagspause in ihr warmes Bett gewünscht und nur mit Mühe noch die Willenskraft aufgebracht hatte, wieder vor den Ofen zu treten, war sie nun selbst in den frühen Abendstunden noch so frisch, dass sie ihrem Vater die kräftezehrende Arbeit kurz vor Feierabend abnehmen konnte – dann, wenn bei ihm die Konzentration endgültig nachließ und selbst einem gestandenen Glasmeister der eine oder andere unsinnige Fehler unterlief. Sie liebte es, an seinen Platz zu treten, an seinem Ofen zu hantieren und diese besondere canna – die älteste der Werkstatt und noch von ihren Vorvätern stammend –, zum Einsatz zu bringen. Ein Vergnügen, das der Vater ihr nur selten erlaubte. Doch wenn der Maestro dann neben ihr stand, jede Bewegung aufmerksam verfolgte und die dirigierende Hand irgendwann senkte, weil er erkannte, dass Flavia es auch allein schaffte, durchrauschte sie ein Glücksgefühl, das zu groß war, um es in einem der Briefe für Orietta zu beschreiben, die sie alle zwei Monate verfasste.

Als Flavia an diesem Nachmittag, zehn Tage nach ihrem heimlichen Ausflug, ihre Aufgaben erfüllt hatte, konnte sie ihren Vater trotz der obligatorischen Diskussion mit Leichtigkeit davon überzeugen, sie an seinen Applikationen für einen aufwendigen Wandspiegel mitarbeiten zu lassen. Er wusste selbst, dass er langsamer als gewöhnlich vorankam. Oft legte er eine Verschnaufpause ein, stand verloren in der Halle und rieb sich die Brust. Dabei verzog er das Gesicht, als würde ein körperlicher Schmerz ihn quälen. Unter Flavias Mitarbeit jedoch entspannten sich seine Züge, und als unvermittelt Jaco auftauchte, fühlte sie sich tatsächlich gestört.

»Hm?«, machte ihr Vater, sobald er ihn bemerkte – Begrüßung und Aufforderung in einem. Zweifellos wollte er auch wissen, wie es seiner Frau gerade ging.

Flavias Mutter machte sich im Haushalt derzeit rar, was völlig ihrem Charakter widersprach, doch bei einem Blick in das kleine Notizbuch, das sie offen auf dem Wohnzimmertisch liegen gelassen hatte, waren Flavia die vielen durchgestrichenen Termine aufgefallen, die meisten davon mit solcher Heftigkeit getilgt, dass das Papier stellenweise eingerissen war. Es regnete also neue Absagen.

»Der Gerüchtekasten hat wieder Gift gespuckt«, sagte Jaco. Nach einer Mittagspause in ihrem üblichen Stehlokal war er, einen angebissenen Happen auf der Hand, in die Werkstatt zurückgekehrt, ohne die Mahlzeit ganz beendet zu haben.

»Da steht jeden Tag anderer Unfug.« Ihr Vater schnalzte mit der Zunge.

»Ja …« Jaco räusperte sich. »Aber heute geht es um uns.«

Flavia erstarrte. Rasch legte sie das Messer und die Zange, eigentlich zum Anreichen für ihren Vater bestimmt, beiseite. Früher waren bis zu sechs Garzonetti gleichzeitig um ihn herumgeschwirrt und hatten ihm die Eisen abwechselnd hingehalten. Flavia wusste nicht, was sie trauriger fand: dass er nun nicht mehr, wie es seiner Leidenschaft entsprach, mehrere Gläser gleichzeitig skulpturieren konnte, oder dass er die meiste Zeit einsam auf seiner Bank zubrachte. Er hatte sich mittlerweile so gut ans Alleinsein gewöhnt, dass er kaum noch einen Zuarbeiter akzeptierte. Selbst sie ließ er die Werkzeuge nur halten, um einer Strafpredigt von ihr zu entgehen.

Mit mulmigem Gefühl suchte sie den Blick ihres Bruders. Doch der war damit beschäftigt, ein Blatt Papier zu überfliegen, das seinem Zustand nach schon durch mehrere Hände gewandert war; weder schien es eine herausgerissene Zeitungsseite noch ein Amtsschreiben zu sein – Gott sei Dank! Sie atmete auf, doch wahrscheinlich zu früh. Denn während ihr Bruder mechanisch von seiner gerösteten und mit Sardinen belegten Scheibe Brot abbiss, runzelte er unheilvoll die Stirn.

»Schlimmer als unser Spiegel letztes Jahr, der im Angesicht von Signora Loggia angeblich in tausend Teile zersprungen ist?«, fragte sie – und wollte die Antwort eigentlich gar nicht wissen.

»Nein. Eher wie damals, als behauptet wurde, dass alle, die aus unseren Millefiori-Gläsern getrunken hätten, krank geworden sind.«

Flavia presste die Lippen zusammen.

»Zwischen Fleiß und Hingabe passt kein Tratsch«, sagte ihr Vater abwesend und ohne aufzublicken. Ins Modellieren vertieft, verfolgte er das Gespräch nur mit halber Aufmerksamkeit, doch immerhin genügte es, um das Aufwärmen der alten Gerüchte zu unterbinden, auch wenn sein zweiter Satz verriet, dass er insgeheim doch ein wenig am Klatsch interessiert war: »Andererseits, wenn die Neuigkeiten es schaffen, *dich* von deiner Pause abzuhalten, sollten wir nicht die Letzten sein, die sie hören.«

Jaco räusperte sich und las die Petition vor, für die ein wütender Bürger Unterschriften sammelte, um den Ausschluss der Vetreria Volpato vom Ausstellungswettbewerb durchzusetzen. »Hiermit sind wir offiziell die meistverabscheuten Glasbläser der Stadt«, schloss er düster.

Flavia blinzelte entsetzt, während ihr Vater sich mit dem Unterarm über die Stirn fuhr und einen ganzen Strauß von Verwünschungen in seinen Bart murmelte. Ihr fiel nur eins dazu ein: der Einbruch in den Dogenpalast. Aber da konnte ihnen niemand auf die Schliche gekommen sein – sonst hätten längst die Carabinieri vor der Tür gestanden. »Was wird uns zur Last gelegt?«

»Nach Giovannis Abreise aus Murano sind einige der Meinung, unsere gesamte Familie hätte ein Beschäftigungsverbot verdient. Von wegen Schande und dergleichen. Lächerlich. Nur weil er ein Gesetz übertreten hat, beschmutzen wir nicht gleich die ganze Zunft mit unserer Teilnahme.« Dennoch war es nicht von der Hand zu weisen, dass Giovanni sich mit seiner Abreise strafbar gemacht hatte. Kein von hier stammender Glasbläser durfte Murano ohne Genehmigung verlassen; so sollte gewährleistet werden, dass das besondere Herstellungsverfahren geheim und Merkmal der Handwerkskunst Venedigs blieb. Sollte ihr Bruder es irgendwann wagen zurückzukehren, würde man ihm nach einem kurzen Prozess die Konzession entziehen.

Daher konnte sich Flavia vorstellen, welche Rufe vor dem Gerüchteschaukasten laut geworden waren und was Jaco sich hatte anhören müssen, bevor er den Zettel abreißen konnte.

»Wer hat denn diese Petition losgetreten?«, hakte sie nach, da die Frage vonseiten ihres Vaters ausblieb.

»Na, wer wohl?« Jaco schnaubte.

»Ganz genau.« Ihr Vater drückte ihr die canna mit dem geformten Blütenkelch an der Spitze in die Hand und stemmte sich unter einem geräuschvollen Knacken seiner Knie von der Bank hoch. »Müsste mal wieder geölt werden«, brummte er leise, bevor er auf die Verantwortlichen zu sprechen kam: »Ich kenne nur einen Betrieb, der uns schon immer schaden wollte.«

»Die Dal Corsos«, flüsterte Flavia, obwohl sie selbst nicht davon überzeugt war. Doch sie kannte die Meinung ihres Vaters. Und natürlich hatte das letzte Jahr viel zwischen den beiden Betrieben zerstört. Prudentia hatte auch nicht gerade mit Begeisterung auf die Zeitungsankündigung des Wettbewerbs reagiert, die ihre eigene Familie nur an zweiter Stelle der Teilnehmer – nach den Rivalen – genannt hatte, doch sie besaß auch einen gewissen Sportsgeist. Das hatte ihre Großzügigkeit bei den geliehenen Quarzkieseln demonstriert. Niemals hätte sie eine solche Schmierenkampagne losgetreten. Andererseits musste es ja auch nicht sie persönlich gewesen sein, denn da gab es noch ihre ambitionierte Mutter und natürlich ihren wirtschaftlich denkenden Vater.

Anders als die übrigen Glasbläser entstammte Benvenuto Dal Corso nämlich nicht der Arbeiterschicht, sondern dem Beamtenstand. Er war jahrelang als Jurist tätig gewesen, bevor er eine Glaswerkstatt aufgekauft und sich damit selbstständig gemacht hatte. Und obschon er schwarze Zahlen schrieb, kämpfte er immer noch um die Anerkennung seiner Zunftbrüder. Etwas, das er nie erlangen würde, es sei denn, eine seiner Töchter heiratete in einen traditionellen Glasbläserbetrieb ein.

»Moment.« Jaco schwenkte die Liste zum Beweis. »Sollte in dem Fall nicht ihr Name hier mit draufstehen?«

»Das würden sie nicht wagen.« Ihr Vater streckte die Hand nach dem Blatt aus und ging die Unterschriften selbst durch. »Sicher ist die ganze Liste frei erfunden.« Irritiert hielt er inne. Offenbar war er sehr wohl auf echte Personen gestoßen – Leute, die er bis jetzt als Brüder, Freunde oder zumindest gute Kollegen bezeichnet hatte. Das Gefühl, verraten worden zu sein, erhitzte sein Gesicht und ließ tiefe Furchen auf seiner Stirn entstehen. An einer bestimmten Unterschrift blieb sein Blick hängen. »Vianello? Wir sind zusammen aufgewachsen, haben Seite an Seite das Handwerk erlernt. Unsere Mütter waren unzertrennlich!« Das Blatt in seiner Hand erzitterte.

»Offenbar bedeutet ihm eure gemeinsame Kindheit nichts«, murmelte Jaco dumpf.

»Papà …« Flavia sprang auf. Und weil sie nicht wusste, wohin mit dem Eisen, tat sie etwas Unverzeihliches und legte das Rohr samt dem Blütenkelch auf den Boden, wo es langsam davonrollte, bis schließlich der Glastropfen abbrach. *Das Produkt sichern*, das war die erste Lektion gewesen, die sie von Jaco über das Glasblasen gelernt hatte. Nie hätte sie gedacht, dass sie die goldene Regel einmal missachten würde, jedenfalls ganz sicher nicht, um zu ihrem Vater zu eilen und ihm Trost zu spenden. Denn wie alle Volpato-Männer hatte auch er immer unerschütterlich auf sie gewirkt: eine Verbindung von Elementen, wie sie kein Ofen zusammenschmelzen konnte. Und was nichts kleinkriegte, benötigte auch keinen Zuspruch. Doch nun las sie an seinen feuchten Augen ab, dass er gerade seinen letzten Halt verlor, weil die Stütze, die ihn nach dem Weggang seiner ältesten Kinder aufrecht gehalten hatte – seine Zunftgemeinschaft – ihm soeben weggebrochen war.

Er wischte Flavias tröstliche Berührung kraftlos beiseite, was sie nicht davon abhielt, seine Schulter erneut zu drücken. »Bestimmt haben sie Vianello zugesetzt, damit er unterschreibt«, sagte sie beschwichtigend.

Jaco pfiff leise durch die Zähne, ebenso von dem Verrat getroffen wie sein Vater, vielleicht auch ein wenig darin bestätigt, dass er dem Handwerk und seiner Gemeinschaft nie allzu viel Bedeutung beigemessen hatte. »Ich tippe auf die Dal Corsos. Diese gerissenen kleinen Schlangen!«, knurrte er.

Falls er damit die beiden jungen Damen meinte, denen er gleichzeitig den Hof machte, konnte Flavia es Amalia und Natalina nicht verübeln, wenn sie sich auf diese Art gerächt hätten. Dennoch glaubte sie nicht, dass die beiden Jacos Avancen ernst genug nahmen, um ihre Eltern zu einem derartigen Verrat anzustiften. Plötzlich fiel Flavia noch jemand anders ein, der ihre Familie nur allzu gerne am Boden sehen würde. »Und wenn es Don Ignazio war?«

»Das ist Donna Clarissimas Werk.« Ihr Vater überging ihren Einwand einfach.

Als seine Tochter verstand Flavia sehr gut, dass er Donna Clarissima im Verdacht hatte, die schließlich ihre ehemalige beste Freundin – seine Ehefrau – wie Luft behandelte und von der Gesellschaft ausgrenzte. Doch bei allem, was sie als schlechte Freundin auswies und ihren Mann als unoriginellen Glasbläser, so waren die Dal Corsos doch keine Feiglinge, die einen fairen Wettkampf scheuten. Und sich die Einladung zu einem Maskenball zu ermogeln, wie vor zwei Jahren während des Karnevals, als die Veridiani eine Jagd auf die Eintrittskarte veranstaltet hatte, war immer noch etwas anderes, als eine betriebsschädigende Petition voranzutreiben. Bevor ihr Vater oder Jaco ihre Mutmaßung als lächerlich abstempeln konnten, fügte sie deshalb hinzu: »Wegen der Quarzkiesel war ich als Erstes bei deinem ältesten Freund, um nach einer Leihgabe zu fragen. Don Ignazio hat mich unhöflich abgewiesen. Er ließ mich nicht mal aussprechen und hat mir die Tür vor der Nase zugeknallt.«

»Er ist ein eigensinniger Kauz, mehr nicht.«

»Seine Verwunderung darüber, dass unser Betrieb noch nicht vor dem Ruin steht, klang verdächtig nach Enttäuschung …« Selbst wenn ihr Vater auch nach dieser Beobachtung die schlechten Dinge über seinen Freund noch nicht wahrhaben wollte, so hoffte sie, dass wenigstens Jaco ihr endlich zuhörte. Sie warf einen bedeutsamen Blick in seine Richtung.

»Er hat meine Unikate – Entschuldigung, *deine* – schon immer scharf kritisiert«, gab Jaco zu. »Von wegen, eine Lehrstunde in Sachen Kritik! In Wirklichkeit passt es ihm nicht, dass ein ›undisziplinierter Bengel‹ wie ich scheinbar mühelos Meisterstücke fertigt, während er seinem Enkel nicht die einfachsten Grundlagen einprügeln konnte.« Er verzog den Mund. »Wenn der wüsste, wer die Sachen wirklich hergestellt hat. Vermutlich hätte Riziero dann weniger gelitten.«

»Oder erst recht. Ich meine, wenn selbst eine Frau die Glaskunst besser beherrscht als er …«, warf Flavia ein, was ein angespanntes Schweigen unter ihnen erzeugte. Denn diese Wahrheit würde sie wohl alle leiden lassen, fand sie erst einmal ans Licht.

Ihr Vater löste sich als Erster aus der unbehaglichen Stille und bückte sich nach der weggerollten canna. Mit einem Hieb schlug er die Reste des Blütenkelchs an der Arbeitsplatte seiner Bank ab, von wo sie in die Auffangwanne stürzten. Um seinen eigenen Standards gerecht zu werden, würde er die Applikation für den Spiegel von Grund auf neu fertigen, und natürlich bewunderte Flavia ihn für seine strengen Prinzipien, trotzdem fühlte sie sich durch die grobe Behandlung der abgebrochenen Glasblüte zurückgewiesen, und zwar nicht als seine Tochter, sondern als Kollegin.

»Wer auch immer für diese Unterschriftensammlung verantwortlich ist«, er blickte von ihr zu Jaco, »sie befindet sich nun in unserem Besitz. Alles Weitere braucht uns nicht zu kümmern.«

»Dann willst du also niemanden zur Rede stellen? Keine geheuchelte Freundschaft beenden?« Flavia sah Jaco bestürzt an, in der Hoffnung, er würde irgendetwas tun – beispielsweise versuchen, ihren Vater umzustimmen. Doch er bedeutete ihr nur mit einem Kopfschütteln, dass dies nicht der richtige Zeitpunkt für eine flammende Rede war. Fassungslos wandte sie sich wieder an ihren Vater. »Wo ein Gerücht nicht an der Wurzel gepackt wird, sprießen drei weitere aus dem Boden!« Sie ergriff seine Hände und drückte sie in einem verzweifelten Appell. »Wir müssen den Urheber ausfindig machen und zur Rechenschaft ziehen, bevor die Beschwerde es bis in die Stadtverwaltung schafft.« Und in ihrer Not sprach sie den Namen aus, der in Gegenwart ihres Vaters unter keinen Umständen erwähnt werden durfte: »Vielleicht blicken wir in die falsche Richtung, und es ist die ganze Zeit Sibilla Veridiani gewesen? Womöglich ist sie sogar mit den Juroren der Ausstellung bekannt oder sitzt selbst im Auswahlkomitee. Die Künstlerszene ist doch ihr Zuhause …«

Jaco war erblasst, und während Flavia fast erwartet hatte, dass ihr Vater sich entsetzt ans Herz fassen würde, riss er sich von ihr los und stapfte zum Schmelzofen. Dort stieß er eine frische canna aus dem Eimer in das Schürloch und nahm einen neuen Glastropfen auf, den er mit rotierenden Bewegungen und einem steten Luftzustrom zu formen begann. Er blies die Schmelze bis zum Bersten auf, als müsste er all seinen Zorn darin einschließen. »Diese Erpresserin taugt nicht als Jurorin«, schimpfte er dann. Zurück an seiner Arbeitsbank setzte er sich und rollte die glühende Masse an der Pfeife über die Metalllehne rechts von sich, die aus dem scagno ragte wie eine Armstütze. »Ich kenne die drei Herren, die Wettkampfrichter sein werden.«

»Ach ja?« Flavia war ihm zum Ofen und zurück zur Bank gefolgt, kaum noch in der Lage, ihre Frustration zu beherrschen. »Hast du dir die Namen zusammengereimt oder kennst du sie wirklich?« Doch als ihre bissige Frage unbeantwortet verhallte, ruderte sie zurück, denn Jaco hatte recht: Dies war nicht der richtige Zeitpunkt. Und sie hatte ihren Vater auch nicht so anfahren wollen, nur weil er nicht auf ihren Verdacht bezüglich der Veridiani einging. »Ich verstehe. Dem größten Glasbläser Muranos haben sich die Herren selbstverständlich persönlich vorgestellt«, sagte sie sanft. »Oder zumindest sollten sie das besser getan haben. Alles andere wäre schlechtes Benehmen.«

Und während Jaco die Augen über ihre Worte verdrehte, hob ihr Vater die Brauen und blickte auf.

Sie zückte die Zange. Er streckte die Hand mit einem milden Lächeln danach aus. Doch anders als sonst, wenn er sie helfen ließ, übergab sie ihm diesmal das Werkzeug nicht, sondern setzte es selbst an der richtigen Stelle an. Und wo er für gewöhnlich mit beiden Händen gearbeitet hätte, skulpturierten sie nun gemeinsam, jeweils mit einer Hand, das Glas. Ihr Vater rollte das Eisenrohr, sie strich die Form glatt. Als es so weit war, knipste sie das Gebilde ab und setzte es andersherum wieder auf das Eisen, sodass die längliche Seite kurz im Ofen erhitzt werden konnte. Ihr Vater kehrte wortlos damit zur Bank zurück, rotierte die Stange, und dann war es tatsächlich Flavia, die mit der Zange die Öffnung auftrieb und einen kunstvoll gekräuselten Rand entstehen ließ. Jaco stieß ein ungläubiges Ächzen aus, und Flavia durchzuckte das pure Glück, als sein überschwänglicher Griff an ihre Schulter signalisierte, dass auch er die Erlaubnis ihres Vaters, so direkt an diesem Stück mitzuwirken, als kostbares Geschenk auffasste.

»Verrätst du mir jetzt, wer die Juroren sind?«, fragte sie schließlich.

»Ausgeschlossen. Es zu wissen, würde bloß deine wirklich beeindruckende Leistung beeinträchtigen.« Doch mit weicherer Miene fügte ihr Vater hinzu: »Dafür verrate ich dir was anderes über die Juroren – oder zumindest darüber, was das Komitee plant: Wer sich beim Wettbewerb qualifiziert, darf nicht nur Muranos Glaskunst in der Ausstellung präsentieren, sondern erhält auch einen Werbeplatz in der Broschüre, die zu der Veranstaltung herausgegeben wird.«

Das bedeutete, ihr Glaswarenladen könnte als einziger Hunderten, vielleicht sogar Tausenden von Besuchern empfohlen werden. Wenn auch nur die Hälfte davon den Weg zu ihnen nach Murano fand, wären für ihren Aufstieg zurück an die Spitze der Glaskünstler die Weichen gestellt.

Übermütig fiel Flavia ihrem Vater um den Hals. »Wir werden es in diesen Ausstellungskatalog schaffen!«

»Jawohl! Und auf die Petition pfeifen wir!« Jaco stieß mit ausgebreiteten Armen zu ihnen und drückte sie beide fest an sich.

* * *

Wie nicht anders zu erwarten, verbreiteten sich die Gerüchte aus dem Schaukasten schnell. Am nächsten Tag wusste Nonna auf der Nachbarinsel Burano bereits von der Petition und sah sich gezwungen, Schadensbegrenzung zu betreiben. Sie wich von dem zweiwöchigen Turnus ab, in dem sie die Familie üblicherweise besuchte, und kam sofort nach Murano, um Vorbereitungen für ein Nachbarschafts-Versöhnungsfest zu treffen. Seit zwanzig Jahren schon war sie Witwe, und dennoch überdauerte das Ansehen, das Flavias Großvater sich zu Lebzeiten erarbeitet hatte, weiterhin in den Köpfen der Leute; da sollte sich die Beschwerde schnell in Luft auflösen. Entsprechend groß war ihre Verwunderung, als sie nur Absagen und von einigen nicht mal eine Antwort erhielt. »Herrgott, Angelica, hast du denn in den letzten zwei Jahren keine Beziehungen gepflegt?«, fragte sie und stampfte mit ihrem Gehstock auf.

»Bei Verstößen gegen das Ausreiseverbot bin selbst ich machtlos.« Flavias Mutter seufzte, und Nonna wandte das Gesicht ab.

Natürlich wussten sie alle, dass Mühe allein nicht ausreichte, um Zunftverrat wiedergutzumachen. Genauso wie die gute Technik eines Künstlers allein nicht verhindern konnte, dass ein Glas trüb wurde, waren rauschende Feste nur bedingt geeignet, damit die Familie weiterhin in der Gesellschaft eine Rolle spielte. Die Qualität der Rohstoffe bestimmte immer noch die Klarheit des cristallo. Und die Integrität einer Glasbläserfamilie hing direkt von ihrer Fähigkeit ab, die mit dem Handwerk verbundenen Regeln zu befolgen.

»An einer Sache trage ich wohl eine Teilschuld«, sagte ihre Mutter schließlich. »Ich hätte Giovanni nicht zum Heiraten drängen sollen.«

Flavia beugte sich über die gedeckte Tafel vor und griff nach ihrer Hand, dabei stieß sie mit dem Busen ihre kleine

Teetasse um, und der letzte mit Zucker vermischte Tropfen verewigte sich auf dem weißen Tischtuch. Ärgerlich schob sie ihr benutztes Service an den Rand. Die fünf unangetasteten Gedecke auf dem Tisch zu sehen, den nicht mal zur Hälfte vertilgten Kuchen – all das versetzte ihr einen Stich. »Wir dachten alle, er wäre stark genug, sich den Konsequenzen zu stellen. Aber er ist davongelaufen, und dafür kannst weder du noch Orietta noch Prudentia etwas. Keine von uns.«

Ihre Mutter schniefte, und Nonnas verächtliche Miene wurde weicher.

»Du hast vollkommen recht. Entschuldige, liebe Angelica, diesen Schlamassel haben wirklich die Männer in unserer Familie zu verantworten.« Flavias Mutter machte eine wegwerfende Handbewegung, also fuhr Nonna fort: »Wo wir gerade von Prudentia Dal Corso sprechen, hat sich euer Verhältnis inzwischen wieder gebessert?« In Anbetracht der großzügigen Leihgabe erschien es Flavia nur richtig, die Frage zu bejahen, dennoch stand neben Giovannis Vergehen nun auch der Konkurrenzkampf wegen der Kunstausstellung zwischen ihren Familien.

»Ich vermisse sie. Und so unglaublich es klingt: Clarissima ebenfalls.« Nonna schüttelte bedauernd den Kopf. »Sie wusste immer die besten Geschichten.«

»Und keine davon ist wahr!« Ihre Mutter schnaubte, und Flavia nickte vehement.

»Dennoch nimmt ihre Beliebtheit zu. Ich würde meinen Hintern darauf verwetten, dass diese Ballsaison nicht ohne sie stattfinden wird«, beharrte Nonna.

Flavias Mutter begann klirrend mit dem Löffel in ihrer Tasse zu rühren.

»Ich sage doch bloß, dass es sich lohnen würde, wieder Kontakt aufzunehmen.«

»So einfach ist das nicht, Nonna.« Flavia erhob sich. »Und jetzt muss ich mich auch leider schon wieder verabschieden.«

»Wenn die Arbeit ruft …«, sagte ihre Großmutter beleidigt. Inzwischen hatte sie sich zwar daran gewöhnt, dass ihre Enkelin ihre Tätigkeit mit einer Inbrunst liebte, die sie übertrieben fand, dennoch gelang es ihr gerade nicht, die damit verbundene Enttäuschung zu verbergen. Flavia war längst nicht mehr die jüngere Ausgabe ihrer selbst – eine Frau, die allein mit ihrer Präsenz einen ganzen Raum in ihren Bann schlagen konnte und ihre Zeit bevorzugt unter anderen Frauen verbrachte. Nein, *sie* hatte sich ja dafür entschieden, mit einem Haufen großmäuliger Männer an den Öfen zu stehen und gemeinsam mit ihnen um die Wette zu schwitzen. All das war deutlich in Nonnas Blick zu erkennen. Doch Flavia wusste, daraus sprach im Grunde nur die tiefe Sorge, sie könnte ihre Schönheit und Jugend verschwenden. Sich ein Leben aufbürden, das ihr nie bestimmt gewesen war und dem Nonna selbst nicht hatte entfliehen können.

Am liebsten hätte sie die Wange ihrer Großmutter gestreichelt und ihr zugeflüstert, dass ihre Entscheidung sie glücklich machte.

Denn sie durfte jeden Tag tun, wofür sie leidenschaftlich entbrannt war.

Flavia versuchte, den Gedanken an die möglichen Auswirkungen der Petition gleich im Keim wieder zu ersticken.

»Nein, heute hat Masin nach mir geschickt«, sagte sie betont munter. »Die Arbeit muss also noch ein paar Stunden warten.«

Nonnas dunkle Augen blitzten vor Freude auf. »Du hast dem Damenausstatter lange nicht mehr Modell gestanden. Dabei haben dich die Nachbarsmädchen so darum beneidet.«

»Ganz besonders Prudentia.« Flavias Mutter ließ sich zu einem hämischen Lachen hinreißen, denn bei all ihrer steigenden Popularität hatten die Dal-Corso-Damen diesen einen Bereich, wo Schönheit am meisten zählte, noch nicht für sich eingenommen. Dazu war ihr Aussehen zu gewöhnlich.

»Schade, dass du sie nie auf den Laufsteg bringen konntest, als ihr noch befreundet wart. Sicher wäre ein Traum für sie in Erfüllung gegangen …«, sinnierte Nonna.

»Mein Sohn war ihr Traum. Wo das hingeführt hat, wissen wir ja.« Und als sie glaubte, niemand sähe hin, trocknete ihre Mutter sich mit den Fingerspitzen ihre Augenwinkel.

»Aber, Herzchen, vielleicht möchte Masin dich ja für seine neue Kollektion anfragen? Ich habe gehört, die Proben für die Modenschau beginnen heute.« Nonna begann aufgeregt zu erzählen. »Wenn kurzfristig jemand ausgefallen ist, bist du der perfekte Ersatz. Du kennst dich mit den Abläufen aus und strahlst in jedem Stoff. Falls Masin dich fragen sollte, wirst du doch zusagen, oder? Du kannst nicht nur tagein, tagaus in der Werkstatt stehen!«

»Nein, das kann sie nicht. Aber wenn wir Flavia noch weiter aufhalten, kommt sie ohnehin zu spät!« Ihre Mutter verscheuchte sie mit einem Lächeln vom Tisch, das auffallend spitzbübisch wirkte, und auch in ihrer Stimme schwang eine seltsame Vorfreude mit.

»Ja, ja, ich bin schon weg«, murmelte Flavia, ehe sie sich verabschiedete.

Vielleicht ging es tatsächlich um die neue Kollektion von Masin.

Oder um ihre Jacke, die beinahe einen Wachmann zum Ertrinken gebracht hätte und in deren Kragen ein Etikett mit dem Namen Doucet eingenäht war.

Kapitel 13

Flavia erreichte den Damenausstatter, ohne sich von den vollgestopften Schaufenstern auf der Flaniermeile in die Geschäfte locken zu lassen. Die Hauptschlagader von Cannaregio, die Strada Nuova, war nicht nur wegen ihres unüblich breiten Gehwegs als größte Einkaufsstraße Venedigs bekannt, sondern verdankte ihre Beliebtheit auch der kunterbunten Mischung der Läden, die von Masken und Souvenirs bis hin zu Duftwasser und Bekleidung alles anboten, was man sich nur vorstellen konnte, und Flavia trug mit ihrer Stöberlaune üblicherweise nur zu gern dazu bei, dass der schillernde Charakter ihres Lieblingsviertels erhalten blieb.

Daher kostete es sie heute beinahe körperliche Überwindung, dem Winken der Perückenmacherin zu widerstehen, die mit aufgetürmten violetten Kunstlocken und gezücktem Fächer in der Ladentür stand und in dem Strom aus Touristen nach Kunden Ausschau hielt – echten Kunden, die gekommen waren, um Geld auszugeben, und nicht etwa eine Liste von Sehenswürdigkeiten durchgingen, die sie vor Sonnenuntergang noch abhaken mussten. Flavia fasste ihre Röcke und sank mit dem Versprechen, auf dem Rückweg anzuhalten, vor Signora Albanese in einen spielerischen Knicks. Natürlich wussten sie beide, dass solche Lippenbekenntnisse bei den Verlockungen der Strada genauso schnell wieder vergessen waren, wie sie verteilt wurden, doch der gute Wille zählte und gehörte zu einem Einkaufsbummel fest dazu.

Vor einem Pfeifenladen zogen zwei Herren, die sich zuvor lachend unterhalten hatten, den Hut und grüßten mit einem munteren: »Good afternoon, Madam! Are you in need of a guide?« Wegen ihrer blonden Haare und des rosigen Teints wurde sie von Fremden oft für eine Touristin gehalten, die nach dem richtigen Weg suchte. Doch meistens steckte, wie auch in diesem Fall, keine reine Hilfsbereitschaft dahinter, sondern nur ein geistloser Annäherungsversuch, der beschämt zurückgenommen wurde, wenn sie mit einem unschuldigen Lächeln behauptete, auf dem Weg in die Klosterschule zu sein. Selten gefiel ihr jemand auf Anhieb so sehr, dass sie auf sein Geplänkel einging, und wenn sie es recht bedachte, war es bisher nur John gelungen, sie auf offener Straße anzusprechen *und* erfolgreich in ein Gespräch zu verwickeln.

Auch diesmal stieg Flavia nicht auf die Ansprache ein. Das Interessanteste an den zwei Herren war wohl die Frage, ob sie zu den Repräsentanten des englischen Königshauses gehörten – den englischen Lords, die Sibilla Veridianis Ballsaison bereicherten. Womöglich war einer von ihnen gar selbst der Earl. Doch Flavias Neugier reichte nicht aus, um das jetzt herauszufinden. Nicht wenn Masin auf sie wartete.

Sie betrat das Atelier, jedoch nicht wie sonst über den Anbau, der die Umkleidekabinen und den Schauraum mit dem Laufsteg beherbergte – dazu war sie zu lange nicht zur wöchentlichen Anprobe erschienen –, sondern durch den Haupteingang. Auf der kleinen mit Teppich verkleideten Ladenfläche fand nur eine Handvoll Menschen gleichzeitig Platz, und wenn man den Schneidermeister, seine zwei Lehrlinge, den alten Gehilfen und sein Nachwuchstalent Doucet von der Rechnung abzog, blieb gerade mal Raum für zwei Kundinnen. Nicht umsonst vereinbarten schlaue Damen schon Wochen im Voraus einen Termin, und selbst dann mussten sie Glück haben, wenn Masin sich länger als zehn Minuten für die persönliche Beratung Zeit nahm, bevor er das Zepter an seine Mitarbeiter übergab.

»Da ist sie ja! Flavia, meine Schöne! Lass dich ansehen.« Ein aufrichtiges Lächeln blitzte hinter dem gezwirbelten Schnurrbart auf, der Masins ergrauenden Ziegenbart komplettierte, und unter weiteren Komplimenten ergriff er sie bei den Schultern und hauchte zwei Luftküsse auf ihre Wangen.

»Signor Masin!« Flavia ließ sich in Augenschein nehmen, drehte sich einmal und streckte geistesgegenwärtig die Hände über den Kopf, als er unvermittelt das Maßband ansetzte und es für die Dauer eines Wimpernschlages um ihre Taille schlang.

»Optimal.«

Sie hob eine Braue, doch bevor sie nachfragen konnte, schlüpfte Doucet aus dem Hinterzimmer in den Kassenbereich. Wie schon damals, als Flavia und Orietta im Atelier Masin Abendkleider für den Maskenball der Veridiani in Auftrag hatten geben wollen, machte er mit einem selbstsicheren Gruß auf sich aufmerksam, auch wenn ihm als Schneiderlehrling vor einer Modenschau sicher andere wichtige Aufgaben zugedacht waren, als mit ihr zu plaudern. »Wenn Sie erlauben?«, sagte er zu seinem Meister, der bloß seufzte, dann ergriff er Flavias Hand und entführte sie ins Stofflager, das mehr mit einem Wandschrank gemein hatte als mit einem Aufbewahrungsraum für Textilien.

Da das Lager ohne Fenster auskam, stand hier die Luft. Die

einzige Lichtquelle stammte von einem schlichten Deckenlüster aus Messing und wenig Kristall.

»Wolltest *du* mich sprechen oder Masin?« Nonnas Überlegung, sie würde als Ersatzmannequin gebraucht werden, schoss Flavia unvermittelt wieder durch den Kopf. Doch da Doucet und nicht Masin das Gespräch führte, hatte sie ein mulmiges Gefühl und befürchtete eher das Schlimmste.

»Die Leute reagieren schneller, wenn ich den Maestro vorschiebe«, gab er entschuldigend zu.

»Und worum geht es?« Mit den Fingern fuhr sie nervös über einen abgerollten Stoffballen, der auf der hüfthohen Arbeitsinsel in der Mitte des Raumes lag und verführerisch glänzte. Perlmuttfarbener Satin – ihr Hautton, nur feiner.

»Du schuldest mir was, Flavia.« Er lehnte sich mit verschränkten Armen gegen die Regalwand, wo Taft, Tüll und Musselin jedes Fach füllten. Und erst als er so dastand und das Licht seine hohen Wangenknochen erfasste, fiel ihr das Veilchen auf, das sich rings um das linke Auge auf seiner glatten dunklen Haut abzeichnete. Seine Nasenflügel blähten sich unheilverkündend, und Flavia begann, sich vor Anspannung die Handschuhe von den Fingern zu zupfen. Dann endlich, nach einem endlos scheinenden Schweigen, wandte er sich von ihr ab und der durchhängenden Kleiderstange in der Ecke zu. Die Bügel klackten hörbar, als er sie mit Vehemenz auseinanderschob, ab und zu einen Saum oder Ärmel hervorzerrte und anschließend wieder in den Wust von Stoff zurücksinken ließ.

»Weißt du, wie schwer es ist, bei einer Geschichte zu bleiben, wenn jemand versucht, die Wahrheit aus dir herauszuprügeln?« Ein mitternachtsblaues Abendcape mit cremefarbenem Seidenbesatz und Makramee-Stickerei in Blütenform erregte seine Aufmerksamkeit, prompt pflückte er es vom Bügel und warf es ihr zu. Sie fing es auf und wusste im selben Moment, dass es in der Tat um die lachsfarbene lange Jacke ging, die er ihr überlassen und die sie im Canal versenkt hatte.

»Es tut mir so leid!« Sie machte einen halben Schritt auf ihn zu, wollte seine Hände ergreifen, doch dann kam sie sich unwürdig vor, ihn auch nur zu berühren. Mit ihrem Übermut hatte sie ihm Ärger eingehandelt. Sie ließ den Kopf hängen. Doch dann hörte sie ein Geräusch, das irgendwie belustigt klang, und sie blickte überrascht wieder auf.

»Warum tut es *dir* leid? Die Jacke gehörte einer niederländischen Industriellentochter, die nur auf der Durchreise war und nie zuvor bei Masin eingekauft hat.« Er schob das rote Stirnband, sein Markenzeichen, höher in das schwarze Haar mit den winzigen Löckchen, das sein Gesicht wie eine luftige Wolke umstand, und zwinkerte ihr zu.

Erleichtert fiel sie ihm um den Hals.

Kurz umarmten sie sich freundschaftlich, dann hielt er sie mit ernster Miene von sich. »Tu das nie wieder.«

»Nicht in hundert Jahren.«

»Muss ja die reinste Verfolgungsjagd gewesen sein. Wovor bist du davongelaufen?« Er legte den Kopf schief. »Und mit *wem*? Die Polizisten sprachen von einem blonden Luzifer.«

Bei dem Gedanken an John und ihre lebensgefährliche Flucht entwischte ihr ein Kichern.

Doucets Brauen schossen nach oben. »Hat sich unsere Herzensbrecherin etwa verliebt?«

Sofort verstummte sie. »Ganz sicher nicht.«

»Aber?«

»Kein Aber. Ich war mit einem Kunden unterwegs. Im Auftrag meines Vaters.«

»Nachts?«

»Der Herr hat eine Sonnenallergie.« Sie straffte die Schultern. »Er ist Brite.«

Doucet nickte verwundert, vielleicht sogar ein bisschen überzeugt.

»Gibt es sonst noch was, worüber du mit mir sprechen wolltest?«

»Die anstehende Modenschau für die Esposizione Internazionale d'Arte.« Er klatschte beschwingt in die Hände, und als wäre es bereits abgemacht, wühlte er mit neuer Energie seine Zeichenmappen aus einer Schublade und breitete die Skizzen auf der Arbeitsfläche vor ihr aus. »Willkommen zu den Proben!«

»Wie bitte, was?«

Doucet grinste verschmitzt. »Ich wusste immer, dass du zurückkehren würdest.«

***

Es dauerte nicht lange, und Flavia wurde von einer Handvoll schnatternder junger Damen vereinnahmt, die sie wieder in ihren Kreis hineinzogen, als wäre sie nie fort gewesen.

Erstaunlich, man hatte sie hier also wirklich noch nicht vergessen!

Mitten in dem Trubel blickte sie sich nach den kleinen Schminktischen um, an denen sich vor einer Schau immer alle hergerichtet hatten. Flavia hatte damals den ihr zugewiesenen rund gerahmten Spiegel mit Glasperlenketten behängt, die sie selbst heimlich gefertigt hatte. Die Finger ihrer rechten Hand waren jedes Mal unter einem letzten prüfenden Blick über die Perlen gehüpft, bis sie schließlich von Fünf herunterzählte, und bei null hatte sie wie nach einem reinigenden Ritual genügend Mut geschöpft, um erhobenen Hauptes auf den Laufsteg hinauszutreten. Auch jetzt quollen die Tische von Schmuck und anderem Kleinkram über, eine geöffnete Schatztruhe, in der sich alles fand, was das Damenherz begehrte. Zwischen hineingeschmuggelten Gläsern mit Perlwein türmte sich geknüllte Wäsche, bei den vermögenden Mädchen, die aus der Stadt stammten, blitzten wertvolle Döschen mit Schnupftabak unter dem Durcheinander hervor. Sie nahmen geräuschvoll ein kleines Häufchen vom linken Handrücken auf, bevor sie weiterplauderten und damit fortfuhren, ihre Näschen zu pudern. Wer schon die Robe für den Laufsteg trug, machte Gehübungen quer durch den Laden, die meisten steckten allerdings bis zum letzten Moment in langen Unterhosen und Leibchen, bis sie in die für sie vorgesehenen Modelle schlüpften. Flavia war als Letzte an der Reihe, was sie bei ihrer langen Abwesenheit nur gerecht fand, doch als sie einen kurzen Blick auf sich im Spiegel erhaschte, das weiße bauschige Kleid in all seiner Pracht sah, dämmerte ihr, weshalb sie das Schlusslicht bildete.

Dann war es auch schon so weit. Einer von Masins Lehrlingen zog den roten Vorhang beiseite und schob sie auf den langen Gang hinaus. Applaus erhob sich, kaum dass sie den Laufsteg betreten hatte, und verstummte, als sie mitten durch das tuschelnde Publikum schritt. Wie von selbst erinnerte sich ihr Körper an den Ablauf und trug sie geschmeidig vorwärts. Da es bloß eine Probe von vielen war, hatten hauptsächlich die anderen Mannequins, Doucet und Masin in den beiden Sitzblöcken Platz genommen. Doch kaum hatte Flavia in ihren Rhythmus gefunden, entdeckte sie in der zweiten Reihe von rechts einen Filzhut mit handgemachten Blüten und einer wippenden Straußenfeder, der ihr sehr bekannt vorkam. Postwendend geriet sie aus dem Takt.

Ihre Mutter hatte den Nerv besessen, sich neben Nonna und Donna Clarissima unter die Zuschauerinnen zu mischen, und dem verführerischen Duft nach hielt sie einen Korb mit Limonenkeksen auf dem Schoß. Zweifellos hatte sie einen Angriff auf Masin vor. Sie wusste genau, dass ihre Leckereien wahrhaft süchtig machen konnten. Und dass sie hier noch Einfluss hatte, während ihr Wirkungskreis ansonsten auf die Familie beschränkt war und das gesellschaftliche Leben einfach an ihr vorbeizog. Als die anderen Damen ihr nun für die strahlende Erscheinung ihrer Tochter anerkennend zunickten – auch wenn sie schon wieder zu lästern begannen, sobald sie sich wegdrehte –, hob sie das Kinn und fächelte sich Luft zu. Hinter der transparenten schwarzen Spitze blitzte ein zufriedenes Lächeln auf, das Flavias Einschätzung nach nur bedeuten konnte, dass ihre Mutter irgendetwas plante.

Nicht sicher, was sie von dem seltsamen Trio, bestehend aus ihrer Mutter, Nonna und Donna Clarissima, halten sollte, führte sie ihre Pose nicht zu Ende, sondern trat kurzerhand den Rückzug an. Sie war als Letzte herausgekommen und als Erste wieder hinter dem Vorhang verschwunden, während sich die übrigen Mädchen noch zur gemeinsamen Verbeugung im Gang aufreihten und ihr neugierig nachblickten. Doucet erwischte sie gerade so am Handgelenk. *Hiergeblieben*, schien sein Blick zu sagen.

»Meine Mutter ist da draußen …«

»Was für eine Überraschung. Und jetzt wieder raus mit dir!«

»Du verstehst nicht«, zischte sie, riss an dem weißen Puppenhütchen mit Spitzenstirnband, das in ihren Haaren feststeckte, und drückte es Doucet vor die Brust. »Wenn sie Donna Clarissima zu einem gemeinsamen öffentlichen Auftritt überredet hat, muss es um einen großen Gefallen gehen, den sie ihr versprochen hat. Und den *ich* ihr erweisen soll!«

»Also willst du wie ein Feigling durch die Hintertür abhauen?«

»Würde ich durchaus, wenn wir keine Nachbarinnen wären, die auf einer so kleinen Insel wohnen, dass wir uns jeden Tag über den Weg laufen.« Sie lachte hilflos, dann traf sie eine Entscheidung und drückte den Rücken durch. Der plötzliche Drang zu fliehen, war weg, ihre eigenen Worte hatten ihn vertrieben. Sie konnte Donna Clarissima in der Tat nicht entrinnen. Und gestärkt durch ein Schulterklopfen von Doucet trat sie wieder vor den Vorhang, wo sich das Publikum bereits erhoben hatte und zu Grüppchen zusammenfand. Alle Mütter, Schwestern und andere weibliche Begleitpersonen, die neugierig genug gewesen waren, zu den Proben zu erscheinen, versammelten sich um die Mannequins. Bei Häppchen und einem Glas Wein für jeden tauschte man sich über die beliebtesten Modeströmungen aus. Wer hatte die beste Figur auf dem Laufsteg gemacht? Wer das spektakulärste Kleid getragen? »Dass ausgerechnet *ihr* die Ehre zuteilgeworden ist«, raunte eine Mutter ihrer Tochter kopfschüttelnd zu, die als Mannequin während der Vorführung noch die Fassung bewahrt hatte, sich nun allerdings in ein Tuch schnäuzte. Und während die Signora ihrem Augenstern liebevoll über den Kopf strich, bedachte sie Flavia über die Schulter hinweg mit einem gehässigen Blick.

Schleunigst eine andere Richtung einschlagen.

Flavia drehte auf halber Strecke ab. Doch wohin sie sich auch wandte, nirgends blieb sie vor unerwünschten Kommentaren verschont.

»Meines Erachtens hätte sie gar nicht hier sein sollen«, sagte eine Frau gerade zu drei anderen. Der vornehmen Kleidung nach bewohnten sie jede ihren eigenen alten Palazzo in San Polo, wo sie sich über die Pariser Mode auf dem neuesten Stand hielten und regelmäßig einen Anfall bekamen, wenn ihr Hut einmal nicht zum Fächer passte.

»Wie hat sie es nur zurückgeschafft?«

»Offenbar hat ihre Frau Mutter bei Masin einen Stein im Brett, mit diesen selbst gebackenen Keksen. Einfach lächerlich. Aber es scheint zu klappen«, lautete die Erwiderung.

»Pscht, da kommt die Tochter.«

Sobald die Klatschtanten Flavia am Gesicht ablesen konnten, dass sie alles mitangehört hatte, verschwanden die hochnäsigen Mienen, und man nickte ihr freundlich zu. Mit falscher Herzlichkeit lobte man ihren federnden Gang und verglich sie mit den bekannten Figuren aus einem berühmten Rubensgemälde: den drei Grazien. Flavia wusste genau, sobald sie den Damen den Rücken kehrte, würde das Gerede über stramme Spaziergänge und Disziplin beim Essen losgehen.

Innerlich rollte sie mit den Augen. An ihrem Körper saß alles an Ort und Stelle, und jedes Organ funktionierte so, wie es sollte. Warum sich Unsicherheiten einreden lassen, wo keine waren?

»Sie durften das Brautkleid tragen, wir gratulieren.« Dazu auserkoren zu werden – überhaupt nur dafür *infrage* zu kommen, war ein so bedeutendes Kompliment vom Modeschöpfer, dass es nicht unkommentiert bleiben konnte, insbesondere nicht von all den neidischen, blasierten Damen, die sich dasselbe für ihre Töchter wünschten. »Was hat Masin dazu bewogen, gerade *Ihnen* das Privileg zu erteilen?«

Verschiedene Damen, von denen jede eine Kopie der nächsten war. Flavia hatte den etwas unheimlichen Eindruck, von einer einzigen sechsarmigen Gestalt ausgefragt zu werden, und da sie die dreiste Unterstellung, ihre Mutter hätte ihr Vorteile verschafft, nicht so einfach auf sich sitzen lassen konnte, musste sie dafür sorgen, dass die Damen in ihrer Gesellschaft genau dasselbe Unwohlsein verspürten, das sie Flavia vermittelt hatten.

Mit einem kühlen Lächeln auf den Lippen sagte sie: »Wenn Sie nur halb so viel Mühe in die Förderung Ihrer Töchter stecken würden wie in das Herziehen über andere, wären es bei der nächsten Schau vielleicht Ihre drei Grazien, die das Brautkleid tragen dürfen.« Damit empfahl sie sich und schritt hocherhobenen Hauptes durch die Mitte davon.

Weiter hinten erspähte sie ihre Nonna, die sich Doucet geschnappt hatte und ihn darüber belehrte, auf welche Art und Weise man *richtig Maß nahm*. Wie er zu Werke gegangen war, wich offenbar davon ab, was Nonna vor Augen hatte. »Zieh eine Daumenspitze davon ab«, sagte sie. »Ich trage ein dickes Mieder.« Er lachte bloß und hängte sich das Maßband wieder um den Hals. Als ihre Großmutter daraufhin seine Hände packte und ihm befahl, die wahre Dicke ihres Mieders zu ertasten, beschirmte Flavia ihre Augen und hastete an den beiden vorbei. Das eigentliche Ziel war ohnehin ihre Mutter. Flavia wollte unbedingt wissen, was hinter ihrem Erscheinen hier steckte. Zumal sie am Arm ihrer ehemaligen Freundin, Donna Clarissima, von Grüppchen zu Grüppchen spazierte, als hätte es nie ein Zerwürfnis gegeben. Sie verweilte dort, wo ein freundliches Wort ihr die Einladung zu einem Stadtbummel sichern konnte, und erinnerte die Damen mit einer Drehung ihres Handgelenks durch das feine Klacken von Glasperlen daran, dass die Vetreria Volpato trotz ihres beschädigten Rufes immer noch zur absoluten Spitze gehörte.

»Meine entzückende Flavia!« Donna Clarissima ergriff ihre Schultern und drückte ihr mit jener Herzlichkeit, die kennzeichnend für sie war – wenn man sich nicht gerade mit ihr zerstritten hatte –, einen feuchten Kuss auf. »Du warst wunderbar!«

»Vielen Dank, Tantchen«, erwiderte Flavia mit demselben Mangel an Respekt, mit dem die falsche Freundin ihre Mutter in der Kirche behandelt hatte – doch Donna Clarissima war zu hartgesotten, um gleich bei der erstbesten Beleidigung die Miene zu verziehen. *Dafür braucht es raffiniertere Mittel*, schien ihr ausdrucksloser Blick zu sagen, ehe sie sich wieder Angelica zuwandte.

In der Tat, irgendetwas war hier im Gange. Und Flavia musste herausfinden, was.

Sie kamen etwas abseits zu dritt an einem Stehtisch zusammen. Während Flavia versuchte, Blickkontakt mit ihrer Mutter aufzunehmen, stützte Donna Clarissima die Ellbogen auf und faltete die Hände süßlich unter dem Kinn. Ihre Attacke folgte auf dem Fuß. »Also ich weiß nicht, was Signor Masin hat. Alle hier scheinen dich doch zu lieben.«

»Warum sollte es anders sein?«, fragte Flavias Mutter halb verwundert, halb misstrauisch.

»Angelica, wir haben es doch eben besprochen.« Donna Clarissimas behandschuhte Finger fanden Flavias Handgelenk und drückten tröstend zu. »Deine Tochter ist alt genug, um auch unschöne Wahrheiten zu verkraften. Außerdem haben wir ja eine Lösung gefunden.«

»Ach, wirklich? Dann unterbreitet Flavia doch mal diese Lösung«, sagte Flavia bissig. Sie konnte sich nicht vorstellen, dass Masin hinter ihrem Rücken schlecht über sie sprach. Doch erst als Donna Clarissimas überlegenes Lächeln aufblitzte, war sie sich *sicher*, dass die Behauptung nur dazu dienen sollte, sie zu manipulieren. Sie verkniff sich einen Fluch, ärgerte sich aber im Stillen darüber, dass Donna Clarissima sie so leicht aus dem Konzept bringen konnte. Sie kannte die Frau ihr ganzes Leben und hatte früher ihre Gesellschaft auch nicht bloß erduldet, sondern geschätzt. Warum fiel sie immer noch auf ihre Tricks herein?

»Hast du hier Freundinnen gefunden, Liebes?« Donna Clarissima spitzte den Mund, als wollte sie wie bei einem Kleinkind die Worte mitformen, wenn die Antwort erfolgte.

»Selbstverständlich!« Ihre Mutter verschränkte nun doch etwas beleidigt die Arme vor der Brust, obwohl sie beim Thema Freundinnen im Grunde einig mit Donna Clarissima schien.

»Entschuldige, Angelica, ich habe *Flavia* gefragt.« Ein durchsichtiges Manöver, da es ihr keineswegs um die ehrliche Antwort ging, sondern sie sich ihre eigene schon längst zurechtgelegt hatte. »Die Mädchen schneiden dich, oder?«

Flavia schwieg, wider Willen etwas verunsichert. In der Tat war sie nicht mehr auf eine Schokolade eingeladen worden, seit sie es nicht mehr zu den Anproben schaffte, und auch davor hatten sich die Treffen immer nur ergeben, wenn Flavia sie selbst angestoßen hatte. Eine ernüchternde Feststellung.

»Es gab Beschwerden über deinen Geruch.«

»Was ist an Jasmin so verkehrt?« Sie schnupperte an ihrer Schulter, fing eine Spur des süßen Blumendufts … und dazu einen leisen Hauch von Asche auf.

»Es heißt, du wärst vernarbt, und unter deinen Nägeln klebt schwarzer Dreck.«

Gemeinsam mit ihrer Mutter schnappte Flavia nach Luft. Im Bewusstsein, dass ihr Familiengeheimnis nicht mehr weit davon entfernt war, aufgedeckt zu werden, tauschten sie einen angespannten Blick.

Donna Clarissima schraubte ihren Zeigefinger derweil in die Tischplatte und tat so, als könnte sie Flavia nicht in die Augen sehen. »Gewiss spricht aus ihnen nur der Neid, aber ich fürchte, es wird dir auf Dauer schaden, hier so ganz ohne freundschaftliche Unterstützung dazustehen.«

»Doucet ist mir wohlgesinnt und auch Masin …«

»Aber Herzchen, das ist doch nicht dasselbe.« Sie schüttelte vehement den Kopf. »Du brauchst eine Vertraute an deiner Seite, eine *Busenfreundin*.«

Ihre Mutter ließ den angehaltenen Atem entweichen, nun offenbar wieder darüber im Bilde, worauf Donna Clarissima abzielte. Etwas ermutigt von ihrem Lächeln entschied Flavia, nicht gleich aus der Haut zu fahren, sondern sich den Vorschlag zumindest bis zum Ende anzuhören.

»Prudentia möchte dir gern in diesem Schlangennest den Rücken stärken.«

Sie starrte Donna Clarissima an. Das war doch nicht zu fassen! Gerade mal vor ein paar Stunden hatte sie mit ihrer Großmutter darüber gesprochen, und schon waren die Dal Corsos involviert?

»Es ist bereits vereinbart. Zu deiner nächsten Anprobe begleitet dich meine Tochter. Hier, ich habe bereits ihre Maße notiert. Wie schrecklich, wenn vor so viel Publikum am Bauch etwas kneift oder der Stoff nicht ordentlich mit den Schultern abschließt.« Sie hatte einen zusammengefalteten Zettel aus den Tiefen ihres Dekolletés gezogen. »Ach, und wenn Masin darauf achten könnte, Gelb zu vermeiden? Das entzieht Prudentias Teint jegliche Farbe.«

Flavia hätte gute Lust gehabt, sich auf den Boden werfen, wie sie es als kleines Mädchen getan hatte, um ihren Willen durchzusetzen, doch Donna Clarissima winkte schon die Ehefrau des Postdirektors heran: »Donna Ilenia! Sicher erinnern Sie sich noch an meine wunderbare Freundin Donna Angelica?«

Und mit der Herzlichkeit, die der Ausgestoßenen so endlich wieder zuteilwurde, erkaufte sich Donna Clarissima Flavias Schweigen.

Kapitel 14

Prudentia in Masins Modenschau unterzubringen, kostete Flavia einige Überwindung, erwies sich jedoch schlussendlich als das perfekte Arrangement. Noch am selben Tag hatte sie Doucet bekniet, ein gutes Wort für die Nachbarstochter bei Masin einzulegen, und er hatte Prudentia tatsächlich in seiner Truppe platziert. Zwei Wochen waren seitdem vergangen, sie hatten bereits Ende März, und Flavia sah ihre ehemals beste Freundin mittlerweile wieder täglich. In der Kirche saßen sie nebeneinander, ihre Mütter steckten während des Gottesdienstes die Köpfe zusammen, und die Mädchen, die laut Donna Clarissima zuvor schlecht über sie geredet hatten, warteten nach den Proben auf Flavia, um gemeinsam mit ihr bis zur nächsten Anlegestelle zu schlendern.

Auch die Beziehungen der anderen Familienmitglieder untereinander profitierten von den Entwicklungen. Ihr Vater schlug zwar weiterhin regelmäßig Einladungen zum Kartenspiel aus, führte aber heimlich und sichtlich geschmeichelt eine Liste darüber, wer ihn gefragt hatte. Benvenuto Dal Corso legte sich besonders ins Zeug. Immer wieder stand er mit einem Anliegen vor der Werkstatt und ersuchte seinen Konkurrenten um ein Gespräch. Wenn Flavia bei ihrem Vater nachhaken wollte, was sie denn so häufig miteinander zu besprechen hatten, brummte der bloß »Geschäfte«, aber es steckte mit Sicherheit irgendein Vorteil dahinter, den sich Don Benvenuto, genau wie seine Ehefrau Donna Clarissima, von einer Wiederbelebung der Freundschaft mit den Volpatos versprach. Auch Jaco erhielt in der Mittagspause Dal-Corso-Besuch, nämlich abwechselnd von Natalina und Amalia, die oft wie zufällig in Häppchen geschnittenes Obst und andere Leckereien für ihn dabeihatten. Doch am besten erging es Nonna. Ihre Teerunden waren wie zu Nonnos Lebzeiten voll besetzt, und endlich durfte sie sich wieder dem oberflächlichen Austausch hingeben, ohne darauf achten zu müssen, wer die Gattin welches Glasbläsers war und wer gerade welche Fornace boykottierte. Der einzige Nachteil, der sich aus Flavias erneuter Teilnahme an den Modenschauen ergab: die fehlende Zeit.

Sie schaffte es kaum, ihre gewöhnliche Arbeit in der Werkstatt, das geheime Projekt für die Kunstausstellung und die Echtheitsprüfung mit den Proben für die Modenschauen unter einen Hut zu bringen. Zumal da ja auch noch die ausstehenden Treffen mit John waren, von denen das nächste dieser Tage stattfinden sollte. Vielleicht lag es an ihrem Stolz, aber sie hatte den lachhaften Anspruch, ihrem britischen Begleiter etwas Besonderes zu zeigen. Orte fernab vom Massentourismus.

Wenn durch Muranos Adern Glas floss, schlug in Venedigs Brust ein Herz aus Holz. Es war also nur logisch, ihn für ihren zweiten Ausflug zur Gondelwerft Squero San Trovaso zu bestellen. Zu einem der letzten vier Gondelbauer der Stadt.

Auf dem Weg von der Werkstatt dorthin hörte Flavia am frühen Nachmittag Geflüster in den Gassen. Man sprach die Namen Volpato und Dal Corso wieder versuchsweise in einem Atemzug aus, ohne sich gegenseitig zu beleidigen, weil der eine

Don Benvenuto die Treue hielt und der andere sich Don Emilio verpflichtet fühlte. Die zwei Glasmeister hatten es schließlich vorgemacht, als sie sich bei ihrem ersten Kneipenbesuch seit Langem hervorragend miteinander unterhalten hatten. Warum sollte sich Murano also noch wegen einer alten Uneinigkeit in zwei Lager spalten lassen?

Flavia musste immer wieder stehen bleiben, weil entgegenkommende Bekannte ein paar freundliche Worte mit ihr wechseln wollten, und natürlich ließ Flavia sich auf den Nachbarschaftsplausch ein, allerdings mit einer Vorsicht, die ihr früher fremd gewesen war. Dem überzeugten »Allmählich findet die Glasbläserzunft wieder zusammen« stimmte sie mit einem Lächeln zu, das nicht ihrer wahren Meinung entsprach. Denn so, wie verschiedene Farbpigmente nicht alle in einem Glas miteinander kombiniert und zu einem harmonischen Guss verschmolzen werden konnten, so war auch der wiedererwachte Zusammenhalt wohl nichts weiter als ein dünner Überzug, der sich beim ersten Regen wieder abwusch.

Jemand arbeitete daran, die Familie Volpato vom Wettbewerb ausschließen zu lassen, und diesen Umstand konnte Flavia nicht einfach vergessen, egal, wie zufrieden momentan alle schienen und wie sehr ihre eigene Freundschaft mit Prudentia wieder auflebte.

Im Stadtteil Dorsoduro angekommen, verflog ihre grüblerische Stimmung, als sie John auf dem Vorplatz der Gondelwerft entdeckte, den für Damen gedachten scaldino in der Hand. Das tragbare mit Glut gefüllte Stövchen steckte man sich im Sitzen unter den Rock oder hielt es auf dem Schoß, um sich zu wärmen. Mit einem Kichern zog Flavia sich tiefer in den Schatten der Osteria Al Squero zurück und blickte von ihrer Seite des Kanals zu ihm hinüber, in der Hoffnung, ihren

Beobachtungsposten noch eine Weile halten zu können, bevor er sie erwischte. John aus dem Verborgenen zu betrachten, verschaffte ihr seltsamerweise ein ungeahntes Vergnügen.

Wie lange er wohl schon auf sie wartete und über den Hof schlenderte? Sicher hatte sie sich fürchterlich verspätet. Doch so wie sie ihn kannte, hatte er sich inzwischen die Kirche San Trovaso näher angeschaut, um sich die Zeit zu vertreiben, und versuchte seitdem, sich einen Reim auf die zwei gleich gestalteten Portale zu machen, von denen das eine zum Wasser zeigte und das andere zum Campo.

Es hieß, man habe die separaten Eingänge damals geschaffen, um die beiden verfeindeten Clans der Stadt davor zu bewahren, beim Kirchgang aufeinanderzutreffen. Einer gehörte den Castellani, den Schiffsbauern mit ihrem roten Barett, die der Aristokratie zugetan waren, der andere den Nicolotti, den Fischern, die als Anhänger der Demokratie ihrerseits schwarze Mützen trugen. Bei seinem Interesse an der Geschichte und Politik der Stadt kannte er die amüsante Anekdote vielleicht schon, dennoch verspürte Flavia plötzlich den Wunsch, ihm in allen Details davon zu erzählen.

Sie hob die Hand, ließ sie jedoch genauso schnell wieder fallen.

Was war in sie gefahren, ihm wie ein Kleinkind zu winken? Zum Glück hatte er nicht einmal in ihre Richtung geschaut, sondern sich in die Betrachtung der Gondelwerft vertieft.

Gerade trat er unter den Balkon mit seinen grün bepflanzten Blumenkästen und sah daran empor, studierte die Berghütte, die an jene längst vergangene Zeit erinnerte, als die Zimmerleute im 17. Jahrhundert noch aus der Region Cadore in den Dolomiten stammten und ihren alpenländischen Stil in die Lagune mitbrachten. Nun meinte Flavia seinen erstaunten

Pfiff zu hören. Denn dicht bei dem sich im Wind kräuselnden silbernen Wasser kauerte das wohl wundersamste Haus Venedigs zwischen alten Steinfassaden: der Squero San Trovaso, als einziges Gebäude der Stadt komplett aus Holz errichtet. Mit dem niedrigen Schuppen nebendran, den am Ufer aufgebockten Gondeln und zahllosen Stapeln langer Bretter überall wirkte das umgebaute Lagerhaus auf Flavia einladender als so mancher Prunkbau.

Sie folgte John mit den Augen zu den vier schwarzen Gondeln, deren gezahntes Metallblatt am Bug auf sie zeigte wie polierte Messerspitzen. Durch ein natürliches Gefälle, das wie bei einem Strand sanft abwärtsführte, konnten sie nur von drei Männern über lose im Boden verankerte Holzbalken ins Fahrwasser geschoben werden. Das Prachtstück wieder an Land zu hieven, war noch einmal ein ganz anderer Kraftakt.

Amüsierte dachte Flavia an ihre Jugend zurück, an einen Tag vor vier Jahren, als sie nach einer heimlichen Fahrt mit dem Sohn des Gondelbauers selbst mit angepackt hatte, weil der völlig in sie vernarrte Junge nicht glauben wollte, dass seine Anstrengungen allein nicht ausreichten, um die Gondel zurück auf den Vorplatz zu ziehen – natürlich waren sie auch zu zweit kläglich gescheitert.

John und ich hätten es gemeinsam geschafft.

Diese merkwürdige Gewissheit verursachte ein ziehendes Gefühl in ihrer Magengegend. Sie und John zusammen … Schon die Vorstellung allein war doch Unsinn, oder etwa nicht? Rasch zählte sie sich all die Gründe auf, die gegen eine erfolgreiche Zusammenarbeit von John und ihr sprachen. Erstens war er ein wohlhabender britischer Gentleman und sie eine rebellische unadelige Glasbläserin. Zweitens trafen sie sich nur, weil sie ein Set aus seiner Glassammlung beschädigt hatte und nicht genug Geld besaß, um ihn angemessen dafür zu entschädigen. Und drittens empfand sie die feine Gesellschaft als abstoßend, seit sie selbst erfahren hatte, wie mit einem umgegangen wurde, wenn man nicht von Geburt an zur Schicht der Nobili gehörte.

John war doch bloß nett zu ihr, weil er jemanden für die Echtheitsprüfung brauchte, und weil er – daraus machte er schließlich keinen Hehl – ihre Schönheit anziehend fand. Sonst nichts.

Mit einem Kopfschütteln setzte sie sich in Bewegung, und als sie die Accademia-Brücke überquert und den Vorplatz des Squero San Trovaso erreicht hatte, beschäftigten sie schon wieder ganz andere Fragen. Würde er ihre Idee, sich den Gondelbau anzusehen, gut aufnehmen, oder langweilte ihn eine solche Führung? Dachte er noch so häufig an die Flucht aus dem Dogenpalast wie sie, und erwartete er heute womöglich ein ähnliches Abenteuer?

»Guten Tag, John.«

Er wirbelte erschrocken zu ihr herum. Der scaldino schwang bedrohlich und nach Kohle stinkend in ihre Richtung, bevor er ihn mit einem Griff zur Ruhe zwang. Schon nach einem tiefen Atemzug war John wieder ganz der Alte und begrüßte sie mit einem neckenden: »Ah, Signorina Bovolo … Sie machen Ihrem Namen alle Ehre.« Sie verdrehte bei dem Vergleich mit der langsamen Schnecke ihre Augen, obwohl es wohl eher der Moment gewesen wäre, sich für ihr Zuspätkommen zu entschuldigen. Ungerührt näherte sie sich den aufgebockten Gondeln, und er wich höflich zur Seite aus. Ihn hinter sich zu wissen, ließ ihren Nacken prickeln – oder war es doch nur der März mit seiner frischen Temperatur?

Tatsächlich war es noch zu kalt für ihre Kombination aus

kragenlosem Kleid und Hochsteckfrisur, und normalerweise verzichtete eine anständige Frau auch nicht auf einen Schal, bloß um ihre selbst gefertigte Kette aus schwarz changierenden Glassteinen in den Mittelpunkt zu rücken. Zu allem Übel hatte sie ihren eigenen Handwärmer zu Hause vergessen.

»Du siehst wieder ganz bezaubernd aus«, sagte er.

»Auch du bist heute ganz passabel.« Sie drehte sich zu ihm, blieb jedoch, um die Distanz zu wahren, nicht stehen, sondern bewegte sich weiter rückwärts. »Dein Potpourri aus seltsamen Farben bei unserer ersten Begegnung hat mir allerdings besser gefallen.«

»Es gibt etwas, das dir an mir gefällt?« Sein Mundwinkel zuckte.

»Vergangenheitsform, John. Nennen wir es ein ›einmaliges Vorkommnis‹.« Um nicht rückwärts gegen die Gondel zu laufen, fuhr sie mit dem Finger an deren Rand entlang. Ein Wegweiser, aber auch ein kleiner moralischer Halt. Denn sie hatte das unangenehme Gefühl, sich vielleicht nicht mehr auf sich selbst verlassen zu können. Seit sie nach ihrem Einbruch in den Dogenpalast gemeinsam in einer Gondel entkommen waren und sie dabei seine verletzliche Seite entdeckt hatte, fühlte sie sich unbestreitbar zu ihm hingezogen – zu seinem wahren Ich, dem echten John hinter all der Großspurigkeit. Sie hatte den beunruhigenden Verdacht, dass womöglich ihre Knie nachgeben würden, wenn sie noch länger mit ihm redete und er ihren Mund weiter so studierte, als wollte er sich persönlich von der Weichheit ihrer Lippen überzeugen.

»Wo wir gerade gegenseitig unsere Garderobe kommentieren, einer von uns auf die unerfreulichste Art, wohlgemerkt – darf ich dir meinen Schal anbieten? Du musst entsetzlich frieren.«

Ihre Wangen wurden heiß, und weil sie nicht zugeben wollte, dass sie zugunsten ihres handgemachten Schmucks von angemessener Kleidung abgesehen hatte, nahm sie das Angebot mit einem Schulterzucken an. John entledigte sich seines Halstuchs und schlang es ihr um den Nacken, nur verknotete er die Enden der Schlaufe nicht gleich, sondern hielt sie wie ein Paar Zügel fest in den Händen. Unter seinem Blick fühlte sich Flavia unsicher, überrumpelt, fasziniert – alles zugleich; und ohne zu wissen, ob es der Nähe seines Körpers, dem Seidenstoff oder schlicht ihrer Einbildung geschuldet war, traf sein unverwechselbarer Duft sie so heftig, dass sie niesen musste.

»Bless you.« Mit einem Lachen nutzte er ein Ende des Schals, um sich die Wange zu trocknen. Flavia wäre am liebsten im Erdboden versunken.

»Offenbar reagiert man auf manche Menschen gereizt«, sagte er leichthin. »Kribbelnde Haut, das Atmen fällt schwer …«

»Der unmittelbare Drang zu fliehen«, murmelte sie, knotete sich den Schal rasch selbst um und brachte Abstand zwischen sie beide.

Er kam ihr nach. »Weil man sich die Nähe des anderen so sehr wünscht und doch nicht aushält.«

»Genug geplaudert«, rief sie und wedelte mit der Hand, wie um ein paar Fliegen zu verscheuchen. »Der *Meister der Axt* wartet auf uns.«

»Der Meister der … Axt?« So nannte man die Gondelbauer im Arbeiterjargon, und wahrscheinlich ahnte John das, dennoch zog er vielsagend die Brauen hoch, um eine gewisse Doppeldeutigkeit ins Spiel zu bringen.

»Du siehst aus wie ein Gentleman, aber denkst wie ein Hafenarbeiter«, schnaubte Flavia, musste sich aber zugleich ein Grinsen verkneifen, denn diese Mischung aus guten Manieren und Schamlosigkeit war … anziehend.

»Wenigstens mache ich keinen Hehl aus dem, was ich denke.« Sein raues Lachen erfüllte die Stille und gesellte sich zu dem einzigen Geräusch weit und breit: dem des Wassers, das rhythmisch an die Grundmauern schlug. »Du dagegen lässt mich viel zu selten in deinen Kopf schauen.«

»Ich wusste nicht, dass Kleider und Schminke dich so brennend interessieren. Wobei …« Sie deutete auf seinen scaldino. »Den tragen üblicherweise nur Damen. Vielleicht habe ich dich ja verkannt?«

»Raue Hände und steife Glieder zählen in England glücklicherweise nicht zu den Dingen, die einen Gentleman ausmachen – jedenfalls nicht zu den einzigen.« Er bedachte sie mit einem Blick, der verriet, dass er sie keineswegs für so oberflächlich hielt, sondern im Gegenteil davon überzeugt war, dass mehr in ihrem Kopf vorging, als sie ihn glauben machen wollte. Er warf ihr einen versöhnlichen Blick zu. »Verzeih mir, aber solange hier alle so tun, als wäre der Winter bloß ein übellauniger Sommer, muss ich jede Maßnahme ergreifen, die einen verweichlichten Briten vor dem Erfrieren bewahren kann.« Er erschauderte, als hätten seine eigenen Worte dafür gesorgt, dass er die Kälte wieder deutlicher spürte, zumal er ihr ohne seinen Schal noch stärker ausgesetzt war. »Irgendeine Idee, wie ich mich auf angemessenere Weise warm halten kann?«

Flavia musste unwillkürlich an die Hitze denken, die sich zwischen zwei aneinandergepressten Körpern staute, an nackte Haut, die mit der richtigen Berührung entflammt werden konnte. Entsetzt über ihre frivole Fantasie wandte sie sich zum Eingang der Berghütte, doch mit einer schwungvollen

Bewegung hielt John ihr rote Rosen hin, die er blitzschnell aus der Gondel neben sich gezogen hatte.

»Nächstes Mal ein ganzer Strauß.« Er streckte ihr das Bouquet hin. »Den wollte ich dir eigentlich zu Beginn unseres Treffens überreichen, aber dein Kommentar darüber, was dir an mir gefällt, hat mich leider aus dem Konzept gebracht.«

Seine Worte machten sie verlegen, und postwendend drückte sie ihm den Strauß in die Hand zurück. »Ausgeschlossen. Meine Eltern würden glauben, ich hätte einen Verehrer.«

»Sicher ahnen sie, dass du Hunderte hast.«

»Allerdings keinen, von dem ich Aufmerksamkeiten akzeptieren würde.« Überhaupt, was sollten Signor Risi und die anderen Gondelbauer davon halten?

»In London ist es angebracht, Blumen zu einer Verabredung mitzubringen.«

»Ach ja? Auch zu einem Geschäftstreffen? Denn bei so einem befinden wir uns gerade, und du bist unser Kunde, John.« Sosehr sein Benehmen ihr schmeichelte, sie konnte es sich nicht leisten, ihn wegen einer Tändelei zu verlieren.

»Gegenüber einer Lady sind Aufmerksamkeiten *immer* angebracht.« Und bevor sie ihn daran erinnern konnte, dass sie eine stolze Arbeitertochter war, fügte er hinzu: »Jede Adelige ist zwar eine Lady, aber nicht jede Lady muss auch adelig sein.« Und der Blick aus seinen Augen, der sie nun traf, war … anders als sonst, einfühlsam, so als würde er sehr deutlich die stählerne Verkleidung wahrnehmen, die sie wie eine Rüstung angelegt hatte, seit sie in Oriettas Fußstapfen getreten war, und als wäre er entschlossen, diesen Panzer zu durchbrechen. Einfach weil er fest davon überzeugt war, dass sich darunter immer noch die junge Frau verbarg, die einst von Tanzbällen und der feinen Gesellschaft geträumt hatte.

»Also … gut, danke. Sie sind wirklich bezaubernd.« Betreten nahm sie den Strauß, griff nach einem rostigen Eimer, der vor dem Werkzeugschuppen stand, und stellte die Rosen vorübergehend hinein.

»Bereit für die Besichtigung?«, fragte sie mit plötzlicher Scheu.

»Ich kann es kaum erwarten.« Sanft legte er ihr die Hand auf den unteren Rücken und geleitete sie zur Tür, wo ein Schild mit der Aufschrift »F. Risi & Figli«, das für »Ferruccio Risi und Söhne« stand, den Eingang zierte und ankündigte, auf wen sie gleich treffen würden: auf eine der letzten vier Familien, die dem Handwerk des Gondelbaus noch nachging.

Ihres Zeichens die offiziellen Lieferanten des Königshauses von Savoyen.

***

Flavia hatte immer noch ein warmes Gefühl dort, wo die Schnürung ihres Kleides am Rücken endete und in den Rock überging. Es war eine flüchtige und dennoch verlockende Berührung gewesen, die Andeutung, dass sie gern mehr sein durften als reine Geschäftspartner … oder dass sie es von seiner Seite aus vielleicht schon längst waren.

Verstohlen musterte sie sein Profil, auf der Suche nach etwas, das er noch nicht in Worte gefasst hatte und das irgendwann zu hören sie sich fürchtete. Gleichzeitig wünschte sie sich seinen angespannten Blick zurück auf ihren Mund.

»Buongiorno Flavia! Diesmal ganz ohne den Zwilling?«

Ihre Augen brauchten einen Moment, um sich an die Dunkelheit zu gewöhnen, die in der Werkstatt herrschte. Zurechtgesägte Stücke der unterschiedlichsten Holzarten hatten sich schon draußen auf dem Hof und in einem Verschlag gestapelt; hier in der nach Harz duftenden Werkstatt lehnten die langen Bretter an den fensterlosen Wänden. Der Verschnitt verteilte sich wie Glasbruch auf dem Boden, und zwischen einer auf der Seite liegenden Gondel und den Ablagen mit Arbeitswerkzeugen strich ein Hund umher. John beugte sich hinunter, um ihn hinter den Schlappohren zu kraulen; dabei merkte er nicht, wie Flavia ihm den scaldino abnahm und ihre eigene Hand durch den Henkel schob.

»Signor Risi, darf ich vorstellen? Das ist John Pomeroy.« Ihr fehlte eine Zusatzbezeichnung, die etwas über seinen Stand oder Beruf verriet, also fuhr sie einfach fort: »Lord Pomeroy? Signor Risi und Söhne, Gondelbauer in der vierten Generation und die offiziellen Lieferanten des Königs.«

»Des Königs? Ich fühle mich geehrt, Ihre Bekanntschaft zu machen.« Unter hochgezogenen Augenbrauen warf John Flavia einen Blick zu, ob wegen der hochgegriffenen Anrede »Lord« oder wegen Risis Bedeutung für Venedig, konnte sie nicht sagen. Die Männer gaben sich die Hand, dann begrüßte Signor Risi Flavia auf die italienische Weise mit Küsschen rechts und links. Sie führte das Ritual mechanisch aus, innerlich plötzlich unzufrieden. Die Vorstellungsrunde hatte ihr wieder verdeutlicht, dass sie kaum etwas von John wusste, vor allem nicht über seine aktuellen Lebensumstände. Und so wenig von ihm zu wissen, während er irgendwie ihr ganzes Umfeld mit einem Lächeln für sich eingenommen hatte, störte sie. Bei ihrer ersten Begegnung hatte er sich als »Glassammler aus Leidenschaft« vorgestellt, doch das war ja lediglich ein einzelner Aspekt seiner Persönlichkeit. Warum sie überhaupt mehr über ihn wissen wollte, war eine andere Frage, änderte aber nichts daran, dass selbst zwei Geschäftspartner nicht einfach so einen Handel eingingen. Erst lernte man sich gemütlich bei einem halben Glas Wein im Stehlokal kennen.

»Sie sind also der *Meister der Axt*?«, fragte John den Gondelbauer, und obwohl er es diesmal neutral gesagt hatte, erinnerte Flavia sich nur zu gut an vorhin, und erneut schoss ihr das Blut ins Gesicht.

Auf der Suche nach Ablenkung wandte sie sich mit einem Dankeswort an Risis Sohn Amadeo, der ihr den Besichtigungstermin erst ermöglicht hatte, indem er ein gutes Wort für sie bei seinem Vater eingelegt hatte. Dann verstaute sie ihre Handschuhe in ihrem Beutel und lauschte dem alten Gondelbauer, der von seinen derzeitigen Arbeiten berichtete.

»Wir sind gerade mit einer Reparatur beschäftigt.« Signor Risi, der seine Zeit auch nach fünfzig Jahren noch am liebsten in der Werkstatt verbrachte, trottete in den Nebenraum. Amadeo erlaubte ihnen per Handzeichen, dem Maestro zu folgen.

»Meinst du, es ist diejenige, welche?« Johns Lippen kitzelten ihr Ohr, als er sich im Gehen zu ihr neigte. Die Feuchtigkeit, die sein Atem dort hinterließ, setzte ihren gesamten Körper unter Hochspannung.

»Sei still, oder sollen sie uns hören?«, zischte sie.

»Ich habe eine Hauswand gestreift, das hinterlässt Spuren …« Damals hatten sie die Gondel an den nächsten Pfahl gebunden und gehofft, dass ihr Eindruck auch bei Tag noch Bestand hätte: keine sichtbaren Schrammen. Flavia erinnerte sich nur ungern daran, also trat sie eilig vor und nahm den Platz bei Signor Risi am Fero ein. Vor ihr lag die Gondel auf der Seite. Dem Wasser entrissen, hatte sie nur noch wenig mit dem majestätischen Schatten gemein, dem man wie verzaubert nachblickte, wenn er in einem schmalen Seitenkanal unter einer Brücke auftauchte und davonglitt. Doch jetzt, unbeholfen am Boden wie ein aus dem Nest gefallener Jungvogel, löste der Anblick in Flavia nicht nur Bewunderung, sondern auch ein wenig Bedauern aus. Sie fühlte sich berufen, selbst anzupacken und den Vogel wieder ins Nest zurückzusetzen. Doch wie im Tierreich hieß es auch in Werkstätten: ohne Einladung nichts anfassen! Und während sie die stählerne Bugzier betrachtete, die im Zwielicht geheimnisvoll funkelte und mit ihrer S-Form und den sechs Zacken die Windungen des Canal Grande und Venedigs Stadtteile symbolisierte, begann Signor Risi seinen Vortrag.

»Was wisst ihr über die Königin der Kanäle?«, lautete Signor Risis erste Frage. Ohne ihre Antwort abzuwarten, fasste er die hervorstechenden Merkmale der Gondel gleich selbst zusammen: Sie maß zweiunddreißig venezianische Fuß in der Länge, aber nur ein Zehntel davon in der Breite. Tatsächlich war es Signor Risi gewesen, der ihre wichtigste, bahnbrechende Neuerung der letzten zehn Jahre entwickelt hatte: Seither wurden alle Gondeln auf der linken Seite breiter gebaut, sodass sie fortan von *einem* Mann gesteuert werden konnten, statt wie früher von zweien. Dank dieser Asymmetrie und ihrer Tendenz, nach rechts zu driften, fuhr sie mit einem Gondoliere geradeaus und nicht im Kreis.

Während er sprach, konnte Flavia wieder das Gewicht des Ruders in ihren Händen fühlen und empfand nun, da John und sie nicht mehr in Gefahr schwebten, auch die gebührende Ehrfurcht. Eine Gondel zu steuern! Was für ein einmaliges Erlebnis. Es war etwas, das ihr zwar nicht zustand, das sie sich aber trotzdem genommen hatte – genau wie sie trotz aller Verbote selbst Muranoglas herstellte. Nach wie viel mehr durfte sie eigentlich noch greifen?

Sie spähte zu John hinüber, der sich hingehockt hatte und

mit der flachen Hand an der Unterseite des liegenden Bootes entlangfuhr. »Glatt wie ein Pferderücken«, murmelte er.

»Aber hier hat sie was abbekommen.« Signor Risi trat zu der erwähnten Stelle und stemmte die Hände in die Hüften. »Das müssen wir abschleifen und neu lackieren. Vielleicht müssen wir sogar den Boden zerlegen und frische Bretter verbauen.«

»Wer stiehlt bloß eine Gondel?« Amadeo zog eine Miene, die ihn als beleidigten Besitzer auswies. »Es kann sie doch keiner lenken.«

Und wir Gondolieri beklauen uns nicht gegenseitig, schien das Zungenschnalzen seines Vaters hinzuzufügen.

Flavia kämpfte gegen ihr schlechtes Gewissen an, doch wenn sie jetzt gar nichts sagte, verriet sie sich womöglich noch durch ihr betretenes Schweigen. »Was genau ist denn passiert?«

Amadeo berichtete, dass seine Gondel, die er an der Anlegestelle im Bacino San Marco vertäut hatte, am darauffolgenden Morgen nicht mehr dort gewesen sei und er sie erst nach verzweifelter Suche gefunden habe. »Sie dümpelte wie weggeworfen in einem Seitenkanal.«

John erhob sich mit ernster Miene. »Auf welche Höhe beläuft sich der Schaden?«

Signor Risi winkte ab. Klar, über Geld redete man hier nicht. Schon gar nicht mit Fremden.

»Wenn ich irgendwie aushelfen kann, müssen Sie es nur sagen.«

»Wie umsichtig, aber mit der Restauration einer Gondel braucht sich ein englischer Lord nicht zu befassen«, erwiderte Amadeo. Er klang abweisend, vermutlich wegen des aufgeblasenen Adelstitels, den Flavia John vorhin angedichtet hatte. Dabei hatte sie ihnen nur die Türen öffnen wollen.

»Ich bin passionierter Kunstsammler und -förderer«, erwiderte John ungerührt. Doch sie bemerkte ein Flackern von Unsicherheit in seinen Augen. »Und Gondeln sind Kunstwerke. Erlauben Sie mir, in dieses wunderschöne alte Handwerk zu investieren.« Und zu ihrem Entsetzen zückte er sein Scheckbuch.

Himmel, sie musste irgendetwas tun! Ohne lange zu überlegen, verpasste Flavia der Gondel einen kräftigen Hieb gegen den Rumpf.

Es war, als hätte sie ein Loch in die Kuppel des Markusdoms geschlagen. Alle Männer im Raum fuhren zu ihr herum und starrten sie an.

Sie lächelte gezwungen. »Die alte Dame ist aus hartem Holz geschnitzt. Die braucht keine Restaurierung.«

Amadeo warf fluchend die Arme in die Luft und verscheuchte sie von ihrem Platz, Signor Risi war indes rückwärts gegen ein angelehntes Brett gestolpert, und John musste es auffangen, damit es dem Maestro nicht auf den Kopf fiel. Wenigstens hatte er zugleich sein Scheckbuch wieder verschwinden lassen – also offensichtlich verstanden, was sie ihm mit ihrem ungebührlichen Betragen signalisieren wollte.

Signor Risi brauchte einen Moment, um sich wieder zu fassen, dann brach es aus ihm heraus: »Und genau deshalb sollten sich Frauen von Werkstätten fernhalten!«

»Sie wollte doch bloß mitreden.« Amadeo sandte ihr einen mahnenden Blick.

Dass er sie immer noch in Schutz nahm, obwohl er jahrelang unglücklich in sie verliebt gewesen war, rührte sie. Mit unschuldig aufgerissenen Augen nickte sie. John musste ein Lächeln unterdrücken. Auf Amadeos Wink folgte er diesem zurück in den anderen Raum, wo eine aufgebockte Gondel darauf wartete, lackiert zu werden, und auch Flavia schloss sich den beiden eilig an.

»Danke!« Sie klopfte Amadeo auf die Schulter. »Für die Verteidigung.«

»Das war nur so dahingesagt«, knurrte er. »Vater hat recht. Keiner mag eine Frau mit Schwielen an den Händen.«

»Ach ja? Dann gib mir mal den Hobel.« Der Schwung ihres Rocks fegte Hobelspäne aus dem Weg.

Jetzt musste er doch lachen. Er schlenderte zu einem Tisch, der aus Brettern, Schrauben und Eisenketten zusammengefügt war. Eine Werkzeugleiste mit verschiedenen Äxten, Sägen, Hämmern und Hobeln hing darüber. Natürlich gab er ihr nichts davon. »Ihr wollt euch wirklich nützlich machen?« Grinsend nahm er zwei Pinsel aus einem Becher und warf John einen davon zu, wohl wissend, dass es Flavia ärgerte, so übergangen zu werden. »Du bekommst den Lackeimer.« Er hatte bereits nach dem Henkel gegriffen, entschied sich dann jedoch dagegen. »Wobei … nach gerade eben bin ich mir nicht mal sicher, ob ich dir *den* überlassen möchte.«

»Verbuchen wir das doch als kleines Versehen, in Ordnung?«

Amadeo zog die Brauen zusammen, offenbar nicht überzeugt, und Flavia sah hilfesuchend zu John. Doch der zuckte nur mit den Schultern.

Flavia räusperte sich und versuchte es erneut, diesmal mit einer ehrlichen Entschuldigung. »Es tut mir leid, Amadeo, ich weiß, wie wertvoll eure Gondeln sind, und ich hätte mehr Respekt zeigen sollen. Bitte verzeih mir mein Benehmen. Ich habe nicht nachgedacht.«

Ihr Eingeständnis schien ihn zu besänftigen, jedenfalls händigte er ihr endlich den Eimer aus.

»Sollen wir tauschen?«, fragte John leise hinter Amadeos

Rücken, doch gerade, als sie dankbar den Stiel des Pinsels ergreifen wollte, zog er ihn spielerisch wieder weg.

»Mögest du in der Hölle schmoren, John Pomeroy«, zischte sie.

»Gemeinsam mit dir, Flavia Volpato.«

Die Gondel lag aufgebockt vor ihnen, verletzlich wie ein Baumstamm, dem man die Rinde abgezogen hatte, und Amadeo unterbrach das Geplänkel mit einem energischen »Andiamo!«

Nicht lange, und John und Flavia hatten einen beachtlichen Teil des nackten Bootskörpers in Schwarz gehüllt, leider war die Lackierung alles andere als gleichmäßig. Er stellte sich überraschend unbeholfen an, tauchte die Borsten entweder zu tief in den Lack oder nahm nicht genug Farbe auf. Bald hatte er nicht nur den Boden vollgekleckert, sondern auch sich selbst und Teile von Flavias Kleid. Was die Gondel betraf, konnte man leider selbst aus der Ferne noch sehen, wo sie den Pinsel angesetzt hatten, so streifig war der Anstrich.

»Zu viele Bedienstete, die dir zu Hause die Arbeit abnehmen?«, stichelte sie.

In Johns Augenwinkeln fächerte sich ein Netz tiefer Falten auf, als sich seine Mundwinkel hoben. »Mein Astrologe hat mir eine große Karriere als Maler vorausgesagt. Vielleicht sollte ich ihn verklagen?«

»Also *ich* male hervorragend. Seit meiner Kindheit.« Es kribbelte ihr in den Fingern, noch einmal nach dem Pinsel zu haschen. Doch die Befürchtung, er könnte die Berührung falsch interpretieren, hielt sie davon ab. »Es ist eigentlich ganz einfach. Stell dir vor, du würdest einen Bräter mit Fett ausstreichen. Hin und her, her und hin.«

Der Ausdruck auf seinem Gesicht verriet ihr, was sie wissen

wollte: Genau wie einen Pinsel hatte er auch noch nie in seinem ganzen Leben einen Kochlöffel geschwungen.

Sie seufzte. »Dann … dann denk an ein kostbares Öl, das nach dem Baden auf der noch feuchten Haut verteilt wird und den ganzen Körper duften lässt und weich macht.«

Nun starrte er sie an. »Du hast wahrlich eine interessante Fantasie.«

»Und du noch nicht gelebt, wenn dir das fremd ist.« Noch einmal zögerte sie kurz, dann tat sie doch, wovor sie eben noch zurückgescheut war, und schob ihre Hand über seine.

»So rau«, sagte er mit belegter Stimme. Als sie ihm beschämt ihre Arbeiterfinger wieder entziehen wollte, legte er seine andere Hand obenauf und fing so die ihre zwischen seinen ein. »Zeig mir, wie es geht. Ich bitte dich darum.«

Zögerlich löste sie sich aus ihrer Starre. Dann umschloss sie seine Fingerknöchel fest und ließ ihn all die Schrammen und Schwielen auf ihrer Handinnenfläche spüren, die ihr das Glasblasen im letzten Jahr geschenkt hatte, seit sie neben der Arbeit nicht mehr die Zeit für Handbäder und pflegende Kuren gefunden hatte. Was früher Pflicht gewesen war, um ja keinen Verdacht bei ihrer Familie oder den Bekannten zu erwecken, hatte sich nun eher in eine gelegentliche Wohltat verwandelt. Dass sie nur so selten dazu kam, erschien ihr als ein geringer Preis, wenn sie dafür ihrer Leidenschaft nachgehen konnte. Sie war nun einmal keine Lady und hatte auch nie den Wunsch verspürt, eine zu sein. Jetzt allerdings, in diesem Moment mit John, wünschte sie es sich aus ganzem Herzen.

Sie nahm sich zusammen und begann seine Hand über den Bootsrumpf zu führen.

»Ist es so richtig?«, fragte er nach einer Weile. Seine Stimme klang heiser.

»Mit ein bisschen mehr Gefühl.«

Er sah sie aus nächster Nähe von der Seite an. »Besser?« Seine Pinselstriche wurden sanfter, bedachtsamer. Und als sich der dunkle Kranz seiner Wimpern halb über seine tizianblauen Augen senkte wie ein Schatten, der von der Gondel aufs Wasser fiel, und er sich ganz auf die federnde Bewegung einließ, musste sie sich selbst mit aller Macht in Erinnerung rufen, dass John nur ein ganz gewöhnlicher Mann war – immer noch unerträglich von sich selbst eingenommen, egal, welches Feingefühl er gerade bewies.

»Das wird ja endlich was.« Amadeo erschien wie aus dem Nichts hinter ihnen, und sie stoben auseinander, als hätte er sie gezwickt.

Sie waren nicht zum ersten Mal zusammen in Verlegenheit geraten, doch seit sie John kannte, hatte noch nie eine deutlichere Röte seine blassen Wangen überzogen. Der Anblick setzte etwas in ihr in Gang, ließ ihren Magen kreiseln und kippen.

»Wie ist die venezianische Gondel entstanden?«, fragte Amadeo rhetorisch, und Flavia ahnte, dass ihr die Geschichte dazu nicht gefallen würde.

Natürlich sollte sie recht behalten.

»Der Sage nach fiel der Halbmond vom Himmel, um einem Liebespärchen Unterschlupf zu gewähren.« Lauernd musterte Amadeo sie beide. »Bist du mit dem Lord eigentlich schon gemeinsam Gondel gefahren? Das gehört bei einer Stadtführung nämlich unbedingt dazu. Ich denke, das käme dir sicher gelegen. Du warst doch früher bereits erpicht darauf, über deinem Stand zu heiraten, oder?«

Bei dieser Unterstellung, die nicht nur falsch, sondern auch ziemlich dreist war, klappte ihr der Mund auf. Und wieder eilte John ihr nicht zu Hilfe. Aber er schien den Unsinn auch nicht für bare Münze zu nehmen. Er nickte ihr bloß aufmunternd zu, als wollte er, dass sie für sich selbst einstünde. Als würde er fest daran glauben, dass sie es könnte.

Flavia atmete zittrig ein und wieder aus. Was die Leute sagten, spielte keine Rolle. Sie war keine schöne hirnlose Hülle. Sie war Flavia Volpato, Glasbläserin in der zehnten Generation. Und sie hatte verdammt noch mal einiges zu bieten. »Du machst dir ziemlich viele Gedanken dafür, dass du behauptest, über deine Gefühle für mich hinweg zu sein«, erwiderte sie schließlich so kühl wie möglich. »Aber keine Sorge, Amadeo, falls Lord Pomeroy und ich uns je eine Gondel teilen sollten, erfährst du es als Erster!«

Im wahrsten Sinne des Wortes.

Sie legte Lack und Pinsel beiseite, verabschiedete sich mit einem knappen Dank und marschierte zur Tür. Diese Gondelwerft würde sie in nächster Zeit nicht wiedersehen. John blickte ihr nach und erwachte erst aus seinem Bann, als sie ungeduldig rief: »Kommst du?«

»Das mit dem Investitionswunsch war ernst gemeint«, sagte er noch und drückte Amadeo seine Karte in die Hand, der daraufhin die Augen aufriss, als stünde das Geheimnis des Glasmachens dort geschrieben.

»Ist die mit Blattgold verziert?«, fragte Flavia spöttisch. John wies ihr zur Antwort bloß lächelnd den Weg hinaus.

***

Jetzt im Winter war die ganze Stadt wie auf links gedreht. In den Sestieri reihten sich unter freiem Himmel die Kochbuden aneinander wie draußen aufgehängte und vergessene Wäsche.

Von morgens bis abends köchelte Brühe aus Fleischresten über offenen Feuerstellen, röstete Kürbis auf dem Grill und wurde Aal knusprig gebraten. Die Leute, die sparen mussten, kauften ihrer Familie das Frühstück auf der Straße, weil die Preise dort so günstig waren. Frische Zutaten vom Markt und das Gas für die Zubereitung am eigenen Herd kosteten mehr – die wenigsten Haushalte kochten täglich drei Mahlzeiten für sich selbst. Flavias Mutter bezog einen gewissen Stolz daraus, ihre Liebsten mit den köstlichen Gerichten aus der eigenen Hand verwöhnen zu können, und sosehr das Aroma von frittiertem Fett Flavia auch unterwegs lockte, so hoch sich die Berge aus goldener Polenta hinter den Schaufenstern um den Markusplatz türmten, am Ende aß sie immer noch am liebsten zu Hause. Kein Restaurant konnte die Gemütlichkeit einer sich zankenden und genauso schnell wieder lachenden Familie bieten.

Nachdem Flavia bei John untergehakt die Hälfte des Weges zur Anlegestelle an der Piazzetta hinter sich gebracht hatte und sie nur noch ein Marsch von fünf Minuten von der Heimfahrt trennte, hielt sie plötzlich inne und blickte ihn herausfordernd an. »Was machst du eigentlich den ganzen Tag?«

Die Frage war einfach aus ihr herausgeplatzt und überraschte ihn genauso wie sie selbst, denn sie hatte ihn gerade bloß zum Abendessen nach Murano einladen wollen. Doch vielleicht hatte der Besuch in der Werft sie dazu bewegt. Schließlich konnte es nicht angehen, dass immer nur sie es war, die Teile von sich preisgab, während er sich in Schweigen hüllte. John Pomeroy sammelte die Mosaiksteine ihres Lebens und gewährte ihr im Gegenzug nicht mal den Blick auf ein Staubkorn von sich.

»Ach, vermutest du, es könnte noch andere Stadtführerinnen neben dir geben?«, fragte er grinsend.

Unglaublich! Er war so dreist, sie für eifersüchtig zu halten. Dabei wollte sie bloß ihrer beider Wissensstand über den jeweils anderen ein wenig ausgleichen.

»Oh, verzeih mir den sinnlosen Versuch, dich besser kennenzulernen.« Sie schnaubte. »Du musst mir nichts über dich erzählen.« Und zu sich selbst murmelte sie: »Was tue ich hier überhaupt?«, bevor sie ihm den Arm entzog. Ihre Wege konnten sich auch gleich hier trennen. Sie würde das nächste Vaporetto nehmen, und er konnte ihretwegen zum Teufel gehen.

Entschieden streifte sie den scaldino von ihrem Handgelenk und hielt ihn John hin, seinem rechtmäßigen Besitzer. Erst jetzt schien ihm klar zu werden, dass sie ihn die ganze Zeit stellvertretend für ihn getragen hatte – damit die Männer der Gondelwerft ihn nicht auslachten. Mit gerunzelter Stirn betrachtete er sie einen Moment. Dann blitzten seine tiefblauen Augen auf, als wäre ihm gerade etwas aufgegangen. »Behalt ihn für die Heimfahrt«, sagte er sanft.

»Schon gut. Du brauchst ihn, wie wir ja wissen, viel dringender als ich.« Ihre Stimme troff nur so von Spott.

Er nahm ihr den scaldino ab, doch dann schob er ihn ihr umstandslos wieder über das Handgelenk. »Auf dem Vaporetto frierst du.« Und damit entfernte er sich im Schlenderschritt von ihr, als hätte er nicht gerade etwas sehr Nettes für sie getan.

Flavia blieb zitternd zurück. Der eisige Märzabend war mit einer frühen Dämmerung einhergegangen, und während Johns Schal Flavias Hals am Nachmittag wenigstens noch ein bisschen geschützt hatte, biss sich der Wind nun gnadenlos durch die Seide. Mit geballten Fäusten stand sie einen Moment lang ratlos da, nicht sicher, ob sie ihm nachlaufen oder wie geplant die entgegengesetzte Richtung einschlagen sollte. Doch dann vernahm sie seine Stimme. Eine verführerische

Melodie, von der man sich nicht abwenden konnte, bis man sie zu Ende gehört hatte.

»Ab zehn Uhr morgens, wenn die Stadt zum Leben erwacht, versammele ich mich mit den Venezianern und Touristen auf der Piazza«, begann er in amüsiertem Tonfall. Wie immer machte er aus allem ein Spiel. »Gegen ein Uhr lasse ich mich im Caffè Florian von Kellnern mit weißen Krawatten bedienen und werfe gelegentlich einen schmachtenden Blick in den Damenraum. Nach zwei Uhr strömen alle, die etwas auf sich halten, zur Promenade über die Riva degli Schiavoni zusammen.«

Dolce far niente – das süße Nichtstun. Etwas, das zum venezianischen Lebensgefühl gehörte wie das Glas zu Murano. Wenn Flavias Onkel die wohlhabenden Väter, die in ihrem Laden einkauften, nach den Beschäftigungen ihrer Söhne fragte, kam als Antwort immer ein stolzes: »È in Piazza.« Einfach auf dem Markusplatz zu sein, frei von äußeren Anforderungen, nur auf sich selbst zu achten – all das genoss in der feinen Gesellschaft höchstes Ansehen, und manchmal sehnte sich Flavia danach, ein Teil davon zu sein. Zumindest bis ihr wieder einfiel, mit welchen Scheusalen sie dann Umgang pflegen müsste. Bis die Furcht in ihr hochstieg, selbst eines zu werden, wenn sie in den Adel einheiratete.

John dagegen passte in diese elegante Welt, vielleicht mehr als irgendwohin sonst und ganz sicher besser als auf eine Insel, deren gläserner Reichtum so zerbrechlich war wie die Herzen ihrer Bewohner.

Und meines bekommt schon die ersten Risse …

Flavia schloss zu ihm auf, um vorläufig Frieden zu schließen. »Willkommen zurück«, murmelte er, ohne sie anzusehen, und schlang beiläufig den Arm um ihre Schultern. So dicht beieinander blieb ihr nichts anderes übrig, als ihn ebenfalls zu umfassen. Ihre Finger fanden wie selbstverständlich im gebürsteten Stoff seines Mantels Halt, während die fast schon intime Berührung sie zugleich irritierte.

Auf dem Parkett eines Maskenballs erregte ein Paar kein großes Aufsehen, nicht wenn dreißig andere in Formation durch den Tanzsaal wirbelten, die Herren ihre Damen an den Hüften zu einem kleinen Sprung hochhoben und die anschwellende Musik des Orchesters den Übermut noch befeuerte. Doch hier im Gassengeflecht der Stadt, zwischen den vorbeirauschenden Passanten, fühlte sich Johns Nähe verboten an. *Verboten verlockend.*

Die ganze Zeit war sie allein und zufrieden von Dorsoduro nach San Marco geschlendert, nun würde sie künftig die Wärme eines hochgewachsenen festen Körpers vermissen. Den lockeren Griff eines Mannes, der sie dicht bei sich hielt, statt sie vorwärtszuführen wie ein hilfloses Lamm.

John ging mit ihr gleichauf. Seite an Seite. In natürlichem Einklang.

»Um vier Uhr ist allgemeine Tischstunde«, fuhr er fort, während sie versuchte, ihre Gedanken zu beruhigen, »was bedeutet: Reis oder Polenta in einer zugigen Gastwirtschaft. Das Hotel de l'Europe ist unter uns Fremden beliebt. Dabei ist es jedes Mal dieselbe unangenehme Erfahrung. Kein Vergleich mit den Kochkünsten deiner Mamma.«

Ihre Mundwinkel hoben sich bei seinem minutiösen Bericht. Sie hörte ihn gerne reden, und obwohl es albern war, wollte sie ihn noch nicht erlösen. »Und abends?«

»Um sechs Uhr pilgern wir zurück ins Kaffeehaus, ab acht beginnen die Theater, und nach Mitternacht, wenn die Vorstellungen vorbei sind, werde ich für die conversazioni in einen

Palazzo eingeladen, den ich gegen drei Uhr früh wieder – viel zu oft schwankend – verlasse. Was soll ich sagen? Ein Tag gleicht in seinem Ablauf dem anderen, außer du bestellst mich zu einem Treffen.« Er warf ihr einen Seitenblick zu. »Dann weiß ich nie, was mich erwartet. Jedes Erlebnis mit dir ist wie ein eigener Karneval, und du bist dabei das Knallbonbon.« Er zog sie enger an sich, und wie selbstverständlich schmiegte sie ihren Kopf kurz gegen seinen, bevor er sie wieder freiließ. »Mein kleines, freches, blitzgescheites Knallbonbon …«

»Dann pass nur auf, dass ich dich nicht Knall auf Fall stehen lasse!«

Er lachte leise, während der Kosename in ihr Gedächtnis einsank und sie sich bemühen musste, ein unbewegtes Gesicht zu bewahren.

»Bitte nicht«, sagte er. »Was täte ich ohne mein persönliches Knallbonbon, das mich um den Verstand bringt?« Ihre Blicke trafen sich, und wo er eben noch gelacht hatte, stand nun ein ernster Ausdruck in seinem Gesicht. Seine Kehle zuckte. »Wenn das hier Wahnsinn ist, verzichte ich gern noch eine Weile auf die Vernunft.«

Flavia stieß zittrig ihren Atem aus. Die Anziehung, die plötzlich von seinem Mund ausging, machte sie ganz schwach. Ihre Finger rutschten von seinem Mantel, und auch ihre andere Hand fühlte sich aufgeweicht an, wie hoch erhitztes formbares Glas, über das sie die Kontrolle verloren hatte. Jeder ihrer Sinne war plötzlich geschärft, und dennoch nahm sie alles gleichsam aus der Ferne wahr, wie unter einer Glaskuppel. Alles, außer ihn.

Dort, am Ende der schmalen Gasse, in die sie zuletzt getreten waren, gellten bereits die Rufe der Marionettenspieler von der Calle del Ridotto herüber. Auf dem Markusplatz wurden unter einfachen Leuten, Touristen und Aristokraten letzte Zuschauer für die beginnenden Puppentheater herbeigelockt. Und zwischen den Häuserwänden hing das süße Aroma von kandierten Nüssen und Früchten.

»Dann lass uns gemeinsam unvernünftig sein«, flüsterte sie.

Er stieß einen zustimmenden Laut aus, als hätte er bloß auf diese Worte gewartet. Als wäre ihr Einverständnis von äußerster Wichtigkeit für ihn.

Er legte eine Hand an ihre Wange. Die andere, kalt und seidig, schob er ihr in den Nacken, wo er die delikaten kleinen Löckchen fand, die sich nie ganz mit aufstecken ließen. »So widerspenstig«, raunte er und versenkte die Finger in ihrem Haar. Mit dem Daumen streichelte er die zarte Haut an ihrem Kiefer. Und dann, quälend langsam, zog er ihr Gesicht zu sich heran und neigte den Kopf.

Flavia stieg auf die Zehenspitzen und schloss die Augen, kämpfte nicht länger gegen das Ziehen in ihrem Magen an. So musste sich eine Glasskulptur fühlen, zwei winzige Momente lang, bevor sie auf dem Boden zerschellte, voller Hoffnung, sich doch noch irgendwie retten zu können, und doch ihrem Schicksal ausgeliefert.

Als seine Lippen für einen sanften, lang anhaltenden Kuss auf ihre trafen, zersprang sie in Millionen kleiner Teile. Und dann war sie es plötzlich, die nach kurzem Luftholen ihre Stirn gegen seine presste und verlangend seinen Mund suchte, war sie diejenige, die ihre Verbindung ein weiteres Mal schloss.

Er küsste sie mit forderndem Druck zurück, tiefer als zuvor, und als er innehielt und Flavia die Augen öffnete, sah er sie an, der Welt entrückt, an diesem Ort, an dem auch sie sich gerade befand.

Ein Ort, der nur ihnen beiden gehörte.

Im nächsten Moment verzog er auf einmal schmerzvoll das Gesicht und fuhr von ihr zurück. Erst als er sich Funken von Hosenbeinen und Schuhen schüttelte, begriff sie, was passiert war: Glühende Kohle war aus dem scaldino gefallen, weil sie locker gelassen hatte und der Deckel verrutscht war. Stückchen davon hatten John getroffen und ihn verbrannt.

»O mein Gott! Warte, ich …« Sie wollte in die Knie gehen und ihm helfen, doch er hielt sie mit dem ausgestreckten Arm davon ab.

»Nur ein kleines Malheur. Nichts passiert.« Die feinen Strähnen seines blonden Haars, die sich in der Hektik aus seiner zurückgestrichenen Frisur gelöst hatten und ihm nun jungenhaft in die Stirn hingen, erzählten etwas anderes. Auch wenn er sich nicht ernsthaft verletzt hatte, war ihm zumindest ein ordentlicher Schreck in die Knochen gefahren. Er rang sich ein Lächeln ab und richtete sich schwungvoll wieder auf. »Machen wir dort weiter, wo wir aufgehört haben.«

Doch sie konnte nicht. Mit Erschrecken war ihr mit einem Mal bewusst geworden, dass sie einen Kunden ihres Vaters geküsst hatte. Und er sie.

Flavia taumelte zurück. Sie durfte keine Sekunde länger bleiben. »Das Vaporetto!«, presste sie entschuldigend hervor, und mit glühenden Wangen und dem Abbild eines sprachlosen John vor ihrem inneren Auge rannte sie davon.

Kapitel 15

Drei Wochen nachdem sie von der Petition erfahren hatten, kündigte sich der Generalsekretär der Prima Esposizione Internazionale d'Arte, Signor Fradeletto, postalisch für den nächsten Morgen an, um in der Fornace Volpato mit Don Emilio zu sprechen. Fradeletto gehörte demselben Literatenkreis an wie Bürgermeister Selvatico, saß seit fast fünf Jahren im Stadtparlament und war als Redner überall im Land gefragt. Es hieß, ihm sei im Caffè Florian die Idee zu der ersten Kunstausstellung Venedigs gekommen. Vor zwei Jahren hatte er dem Kommunalrat seinen fertigen Entwurf vorgelegt, und nun waren es nur noch drei Wochen bis zur Eröffnung am 22. April. Zu sagen, die ganze Belegschaft der Fornace Volpato sei wegen seines Besuchs in Aufruhr geraten, wäre noch untertrieben gewesen. Denn auch wer sonst nichts auf übermäßige Sauberkeit gab, erschien heute mit frisch polierten Schuhen zur Arbeit, und Damasio selbst griff immer wieder zum Besen, um noch die letzte Ecke der Werkhalle auszufegen. Flavia wurde von ihrem Vater für die Dauer des Treffens aus der Werkstatt verbannt, auch wenn sie versprochen hatte, nur wie eine hübsche Büste dazustehen und zu schweigen. Aber wenigstens war auf ihren Bruder Verlass, der ihr hinterher alles haarklein berichtete.

»Die Petition für unseren Ausschluss vom Wettbewerb ist der Stadtverwaltung zu Ohren gekommen und hat ganz schön Staub aufgewirbelt, aber Fradeletto wusste unsere Teilnahme zu rechtfertigen. Er möchte eine unserer Glasarbeiten auf dem Markusplatz ausstellen, um so den Leuten eine Kostprobe unserer Kunst zu geben. Das Meisterstück muss so imposant sein, dass allein sein Anblick Zusammenstöße unter den Passanten verursacht, weil alle es wie gebannt anstarren«, sagte er, während sie gemeinsam über den Campo San Bernardo spazierten, wo Kinder in Hüpfduellen gegeneinander antraten und tratschende Großmütter ihnen dabei zusahen.

»Und Papà ist zuversichtlich, dass das klappt?«

»Na ja, nachdem Fradeletto weg war, hat er seine Bürotür mit einem Knall hinter sich zugeworfen, um in Ruhe über seine Möglichkeiten nachzudenken. Der Generalsekretär muss ihm ein paar üble Dinge mitgeteilt haben, die man sich hinter unserem Rücken immer noch über uns erzählt.«

Flavia schüttelte mitfühlend den Kopf. Denn während es ihr am wichtigsten war, überhaupt zum Wettbewerb zugelassen zu werden, zählte für ihren Vater in erster Linie der gute Ruf der Familie – immerhin hatte sie ihn über Generationen bewahrt. Don Emilio würde wahrscheinlich alles dafür tun, um das einstige Ansehen wiederherzustellen.

»Wie können wir Papà bloß helfen?«, fragte sie, für einen Moment wirklich ratlos. »Er sollte das nicht alles allein mit sich selbst ausmachen müssen.«

»Ach, wenn erst mal die ganze Stadt über unser Können staunt, werden die anderen Glasbläser uns schon die Teilnahme an der Kunstausstellung zugestehen. Venedig kann es sich nicht leisten, die Vetreria Volpato zu verlieren.« Er grinste breit. »Oder glaubst du ernsthaft, jemand will in der Zeitung etwas über eine neue einfallslose Dal-Corso-Flasche lesen? Unser Glas steht für Schönheit und Qualität.«

Flavia sparte sich die Mühe, ihren Bruder darauf hinzuweisen, dass die Dal Corsos als Beitrag für den Wettbewerb keine Flasche, sondern ein gigantisches Wandmosaik planten, das ihrem Aquarium durchaus Konkurrenz machen konnte. Prudentia hatte ihr in Masins Atelier nach der letzten gemeinsamen Probe davon erzählt und enttäuscht geschluckt, als sie begriff, dass sie im Austausch keine geheimen Details erhalten würde. Der Stich des nicht erwiderten Freundschaftsdienstes schmerzte aber wohl nur kurz. Sobald sie auf der Strada Nuova ihr liebstes Seifengeschäft passierten und die Verkäuferin sie mit dem Versprechen üppiger Rabatte hineingelockt hatte, waren die verletzten Gefühle wieder vergessen.

Tatsächlich schien Prudentia entschlossen, neues Vertrauen zu schaffen, wenn sie schon das alte nicht wiederbeleben konnte.

»Giovannis Verstoß wird den Stadtrat spalten«, sagte Flavia jetzt nachdenklich. »Sicher gab es heftigen Gegenwind.« Sie konnte immer noch nicht glauben, dass die Verantwortlichen gegen den Ausschluss ihrer Familie vom Wettbewerb gestimmt hatten und ihnen nun sogar die Möglichkeit gaben, sich in den Augen der Öffentlichkeit zu rehabilitieren.

Jaco lachte. »Lass Signor Bruno meckern. Noch ist er nicht Bürgermeister und kann uns nichts anhaben.« Allerdings war er sehr wohl immer noch der Mann, der vor zwei Jahren Oriettas Antrag auf freie Arbeitswahl für Frauen abgelehnt hatte, der auf Sibilla Veridianis Banketten ein gern gesehener Gast war und dem es ganz sicher nicht passte, dass ihr älterer Bruder ohne seine gerechte Strafe davonkam.

»Venedig blickt auf uns. Wir dürfen uns von nun an keinen

Fehler mehr erlauben.« Flavia rüttelte Jaco ängstlich an den Schultern. »Hast du denn endlich die Rochen fertig? Und die Quallen? In unserer Unterwasserwelt schwimmen mir noch zu wenig Tiere.«

»Ja doch.« Hinter seiner Sonnenbrille verdrehte er die Augen.

Seine unerträgliche Nonchalance entfesselte ihre Ängste nur umso mehr. Was, wenn sie versagte?

Ihr Bruder, dem ihre Nervosität nicht entging, sagte: »Entspann dich, wir haben noch Zeit.«

Genau genommen waren es zwei Wochen bis zum Auswahlverfahren am 15. April, und von da an blieb ihnen – falls sie für die Esposizione Internazionale d'Arte ausgewählt wurden – noch eine Woche, ehe die Ausstellung am 22. April in den Öffentlichen Gärten im Stadtteil Castello Eröffnung feiern würde.

»Jaco, ich flehe dich an, erledige deine Arbeiten pünktlich!«

»Tue ich ja. Bis zum Morgengrauen war ich höchst beschäftigt ...« Ein genüssliches Grinsen spielte um seine Lippen. »Mit Amalia Dal Corso.«

Flavia blieb abrupt stehen. »Wehe, du hast ihr die Unschuld geraubt!«

Er langte in seine Manteltasche und ließ eine seiner Spielmurmeln auf den Boden springen. Mit einer zweiten versuchte er, die erste zu treffen. Aus dem Stand gelang es ihm nicht, also hockte er sich hin.

»Hör auf abzulenken!« Sie trat ihm sachte in den Hintern.

Die Augen immer noch auf den Murmeln, richtete er sich langsam wieder auf. Mit einem knappen Seitenblick forderte er sie dazu auf, sich eine Murmel aus seiner Hand zu picken. Also griff sie grimmig zu.

»Ich habe ihr gar nichts geraubt«, sagte er dann, und Flavia atmete auf. »Mit mir die Nacht zu verbringen, würden manche als Geschenk betrachten.«

Flavias Erleichterung schwand auf einen Schlag, und statt ihre Murmel treffsicher gegen die andere zu rollen, schleuderte sie diese auf ihren Bruder. Mit einem Schmerzensschrei rieb er sich die Brust. »Ganz ruhig! Wir haben aufgepasst. Keine Folgen.«

Wenigstens *das* bisschen Vernunft hatte er aufgebracht. Dennoch gab es noch eine Sache, die sie sich nicht erklären konnte. »Woher eigentlich der Sinneswandel? Ich dachte, du hast Amalia nur bezirzt, weil ihre Freundin die Tochter des Nachtwächters ist – also um den Schlüssel für die Bibliothek zu bekommen, nicht aus echtem Interesse.«

Er schlug schuldbewusst den Blick nieder. »Hast du vielleicht noch nie deine Meinung geändert?«

»Doch, aber … Es sind die Dal Corsos!«

»Na und? Du steckst jeden zweiten Tag mit Prudentia im Modeatelier zusammen. Ist das etwa besser?«

»Bloß weil Mamma mich dazu zwingt!« Außerdem war es ein Unterschied, ob man gemeinsam bummeln ging oder mit der Konkurrenz das Bett teilte. »Du spielst mit dem Feuer!«

»Tun wir das nicht beide?«

Sie starrten sich gegenseitig nieder. Und weil Jaco gerne unter die Gürtellinie zielte, fragte er: »Apropos, wie steht es mit dir und John?«

»Die Echtheitsprüfung ist fast abgeschlossen. Bei einer der Vasen warte ich gerade noch auf die Antwort vom Auktionshaus – die Signatur sagt mir nichts, aber sie versuchen, den Glasmeister zu ermitteln. Könnte eine Fälschung sein.«

»Ich habe nicht von seiner Sammlung gesprochen.« Er

spielte auf ihren Ausflug in die Gondelwerft an. Natürlich hatte sie ihm noch am selben Abend davon erzählt, ohne jedoch ein winziges Detail zu erwähnen. Sie hatte ihm nicht gestanden, dass John und sie sich auf *diese* Weise nähergekommen waren.

»Ja, schon gut, unser britischer Lord ist weniger schlimm als befürchtet«, gab sie zu.

Ihr Bruder begann auf den Fußballen zu wippen. »Und?«

»Nichts und.« Flavia wich seinem Blick aus, kämpfte mit aller Macht ihre verräterischen Gefühle nieder. Doch ihre Atmung beschleunigte sich, als vor ihrem inneren Auge der Kuss aufflammte und all die Empfindungen, die sie dabei hatte, erneut durch ihren Körper strömten.

Jaco witterte ihre Scham. »Hast du ihn unter deinen Rock gelassen?«

»Nein!«

»Warum dann das Herumgedruckse?«

Sie schwieg.

»Himmel noch mal, ihr habt euch mindestens geküsst!«

»Haben wir nicht!« Flavia schubste ihren Bruder aus dem Weg, dabei war sie diejenige, die einen kräftigen Schubs gebraucht hätte – zurück auf die Seite der Vernunft. Was sie fühlte, wenn sie an John dachte, entzog sich jeder Logik. Überhaupt – dass jeder zweite Gedanke ihm galt ... Sie schüttelte sich.

»So ein schlechter Küsser? Ich hätte gedacht, es gäbe nichts, was er nicht kann.«

»Er kann es ja auch!« Ihr Gesicht brannte, vor allem als ihr klar wurde, dass sie ihn gerade in Schutz genommen – und sich vor ihrem Bruder offenbart hatte. »Aber es war ein Fehler.«

Jaco wurde hellhörig. Sein eigener Beschützerinstinkt regte sich. »Hat *er* das gesagt?«

»Es spielt keine Rolle, wer von uns beiden die Tatsachen benennt!«

»Und ob. Wenn er nicht von einem Fehler gesprochen hat, hält er euren Kuss vielleicht für die beste Entwicklung der letzten zehn Jahre, und du stellst dich grundlos an. Du solltest ihn wiedersehen. Wann ist euer drittes Treffen?«

Erst wenn sie sich wieder im Spiegel betrachten konnte, ohne dass ihr ein umflorter Blick und ein dümmliches Grinsen begegneten. Laut sagte sie: »Wenn die Arbeit es erlaubt – und das tut sie gerade nicht. Nun zurück zu dir. Glaub ja nicht, ich ließe das unter den Tisch fallen.« Sie musterte ihn streng. »Amalia Dal Corso?«

»Ebenfalls eine exzellente Küsserin, falls du das wissen möchtest.« In Erinnerung an die Nacht rieb er sich verlegen über den Nacken. »Ich habe hoffentlich dafür gesorgt, dass sie auf ihre Kosten gekommen ist. Sie hat sich noch nicht wieder gemeldet …«

Es brauchte nur diesen Funken Unsicherheit, um Flavia milder zu stimmen. »Wie war es denn für dich?«, fragte sie sanft.

Jacos Mundwinkel wanderten in die Höhe, und mit Händen und Worten zeichnete er ein begeistertes Bild in die Luft. »Stell dir vor: die Halle noch warm von einem langen Arbeitstag, Dunkelheit hüllt euch ein, das einzige Licht stammt vom Ofen, und um euch herum schimmern auf Werkbänken die Glasarbeiten, die du ausgewählt hast, um deine Begleitung zu beeindrucken.« Er lachte, und auch Flavia kicherte hinter vorgehaltener Hand.

»Es war einfach herrlich.« Ehe sie sich's versah, lag ein schwerer Arm um ihre Schultern.

»Aber weißt du, was gerade noch herrlicher wäre?« Sein Blick wanderte zu dem berüchtigten Schaukasten. »Lass uns gemeinsam Unruhe stiften. Wie in alten Zeiten.«

»Du schreibst, ich stehe Wache?«

»Wie in alten Zeiten.«

Flavia konnte dem Klatsch zwar nichts mehr abgewinnen, seit sie ständig Angst haben musste, etwas über sich selbst zu lesen, doch im Namen ihrer geschwisterlichen Verbundenheit fasste sie sich ein Herz und schlich mit Jaco hinüber.

Nachdem sie ein eigenes harmloses Gerücht in die Welt gesetzt hatten, waren sie auf der Suche nach unterhaltsamen Neuigkeiten die übrigen Aushänge durchgegangen. Die meisten stellten Spekulationen darüber an, welcher der britischen Herren, die Veridianis Abendgesellschaften bereicherten, denn nun der Earl war. Einige – und das weckte Flavias Interesse viel mehr – befassten sich auch mit der bevorstehenden Kunstausstellung und der Qualität, die man dort wohl würde erwarten können.

»Ein Skandalgemälde wird auf der Ausstellung zu sehen sein? Wie aufregend!« Ihre Mutter streckte, nachdem sie ihr davon berichtet hatten, die Hand nach dem Zettel aus und zwinkerte Flavia zufrieden zu. Mit dieser Neuigkeit konnte sie vor den Nachbarinnen, die es noch nicht wussten, glänzen. Dass Donna Clarissima ihrerseits den Schaukasten bereits besucht hatte, war unwahrscheinlich – sie hätte das Zettelchen nie dort hängen lassen, und der nahende Triumph ihrer Mutter legte ein Lächeln auf Flavias Gesicht.

Es war bereits spät, und nachdem sie ohne den Vater zu Abend gegessen hatten, weil dieser noch bei einer Besprechung war, saßen sie nun zu dritt im Wohnzimmer und läuteten die Nacht mit einem Glas Sherry ein.

Viel zu lange war es her, dass Jaco und sie zwanglos Zeit mit ihrer Mutter verbracht, sich abseits der Werkstatt bei Oliven, Käse und Wein über andere Themen als die Arbeit ausgetauscht hatten. Und obwohl noch so viel zu tun war – es schwammen eindeutig *nicht* genug Unterwasserkreaturen in ihrem Aquarium, wollte Flavia sich die kostbaren Momente mit ihrer Familie nicht stehlen lassen. Sie am einen Ende des Sofas, ihre Mutter am anderen, streckten sie gemeinsam die Beine aus und kicherten, als Jaco einen ganzen Berg Decken auf sie warf und die Zipfel um sie herum feststeckte. Eingemummelt ließen sie sich ihre rauchenden scaldini auf die Bäuche stellen, obwohl sie ja eigentlich die kühle Luft im Haus gewohnt waren und – anders als gewisse Leute – in der richtigen Kleidung nicht froren. Bald schon strahlte die behagliche Wärme in ihre Körper aus, und nur noch die kalten Nasenspitzen erinnerten daran, dass hier aus Prinzip nicht geheizt wurde, wie in jedem venezianischen Haushalt.

Jaco setzte sich mit einem dicken Kissen auf den Boden. Die Füße aufgestellt, den Kopf gegen den Sofarahmen gelehnt, reichte er ihnen vom Tisch die Sherrygläser und stellte sie wieder zurück, sobald Flavia und ihre Mutter genug davon genippt hatten. Er für seinen Teil war immer noch geprägt von der Nacht im Casino, als Giovanni unter dem Einfluss von Alkohol den größten Fehler seines Lebens begangen hatte. Seitdem mied er Getränke, die das Potenzial besaßen, ihm am nächsten Tag Kopfschmerzen zu bescheren.

»Viel spannender als das Skandalgemälde ist doch der Besuch des Königspaars«, sagte Flavia. »Vielleicht ziehen sie uns künftig als Lieferanten in Betracht, wenn sie unsere Glaskunst erst auf der Ausstellung gesehen haben. Das war immer Oriettas Traum. Wisst ihr noch?«

Ihre Mutter presste sich ergriffen die Hand aufs Herz, als wollte sie sagen: *Ich weiß es noch ganz genau. Und du kannst diesen Traum nun für sie wahr werden lassen.* Heraus kam jedoch die ungerührte Frage: »Irgendwelche Neuigkeiten von unserem Earl of Sunderland?«

Jaco schnaubte. »Mich interessieren die Länderpavillons, nicht ihre Monarchen.« Sein Blick schoss provokant zu Flavia. »Das vereinigte Königreich wird allerdings vertreten sein. Du interessierst dich doch so für die Briten.«

»Jaco hat bei Amalia Dal Corso gelegen!«, rief sie prompt.

»Was unwichtig ist, weil Flavia sich heimlich mit John Pomeroy trifft …«

Ihre Mutter prustete den Schluck Sherry, den sie eben genommen hatte, in einer Fontäne wieder heraus und setzte sich, eine Hand an ihrem scaldino, ruckartig auf. »Kinder, wollt ihr mich ins Grab bringen?«

Befriedigt darüber, dass ihr Bruder in die Schranken gewiesen wurde, setzte Flavia sich ebenfalls auf. Doch ihre Mutter wandte sich an sie: »Mr. Pomeroy ist unser Kunde! Sein Vermögen bringt uns durch die nächsten drei Monate, also nimm bitte Abstand von solchen Anwandlungen. Liebeleien schaden bloß dem Geschäft, wie du hoffentlich noch weißt.«

Ging es hier um sie? Oder doch wieder um Orietta und Salem?

»Ich habe nicht vor, durchzubrennen«, knurrte sie.

»Das hatte deine Schwester auch nicht, aber manchmal kommt es eben anders, als man denkt. Die Liebe ist unberechenbar. Wenn sie dich trifft …« Ihre Mutter suchte an der Zimmerdecke nach den richtigen Worten. Seufzend schloss sie die Augen. »Sei die Hüterin deines Herzens, hörst du? Verschenke es nicht kopflos.«

Jaco gluckste. »Schon zu spät!«

Und Flavia musste mitansehen, wie sich tiefe Sorgenfalten auf dem hübschen Gesicht ihrer Mutter abzeichneten. »John behandelt mich als Geschäftspartnerin. Und genauso begegne ich ihm auch.«

Ihre Mutter musterte sie prüfend, doch als sie in den Worten ihrer Tochter keine eindeutige Lüge fand, ließ sie von ihr ab und wandte sich Jaco zu. »Und du sei genauso vorsichtig! Wehe, du lieferst Donna Clarissima einen neuen Grund, unsere Freundschaft zu brechen.«

»Ich behandele Amalia vorbildlich.«

»Na, dann ist es ja gut.« Fürs Erste besänftigt, nickte sie Jaco zu, die Gläser wieder aufzufüllen, und um die gute Stimmung nicht zu ruinieren, nahm Flavia das Versöhnungsangebot an, auch wenn sich ihr Magen heiß zusammenzog.

»Zurück zum Earl. Was tratschen sie denn nun über ihn?«

»Dass die Brautschau in vollem Gange ist und die feinen britischen Herren zur Tischstunde jeden Tag von anderen Damen begleitet werden«, sagte Jaco. »Dabei soll der Stand der infrage kommenden Kandidatinnen wohl keine Rolle spielen. Unter ihnen wurde angeblich auch eine Arbeitertochter gesichtet.«

Und während er mit ihrer Mutter sinnierte, wer diese Tochter wohl sein und ob sie aus einer Glasbläserfamilie stammen mochte, dachte Flavia schon längst an Prudentia und ihre Verbindungen zur Oberschicht, die ihr solche Möglichkeiten durchaus eröffneten. Sie hätte dabei ein gesundes Maß an Missgunst von sich selbst erwartet – immerhin bestand die Aussicht, einen Earl zu ehelichen –, doch beim Gedanken an eine solche mögliche Liebesgeschichte verspürte sie bloß aufrichtige Freude für ihre ehemalige Freundin, die so viel mehr verdient hatte, als von Giovanni vor dem Altar stehen gelassen zu werden. Was den besagten Earl betraf: Flavia hätte nie Interesse für einen Mann empfinden können, der an Sibilla Veridianis Seite die Ballsaison bestritt und noch dazu mehreren Damen gleichzeitig den Hof machte.

Sie wechselte das Thema. »Übrigens, die Vetreria Fulchiati hat vorübergehend geschlossen. Eine betriebliche Umstrukturierung, heißt es.« Auch das hatte auf einem Zettel im Schaukasten gestanden.

»Komisch, Nonna hat gar nichts davon erwähnt.« Ihre Mutter blickte nachdenklich auf den Grund ihres schon wieder leeren Glases und ließ geistesabwesend zu, dass Jaco ihr nachfüllte.

»Deshalb sind es ja auch nur Gerüchte«, meinte er leichthin. »Nicht alles, was im Kasten hängt, trifft zu.«

»Und manches entgeht dem Löwenmaul auch«, ertönte es von der Tür. Damit trat gut gelaunt ihr Vater ein, und es war unklar, ob er Nonna oder den Schaukasten meinte. Nun schüttelte er seinen Mantel aus und hängte ihn trotz der Kälte an die Garderobe. Nach der ständigen Hitze an den Schmelzöfen bot ihm die Kühle, die ihn zu Hause erwartete, eine willkommene Erfrischung. Vierzig Jahre in seinem Beruf hatten ihn zu einem Mann geschmiedet, dem grundsätzlich zu warm war und der mit glänzender Stirn die Fenster aufriss, wenn andere froren.

Flavia freute sich auf den Tag, an dem die Hitze der Öfen auch ihr in die Knochen übergegangen sein würde.

»Schon zurück?« Ihre Mutter scheuchte sie auf, damit sie die eigenen Beine vom Sofa schwingen und aufstehen konnte. Mit einem beiläufigen Griff ans Haar überprüfte sie den Sitz ihrer Hochsteckfrisur; die Küsschen zur Begrüßung, die ihr der

Ehemann zukommen lassen wollte, wehrte sie mit einem ungeduldigen »Nun erzähl schon!« ab. Er schnappte sich Flavias Mutter trotzdem und platzierte einen feuchten Schmatzer auf ihrer Wange, der sie zum Quietschen brachte. Flavia stieß Jaco an, der die Szene mit dem gleichen kindlichen Grinsen beobachtet hatte wie sie und sie bloß feixend zurückschubste.

Erstaunlich – Flavia hatte immer gedacht, es wäre das Bewahren des Handwerks, das ihre Eltern trotz ihrer gegensätzlichen Persönlichkeiten so lange zusammengehalten hatte, doch nun kam sie zum ersten Mal auf den Gedanken, dass es sich schlicht … um Liebe handelte.

»Die Lokale sind voll«, sagte ihr Vater, während er Jaco und Flavia an den Schultern rüttelte, als wären sie wieder neun und dürften auf eine schokoladige Überraschung hoffen, die er ihnen aus der Stadt mitgebracht hatte. »Immer mehr Touristen strömen wegen der Kunstausstellung zusammen, selbst an einem beschaulichen Ort wie Murano findet man kein ruhiges Plätzchen mehr.«

Wie um seine Worte zu bestätigen, hallten Schritte durchs Treppenhaus.

»Wir haben die Besprechung verlegt, und zwar hierher.«

Hektisch betastete ihre Mutter ihr vom Liegen verknittertes Tageskleid, dann huschte ihr Blick entsetzt zu Flavias Frisur. Sicher standen einzelne blonde Strähnen von ihrem Kopf ab wie die letzten störrischen Federn bei einem gerupften Huhn. Im Zwiespalt, ob sie erst bei sich oder bei ihrer Tochter für Ordnung sorgen oder lieber Getränke herbeischaffen oder Brot aufschneiden sollte, warf sie mit gequälter Miene die Hände in die Luft. »In Gottes Namen, wer auch immer gleich durch diese Tür tritt – Emilio, halt deinen Gast gefälligst noch etwas hin! Wie sehen wir denn aus?«

»Strahlend wie immer.«

»Geht euch frisch machen. Ich kümmere mich um die Bewirtung«, sagte Jaco eilig, während der Vater bloß amüsiert lachte und die Sherryflasche schwenkte, die kaum noch etwas hergab.

Flavia eilte nach oben. Noch bevor sie ihre Zimmertür schloss, hörte sie aus dem Wohnzimmer schon eine dumpfe männliche Stimme.

Mit wem hatte ihr Vater sich verabredet? Welcher Geschäftspartner war ihm vertraut genug, ihn in sein Zuhause einzuladen? Bei der naheliegendsten Antwort begann ihr Herz zu rasen. Sie flog förmlich zum Wandspiegel neben dem Schrank und betrachtete ihre Erscheinung – ein bisschen matt, aber durchaus vorzeigbar. Hastig schnappte sie sich den Sprühflakon von der Kommode und hüllte ihr Gesicht in einen feinen Nebel aus Rosenextrakt und belebendem Thermalwasser aus Avène. Den leichten Aschegeruch, der sie stets umgab, konnte sie so oder so nicht übertünchen, ob sie ihren Hals und die Arme nach der Arbeit nun schrubbte oder nicht. Er war in ihre Haut eingesunken und ein Teil von ihr geworden. Aber vielleicht konnte sie wenigstens ihren rosigen Teint etwas mattieren, den der zu Kopf gestiegene Sherry ihr beschert hatte.

Rasch strich sie ihr knittriges Kleid glatt. Kämmte mit den Fingern die Stirnlocken in Form, die ihr Gesicht umrahmten, dann machte sie sich auf nach unten zu ihrem Vater und seinem ominösen Gast.

Der nicht John war …

Ihr erster Gedanke wurde sogleich von einem zweiten, weniger nüchternen vertrieben: *Um Himmels willen, die Dal Corsos!* Und dann auch noch alle auf einmal. Das musste wohl bedeuten, dass Amalia von ihrem Stelldichein mit Jaco erzählt hatte und ihre Eltern alles andere als begeistert davon waren.

Unauffällig spähte Flavia zu ihrem Bruder hinüber, der sich wie versprochen um die Gäste kümmerte und Don Benvenuto gerade einen dunkelbraunen klebrigen Likör kredenzte. Keine Spur von jener Angst, die sie selbst empfand. Ihre Mutter hatte sich wieder präsentabel gemacht und drückte bereits Donna Clarissimas Hände, die mit ihr und Prudentia das Sofa in Beschlag genommen hatte. Verschwörerisch begann sie zu wiederholen, welche Gerüchte sie über den Earl gehört hatte. Prudentia reckte bei der Erwähnung des britischen Adeligen den Hals und setzte sich zurecht, als fühlte sie sich indirekt angesprochen. Ihre Schwestern Natalina und Amalia spitzten ebenfalls die Ohren. Anders als sonst wagten sie es jedoch zur Abwechslung einmal nicht, die Älteren zu unterbrechen, nur hin und wieder saugten sich Amalias Augen an Jaco fest.

Ihr verhangener Blick sprach von einer überragenden Nacht, die sie nicht vergessen konnte, sondern die ihr auch Stunden danach noch klar vor Augen stand – eine Nacht, die sie wiederholen wollte. Und das Schlimmste daran: Jaco erwiderte diesen Blick. Obendrein besaß er tatsächlich die Frechheit, Natalina mit demselben schmachtenden Ausdruck zu bedenken.

Wahrhaftig. Flavia und ihr Bruder, sie spielten beide mit dem Feuer.

Doch nun schien der Moment gekommen, in dem zumindest Jaco sich an seinen Lügen die Finger verbrennen würde.

»Papà, folgst du mir bitte in die Küche? Ich möchte kurz deine Meinung hören«, sagte Flavia gepresst und schob ein heiteres Lachen nach, als spräche sie bloß von der Luftigkeit eines Ciabattas, die sie bestätigt haben wollte, bevor sie das

Brot mit Essig und Öl den Gästen vorsetzte. Die Dringlichkeit hinter ihren Worten war allerdings unverkennbar.

Ihre Mutter brach mitten im Satz ab, Donna Clarissima schaute irritiert auf, und selbst Jaco beendete seinen stummen Austausch mit den Dal-Corso-Töchtern für eine Minute und sah sich um.

Ihr Vater flehte sie mit betenden Händen stumm an, ihn doch bitte in Ruhe mit Don Benvenuto sprechen zu lassen, mit dem er bisher eine fast verschwörerisch leise Unterhaltung geführt hatte. Es war die Geste, zu der er immer Zuflucht nahm, wenn er nicht erklären konnte, warum er keine Zeit für sie hatte, und nicht wollte, dass sie es ihm nachtrug.

Flavia seufzte. Womöglich musste sie akzeptieren, dass sie ihren Bruder nicht vor sich selbst bewahren konnte, insbesondere nicht, wenn er mit solcher Inbrunst in seiner misslichen Lage aufging. Abwartend ließ sie sich gegen den Türrahmen zur Küche sinken. Jeden Moment würde womöglich das Thema einer Blitzhochzeit zwischen Amalia und Jaco aufs Tapet kommen.

Doch der Vorschlag fiel nicht.

Erst als sich die Väter gemeinsam erhoben und einander die Hand schüttelten wie bei einem Vertragsabschluss, Donna Clarissima und Flavias Mutter aufstanden, die Mädchen daneben Stellung bezogen, sackte Flavias Anspannung in sich zusammen.

Dann würde es also nicht wie bei Prudentia und Giovanni ablaufen. Dies war eine gänzlich andere Situation. Und Jaco musste sich nicht zwischen seinem eigenen Wohl und dem des Betriebs entscheiden.

Ihr Schädel dröhnte, doch sie zwang sich, aufmerksam zuzuhören.

»Liebe Familie, ich darf euch hiermit verkünden, dass Benvenuto Dal Corso uns offiziell die Zusammenarbeit angeboten hat. Ein Handwerk, zwei Meister – unter einem Dach vereint. Was sagt ihr?«

Flavias Kehle war wie zugeschnürt. Als sie auf seinen Blick hin endlich ein »D-das ist ja großzügig!« herausbrachte, schnitt sie sich an jedem Wort fast die Lippen auf.

Deshalb hatte er also die Besprechung nach Hause verlegt! Weil er die Entscheidung nicht allein treffen wollte. Nicht ohne zuvor das Wunderkind der Familie zu befragen, das, wie sie mit ebenso viel Freude wie Schmerz begriff, nicht Jaco, sondern *sie* war. Ihre Zustimmung sollte in einem knappen Nicken enthalten sein oder wenigstens in ihren Augen aufflackern, falls ein klares Ja noch Zeit brauchte. Schließlich war *sie* es, die die gläsernen Meisterwerke der Vetreria Volpato schuf und langfristig die Zukunft der Familie entweder garantierte oder ruinierte.

»Ich … ich kann jetzt nicht«, stammelte sie und merkte zu spät, dass das erste Wort Jaco gebührt hätte. Denn während ihr Vater zwar sie anschaute, blickten alle anderen im Raum auf ihn.

Sie konnte spüren, wie ihr das gezwungene Lächeln aus dem Gesicht glitt. Da ergriff Prudentia ihren Ellbogen und dirigierte sie von den Eltern weg. Von ihren eigenen, die auf Jaco einredeten, und von denen Flavias, die ihren Sohn zwischen sich gezogen hatten und stolz am Arm hielten.

»Lass das deinen Bruder regeln«, sagte sie leichthin, und Flavia folgte ihr wie betäubt nach oben.

Bei dem Blick auf die geschlossenen Zimmer zuckte Prudentias Hand zu Oriettas Tür, als würde auch ein Teil von ihr sie vermissen. »Ich hüte immer noch das alberne Pfand, das sie mir von ihm gegeben hat.« Ihre Stimme wurde brüchig, und wie ein Pokal mit zwei abgebrochenen Henkeln, der zwar seine einstige Pracht eingebüßt hatte, aber immer noch aufrecht stand, führte sie ihren Satz zu Ende: »Ich glaube, die gläserne Feder war gar nicht für mich. Orietta hat sie bloß geopfert, um den Verlobungsring zurückzubekommen.«

Flavia versuchte, ihre eigenen Sorgen für den Moment beiseitezuschieben. »Liebst du ihn noch?«

Sie schaute zu Boden. »Nicht ihn. Eher … die Vorstellung, was aus uns hätte werden können.« Mit einem entschlossenen Atemzug drückte sie den Rücken durch und riss ihren Blick von den Steinfliesen los. »Jemanden zu dulden, ist nicht das Gleiche, wie jemanden zu schätzen, oder? Ich glaube, er … er hätte mich nie wahrhaftig geliebt.«

»Und du ihn spätestens nach einem Jahr gehasst. Er ist unordentlich und morgens schlecht gelaunt.« Als Prudentia leise lachte, fühlte Flavia sich gleich besser und vermutete, dass es ihrer Freundin ähnlich ging. Auf verquere Weise war sie gerade dabei, die Tochter der Konkurrenzfamilie zu trösten. Beinahe hätte sie sich zu einer langen Umarmung hinreißen lassen. Andererseits wäre das zu viel Vertrautheit auf einmal gewesen, eine zu deutliche Erinnerung daran, dass sie mit Giovannis Entscheidung damals nicht nur ihren Bruder, sondern auch die beste Freundin verloren hatte.

In dem Versuch, den Moment der Schwäche auszugleichen, probierte sie es mit einer gut gemeinten Stichelei: »Und *du* gehst mit dem Earl of Sunderland aus und sagst mir nichts davon?« Mit einem sanften Klaps löste sie sich von Prudentias spitzen Schultern. »Die feinen Herren wurden *in Gesellschaft einer Arbeitertochter* gesehen.«

Prudentia musste lachen. »Das wäre ein Traum, oder?«

»Hast du schon mit einem von ihnen getanzt? Händchen gehalten?«

Jetzt bekam sie einen spielerischen Schlag ab. »Wenn dich die Bälle der Saison so sehr interessieren, solltest du mal wieder einen besuchen. Eine beträchtliche Anzahl von Leuten fragt nach dir.« Prudentia riss die Augen auf und kniff die Lippen zusammen, als hätte sie schon zu viel gesagt. Doch dann stöhnte sie und rückte mit der Sprache heraus: »Also, um genau zu sein: Sibilla Veridiani hat sich nach dir erkundigt. Seit Orietta im Ausland weilt, macht sie sich große Vorwürfe. Sie hat für deine Schwester alles getan, und du meidest sie, als hätte sie die Pest.«

Flavia verzog den Mund. »So einfach ist das nicht.«

»Ach nein? Vielleicht ist es genauso einfach. Und vielleicht stimmt mit dir etwas Grundlegendes nicht.«

Flavia zuckte zusammen, getroffen von einer tiefer liegenden Wahrheit, die Prudentia doch gar nicht kannte. Dann brachte sie schließlich heraus: »Sag der Veridiani, sie soll sich von mir und meiner Familie fernhalten. Und an ihren Aufträgen putz ich mir die Stiefel ab.«

»Ich an deiner Stelle wäre ihr dankbar, wenn sie dafür gesorgt hätte, dass die Stadt ein Denkmal bei meinem Vater bestellt.« Nach Prudentias tadelnden Worten füllte nur noch das Echo der kleinen Feier, die unten im Gange war, die peinliche Stille, die sich zwischen ihnen ausdehnte.

Sibilla Veridiani steckte hinter dem Auftrag von Fradeletto?

Schließlich wedelte Prudentia ärgerlich mit der Hand, genau wie ihre Mutter, wenn sie der Gesellschaft eines Menschen überdrüssig war. »Was ist bloß los mit euch Volpatos, dass ihr ausgerechnet diejenigen wegstoßt, die nur das Beste für euch wollen?« Und als die Entschuldigung, auf die Prudentia gehofft hatte, nicht kam, wandte sie sich mit Verbitterung in den Augen und einem verächtlichen »Ach, vergiss es!« wieder ab und lief nach unten.

Kapitel 16

Am nächsten Tag drehte sich alles um die Zusammenlegung der beiden Betriebe, die Flavias Vater mit beängstigender Entschlossenheit in die Wege leitete, obwohl zig Gründe dagegensprachen. Einer davon – vielleicht der schwerwiegendste von allen – war, dass Flavia kein Glas mehr blasen konnte, wenn die Dal Corsos erst einmal mitmischten – jedenfalls nicht in dem Maße wie zuvor, unbehelligt bis tief in die Nacht. Und wie sollten sie überhaupt die Garzonetti der beiden Glaswerkstätten miteinander versöhnen, wenn doch ein beträchtlicher Teil der Dal Corso-Belegschaft aus ehemaligen Mitarbeitern der Vetreria Volpato bestand? Aus Männern, die zu den Dal Corsos übergelaufen waren, als Flavias Familie auf den Ruin zugesteuert war. Von den im Volpato-Betrieb verbliebenen wurden sie immer noch als Verräter betrachtet, und sicher würde sich daran so schnell nichts ändern, auch wenn sie fortan wieder in eine Gemeinschaft gezwungen wurden.

Und was sollte aus Jaco werden? Unter Don Benvenutos prüfendem Blick würde er nicht lange verbergen können, dass seine handwerklichen Fähigkeiten höchstens zum unteren Mittelmaß zählten und keineswegs denen eines Glasbläser-Wunderkindes entsprachen. Sie riskierten, alles zu verlieren, wenn er entlarvt wurde. Ja, selbst für den unwahrscheinlichen Fall, dass die Dal Corsos Flavias außergewöhnliches Talent akzeptierten und es, obwohl sie eine Frau war, vor neugierigen Augen geheim halten würden – das bloße Wissen darum gab ihnen ein Druckmittel in die Hand, das sie jederzeit einsetzen konnten, um den ganzen Betrieb an sich zu reißen.

Also ja, in Flavias Augen war dieser Zusammenschluss ein riesiger Fehler. Sie durfte keinesfalls zulassen, dass ihr Vater ihn beging, auch wenn sie am vergangenen Abend noch ganz anders geklungen hatte. Doch zu dem Zeitpunkt hatte der Schrecken sie gelähmt und handlungsunfähig gemacht. Und die Unterhaltung mit Prudentia hatte sie daran gehindert, sofort irgendwelche Maßnahmen zu ergreifen.

Verflixt, sie hätte gleich etwas sagen müssen!

»Er ändert seine Meinung nicht, nur weil du ein Loch in die Tür starrst.« Jaco, der mit ihr in der Werkhalle arbeitete, zog eine Glasmacherpfeife aus dem Ofen und brachte sie zur Bank, wo Flavia abwesend die Hand danach ausstreckte. Sobald sie das glatte Eisen zwischen den Fingern spürte, war sie wieder ganz da, und aus wabernder, glühend heißer Masse entstand in einem Rutsch der Korpus eines Delfins samt Rücken- und Schwanzflosse. Mit Schwung, doch nicht minder präzise, formte sie die Schnauze. Als sie das Glasobjekt mit einer sauberen Bruchstelle vom Rohr abschlug, war es Damasio, der – nur um ein weniges schneller als ihr Bruder – die Hände darumlegte und es in seinen dicken Handschuhen barg, als wäre es eine Trophäe.

»Fatto alla prima«, murmelte er ungläubig. Denn wo andere mehrere Schritte für eine Skulptur benötigten, war Flavia gelungen, was sonst nur ihr Vater schaffte. »Ich bin jetzt Teil dieser Arbeit!«, rief er feierlich auf dem Weg zum Kühlofen und hielt zum Beweis die Figur hoch. »Dass ihr das ja nicht vergesst!«

»Ja, ja«, stieß Jaco hervor. Aber auch wenn er es ironisch meinte, hatte Damasio tatsächlich gerade eine der seltenen Gelegenheiten genutzt, an Flavias Kunst mitzuwirken – zumindest hatte er den Delfin vor der Fertigstellung berühren dürfen. Sonst verschanzte sie sich ja in ihrem privaten Arbeitszimmer, wo nur Jaco Zutritt hatte.

»Papà wird zur Mittagspause rauskommen«, sagte sie. Und dann würde er sie entdecken, umringt von seinen Garzonetti, die ihre Bewunderung zwar nicht gerne offen zeigten, sie allerdings auch nicht länger verbergen konnten. Vielleicht würde er ja in dem Moment begreifen, dass sie unter Don Benvenutos Teilhaberschaft nie wieder so würde arbeiten können, glücklich in den Herstellungsprozess versunken, eins mit dem Glas.

»Der wird seine Meinung nicht ändern, er ist ein starrsinniger Hammel«, bemerkte Jaco dicht an ihrem Ohr, der eine Pfeife mit frischer Glasmasse parat hielt. »Das, was du besitzt, nennt man eine Gabe. Und ich bin froh, dass du sie nicht länger versteckst.« Laut fügte er hinzu: »Seht sie euch an! Ist sie nicht unglaublich?« Er klatschte in die Hände, der Nächste stimmte ein, dann wieder jemand, bis daraus ein rauschender Applaus geworden war.

Verlegen heftete Flavia ihren Blick auf den Glaskörper, den sie bearbeitete, und spürte, wie ihr vor Freude ganz heiß wurde. Mit der Zange formte sie den Umriss eines Oktopus und bildete auch seine Tentakel aus. Der Zuspruch, den ihr die Kollegen zum ersten Mal offen spendeten, beflügelte sie. Und wundersamerweise lockte er auch ihren Vater aus dem Büro.

Sein übliches Brummen ertönte, und Flavia gab sich dem gewohnten Rhythmus von Schwenken und Rollen hin, der selbst dann in ihrem Körper nachhallte, wenn sie nicht auf der Werkbank saß, wie der ewige Wellengang im Körper eines Matrosen. Im Vertrauen, dass ihre Hände wussten, was sie zu tun hatten, auch wenn ihre Augen gerade nicht hinsahen, lächelte sie ihren Vater an, doch dessen Blick schweifte über sie hinweg zu den Garzonetti.

Offenbar überprüfte er, ob eine Erklärung dafür fällig war, dass seine Tochter heute die Halle zum Arbeiten beanspruchte.

Als endlich das stolze Lächeln aufblitzte, das sie sich gewünscht hatte – und mittlerweile auch erwartete –, verfehlte es seltsamerweise seine Wirkung auf sie. Die magische Wärme, die sich dabei sonst immer in ihrem Bauch ausbreitete, blieb aus, und Flavia wandte sich mit zusammengepressten Lippen wieder ihrem Glasoktopus zu.

Ihr Vater scheuchte die Garzonetti mit einem »Was lungert ihr hier noch so untätig herum?« zurück an die Arbeit. »Soll meine Tochter alles allein machen? Andiamo! Ein Meisterwerk für die Piazza und nichts weniger!«

Rasch löste sich der Zuschauerkreis um Flavia auf, nur Jaco blieb stehen, um ihr weiter zu assistieren und vielleicht auch, um die Diskussion nicht zu verpassen, die zweifellos in der Luft lag.

»Die Dal Corsos wollen uns nur, weil der Stadtrat ein Kunstwerk bei uns in Auftrag gegeben hat. Damit etwas von der öffentlichen Anerkennung auch auf sie abfärbt. Das ist dir doch klar, oder?«, sagte sie zu ihrem Vater, ohne von der kleinen Skulptur aufzublicken.

Funken stoben davon, als sie mit einem rauen Lappen die Oberfläche glättete, weiter hinten in der Halle zischte es, als zwischen einzelnen Arbeitsschritten das heiße Glas in einen Eimer mit Wasser getaucht wurde. Die Männer, die ihr zuvor wie gebannt zugeschaut hatten, führten wieder ihre gewohnte, mit derben Sprüchen gewürzte Hintergrundunterhaltung.

»Was auch immer die Dal Corsos wollen, bei einem geflügelten Löwen mit anspruchsvollem Farbverlauf können wir durchaus zusätzliche Hilfe gebrauchen.«

»Die haben Angst, den Wettbewerb gegen uns zu verlieren«, knurrte Jaco.

Das war wenig hilfreich, und Flavia stöhnte. Sie hatte es der Familie eigentlich auf schonendere Art beibringen wollen. Doch letztlich war dieser Moment so gut wie jeder andere. Einen passenden Zeitpunkt für schlechte Nachrichten gab es einfach nicht. »Wusstet ihr, dass es die Veridiani war, die dafür gesorgt hat, dass wir nicht von der Kunstausstellung ausgeschlossen werden? Ihr Einfluss reicht schon bis in den Stadtrat.«

Ihre Worte lösten nicht die erwartete Reaktion aus. Flavias Vater verschwand kopfschüttelnd wieder in seinem Büro, wo er unter dem Rumpeln seiner herumkramenden Hände weitersprach: »Veridiani hier, Veridiani da! Sie ist nur eine Salondame, keine Politikerin! Und du solltest deine ungesunde Besessenheit von dieser Frau endlich aufgeben.«

Empört blickte Flavia auf. Ihre Augen weiteten sich, als sie erkannte, dass ihr Vater seinen Mantel genommen hatte und im Aufbruch begriffen war. Er klemmte sich gerade noch eine lederne Aktentasche unter den Arm, bevor er die Bürotür schloss.

»Papà, wohin gehst du denn? Ich meine …«

»Termine. Ihr haltet so lange die Stellung.«

»Wenn du glaubst, ich lasse dich alleine zum Notar spazieren und einen Vertragsentwurf aufsetzen …« Die canna in ihrer Hand begann zu beben. »Reichen meine Befürchtungen nicht aus, um die Beweggründe der Dal Corsos zu hinterfragen? Sind fünfzehn Jahre der Rivalität mit *einem* Angebot aus der Welt geschafft?« Sie pfiff durch die Zähne. »Wirklich, ihr solltet gemeinsam den Weltfrieden angehen.« Als sie mit einem einzigen heftigen Schlag ihres Modelliermessers – des tajòls – das Glasobjekt von der Pfeife abtrennte, war es, als hätte sie eine Guillotine betätigt. Gerade noch so brachte Jaco sich in Position und erwischte mit seinen dicken Backhandschuhen einen Tentakel.

Obwohl sich der Glasgegenstand, noch nicht ausgehärtet, in seinem instabilsten Zustand befand, brach nichts ab – der Volpato-Qualität sei Dank, mit der sich ihre Familie rühmte. Ein Anspruch, den Flavia auch an sich selbst stellte. Und doch besaß sie in wichtigen Angelegenheiten kein Mitspracherecht.

Ihr Vater ging bei ihrem scagno in die Hocke und umfing ihr Knie mit beiden Händen. »Bambina, so hör doch! Die Vergangenheit muss endlich ruhen. Die Dal Corsos möchten Giovanni verzeihen und diese ganze Geschichte vergessen. Zeit, dass auch wir unseren Kummer hinter uns lassen.«

»Du hast sie als ›falsche Glasbläser‹ betitelt, seit ich denken kann. Und jetzt willst du ihr Emblem neben unserem auf Vasen und Skulpturen sehen?« Ein Schluchzer des Protests entrang sich ihrer Kehle. »Ich *höre* nicht auf zu arbeiten!«

Er schüttelte den Kopf, als hätte er nie an so etwas gedacht. »Natürlich nicht. Du wirst nur deinen privaten Werkraum aufgeben müssen. Wir finden andere Zeiten für dich, wo du allein in der Halle tätig sein kannst.«

Wieder ein Dasein in den Schatten fristen, nachdem sie sich endlich so viel Freiheit erkämpft hatte? Das konnte nicht sein Ernst sein.

Sie stierte auf ihre Finger, die den Stoff ihres Rocks kneteten, bis ihre Sicht verschwamm. Stur drängte sie die Tränen zurück. Wann hatten Tränen je etwas genützt? Sie hatten Orietta damals nicht geholfen und auch Giovanni nicht zurückgebracht. Plötzlich schoss all die Wut, die sich schon länger in ihr zusammengebraut hatte, nach oben und heraus wie ein Geysir, und sie fauchte ihren Vater an: »Wenn du diesen Zusammenschluss nicht absagst, trete ich in den Streik!«

Heftig entriss sie ihm ihr Knie und stand auf. Er starrte sie an. Und Jaco, der bei ihrem Ausbruch geräuschvoll die Luft eingesogen hatte, wagte es nicht zu sprechen.

»Flavia, bitte. Was soll ich denn tun? Die Dal Corsos bieten uns finanzielle Sicherheit. Giovanni ist fort, und du darfst nicht öffentlich Glas blasen. Du wirst es nie dürfen.«

Sie zerrte sich die Arbeitsschürze über den Kopf und schleuderte sie ihrem Vater vor die Füße. »Zu Abend esse ich auswärts.«

Nun stand auch er aufrecht, und der für sie reservierte weiche Zug um seinen Mund wurde hart und unnachgiebig. »Was soll das Theater?«

»Ich gehe.«

Nun regte sich ihr Bruder doch, er wirkte alarmiert. »Der Wettbewerb … Flavia …«

»Dann musst *du* eben unser Aquarium vervollständigen.« Bei seinem betretenen Schweigen biss sie sich auf die Lippe. »Oder warum nicht Don Benvenuto? Fragen wir *ihn*. Er mischt sich doch so gern in fremde Angelegenheiten ein.«

»Tja, zum Ausborgen von Quarzkieseln war er dir aber gut genug!«, entgegnete ihr Vater.

Flavia erstarrte. Von ihrer verzweifelten Anleihe bei den

Dal Corsos hätte er nichts wissen sollen. Aber natürlich tauschten sich die beiden jetzt, wo man sich mit dem Rivalen verbrüdert hatte, auch über die Verfehlungen ihrer Kinder aus.

»Du widersetzt dich meinen Anweisungen, und das mit Absicht.«

»Keine andere Glaswerkstatt wollte uns helfen!«

»Weil du beim geringsten Widerstand einknickst. So bist du schon, seit du klein warst. Alles wurde dir auf dem Silbertablett serviert. Wir haben dich verwöhnt.« Er hielt ihr die Schürze mit Nachdruck wieder hin. »In der Arbeitswelt stehen die Dinge nun mal anders. Man beißt sich durch, steckt Rückschläge ein, schluckt seinen Stolz herunter und buckelt, wenn nötig. Glaubst du, mir bereitet es Vergnügen, Benvenuto den Hintern zu küssen?« Er schüttelte die Schürze, als wollte er sagen: *Nun hör endlich mit den Albernheiten auf!*

Doch Flavia hatte den Vorwurf, dass sie bei Schwierigkeiten sofort aufgab, noch nicht verdaut. Die ganze Zeit über hatte sie gedacht, ihr Vater hielte sie für stark. »Ich wollte mir eher ein Bein ausreißen, als Prudentia um diese Quarzkiesel anzuflehen«, sagte sie gefährlich leise, heiße brennende Tränen in den Augen. »Aber ich habe es getan, damit du mich nicht für eine Versagerin hältst. Hauptsache, die Öfen brennen, nicht wahr? Das ist alles, was in unserer Familie interessiert.« Sie ignorierte die Schürze und kehrte ihm den Rücken. »Macht euren Mist doch allein!«

»Himmel, warum verstehst du denn nicht?« Ihr Vater schnaufte verzweifelt, packte sie am Arm und wirbelte sie herum. »Mein Körper macht nicht mehr mit … ist wohl das Herz!«

Trotz der Hitze in der Werkstatt wurde ihr mit einem Schlag eiskalt. »Was? Wann?« Jetzt hätte sie ihn am liebsten festgehalten, als er seine Hand von ihr löste. Peinlich berührt rückte er seine Schiebermütze zurecht. Auch Flavia fand das Thema angsteinflößend und unangenehm, doch sie mussten darüber sprechen. »Wann, Papà?«, fragte sie leise.

»Letzte Woche. Halb so wild. Ich muss mich bloß schonen.«

»Weiß Mamma davon?«

»Sie hat mich ins Hospital geschleppt.«

Das milderte einen Teil der im Raum stehenden Besorgnis, doch nichts konnte sie ganz fortwischen. Jaco war ganz grün im Gesicht geworden und mied ihren Blick.

»Warum hast du mir denn nichts gesagt?«, flüsterte Flavia.

»Du hast schon genug um die Ohren.« Ihr Vater wandte sich von ihr ab und ihrem Bruder zu. »Dass ich das jemals zu dir sagen würde, aber …«, ergeben stieß er einen tiefen Seufzer aus, »bring deine Schwester zur Vernunft, während ich weg bin und stellt in Gottes Namen endlich diesen Wettbewerbsbeitrag fertig!«

* * *

Am 2. April, 13 Tage vor dem Ende der Abgabefrist, hatte Flavia also zum ersten Mal an einem Arbeitstag freiwillig frühzeitig das Eisen aus der Hand gelegt.

Vielleicht wäre sie nicht mit dem nächsten Vaporetto in die Stadt gefahren, hätte ihr Bruder nur ein bisschen länger auf sie eingeredet. Dann hätte sie wahrscheinlich sogar resigniert und sich wieder vor den Ofen gestellt. Doch Jaco hatte sie trotz der klaren Worte ihres Vaters – und auch entgegen seiner eigenen inneren Überzeugung – ziehen lassen. Weil er sie verstand. Das hatte sie seinem ängstlichen Blick genau angesehen, bevor sie die Werkstatt verlassen hatte. Es war ihr Zwillingsband. Dieses in die Wiege gelegte Gespür für den anderen, das ihn davon abhielt, sich ihr in den Weg zu stellen. Er wusste genau, dass sie jetzt allein sein musste.

Die Vorstellung, zu Hause in die Teestunde ihrer Mutter zu platzen und Donna Clarissimas selbstgefälliges Geschwätz ertragen zu müssen, gruselte sie. Also floh sie an den einzigen Ort in der Stadt, wo sie ungestört war, wo ihre Gedanken langsamer kreisen und schließlich ganz zur Ruhe kommen konnten: zum Palazzo del Bovolo – ihrem Schneckenhaus.

Die üblichen Touristenströme hatten sich längst in den kleinen Gassen um den Markusplatz verloren, und Flavia war wie so oft die einzige Person, die den langen Aufstieg antrat. Erst als sie alle achtzig Stufen erklommen hatte und ihr oben auf der Aussichtsplattform der Wind um die Ohren pfiff, gestand sie sich ein, dass sie doch nicht ganz allein sein wollte.

Dass sie die Einsamkeit gar nicht ertrug.

Es war Johns Gesellschaft, nach der sie sich sehnte. Sein sauberer Männerduft, die festen Umarmungen und seine mit rauem Lachen ausgestoßenen Spitzen gegen sie, die sie mit einem schlagfertigen Spruch ihrerseits zu kontern wusste.

Nach dem Vorfall mit dem scaldino und ihrem grauenhaften Abgang hatte sie sich geschworen, ihn vorerst nicht wiederzutreffen. Und obwohl Flavia der Kuss noch beunruhigend gegenwärtig war, verließ sie den Ausguck und lief zum Hotel Palazzo Alfieri.

»Sie wünschen?«, fragte der Rezeptionist verdutzt, nachdem sie die goldene Klingel betätigt hatte. Sie war in die Halle gerauscht, als gehörten ihr die teuren Tische, Stühle und sämtliche Kronleuchter, obwohl ihr einfaches Arbeitskleid nach Asche stank und sie nicht gerade den Anschein machte, als wollte sie ein Zimmer mieten. Sie sah nicht einmal danach aus, als hätte sie genügend Geld, um sich ein Mittagessen im

Restaurant leisten zu können. Doch statt sie hinauszuwerfen, nestelte der junge Mann bloß an seiner Livree herum und wartete ab, den Blick auf ihre Lippen gerichtet, bis sie zu Ende gesprochen hatte. Offenbar fand er Gefallen an ihr.

»Ich würde gerne Mr. John Pomeroy sehen. Ist er auf seinem Zimmer?« Fest entschlossen, John noch vor dem nächsten Punkt seines Tagesprogramms zu erwischen, schaute sie sich in der von Marmor und Stuck strotzenden Empfangshalle um. Trotz der geschäftig umhereilenden Angestellten und der Handvoll Gäste im Foyer war es unnatürlich leise.

Kaffeehaus um sechs. Jetzt war es kurz nach drei.

Der Rezeptionist lächelte den Gast hinter Flavia entschuldigend an, bevor er auf ihr Drängen im Plan der Zimmerbelegung zu blättern begann. Sie machte den Hals lang, für den Fall, dass sich Johns Zimmernummer erhaschen ließ. Doch bis auf Randnotizen hinter manchen Nachnamen, die sie von ihrer Position aus nicht entziffern konnte, sprang ihr nichts ins Auge. Wahrscheinlich stand bei ihm etwas vermerkt wie: »Trinkt sein Wasser gern mit Anis«. Zumindest würde das zu seiner Extravaganz passen.

Der Gedanke an ihn machte ihre Finger unruhig, und sie begann damit auf den Tresen zu trommeln. »Nun?«

»Ich befürchte, es entspricht nicht den Richtlinien unseres Hauses, Ihnen Auskunft über unsere Gäste zu erteilen – so reizend Sie auch lächeln«, erwiderte der Rezeptionist freundlich, aber bestimmt. Dann schlug er eine lederne Kladde vor ihr auf und hielt ihr einen Schreibgriffel hin. »Falls ein gewisser Mr. Pomeroy in unserem Haus logieren sollte, wird er von Ihrem Anliegen erfahren.«

Kurz war sie in Versuchung, tatsächlich für den kleinen Dienst zu bezahlen. Doch was würde es nützen? Sie brauchte

John *jetzt*. Und wie dieser selbst gesagt hatte: Ein Mensch wie er lebte vom gesellschaftlichen Austausch. Sicher hockte er nicht am helllichten Tag in seinem Zimmer und drehte Däumchen.

»Ein anderes Mal vielleicht.« Sie nickte zum Abschied, und nachdem ein geistesgegenwärtiger Herr ihr die Glastür aufgedrückt hatte und offen hielt, marschierte sie wieder hinaus. Draußen blickte sie sich unschlüssig um, bis sie einem »Platz da!« rufenden Lieferjungen ausweichen musste, der mit seinem Lastenwagen das Gepäck von hochrangigen Neuankömmlingen herbeikarrte – eine französische Familie, dem weichen Klang ihrer Sprache nach. Die Eltern maßen Flavia mit einem abschätzigen Blick, als hofften sie, sie würde schnell in die Gosse zurückkehren, in die zumindest ihr schmutziges Kleid gehörte. Ohne Gruß schritten sie an ihr vorbei. Ihre in Taft und Seide gehüllte Tochter blickte beim Hineingehen einen langen Moment über die Schulter zurück. Es waren die gefurchten Brauen und ihre glasigen Augen, die offenbarten, was sie sich wohl schon lange wünschte: aus ihrem goldenen Käfig auszubrechen.

Und Flavia erinnerte sie daran.

Auf Murano, das wusste Flavia, beneideten sie viele um ihre Schönheit. Doch hier, rußig, stinkend und von körperlicher Arbeit gezeichnet, spürte sie zum ersten Mal, dass eine junge Frau aus all den *richtigen* Gründen gern an ihrer Stelle gewesen wäre.

Mit einer ermutigenden Geste signalisierte sie es dem Mädchen: *Kinn hoch. Nicht unterkriegen lassen.* Und als hätte die Französin ihr Signal empfangen, richtete sie sich kerzengerade auf. Vielleicht würde sie ja in Zukunft all den Raum beanspruchen, der ihr zustand und nach dem zu greifen sie nur nie gewagt hatte.

Flavia spürte ihr eigenes Lächeln zurückkehren. Doch wie bei Glas, das im richtigen Winkel von der Sonne getroffen werden musste, um zu glitzern, war es nur ein kurzes Aufflackern und längst wieder erloschen, als sie in die schmale Nebengasse beim Hotel schlüpfte. Hier konnte sie in Ruhe warten, ohne aufzufallen. Hin und wieder warf sie einen Blick um die Ecke, damit sie John nicht verpasste. Gleichzeitig fürchtete sie sich vor dem Ausdruck auf seinem Gesicht, wenn er sie entdeckte. Nicht etwa davor, dass er sie wegen des Missgeschicks mit dem scaldino verspotten könnte – vielmehr davor, dass der Kuss auch ihn nicht unberührt gelassen hatte. Denn das würde bedeuten, dass John und sie auf etwas Ernstes zusteuerten, für das sie vielleicht noch nicht bereit war …

Nachdem eine Zeit lang nichts geschah, Menschen in einem Strudel unscharfer Formen und Farben an ihr vorbeizogen, traf Johns Anblick sie wie ein Faustschlag in den Magen, hart und unvorbereitet. Sie duckte sich tiefer in den kühlen Schatten des Gemäuers, als er in ihre Richtung geschlendert kam. Er, Teil einer Gruppe ähnlich gekleideter Männer, schien sie nicht zu bemerken. Schicker als je zuvor, mit einem eleganten Zylinder auf dem Kopf, schwarzen Handschuhen und einem kristallbesetzten Gehstock, näherte er sich dem Hotel.

Wie einnehmend sein Gesamtbild aus der Ferne war, wenn einen die blonden Spitzen seiner Wimpern und das seltene Tizianblau seiner Augen nicht ablenkten. Welche Wirkung die breiten Schultern und seine hochgewachsene Statur auf die Damenwelt haben mussten – die meisten venezianischen Männer überragte er ohne Weiteres. Sicher wusste er gar nicht, wie hinreißend er war.

Und diese Ahnungslosigkeit machte ihn noch viel anziehender.

Flavia seufzte. Obwohl sie ihn noch ewig hätte betrachten können, war es höchste Zeit, ihn anzusprechen. Vor dem Hoteleingang waren bereits Leute dabei, sich um ihn zu scharen, als wäre er der Campanile und sie die nimmersatten Tauben der Piazza. Die Männer aus seiner Gruppe hatten ihn wohl durch die Stadt begleitet und verabschiedeten sich nun unter Gelächter und losen Terminabsprachen von ihm. Keiner davon war Flavia besonders ins Auge gestochen, und sie würde sich auch nicht an sie erinnern, sobald sie verschwunden waren. Diejenigen Gentlemen, die gerade erst aus der Empfangshalle traten, blieben zu einem ausgedehnten Wortwechsel mit ihm stehen, was allerdings dazu führte, dass ein Page den Durchlauf in der Tür regeln musste. Vor dem Palazzo bildete sich ein ausgewachsener Stau.

Nachdem ihr erster Impuls darin bestanden hatte, John ein Zeichen zu geben, drückte sich Flavia nun wieder an die Wand. Sie konnte jetzt unmöglich zu ihm gehen, denn wie hätte das ausgesehen? Eine vollbusige junge Frau, die ihn aus dem Nichts überfiel und von der Menge wegzog, würde bloß ungutes Aufsehen erregen. Außerdem konnte sie warten, bis die Menschentraube sich gelichtet hatte.

Zumindest dachte sie das.

Je länger sie allerdings untätig herumstand, desto unruhiger wurde sie. Ihr schwindelte, denn längst tobte eine Tarantella durch ihren Magen, und inzwischen hätte sie all die störenden Leute am liebsten mit einem Schubs aus dem Weg befördert.

Schließlich hielt sie es nicht mehr aus. Wider besseres Wissen marschierte sie los – stockte jedoch plötzlich und stolperte zurück.

Die Veridiani!

Dort stand sie, die berühmte Salondame, die sich für Frauenrechte stark machte, aber hinter ihrer schillernden Fassade in Wahrheit eine Tyrannin war. Und sie schien nicht etwa zufällig aufgetaucht zu sein, sondern vielmehr einer Gruppe von Nachzüglern anzugehören, die zusammen von der Riva degli Schiavoni gekommen waren und sich nun nach Küsschen und Umarmungen in die Gassen zerstreute.

Flavia zwang sich dazu, hinzusehen, trotz der heißen Tränen, die ihr in die Augen stiegen. Trotz des Zitterns, das ihren ganzen Körper erfasst hatte.

Sie sind in Sicherheit. Orietta, Louise und Salem. Sicher in Konstantinopel. Und auch dem Rest ihrer Familie würde nichts geschehen.

Ihre Hand verkrampfte sich an der Hauswand, während sie John und die Veridiani beobachtete, wie sie Seite an Seite die letzten gemeinsamen Bekannten verabschiedeten, bevor sie sich einander zuwandten und er sie mit einer halben Verbeugung und einem Handkuss entließ.

So vertraut.

Flavia musste schlucken.

»Auf ein baldiges Wiedersehen«, hörte sie die Veridiani feierlich sagen, und was auch immer John erwiderte, wurde von dem dröhnenden Lärm verschluckt, der Flavias Verstand stilllegte. Ein zähes weißes Rauschen umschloss ihre Sinne. Während sie gerade noch bei John Trost hatte suchen wollen, weil es ihrem Vater gesundheitlich schlecht ging, die Glaswerkstatt sich unter Dal Corsos gierigen Fingern auflösen würde und der Stadtrat Veridianis Einfluss verfallen war, ließ sie all das nun kalt.

Als hätte sie die Fähigkeit, zu fühlen, verloren.

Erst nach einer ganzen Weile – lange nachdem John hineingegangen war – verließ sie ihren Beobachtungsposten. Die

Glocken des Campanile auf der nahe gelegenen Piazza schlugen zur vollen Stunde. War es vier oder bereits fünf Uhr? Sie wusste es nicht. Für sie zählte bloß, dass John gerade wieder aus dem Hotel getreten war.

Nun trug er wieder Kleidung in dem einfacheren Stil, den sie von ihm kannte. *Sein Kostüm. Seine Verkleidung.*

Flavia schnaubte verächtlich. Für sie war klar, dass der Dandy von vorhin seinem wahren Wesen entsprach. Er fühlte sich unter seinesgleichen eindeutig zu wohl, als dass es hätte anders sein können. Der herumreisende Glassammler, der seiner wohlhabenden Familie den Rücken gekehrt hatte, war bloß eine Rolle, die er spielte.

Als sie ein zweites Mal an der Rezeption stand, hielt sie sich nicht mit der goldenen Klingel auf. Die Centesimi, die unter ihrer Hand über den Tresen rutschten, sprachen für sich. Und dann, als ihr das feine leere Blatt entgegenstarrte, bemühte sie sich, deutlich und sauber zu schreiben, damit über ihren Treffpunkt keine Zweifel aufkommen würden:

Morgen, den 3. April 1895, wenn alles schläft, findet in der Glaswerkstatt meines Vaters unser drittes und letztes Abenteuer statt.

Ich kann es kaum erwarten.

– Flavia

Kapitel 17

Sie hatte alle Türen angelehnt gelassen, sodass John sich selbst Zugang zur Werkstatt verschaffen konnte. Sämtliche Lichter waren gelöscht, nur in den Öfen brannten noch starke Feuer, um die Glasfritte für den nächsten Tag zu einer formbaren Masse zu verschmelzen. Dank der weit geöffneten Klappen breitete sich über den Betonboden eine mollige Wärme bis zu den hohen Decken aus, und bei dem wohligen Gefühl stieß Flavia unwillkürlich ein bitteres Lachen aus.

Wenigstens einmal würde John nicht frieren.

Sie hatte den Garzonetto der Nachtschicht mit einem frühen Feierabend belohnt, damit sie ihren Gast allein empfangen konnte, und nun saß sie hier.

Wie quälend langsam doch die Zeit verging, wenn man auf etwas wartete …

Als sich endlich Schritte näherten und schließlich in der Stille wie Hammerschläge durch den Gang hallten, erhob sich Flavia von der Bank und schlüpfte hinter die Eingangstür, wo sie zu einem weiteren langen Schatten wurde, der an der Wand tanzte. Im nächsten Moment trat John ein und sah sich um. Ohne einen Laut von sich zu geben, ließ sie ihn Ausschau halten; sie konnte förmlich sehen, wie er sich fragte, ob ihre Abwesenheit bloß ein neues reizvolles Spiel war oder ob sie ihn wohl versetzt hatte. Innerlich in eisiger Wut erstarrt ließ sie ihn den vorderen Teil der Halle durchstöbern – sah ihn nervös werden.

»Flavia?« Er drehte sich um die eigene Achse, als er sie nicht fand, und erst da konnte sie erkennen, was er ihr mitgebracht hatte: einen Strauß roter Rosen und eine Flasche Champagner. Er dachte selbstverständlich, das hier würde *diese* Art von Treffen zwischen ihnen werden. Wie sehr er sich doch irrte.

Sie löste sich aus den Schatten, bevor er sie ausgemacht hatte, und stieß ihn mit der Wucht ihres Körpers an die Wand. Schneller als er die Bewegung registrieren konnte, riss sie den Arm hoch und rammte ihn wie einen Riegel vor seine Kehle. Die Spitze ihres tajòls schwebte bedrohlich nah an seinem Hals. »Sei still«, zischte sie. Und dann noch mal: »Sei bloß still!«

Zur Warnung drückte sie das Messer fester gegen ihn. Er atmete angestrengt durch die Nase, und während er das tat, traten die seitlichen Muskelstränge an seinem Hals deutlich hervor, dort wo seine Schlagader pochte. Doch selbst in dieser Situation schaffte er es nicht, lange den Mund zu halten. »Du meintest das also ernst«, sagte er. »Keine Rosen.«

Sie verstärkte ihren Druck auf ihn und presste seinen Körper noch fester in die Wand.

»Flavia …« Ächzend ließ er den Blumenstrauß fallen und zerrte an ihrem Arm, um den Schraubstock zu lockern, den sie ihm angelegt hatte, doch vergeblich. Sie klemmte ihm weiter grimmig die Atemwege ab. Er sollte gefälligst schweigen, bis sie ihn zum Sprechen aufforderte.

»Was hast du mit Sibilla Veridiani zu schaffen?«, zischte sie schließlich und starrte zu ihm hoch, geradewegs in seine erschrocken geweiteten blauen Augen, die sich im Dämmer der Werkstatt verdunkelt hatten. Sein Atem traf heiß auf ihr Gesicht, jedes Mal, wenn sich seine Brust hart gegen ihre Brüste hob und senkte. Dort, wo sie einander berührten, spürte sie eine feuchte Wärme durch sein Hemd treten, und dieselbe Hitze begann sich auch unter Flavias Kleidung auszubreiten.

»Beruhige dich«, krächzte er. Allmählich schien ihm zu dämmern, dass dies kein wildes Vorspiel war, sondern eine wohlüberlegte Falle, und er begann sich unter ihrem Körper zu winden.

»Es wäre ratsam, meine Fragen zu beantworten. Ich habe dich in meiner Gewalt.« Zum Beweis ließ sie die Messerspitze ein winziges Stück in seine Haut eintauchen. Sofort erschien an der Oberfläche ein kleiner roter Punkt, sammelte sich zu einem feinen Rinnsal und lief seinen Hals hinab. Etwas in Flavia erschrak und schauderte, doch sie war nicht gewillt, ihn loszulassen.

Er schluckte trocken, sie konnte es an ihrem Unterarm spüren. »Unter anderen Umständen wäre das wirklich eine verlockende Vorstellung – ich in deiner Gewalt –, und ich würde mich dir mit allem, was ich habe, hingeben. Doch etwas sagt mir, dass du mir gleich diesen … Spachtel da in den Hals jagen wirst.« Sein Blick verschattete sich weiter, bis nur noch seine schwarzen Pupillen funkelten.

Dann plötzlich starrte er hinab auf ihren Mund. Etwas schien sich zwischen ihnen zu verschieben, und die unbändige Wut, die Flavia bis zu diesem Moment beherrscht hatte, wurde unmerklich abgelöst von … etwas anderem.

»Ich habe euch zusammen gesehen, dich und die Veridiani. Hast du dich in ihrem Auftrag an uns herangemacht?«, stieß sie schließlich hervor. »Hast du …« Erst als ihr die Stimme versagte, wurde ihr die Ungeheuerlichkeit dieser Möglichkeit so richtig bewusst. Aber was sollte er sonst mit der Salondame zu schaffen haben? Theoretisch konnte er natürlich zu jener Gruppe britischer Adeliger gehören, die bei der Veridiani in dieser Saison ein und aus gingen. Doch wenn dem so war, hätte er es doch sicher irgendwann einmal Flavia gegenüber erwähnt.

Ehe sie begriff, woher der Knall kam, hatte John sie entwaffnet. Kalter Champagner ergoss sich über ihre Schuhspitzen. Das tajòl fiel scheppernd zu Boden. In einer einzigen fließenden Bewegung hatte er ihre Rollen vertauscht, und plötzlich war sie es, die mit dem Rücken zur Wand stand. Er brauchte nur eine Hand, um ihre beiden Arme über ihrem Kopf einzufangen und sie gegen den kalten Stein zu pressen. »Jetzt hörst du *mir* zu.«

»Glaubst du, deine Lügen werden wahrer, wenn du mich zwingst?«, spie sie aus, und mit einem entnervten Stöhnen drängte er sie stärker an die Wand, prallte nun mit dem Gewicht seines Körpers gegen sie, und Flavia hatte ihm nichts entgegenzusetzen. Die rauen Bartstoppeln seines Kiefers kratzten über ihre Wange, als er den Kopf dicht an ihrem senkte. Seine Lippen, nur eine winzige Bewegung von ihren entfernt, öffneten sich. Flavia spannte sich an, bereit, ihn mit aller Kraft von sich zu stoßen. Doch dann streifte sein Mund federleicht den ihren – und sie hörte auf, sich zu wehren.

Bei der Erinnerung daran, wie er seufzend an ihren Lippen gesaugt hatte, ballte sich etwas in ihrem Inneren sehnsüchtig zusammen. Nur zu gut wusste sie noch, wie berauschend es gewesen war, ihn einzulassen, die sanften Zungenschläge zu erwidern und von seinem Atem zu schöpfen.

»Sibilla Veridiani ist eine eindrucksvolle Frau, aber ich habe kein Verhältnis mit ihr«, sagte er. Seine Stimme klang matt und rau wie nach einem langen Kampf. »Uns verbindet nur die Liebe zur Kunst.«

Sie brauchte einen Moment, um ihre Gedanken zu einer Frage zu bündeln. »Dann bist du wirklich ein Glassammler?«

»Ja, das ist zwar etwas exzentrisch, aber wahr.«

Verdammt. »Lass mich los!« Mit einer wütenden Drehung riss sie den Kopf herum, und er zog sich von ihr zurück, genau wie sie es gewollt hatte. Keinen Wimpernschlag später packte sie ihn am Kragen und zog ihn zurück. Tief über sie gebeugt stützte er die Arme zu beiden Seiten ihres Kopfes ab, stieß einen Laut zwischen Grollen und Stöhnen aus und verschloss ihr den Mund endgültig mit einem hungrigen Kuss.

Das hier, *das* hatte sie gewollt.

Wie verzweifelt kosteten sie den Moment aus, der ewig zu dauern schien. Irgendwann lösten sie sich schwer atmend voneinander. Flavias Lippen waren geschwollen und prickelten; und John strich noch einmal mit dem Daumen sanft über ihre Wange, bevor er sich von ihr entfernte und auf eine Bank fallen ließ.

Er streckte die Hand nach ihr aus, also ließ Flavia sich auf seinen Schoß ziehen, und während er sie hielt, begann sie langsam, sich an ihn zu schmiegen. Seine Finger wanderten unter den Ärmel ihres Kleides, schoben den Stoff hoch und entblößten ihre Brandnarbe. »Vom Schmelzofen oder der Brennschere?«

Sie verspannte sich, wollte wieder aufspringen, doch er umschlang sie mit einem Nachdruck, der ihr deutlich machte, dass er sie nicht verurteilen würde. Nicht für die Wahrheit. Und seltsamerweise glaubte sie ihm.

Dies würde vielleicht das erste echte Gespräch werden, das sie miteinander führten. Und sie wollte die rohe Echtheit zwischen ihnen nicht mit einer Lüge beschmutzen, auch wenn ihr niemand einen Vorwurf daraus machen konnte, dass sie zum Schutze ihrer Familie log. Die Wahrheit war schon in weniger brenzligen Lagen geleugnet worden. Trotzdem verspürte sie das Bedürfnis, ehrlich zu ihm zu sein.

So ehrlich sie eben konnte.

»Ein Unfall«, sagte sie vage. »Ich bin oft in der Werkstatt.«

Er legte den Kopf schief. »Um deinem Vater und Bruder das Mittagessen zu bringen?«

»Das weniger.« Sie hielt seinem Blick stand, und als würde er spüren, wie schwer ihr das fallen musste – als würde er respektieren, dass sie die Vorlage nicht aufgegriffen hatte –, drückte er ihr einen Kuss auf die Schläfe.

»Unvernünftige kleine Sünderin.«

Sie wusste nicht, ob sie lachen oder weinen sollte.

»Du bist das Wunderkind der Familie, nicht wahr?«

Flavia versteifte sich abermals. Wenn sie jetzt Ja sagte, gab es endgültig kein Zurück mehr. Aber vielleicht wusste er es ja schon lange. Immerhin hatte er eine Kostprobe ihres Fachwissens über Glas bekommen, hatte mit ihr gemeinsam in der Biblioteca Marciana nach Präzedenzfällen gesucht, und wahrscheinlich hatte er dann in der Werft beim gemeinsamen Lackieren der Gondel ihre Brandnarbe schon gesehen. Nur … die Zweifel, ob sie ihm wirklich vertrauen konnte, blieben.

Er blickte ihr besorgt nach, als sie aufstand.

»Bist du wirklich nur nach Venedig gekommen, um deine Glassammlung prüfen zu lassen?«, fragte sie unvermittelt und verschränkte die Arme vor der Brust. »Oder gibt es einen bedeutsameren Anlass?«

Er blinzelte, als hätte ihn der Richtungswechsel ihres Gesprächs kalt erwischt. »Was meinst du mit: ›bedeutsamer‹?«

»Die Esposizione Internazionale d'Arte zum Beispiel.«

Bei ihrer Antwort huschte ein Lächeln über seine Lippen, das Erleichterung andeutete und ihre Kombinationsfähigkeit zu würdigen schien.

»Du wolltest von meinem Vater wissen, ob es moralisch vertretbar wäre, im Auswahlkomitee zu sitzen und gleichzeitig deine Sammlung von uns begutachten zu lassen«, fuhr sie fort. »Dafür hast du seinen Rat gesucht, oder?«

»Er ist der beste Glasbläser der Stadt, also wollte ich von Anfang an meine Sammlung von ihm begutachten lassen. Dann bekam ich aber wegen der Kunstausstellung Bedenken. Dachte, der Kontakt zu euch könnte mich voreingenommen machen. Vor allem, weil ich bald geahnt habe, dass unser kleines Arrangement nicht spurlos an mir vorbeigehen würde.«

»Ach ja?«

»Ja.«

»Welche Spuren hat es denn hinterlassen?«

»Ich kann mich nicht mehr von dir fernhalten, Flavia.« Er stand auf, dem Sog erneut erlegen, den sie anscheinend auf ihn ausübte. Als wäre er glühendes formbares Glas und sie das Eisen, das sich mitten in sein Herz bohrte. Als er weitersprach, klang seine Stimme heiser. »Es ist meine Schuld. Vielleicht habe ich es nicht richtig versucht. Aber zum Teufel, all die kleinen Auseinandersetzungen mit dir haben mich hungrig zurückgelassen. Hungrig nach mehr.«

Sie wich seinen Händen aus und brachte einen Werktisch, auf dem einige Skizzen lagen, zwischen sie beide.

»Nach mehr Nervenkitzel, nach mehr Echtheit, mehr … von dir.«

Sie reckte das Kinn. »Ich denke, du solltest jetzt gehen.«

Das alte freche Grinsen stahl sich auf sein Gesicht. Er beugte sich über den Tisch, als wollte er einen Satz darüber hinweg machen – sie womöglich einfangen und wieder küssen. »Dann ist unsere Unterhaltung also vorbei?«

»Als Juror solltest du nicht zu viel über einzelne Kandidaten wissen.«

»Und wenn ich aus dem Komitee ausscheide – deinetwegen – und meinen Platz einer geeigneteren Person überlasse?« Aufgrund ihrer Fragen hatte er begriffen, welche Person ein rotes Tuch für sie darstellte, doch weil er nicht begriff, warum, fügte er mit einem diabolischen Grinsen hinzu: »Sibilla Veridiani würde sich freuen.«

Die leichtere Stimmung, die eben noch zwischen ihnen geherrscht hatte, verging mit einem Schlag. Flavia wandte ihm den Rücken zu und lehnte sich gegen die Tischkante. »Ich weiß, dass sie in der Stadt einen phänomenalen Ruf hat«, sagte sie betont ruhig.

»Sie ist eine Anhängerin von starken Frauen, Talenten wie dir, die sich nicht länger verstecken wollen.«

»Natürlich, das möchte sie alle glauben machen. Aber du kennst nicht die ganze Geschichte. Die kennt niemand – außer meiner Familie.«

Er umrundete den Tisch, lehnte sich neben ihr an die Kante und stupste sie freundschaftlich mit der Schulter an. »Und? Was ist denn die ganze Geschichte? Du sagtest, Sibilla Veridiani sei die Mentorin deiner Schwester gewesen.« Als sie schwieg, hakte er sanfter nach: »Befindet sich Orietta etwa nicht auf ihrer wohlverdienten Studienreise?«

»Sie befindet sich im *Exil.*«

Sein Atem stockte für einen Moment. »Dann hatte sie bestimmt einen guten Grund zu fliehen.«

Flavia lachte kurz und verzweifelt auf. »Allerdings. Sibilla Veridiani hat meine Schwester erpresst. Wollte sie dazu zwingen, das Kind ihres Sohnes Attilio auszutragen, damit der zu Nachwuchs kommt und die Linie der Veridianis fortgeführt wird. Zum Glück ist das nicht geschehen. Orietta war bereits schwanger, und sie ist jetzt beim Vater ihres Kindes, Salem, den sie über alles liebt.« Flavias Stimme bebte. John nahm ihre Hand und zog mit dem Daumen sanfte Kreise darauf. »Mein Bruder Giovanni hat unsere Glaswerkstatt im Casino verspielt. Orietta dachte, sie müsste in Veridianis Palazzo ziehen, um die Familie zu retten. Am Ende haben wir die Besitzurkunde wiederbekommen. Aber zu welchem Preis? Ori hat monatelang gelitten. Seit einem Jahr ist sie fort. Und Gio …«

»Möge er in Frieden ruhen«, sagte John.

»Mein Bruder ist nicht tot! Er ist bloß abgehauen und hat uns im Stich gelassen!« Vor lauter Scham schlug sie die Hände vors Gesicht und begann zu schluchzen. »Es tut mir so leid, John. Du musst mich für eine schreckliche Lügnerin halten. Ich lüge alle nur an, und ich kann nicht damit aufhören.«

»Sagen wir, du pflegst einen … etwas speziellen Umgang mit der Wahrheit.«

Unter Tränen musste sie lachen, empfand aber, jetzt da es ausgesprochen war, alles nur umso heftiger: all die Wut und die Verletzungen, denen sie sich so lange nicht hatte stellen wollen. »Wäre ich nicht gewesen, hätte Orietta es schon viel früher aus Venedig heraus geschafft! Sie wäre mit Salem an Bord dieses Schiffes gestiegen und hätte diese schlimmen neun Monate in Veridianis Palazzo nicht über sich ergehen lassen müssen. Ich habe meine eigene Schwester verraten, John! Nur damit sie nicht fortgeht und mich allein lässt.«

»Scht.« Er schloss sie fest in die Arme. »Sei nicht so hart zu dir. Du hattest die berechtigte Angst, sie zu verlieren, nachdem schon dein Bruder euch im Stich gelassen hatte.«

Flavia schlug ihm kraftlos gegen die Brust. Warum nur war er so verständnisvoll? Warum konnte John so gut in Worte fassen, was in ihr vorging und was sie selbst kaum zu begreifen vermochte? Wieder quollen ihr die Tränen über. »Bitte sag mir, dass ich ein schlechter Mensch bin.«

»Unsinn, niemals.« Er runzelte die Stirn. »Allerdings muss ich mir über einiges Gedanken machen.«

Mehr brauchte er nicht zu sagen. Flavia löste sich von ihm, bevor er sie wegschieben konnte, und wischte die Tränenspuren von ihren Wangen. »Natürlich. Ich bringe dich hinaus.« Ihre Stimme klang in ihren eigenen Ohren derart fremd, als wäre sie aus einem tiefen, langen Schlaf erwacht. Und ihr Gespräch, ihr Geständnis fühlte sich plötzlich an, als sei es weit entfernt, wie das Überbleibsel eines Traums, an den sie sich kaum noch erinnerte.

»Vielen Dank«, sagte er neutral.

Auf der Schwelle nach draußen blieb sie stehen und legte eine Hand ans Portal. Sie wusste, es war feige, aber sie musste ihn ohne richtige Verabschiedung gehen lassen. Denn die Vorstellung, dass John, nun da er alles wusste, sie nicht mehr küssen wollte, war zu demütigend, zu schmerzhaft, als dass sie es riskieren konnte. Sein eigenes Zögern bestätigte das nur. Also stieß sie ein knappes »Gute Nacht« heraus und schlug ihm die Tür vor der Nase zu.

* * *

Nicht einmal zwei volle Tage hatte ihr Streik angehalten. Schon am Morgen nach ihrer Auseinandersetzung mit John kehrte Flavia zu ihrer Familie zurück. Wie ein entlaufener

Hund, der völlig entkräftet zu der Hand zurücktrottete, die ihn fütterte, nachdem er seine Lektion auf der Straße gelernt hatte. Um dennoch eine Art von Widerstand zu leisten, trug sie unter der Lederschürze ihr schönstes Kleid, hatte Schmuck angezogen und Lippenpomade aufgelegt. An diesem Morgen hatte sie nämlich beschlossen, bei der Arbeit nur noch das anzuziehen, worin sie sich wohlfühlte, was sie selbst ausgesucht hatte und womit sie ihrem Charakter Ausdruck verleihen konnte. Sie war verdammt noch mal eine Frau, die sich gern zurechtmachte. Wer sie deshalb in der Werkstatt nicht respektierte, dem stand es frei, sich einen neuen Arbeitsplatz zu suchen.

Wie zu erwarten, hatte Flavias damenhafte Erscheinung die Garzonetti zunächst belustigt. Grölend hatten sie von ihr wissen wollen, wie sie sich denn hierher verirrt hätte. Doch zumindest Damasio lernte schnell zu schätzen, dass die herausgeputzte Version von ihr auch ein wohlriechendes Parfüm trug. Immer noch schnupperte er zwischendurch in die Luft und holte tief Atem, wenn sie aufstand und zum Ofen ging. Was ihn allerdings nicht davon abhielt, ihr feixend das Scheitern ihres Streiks vorzuhalten.

Sie wusste nicht, was sie mehr ärgerte: Damasios Witzeleien oder dass ihr Vater ihr so ungerührt die canna in die Hand drückte, als hätte sie nie aufbegehrt. Und Jaco war nicht da, um ihr beizustehen.

Laut Damasio hatte er die Nacht mit Amalia Dal Corso verbracht, und obwohl sie alle immer noch unter Zeitdruck standen, schien er auch noch den Vormittag an sein Stelldichein dranzuhängen. Wenigstens ihre Mutter hatte ein Wort des Trosts für sie übrig gehabt, ihr beim Frühstück flüchtig über den Kopf gestrichen und gemurmelt, dass alles gut würde.

Nonna hatte ihre eigene Art, ihre widerborstige Enkelin wieder in die richtige Spur zu bringen.

»Hier bist du also!« Ihre Großmutter zeigte mit dem Gehstock auf sie und betrat ihren privaten Arbeitsraum. »Ich dachte, du lägst faul im Bett?«

Zweifellos hatte Angelica sie geschickt. Nun, wenn ihre Mutter das behauptet hatte, dann nur, weil sie sich wirklich Sorgen machte. Darüber hätte Flavia früher geschmunzelt, doch in ihrer gegenwärtigen Verfassung rang ihr das Ganze nicht einmal ein müdes Lächeln ab. Konzentriert skulpturierte sie die Pflanzen weiter, die ihre Unterwasserwelt bereichern würden. Anstelle ihres Bruders half ihr nun ein triumphierender Damasio, und obwohl er seine Arbeit gewissenhaft ausführte, war es nicht das gleiche reibungslose Zusammenspiel wie mit Jaco. Außerdem versuchte er immer noch, nebenher mit ihr anzubandeln.

»Ich dachte, du kannst dem Glasblasen nichts abgewinnen, Nonna«, sagte sie. Mit einem kurzen Blick wies sie Damasio an, den Thron aus Stahl – ihren »Geistesblitz-Sitz« – für ihre Großmutter heranzuziehen, jenen majestätischen Lehnstuhl, auf dem Flavia immer die besten Ideen kamen. Auch wenn Nonnas schwarzes Haar nur an den Schläfen ergraut war, sie kaum gebückt ging und immer noch über eine robuste Gesundheit verfügte, wollte Flavia, dass sie sich schonte. Die Ältesten unter ihnen mussten besser auf sich aufpassen, das hatten ihr die Herzbeschwerden ihres Vaters nur allzu deutlich gemacht.

»Ich habe dir noch nie bei der Arbeit zugeschaut.« Nonna setzte sich. »Was für ein Versäumnis.«

»Sonst putzt sie sich dafür nicht so heraus«, sagte Damasio frech.

»Tja, bei den Stielaugen, die du machst, würde ich auch lieber einen Kartoffelsack tragen«, entgegnete Nonna, und der Garzonetto blickte belämmert drein, was sie höchst zufrieden stimmte. »Was meinst du, Kind? Soll ich ihm Benehmen beibringen, oder halten wir ihn so noch eine Weile aus?«

»Warten wir, bis die Unterwasserblumen fertig sind.« Mit einem unbeteiligten Lächeln drehte Flavia die canna, während Damasio mit einem Ausdruck stummen Protests hineinblies. Als das geschmolzene Glas zu einer großen Blase angeschwollen war, beeilte er sich, weitere glühende Glasmasse aus dem Ofen zu holen. Sie ergriff das von ihm gehaltene Eisen mit der Zange und dirigierte den herabfallenden Tropfen selbst, bis sich die Masse zäh um den geblasenen Korpus ihrer Fantasieblume schlängelte und sie durch Zusammenkneifen und In-die-Länge-Ziehen einzelne Blätter entstehen lassen konnte. Während des Prozesses sprach keiner von ihnen, doch sobald es geschafft war, ließ Damasio mit dramatischer Geste seine canna fallen und schmollte.

»Soll ich die Damen allein lassen? Ihr müsst es nur sagen.«

»Wenn du dafür meinen Bruder auftreiben kannst …« Flavia stand auf und schob die Skulptur zum Wiedererhitzen erneut in den Ofen. Ihr roséfarbenes Taftkleid wogte beim Klacken jedes Schritts um sie, das ihre mittelhohen, bequemen Absatzschuhe machten. Mit ihren Hängeohrringen und dem passenden Collier war sie wie für eine Abendgesellschaft gekleidet. Das Haar floss ihr, am Hinterkopf halb hochgesteckt, in Wellen über die Schultern, und an ihren Oberarmen plusterten sich reizende Puffärmel, die normalerweise durch lange Satinhandschuhe ergänzt wurden. Wären sie für das Halten des Eisens und des Werkzeugs nicht zu rutschig gewesen, hätte Flavia auch die noch getragen.

»Damasio, du hast sie gehört. Geh bitte rüber zu den Dal Corsos und hol meinen Enkel.«

Bei Nonnas Aufforderung hielt Flavia in der Bewegung inne und ließ das neue Eisen, das sie schon ergriffen hatte, im Ofen ruhen. »Wie kommst du darauf, dass er dort ist?«, fragte sie, sobald sie unter sich waren.

»Amalia hat mich auf Burano besucht und einen ganzen Stapel bestickter Taschentücher gekauft.«

Und dabei hatten die beiden sich wohl gegenseitig ausgehorcht. Amalia, um den kürzesten Weg zu Jacos Herz zu erfahren, und Nonna, um bei ihrem Enkel wieder auf den aktuellen Stand zu kommen. Ihr vielsagendes Lächeln deutete auf einen erkenntnisreichen Austausch hin.

Flavia stöhnte. »Bin ich denn die Einzige, die sich wegen der Zusammenführung unserer Betriebe von einer Klippe stürzen möchte?«

»Mir gefällt das Ganze auch nicht, aber in jeder Frucht gedeiht ein Kern, auch wenn sie noch so bitter schmeckt. Vielleicht bietet uns das Leben gerade eine Chance?«

So aufbauend die Worte ihrer Großmutter auch klangen, Jacos verheerende Nachrichten sollten in Kürze alles wieder zunichtemachen.

Als er nach einer Stunde endlich in der Werkstatt auftauchte, wurde er von den Dal Corsos begleitet; nur Prudentia, die wenig Interesse für das Handwerk aufbrachte und abends an einem Tanzball teilnehmen würde, fehlte. Der Rest ihrer Familie besichtigte die Halle auf eine Art, als wollten sie sich Notizen machen, wo eine Wand eingerissen und wo ein neuer Ofen aufgestellt werden musste. Tatsächlich hatte Donna Clarissima ein kleines Notizbüchlein gezückt.

Und während die Garzonetti im Hintergrund ungestört

weiterarbeiteten und Flavias Vater den Besuch überschwänglich begrüßte, sah Flavia ihrem Bruder sofort an, dass etwas nicht stimmte. In einem geeigneten Moment zog sie ihn beiseite, um der Sache auf den Grund zu gehen.

»Was ist los?«

Ohne sie anzusehen, schüttelte er nur kaum merklich den Kopf. Zum ersten Mal hatte er für die Dal-Corso-Töchter kein verschmitztes Lächeln übrig, ja, er schien ihrer Anwesenheit sogar überdrüssig.

»Flavia, wie hübsch«, sprach Donna Clarissima sie an. »Gehst du etwa auch auf den Ball? Dann solltest du dich von den Öfen fernhalten. Wir haben über deinen Geruch gesprochen, erinnerst du dich?«

Ihr Vater übernahm das Antworten für sie. An einem Arm führte er Nonna, mit dem anderen hakte er nun die Ehefrau seines neuen Geschäftspartners unter und steuerte sie unter belanglosem Geplänkel auf den renovierten Schauraum zu, wo die besonders schönen Unikate ihrer Werkstatt ausgestellt wurden. Natürlich war Donna Clarissimas Interesse sofort geweckt. »Mädchen, wo bleibt ihr? Don Emilio zeigt uns seine Kunst.«

Missmutig blickte Flavia dem Tross nach, dessen Ende Don Benvenuto bildete. Mit hinter dem Rücken verschränkten Armen spähte er die Wände hinauf und zog angesichts der geschwärzten Fenster die Nase kraus – die würde er wohl als Erstes reinigen lassen. Gerade wollte sie sich Jaco und dem, was ihm auf der Seele brannte, widmen, als zwei Lieferjungen mit vollbepackten Lastkarren hereinpolterten und ihre Fracht mitten in der Halle abluden. »Was soll das denn werden?«, fragte sie in einem Ton, auf den Nonna äußerst stolz gewesen wäre.

»Eine Glaslieferung.«

»Das sehe ich selbst.« Auf den Kartons prangte der Stempel der Dal Corsos. Wie viele Werkstätten waren auch sie der Meinung, dass es ausreichte, sich selbst zu verifizieren. Flavias Vater hingegen arbeitete als einer der wenigen Glasbläser seit einiger Zeit mit anderen Meistern an der Gründung eines Konsortiums; sie bemühten sich um ein gesetzlich anerkanntes Warenzeichen, das die Echtheit des Muranoglases geprüfter Hersteller bescheinigen sollte. Infolge der enormen Nachfrage seitens der Touristen wurden nämlich immer mehr Muranoglas-Kopien aus China importiert.

»Nehmt das gleich wieder mit«, sagte Jaco grimmig. »Wir haben keinen Platz für …«

»Bitte einmal öffnen. Vielen Dank!« Flavia zeigte auf den vordersten Karton, und der Junge, der sich zuerst angesprochen fühlte, kniete sich hin und durchtrennte mit einem Taschenmesser die Schnüre. Er beseitigte das Stroh und zog einen Glasfisch hervor. Dann noch einen und schließlich eine Schildkröte. Jaco musste Flavia an der Schulter zurückhalten, denn angesichts dieses Inhalts bestand ihr erster Impuls darin, eigenhändig die restlichen Pakete aufzureißen. Ihr Herz hatte zu rasen begonnen, als sie verstand. Don Benvenuto hatte ihnen lauter Meerestiere geschickt. Also wusste er über ihren Wettbewerbsbeitrag Bescheid!

»Das darf nicht wahr sein«, keuchte sie.

Ihr Bruder starrte sie schuldbewusst an und beichtete ihr im Flüsterton, was da vor sich ging. »Sie fertigen ein eigenes Aquarium an. Ich habe es heute Morgen entdeckt nach … egal. Als ich Amalia zur Rede gestellt habe, hat sie zugegeben, dass es eine Kopie von unserem ist. Sie hat damals herumgeschnüffelt, nachdem wir hier miteinander …« Sein Kopf nahm die Färbung des roten Hummers an, den der Lieferjunge als Nächstes auspackte. »Sie haben deine Idee gestohlen. Es tut mir wirklich verdammt leid.«

Flavia ging taumelnd vor der Fracht in die Knie, allesamt Schöpfungen ihrer Fantasie, ihrem Geist entrissen. Selbst die Farben und Formen der Fabelwesen stimmten mit ihrer Vorlage überein. Erschüttert barg sie eine Wassernixe in den Händen und drehte sie auf den Rücken, wo Don Benvenutos Signatur prangte. »Schafft das sofort raus«, sagte sie tonlos. Und noch bevor Jaco die Chance hatte, ihr Einhalt zu gebieten, schrie sie: »Raus damit!«

Außer sich schmetterte sie die kleine Glasfigur auf den Boden. Die Lieferanten wichen vor ihr zurück, als könnte sie als Nächstes ihnen das Rückgrat brechen. Und als die Eltern aus dem Schauraum herbeigeeilt kamen, zeigten die beiden Lieferjungen ängstlich mit dem Finger auf sie.

Flavia versuchte, sich im Bruchteil einer Sekunde zu fassen. Ihr schwitzendes und verzerrtes Gesicht hätte sonst allen nur ihren Schmerz offenbart. Einen Schmerz, dessen Ausmaß sich die Konkurrenz sicher nicht ganz erklären konnte und den sie für die Überreaktion einer besorgten Schwester halten mussten.

»Na, was ist denn geschehen?« Donna Clarissima schälte sich aus dem Kreis der Umstehenden und fasste derb nach Flavia, als müsste sie sie vor den meterweit umhergespritzten Glassplittern schützen. Vielleicht wollte sie auch nur verhindern, dass noch eine Kostbarkeit zu Bruch ging, doch ihr Griff war schroff. Die Warnung einer strengen Mutter, bevor es eine Tracht Prügel setzte.

»Es geht um den Wettbewerb«, sagte Jaco schließlich nervös. Er vermied es, Flavia anzusehen, auch wenn er in ihrem Namen sprach – vielleicht gerade deshalb. »Wir haben den Eindruck, die Dal Corsos könnten unsere Idee kopiert haben.«

Ihr Vater wandte sich – nun selbst ganz Ohr – an seinen neuen Geschäftspartner. »Benvenuto, wovon reden die Kinder?«

Ein schallendes Lachen ging der geschmeidigen Antwort voraus. »Das muss ein Missverständnis sein! Wir haben von Amalia erfahren, dass Jaco mit der Produktion seiner Unterwasserwelt nachhängt und wollten ihm lediglich mit ein paar Skulpturen unter die Arme greifen. Nichts Großes. Und natürlich«, er presste verschwörerisch den Zeigefinger auf die Lippen, »kein Wort zum Auswahlkomitee.«

Nonna schnalzte mit der Zunge. »Und wie sollen wir die frappierenden Qualitätsunterschiede erklären?« Sie deutete mit ihrem Stock auf die Skulpturen. »Ist das eine Qualle oder ein Geschwür?«

»Genug!« Flavias Vater schob sich vor sie, als wäre sein Körper ein Tuch, das er über einen Vogelkäfig warf, um den Singvogel darin zum Schweigen zu bringen. »Was wir eigentlich sagen wollen, ist: Danke schön. Vielen Dank, dass ihr uns mit vollem Einsatz unterstützt, wo wir doch gerade erst *ein* Betrieb geworden sind.«

Don Benvenuto nickte zufrieden, und seine Frau öffnete feixend die Finger, die sich wie zugeschnappte Klemmschellen in Flavias Schultern gekrallt hatten. Flavia stob von ihr weg und flüchtete sich bebend zu Jaco. Schon klammerten sie sich aneinander wie zwei Menschen, die am Fenster eines brennenden Hauses stehen und denen zu ihrer Rettung nichts anderes übrig bleiben wird, als vom Sims zu springen.

Wenn sie jetzt schwieg, würde sie es für immer bereuen.

Doch wenn sie etwas sagte, dann würde ihre *ganze Familie* es für immer bereuen.

Seufzend bat ihr Vater die Lieferanten, alles gegen einen Obolus ordentlich ins Warenlager zu räumen, und Don Benvenuto verkündete großzügig, dass er sich selbst um das Finanzielle kümmern würde. Amalia schlich heran, stibitzte Jaco mit aufreizendem Gekicher die Schiebermütze vom Kopf – doch er hatte keinen Blick für sie.

»Und nun?«, flüsterte er Flavia zu. »Hasst du mich jetzt?«

»Ich verfluche dich.«

Aber natürlich stimmte das nicht. Er war genauso betrogen worden wie sie. Vielleicht sogar noch mehr. Denn während er die ganze Zeit geglaubt hatte, begehrt zu werden, hatte Amalia ihn lediglich benutzt.

***

Der Besuch der Dal Corsos endete mit einem Umtrunk in der Osteria. Niemand ging davon aus, dass Flavia sie begleitete, während auf Jacos Anwesenheit bestanden wurde. Und so blieb sie mit den Garzonetti allein in der Werkstatt zurück und versuchte vergebens, ihre zitternden Finger unter Kontrolle zu bringen. Als nichts half, folgte sie Damasios Rat und ging in der Abenddämmerung nach Hause.

Die letzten Kunden auf der Fondamenta dei Vetrai, ein Liebespaar, kamen ihr mit einer kleinen Schachtel in den Händen entgegen. Der Mann hatte gerade den Deckel angehoben, um seiner Gattin wahrscheinlich zum hundertsten Mal die Glasperlenkette zu zeigen, die er für sie erstanden hatte – ein Schmuckstück, das zur Abwechslung tatsächlich von Jacos Hand stammte und dessen Farben in der charakteristischen Anordnung der Vetreria Volpato aufgefädelt waren: Blau, Gelb und dann Rot. Flavia erkannte es sofort.

Sie eilte ohne einen höflichen Gruß an dem Paar vorbei und wollte auch wortlos durch den Glaswarenladen huschen, doch ihr Onkel, der dabei war, nach und nach alle Lichter zu löschen, ließ sie nicht so einfach entwischen. »Irgendwann reißt du eine Vase um«, sagte er, leise in sich hineinlachend. »Und dann ist es eine, die dein Vater gefertigt hat, und du wirst dir nie verzeihen.«

Sie änderte ihren Kurs und kam zu ihm an den Kassentresen, wie es die Höflichkeit gebot. Mit zwei Küsschen auf die Wangen begrüßte und verabschiedete sie ihn gleichermaßen.

»Dann soll ich dir den Brief also nicht geben?«, fragte er, was Ansporn genug für sie war, doch noch kurz zu bleiben.

»Welchen Brief?« Ihr erster Gedanke galt Orietta, der nächste Giovanni, und als ihr Onkel den winzigen Umschlag aus der Schublade holte und ein maritimes Duftwasser sie anwehte, wurden ihre Hoffnungen erneut durcheinandergewirbelt.

»Ich wollte ihn nicht öffnen, nur um dann enttäuscht festzustellen, dass er auf Englisch verfasst ist. Wäre er auf Spanisch …« Er händigte ihr die Nachricht aus, die er für eine Liebesbotschaft hielt. »Ein bisschen groß, ein bisschen blass«, er zuckte die Achseln, »aber der Kerl weiß höllisch gute Geschichten zu erzählen.«

Flavia umarmte ihren Onkel fest, bevor sie die Treppen hinaufstieg und in Ruhe die Zeilen entzifferte. Mit den Fingern strich sie über die fließende Handschrift, die sie sich genau so vorgestellt hatte – etwas nach rechts geneigt mit großen Schlaufen und an den Enden geschwungen.

John schrieb, dass ihr drittes Treffen ihn zwar dem Tode

nahegebracht habe, allerdings mit einer eher düsteren Note geendet hatte, wo ihm doch eigentlich Abenteuer versprochen gewesen war. Eine Entschädigung würde er großzügig akzeptieren.

Morgen in der Vetreria Volpato um 16 Uhr.
Ich hoffe, du kannst es einrichten.
Ungeduldig,
– dein John

Kapitel 18

Nach den letzten harten Wochen, in denen Flavia sich zu Höchstleistungen angetrieben hatte, forderte die Überbelastung nun ihren Tribut. Sie schlief so lange und fest wie seit Ewigkeiten nicht mehr und schreckte erst hoch, als der Straßenlärm vor ihrem Fenster zu einem Durcheinander aus schreienden Stimmen anschwoll. Als sie hinausschaute, erkannte sie, wie spät sie für ihre Verhältnisse dran war. Dort unten erwachte ein Murano zum Leben, dem sie nicht länger angehörte. Frauen mit Strohhüten zogen von Haus zu Haus und verkauften ihre Milch aus Tongefäßen, während der verschrobene Holzlieferant, bei dem Flavias Vater immer bestellte, den Kanal entlangruderte und von einem kleinen Boot aus seine Erkennungsmelodie pfiff. Auf der Fondamenta lieferten sich die Laufburschen der Bäckereien ein lautstarkes Duell darüber, wer das frischere Brot anzubieten hatte. Und die verlockende Vorstellung, sich selbst das butterweiche Hörnchen auszusuchen, das man anschließend zum Frühstück vernaschte, ließ Flavia das Wasser im Mund zusammenlaufen.

Beinahe hätte sie sich wie früher aus dem Fenster gelehnt und den Jungs zugerufen, sie sollten ihr etwas Süßes vor die Tür legen. Dann überwog allerdings ihre Angst, Bruder und

Vater könnten ohne sie zur Arbeit gegangen sein, und sie blickte sich im Zimmer nach etwas um, das sie rasch überstreifen konnte. In das Kleid von gestern gehüllt, verließ sie schließlich ihr Zimmer.

Auf dem Treppenabsatz hörte sie bereits das Tischgespräch ihrer Familie. Erleichtert drosselte sie ihren Schritt und lauschte, um zu erfahren, was ihren Vater von der Arbeit abhielt. Hatte sich sein Gesundheitszustand wieder verschlechtert? Dann hätte man sie doch sicher geweckt. Aber sie konnte sich noch einen anderen Grund denken. Ihre Familie hatte bisher noch nicht entschieden, wie sie mit Don Benvenutos Meeresskulpturen umgehen sollten – ob sie Teil ihres Beitrags für den Wettbewerb werden durften.

Und in ihrem Hinterkopf schwirrte noch eine weitere Erklärung herum, warum der gewöhnliche Tagesablauf ihres Vaters an diesem Morgen verändert war: John.

Vielleicht hatte dieser nun genug Bedenkzeit gehabt und war zu dem Entschluss gekommen, ihren Vater auf das skandalöse Geheimnis der Vetreria Volpato anzusprechen. Er gehörte schließlich zu den Juroren der Ausstellung und steckte, ob er es wahrhaben wollte oder nicht, seit Flavias Geständnis in einem zweiten Gewissenskonflikt. Nicht nur war er ein Kunde ihres Vaters und hatte sich dessen Tochter in romantischer Absicht genähert, nun wusste er auch, dass Flavia das kostbare Volpatoglas fertigte und also in Wirklichkeit sie den Beitrag zum Wettbewerb einreichen würde. Bewahrte er ihr zuliebe Stillschweigen, machte er sich strafbar und riskierte es, sein Amt im Komitee zu verlieren, wenn die Lügenmärchen aufflogen.

Sie wusste nicht einmal, wie er zu der Position als Juror gekommen und wie wichtig ihm die Kunstausstellung war. Aber sie vermutete, dass er viel hatte investieren müssen, um diese Ehre zu erlangen.

Meldete er sie beim Stadtrat, würde sie für immer mit der Glasbläserei aufhören müssen. Ein Bußgeld wäre dabei noch ihre geringste Sorge. Und das konnte er ihr nicht antun, oder?

Vielleicht war ihm ja auch alles über den Kopf gewachsen, und er hatte sich, wie schon einmal, schlicht dafür entschieden, den weisen Rat ihres Vaters einzuholen. Doch selbst in dem Fall hätte ihre Mutter sie nicht in Ruhe ausschlafen lassen, sondern sie schon längst mit einer Schimpftirade nach unten zitiert.

Das mulmige Gefühl, mit ihrem Bekenntnis womöglich einen Fehler begangen zu haben, trieb Flavia schließlich in die Küche – auch wenn sie gerne noch etwas mehr von dem gehört hätte, was in ihrer Abwesenheit über sie gesprochen wurde. Bisher hatte sie nur aufgeschnappt, dass Jaco sich in ihrem Namen über Don Benvenuto beschwerte, während ihre Eltern dessen Einmischung als pure Hilfsbereitschaft abtaten.

»Guten Morgen allerseits«, sagte Flavia. »Sehe ich richtig? Noch niemand am Werk?« Verdrossen ließ sie sich auf ihren Stammplatz am Tisch plumpsen, während ihr Vater einen Gruß brummte und Jaco wie am Vortag die Schamesröte in die Wangen stieg. Er machte sich immer noch Vorwürfe, in der Werkstatt mit Amalia geschlafen zu haben. *Zu Recht!*

»Du bist reichlich spät, ciccina.« Ihre Mutter schob ihr einen dampfenden Teller Gemüsesuppe hin. Wahrscheinlich war das Frühstück schon seit einer ganzen Weile beendet, und sie hatte schon am Vormittag begonnen zu kochen, um den Nachmittag für wichtigere Aktivitäten freizuhaben. Wie sie summend durch die Küche wirbelte und dabei des Öfteren versehentlich an die Tischkante stieß, schien es, als wäre ihr

Körper zwar da, ihr Geist jedoch weit weg. Und ihre fahrigen Hände, die den Salzstreuer umwarfen, bevor sie ihn endlich Flavia reichen konnten, erweckten den Eindruck, ihre Mutter befände sich tatsächlich in Eile.

»Sag nicht, du planst ein Fest!« Mit zunehmendem Grauen registrierte Flavia immer mehr Anzeichen just dafür. Bei genauerem Hinsehen fielen ihr plötzlich die gescheuerten Fliesen auf, der Berg gefalteter Stoffservierten auf der Anrichte. Sogar der Kronleuchter, der sonst über dem Tisch hing, lehnte in einer Ecke auf einer Decke, und ein Putzlappen lag wie vergessen über einem der sechs Arme, die Schüssel mit Seifenlauge stand daneben.

Flavias Vater erhob sich mit einem Räuspern. »Wir stoßen auf die Betriebszusammenführung an.«

»Mit der ganzen Nachbarschaft«, fügte Jaco grimmig hinzu.

Auf ihren Protest gefasst, blickte ihr Vater sie über den Tisch hinweg an, und Flavia spürte das Blut in ihre Füße sacken. Bei einem Fest würde niemand im Glasgeschäft arbeiten. Doch genau dort erwartete John sie um 16 Uhr.

»Du sagst nichts dazu, also bist du einverstanden?« Er hätte gar nicht weiter von der Wahrheit entfernt sein können. Doch wenn nicht einmal ihr Streik ausreichte, um ihm ihre Ablehnung des Zusammenschlusses deutlich zu machen, wie sollte sie es ihm dann erklären?

»Ein Fest«, sagte sie daher bloß. »So kurz vor dem Wettbewerb?«

»Mit Dal Corsos Garzonetti haben wir genug Männer, um rechtzeitig mit allem fertig zu werden. Um den Löwen kümmern er und ich uns persönlich.«

»Damit der Ruhm auch auf ihn abfärbt?« Sie schnaubte leise.

»Vielleicht hatte Jaco recht damit, dass sie unsere Konkurrenz fürchten und lieber gemeinsam mit uns den Kampf um einen Platz auf der Kunstausstellung bestreiten.« Ihr Vater ballte die Hand bekräftigend zur Faust. Der unverkennbare Ausdruck von Stolz huschte über sein Gesicht, als er sich straffte und im milden Lächeln von Flavias Mutter Unterstützung fand.

»Sie halten sich garantiert für zu schlecht«, sagte sie. »Deshalb haben sie auch Flavias Kunstwerk kopiert.«

Jaco sah misstrauisch vom einen zum anderen. »Dann glaubt ihr uns also?«

»Euer Vater hat euch in dem Moment geglaubt, als er das Glas splittern hörte. Das hat er mir selbst gestanden.«

Don Emilio grunzte zustimmend.

»Aber seht es mal so: Nun, da unsere beiden Betriebe unter einem Namen arbeiten, ist es doch gleich, von wem die Idee zu dem Unikat stammt oder wer ihm den letzten Schliff verleiht. Mit Benvenutos Mitteln für die besten Rohstoffe und Flavias außerordentlichem Talent gewinnen wir alle.« Sie neigte sich zu Flavia und steckte ihr ein Bonbon in den Mund, das sie aus ihrer Schürzentasche gezogen hatte. »Gönn dir ruhig mal einen Tag für dich.«

Das war die Umschreibung dafür, dass sie Flavia heute nicht an den Öfen sehen wollte, zumindest nicht, bis die Nacht hereingebrochen war. Und damit war die Werkhalle offiziell für Flavia gesperrt. Doch außer Jaco schien niemand zu ahnen, wie tief dieser Schlag seine Schwester traf.

Er ballte hilflos die Fäuste, während er ihren Blick festhielt und sich derselbe Schmerz in seinen haselnussbraunen Augen spiegelte.

»Freimachen?«, sagte sie. »Das hatte ich sowieso vor.«

Ihre Mutter stieß erleichtert den Atem aus. Dann fiel ihr wohl ein, dass sie Flavia in deren unverhoffter Freizeit auch gleich für ihre eigenen Zwecke einspannen konnte. »Du bist herzlich eingeladen, mir bei den Vorbereitungen zur helfen.«

»Leider mache ich mich schon anderweitig nützlich.«

»*Ich* kann dir helfen!«, sagte Jaco rasch, bevor Flavia in die Not kam zu erklären, wo sie den Nachmittag verbringen würde. Sein Angebot zauberte ihrer Mutter ein Lächeln auf die Lippen und wurde vom Vater mit einem nachdenklichen Nicken aufgenommen. »Gar nicht mal so unklug«, sinnierte er. »Je länger wir eine Demonstration von Jacos Fähigkeiten vor Benvenuto hinauszögern, desto besser.«

»Dann ist es also entschieden.« Ihre Mutter klatschte in die Hände. Bevor sich die Familie trennte, gab sie Flavia allerdings noch zu verstehen, dass sie nicht unbedingt pünktliches Erscheinen erwartete, aber jeden streng bestrafen würde, der dem Fest vollkommen fernblieb. »Vertreter der Presse werden da sein. Es ist von äußerster Wichtigkeit, dass wir uns mit den Dal Corsos als geschlossene Einheit präsentieren.«

Flavia neigte ergeben den Kopf. Doch zu Jaco bemerkte sie im Flüsterton, was ihnen wohl beiden auf der Zunge gelegen hatte: »Dann bin ich mal gespannt, wie du Nonna dazu kriegen willst.«

***

Sobald die Vorbereitungen für das Fest in vollem Gange waren, verließ Flavia das Haus, um nicht doch noch in die Fänge ihrer Mutter zu geraten. Zunächst wusste sie nichts mit sich anzufangen, doch dann besann sie sich darauf, wer sie ohne ihre Verpflichtungen in der Glaswerkstatt gewesen war, und sie schlug den Weg zum Palazzo da Mula ein, der kaum zehn

Minuten von der Fornace entfernt lag und jene Kindheitserinnerung barg, von der sie John während ihres Nachtspaziergangs erzählt hatte.

Der verwilderte Garten übte immer noch eine unbeschreibliche Faszination auf sie aus. Duftendes weißes Geißblatt und andere Gewächse, die sie als kleines Mädchen auseinandergedrückt hatte, um den herrlich saftigen Rasen unter ihren nackten Fußsohlen zu spüren, waren über die Jahre stark gewuchert und hatten sich an der Stelle, wo sie sich immer hindurchgeschoben hatte, zu einer mannshohen Hecke verflochten. Sie wusste nicht, welcher Adelsfamilie der Palast inzwischen gehörte, ob er sich überhaupt in Privatbesitz befand oder die Stadt bald das nächste Museum darin einrichten würde, doch falls es reiche Besitzer waren, die das Grundstück für sich beanspruchten, kehrten sie frühestens im September zurück – zur villeggiatura, der Sommerfrische, die üblicherweise auf dem Landsitz verbracht wurde. Was wiederum bedeutete, dass Flavia an diesem Nachmittag in den Garten eindringen konnte und niemand sie davonjagen würde.

Sich Zutritt zu verschaffen, gestaltete sich als schwierig. Doch der bloße Akt, Zweige und Ranken aus dem Weg zu schieben, sich mit einer gewissen Kraftanstrengung selbst den Weg freizukämpfen, kam Flavia heilsam vor. Sie dachte dabei an ihre Kindheit, die vielen heißen Sommer, in denen sie zwei Eimer Wasser mit einer Tragestange im Nacken von der Zisterne zum Haus geschleppt und bitterlich geweint hatte, weil sie unterwegs den halben Inhalt verlor. Erinnerte sich daran, mit welcher Selbstverständlichkeit Giovanni dann aus seinen Eimern in ihre geschöpft hatte, bis sie wieder gleich viel Wasser enthielten. Er hatte immer nach ihr geschaut, auch wenn er nicht musste. Erst jetzt erkannte sie, dass sie sich auf ihn verlassen hatte wie auf den nächsten Atemzug, der ihr immer zur Verfügung stand – ja, wie sie seine Fürsorge geradezu eingefordert hatte. Nie war ihr auch nur in den Sinn gekommen, dass er ihr gar nichts schuldete und all das bloß deshalb für sie tat, weil *er* es wollte.

Weil er so herzensgut war.

Ja, er war immer für sie da gewesen.

Ein trockenes Schluchzen entrang sich ihrer Kehle. Sie hörte damit auf, sich vorsichtig voranzutasten, und drosch stattdessen mit bloßen Händen auf das Blattgeflecht ein. Im nächsten Moment gab das Gebüsch wie eine geplatzte Blase nach, und sie wurde in den Garten hineinkatapultiert. Eine antike Säule fing ihren Schwung ab, von Moos überwuchert und verschmutzt – ein Abbild von Flavias Gemütszustand.

Hustend richtete sie sich auf und sah sich um. Die Gartenwege waren längst unter einem Pflanzenteppich verschwunden, der über die Abgrenzung der steinernen Rondelle wuchs und sich selbst die mannshohen antiken Statuen einverleibte, die überall standen. Die riesigen blauen Blütentrauben von Glyzinien bildeten hier und da dichte Vorhänge, und ein leichter, lieblicher Duft lag in der Luft. Das hier war der Lauf der Natur, deren Auswüchse zwar kurzzeitig eingedämmt, aber nicht für immer aufgehalten werden konnten – genau wie Flavias Gefühle, die nun, da sie unbeobachtet war, immer stärker in ihr aufwallten und sie zu verschlingen drohten.

Ihr Herz platzte vor Trauer um Giovanni und schrie gleichzeitig nach Orietta. Nie hatte sie sich so sehr nach einem neuen Brief von ihr gesehnt. Nie war es ihr so schwergefallen, sich an ihr Versprechen zu halten, das sie Orietta kurz vor der Flucht gegeben hatte: den ihr anvertrauten Brief nicht leichtfertig zu öffnen. Ja, sie hatte die klare Anweisung, das Siegel nur im äußersten Notfall zu brechen. Aber wer sagte denn, dass dies kein Notfall war? Tiefer als bis zu dieser Vereinigung mit den Dal Corsos konnten sie doch gar nicht sinken! Ihre Schwester hätte das ganz sicher ebenfalls nicht gewollt.

Allerdings bezog sich der Inhalt des Briefes natürlich auf die Veridiani und nicht auf die Dal Corsos. Es nützte Flavia gar nichts, das Siegel des Schriftstücks voreilig zu brechen, so unzufrieden sie auch mit der derzeitigen Situation war. Nein, sie musste eigenständig auf eine Lösung kommen.

In grimmiger Entschlossenheit stieß sie sich von der Säule ab und kehrte um.

Sie hatte zwar auf ihrem Spaziergang keine Ablenkung gefunden, doch immerhin wusste sie nun, dass sie vor ihrer Verantwortung nicht davonlaufen konnte, ganz gleich, wohin sie sich wandte, genau wie sie ihren Gefühlen für John nicht entkommen konnte. Beidem musste sie sich stellen.

Und mit einem Mal konnte sie es vor sich selbst zugeben: Ein reißender Strudel hatte sie erfasst und drohte sie von den Füßen zu fegen. Nachdem sie ein Jahr lang hatte stark sein müssen, wollte sie endlich schwach sein dürfen. Sich einfach diesem übermächtigen Sog überlassen und sich wie der Garten des Palazzo da Mula von ihren wild wuchernden Gefühlen verschlingen lassen.

***

Später, als sie zu dem Treffen mit John in den Glaswarenladen schlich, fragte sie sich, wie sie bloß davon hatte ausgehen können, nicht erwischt zu werden, wo ihre Mutter doch im Hinterhof ein rauschendes Fest gab. Das Lachen der Menschenmenge schwebte in der Luft, als befände sich Flavia in einem vollbesetzten Theatersaal. Eine von mindestens hundert Füßen getrampelte Tarantella erschütterte den Laden – zumindest klirrte das Glas in den Vitrinen im Rhythmus des von ihr sehr geliebten Volkstanzes. Die Musik war so klar zu vernehmen, dass sie gut und gerne selbst ein paar schnelle Drehungen hätte vollführen können. Doch ihr blieb kaum die Zeit, sich die letzten Blattreste aus dem Haar zu zupfen, als das Windspiel über der Tür auch schon John ankündigte.

Flavia fing seinen Blick durch den Spiegel auf und wandte sich langsam um. Ihre Hände suchten Halt an einem der vielen Pilaster in ihrem Rücken, und wo sie sonst kaum ein Problem damit hatte, John in die Augen zu sehen, senkte sie nun, als er mit einem Rosenbouquet auf sie zukam, schüchtern die Lider.

»Ich kann es einfach nicht lassen«, sagte er mit einem Blick auf die Blumen. Doch sein Selbstbewusstsein bröckelte in dem Moment, als sie den Strauß entgegennahm und ihre Hände sich kurz berührten. Beide zuckten zurück, wie aneinander verbrannt, dann suchte er erneut ihre Nähe, neigte sich zu ihr hinab, um sie auf die italienische Art zu begrüßen. Seine kühle Wange schmiegte sich an ihre, mehr eine Liebkosung als ein flüchtiger Gruß. Flavia griff nach seinem Mantelkragen, wollte John heranziehen und festhalten, doch dann zupfte sie ihm bloß einen Fussel vom Revers und ließ ihn wieder los.

»Ich dachte, du wolltest Abenteuer? Warum treffen wir uns hier?«

»Well …« Er sah sich forschend um. Wie ein interessierter Käufer nahm er den Anblick all der schillernden Gläser ringsherum einen langen Moment in sich auf, bevor er zum Kassentresen schlenderte und lässig den Ellbogen daraufstützte. Sein Blick folgte ihr durch den Raum, während sie hier eine Vase verschob, dort den verdrehten Tropfen eines mehrarmigen Wandleuchters zurechtzupfte und so tat, als wartete sie nicht voller Spannung auf seine Antwort.

John räusperte sich demonstrativ. »Wird man in diesem Laden auch bedient?«

Ihr Kopf fuhr herum. Natürlich, ein Spiel, wie typisch für ihn! Trotz ihrer miserablen Stimmung stahl sich ein Lächeln in ihre Mundwinkel, und sie trat hinter den Tresen. »Sie wünschen?«, fragte sie geschäftsmäßig. Mit dem Finger strich sie über das dicke aufgeschlagene Auftragsbuch, als hätte er sie mitten bei einer wichtigen Überprüfung gestört.

»Entschuldigen Sie meine Aufdringlichkeit, aber ich habe einen Termin.«

»Ah! Möchten Sie eine Vase in Auftrag geben? Einen Kronleuchter oder vielleicht sogar eine Skulptur?« Sie zückte einen Stift und schaute erwartungsvoll hoch. John musterte ihr Gesicht, als wäre *sie* das Kunstwerk, auf das er es abgesehen hatte. Einen Atemzug lang, zwei. Dann riss er sich zusammen und winkte sie näher.

»Ich fürchte, meine Anfrage ist streng vertraulich.«

»Ach ja?« Sie beugte sich vor, hatte selbst zu flüstern begonnen. Als ihre Brüste schwer auf dem Tresen zu liegen kamen, schoss ihr kurz durch den Kopf, wie unanständig es war, ihn so tief in ihren Ausschnitt blicken zu lassen. Und wie nobel von ihm, dass er es nicht tat. Er konzentrierte sich allein auf ihre Augen.

»Ich möchte den Glasmeister mit einer überaus wichtigen Arbeit betrauen.«

»Dann müssen Sie leider an einem anderen Tag wiederkommen. Der Maestro ist nicht zu sprechen.«

»Wie gesagt, ich habe einen Termin.«

»Na gut. Ich schätze, ich kann das überprüfen.« Sie blätterte in den Seiten und tat so, als suchte sie nach seinem Namen. Noch bevor sie ihm mitteilen konnte, dass offenbar ein Missverständnis vorlag, tippte er mit dem Finger an eine leere Stelle auf dem Papier.

»Hier steht es. 16 Uhr, Vetreria Volpato.«

Stirnrunzelnd schloss Flavia wieder den Mund.

»Dies ist doch die Vetreria Volpato?«

»Gewiss.«

»Dann möchte ich nun mit dem Glasmeister sprechen. Oder sollte ich sagen … mit der Glasmeisterin?« Er lächelte, und sein Lächeln wurde breiter, als sie endlich verstand.

»Ja?«, hauchte sie, die Augen starr auf einen Punkt im Buch gerichtet. Aber das schien ihm nicht zu genügen.

»Sie selbst sind die großartige Maestra?«

»Scheint so.«

»Und Ihr Name?«

Sie sah erschrocken zu ihm auf, denn das ging zu weit. Er wusste doch, dass sie es nicht offen aussprechen durfte. Nichts von dem, was er ihr auf so spielerische Weise zu entlocken versuchte. Es reichte schon, dass sie es *einmal* gesagt hatte. Einmal schwach geworden war. Allerdings – in seiner Gegenwart schwach zu sein, fühlte sich gut an.

So wunderbar sicher.

»Ich bin Flavia Volpato …« Sie stockte, und er nickte ihr ermutigend zu. Also nahm sie einen neuen Anlauf: »Ich bin Flavia Volpato, die Glasmeisterin der Vetreria Volpato. Wie kann ich Ihnen behilflich sein?«

Kapitel 19

John wünschte sich eine kleine raffinierte Vase von ihr, die ein halbes Vermögen kostete und an die er wenig gestalterische Ansprüche stellte, außer dass er sie im Handgepäck mitnehmen konnte. »Etwas, das dich stolz macht«, hatte er gesagt, und das war Flavias Signal, sich noch in derselben Nacht an die Arbeit zu setzen.

Während sie die Skizze zeichnete, das Farbschema festlegte und die Techniken auswählte, die sie benutzen wollte, plagte sie immer wieder der Gedanke an seine Abreise. Sobald die Esposizione Internazionale d'Arte erst einmal eröffnet war, würde er Venedig sicher schnell wieder verlassen – keine guten Voraussetzungen für den Beginn einer Liebe. Dennoch freute sie sich zutiefst über seinen Wunsch und seine Worte. Und über seine Bitte, ihr bei der Arbeit über die Schulter blicken zu dürfen.

Er hatte sie fast scheu darum gebeten, und Flavia hatte einfach nicht die Willenskraft aufgebracht, um ihn abzuweisen. Ihr schwaches »Dann wird es aber keine Überraschung« hatte er zu entkräften gewusst und sie mit seinem »Du bist Überraschung genug – *mein Knallbonbon*« um den Finger gewickelt.

In der darauffolgenden Nacht war die Glasfritte fertig, und

damit fiel endlich der Startschuss für Johns Vase. Und während sie die canna in den Ofen hielt, stand John neugierig hinter ihr und schaute ihr über die Schulter. »Woher weißt du, wann es genug ist?«, fragte er, als sie das glühende Glaskölbel aufnahm.

»Erfahrung, Augenmaß«, sie stupste ihm leicht den Ellbogen in die Rippen, damit er ihr Platz machte, »und ein gewisses Gefühl.«

Wenn sie allein arbeitete, nahm sie zunächst nur so viel Glasmasse auf, wie sie sicher zur Arbeitsbank hinübertragen konnte und fügte ihr dann in mehreren Durchgängen weiteres Glas an. Bei schweren Unikaten, deren Korpus aus einem Guss entstehen sollte, ließ es sich manchmal nicht vermeiden, dass sie zusätzlich eine Ablagegabel verwendete. Dabei handelte es sich um eine spezielle Vorrichtung mit Halterung, die man schieben konnte wie eine Lastenkarre. In Flavias Werkraum gab es Dutzende davon.

Sie schwenkte ihr Eisenrohr auf die Seite und platzierte es in der Halterung. Dann schob sie es, das orangefarben leuchtende Glaskölbel voraus, zu ihrem scagno, wo sie sich rasch niedersetzte und die canna wieder zur Hand nahm. John hob in milder Überraschung die Augenbrauen. »Warum hatte ich mir zehn schwitzende Männer dabei vorgestellt?«

»Weil es das ist, was die Glasbläserbetriebe uns glauben machen wollen. Ohne Manneskraft keine Meisterwerke.« Sie lächelte in sich hinein. »Ich habe so einige Skulpturen allein ausgeführt. Das Pferd in Vaters Büro beispielsweise.«

»Du meinst das malträtierte Nashorn?«

»Es ist ein Einhorn!«

Bei ihrem empörten Ausruf entfuhr ihm ein amüsiertes Lachen.

»Ein Bein ist nur deshalb knubbeliger als das andere, weil ich das *schön* fand.«

»Und weil du damals vielleicht noch nicht diese eindrucksvollen Fertigkeiten besessen hast?«

»Das könnte ebenfalls eine Rolle gespielt haben«, gab sie zu.

»Jetzt ärgere ich mich noch mehr, dass ich es nicht gekauft habe.«

»Es stand nie zum Verkauf.«

»Und doch hat es mich einladend angelacht, und dein Bruder hat mit mir darum gefeilscht.« Er versuchte, zu ihr auf den scagno zu gelangen, doch die canna, die weit über ihren Ellbogen hinaus nach hinten ragte, war im Weg. Damit er trotzdem neben ihr in die Bank passte und nicht unglücklich gegen das Eisen stieß, musste sie das Ende hochreißen. Dass ihr dabei beinahe das Glaskölbel heruntergerutscht wäre, da man die glühende, wabernde Masse stetig rotieren lassen und gegen die Schwerkraft ankämpfen musste, um sie in der Luft zu halten, entging ihm völlig. Erst als er sich in der Enge einen Stoß gegen die Brust einhandelte, entschuldigte er sich betreten und wich ihr aus, so weit die Begrenzung des scagno es erlaubte. Die zwei Seitenwände der Arbeitsbank reichten einem im Sitzen fast bis zum Bauch und ließen in ihrer Mitte eigentlich nur für einen Menschen Platz.

»Es vereinfacht die Dinge für uns beide erheblich, wenn du mir wieder aus der Ferne zusiehst«, sagte sie konzentriert.

»Natürlich.« Sofort erhob er sich, was sie bloß ein zweites Mal aus dem Konzept brachte, weil sie die canna wieder neu ausrichten musste. Mit einem kleinen Grunzlaut fing sie Glas und Pfeife wieder ein, fühlte sich allerdings geschmeichelt, als er keine halbe Schrittlänge neben ihr stehen blieb, nur diesmal am anderen Ende, dort, wo sie die glühend heiße

Glasmasse mit einer Zange modellierte. Fasziniert verfolgte er jede ihrer Bewegungen.

»So geschickte Finger«, murmelte er. »Wie talentiert.«

»Das ist ein Vorteil meiner Arbeit. Ich weiß mit so einigen gefährlichen Instrumenten umzugehen.« Sie hob flüchtig den Blick, nur um die Lider mit einem verstohlenen Lächeln wieder zu senken. Aber sie hatte genau gesehen, wie der Muskel an seinem Kiefer gezuckt hatte.

Oh, diese Zweideutigkeit.

Ab diesem Zeitpunkt lief es immer so zwischen ihnen ab. Jedes Mal, wenn sie sich während der nächsten Nächte in ihrem kleinen Werkraum trafen, Flavia arbeitete und er zuschaute, verging keine Minute, in der sie nicht redeten, sich neckten, einander gegenseitig belehrten. Manchmal stellte er Fragen zu den einzelnen Arbeitsphasen, oft unterhielten sie sich über allgemeine Themen. Darüber, wie gut ihm das Leben in Venedig inzwischen gefiel und dass er vorhatte, das Hotel zu verlassen und sich ein Zimmer in einem einfachen Wohnhaus zu nehmen, fern von der Piazza, wo es ruhiger war. Denn jetzt mit dem Frühling und seiner schlagartig aufkommenden Wärme würden auch die Touristenströme wieder anschwellen. Als ihm Flavia scherzhaft Murano als Aufenthaltsort vorschlug und er nicht lachte, sondern die Insel mit vollem Ernst als »ideal« bezeichnete, konnten sie sich danach für einige Zeit nicht mehr in die Augen sehen.

Kaum hatte sie einmal erwähnt, dass ihr das Blattgold für die Vase ausgegangen war und die reguläre nächste Lieferung zu lange auf sich warten lassen würde, schickte er ihr am darauffolgenden Tag per Kurier ein Paket.

Sie schwebten in ihrem eigenen kleinen Kosmos, waren zu Geschöpfen der Nacht geworden, die sich von flüchtigen

Berührungen und dem Licht der Schmelzöfen ernährten. Es dauerte nicht lange, bis John ihr nicht mehr nur zusah, sondern selbst Hand anlegte. Er fragte sie nicht mit Worten um Erlaubnis. Ein aufmerksamer Blick genügte, eine im richtigen Moment ausgestreckte Hand. Er war einfach dort zur Stelle, wo sie ihn brauchte. Und schon nach drei Nächten zögerte sie nicht mehr, ihn die canna zur Arbeitsbank tragen zu lassen und von ihm das benötigte Werkzeug entgegenzunehmen. Nur den gleichmäßigen Luftstrom, den man in die Glasmacherpfeife blasen musste, traute sie ihm noch nicht zu.

Mit jedem Hilfsdienst wurde er sicherer, nicht nur, was sein handwerkliches Geschick anging, auch in ihrer Gegenwart schien er sich wohler und wohler zu fühlen. Hatte er zu Beginn erst nach frühestens einer Stunde seinen Mantel abgelegt, knöpfte er jetzt schon das Hemd auf, kaum dass sie die Tür hinter sich geschlossen hatten, legte seine steifen britischen Manieren ab und wirkte gleich viel entspannter.

Aus irgendeinem Grund hatte sie gedacht, seine Brust wäre vollkommen glatt und nicht so wie die ihres Bruders Giovanni, dessen männliche Vitalität sich unverkennbar in seinem Haarwuchs und den gestählten Muskeln äußerte. Aber auch John hatte dunkle gekräuselte Härchen, einen leichten, verführerischen Ansatz, von dem Flavia sich fragte, ob er sich wohl über seine straffe Mitte bis in seinen Hosenbund fortsetzte. Gleichzeitig war sie erleichtert, dass sie es nicht sofort herausfinden musste. Denn dann wäre es ein noch größerer Kampf gewesen, den Blick während der Arbeit auf das Glas gerichtet zu halten – und nur darauf.

Die Vase nahm schneller Gestalt an, als ihr lieb war. Und fast bedauerte sie es, dass sie gemeinsam so rasch vorankamen, dass keine Risse oder Verformungen an dem Werkstück auftraten und sie nie einen Schritt wiederholen, geschweige denn den ganzen Prozess von vorne beginnen musste.

Durch ihre gemeinsame Hingabe wuchs ein schillerndes Meisterwerk, in all den faszinierenden Blautönen, die Johns Augen ihr zur Inspiration boten. Diese Zeit bot Flavia die einzige Möglichkeit, noch als Glasbläserin arbeiten zu dürfen: in den gestohlenen Stunden mit John, von denen ihre Eltern nichts ahnten. Denn seit Don Benvenuto und seine Garzonetti in der Werkstatt Einzug gehalten hatten, koordinierte ihr Vater ihre Arbeitseinsätze genau. Zwei Stunden zu Mittag, wenn die Männer in die Osteria aufbrachen oder sich an einer schnellen Runde im Casino versuchten. Seit sie mehr Arbeiter hatten und der Zeitdruck nicht mehr so spürbar war, ermutigte er die Belegschaft, länger Pause zu machen und ab und zu abends früher nach Hause zu gehen, während Jaco bei der nächtlichen Hallenaufsicht die Glasfritte in den Öfen überwachte. Doch immer musste sie sich durch den dunklen Hintereingang schleichen, und auch John schleuste sie ungesehen ins Gebäude hinein. Selbst ihr Bruder sollte nicht wissen, welches Ausmaß die Treffen angenommen hatten. Flavia fürchtete, er könnte ihre trügerische Hoffnung mit seinem neuen, ernüchterten Blick auf die Liebe zerschlagen, und sie wollte ihren Platz im Paradies noch eine Weile behalten. Die Einzige, die sie vorzeitig einweihte, war ihre Mutter. Und das auch nur, weil sie von selbst dahinterkam, nachdem eine ganze Woche auf diese Weise verstrichen war.

* * *

»Du hängst mit deinem Kopf gleich im Teller«, zischte Angelica hinter vorgehaltener Hand und zupfte an Flavias Keulenärmel. Mit ein paar anderen Damen der Nachbarschaft saßen sie im Empfangszimmer von Clarissima Dal Corso und tauschten sich zur Teestunde über die Neuigkeiten der vergangenen Tage aus. Auf Sesseln und Stühlen waren sie alle um einen niedrigen Kaffeetisch gruppiert, und die Haushälterin schenkte alle zehn Minuten heißes Wasser nach, wenn man nicht rechtzeitig seine Tasse mit der Hand bedeckte.

Wie ihre Mutter hielt Flavia einen winzigen Kuchenteller vor der Brust, von dem sie hin und wieder mit der Gabel pickte. Doch während das Gespräch vor sich hinplätscherte, überkam sie eine so große Müdigkeit, dass sie kaum die Augen offen halten konnte. Schlaf hatte für sie den faden Beigeschmack einer Pflicht angenommen, zumindest dann, wenn es um die Nächte ging. Lieber holte sie ihn in kurzen Einheiten über den Tag verteilt nach.

Und genau das wurde ihr nun zum Verhängnis.

Flavia brauchte keinen mahnenden Blick von ihrer Mutter, um zu wissen, dass Angelica an diesem Nachmittag doch lieber auf die Gesellschaft ihrer Tochter verzichtet hätte. Prudentias vernichtende Blicke dagegen trafen Flavia.

Das letzte Mal, als sie miteinander gesprochen hatten, waren sie im Streit auseinandergegangen. Prudentia hielt Flavia für undankbar, weil sie ihre Verachtung für Sibilla Veridiani nicht verstand. Statt nachzufragen, hatte sie ihr einen Vorwurf daraus gemacht. Eigentlich hätte Flavia wegen Prudentias Bemerkung, dass mit ihr angeblich etwas Grundlegendes nicht stimmte, beleidigt sein müssen. Aber sie war sich nicht sicher, ob dem nicht doch ein wahrer Kern innewohnte. Warum sonst hätte sie wohl einem Juror der Ausstellung ein Geheimnis verraten, das ihre Familie für den Wettbewerb disqualifizieren konnte?

Weil mit John auch etwas nicht stimmt.

Weil sie beide grundlegend *falsch* waren, aber zusammen auf die schönste Weise *richtig* füreinander.

»Dürfte ich bitte den Zucker haben?«, fragte Prudentia, und Flavia, die dem Döschen am nächsten saß, reichte es ihr. »Vielen Dank.«

Nach außen hin hatten sie sich auf höfliche Distanziertheit verständigt, und keine der anderen Damen am Tisch wäre darauf gekommen, dass sie einen Groll gegeneinander hegten, so liebreizend, wie sie einander das Milchkännchen darboten und von den geschmacklichen Feinheiten der mitgebrachten Kuchen schwärmten.

»Du hast dich mit der Zitronentarte wieder selbst übertroffen«, sagte Donna Clarissima genüsslich zu Flavia. »Kein Wunder, dass du heute so müde bist.« Genussvoll ließ sie eine Gabel davon in ihren Mund gleiten.

»Backen strengt an«, pflichtete ihr Donna Lucia bei, die Gattin des Apothekers. »Ich könnte nie so viel Zeit am Ofen verbringen.«

Flavias Mutter verlagerte ihr Gewicht. »Wir bekommen in diesen Tagen alle zu wenig Schlaf, nicht wahr?«

»Und ob. Meine Prudentia besonders.« Donna Clarissima faltete die Hände unter dem Kinn, offenbar zufrieden, dass ihr das richtige Stichwort geliefert wurde, um ihre schweigsame – und in letzter Zeit oft geradezu verschlossene – Tochter in den Vordergrund zu rücken. »Berichte uns doch mal, wie es auf dem letzten Ball für dich gelaufen ist.«

Prudentia stellte klirrend ihre Tasse ab. »Nun«, sie räusperte sich, »es könnte sein, dass die britischen Herren meine Tanzkarte etwas arg strapaziert haben. Dafür glaube ich inzwischen zu wissen, welcher von ihnen der Earl of Sunderland ist.«

Ein ungläubiges Raunen ging durch die Runde. »Wie bitte?

Erzähl uns mehr!« Alle schlossen sich Donna Teodoras Forderung mit einem frenetischen Nicken an. Flavia war wohl die Einzige, deren Gedanken bei Prudentias betont ruhiger Schilderung abschweiften. Doch sosehr sie sich auch bemühte zuzuhören, es schienen sich Wattebäusche in ihren Ohren zu sammeln, und langsam aber sicher richtete sich ihre Aufmerksamkeit nach innen. Als zöge eine unsichtbare Schnur ihr Kinn hinab zum Nabel. Es war einfach so verlockend, sich der Schwere hinzugeben und die trockenen Augen durch ein kurzes Schließen der Lider wieder mit Feuchtigkeit zu benetzen …

Flavia schreckte auf. Und diesmal war es nicht ihre Mutter, sondern ihr eigenes Bein, das gezuckt und sie geweckt hatte. »Entschuldigt«, sagte sie peinlich berührt, als sie die hochgezogenen Augenbrauen in allen Gesichtern bemerkte, dann tupfte sie sich mit dem Handrücken den Mund und setzte sich gerade hin. Wie lange war sie eingenickt gewesen? Mittlerweile hatte Donna Clarissima wieder das Wort. Und da Prudentia bei einem Blick in Flavias Richtung verächtlich die Augen verdrehte, musste sie wohl die gesamte Schilderung ihres wunderbaren Tanzabends verpasst haben.

»Und wer ist nun der Earl?«, flüsterte Flavia ihrer Mutter zu, während sich die anderen Damen weiter lautstark unterhielten. Diese befühlte mit starrem Lächeln ihre Hochsteckfrisur, als hätte sie mit dem Benehmen ihrer Tochter nichts zu tun. Auf ihren runden Wangen schimmerte jedoch ein Anflug von Schamesröte, und hätte Flavia in das einzelne Grübchen drücken können, das als mütterliches Erbe auch sie besaß, hätte ihr Zeigefinger sicher einen weißen Abdruck auf der Haut hinterlassen. »Keinen blassen Schimmer. Prudentia hat es nicht verraten. Sie wollte sich bloß wichtig machen«, antwortete ihre Mutter schließlich gedämpft und fuhr nach einem Schluck Tee an alle gewandt fort: »Wo bleibt eigentlich Donna Ermanna? Die Gute verspätet sich doch sonst nie.«

»Vielleicht hat sie sich von ihrem Mann anstecken lassen?« Donna Teodora verkniff sich ein Lachen.

»Oder es steckt etwas Ernstes dahinter«, sagte Flavias Mutter.

»Wieder ein Brand?« Donna Teodoras Amüsement machte einer erschrockenen Miene Platz. »Den letzten hat es vor zwei Jahren gegeben. Ich dachte, seitdem hätten alle Glasbläser ihre Sicherheitsvorkehrungen verschärft?«

»Haben wir auch«, murmelte Flavia. Sie konnte sich allerdings auch nicht erklären, warum Donna Ermanna unpünktlich war. Mit einem zerstreuten Zuspätkommer als Ehemann gestraft, dem Maestro der Vetreria Fratelli Toffolo – Don Ercole –, hatte sie oft darüber zu klagen, dass ihre Kunden sich weigerten, den vollen Preis für ihre Glasobjekte zu zahlen, da sie sich bei der Herstellung fast grundsätzlich wochenlang in Verzug befanden. Sie achtete penibel darauf, zu Verabredungen immer als Erste zu erscheinen, was zwar ihrem Ruf zuträglich war, allerdings nicht ihren Nerven. Sie war vor der Zeit komplett ergraut und schien jeden einzelnen ihrer Mitarbeiter zu verabscheuen. Nun, vielleicht hatte heute ja auch einer ihrer unfähigen Garzonetti etwas verpatzt.

Fürs Blasen bist du zuständig – aber nicht für das von Glas.

Mit angeekeltem Schaudern erinnerte sich Flavia an die Begegnung mit einem von ihnen in der Osteria.

»In der Vetreria Dal Corso & Volpato steht Sicherheit an oberster Stelle«, sagte ihre Mutter. Mit einer brüsken Bewegung schüttelte sie die Stoffserviette aus und strich sie quer über ihrem Schoß wieder glatt. Ein unmissverständliches Zeichen für Flavia, nun besser den Mund zu halten und an sie zu übergeben. Wie nicht anders erwartet, wandte sich die Unterhaltung damit sofort dem nächsten Thema zu.

»Ach ja, Donna Angelica, Donna Clarissima, meine herzlichen Glückwünsche!«, sagte Donna Lucia. »Zu schade, dass ich verhindert war. Ich wäre so gern beim Fest dabei gewesen. So wie die Presse davon schwärmt …« Sie zog einen Schmollmund. Die beiden Angesprochenen dagegen tauschten einen triumphierenden Blick und begannen – nach ein wenig Ermunterung – abwechselnd von der Feier zu erzählen.

»Stimmt es, dass die Gruppe um den Earl zugegen war?«

Flavias Mutter lachte auf. »Woher haben Sie *das* denn?«

Donna Lucia wollte offenbar nicht zugeben, dass sie das alberne Gerücht aus dem Schaukasten hatte, also verschluckte sie sich ganz passend an ihrem Stück Kuchen und hustete so vornehm wie möglich in ihr Taschentuch. »Flavias Tarte war ein Gedicht, dieser Brocken hier: schlicht ungenießbar. Wer hat den bloß gebacken?« Sie schob hochnäsig den Teller von sich, und wer auch immer angesprochen sein mochte – sie entschied sich dafür, beleidigt zu schweigen.

»Der Earl wird uns gewiss bald beehren. Vielleicht sogar mit einem Ring«, bemerkte Donna Clarissima vielsagend. »Ich halte Sie auf dem Laufenden, meine Damen.«

Das leere Versprechen, als Erste von einer möglichen Verlobung zu erfahren, stellte die Runde vorerst zufrieden, und schon wurde unter Gekicher und Getuschel nach neuen Themen gesucht. Für Flavia setzten Donna Clarissimas Worte den idealen Schlusspunkt. Sie erhob sich und winkte zu einem schnellen Abschied in die Runde. Auch auf die Gefahr hin, unhöflich zu wirken, sparte sie sich Umarmungen und Küsschen und drückte bloß kurz die Schulter ihrer Mutter. Zu ihrem Glück wurde sie mit einem wohlwollenden Nicken von ihr entlassen. »Schau noch bei Signor Masin vorbei, wenn du nichts mit dir anzufangen weißt«, sagte Angelica leise.

»Mache ich.« Doch der gut gemeinte Rat ging zum einen Ohr rein und zum anderen wieder hinaus. Flavia wusste genau, woran ihre Mutter sie erinnern wollte – der Werkstatt fernzubleiben –, nur konnte sie ihr diesen Wunsch nicht erfüllen. Nicht, solange Johns Vase unvollendet war. Aber natürlich würde sie sich erst am späten Abend hinwagen. Den Kaffeeklatsch wollte sie schlicht deshalb früher verlassen, um ein wenig Zeit nur mit sich zu verbringen und in Ruhe zu zeichnen.

Prudentia wollte die günstige Gelegenheit wohl ebenfalls nutzen, sie hatte sich gemeinsam mit Flavia erhoben. »Wenn du schon bei Masin bist«, sagte sie – offenbar hatte sie die leise Bemerkung von Flavias Mutter gehört –, »kannst du ihn dann fragen, welche von uns die Schau auf der Kunstausstellung eröffnen wird?«

In ihrer Verblüffung vergaß Flavia den Groll, der sich zwischen ihnen aufgestaut hatte. Eigentlich hätte sie erwidern sollen: »Warum fragst du ihn nicht selbst?« Doch aus ihrem Mund kam bloß ein erstauntes: »Natürlich.«

»Danke.« Prudentia ließ ihren Arm los, da ihr anscheinend erst jetzt klar wurde, dass sie unbewusst danach gegriffen hatte.

»Schon gut.«

»Vermutlich würde es auch was nützen, wenn du ein gutes Wort für mich einlegen könnest … Masin sagt, dass ich beim Gehen unschön das Kinn vorschiebe.«

»Jede mächtige Hexe hat ein starkes Kinn«, murmelte Flavia, ihr alter Spruch, die selbstironische Verteidigung, die sie sich als Kinder ausgedacht hatten, um Prudentia vor den gehässigen Kommentaren ihrer Spielgefährtinnen in Schutz zu nehmen.

»Und mein Kinn ist nun mal das stärkste.« Bei der Erinnerung leuchtete ihr Gesicht auf. Auch sie schien inzwischen vergessen zu haben, dass Flavia eigentlich ihre Verachtung verdiente. Leiser, fast verletzlich, fügte sie hinzu: »Ich würde wirklich gern die Ausstellung eröffnen.«

Aus einer Anwandlung heraus ergriff Flavia ihre Hände und drückte sie ermutigend. »Wenn Masin möchte, dass ich die Schau in einem Brautkleid beende, muss er sie dich wohl in einer Robe eröffnen lassen.«

* * *

Später zu Hause wollte Flavia sich wie gewohnt unbemerkt hinausschleichen, doch auf der Treppe nach unten lief sie ihrer Mutter in die Arme. Diese hatte ihre Petroleumlampe wie eine Stirnleuchte neben das Gesicht gehoben, der Schein warf harte Schatten auf ihr Gesicht und ließ sie älter aussehen, als sie tatsächlich war. Oder nicht älter – bloß abgekämpft. »So spät noch unterwegs, junge Dame?«, fragte sie.

»Ich hatte plötzlich das dringende Bedürfnis, in der Werkstatt noch nach dem Rechten zu sehen.« Aus ihrem Mantel und den Stiefeln konnte sie sich ohnehin nicht anders herausreden.

Der Ausdruck ihrer Mutter wurde milder. »Schätzchen, alles läuft prima, für den Moment auch ohne dich. Hast du die Zeitung gelesen? Was sie über uns schreiben?«

Flavia verlagerte das Gewicht von einem Fuß auf den anderen. Sie hatte es nicht übermäßig eilig, denn sie war sich sicher, dass John zur Not eine Weile vor verschlossener Tür auf sie warten würde. Doch der innere Drang, John wiederzusehen, der sie immer befiel, wenn ihre Treffen kurz bevorstanden, war zu stark, um ihn gänzlich zu ignorieren.

»Die landläufige Meinung lautet, eine Zusammenführung der Betriebe Dal Corso und Volpato sei das Beste, was Murano passieren konnte. Hörst du? Das Beste!« Und während ihre Mutter eben noch ein Bild der Erschöpfung gewesen war, breitete sich nun ein Strahlen über ihr Gesicht aus. »Freust du dich denn gar nicht?« Ohne Umschweife ließ sie sich auf einer Stufe nieder und stellte das Licht neben sich ab. »Du hast schon beim Tee völlig abwesend gewirkt.«

»Ich bin nur müde.«

»Aber dein Arbeitspensum hat sich doch drastisch reduziert.«

Flavia wollte widersprechen, ihr verdeutlichen, dass manchmal die Verarbeitung der eigenen Gefühle wesentlich mehr Kraft kostete, als stundenlang die canna zu schwingen. Doch weil ihr Verlangen nach John überwog, lenkte sie ohne viel Aufhebens ein und nickte.

»Jetzt machst du mich misstrauisch.«

»Mamma, bitte. Können wir das ein anderes Mal besprechen?«

Gerade zwei Stufen weit war sie hinabgestiegen, da verlangte ihre Mutter, dass sie gefälligst umkehren und sich hinsetzen sollte. Mürrisch strich Flavia das Kleid unter ihrem Hintern glatt und hockte sich neben sie auf die Kante.

»Was ist los mit dir, Kind? So kenne ich dich gar nicht.«

»Nichts. Es war alles bloß viel, und ich brauche Zeit für mich.«

»Fehlt dir das Glasblasen so sehr?«

Immer. Flavia wandte das Gesicht ab, denn die zweite, kompliziertere Antwort strömte schon heiß auf ihre Wangen, auch wenn sie sie nicht laut aussprach.

Mit einem Griff hatte sich ihre Mutter die Petroleumlampe wieder geangelt und leuchtete damit den engen Raum zwischen ihnen aus. »Schau mich an.«

Flavia gehorchte. Und wie der Mond, der sich nach einer stürmischen Nacht vor Sonnenaufgang noch für einen kurzen Moment hinter den Wolken hervorwagte, entlockte das Licht ihren Zügen die verhängnisvolle Wahrheit.

»Das glaube ich nicht!« Ihre Mutter packte ihr Kinn und wandte es hin und her, als wollte sie jeden Winkel von Flavias Gesicht inspizieren. Nein, nicht ihr Gesicht, sie suchte offenbar nach Kussspuren an ihrem Hals. Flavia folgte dem forschenden Blick angsterfüllt, ahnte das Brennen der Ohrfeige auf ihrer Wange schon voraus, doch dann fragte ihre Mutter sie bloß nach seinem Namen.

»Es ist ... John.« Flavia wagte es kaum zu blinzeln, kaum Atem zu schöpfen, obwohl die Beklemmung ihr den Brustkorb zusammendrückte.

»Ich werde dir jetzt nicht sagen, was sich für eine anständige Frau von zwanzig Jahren gehört. Stattdessen werde ich an dein Urteilsvermögen appellieren.« Ihre Mutter spießte sie mit einem langen Blick auf. »Bist du dir sicher, dass er die richtige Wahl ist?«

Flavias Herz wollte ihr aus der Brust springen, so felsenfest überzeugt war sie von der Richtigkeit ihrer Wahl. Aber sie brachte bloß ein blasses »Ja« zustande.

Ihre Mutter stieß einen langen Seufzer aus, und als sie wieder sprach, klang sie ein ganzes Stück sanfter, immer noch besorgt, aber gleichzeitig hoffnungsvoll. »Hat er dir ... einen Antrag gemacht?«

»Nein. Über so was sprechen wir nicht.«

Ein kaum merklicher Schatten trübte die Hoffnung ihrer Mutter. »Dann lernt ihr euch gerade erst kennen?«

»So in etwa.«

»Und *wie ausführlich* kennt ihr euch inzwischen?«

Peinlich berührt schaute Flavia weg. »Nicht sehr.«

Ihre Mutter atmete langsam aus. Wenigstens *eine* gute Nachricht in diesem Schlamassel, schien sie zu denken. »Dein Vater wollte es dir nicht sagen, aber John …«

»Sitzt im Auswahlkomitee für die Kunstausstellung. Ich weiß.« Ein müdes Lächeln flog über ihr Gesicht, dann wurde sie ernst. »Mamma? Vielleicht habe ich einen verheerenden Fehler begangen. Einen, der uns alle betrifft.« Es war ein Risiko, aber sie hatte sich schon zu weit vorgewagt, um nun den Mut zu verlieren.

»John kennt unser Familiengeheimnis.«

Kapitel 20

Ihre Mutter ruderte mit den Armen. Plötzlich schien ihr die Kraft zu fehlen, um sich aufzurichten. Ein gemurmeltes Stoßgebet verließ ihre Lippen, während sie fahrig in die Luft griff; rasch nahm Flavia ihr die Petroleumlampe ab. »Nein«, sagte sie in einem heiseren Ton, den Flavia noch nie von ihr gehört hatte. »Nein, das verbiete ich!«

»Er hat es positiv aufgefasst. Er denkt wie wir.«

»Herrgott, Männer würden *alles* sagen, um dir näherzukommen!« Nun schoss sie wütend in die Höhe. »Ich hatte dich für schlauer gehalten.«

»Aber wir haben doch nicht …«

Ihre Mutter hörte ihr gar nicht mehr zu, sondern stapfte die Treppe hinauf. Oben am Absatz drehte sie sich noch einmal um. »Los! Dann geh und überzeug dich von seiner Fortschrittlichkeit«, sagte sie mit einem flammenden Blick über ihre Schulter. »Gib ihm, was er will. Und hinterher frag ihn noch mal nach seiner Meinung über Frauen, die Glas blasen!« Und damit verschwand sie.

Flavia blieb wie erstarrt zurück. Allein mit dem Tosen ihrer Gedanken und dem in ihr nagenden Gefühl, etwas richtig gemacht zu haben, das die ganze Welt für falsch hielt.

Sie wischte sich mit dem Unterarm über die Wangen und raffte sich auf. Die Werkstatt erreichte sie in wenigen Minuten, und vielleicht hatte sie die Distanz noch nie zügiger zurückgelegt.

John wartete am Hintereingang auf sie, wo sich der Wasserzugang befand und die Boote mit schweren Lieferungen eintrafen. Als er sie erblickte, die Schultern zum Schutz vor der nächtlichen Kälte bis zu den Ohren hochgezogen, sprang er von der Bank auf. Mit einem langen Seufzer, der über bläuliche Lippen kam, schloss er sie in seine Arme. Er roch nach kaltem Wind, und als er das Kinn an ihrem Nacken vergrub, stellte sie fest, dass er sich auch so anfühlte. Unwillkürlich umfasste sie ihn fester, ließ ihn sich an ihr wärmen und hoffte, dass ihr eigenes, ihren Gefühlen geschuldetes Zittern endlich verginge.

Nach einer Weile hielt John sie von sich weg. Das diffuse Licht, das den Kanal alle paar Schritte entlang der Bordsteinkante beleuchtete, reichte wahrscheinlich aus, um den Ausdruck auf ihrem Gesicht richtig zu lesen. Doch er sprach das Offensichtliche nicht an. Mit einem sanften »Vorwärts, Maestra« wies er sie zum Eingang.

Einmal im Raum, schlüpfte Flavia zur gegenüberliegenden Tür und spähte durch den geöffneten Spalt in die schwach erleuchtete Halle. John blieb im Werkraum und stellte sich währenddessen dicht vor den Ofen, der noch von Jacos Schicht her brannte. Seit Flavia nicht mehr in der Fornace ein und aus gehen konnte, wie es ihr beliebte, arbeitete ihr Bruder tagsüber dort. Sie hatte ihn im Vertrauen gebeten, vor Feierabend stets noch einmal Holz im Ofen nachzulegen. Und natürlich erfüllte er ihr diesen Wunsch, auch wenn ihm nicht ganz klar sein mochte, was sie nachts trieb. Die Fertigstellung des Aquariums fiel nun in den Verantwortungsbereich ihres Vaters, um das Denkmal für die Stadt, den geflügelten Löwen, kümmerte er sich mit Dal Corso. Die Überprüfung der Glassammlung war auch abgeschlossen. Jaco hätte also allen Grund gehabt, sie auszufragen. Aber ein Feuer fragte man schließlich auch nicht, warum es lichterloh brannte. Man gab ihm Brennstoff und sorgte für genügend Luftzufuhr, dann ließ man die Flammen wüten, und was immer sie nicht verschlungen hatten, fand man am nächsten Morgen in der Asche.

»Haben wir wieder Glück?«, wisperte John.

Sie nickte. »Vaters Garzonetto.« Inzwischen kannten sie beide das Prozedere. Flavia würde selbstbewusst dort hinausgehen und ihren Angestellten mit der Autorität einer Volpato von der Nachtschicht entbinden. Und für den Fall, dass er lieber auf die Anweisungen ihres Vaters hörte, gab John ihr jedes Mal Bestechungsgeld mit auf den Weg – sein, wie er sagte, bescheidener Beitrag zu dem Ganzen.

Nachdem sie die Angelegenheit schnell geregelt hatte und sie allein waren, gab sie endlich ihren Gefühlen nach und zog John in einen langen Kuss. Er keuchte überrascht auf, doch dann wurde daraus ein sanftes Stöhnen.

»Du hast mir keine Rosen mitgebracht«, sagte sie schmollend, als sie kurz voneinander abließen. Dann eroberte sie seinen Mund erneut und fuhr mit ihren Händen seinen Nacken hinauf. Zur Strafe zog sie ihn neckend am Haar.

»Unsinn, ich erscheine *nie* ohne Rosen.« Er gab ihr ein paar schnelle, aufeinanderfolgende Küsse, dann zog er sich von ihr zurück. Aus der Innentasche seines Mantels holte er ein winziges Marmeladenglas. »Vartanush«, sagte er. »Aus Rosenblättern hergestellt. Kennst du es?«

»Diese Marmelade gibt es doch erst ab Mai.« Verwundert drehte sie den Deckel auf und schnupperte am Inhalt des

Glases. Diese Kostbarkeit wurde auf einer nahen Insel im Kloster San Lazzaro degli Armeni nach einem alten armenischen Rezept produziert und galt als ganz besondere Spezialität.

Er warf sich in eine überhebliche Pose. »Eventuell konnte ich die Mönche davon überzeugen, einen Topf voll für mich zu kochen. Schließlich bin ich immer auf der Suche nach etwas Wertvollem, das sich finanziell zu unterstützen lohnt.« Bei ihrem skeptischen Blick musste er lachen, und die kindliche Hoffnung, die ihr viel besser gefiel, kam zum Vorschein. »Ich hoffe, du freust dich.«

Nun lächelte auch sie. »Ich fühle mich geschmeichelt.«

Er nahm ihre Hand, drückte einen Kuss auf die Innenfläche und arbeitete sich bis zu ihren Fingern vor. Seine Zähne blitzten zu einem breiten Grinsen auf, als sie begann, die Konturen seines Mundes mit den Fingerspitzen nachzufahren. »Morgen bringe ich Brot und Käse mit. Dann tafeln wir auf einer weichen Decke vor dem Ofen und probieren die Marmelade gemeinsam.«

»Aber davor wird gearbeitet«, entgegnete sie streng und ließ von ihm ab.

Wenn seine Lippen sich so seidig anfühlten, wie würde es erst sein, wenn sie auf andere Stellen ihres Körpers trafen? Was mochte eine Berührung dort wohl auslösen? Sie ermahnte sich selbst, nicht weiter darüber nachzudenken, und holte stattdessen die Vase aus dem Kühlofen.

Ein paar wenige Details waren noch verbesserungswürdig: der Standfuß und die Henkel – je länger sie diese betrachtete, desto eher wollte sie sie weglassen. Außerdem überlegte sie, ob sie dem Glas bei der Kaltarbeit einen Schliff verpassen sollte, damit das Blau mehr Tiefe und Brillanz erlangte. Andererseits konnte sie sich auch an einer Glasmalerei versuchen.

Wofür auch immer sie sich entschied, sie wollte nicht, dass John zum Abschluss dabei war. An seinem Unikat sollte es zumindest *ein* Gestaltungsmerkmal geben, das er noch nicht kannte. Ohne darauf einzugehen, nahm sie einen Tropfen Glasmasse auf und modellierte ihn mit John, leise in sich hineinlächelnd, weil er nicht ahnte, dass die Vase schon fast fertig war und er sie in der nächsten Nacht erhalten würde. Alles, was sie heute formten, war reine Ablenkung. Applikationen, die sie nicht anbringen würde.

»Apropos Arbeit«, sagte er. »Wann bekomme ich eigentlich den Abschlussbericht über meine Glassammlung?«

Mit der Frage hatte sie nicht gerechnet. Auf dem falschen Fuß erwischt, errötete sie – was ihm nicht entging. »Die Prüfung ist abgeschlossen, und du hast hervorragende Arbeit geleistet«, sagte er, wie um ihr zu versichern, dass er nicht fragte, um sie zu kontrollieren, sondern weil er gespannt auf das Ergebnis war.

Flavia lächelte ausweichend. Ein tief verankerter Widerwille hatte sie bisher davon abgehalten, das Resultat niederzuschreiben. »Ich bin schrecklich mit Worten …«

»Das bist du ganz und gar nicht.« Er umfing sie mit beiden Armen und bedeckte ihren Hals mit kleinen Küssen, während sie sich quietschend wegduckte.

»Zwei Fälschungen!«, rief sie schließlich.

»Was ist es? Wo habe ich die Sachen erworben? Wie hast du sie als Kopien identifiziert?« Endlich ließ er von ihr ab. »Siehst du, und schon möchte ich einen ausführlichen Bericht darüber lesen.«

»Na schön.« Sie seufzte. »Morgen hast du ihn.«

***

Gleich mit dem ersten Sonnenstrahl hatte sich Flavia an die Aufgabe gemacht, doch auch nach Stunden war sie kaum vorangekommen. Ihre Mutter spähte im Vorbeigehen ins Zimmer, sah sie an Oriettas Schreibsekretär verzweifeln und entschied sich innezuhalten. »Ein Brief an deine Schwester?«, fragte sie überraschend freundlich. Nach ihrer Begegnung am Abend zuvor hatte Flavia mit strafendem Schweigen gerechnet.

»Nein, die Echtheitsüberprüfung. Ich muss einen lückenlosen Bericht verfassen, damit die Glaskollektion als verifiziert gilt.«

Zwei Abschriften behielten sie in solchen Fällen – eine in der Vetreria, die andere schickten sie ins Archiv der Biblioteca Marciana –, und das Original bekam der Kunde. Dieses Vorgehen war unabdingbar für die Etablierung eines einheitlichen Echtheitssiegels für Muranoglas.

Flavia senkte die Stirn auf die Tischplatte und stöhnte. »Warum fällt es mir nur so schwer, die Erkenntnisse zusammenzufassen? Ich kann dir doch im Schlaf aufsagen, wie so eine Prüfung vonstattengeht!«

Ihre Mutter stellte den Wäschekorb, den sie in die Hüfte gestemmt hatte, an der Tür ab und trat ein. Mit einem Blick auf Flavias unzusammenhängendes Gekritzel nahm ihre Stimme eine höhere Tonlage an. Als würde eine Lüge besser klingen, wenn man sie singend vortrug. »Gar nicht mal so übel.«

»Ich werde mich lächerlich machen.« Vor John und ihrem Vater.

Nein, nicht *vor* ihrem Vater – *ihn* würde sie *vor allen* lächerlich machen, denn er war es ja, der ihre Ausführungen am Ende mit seinem Namen unterzeichnen musste.

Ihre Mutter drückte ihr beschwichtigend die Schulter. »Nun, die wenigsten Dinge gelingen im ersten Anlauf. Mach dir keine Sorgen und versuch es fleißig weiter.«

»Kannst *du* nicht diesen Bericht verfassen?«

»Ich fürchte, damit wäre dir kaum geholfen. Meine Stärke ist auch bloß das Reden. Schreiben?« Sie lachte auf. »Viel zu langwierig. In der Zeit, wo ich einen Absatz zu Papier gebracht habe, bin ich gedanklich schon drei Ecken weiter.«

Flavia schob ihre Schreibutensilien zusammen und stopfte sie in eine Tasche. »Dann geh ich damit zu Nonna.«

Auch wenn diese keinen Sinn für die Glasherstellung hatte, für treffende Formulierungen hatte sie allemal ein Gespür.

»Damit wirst du kein Glück haben. Deine Großmutter ist beschäftigt. Sie wurde vom *Corriere della Sera* dazu eingeladen, über Nonnos Vermächtnis zu sprechen.« Auf dem Gesicht ihrer Mutter erschien ein Strahlen. »Angestoßen durch die so gut aufgenommene Betriebszusammenführung soll ein Bericht über deinen Großvater in der Zeitung veröffentlicht werden. Ganz Venedig brennt offenbar darauf, unsere Familie von Grund auf kennenzulernen. Der Stadtrat hat heute Morgen sogar ein Gratulationsschreiben geschickt.«

»Das ist ja … erfreulich.« Flavia fühlte sich, als hätte ihr jemand einen bösen Stoß ins Kreuz verpasst. Bei ihren nächtlichen Ausflügen zur Werkstatt würde sie also *noch* vorsichtiger sein müssen, jetzt, wo das volle Interesse des Stadtrats erwacht war.

»Zieh nicht so ein Gesicht. Du wirst deinen Bericht schon fertig bekommen. Warum bittest du nicht Prudentia um ihre Hilfe?«

Der Vorschlag war so grauenhaft, dass Flavias Schweigen für sich sprach. Ihre Mutter kehrte noch einmal um, nachdem sie sich schon entfernt hatte, und tätschelte ihr die Wange. »Sie hat dich doch auch um einen Gefallen gebeten. Zu einer Freundschaft gehört ein beiderseitiges Geben und Nehmen. Übrigens ist es noch gar nicht lange her, dass sie deine Schularbeiten für dich erledigt hat.«

Das stimmte. Prudentia hatte sie nie wegen ihrer seltsamen Schwäche beim Schreiben und Lesen aufgezogen. Und wahrscheinlich war es hundertmal besser, sich vor *ihr* zu blamieren, als vor John und ihrem Vater als unfähig dazustehen.

»Danke, Mamma. Und … Verzeihung wegen gestern.«

Ihre Mutter winkte ab und seufzte. »Sparen wir uns das auf, bis es so weit ist und John uns tatsächlich verraten hat.«

* * *

Vor dem Haus der Dal Corsos geschah etwas Merkwürdiges. Aus der Ferne wirkte es fast, als würde jemand Gratisartikel verteilen, Süßigkeiten oder Döschen mit Schnupftabak, etwas, wonach die Leute gierten, sich selbst aber zu selten leisteten. Viele Passanten gingen die Fondamenta Marco Giustinian entlang, doch nur wenige schafften es, an den goldenen Lettern über der Tür vorbeizukommen. Wie die auf dem hier fließenden Canale di San Donato angebundenen Privatboote verweilten sie dicht gedrängt vor dem Haus und lauschten den Klagelauten, die aus den Fenstern drangen. Die Leute glichen einer Zahnreihe, die sich sofort mit einem nachwachsenden Zahn schloss, sobald jemand genug gehört hatte und eine Lücke entstand. Die neugierigen Blicke der Leute widerten Flavia an, und mit echter Besorgnis schlängelte sie sich zum Eingang durch.

»Flavia Volpato«, zischte eine Frau, woraufhin eine zweite

antwortete: »Ob es Donna Angelica ist, die dort drinnen so bitterlich weint?«

»Unwahrscheinlich. Die Volpatos haben doch allen Grund zur Freude.«

Flavia stimmte innerlich grimmig zu und drehte die mechanische Klingel an der Tür. Bei der nächsten in ihrem Rücken geraunten Äußerung versteifte sie sich allerdings wieder. »Könnte ihrem Ältesten was zugestoßen sein? Im Ausland? Ich meine, wer weiß, wo er gerade ist …«

»Möge der Junge wohlbehalten zu uns zurückkehren.«

Aus dem Augenwinkel sah Flavia verwundert, dass die beiden Frauen sich bekreuzigten. Vor nicht ganz zwei Jahren hatten diese Lästermäuler noch mit im Mob gestanden, die Vetreria mit Tomaten beworfen und Giovanni als »elenden Schürzenjäger« beschimpft. Erstaunlich, wie rasch sich der Zusammenschluss mit den Dal Corsos positiv auf den Ruf der Familie Volpato auswirkte. Anscheinend hatten ihre Eltern doch Weitsicht bewiesen.

Mit dieser Erkenntnis fühlte Flavia sich ein bisschen weniger verletzlich bei der Vorstellung, Prudentia um Hilfe zu bitten. Ihr Vater hatte recht: Es bereitete wahrlich kein Vergnügen, zu buckeln, doch sie würde es tun, um diesen wichtigen Bericht zu erstellen.

Entschlossen betätigte sie die mechanische Klingel erneut, und nach einem kurzen angespannten Moment, in dem die Menschenmenge hinter Flavia wie eine einzige Person den Atem anzuhalten schien, öffnete ihr die Haushälterin der Dal Corsos und zog sie an der Schulter hinein. Sie stellte keine Fragen.

So eng waren die beiden Familien Dal Corso und Volpato nun also miteinander verknüpft.

»Ich möchte gerne zu Prudentia.«

»Das habe ich mir gedacht. Gerade ist es allerdings unpassend.« Bei einem weiteren markerschütternden Aufheulen von oben zuckte die Haushälterin zusammen. Als wäre nun ohnehin alles egal, ließ sie Flavia vorbei und folgte ihr vor sich hinmurmelnd hinauf ins erste Geschoss. Doch an der Schwelle zum Teezimmer gebot sie ihr mit einer Berührung an der Schulter sanft Einhalt. Sie öffnete die Tür einen Spalt, lugte hinein und verschwand schließlich hindurch. Die Tür schloss sich in ihrem Rücken sofort wieder, als lauerte dahinter ein wildes Tier, das auf keinen Fall ausbrechen durfte. Höflicher wäre es natürlich gewesen, zu warten, doch eine Mischung aus Sorge und Verwunderung trieb Flavia an; kurzerhand schlüpfte sie lautlos ins Zimmer – und erstarrte.

Ein wildes Tier hätte in der Tat kaum schlimmer sein können als das, was sie sah.

Signor Ercole Toffolo klammerte sich heulend an Donna Clarissima. Er war es, der dieses Klagegeheul ausstieß, das bis auf die Fondamenta zu hören war. Seine Frau Donna Ermanna kauerte am Boden und hatte den Oberkörper halb über ihre gepackten Koffer geworfen, als fürchtete sie, jemand könnte sie ihr entreißen. Sie weinte ebenfalls, doch im Gegensatz zu ihrem Mann praktisch lautlos. Prudentia hockte vor ihr und versuchte, sie dazu zu bekommen, loszulassen. »Richten Sie sich auf, Donna Manina«, sagte sie immer wieder und benutzte dabei ihren Spitznamen – einen, den sie vielleicht seit der Kindheit nicht mehr gehört hatte. »Fassen Sie sich.«

Und endlich blickte Donna Ermanna auf. Ihr graues Haar war ordentlich frisiert, darauf saß ein Hütchen. Sie trug eine lange Jacke und ein dickes Wollkleid, Handschuhe und Stiefel. Als wäre sie zu einer langen Reise bereit. Doch ihr flehendes

»Könnt ihr uns denn nicht aushelfen?« legte das Gegenteil nahe.

»Padrona«, sagte die Haushälterin respektvoll zu ihrer Hausherrin, wie es sich gehörte, ohne Donna Clarissima dabei direkt anzuschauen. Beherrscht durchquerte sie den Raum, wobei es ihr gelang, Don Ercole scheinbar gar nicht zu bemerken. Flavia dagegen konnte den Blick nicht von ihm abwenden.

Der Mann mit der Angewohnheit, zu jedem Termin zu spät zu erscheinen, verzweifelte vor ihren Augen. So hatte sie ihn noch nie gesehen. Seit der Kindheit verknüpfte sie ihn vor allem mit seinem lauten Organ; es war immer gewesen, als würde er sie grundlos anschreien. Als Erwachsene hatte sie dann erkannt, dass er mit jedem so sprach. Vielleicht, weil er sich nicht anders Gehör zu verschaffen wusste. Es war keinesfalls böse gemeint, und bis auf den Verdacht, dass er Fälschungen aus China importierte, hegte Flavia keinerlei Abneigung gegen ihn.

Ihn nun so aufgelöst an Donna Clarissimas Busen schluchzen zu sehen, hilflos wie ein Kind, bestürzte sie zutiefst.

»Entschuldigt die Störung«, begann sie vorsichtig, doch die Haushälterin hatte Prudentia schon auf sie aufmerksam gemacht, und sie war zu ihr getreten. Donna Clarissima hatte sich bei der unerwarteten Stimme umgewandt. Mit einem kurzen Aufflammen in ihren Augen erteilte sie der Haushälterin einen stummen Befehl, und ohne zu zögern packte diese Flavia und Prudentia am Arm und beförderte sie beide hinaus. Draußen machten sie sich stolpernd von ihr los.

»Wenn ich mit dem Tee zurück bin, möchte ich euch auf der anderen Seite des Flurs wiederfinden.« In Prudentias Zimmer. Sie brauchte es nicht auszusprechen.

Flavia wollte der guten Seele des Hauses keinen Ärger bereiten – nicht noch mehr, als sie vermutlich ohnehin schon bekam, weil sie Flavia überhaupt eingelassen hatte –, also nickte sie nur knapp und setzte sich in Bewegung.

Nachdem sie sich in Prudentias Zimmer niedergelassen hatten und der Tee serviert war, begann Flavia zaghaft von ihrem Anliegen zu erzählen. Obwohl sie lieber sofort erfahren hätte, was es mit dem Kummer der Toffolos auf sich hatte, wusste sie, dass jetzt nicht der richtige Zeitpunkt dafür war, sich in fremde Angelegenheiten einzumischen. Prudentia schien sichtlich mitgenommen von dem, was sich gerade abgespielt hatte. Dennoch willigte sie ein, Flavia zu unterstützen. Ganz die strenge Lehrmeisterin, stand sie die nächsten zwei Stunden hinter ihr und half ihr, den Bericht zu strukturieren. Die Tinte war noch nicht ganz getrocknet, als Flavia endlich die Feder niederlegte.

»Das wäre geschafft.« Ihre Unsicherheit hatte sich inzwischen gelegt, und sie empfand eine heilsame Erleichterung. »Vielen Dank für deine Hilfe!«

Prudentia ließ sich auf einen Sessel neben ihrem Standspiegel fallen. In ihrem geräumigen Zimmer gab es mehr Sitzgelegenheiten, als Besucher es je betraten, und beim Anblick der bequemen Möbelstücke konnte Flavia nicht umhin, selbst in einen Sessel zu sinken, obwohl sie vorgehabt hatte, nach der Erledigung ihrer Aufgabe aufzubrechen. »Worum ging es eigentlich bei den Toffolos?«, fragte sie vorsichtig und ohne echte Hoffnung auf eine Antwort. Umso überraschter war sie, als Prudentia einen langen Seufzer ausstieß und erwiderte:

»Sie werden Murano noch heute verlassen.«

Sofort saß Flavia kerzengerade. »Und das Gesetz?«

»Hat deinen Bruder ja auch nicht davon abgehalten …«

Eine betretene Stille breitete sich zwischen ihnen aus, die Prudentia schließlich dadurch überwand, dass sie spielerisch ein Kissen nach Flavia warf. »Aber deine Sorge ist berechtigt«, sagte sie. »Wenn die Toffolos erst einmal gegangen sind, ist ihre Existenz hier verwirkt. Und das ist mehr als tragisch. Aber andererseits ... ihr Betrieb ist so oder so verloren.«

Flavias Gedanken überschlugen sich, zeichneten Schreckensszenarien davon, was wohl geschehen sein mochte. »Also doch ein Brand?«

Prudentia streckte die Hände aus, und als Flavia das Kissen zurückwarf, fing sie es mühelos auf, bevor sie begann, es gedankenverloren auf ihrem Schoß zu drehen, Ecke um Ecke. »Geldgeber von außerhalb kontrollieren mittlerweile den Betrieb. Wir wussten schon länger, dass Donna Ermanna und ihr Mann kaum noch ein Mitspracherecht hatten – als würden sie langsam aus ihrem eigenen Unternehmen gedrängt.«

Flavia konnte die Traurigkeit in der Stimme ihrer Freundin hören und verspürte Mitgefühl. »Können sie gar nichts dagegen tun?«

Ein entschiedenes Kopfschütteln. »Sie haben versucht zu kämpfen, aber es scheint aussichtslos. Die Geldgeber haben mehr Einfluss als sie. Es ist eine schreckliche Situation.«

»Warum haben sie sich überhaupt auf Unterstützung von außen eingelassen?« Flavia wollte keinesfalls vorwurfsvoll klingen. Die Toffolos waren eine alteingesessene Glasbläserfamilie auf Murano, genau wie ihre eigene Familie. Und der Gedanke daran, dass sie ihr Zuhause und ihren Lebensunterhalt verlieren würden, machte sie wütend und traurig.

»Soweit ich weiß, ging es ihnen finanziell schon eine ganze Weile lang schlecht. Ihre Unikate verkaufen sich nicht. Also haben sie verzweifelt nach jedem Mittel gegriffen.« Prudentia seufzte abermals. »Wenn sie doch nur früher zu meinen Eltern gekommen wären. Hätten wir doch bloß geahnt, wie schlimm es wirklich um sie stand.«

»Wenn ich irgendwie helfen kann …«, bot Flavia aufrichtig an, doch sie erntete bloß ein trockenes Schnauben.

»Wir Töchter können am allerwenigsten helfen.«

Wieder schwiegen sie, nur diesmal war ihre Gesprächspause nicht von Unbehagen, sondern von gemeinsamer Anteilnahme erfüllt.

Als Flavia sich schließlich erhob, um aufzubrechen, fühlte sie, dass sich ihre Bindung zu Prudentia überraschend wieder vertieft hatte. Plötzlich schien die Möglichkeit, dass die Dal Corsos ihnen in schweren Zeiten beistehen würden, gar nicht mehr so abwegig. Sie machte ungelenke Anstalten, Prudentia zu umarmen, und war froh, als diese ihr entgegenkam und sie zum Abschied drückte.

Sie verabredeten gerade noch, gemeinsam zur nächsten Probe bei Masin zu gehen, als plötzlich die Tür aufschwang und Amalia hereinstürmte. Ihr dunkles Haar war unordentlich, als ob sie gerade erst aus dem Bett gestiegen wäre – oder sich darin mit jemandem gewälzt hätte –, und ein süffisantes Lächeln lag auf ihren Lippen. In der Hand trug sie einen gefüllten Korb.

»Flavia, meine liebste Freundin«, säuselte sie und warf einen beiläufigen Blick auf ihre Schwester, die missbilligend die Arme vor der Brust verschränkte. »Unsere Haushälterin meinte, ich könnte dich hier finden. Wärst du so freundlich, deinem Bruder das hier von mir zu bringen? Du weißt, wie sehr er meine Gesellschaft schätzt.« Sie hielt ihr den Korb hin. »In nächster Zeit werde ich es selbst leider nicht zur Werkstatt schaffen.«

Wut stieg in Flavia auf. Amalia bat sie um einen *Gefallen*, nachdem sie Jaco derart übel mitgespielt hatte? »Ich denke nicht, dass er deine … *Früchte* noch will«, erwiderte sie scharf.

»Dann werde ich sie wohl jemand anderem schenken müssen. Ist denn Damasio noch frei?« Amalia setzte ein unschuldiges Gesicht auf. »Wenn Jaco sich darüber beschwert, verweise ich ihn an dich, seine Schwester, die mir gesagt hat, er würde lieber auf den Genuss verzichten.«

Flavia riss ihr den Korb aus der Hand, auch wenn sie sich innerlich wegen Amalias Herzlosigkeit krümmte. Denn in Wahrheit wusste sie nicht, ob Jaco nicht vielleicht doch mehr an das junge Ding verloren hatte als seinen Stolz.

Erst als Amalia mit selbstzufriedener Miene das Zimmer verlassen hatte, regte sich Prudentia. Behutsam wollte sie Flavia das Mitbringsel wieder abnehmen, doch die winkte niedergeschlagen ab.

»Schon gut. Sie hat recht. Ich sollte nicht für Jaco sprechen. Vielleicht freut er sich über die kleine Aufmerksamkeit.«

Prudentia legte ihr die Hand auf den Arm. »Amalias Verhalten war verletzend. Ich werde sie mir noch vorknöpfen. Einmal hat offensichtlich nicht gereicht.«

Flavia blickte sie forschend an. Dann wusste ihre alte Freundin also Bescheid über die gestohlene Idee für das Aquarium und besaß den Anstand, ihrer kleinen Schwester den Kopf dafür zu waschen? Flavia wusste nicht, was sie sagen sollte. Aber das brauchte sie auch nicht.

Prudentia schenkte ihr ein warmes Lächeln. »Du bist eine starke und kluge Frau, und ich bin stolz, deine Freundin zu sein.«

Bei diesen Worten fiel Flavia ein riesiger Stein vom Herzen. Der Zwiespalt des letzten Jahres, als sie Prudentia einerseits nie mehr wiedersehen wollte und sich andererseits doch danach gesehnt hatte, sie wieder liebhaben zu dürfen, hatte sich mit einem Schlag in Luft aufgelöst. »Auch du kannst immer auf mich zählen«, erwiderte sie voller Inbrunst. Und als sie sich noch einmal fest umarmten, spürte sie, wie sich ihre Freundschaft zu Prudentia wieder in ihrem Herzen verankerte.

* * *

Flavia betrat die Glaswerkstatt und wurde sofort von dem vertrauten Geruch nach geschmolzenem Glas und Holzfeuer umfangen. Die Männer der vereinigten Betriebe arbeiteten fleißig und friedlich an ihren Werkbänken, und das abgekühlte Glas des Vortages leuchtete in den unterschiedlichsten Farben.

Natürlich war es unerlässlich, dass die Arbeiter miteinander auskamen und die Produktion reibungslos weiterlief, doch bei all der Harmonie verspürte Flavia auch immer noch eine gewisse Verärgerung darüber, dass sie den Männern sang- und klanglos hatte weichen müssen. Allein schon der Dal-Corso-Garzonetto, der mit zwei anderen an Giovannis scagno stand und lässig den Stiefel daraufgestellt hatte, genügte, um ihr die Laune zu verderben. Sobald der Kerl Flavia bemerkte, nahm er zwar eilig den Fuß herunter und wischte mit der Hand nach, dennoch hatte er mit seinem achtlosen Benehmen Gios Andenken beschmutzt, und sie warf ihm im Vorbeigehen einen vernichtenden Blick zu, ehe sie ins Büro verschwand.

Ihr Vater saß an seinem Schreibtisch und blätterte durch einige Papiere. Wie gewohnt setzte sie sich und brachte gleich ihr Anliegen zur Sprache.

»Ich habe den Bericht über die Echtheitsprüfung für John Pomeroys Sammlung verfasst«, erklärte sie nicht ohne Stolz. »Es fehlt nur noch deine Unterschrift.«

Er hob zwar nicht den Kopf, ließ sich aber zu einem schwachen Lächeln hinreißen. »Ich vertraue darauf, dass du das gut gemacht hast.«

Flavia legte ihm das Dokument dennoch vor die Nase. Er besah es flüchtig, schob es jedoch beiseite, ohne es wirklich gelesen zu haben. Nun erst bemerkte sie seine ernste Miene.

Er holte tief Luft. »Nach der erfolgreichen Feier habe ich mit einem Vertreter des Stadtrats gesprochen. Sie sind beeindruckt von unserer Fusion mit den Dal Corsos und sehen großes Potenzial in unserem Unternehmen.«

Sie lächelte zögerlich, doch ihr Vater hob die Hand, wie um zu sagen, dass sie ihn erst zu Ende anhören und dann entscheiden sollte, ob es einen Grund zum Lächeln gab oder nicht.

»Ihr großes Interesse gilt Jacos Talent«, fuhr er fort. Er presste bedauernd die Lippen zusammen, bevor er weitersprach: »Und auch wenn das eigentlich bedeutet, *deinem* Talent, möchte ich, dass du dich fortan auf andere Bereiche in deinem Leben konzentrierst. Du kannst nicht mehr in der Werkstatt arbeiten. Gar nicht mehr.«

»Was?« Flavia fuhr von ihrem Stuhl auf. »Das kannst du unmöglich so meinen!«

»Der Gedanke schmerzt mich genauso wie dich, aber es ist einfach zu riskant.«

»Riskant war es immer schon, und trotzdem habe ich das Eisen geschwungen. Nur dank meiner Anfertigungen konnte sich die Familie das letzte Jahr über Wasser halten! Ich habe dir Giovanni ersetzt und zusätzlich noch Oriettas Aufgaben auf mich geladen …« Über der Oberlippe brach ihr der Schweiß aus. Sie wischte fahrig darüber, während sie ihren Vater anstarrte und nach Luft schnappte.

»Denk nicht, ich wüsste deinen Mut nicht zu schätzen. Ich sehe die Leidenschaft unserer Vorfahren hell in dir brennen, staune über dein außerordentliches Talent …«

»Und dennoch möchtest du auf mich verzichten!« Tränen der Wut und Fassungslosigkeit brannten ihr in den Augen.

Nun erhob auch er sich und kam für eine trostspendende Umarmung um den Tisch.

Doch sie wich vor ihm zurück. »Das ist nicht gerecht«, flüsterte sie. »Seit ich die canna halten kann, habe ich für dieses Handwerk *gelebt*, und jetzt soll ich es einfach aufgeben? Was ist mit *meinen* Träumen?«

Nun musterte er sie traurig. »Träume bieten keine Sicherheit für die Zukunft, Flavia. Du musst mehr denn je Verantwortung übernehmen. Wir haben eine riesige Chance, unser Unternehmen wieder voranzubringen und unseren Namen reinzuwaschen, jedoch nur, wenn du zurücksteckst.«

Flavia senkte den Blick und versuchte gegen den in ihrem Inneren schwärenden Protest anzuatmen.

»Du warst doch auch immer interessiert an hübschen Kleidern. Deine Mutter sagt, Masin verneigt sich vor dir. Wäre das kein schöner Zeitvertreib?« Als sie ihn entgeistert anstarrte, fügte er hinzu: »Ich verspreche dir, dass es immer noch deine Entwürfe sein werden, die wir in Glas erstrahlen lassen, nur musst du sie zukünftig zu Hause zeichnen.«

»Und warum kann ich nicht beides haben?« Ihre Stimme war zu einem Krächzen geworden. Der Schmerz schwoll unerträglich an und schien sie von innen zu erdrücken. »Warum müssen wir Frauen immer eine Wahl treffen?«

Darauf wusste er keine Antwort. Seufzend wanderte er

wieder zu seinem Platz und ließ sich auf den Stuhl fallen; er wirkte jetzt unendlich müde, als kostete ihn das Gespräch seine letzte Kraft. »Flavia, mein Kind, ich weiß, dass es nicht leicht für dich ist, dich zurückzunehmen. Du bist eine begabte Glasbläserin, und deine Schaffenskraft ist bewundernswert. Aber in diesen Zeiten müssen wir alle zusammenstehen und Jaco die Chance geben, die er verdient.«

»Mit Dal Corso im Nacken? Papà, du hast deine eigenen Projekte! Wann willst du noch Jacos Arbeiten nachbessern?«

»Er kann das schaffen.«

»Vielleicht wünschst du dir das auch bloß …«

Getroffen wandte er das Gesicht ab. Er sah plötzlich so klein aus, so alt. Obwohl ihr das Herz nun auch vor Mitgefühl brannte, startete sie einen letzten hoffnungslosen Versuch. »Es ist doch nun schon so lange gut gegangen. Ich verspreche, ich bin extra vorsichtig …«

»Du wirst deine Zeit haben«, unterbrach er sie mit einer Endgültigkeit, die keine weiteren Widerworte zuließ. »Und du bist immer noch ein wichtiger Teil dieses Betriebs, nur von nun an eben abseits der Öfen. Dein Bruder ist jetzt an der Reihe zu beweisen, welches Genie in ihm steckt. Er wird sich durchbeißen und das große Wunder zustande bringen, das die Glasbläserzunft von ihm erwartet. Mach dir keine Sorgen.«

Sie war unfähig, etwas zu erwidern. Du lieber Himmel, Jaco! Grauen erfüllte sie bei der Vorstellung, welcher Druck auf ihrem Zwilling lasten würde, nun da ihr gesundheitlich angeschlagener Vater auf ihn als Erben und Bewahrer des Handwerks angewiesen war.

Enttäuschung und Traurigkeit überwältigten sie, als ihr endgültig klar wurde, dass sie ihrem Vater in dieser Angelegenheit gehorchen musste. Es war das Richtige, ihrem Bruder Raum zu geben, aber es fühlte sich an, als bräche ihre Welt zusammen. »Ich werde mein Bestes geben«, sagte sie schließlich leise. »Aber ich kann nicht versprechen, dass ich damit glücklich werde.« Sie hielt einen Moment inne und fasste dann einen Entschluss. »Eine Bedingung habe ich allerdings …«

Ihr Vater brummte wohlwollend.

»Heute Abend brauche ich noch einmal meinen Werkraum. Niemand soll in der Halle sein und mich stören. Nicht einmal Jaco.«

»Mädchen, was hast du vor?«

Ein letztes Mal vor dem Ofen stehen, die Hitze auf dem Gesicht spüren, das Eisen in die Hand nehmen und flüssiges Glas zu einem Meisterstück formen.

»Meiner Flamme beim Erlöschen zusehen.«

Ihr Vater musterte sie traurig, doch mit einem knappen Nicken besiegelte er ihre schmerzliche Übereinkunft.

Kapitel 21

Flavia stand vor den Schleifmaschinen und betrachtete ihre Kreation. Die Vase für John war endlich fertig, und sie war das Schönste, was ihre Vorstellungskraft je zustande gebracht hatte. Mit unermüdlicher Arbeit hatte sie mit jedem Handgriff ihre Liebe und Sehnsucht in das Glas geprägt.

Vorsichtig ließ sie ihre Finger über die glatte Oberfläche gleiten. Der Schliff war perfekt, genau wie sie ihn sich vorgestellt hatte. Das Innere der Vase schimmerte in Schattierungen von Blau, Grün und Orange, als wäre ein funkelnder Bernstein auf dem Grund des Meeres gelandet und hätte unter einer Schicht klaren Glases seinen Platz gefunden. Über die miteinander verschmolzenen Farben war vierundzwanzigkarätiges Blattgold gelegt, das die Vase über die gesamte Höhe von zwanzig Zentimetern mit einem feinen Gittermuster überzog. Und oben öffnete sich der schlanke Korpus der Vase zu einem Trichter mit rundum gekräuselter Kante.

Flavia hatte die Skulptur »Acquamare« genannt, weil Johns Augen sie an die raue Küste und den Sog des offenen Meeres erinnerten, die Tiefe der unendlichen See. Es war ein Werk, entstanden aus Hingabe und Leidenschaft, ein Bekenntnis ihrer unausgesprochenen Liebe. Gleichzeitig war es auch das

Symbol ihrer Trauer. Denn mit diesem Kunstwerk endete ihre Zeit als Glasbläserin.

Während ihrer letzten Arbeitssitzung – sie hatte Johns Auftrag abgeschlossen, und er würde ihrer Erfahrung nach erst in etwa zwei Stunden auftauchen –, wusste sie plötzlich nichts mehr mit sich anzufangen. Sie betrachtete ihr kleines Werk und stellte sich vor, wie er es dick eingepackt in seinen Koffer legte und auf seiner Rückreise nach England immer wieder hervorzog, weil ihn ein unbestimmtes Gefühl überkam: die Sehnsucht nach ihr.

In den letzten Nächten hatte sie etwas erschaffen, das sie beide auf ewig miteinander verbinden würde – und trotzdem war es nicht genug. Trotzdem wollte sie ihm noch mehr von sich geben. Auf seine Weise hatte John ihr gezeigt, wer sie wahrhaft war. Als Einziger hatte er ihr erlaubt, *sich selbst zu erlauben*, eine Maestra Vetraia, eine Meisterin des Glases, zu sein.

Und hier stand sie nun und musste das Unikat mit der Künstlersignatur versehen. Großer Gott, aber sie konnte in Johns Vase einfach nicht Jacos Initialen hineinätzen!

Ja, es war ihr verboten, ihren eigenen Namen als Signatur zu verwenden oder überhaupt nur daran zu denken. Doch ein Gefühl sagte ihr, diesmal würde es anders sein. Diesmal war es in Ordnung, denn ihr ureigenster Ausdruck in diesem Meisterstück ließ sich nicht verstecken. Und auch John würde es nicht anders wollen.

Von einer unsichtbaren Kraft gesteuert, nahm sie die Vase und überzog die Unterseite des Standfußes mit Wachs. Sie griff nach einem spitzen Meißel, hielt ihn wie eine Schreibfeder und ritzte behutsam ein schwungvolles »F.V.« ein. Ihre Hand zitterte nicht, während sie schrieb. Zum Glück, denn als sie im Anschluss die Säure darübergoss, musste sie penibel darauf achten, nur die Stellen zu benetzen, wo sie ihre Initialen matt haben wollte, und den Rest der Vase nicht damit in Kontakt zu bringen. Sobald der letzte Strich der Initialen getrocknet und das Wachs entfernt war, trat sie einen Schritt zurück und betrachtete ihr Werk mit einem stolzen Lächeln.

Wenige Minuten später war es dann so weit – John stand vor ihr.

Sie empfing ihn wie üblich in ihrem Werkraum, wo er ein Stoffbündel neben ihrem scagno ablegte. Das Licht stammte vom Ofen und vielen kleinen Kerzen in Gläsern, die sie auf dem Boden und allen anderen Ablageflächen verteilt hatte. Die Vase thronte verborgen unter einem Tuch auf einem Hocker in der Mitte. Flavia hatte John die Tür geöffnet, sich aber seinem Kuss entzogen und war sofort wieder neben den Hocker gehuscht.

»Hundert Punkte für die Präsentation.«

Bei seiner rauen und doch verwunderten Stimme entwischte ihr ein nervöses Lächeln. Sie war sich nicht sicher, ob er die aufgebaute Spannung oder ihren Anblick meinte.

Wie schon die ganze Woche über hatte sie sich geschminkt, parfümiert und ihre schönsten Kleider angelegt. Als sie sich eine Haarsträhne aus der Stirn strich, folgte er mit seinen Augen der Bewegung ihrer Hand und blieb an dem Chandelier-Ohrring hängen, den sie versehentlich berührt hatte. Eine bebende Kaskade aus tiefgrünen Steinen. In dem schummerigen Halbdunkel musste ihr Schmuck mit allen Facetten funkeln.

»Darf ich näher kommen?« Er stieß die Frage so zögerlich aus, als hätte er Angst, seine bloße Präsenz könnte etwas zu Bruch gehen lassen.

»Komm her«, hauchte sie, und mit ein paar festen Schritten war er bei ihr.

Ihr Herz begann zu rasen, als er aus seinem Mantel schlüpfte, das Halstuch ablegte und sich die Lederhandschuhe von den Fingern zupfte. Mit einem Rascheln glitten die Sachen zu Boden. »Ein wenig heiß hier drinnen«, sagte er. Dabei glitt sein Blick über ihre gesamte Erscheinung, von ihrem Scheitel bis zu den Füßen.

Marineblauer Seidentaft umhüllte jede Rundung ihres Körpers, spannte sich eng über ihre volle Brust, die weiche Taille und die ausladende Wölbung ihrer Hüften. Ihr Rock war hinten über eine große Turnüre drapiert, und unter dem Saum lugten beim Gehen die Spitzen hoher Pumps hervor. Sie trug keine Handschuhe, keinen Hut. Und diese kleine Unvollkommenheit schien ihn noch mehr zu bannen.

»Du bist … atemberaubend schön.«

Sie schwieg. Ihr leichtes Lächeln ließ ihn wissen, dass sie das Kompliment annahm, auch wenn sie sich sonst nicht gerne auf ihr Erscheinungsbild reduzieren ließ. Doch bei ihm war es etwas anderes. Von ihm *wollte* sie betrachtet werden – weil er nicht nur ihr Äußeres begehrte, sondern auch das bewunderte, was ihr Wesen ausmachte.

»Bist du bereit?«, fragte sie schließlich.

»Das bin ich schon seit einer ganzen Weile.«

Sie schluckte, dann lüftete sie ohne ein weiteres Wort das Tuch.

John zog scharf die Luft ein. Sie selbst war einen Moment lang wieder völlig eingenommen von der Brillanz, dem Farbenspiel und der eleganten Silhouette der Vase. Dann riss sie sich los und beobachtete stattdessen ihn. Wie er vor dem Hocker in die Knie ging, das Kunstwerk ehrfürchtig heruntemahm und in den Händen wog. Umso länger er es betrachtete, desto deutlicher drückte sich die Begeisterung in seinem

Gesicht aus. Schließlich strahlte er bis über beide Ohren. Seine Augen glänzten.

»Flavia, die Vase ist fantastisch!«, sagte er. Sein Blick fiel auf ihre nackten Hände, die sie in ihrer Nervosität zu kneten begonnen hatte. Als könnte er beides nicht zusammenbringen – das Resultat und ihre Fähigkeiten. »Unbezahlbar«, setzte er dunkler hinzu.

»Sie gehört dir«, flüsterte sie mit derselben verheißungsvollen Zweideutigkeit, die bei ihm mitgeschwungen hatte.

»Du bist eine begnadete Künstlerin, weißt du das?«

»Und du mein Ruin.« Ihre Gefühle überwältigten sie, und sie stürzte zu ihm, nahm sein Gesicht in ihre Hände und küsste ihn leidenschaftlich. Es war ein Kuss voller Liebe, Sehnsucht und Verlangen. Ein Kuss, der all die Gefühle ausdrückte, die sie für ihn empfand und so lange verdrängt hatte.

Als sie sich wieder voneinander lösten, lag ein hungriger Ausdruck auf seinen halb geöffneten, feuchten Lippen. »Lass uns darauf anstoßen.« Er hatte wie versprochen Verpflegung und eine Decke dabei. Nachdem er das Stoffbündel aufgewickelt hatte, nahm sie ihm die Rosenblättermarmelade und das Brot ab, dann bereitete er ihnen ein lauschiges Plätzchen auf dem Boden. Die vom Ofen ausstrahlende Hitze wärmte ihren Rücken, als kühler Champagner ihren Mund füllte und an ihrem Gaumen perlte. Sie aßen, bis sie satt waren. Immer wieder kehrte Johns Aufmerksamkeit zu ihren Lippen zurück, nachdem er sich einen Moment zu lang in ihren Augen verloren hatte.

»Willst du mir denn nie in den Ausschnitt schauen?«, fragte sie irgendwann, eigentlich um ihn zu necken, aber auch, weil tief in ihr Ungeduld loderte. Er sollte sie *ansehen*.

John zog einen Mundwinkel hoch, dann senkte er den Blick. Seine dichten Wimpern warfen lange Schatten auf seine

Wangen, als er sie schweigend studierte und nur sein Kehlkopf sich bei jedem schweren Schlucken deutlich hob.

»Angetan?«

»Überwältigt«, erwiderte er. Seine Stimme war nur noch ein Echo, ein tiefes Grollen aus seiner Kehle. Und langsam streckte er seine Hand aus und fuhr damit über ihr Dekolleté. Sie wünschte sich ihre Kleidung fort, wünschte, er würde zupacken, anstatt nur behutsam streicheln.

»Du weißt, dass ich vielseitig begabt bin«, murmelte er.

»Tontauben schießen, Reden schwingen, Gondel fahren …«, ergänzte sie.

»Und ich habe auch einen Sinn für Mode.«

Nun lachte sie heiser.

»Deshalb bin ich auch überaus geschickt mit kompliziert geschnürten Kleidungsstücken.«

»Ach ja? Dann beweise es.«

»Dreh dich um.«

Bebend wandte sie ihm den Rücken zu, und er schälte sie genüsslich aus ihrem Kleid. Sobald ihre Schultern frei lagen, drückte er einen Kuss auf die nackte Haut.

»Und das Unterkleid?«, fragte sie atemlos. »Bist du damit auch so geschickt?«

»Meine Spezialität.«

Sie streckte die Arme hoch, und er zog es ihr über den Kopf. Seine Finger streichelten sie, fanden einen hauchzarten Pfad ihren Rücken hinab, dann fühlte sie seine Lippen ihre Wirbelsäule entlanggleiten und erschauderte. Mit Bedacht löste er die Kette in ihrem Nacken und anschließend die Spange, die ihr Haar lose oben gehalten hatte.

»John.« Die Dringlichkeit, mit der sie seinen Namen ausstieß, schockierte sie selbst.

Doch er reagierte mit einem dunklen Laut auf ihr Drängen und drehte sie zu sich herum. Dann küsste er sie mit einer solchen Heftigkeit, dass ihr schwindelte. Ihre Hände machten sich selbstständig, zerrten an seinem Hemd. Fahrig knöpfte er seine Hose auf, und gemeinsam schafften sie es, all seine Kleidungsstücke loszuwerden.

Sein nackter Anblick rief ein unkontrollierbares Verlangen in ihr wach. Ihm schien es genauso zu gehen. Eine Mischung aus Unglauben und Dankbarkeit spiegelte sich auf seinem Gesicht. Er beugte sich über sie, während sie sich auf die Decke zurückfallen ließ. Ihre Beine spreizten sich wie von selbst, und im nächsten Moment lag er dazwischen. Sein Mund war an ihrem Hals, auf ihren Lippen. Eine Hand in ihrem Nacken, streichelte er mit der anderen ihre Seite, fuhr über ihren weichen Bauch und griff zu. Ein tiefes Stöhnen entrang sich seiner Kehle, als würde ihre Fülle ihm unendlichen Genuss verschaffen. »Ich will dich so sehr«, sagte er und nahm eine Brustspitze zwischen die Zähne.

Flavia stieß einen leisen Schrei aus. Hitze schoss durch ihren Körper und sammelte sich feucht zwischen ihren Schenkeln. Fast verrückt vor Verlangen wand sie sich, bis er sie endlich dort berührte. »Ja«, keuchte sie.

»Ja?« Er fand ihre empfindlichste Stelle, kreiste darüber und rieb sie.

Blitze zuckten hinter ihren geschlossenen Lidern auf. Jegliche Bedenken waren mit einem Schlag ausgelöscht. Sie wollte nur noch eines: erobert werden.

»Nenn mir einen guten Grund, warum wir jetzt aufhören sollten«, flüsterte er an ihrer Haut. Seine Hand glitt zu seinem eigenen Körper, seiner aufrechten Männlichkeit. »Oder ich falle hemmungslos über dich her.«

Sie vertrieb seine Finger und schloss ihre eigene Hand darum, denn das hatte sie schon so lange gewollt. »Wir dürfen kein Risiko eingehen«, hauchte sie.

»Richtig.« Seine Brust hob und senkte sich schwer. Mit verschwommenem Blick schaute er sich nach seinem Mantel um. »Ich habe einen Pariser dabei.«

Ihr entschlüpfte ein Kichern über den ungewohnten Begriff, doch das Lachen verging ihr, als er sich den Schutz überstreifte und sie keinen Moment später sein Gewicht auf sich spürte. Mit einem einzigen harten Stoß drang er in sie ein und vereinigte sich mit ihr. Mit atemlosem Stöhnen schlang sie die Beine um ihn, zog ihn tiefer in sich hinein und klammerte sich an ihm fest. Worte wurden überflüssig. Allein ihre Blicke zählten. Ihre Bewegungen. Ineinander verschlungen, entfesselt, in vollkommener Übereinstimmung.

Obschon zu keinem klaren Gedanken fähig, empfand Flavia in ihrem tiefsten Inneren, wie dieser Akt der Rebellion sie beide befreite, wie die Vereinigung ihrer Körper zwei unterdrückten Seelen Bahn brach, die sich füreinander entschieden hatten. Zusammen ließen sie alle Hemmungen fallen und alle Konventionen hinter sich und gaben sich einander vollkommen hin. Und fanden endlich in den Armen des anderen das Glück, das sie so lange gesucht hatten.

Die Zeit verlor ihre Bedeutung, während sie sich im Einklang bewegten. Die ganze Welt war verschwunden, es gab nur noch sie beide, und sie wollte nie mehr aus dieser selbst geschaffenen Zuflucht auftauchen. Doch etwas rückte unaufhaltsam näher, wie eine Welle, die brechen musste, ob sie wollte oder nicht, und dann fegte sie über Flavia hinweg und verschlang sie. Im nächsten Moment schrie auch John auf, ihrem Körper und seiner Lust vollkommen ausgeliefert.

Entkräftet sanken sie nebeneinander.

Die Wärme des Ofens hüllte sie sanft ein, als John sich behutsam aus ihr zurückzog. Er stutzte mit einem kleinen Laut. »Gerissen.«

Sofort saß Flavia aufrecht. Sie hatte ein ebenso erschrockenes Gesicht bei ihm erwartet, doch er schien eher wegen ihrer Reaktion besorgt. »Das muss nichts bedeuten, oder?«, meinte sie. Schließlich kam so etwas doch häufiger vor.

Er nickte zuversichtlich. »Kann mal passieren.« Und mit einem schelmischen Grinsen setzte er hinzu: »Du weißt aber, dass ich dir jetzt einen Antrag machen muss?«

»Wer sagt das?«

»Oh, das gehört sich so.« Er stupste ihr in die Seite. »Bei einer Lady. Die du allerdings nicht bist …«

»Ganz genau.« Zufrieden lehnte sie sich zurück.

»Noch mal?«

Sie lächelte. »Ja. Aber diesmal nehmen wir vielleicht besser einen von Jacos Helfern. Ich weiß, dass er für seine eigenen Abenteuer hier immer welche versteckt. Diesen *Parisern* ist ja offenbar nicht zu trauen.«

* * *

Im ersten Morgenlicht, das den Werkraum erhellte, löste Flavia sich aus dem engen Knäuel, zu dem ihre Körper über Nacht geworden waren. Eine Weile hatte sie ihren im Einklang schlagenden Herzen gelauscht und im Gefühl vollkommenen Glücks geschwelgt.

Die Augen noch geschlossen, strich John ihr sanft übers Haar. »Noch nicht. Bitte.«

Sie lächelte und drückte seine Hand fest an ihr Herz. »Wir

müssen. Es kann nicht mehr lange dauern, bis die ersten Garzonetti die Halle stürmen.«

»Sollen sie doch.« Noch einmal zog er sie fest an sich, für einen letzten kostbaren Moment, in dem nur das Hier und Jetzt zählte, die tiefe Verbindung zwischen ihnen.

Doch die nüchternen Tatsachen ließen sich nicht ganz verdrängen.

Ihre Liebe war keine einfache.

John war kein Glasbläser, nicht mal ein Venezianer. Und sie für ihren Teil gehörte nicht nach England.

»Flavia«, sagte er leise, »ich möchte dich bei mir haben. Ganz gleich, was passiert, ich will immer mit dir zusammen sein.«

Sie biss sich auf die Unterlippe und wusste, dass sie dasselbe fühlte. »Hast du vergessen, dass ich dich in Lebensgefahr gebracht habe?«

»Sag nicht, du würdest es wieder tun.«

Sie spürte seine Zähne an ihrem Hals, als er breit gegen ihre Haut lächelte.

»Ich dachte, das wäre eine exklusive Erfahrung«, murmelte er gedämpft.

»Ich erschaffe durchaus unzählige Unikate.« Nun lächelte auch sie. Denn eines wusste sie: Gemeinsam würden sie ihr eigenes Unikat erschaffen, ein Meisterwerk gerade wegen seiner Unvollkommenheit, genauso unangepasst wie sie beide, mit Kratzern und Rissen an manchen Stellen, mit lächerlichen und komischen Momenten, kurz, ein Werk übermächtiger Liebe.

Kapitel 22

Wieder daheim, wusch sie sich, frühstückte in ihrem Zimmer und achtete darauf, im Haus nicht ihrer Mutter zu begegnen. Die letzte Nacht sollte Flavias süßes Geheimnis bleiben, zumindest bis die Kunstausstellung hinter ihnen lag und John und sie sich ganz aufeinander konzentrieren könnten. Noch gab es zu viel, was einen kühlen Kopf erforderte.

Sie machte einen Abstecher auf die Nachbarinsel Burano, wo sie ihrer Großmutter während eines gemeinsamen Spaziergangs an den bunten Häusern vorbei erzählte, dass ihr Vater ihr die Glasbläserei nun ganz untersagt hatte und wie sehr seine Bereitschaft, auf sie zu verzichten, Flavia verletzte. Nonna wollte gleich aufbrechen und ihren Sohn zur Rede stellen. Doch nachdem sie stellvertretend für ihre Enkelin geflucht und getobt hatte, stieß sie einen langen Seufzer aus und widmete sich näher liegenden Dingen, nämlich Flavia eine lange Umarmung zu spenden und ihr frisch gebackene Kekse zu besorgen. So verbrachten sie die Stunden – mit Essen, Reden und zwischendurch auch immer wieder in bedrücktem Schweigen. Gegen Nachmittag nahm Flavia gestärkt durch Nonnas Trost – und mit einem weiteren Bündel Kekse im Gepäck – das nächste Vaporetto. Weil sie etwas die Zeit vergessen hatte und nun spät dran war, entschied sie sich für die Direktverbindung von Burano nach Venedig. Prudentia würde zwar an ihrer gewöhnlichen Anlegestelle auf Murano bestimmt bis zum letzten Moment nach ihr Ausschau halten, würde jedoch letztlich planmäßig an Bord gehen, um pünktlich vor Masin zu erscheinen. Schließlich hoffte sie immer noch, dass er seine einmal getroffene Entscheidung revidieren und *sie* die Modenschau eröffnen lassen würde. Flavia hatte jedenfalls versprochen, sich bei ihm für sie einzusetzen, und genau das würde sie jetzt auch tun.

Auf ihrem Stehplatz unter Deck zwischen den voll besetzten Bänken sammelte sie im Kopf ein paar Argumente für Prudentia. Doch Fetzen aus den Gesprächen der Mitreisenden störten immer wieder ihren Gedankenfluss. Mal drang das übliche Gemecker der Venezianer über den Verfall der Stadt und ihrer Menschlichkeit an ihr Ohr, dann waren es wieder ein paar englische Worte. Sie verrenkte sich den Hals, um die Quelle von Letzteren auszumachen, doch erst als sich das Vaporetto bei der Ankunft in San Marco leerte, wurde sie fündig: Ein Trio fein gekleideter Herren mit Zylinder, von denen einer der Earl of Sunderland sein mochte, sorgte dafür, dass sich hinter ihnen die Passagiere stauten. Lächelnd schob sie sich durch die Menge, wünschte den zwei auffälligen, sich Luft zufächelnden Damen, die vom Rand aus alles verfolgten, viel Glück und tauchte in das Stadtgetümmel ein.

In den gut zwanzig Minuten zum Atelier Masin legte sie sich ein kleines Plädoyer für Prudentia zurecht, das sie dem Damenausstatter nach der gelungenen Anprobe auch gleich vortrug, ehe er in den vorderen Bereich des Ateliers verschwinden konnte, wo in einem kleinen Nebenzimmer die Stoffe lagerten und auf der Verkaufsfläche abseits vom Kassentresen sein mit Skizzen überfüllter Schreibtisch stand. »Prudentias Vater hat es als Glasbläser zu höchstem Ansehen gebracht, gleichwohl stammt er aus der Oberschicht und genießt auch dort noch einen vorzüglichen Ruf«, erklärte sie. »Wenn seine Tochter die Modenschau eröffnet, wäre Ihnen das Interesse einiger feiner Damen sicher.«

Signor Masin hob im Gehen wegwerfend die Hand, doch sie folgte ihm bis in den Laden. Während der Proben blieb die Tür geschlossen, und so gab es keine herumstöbernde Kundschaft, vor der sie sich hätte zurücknehmen müssen.

»Sie könnten Prudentias größten Wunsch in Erfüllung gehen lassen!«

Er räumte seinen prunkvollen Thronsessel mit einem Wisch frei und ließ sich hineinfallen. »Hören Sie, Flavia, ich helfe wirklich, wo ich kann«, als Anspielung auf Oriettas Flucht und seine Unterstützung dabei legte er eine bedeutungsvolle Pause ein, »aber das heißt nicht, dass man mich um *jeden* Gefallen bitten darf. Die Präsentation meiner Kleider richtet sich einzig und allein nach meiner Vision.«

»Natürlich! Ach, übrigens, hier! Mit den besten Grüßen von meiner Großmutter.« Sie legte das Päckchen Kekse vor ihm auf den Tisch. »Als Witwe eines der größten Glasbläser Muranos steht sie wegen der Kunstausstellung bei den Zeitungen hoch im Kurs und kommt gerade kaum mehr zum Bummeln. Ständig soll sie allen möglichen Leuten Auskunft über ihre bevorzugten Einkaufsadressen in Venedig geben …«

Masin atmete geräuschvoll aus und lehnte sich mit verschränkten Armen zurück, ohne die Kekse weiter zu beachten.

»Das sollte kein Bestechungsversuch sein«, sagte sie schnell. »Aber ich fürchte, ich habe Prudentia versprochen, meinen Auftritt abzusagen, wenn ihr Traum nicht in Erfüllung geht.«

Er zog eine Augenbraue hoch. »Nach der Bestechung, die keine ist, nun auch noch eine Drohung?«

Flavia sah ihn fest an. »Nein. Eher eine Wiedergutmachung gegenüber meiner besten Freundin.«

* * *

Einen Tag später war es so weit: die Entscheidung für den Wettbewerb stand an, und Flavia fand sich gut gelaunt am Markusplatz ein, um Vater und Bruder moralisch beizustehen. Im Gegensatz zu ihrer Mutter durfte sie die Präsentation ihres Aquariums nicht hautnah begleiten, denn immer noch fürchteten ihre Eltern, jemand könnte an ihren leuchtenden Augen die stolze Erschafferin erkennen. Aber sie hatte sich vorgenommen, wenigstens aus der Ferne an dem Spektakel teilzunehmen.

Die Sonne stand hoch am Himmel, als sie sich durch die verstopften Gassen von San Marco schob und dem Zentrum des Geschehens immer näher kam. Sie steckte in dem marineblauen Kleid, das sie für John getragen hatte – ihr seidiges Geheimnis, dessen Bedeutung nur er und sie kannten.

Es betonte ihre hübschen Rundungen, und die Farbe verlieh ihr durch den Kontrast zu ihren blonden Locken etwas Aufsehenerregendes. Ihre innere Zufriedenheit spiegelte sich offenbar auch in ihrer Erscheinung und bewegte die Leute dazu, den Zylinder vor ihr zu ziehen oder ein ähnlich charmantes Lächeln auszusenden wie sie selbst.

Als sie die Piazza von der Merceria – der belebtesten Straße San Marcos – erreichte und durch das Portal des Uhrturms trat, waren ein paar Tagelöhner gerade dabei, eine in der Mitte des Platzes aufgebaute Bühne mit Tauen zu umspannen.

Links von ihrem Standort aus prägte die prachtvolle Fassade des Markusdoms mit seinen fünf Portalen und den Bronzetüren das Bild. Daneben grenzte nahtlos der Dogenpalast an, und etwas vorgelagert ragte der Campanile in die Höhe. Von den alten und den neuen Prokuratien eingeschlossen, blieb in der Mitte ein Feld, das an den Boden einer überdimensionalen Schachtel erinnerte. Und ähnlich wie sich ein Berg Knöpfe darin verteilen mochte, herrschte hier über die ganze Länge des Platzes ein wuseliger Menschenandrang.

Es war der 15. April, der Tag des Wettbewerbsentscheids, und bei dem frühlingshaften Wetter wollte niemand verpassen, was sich bei den Kandidaten tat. Die Maestri der verschiedenen Glaswerkstätten hatten sich vor ihren Skulpturen positioniert, bereit, die weißen Laken endlich zu lüften, nur ein paar vereinzelte Spätstarter mussten ihre Beiträge noch mittels Flaschenzuges auf die Bühne hieven. Mit Johlen und Pfeifen wurden sie vom Publikum angefeuert, doch trotz allen Drängelns und Schubsens sorgten die Arbeiter dafür, dass entlang der Bühne eine Gasse frei blieb und allzu Eifrige nicht unter der Absperrung hindurchtauchten.

Flavia schlängelte sich im Gedränge so weit nach vorne durch, dass sie die glänzende Stirn ihres Vaters ausmachen konnte und das Grübchen in der Wange ihrer Mutter. Jacos Blick fiel auf sie, als hätte er ihre Präsenz schon gespürt, als sie sich näherte. Er zwinkerte ihr rasch zu, und sie bedeutete ihm, noch einmal seinen Krawattenknoten zu richten. Don Benvenuto und Donna Clarissima winkten hin und wieder zeremoniell in die Menge, als wären sie das Königspaar aus dem Hause Savoyen.

Die Veranstaltung begann damit, dass Signor Riccardo Selvatico, Bürgermeister der Stadt Venedig und gleichzeitig

Präsident der Prima Esposizione Internazionale d'Arte della Città Venezia, die Bühne betrat, gemeinsam mit Signor Antonio Fradeletto, dem Generalsekretär der Ausstellung, dicht gefolgt von einem der einflussreichsten Männer der Stadtverwaltung – Signor Bruno. Er leitete den Bereich Kultur, was ihn zum entscheidenden Akteur in der Glaskunstbranche machte. Denn er war derjenige, der aktuelle Anträge sichtete und zur Abstimmung brachte, der also für die Förderung des wichtigsten Handwerks Venedigs verantwortlich war. Abgesehen davon war er ein kleiner, sehr von sich überzeugter Gockel im gehobenen Alter. Während der Eröffnungsrede hörte er den anderen beiden Männern kaum zu und war mehr damit beschäftigt, die Gesichter der Zuschauer nach potenziellen Unterstützern abzusuchen. Schließlich standen bald die Wahlen an, und Flavia hatte gehört, dass er wie alle machtbesessenen Männer ein höheres Amt anstrebte. Womöglich eine Position in der Finanzverwaltung oder der Bauplanung. Eben etwas, wo er über die sozialen und wirtschaftlichen Belange der Stadt mitentscheiden konnte.

Sein Blick verharrte auf Flavias Gesicht, und er musterte sie so unverblümt wie einen herausstechenden Klecks auf einem Gemälde, von dem man noch nicht wusste, ob man ihn für künstlerisch besonders wertvoll oder für ein schlichtes Versehen halten sollte. Was auch immer seine Aufmerksamkeit bannte, sie sandte ihm ein schmallippiges Lächeln. Er nickte ihr unmerklich zu, bevor sein Blick weiterzog, um jemand anders für einen Moment den Spaß zu rauben. Erkannte er sie als Oriettas Schwester? Wusste er, wie die zweite Tochter der Volpatos aussah? Oder war sie ihm bloß als eine schöne Zierde in der Besucherschar aufgefallen?

Ein Stich heftiger Abneigung durchfuhr sie. Dieser Mann

hatte damals Oriettas Antrag für die freie Arbeitswahl der Frau abgelehnt und sich damit gegen die Gleichberechtigung und den Fortschritt ausgesprochen. Wenn es nach ihm ginge, sollten alle Frauen Venedigs ihre Träume aufgeben und die eigenen Wünsche den Erwartungen ihrer Familie opfern.

Als er schließlich seine Willkommensworte an die Menge richtete, schnaubte sie abfällig und verließ ihren Posten, um sich nach vorne durchzuschieben. Die Kandidaten waren inzwischen von der Bühne abgegangen, warteten unten in der frei gehaltenen Gasse auf ihr Signal, wieder hinaufzukommen, und ließen sich von ihren Familien noch einmal Mut zusprechen. Trotz ihrer Wut auf Signor Bruno lächelte sie, sobald sie ihre Mutter entdeckte, die Jacos Hände umklammert hielt und ihn offenbar dazu zwang, zusammen mit ihr ein Stoßgebet gen Himmel zu senden. Donna Clarissima staubte ihrem Ehemann – seinem unbehaglichen Blick nach zu urteilen zum hundertsten Mal – die Schultern ab, während ihre Töchter Amalia und Natalina ihre Plätze hinter der Absperrung sichtlich genossen und vor der ersten Zuschauerreihe auf und ab stolzierten.

»Jaco!« Flavia tauchte unter dem Trennseil durch und wurde sogleich von einem Arbeiter am Arm gepackt. Doch ehe er sie zurück ins Publikum schicken konnte, waren ihre Eltern schon eingeschritten und hatten bestätigt, dass sie ihre Tochter war. Sie fiel ihrem Bruder um den Hals und wünschte ihm mit zwei feuchten Küssen auf beide Wangen viel Glück. Das schien ihre Mutter zu rühren. Trotzdem blieb sie hart und erinnerte Flavia an ihr Versprechen, unsichtbar zu bleiben. Am besten sollte sie sich in die Schatten der Arkadenbögen zurückziehen, sobald die Präsentation begonnen hatte. Also kostete Flavia die Aufregung, welche die zwei Familien gerade zu einer verschmolz, bis zum letzten Moment aus. Abschließend spendete sie ihrem Vater eine lange Umarmung und Dal Corso ein bestärkendes Lächeln, ehe sie sich mit den von der Bühne abgehenden Herren Selvatico, Fradeletto und Bruno auch selbst in Bewegung setzte und im Hintergrund Stellung bezog.

Zu ihrer Überraschung trat Signor Bruno kurz darauf zu ihr.

»Na so was, gar nicht vorne bei der Familie?«, eröffnete er mit einem kühlen Blick das Gespräch. »Flavia Volpato, habe ich recht?«

Sofort verspürte sie einen Kloß im Hals. Sie räusperte sich, doch ihre Stimme klang noch immer nicht so fest, wie sie es gerne gehabt hätte. »Meinen Namen scheinen Sie ja zu kennen, dürfte ich wohl auch Ihren erfahren?« *Und dazu gleich den Grund, warum er sie so dreist ansprach.*

Seine Augen verengten sich bei ihrer Antwort, als hätte er mehr Unterwürfigkeit erwartet. Doch dann dirigierte er sie nur mit einer sachten Berührung ihrer Schulter tiefer in den Schatten eines Arkadenbogens, wo sie ungestört reden konnten.

»Flavia Volpato, Muranos schönste Skulptur, in der Tat«, nahm er den Faden wieder auf. »Und so anders als die missratene Schwester.«

»Wie bitte?« Sie drückte den Rücken durch und hob kampflustig das Kinn.

»Sie haben mich schon verstanden. Und vielleicht sollten Sie mir, Signor Bruno, zunächst einmal danken, bevor Sie sich unnötig echauffieren. *Ich* habe Ihrer Familie schließlich zu der Möglichkeit verholfen, unserer Stadt Venedig ein Denkmal schaffen zu dürfen. Nicht gerade das, was man erwarten würde, angesichts der Verfehlungen Ihrer Geschwister, nicht wahr?« Seine Augen verweilten einen Moment zu lange auf ihr, und sie bekam das unangenehme Gefühl, dass er sich fragte, wie sie wohl unter dem Kleid aussah. Unwillkürlich drehte sie sich von ihm weg zur Bühne, wo gerade die Glasbläser die weißen Laken über ihren Kunstwerken lüfteten und nacheinander ihre Wettbewerbsbeiträge vorstellten, und sprach halb über die Schulter zu ihm. »Oh, Signor Bruno, haben Sie etwa Nonnas Präsentkorb nicht erhalten? Dann werde ich gleich morgen für einen neuen sorgen!«

Aus dem Augenwinkel sah sie nun doch ein Lächeln in seinem Gesicht aufblitzen, und seine verkniffene Miene entspannte sich ein wenig. Auch er wandte sich nun der Bühne zu, um dem Fortgang des Wettbewerbs zu folgen.

Eine Glasbläserei hatte einen Schuh aus Glas angefertigt und brachte das ganze Publikum zum Johlen, als der Maestro die Ärmel hochschob, seine haarigen Unterarme entblößte und unter den Damen im Zuschauerraum nach einer Freiwilligen fragte. Bald darauf hielten alle die Luft an, als bei einem anderen Kandidaten ein rotorange leuchtender Feuerball, der wohl nicht stabil genug an seiner Aufhängung befestigt war, aus der Verankerung rutschte und herabkrachte. Zum Glück hatte niemand etwas abbekommen, doch die Veranstaltung musste kurz unterbrochen werden, um die Scherben zu beseitigen. Die Verantwortlichen der Glasbläserei eilten unter Schmährufen von der Bühne und verließen fluchtartig die Piazza, dann ging es weiter.

»Wirklich, Signor Bruno, ich weiß Ihre positive Einflussnahme im Stadtrat sehr zu schätzen – Ihr anhaltendes Interesse an meiner Familie«, sagte Flavia, als ihr klar wurde, dass er so lange neben ihr stehen bleiben würde, bis sie ihm wie erwartet gehuldigt hatte, »aber meinen Sie nicht, es wäre für die

Glasbranche endlich an der Zeit, das Private vom Geschäftlichen zu trennen? Ein zerstörter Ruf hängt dem guten Namen jahrelang an, dabei ist es manchmal nur das falsche Wort zur falschen Person, das den Ausschlag gibt.«

Plötzlich ballte sich ihr Magen vor Nervosität zusammen, denn nun riefen sie ihre Familie auf, und Don Benvenuto schob Jaco wohlmeinend vorwärts in die Bühnenmitte. Neben der vagen Angst, ihr Bruder könnte dem Druck nicht gewachsen sein, empfand sie auch Vertrauen in seine Fähigkeiten. Er wusste, wie er eine ganze Mannschaft dazu brachte, ihn anzufeuern. Und als jetzt die Menge tatsächlich an den richtigen Stellen über seine Bemerkungen lachte, erfüllte sie geschwisterlicher Stolz.

Signor Bruno trat mit einem Mal noch dichter neben sie. »Dieselbe Leichtigkeit, mit der er die Wahrnehmung des Publikums formt, lässt er auch in seine Skulpturen einfließen, nicht wahr? Das, gepaart mit der richtigen Technik, macht sie zu Meisterwerken. Die Kunst ist *niemals* von ihrem Künstler zu trennen, das Private nie vom Geschäftlichen. Und schleicht sich erst einmal ein Fehler ein, auf der einen oder anderen Seite, müssen wir das ganze Konstrukt zurückweisen, selbst wenn die Familie das Handwerk über Generationen einwandfrei ausgeübt hat.«

Sie schnaubte leise. »Ich kenne Männer ohne einen einzigen anständigen Knochen im Leib, die trotzdem bewundernswerte Unikate erschaffen.«

»Aber auf Anstand kommt es hier ja auch nicht an. Gesetzestreue und der Erhalt unserer Traditionen, das sind die Werte, die in der Glasbläserei zählen.«

Leiser Applaus brandete auf, als Jaco die Vetreria Dal Corso & Volpato sowie sich selbst und seine Funktion im

Betrieb vorstellte. Auch Signor Bruno spendete aus den Schatten spöttisch seinen eigenen Beifall.

Seine Selbstgefälligkeit machte sie wütend. »Das heißt also, Sie haben Angst vor Veränderung? Ich dachte, ein Mann in Ihrer Position und mit Ihrer Weisheit wäre offen für neue Ideen.«

Er hüstelte, ohne den Blick von der Bühne abzuwenden. »Angst ist hier nicht das richtige Wort, Signorina. Vielmehr ist es unsere Aufgabe, die Traditionen zu bewahren und die Qualität der Glaskunst zu schützen.«

Auch sie starrte wie gebannt das gläserne Aquarium an, das nun enthüllt wurde und zum Großteil von ihr und Jaco stammte. Ihr Vater – und vermutlich auch Dal Corso – hatten die Skulptur zwar fertiggestellt, doch das Konzept, die Farben und die Anordnung der Tiere waren Flavias Vorstellungskraft entsprungen.

Wie das Objekt leuchtete! Unter der Sonne wirkten die Luftblasen so plastisch, als sähe man sie wirklich im Wasser aufsteigen, und die bunten Fischschwärme zogen so lebensecht vorbei, dass man sicher war, ein Kitzeln an der Hand zu spüren, wenn man versuchte, sie zu berühren.

Ein erstauntes Raunen ging durch das Publikum, schwoll zu einem schieren Begeisterungssturm an, und dann dauerte es nicht lange, bis sie alle Jacos Namen skandierten. »Jacopo Volpato – Maestro Vetraio!« Einerseits überwältigt von der Reaktion der Zuschauer, die nun lautstark verlangten, die Siegerehrung auf der Stelle vorzunehmen, da sie den Repräsentanten für ihr Muranoglas bereits gefunden hatten, und zugleich von Stichen der Eifersucht auf ihren Bruder geplagt, der anders als sie im Rampenlicht stehen durfte, musste Flavia sich zwingen, ihre Aufmerksamkeit wieder auf Signor Bruno zu richten.

»Können Sie denn wirklich anhand einer Signatur beurteilen, ob die vorliegende Arbeit auch von dem darauf angegebenen Glasbläser stammt?«, fragte sie.

»Von wem sollte sie sonst stammen? Niemand, der etwas auf sich hält, würde sein Werk mit einem anderen Namen kennzeichnen.«

»Es sei denn, er müsste bittere Konsequenzen fürchten. Theoretisch, meine ich …« Sie verstummte, als sie spürte, wie aus der Belustigung Signor Brunos jetzt eine gewisse Wachsamkeit wurde.

»Führen Sie das ruhig weiter aus, Signorina. Ich bin ganz Ohr, wenn eine junge Schönheit spricht.«

»Die Importware aus China. Sie mischt sich unter die Originale und kann inzwischen nur noch von Experten identifiziert werden.« Mit vorgeschützter Gelassenheit trat sie aus dem Arkadenbogen und erkundigte sich bei einer Frau, wie lange man noch warten müsste, bis das Ergebnis des Wettbewerbs bekannt gegeben würde.

»Eine Stunde«, sagte Signor Bruno im selben Moment dicht hinter ihr.

Sie roch seinen Tabakatem und musste sich beherrschen, ihm nicht den Ellbogen in den Bauch zu rammen. Mit einem unbeschwerten Lächeln wandte sie sich zu ihm. »Wo waren wir?«

»Dabei, dass Ihr Vater Sie offenbar zu viel am Geschäft teilhaben lässt.« Seine Augen funkelten grimmig. »Ich bin mir darüber im Klaren, dass Murano ein Problem hat. Aber wir arbeiten an einer Lösung, seien Sie sich dessen gewiss.«

Und so schnell hatte sie wieder die Oberhand zurückerlangt. Er schwitzte unter ihren Vorwürfen. Ihr Argument hatte ihn aufgespießt – nun würde sie ihn rösten.

»Signor Bruno, bitte entschuldigen Sie sich nicht für Ihre Versäumnisse. Das sollte kein Angriff sein«, säuselte sie scheinheilig. Mit einer Hand tätschelte sie ihm die Brust, wie ihre Mutter immer ihrem Vater, wenn er im Haushalt etwas auf die völlig falsche Weise angegangen, aber immerhin sein Bestes gegeben hatte.

»Trotzdem wissen Sie zu viel«, knurrte er. »Für meinen Geschmack.«

»Die Wissbegierde wurde mir wohl in die Wiege gelegt.« Sie zuckte die Achseln, dabei war es ein wohlplatzierter Hieb. Nun sollte *er* sich an Orietta erinnern, an die Rechte, die er ihr und damit allen Frauen verweigert hatte.

Natürlich schluckte er den Köder. »Wie geht es Ihrer Schwester eigentlich?«, fragte er, und Missgunst troff aus jedem seiner Worte.

»Oh, sie verfolgt ihren Traum und studiert in Konstantinopel Literatur.«

»Tatsächlich? Sibilla Veridiani erzählte davon. Ich hielt es für einen Scherz.« So schnell seine Verärgerung aufgeflackert war, so schnell fand sie ein Versteck in seiner neuerlichen Freude. Als behielte er eine Information, die er ihr eigentlich ins Gesicht hatte schleudern wollen, doch noch für sich, um Flavia ein bisschen länger in ihrer Unwissenheit schmoren zu lassen. »Die Salondame vermisst ihre Schülerin schrecklich. Hat Ihre Schwester übrigens je erwähnt, dass sie als Erstes zu mir kam? Bevor sie Anerkennung in Veridianis literarischem Zirkel fand.«

Flavia schützte Erstaunen vor, aber sie spürte, wie sich die Waage wieder zu seinen Gunsten neigte und er die Kontrolle über das Gespräch zurückgewann.

»Ja«, fuhr er fort, »sie hatte doch tatsächlich einen Antrag stellen wollen. Man solle Frauen die Arbeit grundsätzlich erlauben, selbst in einem Traditionshandwerk wie der Glasbläserei. Lächerlich, nicht wahr?«

»Ich nehme an, der Antrag wurde ordentlich geprüft?«

Sein Lächeln verblasste. Doch weil er sie nicht für eine ernsthafte Bedrohung hielt, überging er den indirekten Vorwurf. »Warum machen wir es nicht zur Routine und legen das Zepter gleich den Frauen in die Hand?«, sagte er zynisch.

»Es wäre ein Versuch …«

Nun hatte sie ihn endgültig verärgert. »Frauen bringen doch gar nicht die körperlichen Voraussetzungen mit, um in handwerklichen Berufen zu arbeiten. Und daran wird sich auch nie etwas ändern. Wo kämen wir denn da hin?«

Sie beugte sich vor. »Und diese Ansicht teilt Sibilla Veridiani?« In ihrer Andeutung schwang alles mit: das Wissen, wer den Stadtrat in Wirklichkeit dazu bewogen hatte, der Familie Volpato den Auftrag für das Denkmal zu erteilen, und die Ahnung, dass diese Kooperation auf mehr als bloßer Sympathie beruhte. Sicher war er auf Veridianis Unterstützung bei seinem Wahlkampf angewiesen.

»Wollen Sie der nächste Bürgermeister werden, Signor Bruno?«

Jetzt beugte auch er sich vor, bis sein Gesicht ganz dicht vor ihrem war. Flavia brauchte nur leicht den Blick zu heben, um ihm auf Augenhöhe zu begegnen, und das schien er ihr zusätzlich übel zu nehmen. Vielleicht sogar noch übler als die dreisten Fragen und ihre allgemeine Neugier. »Sie sind hübsch, Flavia Volpato, und Ihre Hartnäckigkeit ist durchaus reizvoll. Aber vielleicht sollten Sie sich lieber anderen Aktivitäten widmen, als auf dem Markusplatz mit mir zu streiten.«

»Welche Aktivität wäre für eine hübsche Frau wie mich denn angemessen?«, forderte sie ihn heraus.

Signor Bruno blickte kurz verblüfft, bevor er sie mit einem dreisten Grinsen musterte. Zu seinem Glück sprach er nicht aus, was sich darin andeutete. »Muranos Glaskunst steht vor großen Herausforderungen«, erwiderte er stattdessen. »Die Konkurrenz aus anderen Ländern wächst. Wir müssen an einem Strang ziehen, um zu überleben.«

»Aber das tun wir nicht, wenn wir unsere potenziellen Arbeitskräfte auf die Hälfte beschränken.«

Ihr Beharren auf den Rechten der Frauen konnte ihn nicht länger aus der Reserve locken. Dabei hätte sie ihn nur zu gern aus der Fassung gebracht. Er tippte sich vielsagend an den Zylinder. »Es gibt Pläne für massive strukturelle Änderungen in dem Gewerbe. Andere, als Sie sich vorzustellen in der Lage sind.«

Bei dieser mysteriösen Andeutung zog Flavia die Augenbrauen zusammen. »Ach ja? Was meinen Sie damit? Was steht bevor?«

Er lächelte schmal. »Oh, das ist nichts, was *Sie* etwas angehen würde, Signorina Volpato. Mit Ihrem Vater werde ich schon beizeiten darüber reden.«

Flavia spürte, dass einiges mehr im Gange war, als Signor Bruno preisgab – als er sogar ihrem Vater gegenüber preisgeben würde. »Und was ist *Ihre* Position in dieser Angelegenheit?«, fragte sie noch, doch in dem Moment wurde sein Name ausgerufen; er musste zurück auf die Bühne.

»Meine Position ist die der Vorsicht. Ich kümmere mich um das Gleichgewicht zwischen Vermächtnis und Fortschritt.« Und mit einem demonstrativen Blick auf ihren Busen schloss er: »Vielleicht sollten Sie *Ihre* Energie darauf verwenden, Ihren eigenen Leidenschaften zu folgen, anstatt sich in politische Angelegenheiten einzumischen.«

Sie bedachte ihn mit einem stählernen Blick. »Nun, ich schätze, das werde ich.«

Signor Bruno musterte sie noch einen Moment lang bedauernd, bevor er eine undurchdringliche Miene aufsetzte. »Ganz die ältere Schwester.«

Kapitel 23

Der vereinigte Betrieb Vetreria Dal Corso & Volpato belegte unter Jubel und Fanfaren den ersten Platz. Es folgte die Vetreria Campa auf dem zweiten. Auf den dritten schaffte es überraschenderweise eine kleine Zehn-Mann-Fornace, die ihr Tagesgeschäft auf wenig wertvolle Souvenirs beschränkt hatte: Glasperlenarmbänder und Briefbeschwerer. Wie sie überhaupt einen Gegenstand von so hoher Qualität zustande gebracht hatten, war Flavia ein Rätsel, aber sie freute sich für die unbekannteren Glasbläser. Am Ende der Veranstaltung erinnerte Generalsekretär Fradeletto noch einmal an die wichtigsten Daten.

In einer Woche, am 22. April, würde die Prima Esposizione Internazionale d'Arte in den Giardini Pubblici, den öffentlichen Gärten Venedigs, um 10:10 Uhr in Anwesenheit des Königspaares eröffnet werden. Wer es noch nicht in der Zeitung gelesen hatte, wusste es spätestens jetzt.

Flavia fing Jacos freudestrahlenden Blick auf und klatschte ihm dezent Beifall, mit dem Mund formte sie lautlos: »Bravo!« Er küsste seine Faust und reckte sie triumphierend in die Luft, als wollte er sagen: »Das ist für uns!«

Gemeinsam hatten sie gesiegt und einen Platz beim größten

Ereignis des Jahres ergattert. Der Name Volpato würde tatsächlich im Werbematerial der Ausstellung stehen und die Berichterstattung der internationalen Gazetten dominieren. Die ganze Welt würde endlich ihre Kunst sehen!

Flavia schob sich aus dem verstopften Bereich um die Bühne und überließ ihrem Bruder die Siegerehrung, die, wie er gerade ausrief, in einem teuren Lokal in den Prokuratien begossen werden sollte, während Benvenuto Dal Corso schon ankündigte, er würde die Rechnung übernehmen.

Sie ging mit gemischten Gefühlen über den Platz davon. Jetzt, da die Aufregung vorbei war, machten sich Niedergeschlagenheit und Traurigkeit in ihr breit. Der leidige Gedanke, wie es wohl gewesen wäre, selbst auf der Bühne zu stehen und anschließend von allen in der Osteria gefeiert zu werden. Sie ließ ihren Blick schweifen und suchte auf dem sich allmählich leerenden Markusplatz nach Johns vertrautem Gesicht. Aber er war nirgends zu sehen. Seltsam, dachte sie. Als Juror der Kunstausstellung hatte sie ihn hier erwartet. Aber vielleicht wollten die Veranstalter die Besetzung des Auswahlkomitees noch geheim halten, um Bestechungsversuche einzudämmen.

Wenn niemand wusste, wer einen später als Juror beurteilen würde, konnte man auch nicht auf falsche Gedanken kommen. Kurzerhand entschied sie, den Erfolg ihres Aquariums für sich zu feiern, nur mit John, und zwar auf die erdenklich schönste Weise, nämlich in seinem Bett.

* * *

Zwei Tage später, am 17. April, versetzte Bürgermeister Selvatico alle in Schrecken, als er in einer öffentlichen Ankündigung auf dem Markusplatz die Esposizione Internazionale für verschoben erklärte. Nur der Umstand, dass er auf der Stelle einen neuen Termin nennen konnte, hielt die aufgebrachte Menge davon ab, ihn mit Tomaten zu bewerfen.

Jetzt sollte die Eröffnung am letzten Tag im Monat stattfinden. Ursprünglich hatte sich Selvatico bei der Planung damals für den 22. April eingesetzt, da die Silberne Hochzeit des königlichen Paares auf ebendieses Datum fiel. Und da dem Stadtrat der Gedanke gefallen hatte, die Verbindung der beiden Hoheiten mit einer alle zwei Jahre stattfindenden Ausstellung zu ehren, hatten die Mitglieder zugestimmt. Doch wie Selvatico nun kurzfristig erfahren hatte, ließen die Geschäfte des Königs eine Teilnahme am Eröffnungstag doch nicht zu. Auf König Umberto I. und Königin Margherita zu verzichten, kam allerdings nicht infrage, und so musste sich Venedig – und mit ihm Flavias Familie – noch ein wenig gedulden.

Was für alle ein kleines Ärgernis bedeutete, stellte für Jaco eine Erleichterung dar, denn er war vom Bürgermeister persönlich gebeten worden, auf der Biennale mit einem ganz neuen, frischen Meisterwerk aufzuwarten. Um für Furore zu sorgen. Ein kleines Feuerwerk zu zünden.

Gegenüber der Familie tat Jaco, als hätte er die Lage unter Kontrolle. Doch an seinem gehetzten Gesichtsausdruck und seiner Schreckhaftigkeit erkannte Flavia, dass er an den Anforderungen zu zerbrechen drohte. Also hatte sie ihm ihre Hilfe angeboten, wollte sich wie in alten Zeiten in die Werkstatt schleichen und für ihn das Objekt skulpturieren. Sie hatte geglaubt, er würde ihr allein für den Vorschlag dankbar um den Hals fallen. Doch er hatte sie bloß angestarrt, als hätte sie etwas Unverzeihliches gesagt. Und da begriff sie, dass es nun an ihr war, ihn sich beweisen zu lassen. Also tat sie das, worum ihre Eltern sie schon die ganze Zeit anflehten: Sie hielt sich von der Werkstatt fern.

Ihre freie Zeit nutzte sie, um mit John Ausflüge zu unternehmen. Neue Winkel und Geheimtipps, zu denen es wenig Touristen und eher die Venezianer selbst zog. Auf der Giudecca speisten sie in einem Restaurant unmittelbar am Wasser mit einem weiten Blick auf den Campanile und die Fassaden der Biblioteca Marciana und des Dogenpalasts. Zum Sestiere Dorsoduro gehörig, war die Giudecca von der Piazzetta aus betrachtet nichts weiter als ein lang gezogener Streifen am Horizont. Ihr Kern bestand aus Wohnhäusern für die bessergestellte Arbeiterklasse, breiten Gassen und kleinen Nutzgärten. Flavia und John wurden wegen ihrer blonden Haare behandelt wie Fremde. Und während Flavia das Gefühl genoss, endlich einmal frei und unerkannt umherzustreifen, ohne später womöglich ein entsprechendes Gerücht über sich im Schaukasten lesen zu müssen, beklagte John sich, dass er nicht mit der Lebensart verschmelzen konnte, weil die Leute ihn aussonderten wie einen stinkenden Fisch. Flavia amüsierte sich prächtig über seinen ungestillten Entdeckerdrang. In den leeren Gassen ließ sie sich ausgiebig von ihm küssen. Und wenn ihre Knie zu weich geworden waren, zog sie ihn zu einer Steinbank, wo sie die faulen schwarzen Katzen beobachteten, die träge zu den gurrenden Tauben auf den Dächern hinaufspähten. Auch in den anderen Sestieri zeigte sie ihm interessante Orte. Das vergessene Atelier eines alten Malers, wo Kohlestifte die prunkvolle Architektur der Palazzi aufs Papier hauchten, während eine der letzten Weberinnen nur eine Gasse weiter auf ihrem knarrenden Webstuhl Soprarizzo-Samt herstellte, das kostbare Zeugnis eines vom Aussterben bedrohten Kunsthandwerks.

Flavia wusste nicht, ob John den intimen Einblick in die alten Handwerke schätzte, doch wenn er die Serenissima wirklich verstehen wollte, musste er ein Gefühl für den Geist bekommen, der tief mit ihr verbunden war.

Nahe dem Markusplatz schlenderten sie gemeinsam durch die Calle Varisco, die mit 53 Zentimetern engste Gasse Venedigs. Und im Sestiere Castello bestaunten sie von der Brücke Ponte dei Conzafelzi aus den Palazzo Tetta, ein besonderes, weil freistehendes Gebäude, das auf drei Seiten von Wasser umgeben war und dessen Eigentümer ihre Wohnung nur per Boot erreichen konnten.

Beim Abschied raunte John ihr jedes Mal unter verzweifelten Küssen zu, wie sehr er die kleinen Unternehmungen mit ihr brauchte, um bei dem Trubel um die Kunstausstellung nicht den Kopf zu verlieren. Doch seine Verpflichtungen schränkten ihn immer häufiger ein, bis er schließlich gar keine Zeit mehr für ihre Spaziergänge erübrigen konnte und sie sich nur noch nachts trafen, dann, wenn Flavia wie ein Geist in sein Hotelzimmer und unter seine Decke schlüpfte. In der letzten Woche vor dem neuen Eröffnungstermin wurden allerdings auch die Proben für Masins Modenschau häufiger, und sie selbst musste schauen, dass sie genügend Schlaf bekam.

Mehr als sonst war das Atelier in dieser Zeit erfüllt von geschäftigem Treiben, gedämpften Stimmen und dem leisen Klirren von Schmuck und Accessoires. Flavia wartete umgeben von eleganten Stoffen und zappeligen Mannequins auf ihren eigenen Probelauf, als sich plötzlich die Tür öffnete und Jaco hereinstürmte, auf der dringenden Suche nach ihr. Er entdeckte sie und nahm sie mit einem von Panik gezeichneten Gesicht beiseite. »Du musst sofort mitkommen! Ein Ermittler des Stadtrates ist in der Werkstatt!«, zischte er. »Das Gerücht über eine Vase mit deinen Initialen macht die Runde, und er will dich dazu befragen!«

Flavia spürte eine Woge der Übelkeit in sich aufsteigen, als sie versuchte, die Situation zu begreifen. »Hat er etwas Belastendes gefunden?«, flüsterte sie aufgelöst zurück. Die Umgebung des Modehauses verschwamm vor ihren Augen, und ihre Hände wurden klamm.

»Bisher nicht. Aber vielleicht bald.« Jaco drängte sie zur Eile. Gemeinsam verließen sie das Modehaus und machten sich auf den Weg zur Werkstatt. Die ganze Zeit konnte Flavia sich nur fragen, wer sie verraten haben könnte, wo doch nur John von dieser besonderen Vase wusste.

Muranos Hauptkanal war belebt, erfüllt vom Geruch nach frittiertem Fisch und dem Klang ausgelassener Stimmen, die durch die hinteren Gassen wehten.

Als sie die Werkhalle erreichten, lag dort eine greifbare Spannung in der Luft. Die Fragezeichen in den Köpfen der Garzonetti waren unübersehbar. Flüsternd und mit fahrigen Bewegungen schienen sie an den Öfen zu arbeiten, bei genauerer Betrachtung jedoch wurde klar, dass sie nur ziellos hin- und herliefen. Flavias Eltern und Benvenuto Dal Corso standen mit besorgten Mienen zusammen.

Flavia holte tief Luft und ging zu ihnen. Das rhythmische Klopfen des Hammers und das leise Zischen des Feuers, das aus den Schmelzöfen drang, begleitete sie. Jaco, der fest an ihrer Seite geblieben war, ergriff ihre Hand – was jedoch nichts daran änderte, dass sich die Blicke aller sofort und allein auf sie richteten. Die Bewegungen der Garzonetti erlahmten, und ein drückendes Schweigen legte sich über die Werkstatt.

»Flavia Volpato?« In der Mitte der Halle stand ein streng wirkender Mann in einem dunklen Anzug, der sich als Ermittler des Stadtrates vorstellte.

Sie schluckte schwer und nickte kaum merklich, während

sich der Raum um sie herum zu verengen schien. Jaco trat zurück und ließ ihren Vater an ihre Seite treten.

Dieser hielt sich aufrecht, aber auch in seinen Augen war schiere Angst zu erkennen. »Kein Grund zur Sorge«, raunte er, »der nette Herr möchte nur mit dir sprechen.«

Sie nickte. Ihr Puls klopfte laut in ihren Ohren, als sie versuchte, einen gelassenen Eindruck zu erwecken und innerlich ruhig zu bleiben.

Der Ermittler kam sofort zum Punkt: »Es gibt glaubhafte Gerüchte darüber, dass eine Vase mit Ihren Initialen in Umlauf gebracht wurde. Frauen ist die Glasbläserei laut Gesetz untersagt. Sollte sich der Verdacht als berechtigt erweisen, wird dieser Betrieb geschlossen und dem Maestro sowie seinen Söhnen die Konzession entzogen. Also, Signorina Volpato, können Sie mir das Gerede erklären?« Er musterte sie skeptisch, während er auf ihre Antwort wartete.

Flavia versuchte, ihm aufmerksam zuzuhören, doch ihr Geist war immer noch von der Erkenntnis überwältigt, dass das Gerücht nur von einer Person stammen konnte – John. Ein entsetzlicher Stich der Enttäuschung durchfuhr sie.

Sie fühlte sich verraten, während sie sich gleichzeitig dagegen sträubte, so von ihm zu denken. Er hatte ihr schließlich versprochen, ihr Geheimnis zu bewahren, also musste es ein Irrtum sein. Es *musste*! Sie konnte nicht glauben, dass John sie absichtlich in Schwierigkeiten bringen würde.

»Antworte, Schätzchen«, sagte ihre Mutter und nickte ihr aufmunternd zu.

»Da muss sich wohl jemand einen Scherz mit uns erlaubt haben.« Flavia gab ein gequältes Lachen von sich. Um sie herum schien sich die Luft zu verdichten, während alle angespannt beobachteten, welchen Lauf das Ganze nehmen würde. Sie spürte Jacos sorgenvolle Blicke, die sich in ihren Rücken bohrten, und aus dem Augenwinkel sah sie Damasio heranschleichen.

»Dann ist das also nicht Ihre Signatur? F.V.? Jemand hat Ihren Namen missbraucht?«

»Hören Sie, Signore«, erwiderte sie mit zittriger Stimme, »meine Familie ist seit Generationen als Glaskünstler tätig. Wir würden niemals riskieren, unsere Existenz aufs Spiel zu setzen.« Das Wissen, dass sie *genau das* getan hatte, ließ sie in dem Moment fast ohnmächtig werden.

Der Ermittler nickte skeptisch. »Ich werde jetzt diese Werkstatt durchsuchen, um mögliche Indizien oder auch handfeste Beweise zu finden. Ihre Familie und Sie warten in der Halle, bis ich meine Arbeit erledigt habe.«

Niemand widersprach, also machte er sich ans Werk. Sobald er außer Sichtweite war, wandte Flavia sich entsetzt um. »Was geschieht hier?«

»Das weißt *du* wohl am besten.« Ihr Vater starrte sie an. *Eine Vase – mit deinen Initialen*, schien sein fassungsloser Blick zu sagen. Gerne hätte sie ihn damit beruhigt, dass sie wirklich nur diese *eine* Vase gefertigt hatte und der Ermittler in der Werkstatt keine weiteren Beweise gegen sie finden würde, doch Don Benvenutos Anwesenheit hielt sie davon ab.

Damasio tauchte neben ihnen auf. »Alles in Ordnung hier?«

»Eine simple Verwechslung, die niemanden etwas angeht, außer Don Benvenuto und uns.« Ihr Vater zögerte nicht, alle Mitarbeiter in die Pause zu schicken, und die Garzonetti zögerten nicht, der Aufforderung nachzukommen. Scheppernd fielen Eisen und Werkzeuge zu Boden. Manche entschwanden sogar in ihren Schürzen. Zurück blieben nur Flavia, ihre Eltern, Jaco und Don Benvenuto.

»Das ist wirklich eine sehr ernste, wenn auch lachhafte Situation«, begann dieser und wandte sich kritisch dreinschauend von den hinaushuschenden Mitarbeitern ab. »Wie kommt die Stadtverwaltung bloß auf so einen Unfug? Hast du dich verschrieben, mein Junge?« Er packte Jaco im Nacken und rüttelte ihn. »Wir sind schließlich alle schon mal mit einem Brummschädel vor den Ofen getreten, obwohl wir lieber im Bett hätten bleiben sollen.«

Ohne mit der Wimper zu zucken, beschritt ihr Bruder den angebotenen Ausweg, um zumindest vorläufig den Verdacht von ihr abzulenken. »Eine verlorene Wette«, sagte er auf seine übliche spitzbübische Art.

Don Benvenuto schubste ihn kameradschaftlich von sich. »Nichts als Ärger mit den Jungspunden. Aber als Jurist werde ich dem Schnüffler da hinten mal seine Grenzen aufzeigen.« Er zog seine Lederschürze straff und marschierte los. »Ich kann mich an keinen Durchsuchungsbefehl erinnern …«, sagte er noch mit einem Augenzwinkern über die Schulter, dann trat er mit einem donnernden: »Signore?« ins Büro und schloss die Tür hinter sich.

Sobald Flavia mit ihrer Familie unter sich war, ging das Gezeter los. So leise, wie es bei der Aufregung möglich war, klagten sie sich in einem heillosen Durcheinander gegenseitig an und ließen einander nicht ausreden. Erst als Flavia beteuerte, dass kein weiteres Unikat mit ihren Initialen im Umlauf war, einigten sie sich darauf, den Grund dafür, warum überhaupt ein *einziges* Objekt von ihrer Hand existierte, in Ruhe zu Hause zu besprechen. Nur ihre Mutter war noch nicht restlos überzeugt. »Dann darf der Herr vom Stadtrat also getrost deinen Werkraum inspizieren?«

»Ja.« Flavia riss die Augen auf. »Nein! Meine Kette!« Wenn

er sie dort fand, konnten sie zwar behaupten, sie gehöre einer von Jacos Liebschaften, doch es war wohl ihrer Glaubwürdigkeit zuträglicher, wenn das vergessene Schmuckstück keine zusätzlichen Fragen aufwarf. Mit einem Satz preschte sie in Richtung Werkraum davon. Jaco riet ihren Eltern noch, den Ermittler unbedingt hinzuhalten, dann folgte er ihr. Flavia, die sich daran erinnert hatte, wo in etwa sie die Kette verloren hatte – und mit welchem Genuss John sie ihr ausgezogen hatte –, kroch schon auf allen vieren vor dem Ofen herum.

»Ich sage es ja nur ungern, aber: Wer im Glashaus sitzt, sollte nicht mit Steinen werfen«, stieß Jaco hervor, während er ebenfalls anfing zu suchen. »Mich wolltest du dafür strammstehen lassen, dass ich die Werkstatt entweiht habe, dabei bist du hier selbst wohl auf deine Kosten gekommen.«

Sie fühlte sich nicht in der Position, das zu bestreiten.

»Du hattest offenbar nur Augen für John.« Abrupt verharrte ihr Bruder in seiner gekrümmten Suchhaltung, und eine Spur misstrauischer fragte er: »Bank oder Boden?« Als sie errötete, stieß er ein empörtes Schnauben aus. »Wie die Tiere? Flavia! Schäm dich!« Doch so, wie er dabei gluckste, hatte er das nicht ernst gemeint.

»Herrgott, nicht jeder Akt muss im Bett stattfinden.« Sie drehte sich um die eigene Achse. Verflixt, wo war diese Kette nur hingeraten? Dass ihre Gedanken ständig und mit zunehmender Verzweiflung um Johns möglichen Verrat kreisten, machte die Suche nicht einfacher.

»Hab sie!« Jaco zog die Kette mit spitzen Fingern aus dem Eimer für das Bruchglas, der neben dem scagno stand. Flink warf er sie ihr zu, und prompt glitt sie ihr durch die Finger.

Mit einem tiefen Bedauern bückte sie sich danach. Hier hatten John und sie sich geliebt, und jetzt hatte er …

»Steck du sie ein«, sagte sie heiser. »Das Kleid hat keine Taschen.«

»Dann leg sie um …«

»Eine Kette, die vorher nicht da war? Das dürfte dem Herrn Ermittler wohl auffallen.«

Jaco verschränkte trotzdem die Arme vor der Brust, als wäre das Schmuckstück mit irgendetwas befleckt. Erneut errötete sie, denn er hatte nicht ganz unrecht. So sinnlich, wie John die Kette bei ihrem zweiten Mal über ihre entblößten Brüste gezogen hatte, langsam, genüsslich, haftete den funkelnden Glassteinen wirklich etwas Verruchtes an. Ihre Haut hatte sich schaudernd zusammengezogen, und all die kleinen Härchen an ihren Armen hatten sich aufgestellt …

Kurzerhand stopfte sie das Souvenir der Sünden in ihren Ausschnitt. »Zurück in die Halle, bevor sie sich wundern«, murmelte sie.

Jaco und sie gesellten sich wieder zu ihren Eltern und konnten so genau im richtigen Moment dem zurückkehrenden Ermittler mit einem harmlosen Lächeln begegnen – als hätte nie eine Unterbrechung stattgefunden.

»Nichts Verdächtiges«, lautete dessen vorläufiges Urteil. Mit einem Lächeln nahm er sich als Nächstes Flavias Werkraum vor, doch auch dort wurde er nicht fündig. Dafür hatten sie eben gesorgt. »Das bedeutet nicht, dass die Sache damit erledigt ist«, sagte er bei seiner Rückkehr schlicht. »Wir werden weiterforschen, und wenn wir Beweise finden, wird das ernsthafte Konsequenzen für Sie haben.«

Flavias Vater nickte. »Seien Sie sich unserer Mithilfe gewiss. Wir werden alles in unserer Macht Stehende tun, um diese Angelegenheit zu bereinigen. Möchten Sie noch die anderen Räume sehen?«

Mit einem knappen Blick auf Dal Corso, dessen freundliches Lächeln zu signalisieren schien: »Nur zu, dann verlassen Sie diese Werkstatt aber mit einer Klage am Hals«, schüttelte der Ermittler unwirsch den Kopf. Grußlos strebte er auf den Ausgang zu, und seine mürrische Miene drückte seinen Ärger darüber aus, dass er einem derart abwegigen Gerücht überhaupt nachgegangen war.

Leise und unspektakulär schwang die Tür hinter ihm zu, und alle, die den Atem angehalten hatten, stießen erleichterte Seufzer aus.

Flavias Vater umarmte sie schroff, seine Miene immer noch voller Zweifel.

»Die Sache mit dem Gerücht ist noch nicht ausgestanden«, warnte ihre Mutter.

Dem schloss Don Benvenuto sich an. »Wo Erfolg ist, dort lungert auch der Neid herum.« Er klopfte ihrem Vater auf die Schulter. »Immer mehr kleine Glasbetriebe müssen aufgeben. Da gefällt es nicht, dass sich zwei der erfolgreichsten jetzt zusammenschließen.« Seine Augen blitzten. »Don Ercole wurde aus dem Geschäft gedrängt. Ich habe ihm leider Gottes meine Hilfe verwehrt, und das ist vielleicht seine Rache. Dieses Gerücht über Flavia muss ich also wohl auf meine Kappe nehmen.«

Flavia traute ihren Ohren nicht. Aber sie hütete sich davor, den Selbstvorwurf zu entkräften. Das übernahm ihr Vater. »Du hast dir nichts zuschulden kommen lassen, Don Benvenuto. Über meine Tochter wurde schlecht geredet. Bitte verzeih die Unannehmlichkeiten.«

Dal Corso winkte ab.

Ihr Vater seufzte. »Dann werde ich mal dafür sorgen, dass sich die Familie wieder beruhigt. Vor allem Flavia hat einen ganz schönen Schreck bekommen.«

»Und ich klaube unsere Garzonetti aus den umliegenden Casinos zusammen. Die Arbeit muss weitergehen.«

Damit war Dal Corso fort und die versöhnliche Atmosphäre auf einen Schlag dahin.

»Wie zum Teufel hat dieses Gerücht die Runde gemacht?«, fragte Jaco verständnislos. »Im Schaukasten hing nichts!«

Die gesamte Aufmerksamkeit richtete sich nun wieder auf Flavia.

Die zuckte zittrig mit den Schultern. »Ich weiß es nicht.« Aber wem machte sie hier eigentlich etwas vor? Auch wenn sie es sich nicht eingestehen wollte, wusste sie es doch genau.

Während ihr Bruder laut überlegte, wer das Gerede in Gang gesetzt haben mochte und ihre Mutter ihn anfauchte, dass das doch gar nicht das Problem sei, kämpfte Flavia mit ihren aufgewühlten Gefühlen. Sollte sie John zur Rede stellen? Oder umgekehrt jeden Kontakt abbrechen? Oder gab es für all das einen einleuchtenden Grund, den sie nur noch nicht verstand? Es gab doch immer einen! Nun, falls ja, konnte sie den auch später noch herausfinden. Vorerst musste sie sich auf ihre Familie konzentrieren und das Gerücht in den Griff bekommen.

»Es ist ja noch mal glimpflich ausgegangen«, sagte sie vorsichtig und zwang sich zu seinem Lächeln.

Der Kopf ihrer Mutter fuhr zu ihr herum. »Flavia, die Wahrheit! Hast du diese Vase für John Pomeroy gefertigt und sie mit deinen Initialen gezeichnet?«

Ihr Vater ließ bei ihrem Zögern die Schultern sinken. Die Antwort konnte er sich denken. Zwei harmlose Buchstaben. Eine Silbe.

Ja.

»Und dafür brauchtest du ein letztes Mal den Ofen?« Seine Abscheu erstickte jede halbwegs akzeptable Verteidigung, die ihr in den Sinn gekommen war. Er musste sich auf ihre Mutter stützen, um nicht zusammenzubrechen.

Flavia spürte ihren Blick auf sich ruhen und konnte förmlich die Bitterkeit der Enttäuschung in der Luft schmecken. Ihr Herz pochte schnell, als sie nach den richtigen Worten suchte, um sich zu erklären. »Ich weiß, dass ich einen Fehler gemacht habe«, begann sie mit bebender Stimme, aber deutlich hörbar. »Und es tut mir leid, dass ich euch in diese Situation gebracht habe. Aber ohne die Kunst bin ich doch nicht ich!«

»Himmel, ich wusste, du würdest uns ins Unglück stürzen.« Und ihre Miene fügte hinzu: *Habe ich dir nicht gesagt, er wird dich fallen lassen?*

Flavia schloss den Mund. Jaco, der gerade zum Sprechen ansetzen wollte, ebenfalls.

»Die Kunstausstellung ist für dich gestorben.« Der Blick ihrer Mutter wurde ausdruckslos. »Die gesamte Ausstellung. Weder will ich dich im Pavillon sehen noch auf dem Gelände. Nicht mal im entfernten Umkreis davon!«

»Ich wollte doch nur beweisen, dass ich auch etwas wert bin«, entgegnete Flavia leise. Ein Schluchzen steckte tief in ihrer Kehle. »Dass ich nicht für immer in Jacos Schatten stehen muss.«

Ihr Bruder neben ihr zuckte merklich zusammen. Schon bereute sie, dass sie ihn mit ihren Worten unfreiwillig verletzt hatte, doch dann spürte sie seine kalten Finger, die sich zu einem sanften Trost mit ihren verschränkten.

Er verstand sie – immer noch. Wusste als Einziger, wie wichtig es ihr gewesen wäre, den Hauptpreis auf der Ausstellung zu gewinnen und anschließend allen die wahre Urheberschaft zu enthüllen. Sie hatte gehofft, sich mit dieser offiziellen Auszeichnung in der Hand endlich als Glasbläserin offenbaren zu dürfen, ohne eine Strafe fürchten zu müssen. Doch all das ahnte ihre Mutter nicht, und wenn doch, dann bestärkte sie dieses Wissen nur in ihrer Meinung.

»Hör mit dem Selbstmitleid auf, Kind! Du hast uns belogen!«

»Aber Orietta ...« Flavia wusste nicht, warum sie sich ausgerechnet in ihrer Not auf ihre so viel bessere Schwester berief. Und danach zu urteilen, wie die Antwort ihrer Mutter ausfiel, war es ohnehin ein Fehler.

»Orietta hat gelogen, um *uns* zu retten. Du dachtest dabei nur an dich!« Sie schnaubte verächtlich. »Wem wolltest du denn deinen Wert beweisen? Deiner Familie? Du bist unser Juwel, seit ich dich das erste Mal auf dem Arm hielt! Die ganze Stadt kennt deinen Wert.« Und nach einer kurzen Pause setzte sie leiser hinzu: »Genügt deine Schönheit dir nicht? Musst du denn wunderschön *und* außerordentlich begabt sein?«

In Flavia ging etwas verloren. Ihre innere Stütze. Der Ort, an den sie sich zurückzog, wenn sie Glas blies und ganz in dem Prozess aufging.

»Mamma, das geht zu weit«, brauste Jaco auf. »Flavia ist mehr als ihr hübsches Gesicht!«

Doch was auch immer Angelica darauf erwiderte – es kam bei Flavia nicht an.

»Habe ich Hausarrest?«, fragte sie mit hohler Stimme. Ihre Eltern hatten Orietta nach ihrer ersten und einzigen Verfehlung tagelang eingesperrt. »Oder steht es mir frei zu gehen?«

»Du kannst gehen.«

»Aber?«

»*Aber* du besteigst erst nach dem Ende der Ausstellung wieder ein Vaporetto!«

* * *

Drei Tage hatte sie Murano nicht verlassen.

Drei lange Tage, in denen sie frühmorgens durch die immer gleichen Gassen gestreift war.

Ihre Route begann am südlichen Ende der Insel und führte sie die Fondamenta dei Vetrai hinunter bis zum Campo Santo Stefano, wo sie John vor einer halben Ewigkeit ein paarmal um den Uhrturm herumgeführt hatte. Dort hing sie im Geist ihrer ersten Verabredung nach und versuchte sich zu erinnern, worüber sie gesprochen hatten. Im Schutze der Nacht hatte er ihr damals einen Blick in seine Seele gewährt, ihr anvertraut, dass er seit der Kindheit im Schatten seines Bruders gestanden und was diese Zurückweisung für ihn bedeutet hatte. Sie wiederum hatte ihm *ihr* Problem offenbart, die landläufige Meinung, dass sie nur ihr brillantes Aussehen, aber keinen Intellekt zu bieten hätte. Und statt ihr zu versichern, dass ihre Schönheit allein ausreichte – woran ihre Mutter sie kürzlich so verletzend erinnert hatte –, war er auf ihre ungewöhnlichen Fachkenntnisse über Glas eingegangen. Hatte ihr vermittelt, dass ihr Interesse an der Glasherstellung genauso wertvoll war wie Oriettas Leidenschaft für Bildung.

Und aus nur einem persönlichen Wortwechsel war sie gestärkt hervorgegangen, hatte sich näher an der Flavia gefühlt, die sie eigentlich war und endlich auch nach außen hin sein wollte. Auch wenn sie das zu diesem Zeitpunkt noch nicht hatte zugeben können: Jedes weitere Abenteuer mit John hatte ihr Vertrauen in sich selbst bloß noch vertieft.

Dort war sie gewesen, am Ruder einer Gondel, und John hatte seine größte Angst im Bacino di San Marco überwunden. Hatte riskiert zu ertrinken, als er auf der Flucht vor dem Wachmann zu ihr ins Boot gestiegen war.

Wie konnte er sie nach all dem nun verraten? Sie versuchte,

eine plausible Antwort darauf zu finden und scheiterte jedes Mal. Es *gab* keine vernünftige Erklärung – jedenfalls keine, die sie sich selbst erschließen konnte. Und nach drei Tagen mit dem ungestillten Wunsch, ihn zu sprechen, zu berühren und zu schmecken, wurde ihr Verlangen zu einem quälenden Drang.

Also musste sie laufen.

Runde für Runde wanderte sie um die Insel. Über die Brücke Ponte Longo, die Riva Longa entlang, am Glasmuseum und dem Haus der Dal Corsos vorbei bis hin zum Campo San Donato, wo sich sonst – zu einer späteren Tageszeit – immer die Touristen sammelten, um einen staunenden Blick auf die majestätische Basilica dei Santi Maria e Donato zu werfen. Flavia überlegte sogar, sich einmal am Nachmittag unter die Leute zu mischen, einfach nur, um sich zugehörig zu fühlen, wieder Teil des pulsierenden Lebens zu sein, von dem der Inselarrest sie abgeschnitten hatte. Doch sie wollte nicht riskieren, auf die immer noch kursierenden Gerüchte angesprochen zu werden. Also ging sie weiter bei Sonnenaufgang hin, zu einem Zeitpunkt, wo sie allein mit sich und ihren Gedanken sein konnte.

An diesem frühen Morgen, dem Eröffnungstag der Esposizione Internazionale d'Arte, ließ ein sanfter Nebel über der Lagune das Meer in der Ferne verschwimmen. Es war still, nur das Plätschern der Wellen und das entfernte Grollen eines herannahenden Vaporettos waren zu hören. Die Kälte umhüllte Flavia wie eine unsichtbare Decke, und die noch nicht erwärmte Morgenluft stellte ihr die Härchen im Nacken auf. Erst zum Mittag hin würde sie ihren Mantel aufknöpfen und das Gesicht in die Sonne halten können. Sie näherte sich der Anlegestelle, wo das Postboot bald eintreffen würde, um den

Sammelbriefkasten zu leeren. Das elterliche Verbot des Besuchs der Esposizione Internazionale d'Arte lastete schwer auf ihr, und das Schlimmste daran war nicht einmal, dass sie sich ihren Verweis selbst zuzuschreiben hatte, sondern dass sie ihre Familie so maßlos enttäuscht hatte. Selbst Jaco schien sie jetzt mit anderen Augen zu betrachten. Als sie ihn nach einem Plan gefragt hatte, wie sie sich heimlich in den Pavillon schmuggeln könnte, hatte er behauptet, er würde sich etwas überlegen, doch er war nicht darauf zurückgekommen, und Flavia hatte schweren Herzens einsehen müssen, dass sie das auch nicht von ihm verlangen konnte. Dennoch trug sie ihre Eintrittskarte – jedes Familienmitglied hatte von der Stadt eine bekommen – wie einen Talisman bei sich.

Die Anlegestelle Murano Navagero lag ruhig da und grenzte, umgeben von einem Dunst, der wie ein weißer Schleier über dem Wasser schwebte, direkt an den Canal Grande di Murano. Ein paar Boote schaukelten entlang der Fondamenta sanft im Wasser, die Besitzer waren nirgendwo in Sicht. Am anderen Ufer befand sich ein Transportunternehmen auf der Ecke, das private Fahrten nach Burano organisierte, und quer dahinter ragte der weiße Leuchtturm der Insel in die Höhe. Aus Flavias Perspektive wirkte es, als wüchse er aus dem Dach des Gebäudes empor.

Als ihr ein älterer Mann mit seinem Hund entgegenkam und höflich das Gesicht abwandte, blickte sie ebenfalls weg, zum Ende des Inselzipfels hin, wo eine früher leer stehende Glaswerkstatt vor zehn Jahren den Betrieb wiederaufgenommen hatte. Der Enkel und einzige Nachkomme hatte damals in einer skandalösen Rebellion die Ausübung des Handwerks verweigert, um Fischer zu werden. Nun sah man seine Garzonetti vor der Werkstatt warten.

Sie lehnten am Holzgeländer des eigens erbauten Stegs, wo zwischen den üblichen knorrigen Pfählen vier blau-weiß gestreifte Säulen aus dem Wasser ragten. Flavia schloss, von Empfindungen überwältigt, die Augen. Als sie sie wieder öffnete, waren die Männer verschwunden. Also ließ sie sich selbst dort nieder, die Arme auf der Brüstung und das Gesicht zum offenen Meer gewandt. Der Geschmack von salziger Gischt lag ihr auf der Zunge, als sie tief einatmete.

Sie bemerkte den Postbeamten gar nicht. Erst als sie ihren Namen hörte, drehte sie den Kopf.

Sein freundliches Lächeln perlte an ihr ab. Er hatte sich den Sack mit der Post über die Schulter geworfen und war die wenigen Schritte von der Anlegestelle Navagero bis her zum Steg der Vetreria gelaufen, um sie zu begrüßen.

Sie wünschte ihm einen guten Morgen, doch ihre Augen blickten an ihm vorbei. Dann wedelte er allerdings mit einem Umschlag vor ihrer Nase herum, und sie kam blinzelnd zu sich.

Orietta.

Der vertraute Anblick der schwesterlichen Handschrift traf sie so, als hätte man ihr eine Ohrfeige verpasst.

»Schlechte Nachrichten?« Der Postbote trat unsicher auf der Stelle, nachdem sie zu Ende gelesen hatte und Tränen sich Wege über ihre Wangen bahnten.

Ich weiß, dass es nicht leicht für dich ist und dass ihr gerade mit vielen Herausforderungen kämpft. Aber ich glaube fest daran, dass du stark genug bist, um alle Hindernisse zu überwinden. Lass dich nicht entmutigen, halte an deinen Träumen fest! Du bist eine begabte Künstlerin, und die Welt sollte deine Kunst sehen.

Deine dich liebende Schwester (mit Salem und Louise)

Unvermittelt begann sie zu lachen. Daraufhin hellte sich auch die Miene des Briefträgers wieder auf, und schon schulterte er den Postsack, um weiterzuziehen. Doch nun hielt Flavia ihn auf.

»Kannst du mich in die Stadt mitnehmen?«, fragte sie aufgeregt.

»Gehst du nicht gemeinsam mit deiner Familie?« Er legte den Kopf schief. »Die Esposizione Internazionale d'Arte. In der Zeitung stand was von heute.«

»Das ist richtig, aber ich kann nicht länger warten.«

Er schmunzelte. »Gerüchte besagen, du hättest eine Vase geblasen.«

Sie faltete den Brief so klein, dass sie ihn in ihrem Ärmel verstauen konnte, und tat unbeteiligt.

»Ist es wahr?«

»Nimm mich mit. Vielleicht erzähl ich es dir während der Überfahrt.«

Kapitel 24

Um acht Uhr morgens, zwei Stunden vor der eigentlichen Eröffnung, war Flavia nicht die Einzige, die zum Ausstellungsgelände pilgerte. Die Stadt erwachte mit nie dagewesenem Elan aus ihrem oberflächlichen Schlaf, und wie in der Nacht vor Heiligabend, wenn die Kinder vor lauter Vorfreude auf die Geschenke nicht zur Ruhe fanden, lebte der Markusplatz im Zeichen der Esposizione Internazionale d'Arte vor seiner üblichen Zeit auf. Flavia schlenderte die Riva degli Schiavoni entlang, jenen Quai, der halbmondförmig von der Piazzetta zum Arsenal führte und sich zu Recht als breiteste Straße Venedigs bezeichnen durfte. Neben ihr ruderten auf dem Canal Grande die langen Mannschaftsboote der Regatta vorüber, Kopf an Kopf, ein letzter Übungslauf, bevor es ernst wurde. Doch wenn sie auch einen spannenden Anblick boten, so war es die Insel San Giorgio Maggiore am Horizont, die mit ihren prächtigen Bauten zum Stehenbleiben anregte, dort, wo der Canal Grande und der Giudecca-Kanal sich trafen und ins San-Marco-Becken übergingen. Auch Flavia verlor sich kurz in der Betrachtung der Dogana da Mar, des alten Zollgebäudes, das ins Wasser ragte wie ein Schiffsbug. Daneben strahlte die prunkvolle Kirche Santa Maria della Salute.

Auf der Nachbarinsel La Giudecca stach ebenso prächtig die Basilica Il Redentore hervor. Jeden 3. Sonntag im Juli wurde die Festa del Redentore gefeiert, aus Dankbarkeit für die Befreiung von der Pest 1575. Ein Spektakel mit Prozession, Feuerwerk und Konzerten, auf das sich ihre Familie das ganze Jahr über freute. Flavia musste zugeben, dass die Kunstausstellung dem Erlöserfest große Konkurrenz machte. Der Trubel, der darum veranstaltet wurde, würde womöglich noch mehr Besucher in seinen Bann schlagen.

Für die ganze Eröffnungswoche waren laut Bürgermeister Selvatico »außergewöhnliche Aktivitäten angesagt«. Am Eröffnungsabend ein Feuerwerk im Bacino di San Marco und für den 1. und 2. Mai die Galavorstellungen von Franchettis Oper *Cristoforo Colombo* im Teatro La Fenice. Am 3. Mai und 5. Mai durfte man sich mit der Abschlussveranstaltung des Internationalen Fechtturniers und den Radrennen im Velocidromo del Lido auf Sportwettkämpfe freuen.

Flavia erreichte die Parkanlage und spürte sofort das Kribbeln der Aufregung, die in der Luft lag. Für die Erschließung des Geländes hatte der Zoo weichen müssen und mit ihm sein einziges von der Königsfamilie gestiftetes Tier: Toni der Elefant, unter den Venezianern besser bekannt als »der Gefangene der Gärten«. Sie hatte ihn oft gesehen und sich auf seltsame Weise mit ihm verbunden gefühlt. Nun hoffte sie, dass man für ihn einen schöneren Platz gefunden hatte, ein Umfeld, das ihm so etwas wie Freiheit gewährte.

Ein Hauch von Antike streifte sie, als sie sich dem Hauptpavillon näherte, der nach fieberhafter Arbeit gerade noch rechtzeitig fertiggestellt worden war, wie John ihr während eines ihrer Ausflüge verraten hatte. Kaum zu glauben, wie schnell man das ursprüngliche Gebäude in ein so imposantes Bauwerk verwandelt hatte. Mit in den Nacken gelegtem Kopf schaute sie an der Fassade mit ihren acht Säulen und zu der überlebensgroßen Statue der Siegesgöttin Victoria empor, die über dem Spitzgiebel thronte. Das Portal wirkte wie das göttliche Tor zum Himmel, und man konnte sich durchaus fragen, ob man würdig war, den Saal überhaupt zu betreten.

Flavia entschied, sich an den Rand des Vorplatzes zurückzuziehen, wo eingezäunte Rundbeete mit Büschen und Bäumen für so etwas wie Sicherheit im Rücken sorgten. Obwohl ihre Familie sie früher oder später sowieso entdecken würde, war es ihr lieber, wenn sich die Schimpftirade erst nach der Eröffnungsrede über sie ergoss. Ein kleiner Teil von ihr fürchtete sogar, ihr Vater könnte sie eigenhändig vom Gelände zerren.

Je länger sie wartete, desto mehr fein gekleidete Herren mit Zylinder strömten zum Pavillon. Sie fanden sich in respektvollem Abstand zum Eingang in Gesprächsrunden zusammen, kaum einer von ihnen war in weiblicher Begleitung. Die wenigen anwesenden Damen hielten ein Flanierschirmchen in der Hand, obwohl kein Sonnenstrahl durch die Wolken brach. Es war nicht gerade eisig, doch den Mantel musste man zugeknöpft lassen, auch wenn die ganze Stadt einschließlich Flavia auf Frühlingswärme gehofft hatte. »Schönes Wetter«, hörte sie einen Journalisten mit Nachdruck und einem kaum verhohlenen Lachen zu seinem Kollegen sagen. »Wenn das Königspaar naht, *ist* das Wetter schön!«

Sie beobachtete Schriftsteller mit Schreibwerkzeug in der Hand und Künstler mit ihren Skizzenbüchern auf der Suche nach Inspiration. Fotografen nahmen seitlich des Pavillons Aufstellung. Flavia runzelte die Stirn, als sich einer davon als Platzanweiser aufspielte und den jungen Maler vertrieb, der konzentriert die Fassade abzeichnete. Körperlich allemal unterlegen, duckte der sich unter dem drohenden Schlag weg und suchte das Weite. Nun rückte aus der Ferne eine spielende Kapelle an. Und so dauerte es nicht mehr lange, bis ein Chor aus Rufen – »Viva il Re! Viva il Re! Viva il Re!« – die Marschmusik begleitete.

Die Besucher waren zu einem dicht gedrängten Publikum verschmolzen, was das Erkennen einzelner Gesichter außerhalb des nächsten Umkreises vereitelte. Flavia musste sich auf die Zehenspitzen stellen, um an Schultern vorbei und zwischen Zylindern und Hüten hindurchzuspähen.

Da ergriff plötzlich jemand wie aus dem Nichts ihren Arm. Es war Prudentia. »Flavia! Du bist hier?«, rief sie verwundert und überglücklich zugleich. »Das bedeutet, du läufst mit?« Sie meinte die Modenschau, die gegen Mittag zur Unterhaltung der Gäste angesetzt war und die Flavia eigentlich mit der obligatorischen Präsentation des Hochzeitskleides hätte beenden sollen. Doch nach der Ermittlung durch den Stadtrat war diese Übereinkunft geplatzt – ihre Mutter hatte für sie abgesagt. »Masin war so verärgert, als du bei der Probe gefehlt hast und es einen Tag später auch noch hieß, du würdest die Ausstellung ganz versäumen. Aber nun bist du doch hier!«

Unsicher, wie sie ihrer Freundin nun vermitteln sollte, dass ihre Anwesenheit nicht gleichbedeutend mit ihrer Teilnahme war, umarmte Flavia sie erst einmal fest. Die beiden hatten sich seit ihrem Hausarrest nicht mehr gesehen, denn obwohl das Verbot ihr nicht untersagte, sich innerhalb von Murano zu bewegen, hatte ihre gedrückte Stimmung sie von einem Treffen abgehalten. »Nein, ich kann heute nicht auftreten. Für dich tut es mir aber leid. Masin hat nicht auf mich gehört und dir nicht erlaubt, seine Modenschau zu eröffnen.«

Prudentia nickte langsam, eher darum bemüht, sie zu verstehen, als sich wegen ihres unerfüllten Wunsches zu grämen. »Also bist du wegen Jacos Skulptur hier? Mamma meinte, deine Eltern wollen dich nicht dabeihaben.« Sie schlug sich die Hand vor den Mund und ließ sie hastig wieder sinken. »Entschuldige, sie sagte bloß etwas in der Richtung.«

»Das stimmt.«

Prudentia nickte immer noch.

»Und das Gerücht stimmt auch«, setzte Flavia langsam hinzu.

Prudentia hielt mitten in der Bewegung inne. Schweigend starrten sie einander an, Prudentias Augen waren groß geworden und standen voller Fragezeichen.

Doch bevor sie noch etwas dazu sagen konnte, erscholl die Stimme von Bürgermeister Selvatico: »Guten Morgen, Venedig!«

Der Wind trug die Antwort aus den vorderen Reihen zu ihnen herüber, und beim unverkennbaren Klang von Jacos Stimme, der wie im Unterricht ein »Guten Morgen, Herr Bürgermeister!« zurückschmetterte, konnte Flavia nicht anders, als zu lächeln. Ihre Erheiterung schlug in Bewunderung um, als sich eine Gasse bildete und das Königspaar in Zivil nach vorne schritt. In ihrem ausgewählten Gefolge befanden sich unter anderem der Hofschreiber, der eifrig Notizen machte, sowie Vertreter der italienischen Regierung. Orietta hätte zweifellos all ihre Namen richtig zuordnen und Prudentia zumindest die Grafen und Gräfinnen benennen können, doch Flavia erkannte fast niemanden auf Anhieb. Nur einen: Generalleutnant Attilio Veridiani.

Sibilla Veridianis Sohn.

Allein schon bei der Vorstellung, als Nächstes den Anblick der Salondame ertragen zu müssen, ihren überlegenen

Gesichtsausdruck mit der hochgezogenen Augenbraue und den verächtlich gekräuselten Lippen, drehte sich ihr der Magen um. Doch die Veridiani tauchte nicht auf, und Flavia atmete erleichtert wieder aus. Zuletzt folgten die Hofdamen der Königin. Ihre schönen Kleider versprachen einen interessierten Besuch auf Masins Modenschau. Natürlich wünschte Flavia ihm, dass seine Kollektion Gefallen fand, aber noch mehr hoffte sie, dass auch Doucet ein paar Bestellungen einheimsen würde.

Vorne schossen die Presseleute Foto um Foto. Die deutschen Journalisten wetteiferten lautstark darum, erste Eindrücke der Ausstellung einzufangen. In einer einzigen Kakofonie riefen sie dem König ihre Fragen zu, bis ein vergnügter Antonio Fradeletto sie zu ein wenig mehr Geduld ermahnte. Bürgermeister Selvatico ergriff nun erneut das Wort und erntete für seine Eröffnungsrede tosenden Applaus. Signor Guido Baccelli, der sich als Bildungsminister vorstellte und im königlichen Gefolge mitgelaufen war, hatte etwas Ausführlicheres vorbereitet und erklärte nach insgesamt zwanzig langen Minuten die Prima Esposizione Internazionale d'Arte della Città di Venezia im Namen des Königs für eröffnet.

Wie alle anderen hielt Flavia ihre Eintrittskarte bereit, doch sie fand sich in der ausgelassenen Atmosphäre nicht wieder. Ihr Herz war schwer, und sie fühlte sich isoliert inmitten der Menschenmenge. Plötzlich überfiel sie der heftige Drang umzukehren. Nicht nur wegen der Gefahr, entdeckt zu werden, sondern auch wegen des bevorstehenden Wiedersehens mit John.

Als das Königspaar die Besichtigung der Kunstausstellung aufnahm und Bewegung in die Menge kam, schloss Flavia sich zunächst nicht dem gemächlich voranschreitenden Tross an. Die vielen Menschen um sie herum sorgten dafür, dass sie sich klein und unbedeutend fühlte. Doch Prudentia, die eisern an ihrer Seite geblieben war, drückte ermutigend ihre Hand. Und als sie schließlich von der Besucherschar langsam mit vorwärtsgetragen wurden, bedurfte es keiner Worte mehr. Prudentia wusste nun, dass die Gerüchte über Flavia stimmten. Und sah sie immer noch mit denselben wohlwollenden Augen an.

Die Menschen um sie herum bewegten sich weiter, und Flavia fühlte, wie die Entschlossenheit in ihr wuchs. Sie würde John suchen und die Wahrheit erfahren – wie schmerzhaft sie auch sein mochte. Aber erst wenn die königliche Besichtigungstour abgeschlossen war. Wie alle anderen würde sie warten müssen, bis von oberster Stelle das Signal gegeben wurde, dass die Besucher frei durch den Pavillon streifen durften.

Direkt links am Eingang befand sich in der Sala A die englische Abteilung, und Flavia sandte einen suchenden Blick aus. Keine Spur von John. Und in dem Moment, als das Gemälde von James Abbott Whistler – *The Little White Girl* –, das laut Titelschild schon dreißig Jahre alt war, sie mit seiner Melancholie zu überwältigen drohte, fasste sie den Entschluss, sich nicht länger von seiner Abwesenheit beirren zu lassen. Irgendwann würde er schon auftauchen, schließlich bekleidete er eine Position im Auswahlkomitee. Und es wäre eine Schande, wenn sie vor lauter Unruhe all die sagenhaften Kunstwerke verpasste, die sich ihr gerade darboten.

Es ging weiter durch die Rotunde, Sala B, wo die Skulpturen italienischer Bildhauer ausgestellt waren. Beim Publikum fanden sie wenig Anklang, und die meisten Besucher versammelten sich stattdessen vor den Unikaten der beiden Glaswerkstätten, die beim Auswahlwettbewerb auf der Piazza den zweiten und dritten Platz belegt hatten. Flavia nickte Signor Campa in aufrichtiger Anerkennung zu, doch Prudentia zog sie schnell voran. »Jacos Kunstwerk steht einen Saal weiter!« In Sala C, dem größten Saal des Pavillons, wie sich rasch herausstellte.

Ein riesiges Oberlicht erhellte den Raum, doch die überall verteilten Stellwände, an denen Zeichnungen hingen, reduzierten das Gefühl der Weite wieder. An die fünfzig Kunstwerke mussten hier ihren Platz gefunden haben, und im Zentrum thronte auf einem hohen, mit weißem Stoff bezogenen Block Jacos Glasarbeit.

Prudentia sog scharf die Luft ein, Flavia presste die Lippen zusammen. Sie konnte förmlich fühlen, wie hektische heiße Flecken von ihrem Dekolleté aus den Hals hinaufkrochen und auf ihrem Gesicht rot erblühten.

»Das ist … unerwartet«, sagte Prudentia, um Fassung bemüht, und dann entschlossener: »Gehen wir näher heran.« Doch auch aus der Nähe ließ sich nicht leugnen, dass Jaco ein Objekt abgegeben hatte, so fern von ihrem sonstigen Stil – Flavias Stil –, dass es kaum als Volpato-Objekt zu erkennen war. Statt eines Kronleuchters oder einer Vase hatte er einen Knoten aus Klarglas erschaffen, dessen einzelne gewundene Stränge sich durch Blattgoldauflagen voneinander abhoben. Er besaß die Größe eines bauschigen Wollknäuels und trug den Namen *Der Venustempel,* doch spontan hätte Flavia es eher »Gedankenwirrwarr« getauft. Was hatte sich ihr Bruder nur dabei gedacht? Keine raffinierte Technik, kein Spiel mit ineinander verlaufenden Farben – nichts von dem, was Muranoglas auszeichnete! Gut, die Klarheit des Glases war lupenrein, doch das lag an der Qualität der Rohstoffe, deren Mischungsverhältnis wie üblich entweder noch von Flavia oder von ihrem Vater stammte. Jaco hatte es sich einfach gemacht und sich von der Glasfritte bedient, was grundsätzlich nicht schlimm war, doch er hätte seinem Objekt seinen Stempel aufdrücken müssen. Etwas, das mehr nach Präzision und weniger nach Zufall aussah.

Bei den Reaktionen der Umstehenden versteifte sich Flavia. Niemand stieß einen Seufzer der Bewunderung aus oder verfiel in begeisterten Applaus. Stattdessen beugten sich die Leute vor und spähten von oben in den Knoten hinein, ob sich dort vielleicht das Wunder befände, das sie von Jacopo Volpato kannten und erwarteten. »Das hat mit dem Aquarium nichts gemein«, bemerkte der ältere Herr vor ihr mit einem Kopfschütteln, bevor er persönlich beleidigt umkehrte und den Pavillon verließ.

Flavia schluckte. Panik ergriff sie, und der Drang, etwas zu unternehmen, trieb sie dazu, sich schützend vor der Skulptur aufzubauen. Gelächter traf sie von einer Seite, mitleidige Blicke von der anderen. »So schön Sie auch sind, Signorina, diese Abscheulichkeit können selbst Sie nicht wettmachen!« Der dreiste Ausruf stammte von einer mittelalten Dame, die schnell weiterzog. Ihr Gackern hallte noch aus dem nächsten Saal herüber.

»Er wollte es mir nicht zeigen«, stieß Flavia verzweifelt hervor. »Hätte ich doch nur darauf bestanden!«

»Mein Vater hat es auch nicht vorab gesehen.« Prudentia war ganz bleich geworden. »Er war so voll Vertrauen in Jaco, dass er einfach die Überraschung genießen wollte. Wir dachten, mit seinem Talent gewinnen wir den Hauptpreis.«

In der Eröffnungsrede hatte Bürgermeister Selvatico verkündet, dass eine fünfköpfige Jury über die Vergabe der zahlreichen Preise entscheiden würde. Der Hauptpreis der Stadt Venedig war mit 10 000 Lire dotiert. Die Preise der italienischen Regierung, der Provinz Venezia, der venezianischen Sparkasse, der Stadt Veneto und des Fürsten Giovanelli lobten je 5 000 Lire aus. Zu guter Letzt gab es noch einen Förderpreis von 400 Lire, die der Jurypräsident stiftete. Unwillkürlich fragte sich Flavia, ob John besagter Präsident war. Doch der Gedanke verflog schnell, ging unter in der Scham über das minderwertige Ausstellungsstück.

John durfte das nicht zu sehen bekommen! Dieses … *Ungetüm.* Denn er würde gewiss glauben, Flavia hätte es gemacht. Und abgesehen davon wollte sie auch Jaco die Blamage ersparen.

»Wir müssen es verstecken. Schnell!«

»Wie bitte?« Prudentia starrte sie entgeistert an.

»Weg damit!«

»Aber die Hoheiten haben das Ding doch längst gesehen. Genau wie unsere Familien.«

Das war nur allzu wahr – schließlich bildeten sie die Spitze des Besichtigungzuges. Flavia schloss unglücklich die Augen.

Wenn sie sich ausmalte, wie das stolze Lächeln auf den Lippen ihrer Mutter erstarrt war, als sie vor der Königin händeringend nach Worten gesucht hatte, um das missratene Objekt zu rechtfertigen, wurde ihr ganz schlecht. Ihr Vater, ihr armer Vater, musste nun diesen Rundgang abschließen, in dem Wissen, dass sein Sohn vor aller Welt versagt hatte. Beinahe konnte sie seinen Selbstvorwurf hören: Alles seine Schuld! *Er* hatte es versäumt, das Handwerk ordentlich an die nächste Generation weiterzugeben. Er hätte zusätzlich Nachtschichten einlegen und seinem Sohn unter die Arme greifen müssen …

Aber er hatte sich nun einmal auf Jaco verlassen.

Was dabei noch gravierender war, weil es sie alle betraf: Wegen eines einzigen Fehlschlags hatten sie nun, wie die Dal

Corsos, im Urteil der Öffentlichkeit keinen Erben mehr, da die Blamage von nun an auf unbestimmte Zeit an Jaco kleben bleiben würde. Dabei wäre es so einfach gewesen, diese Panne zu verhindern. Wenn die Familie Flavia nur gelassen hätte! Wenn sie in ihrer Begeisterung bloß nicht ihre Initialen in Johns Vase geätzt hätte!

Wenn sie sich doch nur nie in John Pomeroy verliebt hätte …

»Flavia?« Prudentia berührte sie sanft an der Schulter. »Wollen wir weiter?«

Mechanisch folgte sie ihrer Freundin zu Sala D, dem Saal mit den italienischen Gemälden, wo ein Menschenauflauf das Eintreten erschwerte. Die Königin selbst hatte den Raum zwar schon wieder verlassen, doch ihre Reaktion wurde vom einen zum anderen weitergetragen. Mit Fingern wurde auf das riesige Wandgemälde gezeigt. Die meisten Besucher verharrten davor – schwankend zwischen Faszination und Grauen, und Nachfolgende mussten sich mit einem leichten Schubs von der Seite bemerkbar machen, um ebenfalls in den Genuss des Anblicks zu kommen. Als Flavia und Prudentia an der Reihe waren, erkannten sie auch, warum. Es war das Skandalgemälde, von dem im Gerüchte-Schaukasten die Rede gewesen war, das den Besuchern von Abscheu über Erregung bis hin zu Verehrung jede denkbare Empfindung entlockte. In einer lebhaften Mischung aus unterschiedlichen Stimmen und Sprachen drängten sie sich vor Giacomo Grossos *Il supremo convegno* und starrten die dargestellte Gotteslästerung an. Auf einem Totenbett feierte eine Gruppe entfesselter nackter Mädchen eine Orgie, und eine begeisterte Nonne begehrte im Hintergrund Einlass. Skandalös, eine ungeheure Provokation, geradezu verboten.

Während Prudentia sich eilig bekreuzigte, lächelte Flavia

nur schief. Vielleicht konnte der Skandal ja Jacos Skulptur aus dem Bewusstsein der Besucher verdrängen. Zumindest, da sich die Gespräche schon jetzt ausschließlich darum zu drehen schienen. »Die Proteste unseres Kardinals waren wohl vergeblich«, kicherte eine Frau neben ihnen hinter vorgehaltener Hand.

»Immerhin hat er seiner Priesterschaft den Besuch der Ausstellung untersagt«, erwiderte ihre Begleiterin glucksend.

Sie zogen weiter, und nach elf Ausstellungssälen hatten sie 516 Werke von 285 Künstlern gesehen, die Mehrheit davon aus dem europäischen Ausland. Während Flavia eine seltsame Betäubung verspürte, hatte Prudentia irgendwann angefangen, einem Herrn mit Sehschwäche die Titel der Gemälde vorzulesen, und erhielt zum Dank den offiziellen Katalog der Ausstellung, in dem alle Angaben zu den Kunstwerken sowie die Namen und Adressen Hunderter lokaler Unternehmen zusammengetragen waren.

»Was für eine Platzverschwendung«, brummte der Herr. »In den Pariser Salonausstellungen hängen sie von den kleinen Formaten fünf, sechs Reihen übereinander.« Vielleicht hatte er nicht unrecht, doch hier erhielt dafür jedes einzelne Gemälde seinen eigenen Bereich, um zu wirken.

Am Ende ihres Rundgangs angekommen, nahmen sich die meisten ein Beispiel am Königspaar und strömten wieder nach draußen. Auch Prudentia plagte der Wunsch, nach dem Anblick von Jacos scheußlichem Objekt ihre Familie aufzusuchen. Sie besah sich die stille Flavia genau, fragte mehrmals, ob es ihr gut gehe und sie wirklich allein bleiben könne. Erst nach einem festen Ja und einer Umarmung huschte sie davon. Flavia, die wieder in Sala C zurückgekehrt war, musste gegen den Wunsch ankämpfen, sich Jacos Glasobjekt erneut zu nähern.

Verschmäht stand *Der Venustempel* in der Mitte des Raumes, ohne einen einzigen Besucher, der ihn noch einmal besichtigen wollte. Obwohl es sie beinahe körperlich schmerzte, rang sie sich schließlich durch und ging hinüber. Sie überlegte gerade, ob sie das Ding wohl in die oberste Lage ihres Rocks einschlagen und unauffällig damit verschwinden könnte, als das pointierte Klacken von Absätzen sie herumfahren ließ.

Sibilla Veridiani, Flavias Erzfeindin, stolzierte in einem prächtigen violetten Kleid und mit dem passenden Federhut auf sie zu, als ob sie die Herrscherin über die gesamte Ausstellung wäre. Ihre Augen funkelten hinter einem eleganten Fächer, über den hinweg sie Flavia nun einen Blick zuwarf. Ihre dunklen Augen schienen vor Schadenfreude nur so zu sprühen. »Ein seltener Fauxpas, den die Vetreria Volpato sich da erlaubt hat«, sagte sie mit einer Stimme so süß wie giftiger Honig.

Flavias Herz schlug wie wild, doch sie entgegnete verbissen: »Was geht Sie das an?«

Ein spöttisches Lächeln umspielte Veridianis Lippen, als sie näher trat und sich zu Flavias Ohr neigte. »Oh, nachdem Toffolos Glaswerkstatt nun mir gehört, denke ich über meine nächste Investition nach«, erwiderte sie leise.

»Was? Ich verstehe nicht …« Die Kunst um Flavia herum verschmolz zu einem wirren Muster aus Farben und Formen, während sie versuchte, die Tragweite der Enthüllung zu begreifen.

»Das musst du auch nicht verstehen, meine Kleine. Überlass das den Strateginnen. Die Geschäftsverhandlungen führe ich gerne mit deiner Schwester. Sie hat nicht zufällig vor, in nächster Zeit wieder nach Venedig zu kommen?«

Flavia blinzelte und straffte den Rücken. »Was fällt Ihnen

ein, auch nur daran zu denken? Wir nehmen kein Geld von Ihnen an. Und Orietta wird nie wieder mit Ihnen verkehren.«

»Wie schade. Wo ich doch derzeit die Einzige bin, die eine gewisse Werkstatt vor der Schließung bewahren kann.«

Flavia schluckte. »Ich gebe zu, das hier ist nicht Jacos beste Arbeit. Aber sie wird uns nicht ruinieren.«

Die Veridiani streckte ihren Zeigefinger zum Ausstellungsblock aus, als wollte sie den Glasknoten hinunterschubsen. Bei Flavias Zucken lächelte sie mitleidig und zog sich wieder zurück. »Ein kleiner Teil von Ihnen hatte gehofft, dass ich es tun würde, nicht wahr? Dass ich diesen Schandfleck von der Liste Ihrer Werke tilge. Denn wir wissen beide, das ist nicht die Glaskunst, für die Ihre Vetreria steht. Für die *Sie* stehen, Flavia.« Mit dem Finger, den sie eben noch bedrohlich an das Glasobjekt gesetzt hatte, fuhr sie kurz über Flavias Schlüsselbein. Flavia hätte ihre Hand fast weggeschlagen, beherrschte sich aber.

»Ich habe Ihre Vase gesehen. *Acquamare.* Was für ein Meisterwerk!«

Es war ein entsetzlicher Schock. Flavia suchte an der Kante des Ausstellungsblocks nach Halt. Unter ihrem Gewicht erzitterte der Glasknoten auf seinem Sockel, und so, wie man schützend den Kopf eines Säuglings umfing, legte sie instinktiv die Hand darauf.

Die Veridiani fuhr indessen mit maliziösem Lächeln fort: »Wer, wenn nicht ich, würde eine aufstrebende junge Künstlerin fördern? Die erste Maestra Vetraia … Wir könnten gemeinsam Geschichte schreiben, Sie und ich.«

Flavias Stimme war nicht mehr als ein Krächzen. »Die Glasbläserei ist Frauen verboten.«

»Und doch haben Sie die Zukunft Ihrer Familie aufs Spiel

gesetzt, um die Regeln zu brechen. Weil Sie gar nicht anders können. Sie sind nicht wie Ihre Schwester. Ihnen fällt es nicht schwer, zwischen den eigenen Wünschen und denen Ihrer Familie zu wählen. Sie wissen genau, was Sie wollen. Das wussten Sie schon immer. Und sosehr Sie sich auch bemühen, diese Tatsache zu verdrängen, in Ihnen schlägt das selbstsüchtige Herz Ihres Bruders Giovanni.« Dicht vor Flavias Nase ließ sie ihren Fächer zuklappen. »Ich gebe Ihnen Bedenkzeit. Denken Sie in Ruhe über alles nach, und wenn es so weit ist, schicken Sie mir Orietta.« Sie wandte sich ab und schlenderte davon, hielt jedoch nach wenigen Schritten noch einmal inne. »Und übrigens – der Earl of Sunderland? Ich muss schon sagen, Flavia, eine exzellente Wahl.«

* * *

Es war zu viel – alles.

Flavia hätte hinausstürmen und ihren Eltern berichten müssen, was sie soeben erfahren hatte. Doch sie konnte nicht. Ihre Beine zitterten derart, dass sie fast in die Knie ging, und ihre Gedanken überschlugen sich in einer immer schneller werdenden Spirale. Die Veridiani war jene Geldgeberin, die die kleineren Glasbläser einen nach dem anderen aus ihren Betrieben drängte, und John hatte ausgerechnet ihr die Vase gezeigt und damit Flavias größtes Geheimnis enthüllt. Und er …

Er war der verdammte Earl of Sunderland!

Aber konnte das wahr sein? Sie hatten einander so viele Dinge anvertraut, so viel miteinander geteilt. Warum hätte er diesen wesentlichen Aspekt seiner Person auslassen sollen? Die Veridiani *musste* lügen. Sie stand in Kontakt mit ihm und wusste wahrscheinlich von den wachsenden Gefühlen zwischen ihm und Flavia. Denn diese eine Bemerkung eben von ihr hatte alles zerstört.

Flavia schleppte sich langsam ins Freie, wo Mitarbeiter der Kunstausstellung gerade die Stimmzettel für die Wahl des Publikumspreises verteilten. Die Besucher, die ihre Aufgabe ernst nahmen, suchten sich dafür eine Bank mit Tisch und falteten ihren Stimmzettel zusammen, bevor sie den Bleistift weiterreichten. Ein Zylinder ging schon herum, um die anonymen Wahlzettel einzusammeln. Ohne so richtig zu wissen, was sie tat, entfernte Flavia sich von dem Geschehen und stieg die Anhöhe hinter dem Pavillon hinauf, wo sie in dem kleinen Café auf dem Hügel einen Platz fand.

Irgendwann stellte ihr jemand eine heiße Schokolade vor die Nase, und sie starrte minutenlang hinein, verloren im Chaos ihrer tobenden Gedanken, die von John über Jacos Objekt zur Veridiani und wieder zurück sprangen. Lustlos nippte sie an der Schokolade. Sie war schon kalt, trotzdem leerte sie sie bis auf den letzten Tropfen, einfach um etwas zu tun.

Andere setzten sich an die Nebentische, um sich bei Kaffee und Kuchen auszutauschen, und fast hoffte Flavia, dass ihre Familie sie hier suchen käme. Dass sie auf einen Blick erkannten, was sie so quälte, und sie tröstend in die Arme schlossen. Und auch sie wäre gern für Jaco da gewesen, hätte gern ihre Eltern aufgefangen, die gerade unbeschreibliche Ängste ausstehen mussten. Doch niemand von der Familie tauchte auf.

Zunächst bemerkte sie kaum, wie nach einer Weile Cafébesucher rechts und links an ihrem Tisch vorbeizustreben begannen. Doch eine der Damen scheuchte sie schließlich auf. »Los, los! Der Höhepunkt der Ausstellung ist gekommen. Das dürfen Sie nicht verpassen!«

Flavia erhob sich ungelenk und ging wie auf Eiern zu ihr, als wäre ihr Körper gar nicht mehr richtig mit ihr verbunden. Die Frau aber hakte sie fröhlich unter und führte sie hinunter und zurück in den Saal, wo sich schon die Zuschauer drängten. Flavia versteifte sich, als sie das Podium mit Sprechpult für die Preisverleihung entdeckte, doch ihre Begleiterin zog sie weiter vorwärts zu einem Platz, von dem aus man gut sehen konnte. Die fünf Juroren standen eng in einer Reihe nebeneinander, verdeckten den Ausstellungsblock dahinter und blickten dem Publikum gespannt entgegen.

Und da war er – John. John, den sie seit ihrem Hausarrest nicht mehr gesehen hatte. John, der sie hintergangen hatte. Plötzlich erwachte sie aus ihrer Betäubung, und alles, was sich in den letzten Stunden an Schmerz in ihr angestaut hatte, schlug nun in einer heftigen Welle über ihr zusammen. Wut und Verletzung, Sehnsucht und Verlangen brodelten fast unterschiedslos in ihr. Sie wollte zu John stürmen, ihn heftig schütteln, ihm eine Ohrfeige verpassen. Doch der reißende Strom ihrer Empfindungen lähmte sie.

Sein Blick ging durch die Reihen der anderen Besucher hindurch, bis er sie gefunden hatte. Er lächelte mit den Augen. Bei allem, was er ihr antun konnte, lächelte er auf diese bestechende Weise, die sie von niemandem sonst kannte. Ein Lächeln wie das Aufreißen von schweren Vorhängen, das die Morgensonne hereinließ, ein Wischen über eine verstaubte Vase, die plötzlich als Kostbarkeit erstrahlte.

Der Boden unter ihr wankte, und die Menschen um sie herum verschwammen zu einem einzigen Hintergrund, während sie John anstarrte und versuchte, ihn als den Earl of Sunderland zu sehen.

Sie sagen, dass eine Brautschau in vollem Gange ist und die feinen britischen Herren zur Tischstunde jeden Tag von anderen Damen begleitet werden. Unter ihnen wurde angeblich auch eine Arbeitertochter gesichtet.

Die Erinnerungen an die Gerüchte prasselten wie Hammerschläge auf sie ein, während die Namen »Earl of Sunderland« und »John Pomeroy« als Flüstern durch die Menge glitten. Ja, *der Earl* machte einem Haufen Damen den Hof, während Flavia *John* nachts in der Werkstatt küsste und die intimste Verbindung mit ihm eingegangen war. Sie versuchte zu begreifen, wie all das zusammenpassen sollte, doch es war zu schwer, die Tragweite dessen zu erfassen, was sie gerade erfahren hatte.

John, der Mann, dem sie ihr Herz und ihre Liebe geschenkt hatte, hatte sie die ganze Zeit hintergangen und sich hinter einem falschen Namen versteckt.

In diesem Moment stellte Signor Fradeletto ihn als den Präsidenten des Ausstellungskomitees vor, und John trat ans Pult, um das Publikum zu begrüßen. Flavia konnte die Worte kaum verstehen, so laut dröhnte ihr der Puls in ihren Ohren. Er verlas die Platzierungen vom niedrigst dotierten Preis bis zum höchst dotierten. Die Menge tobte, als das erotische Skandalbild von Grosso den Publikumspreis abräumte. Eine Hälfte jubelte, die andere wollte plötzlich das Kreuzchen nicht für sein Werk gesetzt haben. Doch die süffisanten Blicke, die reihum gingen, sprachen ihre eigene Sprache.

Niemanden überraschte es, dass Francesco Michetti mit *La figlia di Jorio* zum Gewinner des Hauptpreises erkoren wurde. Ein Kritiker neben Flavia erklärte seinem Nachbarn, dass Michetti vor Kurzem erst als Porträtist von König Umberto I. und Königin Margherita aufgefallen sei und in der Künstlerszene schon beträchtliches Ansehen genieße. Die Zuschauer beklatschten John und schienen zufrieden mit den

Wertungen. Und wahrscheinlich hätten sie sich auch alle plaudernd zum Ausgang begeben, wenn Johns Schlussworte nicht gewesen wären. Als könnte er Flavias Kummer wegen Jaco spüren und als wollte er ihr damit einen Gefallen tun, hielt er eine pathetische Lobrede auf die Glaskunst von Murano, insbesondere auf die Glanzleistungen der Vetreria Volpato.

Das ließ die Stimmung kippen. Plötzlich richteten sich alle Blicke auf Jaco – peinlich berührte, enttäuschte, hasserfüllte. Und schließlich brach ein Sturm der Entrüstung los. Buhrufe und Pfiffe gellten durch den Saal. Doch obwohl sie seine Rede stellenweise übertönten, sprach John ungerührt weiter. Erst als ein Katalog Richtung Podium flog, zog er den Kopf ein und wich in die Reihe der Juroren zurück, die sich bereits berieten, ob sie den Pavillon verlassen sollten, bis die Leute sich wieder beruhigt hatten. Immer wieder zuckten ihre Blicke zwischen dem Publikum und dem Ausgang hin und her, doch John hob beschwichtigend die Hände und schien ihnen gut zuzureden.

Entsetzt schaute Flavia sich um. Das Vertrauen, das man ihrer Familie seit der Vereinigung mit den Dal Corsos wieder entgegengebracht hatte, war schon mit der Enthüllung von Jacos Skulptur geschwunden, und jetzt war es mit der jahrhundertelangen Verehrung, die dem Traditionsbetrieb Volpato gegolten hatte, endgültig vorbei.

Angst stieg in ihr auf. Hilflos verfolgte sie, wie die Presse sich auf das Thema stürzte, wie die Journalisten sich vor dem Podium gegenseitig beiseiteschubsten und mit Block und Stift in Richtung der Juroren wedelten. Jeder der Anwesenden, der sich schon immer Gehör verschaffen wollte, sah sich nun nach einem diskussionsfreudigen Gesprächspartner um oder rief seine Meinung über Jacos Werk einfach in den Raum. Ein gnadenloser Verriss jagte den nächsten. *Wie konnte eine so hochgelobte Glaswerkstatt bei einem Wettbewerb plötzlich so schlecht abschneiden, wo sie doch auf der Piazza noch brilliert hatte?*

Flavia stand inmitten des Publikums, die Hände zitternd vor Entsetzen. Die Geräusche um sie herum verschmolzen zu einem undurchdringlichen Klangteppich aus aufgebrachten Stimmen und gezischten Zweifeln. Die Worte der selbst ernannten Kritiker hallten in ihrem Kopf als schmerzhaftes Echo wider.

»Vielleicht hätten sie doch lieber ihre Tochter ranlassen sollen!«, meinte jemand hämisch. Das weckte sie aus ihrer Starre. Ruppig drängelte sie sich durch die Reihen und suchte ihre Familie.

Ihre Eltern, Jaco und Nonna standen abseits an der Wand, anwesend und doch ganz weit fort, aufrecht und doch niedergeschmettert. Bei Flavias Herannahen lösten sich die Dal Corsos von ihrer Seite und verließen fluchtartig den Saal. Die Leute verfolgten den Abgang mit neugierigen Blicken, und Flavias Magen zog sich schmerzhaft zusammen, da sie die missgünstigen Gedanken der Umstehenden über das offensichtliche Zerwürfnis fast schon zu hören glaubte.

Inmitten dieses Hexenkessels schlenderte Sibilla Veridiani an ihr vorbei. Ihre Lippen bewegten sich kaum merklich, und Flavia konnte ihre Worte nur erahnen. Doch der angedeutete höhnische Applaus – zwei Finger, die auf ihre andere Handfläche tippten – war deutlich genug. *Bravo!*

Natürlich. Jetzt, da sie sich selbst ruiniert hatten, musste die Veridiani diese Drecksarbeit nicht mehr übernehmen.

Kapitel 25

Die Kunst um sie herum flimmerte in einem wirren Muster aus Farben und Formen, während Flavia auf ihre Familie zuhielt. Alle Gesichter trugen den Ausdruck von Sprachlosigkeit. Jaco schaute zu Boden, ihre Mutter drehte den Kopf bei Flavias Anblick weg, und ihr Vater konzentrierte sich auf einen Punkt in der Ferne – nur Nonna hielt jedem demütigenden Blick eisern stand. »Wartet, bis alle weg sind«, sagte sie, als Flavia endlich keuchend bei ihnen ankam. »Wir gehen erhobenen Hauptes hier raus!« Also harrten sie gemeinsam aus, während die letzten Ausstellungsgäste an ihnen vorbeizogen und entweder so taten, als bemerkten sie sie nicht, oder sich ein langes unverhohlenes Glotzen erlaubten.

Nach langen Minuten war es schließlich so weit. »Jetzt können wir gehen.«

Bei der erlösenden Erlaubnis wischte sich ihre Mutter verstohlen die Augen. Der taubenblaue Satinstoff ihrer Handschuhe färbte sich an den Fingerspitzen dunkel, und das brach Flavia fast das Herz, genau wie die gebeugte Gestalt ihres Vaters und Jacos vielsagende Sprachlosigkeit. Und Nonna … Sie hatte Nonna seit Jahren nicht mehr weinen sehen. Doch nun rannen zwei Tränen verstohlen ihre flaumigen Wangen hinab.

»Die Skulptur?«, fragte Flavia schwach, und da niemand Anstalten machte, sie zu holen, ging sie selbst zum Podium. Während Jacos abscheuliche Kreation bei der Preisverleihung noch von den Körpern der Juroren verdeckt gewesen war, sah sie nun in dem leeren Saal schon von Weitem, wer davorstand. *Großer Gott.*

Ein rascher Blick zurück sagte ihr, dass ihre Familie den Pavillon verlassen hatte. Und sie konnte dasselbe tun. Einfach umkehren und das Glasobjekt zurücklassen.

Nein, das konnte sie nicht.

Noch zehn Schritte, um sich zu entscheiden, was sie tun würde, wenn sie John schließlich gegenüberstand. Sollte sie ihn einfach mit Nichtachtung strafen oder ihn den rohen Schmerz sehen lassen, den er ihr zugefügt hatte? Spielte es überhaupt eine Rolle?

»Flavia«, sagte er mit brüchiger Stimme, als sie nach dem Glasobjekt griff und sich sofort wieder zum Gehen wandte. »Können wir bitte miteinander sprechen?«

Sie packte die Skulptur fester und drehte sich langsam zu ihm um. Verdammt, trotz seines Verrats sehnte sie sich nach ihm. Nach dem Salz seiner Haut. Dem Druck seiner Hände auf ihren Hüften. Doch noch viel dringender brauchte sie eine Erklärung – etwas, das aus einer Enttäuschung vielleicht wieder Vertrauen machen konnte. Vielleicht.

»Flavia …«

»Was? Wirst du mir sagen, dass du mit deinem Schlusswort versucht hast, unsere miserable Leistung wieder aufzuwerten? *Thank you, Mr. Pomeroy!* Deine Einmischung hat es nur noch schlimmer gemacht.«

»Ein Knoten aus Glas?« *Komm schon,* schien sein flehentlicher Blick auszudrücken. Er sprach so zärtlich mit ihr, so aufrichtig, dass sie es kaum ertrug, die Lüge in seinem Gesicht zu sehen. Eine so gut getarnte Lüge.

»Und du? Der Earl of Sunderland?«, entgegnete sie in verächtlichem Ton. »Wie ich höre, befindest du dich auf Brautschau und füllst fleißig die Tanzkarten der Damen.«

Seine Augen wirkten plötzlich stumpf. Im Bruchteil einer Sekunde hatte er begriffen, worum es hier ging.

»*Reis oder Polenta in einer zugigen Gastwirtschaft.* Ein Tagesablauf gleicht dem anderen, außer ich bestelle dich zu einem Treffen. Ach ja?«

»Ich wollte es dir sagen«, murmelte er.

»Aber bei all den Tanzbällen und Ausstellungsvorbereitungen hast du es irgendwie … versäumt?«

Er gab ein Ächzen von sich. »Du hältst nicht viel vom Adel. Das hast du oft genug angedeutet.«

»O nein, das wirst du nicht auf mich abwälzen!« Als Geste eines einzigen kraftlosen Vorwurfs deutete sie mit Jacos Skulptur auf ihn. »Ich habe dir *vertraut.*« Ihre Stimme brach.

Sofort streckte er die Hände nach ihr aus, um sie an sich zu ziehen. Doch sie wich ihm abrupt aus, und ihm blieb nichts anderes übrig, als ihren Blick zu suchen. »Sieh mich an, bitte!«

»War das alles nur ein netter Zeitvertreib für dich?«

»Nein!« Jetzt griff er doch zu, packte ihre Schultern mit einem Ernst, der sie schmerzte. »Von dem Tag an, als du meinen Glaskelch hast fallen lassen, wusste ich, dass das mit dir alles werden würde, bloß kein netter Zeitvertreib.«

»Dann vielleicht eine willkommene Abwechslung?«

»Eher eine Herausforderung.«

Sie biss sich auf die Lippen, um nicht vor ihm in Tränen auszubrechen, und er verbesserte sich: »Nein, so habe ich das nicht gemeint. Du warst keine Herausforderung, sondern eine

Gelegenheit.« Er griff sich an die Stirn, korrigierte sich abermals: »Eine Chance.« Mit einem Stöhnen gab er auf, und plötzlich war da nur noch nackte Verzweiflung.

Eine Chance.

Flavia lächelte freudlos. »Es ist egal, welche Absichten du mit mir hattest. Oder was das zwischen uns für dich war. Es ist vorbei.«

»Nein, Flavia. Bitte. Du bist verletzt. Das verstehe ich, aber …«

»Erklär mir nicht, was ich empfinde!«, fauchte sie. Bei ihrem Schritt nach hinten rutschten seine Hände von ihr ab, und er ließ sie schlaff an den Seiten hängen. Als wüsste er bereits, dass er diesen Kampf nicht gewinnen konnte.

»Hast *du* mich denn *nicht* belogen?«, flüsterte er dann.

Sie stockte. Mit mühsam beherrschter Wut zischte sie: »*Niemand* durfte von meinen Fähigkeiten erfahren.« Das wusste er doch!

Aber John sah sie nur voller Bedauern an. »Das erklärt es, macht es aber noch lange nicht richtig«, sagte er mit leerem Blick und fuhr sich mit dem Handrücken über den Mund. »Ich habe dich nicht für deine Lügen verurteilt.«

»Was du vergisst: Ich habe alle um mich herum belogen«, entgegnete sie. »Nicht nur dich!« Aber er, *er* hatte bloß *sie* getäuscht.

Ihre Augen füllten sich mit Tränen.

»Ist John Pomeroy überhaupt dein richtiger Name?«

»Natürlich! ›Earl‹ ist nur ein Höflichkeitstitel.« Seine Augen flammten auf.

Sie funkelte ihn an. »Dann hätte ich also von selbst daraufkommen sollen?«

»Das habe ich nicht gesagt.«

»Nur ein Titel!«, schnaubte sie. »Wie man hört, bist du der begehrteste Junggeselle Englands. Steinreich, mit zahlreichen Ländereien und einer riesigen Dienerschaft!«

»Der war ich nicht immer!« Seine Brust hob und senkte sich schwer. »Dieser Titel stand mir nie zu.«

»Was soll das heißen?«

»Ich bin der Earl, weil mein Bruder es nicht mehr ist.«

»Du Ärmster! Was hat er denn Schlimmes verbrochen? Seinen Tee mit einem Würfel Zucker getrunken statt mit zwei?«

Ein Schatten huschte über sein Gesicht, und er schüttelte langsam den Kopf.

»Jetzt sag schon!«, schrie sie ihn nach einem langen Moment an.

»Er ist tot, in Ordnung?«, brüllte er zurück, nun war er leichenblass geworden, und Flavia schloss wie vor den Kopf gestoßen den Mund.

»Es tut mir leid, dass ich Sibilla Veridiani deine Vase gezeigt habe. Ich hätte ihr nicht vertrauen dürfen«, sagte er und verzog gequält das Gesicht. »Verdammt, ich war einfach so stolz auf dich.«

»John …«

»Aber vielleicht hast du recht. Vielleicht sind wir beide besser dran, wenn wir uns nicht wiedersehen.« Er zwang sich dazu, sie anzublicken. »Ich werde versuchen, Schadensbegrenzung zu betreiben. Mit dem Stadtrat reden, wenn nötig. Sie werden erfahren, dass du und deine Familie unter meinem Schutz steht und damit unter dem Schutz der englischen Krone.«

Sie nickte benommen. Alles daran klang vernünftig, und dennoch strich der Verlust wie ein glühendes Eisen über ihren Rücken.

Sie hatte ihn verloren.

»Ich wollte dir nie wehtun«, sagte er noch. »Aber ich schätze, mein Laster ist tatsächlich die Neugier und ... ach, sparen wir uns die Mühe. Mylady?« Mit einer knappen Verbeugung wandte er sich ab und schritt hinaus.

* * *

Flavia rannte von der Anlegestelle Colonna die kurze Strecke nach Hause.

Als sie die Wohnung betrat, stellte sie fest, dass niemand da war. Dabei hatte sie gedacht, ihre Familie wäre auf direktem Weg nach Murano zurückgefahren, um den feindseligen Lästereien der Leute zu entgehen.

Die Stille im Haus ließ sie für einen kostbaren Moment zur Besinnung kommen. Sie sah sich um, bemerkte in der Leere des Hauses plötzlich all jene, die fehlten. Auch diejenigen, die sie schon länger vermissten.

Und mit einem Mal wusste sie, es war so weit.

Entschlossen stellte sie Jacos Skulptur auf dem Wohnzimmertisch ab, bevor sie die Treppe hinauf und in ihr Zimmer eilte. Mit einem Ruck zerrte sie ihre gefaltete Nachtwäsche aus dem obersten Schrankfach. Da war er! Zwischen Rückwand und Regalbrett klemmte der unbeschriftete Umschlag, den erst im absoluten Notfall zu öffnen sie geschworen hatte. Flavia zog ihn hervor und strich mit dem Daumen über das rote Wachssiegel, das sie selbst auf Oriettas Bitte hin dort angebracht hatte. In der ersten Nachricht aus Konstantinopel, die nach der Flucht ihrer Schwester eingetroffen war, hatte sie Flavia das Vorgehen beschrieben: Sollte es je wieder zu einer Situation kommen, in der die Veridiani sie offen bedrohte, würde die Familie in dem Umschlag ein Druckmittel gegen sie finden.

Flavia musste sich setzen, um nicht das Gleichgewicht zu verlieren. Ihr Herz schlug schneller, als sie sich ausmalte, was passieren konnte, wenn sie den Brief nun öffnete. Die Möglichkeit, dass dieses Druckmittel nach einem Jahr nicht mehr relevant sein könnte, ließ sie zögern.

Vielleicht maß sie der Veridiani ja doch zu viel Bedeutung bei, so wie ihr Vater gesagt hatte. Denn auch sie war eine Frau, die von der Ungleichheit der Machtverhältnisse betroffen war. Gewiss fand das Wort eines jeden Mannes immer eher Gehör als ihres. Ja, sie hatte Johns Vase mit eigenen Augen gesehen, und zweifellos würde sie ihr Wissen dazu verwenden, um Flavias Verstoß gegen die Gesetze der Glasbläserzunft zur Anklage zu bringen. Doch John war der Earl of Sunderland, ein bedeutendes Mitglied der englischen Aristokratie, und er hatte der Familie Volpato seinen Schutz versprochen. Ihm würde man doch mehr glauben als der Salondame, oder?

Andererseits trug er den Titel noch nicht lange, wie er Flavia vorhin offenbart hatte. Hatte er, im Schatten seines älteren Bruders aufgewachsen und immer nur zweite Wahl, nach dessen Tod die Stellung, die auf ihn übergegangen war, überhaupt schon gefestigt? Wenn sein Liebesverhältnis mit Flavia ans Tageslicht kam, mochte das seine Glaubwürdigkeit schnell zunichtemachen.

Auch wenn er es beendet hatte.

Das Siegel knackte, und lose Seiten wie aus einem Notizbuch flatterten aus dem Umschlag. Flavia sammelte sie ein, schob die Gedanken an John mit aller Kraft beiseite und begann zu lesen. Während sie Seite um Seite aus den Notizen der Veridiani verschlang, zog sich ihre Brust enger und enger zusammen, bis sie fast glaubte, an den Enthüllungen ersticken zu müssen.

Sibilla Veridiani war nicht bloß Teilhaberin der Glaswerkstatt Balbi & Gabbiani, bei der es vor zwei Jahren verheerend gebrannt hatte, *sie* hatte sogar das ganze verdammte Feuer legen lassen!

»Kleinere Glasbetriebe aus dem Geschäft kaufen oder Existenz vernichten. Balbi & Gabbiani zuerst, dann Fulchiati und Toffolo. Wichtig: es wie einen Unfall aussehen lassen. Affäre mit Benvenuto Dal Corso? Brauche Druckmittel gegen ihn.« Die Originalseiten aus ihrem Tagebuch in ihrer eigenen Handschrift belegten ihre Mordfantasien. Mehr noch, hier eröffnete sich Flavia Veridianis gesamte Strategie zur Übernahme der Glasindustrie Muranos, mit der sie ihren Eintritt in den Stadtrat von Venedig erzwingen wollte. Als Geldgeberin würde sie zunächst das Vertrauen der kleineren Betriebe gewinnen – um dann die Geschäfte an sich zu reißen. Sobald sie das Monopol innehatte, blieb dem Stadtrat gar nichts anderes mehr übrig, als sie in seiner Mitte aufzunehmen. Sie würden sie schlicht brauchen, wenn sie ihren lukrativsten Industriezweig nicht vor die Hunde gehen lassen wollten – und das wollten sie natürlich nicht. Sonst hätten die Verantwortlichen nicht seit zwei Jahren Zeit und Arbeit in das Projekt »Kunstausstellung« gesteckt. Sie erhofften sich einen wirtschaftlichen Nutzen davon, einen Aufschwung für die einstige Prestigestadt Venedig, die schon lange von den anderen Metropolen Europas abgehängt worden war.

Die Veridiani bezeichnete sich als gesellschaftliche Größe, die am Ausstellungskonzept mitgewirkt hatte, und wie Flavia nun las, stammte auch die Idee für das Branchenverzeichnis von ihr. Der offizielle Katalog, in dem von der Gastronomie bis hin zum Einzelhandel alle Unternehmen Venedigs zu Werbezwecken aufgelistet waren, versprach ein riesiger Erfolg zu werden, wenn man den enthusiastischen Zeitungsartikeln vor dem Eröffnungstag glauben durfte.

Denn so war die Veridiani.

Sie besaß die Fähigkeit, einzelne Menschen und ganze Gruppen von sich abhängig zu machen, indem sie ihnen einen Traum verkaufte. Nur dass der sich nie erfüllte. Dennoch, die meisten, die mit ihr in Kontakt kamen, wollten zunächst um jeden Preis weiterhin in ihrer Gunst stehen. Und falls doch einmal jemand die Kooperation verweigerte, schlug sie – so verriet es ihr Plan – einfach auf persönlicher Ebene zu und schüchterte die Leute mit Gewalt und Intrigen ein.

Flavia ließ die Seiten sinken und starrte minutenlang an die Wand.

Wem konnte sie diesen gefährlichen Inhalt anvertrauen? Alles klang danach, als wäre *das* die »Lösung«, von der Signor Bruno gesprochen hatte. Wenn sie so darüber nachdachte, war wohl davon auszugehen, dass er bereits in Veridianis Netz zappelte. Sonst hätte er diesem Irrsinn doch nicht zustimmen können. Nicht, wenn er sich wirklich so sehr um den Erhalt des Handwerks bemühte, wie er Flavia gegenüber beteuert hatte.

Ein bitteres Gefühl der Ohnmacht überkam sie. Ihre Gedanken rasten. Immer wieder flackerte Johns Bild darin auf und mit ihm die Erkenntnis, dass selbst sein Schutz nicht ausreichen würde, um das Schlimmste von ihnen allen abzuwenden.

Entschlossen eilte sie die Treppe hinunter. Licht brannte. Also war ihre Familie endlich heimgekehrt!

Man hatte sich im Wohnzimmer eingerichtet und den Geruch von frischer Luft mitgebracht. Nonna saß neben Flavias

Mutter auf dem Sofa. Die Männer – ihr Vater, Onkel Agostino und Jaco – standen in einem kleinen Kreis vor den Sitzmöbeln, zu unruhig, um sich zu setzen.

»Dal Corso wird sich schon wieder einkriegen«, sagte ihr Onkel gerade mit einem bekräftigenden Klaps auf Jacos Rücken. Ihr Bruder stolperte einen Schritt nach vorne, verzog jedoch keine Miene. Sein rotfleckiges Gesicht verriet, dass er bitterlich geweint hatte.

»Flavia?« Ihr Vater blickte von ihrem Gesicht zu den Blättern in ihrer Hand und runzelte die Stirn.

Nun wandten sich ihr auch die restlichen Gesichter zu.

In Flavia krümmte sich etwas bei dem Gedanken, die Familie gleich mit der nächsten Hiobsbotschaft zu überfallen, doch sie gab sich einen Ruck und warf das Enthüllungsmaterial auf den niedrigen Tisch. »Die Veridiani steckt hinter den Bränden in den Glaswerkstätten auf Murano und den kürzlichen Schließungen. Das ist der Beweis!«

Jaco stürzte sich als Erster darauf, und während er still für sich las, verharrten die anderen in gespanntem Schweigen.

»Was genau steht denn nun drin?«, fragte ihr Vater schließlich, als Jaco mit offenem Mund die Hand sinken ließ. Unbewusst griff er nach Don Agostinos Arm, und ihr Onkel packte ebenfalls fest zu.

»Sibilla Veridiani hat vor, die Kontrolle über … über die gesamte Glasindustrie zu übernehmen. Sie will in den Stadtrat«, erwiderte Jaco stockend.

Ihre Mutter schlug sich eine Hand vor den Mund, und Nonna schloss die Augen zu einem stummen Gebet.

»Das sind schwere Vorwürfe. Bist du sicher, dass diese Anschuldigungen zutreffen?«, fragte Onkel Agostino, an Flavia gewandt.

»Orietta irrt sich nicht.« Flavia verschränkte die Arme vor der Brust, und er nickte langsam.

Ihre Mutter gab einen seltsamen Laut von sich, irgendwo zwischen Lachen und Ächzen. »Jetzt ergibt alles einen Sinn«, sagte sie. »Die Veridiani hat uns nur deshalb so lange in Ruhe gelassen, weil sie erst die kleineren Betriebe aus dem Weg räumen wollte.«

»Und wir sind die Nächsten.« Flavia wischte sich die ersten Zornestränen weg, die über ihre Wangen schießen wollten. »Sie hat mich auf der Ausstellung angesprochen.«

»Was?« Jaco überreichte ihrer Mutter die losen Seiten, ohne den Blickkontakt mit Flavia zu unterbrechen.

»Ja, um uns zu drohen.«

»Und womit?« Nonna hatte die Augen wieder geöffnet und ließ ihren Gehstock wie ein Zepter auf den Steinboden donnern. »Will sie sich etwa weiter auf dieses Gerücht stützen? Der Stadtrat hat schon ermittelt. Ergebnislos, oder nicht?«

»Sie hat …« Flavia musste neu ansetzen. »Sie hat die Vase gesehen.«

Ihre Familie keuchte auf.

Flavia presste die Augen zusammen und straffte den Rücken, als könnte sie sich so gegen die schreckliche Wahrheit wappnen. Gegen den Schmerz des Verrats. Doch er traf sie beim zweiten Mal bloß noch härter. »John …« Ihre Stimme brach, wie schon einmal an diesem Tag. Sie räusperte sich mühsam. »John hat sie ihr gezeigt.«

Ihr Vater stieß ein gequältes Ächzen aus und wehrte sich nicht, als Onkel Agostino ihn auffing und in einen Sessel drückte. Der Klageschrei ihrer Mutter fuhr Flavia durch Mark und Bein, während Jaco die fürchterlichsten Verwünschungen ausstieß. Nur Nonna bewahrte die Fassung. Langsam stand sie auf und trat zielstrebig zu Flavia, nahm sie in den Arm und ließ sie eine Weile an ihrem schmalen Körper schluchzen. »Was macht der Junge nur für Sachen?«, sagte sie schließlich sanft, als Flavias Weinkrampf nachließ. Auch der Rest der Familie hatte den ersten Schreck überwunden.

»Was wohl? Er hat Flavia fallen lassen«, knurrte ihre Mutter.

Jaco löste Nonna ab und schlüpfte an ihren Platz. Flavia sank entkräftet an seine Brust. »Er liebt dich«, flüsterte er ihr voller Gewissheit ins Ohr. »Für all das gibt es einen Grund.«

Sie nickte kraftlos, alles andere als überzeugt.

Ich war so stolz auf dich.

Nonna hatte begonnen, durch den Raum zu laufen. »Gut, er hat einen Fehler gemacht. Warum? Wissen wir nicht. Aber solange sich die Vase in seinem Besitz befindet – und nicht in den Händen der Veridiani –, steht Aussage gegen Aussage.« Mit einem ernsten Blick auf Flavia fragte sie: »Er hat die Vase doch noch?«

»Ich nehme es an.«

»Natürlich hat er sie noch!« Jacos energischer Tonfall ließ alle zusammenzucken. »Er ist doch kein Drecksack! Vielleicht hat er der Veridiani die Vase bloß deshalb gezeigt, um seine Bewunderung mit ihr zu teilen? Sie ist doch eine gefeierte Verfechterin von Frauenrechten! Er konnte nicht wissen, dass sie unser Geheimnis als Druckmittel gegen uns einsetzen würde. Wahrscheinlich dachte er sogar, er würde Flavia damit einflussreiche Unterstützung verschaffen.«

Mit einem Kopfschütteln machte Flavia sich von ihrem Bruder los. »Unmöglich. Zu dem Zeitpunkt wusste er schon, was die Veridiani unserer Familie angetan hat. Ich habe ihm Oriettas Geschichte erzählt. Und er hat sich trotzdem dafür entschieden, ihr zu vertrauen!«

Alle schwiegen, und einen langen Moment war nur das Keuchen ihres Vaters zu hören – verkürzte, schwerfällige Atemzüge. Irritiert wandte Flavia den Kopf. »Papà?« Im nächsten Moment stürzte sie zu ihm. Halb sitzend, halb liegend, presste er den linken Arm an seine Seite, das Gesicht schweißnass.

Don Agostino beschwichtigte sie. »Er regt sich nur auf.«

»Das sieht mir aber nicht danach aus. Mamma?«

Jetzt war auch ihre Mutter da, ging in die Knie und umklammerte die andere Lehne des Sessels. »Emilio, sprich mit uns! Geht es dir gut?«

»Gleich vorbei«, keuchte er. »Bloß ein unangenehmer Druck auf der Brust.«

Flavia erstarrte. Es waren die gleichen Schmerzen, die er schon einmal gehabt hatte. Sein Herz.

»Wir müssen ins Hospital!«

»Dein Papà kann kaum aufstehen.«

Nonnas Stock klapperte, als auch sie herantrat. Sie neigte sich zu ihrem Sohn und nahm sein Gesicht prüfend zwischen die Hände. Dann hielt sie inne und wisperte: »Holt einen Arzt.«

* * *

Dr. Zanni praktizierte schon seit mehreren Jahren nicht mehr, doch er war der einzige ihnen bekannte Arzt, der auf Murano lebte – und mit Glück auch der einzige Mensch, der die Kunstausstellung nicht am Eröffnungstag besucht hatte, sondern das später nachholen wollte, wenn das öffentliche Interesse schon wieder etwas abgeflaut war und man in Ruhe durch die Säle schlendern konnte, ohne dass einem ständig jemand auf die Füße trat.

Nachdem er Flavias Vater untersucht und stumm seine Schlüsse gezogen hatte, legte er bedächtig sein Stethoskop in den Koffer zurück. Das Schloss schnappte zu.

»Wenn der Sohn mir einmal folgen würde?« Gemeinsam mit Jaco verschwand er in der Küche, und Flavia schoss vom Platz neben ihrem Vater auf, um ihr Ohr gegen die Tür zu pressen.

Als die beiden wieder heraustraten, zitterten Jacos Lippen, und der Doktor wandte sich zögerlich an sie. »Einen Tee aus Rotem Fingerhut mehrmals über den Tag verteilt«, sagte er. »Moderate Bewegung und leichte Kost. Keine Arbeit an den Öfen.« Bei Letzterem wollte ihr Vater protestieren, doch Flavias Mutter strich ihm beruhigend über die Wange.

»Verstanden.« Flavia holte ihren Pompadour, um für die ärztlichen Bemühungen zu bezahlen, doch Dr. Zanni winkte ab. Er schrieb rasch ein Rezept, mit dem Jaco sich zur Apotheke aufmachen sollte, dann verabschiedete er sich.

»Genießen Sie jeden zusätzlichen Tag.« Seine letzten Worte an sie weckten eine böse Vorahnung, und Flavia brauchte drei Anläufe, bis sie die Haustür hinter ihm richtig ins Schloss gedrückt hatte.

»Wir müssen die Dal Corsos informieren«, sagte ihre Mutter plötzlich. »Sie sind unsere Betriebspartner.«

Nonna schnalzte abfällig mit der Zunge. »Wie eng sie uns beistehen, haben sie nach der Preisverleihung gezeigt.«

»Wir sollten sie nicht gleich abschreiben, nur weil sie sich der Situation entzogen haben.«

»Pah, Feiglinge!«

Flavia starrte angespannt aus dem Fenster. Jede Minute, die Jaco brauchte, um die Teeblätter zu besorgen, war eine zu viel. Ihr Vater hatte inzwischen die Augen geschlossen und versuchte, unter den sanften Streicheleinheiten seiner Frau zur Ruhe zu kommen.

»Ich geh sie holen«, sagte Flavia plötzlich. Ihre Mutter und die Großmutter starrten sie an, denn dies war keine kindliche Bitte, sondern ein erwachsener Entschluss. Kurz rechnete sie mit Gegenwind. Einer Rüge dafür, dass Flavia einfach ausgerissen und in der Ausstellung aufgetaucht war – doch nichts dergleichen. Konfrontiert mit dem schlechten Zustand ihres Ehemannes und dem, was ihnen von der Veridiani drohte, besaß derlei für ihre Mutter offenbar keine Bedeutung mehr. Sie ließ sie ohne Aufstand ziehen.

Als sie mit Donna Clarissima und Prudentia zurückkehrte, hielt ihre Mutter bereits eine dampfende Tasse in der Hand und gab Flavias Vater hin und wieder ein paar Schlucke davon ein. Jaco hockte auf der Kante eines Sessels und knetete seine Hände, er war mit seinen Gedanken so weit weg, dass er nicht einmal aufblickte, als Flavia und die Damen das Wohnzimmer betraten. Onkel Agostino war offenbar nach Hause geschickt worden.

»Don Emilio! Wir sind so schnell gekommen, wie wir konnten«, rief Donna Clarissima.

»Und Don Benvenuto?« Nonna sah ihre Gäste nicht an, als brächte sie es in ihrer Verachtung einfach nicht über sich.

»Mein Gatte ist noch in der Stadt. Er hielt es für angebracht, die Wogen bei Wein und Kartenspiel zu glätten.« Donna Clarissima legte eine Pause ein, in der sie Jaco mit einem säuerlichen Blick bedachte. »Signor Bruno und Signor Fradeletto begleiten ihn. Wenn wir Glück haben, ist diese ganze Sache morgen vergessen.«

Flavias Mutter streckte ihre freie Hand aus, und Donna Clarissima eilte mit feuchten Augen zu ihr, um sie tröstend zu umarmen. »Schmerzen in Armen und Brust? Erzählt bitte genau, was passiert ist.«

Nonna rückte an den Rand des Sofas. Aus ihrem Beutel zog sie die flache Flasche mit Alkohol, von der sie immer verstohlen nippte, und schüttelte sie in Flavias Richtung. Heute hatte sie noch gar nicht daran gedacht, sie auffüllen zu lassen, so sehr hatten die misslungene Kunstausstellung, Oriettas Enthüllungen und nun auch noch der Herzanfall ihres Sohnes sie durcheinandergebracht.

Flavia goss ihr den stärksten Birnenbrand ein, den sie fand. Sobald Nonna versorgt war, ging sie zu der unschlüssig im Raum stehenden Prudentia. »Komm, setz dich doch bitte.«

Prudentia folgte ihr zur Sitzgruppe und begrüßte dabei schüchtern Flavias Mutter und Großmutter. Jaco ignorierte sie geflissentlich. »Meine Schwestern lassen herzlich grüßen«, sie lächelte entschuldigend. »Nach der Ausstellung ging es ihnen nicht so gut …«

»Und du?«, fragte Flavia mit ehrlichem Mitgefühl. »Wie steht es mit dir? Es tut mir so leid, dass du die Schau nicht eröffnen durftest.«

»Oh, niemand ist gelaufen. Nach dem … Aufruhr bei der Preisverleihung haben viele Besucher das Gelände verlassen, und Signor Fradeletto hat Masin gebeten, die Modenschau auf morgen zu vertagen.« Sie machte eine kurze Pause und sagte dann ebenso leise zu Flavia: »Sag mir lieber, wie du das alles verkraftet hast …«

Flavia drückte kurz ihre Hand. Dann wandte sie sich an sämtliche Anwesende. »Ich glaube, ich schulde euch allen eine Erklärung.« Sie fasste die Seiten aus Veridianis Notizbuch fester und trat in die Mitte.

Alle Augen richteten sich auf sie. Nonna wirkte beunruhigt,

und ihre Mutter warf ihr einen warnenden Blick zu, während ihr Vater den nächsten bitteren Schluck Tee herunterwürgte. Donna Clarissima, die leise auf ihre Freundin eingeredet hatte, schloss verdutzt den Mund und faltete die Hände vor dem Bauch, bereit zuzuhören, wenn es sein musste.

Und Flavia, auf Jacos Nicken hin, begann: »Es ist wahr. Die Unikate der Vetreria Volpato stammen von mir, deshalb der Qualitätseinbruch auf der Ausstellung.« Entschlossen stellte sie sich neben ihren Bruder und legte ihm die Hand auf die Schulter. »Der ›Venustempel‹ gehört nicht zu meinen Arbeiten. Es ist Jacos. Und ja, seine Vision ist anders – weniger erprobt –, aber ich bin nichtsdestotrotz stolz auf ihn.«

»Weniger erprobt?« Donna Clarissima biss sich mit schriller Stimme gleich auf diesem Wort fest, vielleicht, damit der Rest nicht zu ihr durchdrang. »Jacopo Volpato hat Kronleuchter von so hoher Qualität gefertigt, dass es nur eine Frage der Zeit sein wird, bis das Königshaus eine Bestellung aufgibt.«

Flavia seufzte. »Diese Kronleuchter gab es, aber die waren alle von mir.«

Als Antwort auf Clarissimas spitzes Gelächter langte Jaco nach Flavias Hand und hielt sie einen Moment auf seiner Schulter fest, ehe er sich grimmig an die Gäste wandte: »Flavia ist hier das Wunderkind, nicht ich. Und da der Stadtrat das spitzbekommen hat, haben wir nun ein Problem.«

Prudentia, die ja schon Bescheid wusste und alles schweigend mitangehört hatte, sagte laut: »Ich glaube euch, so unglaublich es auch klingt. Und ich mache mir Sorgen.« Ihre Lider flatterten. »Selbst wenn es bisher nur ein Gerücht ist, die Öffentlichkeit wird sich erst durch eine Vorführung restlos davon überzeugen lassen, dass Jaco doch das Genie ist, für das ihn alle so lange gehalten haben und weiterhin halten sollen.«

»Es ist nicht *nur* ein Gerücht«, warf Nonna grimmig ein und setzte erneut die Flasche an.

Prudentia suchte verständnislos Flavias Blick.

Flavia nickte. »Ja, die Vase, von der alle sprechen, existiert. Und sie *trägt* meine Initialen.«

Donna Clarissima schnappte nach Luft, und sogar Prudentia sackte merklich in sich zusammen. »Warum?«, hauchte sie.

Nun, vielleicht war nun der Moment gekommen, sie auch in die letzte schmerzhafte Wahrheit einzuweihen.

»Ein Geschenk für John. Der Beweis meiner Liebe für ihn.«

»John? Und … *Liebesbeweis*?«

»Der Earl of Sunderland …«

Ehe Flavia noch etwas sagen konnte, brach auch schon die allgemeine Empörung über sie herein. Donna Clarissima stieß Flavias Mutter mit dem Ellbogen an. »Hast du das etwa gewusst?«

Flavia wappnete sich innerlich gegen die Ablehnung, die sie einst von ihrer Mutter erfahren hatte, als diese ihre Gefühle für John durchschaut hatte. Doch stattdessen hörte sie bloß ein entschiedenes »Natürlich«. Und mit einem überlegenen Blick, den ihre Mutter sich sehr lange aufgespart haben musste, maß diese ihre Freundin. »Scheint so, als dürften wir *doch* einige Erwartungen in Flavia setzen.«

»Hört auf, alle miteinander.« Don Emilios Stimme war leise, brachte jedoch sofort wieder Ruhe in den Raum. »John Pomeroy – der Earl – ist in diesem Hause nicht länger erwünscht. Und ich spreche wohl für alle, wenn ich sage, dass wir auch seinen Namen hier nicht mehr erwähnen.«

»Emilio …«

Flavias Vater schlug mit der Faust auf die Sessellehne. Und damit war es endgültig entschieden. Flavia wankte zum nächsten freien Sitzmöbel. Ja, John hatte ihr Verhältnis beendet, aber dass ihr Vater jetzt dieses Verbot aussprach, war der letzte Schlag. Es war, als hätte ihr Geist ihren Körper verlassen. Erst als die Unterhaltung auf den eigentlichen Kern umschwenkte und von der Veridiani und dem Stadtrat die Rede war, kehrte sie wieder in die Gegenwart zurück. Nonna machte soeben mit bissiger Stimme den Vorschlag, die Dal Corsos könnten ruhig einmal versuchen, mit der Salondame zu reden, schließlich besuchten sie regelmäßig ihre Tanzbälle und stünden auf gutem Fuß mit ihr.

»Also, das … würde bloß unsere Mitwisserschaft bestätigen, und damit wären dann gleich zwei Glasbläserfamilien in Gefahr.« Ohne in Nonnas Richtung zu blicken, ordnete Donna Clarissima ihre Röcke und stand auf. »So leid es mir tut, das riskieren wir nicht. Ihr habt uns schon genug Schaden zugefügt. Prudentia, komm!«

»Mamma …« Prudentia sprang auf. »Wir sollten das alles in Ruhe mit Vater besprechen.«

»Pah! Auslachen wird er uns, dein lieber Vater! Flavia Volpato und Glasblasen … Ich glaube es ja nicht.«

Prudentia tätschelte ihr beschwichtigend den Arm und warf hinter ihrem Rücken einen drängenden Blick in die Runde. *Tut doch was*, schien dieser Blick zu sagen. *Habt ihr nicht noch irgendwas in der Hinterhand?*

Das ließ Flavia wieder ein wenig zu sich kommen. Denn tatsächlich, sie hatten etwas. »Orietta hat uns ein Druckmittel gegen die Veridiani hinterlassen!« Flavia benetzte ihre Lippen. »Das Feuer bei Balbi & Gabbiani damals? Das war Brandstiftung. Die Männer der Veridiani haben es gelegt. Und sie haben auch die Besitzer der Vetreria Fulchiati eingeschüchtert – nur deshalb ist sie vorübergehend geschlossen.«

Prudentia zog scharf die Luft ein. Auf so einen Skandal hatte sie offenbar gar nicht zu hoffen gewagt. »Was ist mit Toffolo?«

»Er hat sich dazu verleiten lassen, über ein Jahr lang hohe Summen von der Veridiani anzunehmen. Geld, das die Familie ihr nun mit Zinsen zurückzahlen soll, weil diese verlogene Hexe das Arrangement nicht wie versprochen verlängert, sondern unerwartet gekündigt hat. Hinter all dem steckt ein perfider Plan.«

Donna Clarissima war mit einem Mal sehr still geworden, und Prudentia schien das sofort aufzufallen. »Mamma?«, sagte sie wieder, aber in ganz anderem Ton als vorhin.

Kurz wand sich ihre Mutter, dann gab sie zu, dass auch mit ihr schon über Möglichkeiten gesprochen worden war, wie man gemeinsam die Vetreria Dal Corso auf die nächste Stufe heben könnte. »Wie ihr wisst, habe ich mir *immer* gewünscht, dass sich unsere Betriebe vereinen«, erklärte sie. »Aber nachdem Giovanni einfach gegangen ist, war diese Möglichkeit vom Tisch. Und ich gestehe, die Ressentiments saßen tief.« Sie atmete geräuschvoll aus. »Sibilla Veridiani meinte uns gegenüber, es sei ratsam, dass wir uns mit euch versöhnen. Nicht, dass mir dieses Bedürfnis nicht irgendwann von selbst gekommen wäre, aber diese Frau hat doch maßgeblich zur … Entwicklung unserer Überlegungen beigetragen.«

»Sie wollte über euch an uns herankommen«, bemerkte Jaco trocken.

»Und sie hat Signor Bruno von der Stadtverwaltung in der Tasche«, ergänzte Flavia. »Wir können das also nicht zur Anzeige bringen.«

»Was tun wir dann?« Ihre Mutter stellte die Tasse mit dem Tee beiseite.

Flavia schob nachdenklich das Kinn vor. »Sie erwartet, dass wir uns für Verhandlungen mit ihr zusammensetzen. Besser gesagt, dass Orietta es tut. Aber die ist ja nicht hier, also werde ich hingehen.«

»Ausgeschlossen. Ich gehe.« Der Einwand kam von ihrem Vater. Gleich darauf musste er husten, was fürchterlich klang.

Obwohl alle dasselbe dachten, sagte niemand etwas, es wurden nur betretene Blicke gewechselt.

»Ich spreche mit meinem Mann«, sagte Donna Clarissima schließlich. »Er weiß am besten, wie sich mit Sibilla Veridiani ein Kompromiss finden lässt.«

Kapitel 26

Noch am selben Abend verfasste Flavia einen Brief an Orietta. Wie im Fieber setzte sie die Feder an und hörte erst wieder auf zu schreiben, als sie ihrer Schwester all die schrecklichen Geschehnisse der letzten Zeit mitgeteilt hatte. Sie machte sich natürlich keine Illusionen, dass die Post sie schon in den nächsten Tagen erreichen würde, aber tief drinnen hoffte sie, dass die Berichte von der ersten internationalen Kunstausstellung in Venedig auch im Ausland so hohe Wellen geschlagen hatten, dass Orietta eines Morgens von selbst über die Nachricht ihrer Niederlage stolperte. Was die Dal Corsos betraf, so weigerte sich Don Benvenuto eine volle Woche lang, dem Bericht seiner Frau zu glauben, bevor er sich zu einem Gespräch mit den Volpatos bereit erklärte. Während der anschließenden Vorführung im engsten Kreis konnte er sich selbst von Flavias Fähigkeiten überzeugen. Als sie in der Werkstatt die Lederschürze überstreifte, zwinkerte er noch spöttisch Damasio zu, der mit dem üblichen Riecher für Attraktionen in Flavias kleinen Arbeitsraum spähte. Doch schon bei ihrem Griff nach der canna verlagerte Dal Corso sein Gewicht und begann unruhig auf der Stelle zu treten. Und als sie die Glasmacherpfeife nicht sofort wieder fallen ließ, sondern das Gewicht mühelos stemmte und mit dem Eisen zum Ofen ging, zog er scharf die Luft ein.

Wie entfesselt modellierte Flavia einen handgroßen Greif aus Klarglas, der mit weit aufgespannten Flügeln herniederstürzte und dessen Krallen so scharf waren, dass Don Benvenuto unwillkürlich zurückwich, als ihm das Objekt zur Begutachtung unter die Nase gehalten wurde. Er zerrte an seinem Hemdkragen und gab ein unsicheres Lachen von sich, doch dann kam er der Aufforderung seiner Frau nach und hielt ein Stück Papier dagegen, das sofort in Flammen aufging – der übliche Effekt, den ein Glasbläser nach Vollendung eines Stücks seinem Publikum vorführte, um zu demonstrieren, welche Temperaturen geblasenes Glas erreichte. Das ließ den Umgang damit noch mehr wie ein unnachahmliches Wunder aussehen.

»Nicht schlecht, aber wie steht es mit ein bisschen Farbe?«, lautete sein widerwilliger Kommentar. Also vollendete Flavia die nächste für diese Prüfung vorbereitete Skulptur und schuf ein Kaleidoskop aus explodierenden Blau-, Rot- und Grüntönen, das je nach Blickwinkel und Lichteinfall immer wieder eine andere Wirkung entfaltete.

Sie arbeitete schweigend, wie immer, wenn sie ganz in dem Schaffensprozess aufging. Im Werkraum hätte man eine Nadel fallen hören können, so still verfolgten ihre Mutter und die Dal Corsos ihr Tun.

Don Benvenuto blickte von Flavia zu seinen eigenen Töchtern, zu Prudentia, die begeistert die Fäuste vor der Brust geballt hatte, und Natalina, die in sprachloser Faszination jeden einzelnen Schritt von Flavias Arbeit verfolgte. Amalia hingegen konzentrierte sich mehr auf Damasio, den sie ungeniert schon seit geraumer Zeit mit ihrem Augenaufschlag vom

Gehen abhielt. »Und das ist etwas, das jede Frau erlernen kann?«, fragte Dal Corso.

»Wenn sie den Willen dafür aufbringt.«

»Natalina, Schätzchen, dann nimm mal die canna auf.«

Und als würde sie begreifen, dass das Fortbestehen ihres gemeinsamen Betriebs davon abhängig sein könnte, straffte seine Tochter die Schultern. Angespannt verfolgten alle ihren unsicheren Gang zum Ofen. Wie sie dabei linkisch die dicken Handschuhe vom scagno nahm und sich überstreifte. Flavia hielt den Atem an. Das Eisen allein wog schon einiges, doch mit einem wabernden glühenden Glaskölbel an der Spitze war das Herausziehen kein leichtes Unterfangen.

»Die Hände weiter auseinander«, erklärte Flavia sanft, und Natalina veränderte gehorsam ihren Griff.

Dann zog sie vorsichtig. Nichts geschah. Don Benvenuto stieß ein verächtliches leises Lachen aus, als wollte er sagen: *Na seht ihr, Ausnahmen bestätigen die Regel.* Undenkbar, dass Frauen im Allgemeinen zum Glasblasen taugten! Doch dann beugte seine Tochter die Knie, und mit einem beherzten Ruck hatte sie die Glasmacherpfeife aus dem Ofen und in die Luft gebracht.

Flavia war sofort wieder hinter ihr und gab ihr den nötigen Halt. Mit ihrer beider Hände an der Röhre fanden sie in die richtige Rotation hinein. Schließlich lief Natalina los zu Flavias scagno, und Flavia folgte ihr auf dem Fuß. »Gut, jetzt hinsetzen.« Es gelang ihnen nicht, die Masse auch zu modellieren, denn sobald Flavia sich erhob, um nach der Zange zu greifen, und Natalina auf sich selbst gestellt war, kam sie aus dem Rhythmus und verlor die Glasmasse.

Aber es war ein vielversprechender Anfang.

Flavia umarmte Natalina kurz, deren Wangen vor Hitze und Begeisterung glühten. Dann wandte sie sich ruhig Don

Benvenuto zu, auf alles gefasst. Doch zu ihrer Überraschung begann er zögernd zu klatschen. Donna Clarissima schloss sich begeistert an, und auch Flavias Mutter und Jaco bekundeten auf ihre Weise ihre Bewunderung, er mit einem schrillen Pfiff und sie mit einem Luftkuss.

Jaco selbst wurde von Don Benvenuto hingegen mit einem langen verächtlichen Blick bedacht. Das tiefe Entsetzen, sich so sehr in jemandem getäuscht zu haben, machte den Glasmeister für einige Sekunden sprachlos. »Und du hast dir alles unbemerkt abgeschaut?«, fragte er schließlich Flavia.

Sie zuckte mit der Schulter. »Von Papa und Giovanni konnte ich so einiges aufschnappen.« Den Rest hatte sie in endlosen Nächten auf eigene Faust erlernt, da Jaco ihr zwar die Theorie der Technik weitergeben konnte, aber nicht die genaue Umsetzung.

»Dann können wir also fortbestehen?« Ihre Mutter schlüpfte hoffnungsvoll an Don Benvenutos Seite, er drückte sie kurz und ließ mit dieser Geste alle für einen Augenblick aufatmen.

Leider sollte die allgemeine Zuversicht nur von kurzer Dauer sein.

* * *

Auf diesen guten Tag folgte eine ganze Reihe schlechter Tage, was zum größten Teil Jacos Verhalten geschuldet war. Denn je mehr Zeit ins Land zog, desto öfter wandte er sich von der Werkstatt ab. Flavia bekam ihn kaum noch zu Gesicht. Und wenn sie in sein leeres Zimmer ging, wehte ihr die abgestandene Luft mit dem Dunst von Schnaps und einem süßlichen Schweiß entgegen, der nicht seiner war. Das nächste Mal, als sie ihn zu fassen bekam, klaffte über seiner Augenbraue ein frischer Schnitt, und seine Fingerknöchel waren blutig aufgeschrammt. Auf ihre Frage, mit wem er sich angelegt hatte, erhielt sie bloß ein ironisches Lächeln und die Antwort, dass er sich körperlich ertüchtigen würde.

»Wir brauchen dich heute in der Werkstatt«, sagte sie.

»Fragt Damasio oder Enzo …«

»Aber ich mache mir Sorgen um dich!«, rief sie ihm hinterher.

Er schaute noch einmal halb zur Tür herein und warf ihr eine Kusshand zu. Dann war er auch schon verschwunden, und ihr blieb nichts anderes übrig, als ihr wachsendes Unbehagen herunterzuschlucken.

Ihre Mutter trat aus der Küche zu ihr. »Ist es wieder das Casino?«

Flavia rieb sich eilig übers Gesicht, bevor sie sich schwungvoll und mit einem entwaffnenden Lächeln zu ihr umdrehte. »Da traut er sich doch gar nicht hin, bei all den Witzen, die dort auf seine Kosten gerissen werden.« Sie wollte es locker klingen lassen, doch die Kunstausstellung war immer noch in aller Munde, und mehrere Zeitungen hatten bereits eine Stellungnahme zu der denkwürdigen Niederlage ihrer Familie angefragt. »Er leidet«, sagte sie schließlich wahrheitsgemäß.

»Und du?« Ihre Mutter begann, ihr ein paar Flusen vom Kleid zu zupfen.

Flavia versuchte erst gar nicht, über ihre Gefühle hinwegzutäuschen. »Wann hört es endlich auf?«

»Dir etwas auszumachen?«

Weh zu tun.

Flavia entzog sich ihrer Mutter sanft. »Ich muss zurück an den Ofen. Jeder Tag könnte ja der letzte sein.«

Dieses Damoklesschwert schwebte seit der Kunstausstellung über ihnen. Sibilla Veridiani hatte zwar nichts mehr von sich hören lassen, trotzdem wachte Flavia nachts manchmal schweißgebadet auf und konnte nicht wieder einschlafen, ehe sie sich vergewissert hatte, dass ihre Eltern ruhig schlummerten. Dass man ihren Vater nicht eingesperrt hatte, weil seine Tochter als Glasbläserin arbeitete.

Ihre Mutter seufzte ergeben. »Denk daran, später noch etwas Zeit mit Papà zu verbringen.« Denn auch für ihn konnte jeder Tag der letzte sein.

»Muss es wirklich stimmen, was der Arzt sagt?«

»Das kann nur der Herr im Himmel beantworten.«

Und der war ihnen in den letzten Jahren nicht gerade wohlgesinnt gewesen.

* * *

Gegen Ende Mai, drei Wochen nach dem Fiasko bei der Kunstausstellung und zwei Wochen, nachdem Flavia den Dal Corsos ihr Können unter Beweis gestellt hatte, kam Don Benvenuto mit einer, wie er es nannte, erfreulichen Nachricht zu ihnen. Nach wiederholten Gesprächen mit Signor Fradeletto und dem Bürgermeister war es ihm gelungen, ihre Zustimmung für ein Ersatzobjekt zu erhalten, das sie im Pavillon präsentieren durften. Denn dort, wo neulich der *Venustempel* gestanden hatte, herrschte gähnende Leere, seit Flavia sich Jacos Skulptur einfach unter den Arm geklemmt und nach Hause mitgenommen hatte. Die Leitung der Veranstaltung hatte sie nicht um eine Rückgabe gebeten, geschweige denn untersucht, wo das Objekt überhaupt hingekommen war. Es war Muranos Gerüchteküche, in der ein Märchen nach dem anderen über den angeblichen Verbleib gesponnen wurde. In der Lokalzeitung *Adriatico* hatte sich ein belustigter Journalist der Sache angenommen und eine regelrechte Schnitzeljagd daraus gemacht. Jeder neue Artikel wartete mit einem weiteren Hinweis auf. Und kaum war die Öffentlichkeit auf den Zug aufgesprungen, häuften sich die neugierigen Besucher im Glaswarenladen. Don Agostino war inzwischen mehr damit beschäftigt, neugierige Jungen und Mädchen wegzuschicken, als Bestellungen für Vasen entgegenzunehmen.

»Wenigstens *wird* über uns geredet«, sagte Donna Clarissima dann und verpasste jedem, der sich beschwerte, einen Klaps mit ihrem Fächer. »Stellt euch vor, die Leute würden uns ignorieren!«

Flavia sah es ähnlich. Natürlich hatte sich die Blamage in den Köpfen festgesetzt. Doch durch den Ausstellungskatalog, die Zeitungsartikel und nicht zuletzt auch die reißerischen Kommentare im Schaukasten erfuhr der Vertrieb ihrer Glaswaren einen spürbaren Aufschwung. Die negative Werbung, die kostenlos für sie betrieben wurde, spülte auch den einen oder anderen zahlungskräftigen Skeptiker zur Tür herein – jene vernünftigen Leute, die sich erst selbst einen Eindruck verschaffen wollten, bevor sie sich ein Urteil erlaubten. Und so konnte sich die Vetreria Dal Corso & Volpato nicht über eine schwache Auftragslage beklagen. Im Gegenteil. Da für Flavias Vater immer noch strenge Bettruhe galt und die einzige Anstrengung, die er sich zumuten durfte, Spaziergänge durch Murano waren, kamen Flavia und Don Benvenuto mit den Aufträgen kaum hinterher. Aber sie wollte nicht jammern.

Sie war an die Öfen zurückgekehrt, und allein das grenzte schon an ein Wunder. Außerdem erinnerte sie sich nur zu gut daran, wie es war, wenn ihre Tränen das Papier des Abrechnungsbuchs aufweichten, weil die Ausgaben ständig höher waren als die Einnahmen.

Nun allerdings, in dieser seltsamen Zeit nach der Kunstausstellung zwischen Trauer und Angst, da alles und nichts möglich schien, schenkte das Handwerk ihr eine neue Zufriedenheit. Eine ruhige, summende Ausgeglichenheit. Und sie dachte zum ersten Mal, dass sie vielleicht gar nicht diese gehetzte überforderte Hochstaplerin war, für die sie sich immer gehalten hatte, sondern dass ihre Schöpferkraft bis vor Kurzem nur noch nicht den richtigen Kanal gefunden hatte, um sich in all ihrer Herrlichkeit auszudrücken.

An einem warmen Mittwochnachmittag Anfang Juni entschied sich Flavia, der Esposizione Internazionale noch einmal einen Besuch abzustatten. Sie wollte allein gehen, mit der Neugier und Vorfreude eines Kindes, ohne dass ihre Eltern oder die Dal Corsos davon wussten. Und dieses Mal gelang es ihr, sich ganz für die Kunstwerke zu öffnen und sie auf der Gefühlsebene wahrzunehmen.

Sie verharrte vor Gemälden, die bei ihrem ersten Rundgang kaum einen zweiten Blick von ihr erhalten hatten. Da war das großformatige Gebirgsdrama *Ritorno al paese natio* von Giovanni Segantini, das mit dem Preis der Regierung ausgezeichnet worden war. Die dargestellte Überfahrt eines Toten vor einem Bergpanorama rührte sie zu Tränen. Doch ihre ganze Aufmerksamkeit fesselte nun die Abbildung einer Frau, *La femme* von Giacomo Grosso. Mit zu den Seiten locker ausgebreiteten und von langen Handschuhen bedeckten Armen saß sie dem Betrachter gelassen gegenüber, ihr dunkles Haar war der einzige Kontrast inmitten lauter Gold- und Weißtöne. In einer Hand hielt sie ihren zugeklappten Fächer, die andere stützte sie auf die Schleppe ihres enganliegenden Kleides, die über das Polstersofa floss und sich auf den Boden ergoss. Gesicht, Hals und Dekolleté lagen frei. Ihr Bauch war nicht schlank, sondern zeichnete sich in weicher

Üppigkeit unter dem Brokatstoff ab, das Kinn war so füllig wie die Wangen.

Sie sieht aus wie ich, stellte Flavia in Gedanken fest, nur mit dunklem Haar.

Hinter ihr wurde *La femme* von ein paar Herren als »unheimlich« bezeichnet, doch für sie strahlte die Frau eine unerschöpfliche beharrliche Lebenskraft aus.

Als jemand Flavias Schulter berührte, zuckte sie zusammen und fuhr herum. »Was fällt Ihnen …« Der Rest des Satzes erstarb ihr auf den Lippen, als sie in Johns Gesicht blickte. Plötzlich war ihr Kopf leer, und ihre Atmung beschleunigte sich.

Wie er es schon Dutzende Male gemacht hatte, wenn sie einander gegenüberstanden, nahm er seinen Zylinder ab und hielt ihn locker in einer Hand. »Ich hatte gehofft, dich von allen Kunstwerken genau vor diesem zu finden«, sagte er leise. Er sah schlecht aus, wie gerädert. Über seinen Kiefer, den er sonst ordentlich rasierte, zog sich ein dunkler Bartschatten – hier stand ein völlig anderer John als der, den sie kannte. »Du hast nie auf meine Nachrichten geantwortet.«

Seine Nachrichten? Sie ließ sich nicht anmerken, dass sie nie eine erhalten hatte. »Ich war beschäftigt.«

Er lachte grimmig in sich hinein. »Und ich habe mich mit dem Gedanken getröstet, dass dein Onkel die Briefumschläge vorsorglich verbrannt hat.«

»War es denn etwas Wichtiges?« Sie schlang die Hände um ihre Oberarme und ließ kurz den Blick schweifen. Niemand starrte sie offen an, aber die Verzögerung, mit der die Besucher aus dem Saal wanderten, sagte ihr, dass man sehr wohl ein Auge auf sie beide hatte und vielleicht auch darauf spekulierte, etwas von ihrem vertraulichen Gespräch mitzubekommen.

»Mehr lästern als ohnehin schon können sie nicht«, bemerkte John.

Da hatte er recht, und sie kehrte mit ihrer Aufmerksamkeit wieder zu ihm zurück. Was sie bereute, als sich prompt wieder die alte Verbundenheit zwischen ihnen einstellte.

»Was willst du von mir?«

Seine Lippen zuckten. Doch er sagte nicht das Naheliegende. Nicht das, was sie so dringend hören musste. »Ich war beim Stadtrat. Es stimmt, sie sind euch auf der Spur. Viel konnte ich nicht ausrichten.« Er zögerte, dann platzte er heraus: »Ich habe mich einfach von ihr blenden lassen!« Seine Nasenflügel blähten sich, er presste die Lippen zusammen und atmete ein paarmal angestrengt, ehe er fortfuhr: »Leider weißt du nur einen Bruchteil davon, wie weit meine Verbindung zu Sibilla Veridiani reicht. Sie gründet auf eine jahrelange Bekanntschaft mit meiner Familie. Ich kenne die Frau mein halbes Leben, und als sie mich bat, für einen *kleinen Gefallen* nach Venedig zu kommen, habe ich nicht lange darüber nachgedacht.«

»Einen Gefallen?« Flavia grub die Absätze in den Boden und festigte ihren Stand. Wenn er ihr jetzt sagte, dass all das, was sie miteinander erlebt und gefühlt hatten, eine von der Veridiani inszenierte Vorstellung war, würde sie in die Knie gehen.

»Wie du weißt, hat sie es sich auf die Fahne geschrieben, junge weibliche Talente zu entdecken und zu fördern. Als sie mich zu euch geschickt hat, hielt ich es für eine noble Sache, den angeblichen Fähigkeiten einer Glasbläsertochter auf die Spur zu kommen. Fähigkeiten, die sie unmöglich haben konnte.«

Flavia geriet ins Schwanken, fing sich aber rasch wieder.

»Sie wollte jungen Frauen eine Bühne verschaffen. Ihnen mit ihrem Einfluss in der Gesellschaft neue Wege ebnen.« John schüttelte hilflos den Kopf. »Ich habe wirklich geglaubt, wenn ich ihr die Vase zeige, wird sie dir helfen, deinen großen Traum zu verwirklichen.«

»Oh, ganz sicher nicht.« Flavia stieß ein hilfloses ironisches Lachen aus. »Sibilla Veridiani bedroht meine Familie. Aber das wirst du mir wohl nicht glauben.« Ihr Blick verrutschte und landete auf seinem Hals. Wann hatte sie ihn zuletzt dort geküsst? Sie wusste es nicht. Aber sie erinnerte sich genau daran, was sie dabei gefühlt hatte. Seine Haut schmeckte nach Salz und nach der Bitternote seines Parfüms. Sie wehrte sich rau gegen die Striche ihrer Zunge und behielt ein dunkelrotes Mal zurück, wenn Flavia sich etwas zu lustvoll daran festgesaugt hatte.

Er trat einen winzigen Schritt auf sie zu, und seine Fingerspitzen stießen sachte gegen ihre. Wider besseres Wissen zog sie sie nicht gleich weg, sondern ließ das zaghafte Streicheln für einen kurzen Moment zu.

»Ich bin wirklich ein Schwätzer, ein … ein Armleuchter«, sagte er bedrückt. »Und ich dachte, ich wüsste Sibilla besser einzuschätzen als du, dabei hat sie deiner Familie Unmögliches angetan.« Nun ergriff er ihre Hand. »Es tut mir so leid.«

Flavia machte sich von ihm los und versetzte seiner Brust einen kraftlosen Schlag. »Nein.«

»Bitte, ich … Es tut mir leid!«

Alles in ihr drängte sie dazu, wegzulaufen. Sie brauchte Raum zum Atmen. Raum, um sich die Seele aus dem Leib zu schreien. Doch sie blieb. Und mit einer Stimme, die nicht nur kalt, sondern leblos war, sagte sie: »Gut, wie du willst. Ich verzeihe dir.«

Darauf wusste er nichts zu erwidern. Seine tiefgründigen blauen Augen verschwammen. Verschwammen, nicht weil sie weinte, sondern weil er weinte. Tränen, die aufgestiegen waren, sich einen kurzen Moment gehalten hatten und schließlich über den Wimpernrand quollen.

»Flavia, ich liebe dich.«

Sie rührte sich nicht.

»Hast du gehört? Ich liebe dich!«, keuchte er.

»Ich dich auch.«

Er runzelte die Stirn, schien nicht zu verstehen, warum sie ihm dann nicht in die Arme fiel, warum sie nicht hier und jetzt zusammen sein durften.

Langsam hob sie die Hand an sein Gesicht und fuhr mit dem Daumen über seine nasse Wange. »Leb wohl.«

Verzweifelt packte er ihr Handgelenk. »Verlass mich nicht.« Seine Stimme brach. »Bitte.«

Flavia streichelte ihn ein zweites Mal, sanft, als würde sie einen Brief versiegeln – ein endgültiger Wachsabdruck, nicht umkehrbar.

Bindend.

»Ich muss.«

Und dann sahen sie einander drei Monate lang nicht wieder.

Kapitel 27

Der Sommer hatte Flavias Werkraum in einen kochenden Kessel verwandelt, in dem sie schmolz und sich jeden Tag ein bisschen mehr auflöste. Die Augusthitze zerrte wie ein schweres Gewand an ihrem Körper. In der Halle wehte ab und zu durch die offen stehenden Fenster eine kühle Meeresbrise herein. Doch dort durfte sie sich nicht mehr aufhalten, seit der Stadtrat seine Ermittlungen wiederaufgenommen hatte. Immer häufiger musste Flavia beiseitetreten, wenn jemand an die Tür hämmerte und Don Benvenuto einem neuen Anzugträger mit Durchsuchungsbefehl die Werkstatt zeigte. Zwar erklärte nie jemand, was ihnen eigentlich vorgeworfen wurde, und nie führten sie einen von ihnen ab, dennoch verbreitete sich unter der Belegschaft eine spürbare Angst.

Flavia wollte gerne glauben, dass die Untersuchungen auf Sibilla Veridianis Geheiß zugenommen hatten, doch sie befürchtete, dass in Wahrheit ihr Bruder für das ausgeprägte Misstrauen verantwortlich war. So oft, wie er sich in einem Casino betrank, und so selten, wie er sich noch in der Fornace blicken ließ, konnte keiner mehr davon ausgehen, dass er regelmäßig Glas bearbeitete. Alle Versuche, ihn zur Vernunft zu bringen, waren gescheitert. Und weil Flavia es nicht ertrug, wenn Jaco tagelang auf sie wütend war, hatte sie irgendwann ganz aufgehört, ihm ins Gewissen zu reden.

Dabei brauchten sie ihn dringend. Und nur Flavia wusste, *wie* dringend. Sie ahnte es schon seit Wochen. Es hatte mit einem starken Ziehen in ihrem unteren Rücken begonnen, dann war ihre Blutung ausgeblieben, und seit sie hin und wieder morgens von Übelkeit befallen wurde, war sie sich sicher.

Wenn sie zurückrechnete, befand sie sich mindestens im vierten Monat. Sie selbst empfand es keineswegs als Schande, nicht als das schmutzige Geheimnis, zu dem die Gesellschaft es bald erklären würde. Nein, in ihr nahm vielmehr ihr bislang schönstes Unikat Gestalt an, und Flavia liebte es jetzt schon mehr als alles, was sie je aus Glas zustande gebracht hatte. Genau das sagte sie ihrer Mutter und Nonna schließlich beim Nachmittagstee, zwischen zwei Bissen Kuchen.

Nonna fand als Erste ihre Stimme wieder. »Wenn das mal kein Lichtblick ist.«

Mit einem milden Lächeln drückte Flavia ihre Hand. Dann wandte sie sich mit erhobenen Augenbrauen an ihre Mutter.

»Eine … echte Überraschung«, sagte diese zögernd.

»Eine, auf die du verzichten kannst?«

Donna Angelicas Verblüffung wich mit einem Schlag aufrichtiger Freude. »Nein, mein Schatz. Ich freue mich für dich! Für uns.« Ihre Mutter stand auf und trat für eine innige Umarmung um den Tisch, in die sie auch Nonna mit einschloss. Flavia inhalierte ihren Duft nach Puder und Bratfett, und schmiegte sich enger an die beiden.

»Wann sagen wir es dem Earl?«, wollte Nonna wissen, nachdem ihre Schwiegertochter sich wieder gesetzt hatte.

Angelica räusperte sich betreten. »Nennen wir ihn doch John.«

»Nach der Hochzeit vielleicht.«

Während eine heiße Diskussion über den passenden Ort für die Feier nach der Kirche entbrannte, schenkte Flavia sich eisern schweigend von dem Tee nach und gab eine gute Portion Milch mit Zucker hinein.

»Wir sollten seine Eltern kennenlernen.« Nonna wedelte mit den Händen. »Was rede ich da, die Königin von England! Sie muss doch sicher ihre Zustimmung geben. Ist das bei den Briten nicht so?«

Lachend warf Flavias Mutter ein Stück der Tischdekoration nach Nonna, doch die stäubte sich ungerührt die Wachsblumen vom Busen. »Du möchtest doch bloß das ungeheuer teure Kleid ausführen, das Doucet dir auf den Leib geschneidert hat.«

»Es wäre ein passender Anlass.«

Flavia lächelte in sich hinein. Die Richtung, in die das Gespräch sich drehte, gefiel ihr eindeutig besser als das Gerede über eine Hochzeitszeremonie, die niemals stattfinden würde. »Ich möchte dir ja wirklich deinen großen Auftritt lassen, Nonna, aber ich fürchte, du musst dir dafür eine andere Bühne suchen.«

»So?« Ihre Großmutter nippte von ihrem Tee.

»Wir werden nicht heiraten.«

»Aber Schätzchen …«, begann ihre Mutter. Beherzt rückte sie näher an den Tisch und beugte sich vor. Flavia ließ sie ihre Hände halten. »Wenn er erst mal von dem Kind erfährt, wird er dir schon einen Antrag machen.«

»John und ich pflegen keinen Umgang mehr.«

»Nun, das ließe sich leicht ändern«, sagte Nonna. »Die Kunstausstellung dauert noch bis Oktober. Er wird Venedig doch sicher nicht vorher verlassen?«

»Es ist mir egal, wo er sich aufhält.«

Prompt quetschte ihre Mutter ihre Finger so fest zusammen, dass Flavia sie abschüttelte. »Willst du ihm etwa deine Schwangerschaft verschweigen?«

»Nein. Er hat ein Recht darauf, davon zu erfahren, und ich werde ihm eine Notiz schreiben, sobald es sich nicht mehr verbergen lässt.«

»Du solltest es ihm *gleich* sagen!«

»Und wozu?« Flavia blickte von der einen zur anderen. »Papà hat keinen Zweifel daran gelassen, dass John in unserem Haus nicht mehr willkommen ist.«

»Und natürlich gehorchst du seiner Anordnung. Genau wie du damals als Sechzehnjährige auch nur mit Glasbläsersöhnen durch die Gassen geschlichen bist.« Ihre Mutter schnaubte, und Nonna lachte leise.

»Dieses Mal ist es keine Empfehlung, sondern eine Anweisung.« Die Tasse, an der sie genippt hatte, erzitterte bei ihren eigenen Worten, also stellte Flavia sie ab. »Wir dürfen Papà nicht aufregen.«

»Oh, ich erteile dir hiermit die Erlaubnis dazu.« Nonna machte eine wegwerfende Handbewegung. »Er war ein Schreikind, das mich zahllose kostbare Nächte gekostet hat.«

Nun lachten sie alle drei, doch dann kehrte wieder Stille ein.

»Wir sehen doch, wie sehr du leidest«, sagte ihre Mutter, und ihre Stimme klang sanft. »Es ist in Ordnung, John zu vermissen. Und auch, ihn zu lieben.« Obwohl sie sichtlich dagegen ankämpfte, wurden ihre Augen feucht. »Es ist meine Schuld. Ich wollte dich so sehr vor Kummer bewahren, dass ich dir diese grässlichen Worte über ihn an den Kopf geworfen habe. Es tut mir leid. Bitte verzeih deiner alten Mamma ihre gnadenlose Einfältigkeit.«

Flavia nickte und musste sich nun ihrerseits verstohlen mit dem Handrücken über die Augen wischen.

»Also wirst du ihn wiedertreffen?« Zwei Augenpaare funkelten Nonna an, und sie hob abwehrend und auch ein wenig amüsiert die Hände. »Zu früh für solche Bemerkungen, ich verstehe.«

Eine Weile lang redeten sie über Belangloses. Flavia erzählte ihnen von Oriettas letztem Brief, der Ende Juni als Antwort auf den ihren eingetroffen war. Es hatte geklungen, als würde sie sich Sorgen machen. Und Flavia wünschte, sie könnte einige der Worte, die sie in ihrer Verzweiflung geschrieben hatte, wieder zurücknehmen. Denn irgendwie hatten sie die Zeit nach der Kunstausstellung ja doch überstanden. Natürlich gab sie sich keinen Illusionen hin. Die Veridiani würde schon noch zuschlagen. Doch sie hatte es nicht sofort getan; vielleicht hielt ja die Aussicht, doch noch ein Mal mit Orietta reden zu können, sie in Schach. Nur – wie lange würde es dauern, bis sie die Hoffnung endgültig aufgab?

»Kann ich dir wenigstens *ein* Versprechen abnehmen?«, fragte ihre Mutter schließlich. »Nämlich dass du an den Öfen in Zukunft kürzertreten wirst? Die Hitze ist Gift für deinen Körper.« Ihre Augen strahlten, als sie hinzufügte: »Und für meine Enkelin.«

»Meinen Urenkel.«

Flavia verpasste ihrer Großmutter einen sanften Schubs. »So erpicht darauf, dass es ein Junge wird?«

»Ach, ich bin mit beidem zufrieden.«

* * *

Bei der nächsten Gelegenheit, da sie Don Benvenuto ohne ihre Garzonetti erwischte, die ihn inzwischen anbeteten wie einen Heiligen, teilte Flavia ihm ihre Absichten mit. Über ihre wahren Beweggründe ließ sie ihn im Dunkeln und schob körperliche

Erschöpfung vor. Er war nicht gerade erfreut darüber, dass sie nur noch sporadisch vor den Ofen treten und keine großen Projekte mehr annehmen wollte.

Doch mit einem feindseligen Blick auf ihre Gestalt akzeptierte er ihre Entscheidung schließlich. »Gerade fing ich an zu glauben, Frauen seien doch für das Glasblasen geschaffen«, sagte er. »Wie bedauerlich.«

Und dafür hatten sie nun eine Stunde diskutiert. Flavia verkniff sich ein Augenrollen und legte ihm stattdessen großzügig eine Hand auf die Schulter. »Sie sind der Vater dreier wunderbarer Töchter. Ich wusste, Sie würden es verstehen.«

Schon wieder etwas besänftigt, entspannte sich sein Gesicht, doch er ließ sie nicht gehen, ohne Jaco noch einmal zu erwähnen. »Meine Glasbläserschule existiert nicht umsonst. Dein Bruder kann das Handwerk von Grund auf neu lernen, und vielleicht ist er dann auch irgendwann nützlich.«

Flavias Lächeln verblasste. »Das ist er jetzt schon.«

»Dann soll er das gefälligst beweisen und sich an die Arbeit machen. Dieser Betrieb trägt zwei Namen. Da ist es nur gerecht, wenn auch die Belastung geteilt wird.«

»Ich spreche mit ihm.«

Mit einem Grunzen entließ Don Benvenuto sie. Sie machte sich sofort auf die Suche nach Jaco. Nicht nur, um mit ihm zu schimpfen, sondern auch um ihm die frohe Botschaft zu überbringen. Jetzt, da ihre Mutter und Nonna es wussten, sollte ihr Zwillingsbruder es ebenfalls erfahren. Ihrem Vater würden sie es verschweigen, bis er sich wieder ganz erholt hatte – sofern ihr sich rundender Bauch sie nicht schon vorher verriet.

»Du erwartest ein Kind?« Jaco spreizte mit einer Miene die Hände, als würde ihr ein gedrehtes Horn aus der Stirn wachsen.

Flavia hatte ihn nach einem Hinweis von ihrem Onkel im Hinterzimmer der Vetreria gefunden. Dort, wo sie damals den ersten Blick auf Johns Glassammlung geworfen hatte. Nun stapelten sich erneut überall Kisten, ein Besen lehnte in der Ecke, und die Rotweinflasche, die sich auf magische Weise immer wieder von allein auffüllte, stand auf dem Boden. Ihr Bruder saß daneben, die Beine lang ausgestreckt. Auf der Nase trug er das Brillengestell mit den grünen Gläsern, das seine Augen verschattete.

»Eine Gratulation wäre angebracht, meinst du nicht?« Mit einem Grinsen spielte sie die Beleidigte, doch als er sich aufrappelte und auf sie zuschwankte, wurde sie wieder ernst. »Ach, bleib sitzen.«

»Nein, komm her.« Er griff nach ihr und verfehlte sie. Sie musste keinen halben Schritt zur Seite treten, damit er ins Leere lief. »Flavia!«, stieß er wütend aus. »Warum kommst du nicht her?«

»Ich bin doch hier!« Sie schlug ihm auf den Arm. »Das bin ich die ganze Zeit.« Mit einem Mal schossen ihr die Tränen in die Augen, sie teilte noch einen zweiten Hieb aus und noch einen, bis er sie wortlos umfing und zur Ruhe zwang.

»Du Trottel!« Trotz ihrer Tränen musste sie lachen.

Er bot ihr den Saum seines Hemdes an, und sie schnäuzte sich hinein. Dann ließen sie sich nebeneinander zu Boden sinken.

»Erinnere mich später daran, das zu verbrennen.« Mit einem Grinsen machte er es sich an ihrer Schulter zu einem Nickerchen bequem. Und gerade, als sie nach einer Weile annahm, er wäre eingeschlafen, und sie sich erheben wollte, murmelte er: »Flavia, John liebt dich. Ich hab ihn beim Kartenspiel getroffen, und er hat es mir gesagt.«

Ihr stockte der Atem. »Du hast ihn gesprochen? Wie sah er aus? Geht es ihm gut?«

Jaco lachte leise in sich hinein.

Grimmig schubste sie ihn beiseite und stand auf. »Schlaf deinen Rausch aus. Und wenn du wieder frisch bist, vertrittst du mich in der Werkstatt.« Sie legte die Hand auf ihren Bauch. »Unser jüngstes Familienmitglied wird es dir danken.«

* * *

Flavia hatte immer geglaubt, dass sich derlei mit einem Trommelwirbel ankündigen würde, doch ihr gut funktionierendes Arrangement mit Don Benvenuto platzte an einem ganz gewöhnlichen Morgen Anfang September.

Sie erfuhr es nicht von ihm, sondern aus der Tageszeitung, und es betraf leider auch nicht nur sie, sondern ihre ganze Familie. Ohne anzuklopfen, stürmte sie in das Elternschlafzimmer, wo ihre Mutter dem Vater gerade am Bett seine Kaffeesuppe verabreichte. Er schob die Hand mit dem Löffel weg. »Flavia?«

»Darf ich hereinkommen?«, fragte sie etwas verspätet. Sie konnte sich nicht daran erinnern, wann sie das letzte Mal das prachtvolle Engelsfresko an der Decke gesehen hatte oder den herrlichen Kronleuchter, den nicht der Nonno, sondern sogar dessen Großvater noch geschaffen hatte, und der genauso gut gehütet wurde wie der über Generationen weitergegebene Verlobungsring von Flavias Mutter.

»Stimmt was nicht?« Rasch stellte die Mutter das Geschirr beiseite und wischte die Hände an ihrer Schürze ab, dann stand sie auf und war bei Flavia, ehe diese ihr antworten konnte. In ihrer Sorge fasste sie ihr behutsam an den Bauch.

Flavia räusperte sich und schob sie sanft von sich. Ihre Mutter verstand, lächelte entschuldigend und setzte sich wieder auf die Bettkante.

»Papà, ich habe euch etwas mitzuteilen, aber du darfst dich nicht aufregen«, fing Flavia vorsichtig an.

Er stützte sich auf die Ellbogen. Nun war er erst recht hellwach. Im Gesicht ihrer Mutter blitzte ein Lächeln auf, als glaubte sie, Flavia würde nun ihr süßes Geheimnis lüften. Aber da musste sie ihre Mutter enttäuschen. »Dal Corso hat die Zusammenarbeit mit uns beendet. Es steht in der Zeitung.«

Mit einem Ruck schlug ihr Vater die Decke zurück und schwang die Füße aus dem Bett. Geistesgegenwärtig schlang ihm ihre Mutter die Arme um den Oberkörper. Er wehrte sich gegen ihren Griff, konnte sich jedoch nach Wochen der Bettruhe nicht gegen sie behaupten. Also gab er auf und ließ sich wieder zurücksinken. »Das muss ein schlechter Scherz sein.«

Erst jetzt wagte es Flavia, die zusammengerollte Zeitung hinter ihrem Rücken hervorzuziehen und sie ihm zu reichen.

»Ist denn in der Werkstatt irgendwas vorgefallen?« Ihre Mutter faltete die Hände vor dem Bauch. Eine sanfte Geste, die andeutete, wonach sie wirklich fragte.

»Nicht direkt«, sagte Flavia. »Aber meine konstante Abwesenheit wird wohl etwas damit zu tun haben.«

Ihr Vater blickte sie über den Rand der Zeitung an. »Warum bist du nicht an den Öfen?« Als Flavias Miene nichts preisgab, warf er seiner Frau einen Seitenblick zu. »Ich dachte, das ist es, was du wolltest?«

»Die Hitze setzt mir zu.«

Er rieb sich den Nacken. »Ich sollte dich allmählich entlasten.«

»Nein!«, riefen ihre Mutter und sie wie aus einem Mund.

»Dann muss ich mir deinen Bruder mal zur Brust nehmen.«

Flavia krümmte sich innerlich. Waren denn all die Wochen und Monate einfach so an ihrem Vater vorbeigezogen? Zumindest von Onkel Agostino musste er doch gehört haben, wo Jaco sich die meiste Zeit herumtrieb. Erst seit ihrer jüngsten Auseinandersetzung im Hinterzimmer tauchte ihr Bruder wieder zur Arbeit auf. Allerdings brachte er kaum etwas Vernünftiges zustande und konnte sie daher in keinster Weise vertreten. Nun, wenigstens musste sie nicht mehr befürchten, dass man ihn eines Tages verprügelt und betrunken aus einem Seitenkanal zog.

»Die Kunstausstellung ist in einem Monat vorbei«, sagte sie. »Ich habe das Gefühl, Don Benvenuto möchte der Presse noch einmal eine Schlagzeile bieten, bevor Venedig wieder in seinen Alltag versinkt und mit ihm die kostenlose Werbung.«

»Und wenn er sich als Erster äußert, macht ihn das bei diesem Bruch zum Überlegenen.« Ihre Mutter schüttelte langsam den Kopf.

Flavia seufzte.

»Und was sollen wir nun tun?«, fragte ihr Vater mit einer Hoffnung in der Stimme, die sonst immer Orietta gegolten hatte. Zum ersten Mal, seit Flavia ihre Position eingenommen hatte, fühlte sie sich von ihm vollständig anerkannt. Doch die Freude darüber währte nur kurz. Denn sie war nicht nur deshalb ins Zimmer ihrer Eltern gekommen, weil Don Benvenuto ihnen offensichtlich in den Rücken gefallen war, sondern weil sie befürchtete, dass damit etwas noch wesentlich Schlimmeres näher rückte. Der ganz große Knall.

»Jetzt, da wir keine Verbündeten mehr haben, niemanden, über den die Veridiani an uns herankommt, wird sie selbst zuschlagen. Wir sollten uns wappnen.«

Ihre Eltern sahen einander bestürzt an. Und obwohl ihr Vater nicht in Atemnot geriet, wusste Flavia seinen flimmernden Blick zu deuten.

»Ich kümmere mich darum«, sagte sie rasch.

»Was hast du vor? Du kannst doch nicht allein zu ihr gehen.« Eine Hand auf dem Unterarm ihres Mannes, schien ihre Mutter mit sich zu hadern: Sollte sie hier bei ihm am Krankenbett bleiben oder ihrer Tochter beistehen? »Ich meine das nicht so, wie du vielleicht denkst«, schob sie schnell hinterher.

Aber Flavia hatte es gar nicht als ungünstigen Vergleich mit ihrer Schwester Orietta aufgefasst – sie wusste jetzt, dass es nicht mehr so gemeint war. Gerade wollte sie ihrer Mutter das versichern, als diese auf die Füße kam.

Auf einmal klang Angelicas Stimme, als wäre sie den Tränen nahe. »Ich habe Angst, wahnsinnige Angst, dass sie versuchen wird, dir dasselbe anzutun wie Orietta.«

»Mamma, nein …«

»Du kannst es doch kaum noch verbergen. Sie wird es *sehen.* Und dann wird sie Pläne schmieden, wie sie dir dein Kind wegnehmen kann …«

Nun saß ihr Vater aufrecht. »Dein *Kind*?«

Flavia ballte die Fäuste und blickte zur Decke. Er hätte es verdient gehabt, die Nachricht auf anständige Weise zu erfahren. Doch jetzt waren sie nun einmal hier, und sie hatte die Lügen satt. »Richtig. Ich bin guter Hoffnung.« Und bevor er weiterfragen konnte, fügte sie hinzu: »John ist der Vater.« Ihre Finger kribbelten. Den Ring, den ihr Vater dort suchte, würde er nicht finden.

»Wie ist das möglich?«

Ihre Mutter stieß ein trockenes Lachen aus. »Emilio, wir

haben vier Kinder, du *weißt*, wie das möglich ist.« Und dafür hätte Flavia sie küssen können.

»Warum bist du dann noch nicht seine Frau? Es ist seine Pflicht, dich zur Frau zu nehmen. Ich dachte, er wäre ein Mann von Ehre! Ein Gentleman.«

»Das ist er auch, aber ich … habe ihn abgewiesen.«

Ihr Vater begann in seiner Aufregung zu röcheln, ganz ohne es zu merken. Ihre Mutter und sie tauschten einen alarmierten Blick. »Wir werden sofort einen Ersatz für dich finden.«

Flavia spürte das Blut von ihrem Kopf in ihre Füße sacken. »Ich bin eine arbeitende Frau. Ich kann mich gut selbst versorgen.«

Aber darum ging es gar nicht, oder? Er sprach von ihrem *Ansehen*. Dem Ruf der Familie. Leise, kaum hörbar, murmelte er: »Dafür stoßen sie uns aus.«

»Vergessen wir für einen Moment die Glasbläsergemeinde.« Ihre Mutter klatschte mehrmals schnell in die Hände, damit sich die Aufmerksamkeit wieder auf sie richtete. »Flavia, lass mich dich bitte begleiten! Oder nimm deinen Onkel mit. Von mir aus auch Nonna. Einfach irgendwen.«

»Ich brauche keine Hilfe«, erklärte Flavia stur. Doch noch während sie es aussprach, wurde ihr klar, dass sie sehr wohl Hilfe brauchte.

Und als hätte ihre Mutter ihr den inneren Wandel vom Gesicht abgelesen, nickte sie. »Du musst nur darum bitten«, flüsterte sie.

Der Haken daran war, es gab nur eine Person, deren Hilfe Flavia hätte in Anspruch nehmen wollen.

Und der hatte sie längst Lebewohl gesagt.

Kapitel 28

»Die roten, bitte«, sagte Flavia. »Vielen Dank!« Sie bezahlte und verließ den Rialtomarkt.

Auch wenn die Zeit drängte, machte sie sich gedanklich auf eine lange Wartezeit im Hotel Palazzo Alfieri gefasst. An der Rezeption begrüßte sie der übliche Angestellte in seiner Livree, und er schien sie zu erkennen. Selbst wenn er sich nicht daran erinnerte, wie sie ihn damals bezahlt hatte, um eine Notiz zu hinterlassen, so hatte er sie doch sicher öfter an der Seite des Earls gesehen. Als sie noch dabei gewesen waren, ihre Liebe zu entdecken, hatte John sie nachts ins Hotel und in sein Zimmer geführt.

Der Rezeptionist sah ihr nun entgegen, und eine gewisse Anerkennung erhellte sein Gesicht. Sie trug eine bodenlange rote Ausgehrobe, die im Schnitt Grossos *La femme* ähnelte. Ihr Hut türmte sich elegant auf, und wie Bienen um einen Bienenstock schwirrten, tummelten sich zahlreiche Kunstblumen und Schmucksteine darauf. Trotz der Hitze hatte sie lange Handschuhe angelegt, die ihr bis über die Ellbogen reichten. Darüber trug sie am Handgelenk die Glasperlenarmbänder ihrer Familie, und an ihrem Zeigefinger prangte Giovannis Siegelring.

»Ich werde keine Notiz hinterlassen«, sagte sie ernst. »Wenn der Herr gerade nicht zu sprechen ist, warte ich gerne in seinem Zimmer.« Sie langte in ihren Pompadour, holte das nötige Geld hervor und legte es auf den Tresen.

Mit einem angedeuteten Lächeln nahm der Rezeptionist es zur Kenntnis. »Sind Sie Signora Flavia Volpato?« Seit den Ermittlungen des Stadtrates versteifte sie sich ungewollt bei dieser Frage. Doch er schob ihr auf ihr Nicken hin bloß das Geld zurück, seine Miene blieb freundlich. »Schöne Glasperlenarmbänder. Aus eigener Herstellung, nehme ich an?«

»Von der Vetreria Volpato, genau.«

Er nickte seinerseits. Sie runzelte die Stirn. Unter dem Licht der Kronleuchter blitzte das ins Glas eingeschlossene Farbspiel, und Flavia befühlte die Perlen, was ihr neuen Mut gab und sie auch irgendwie tröstete. Der Mann verfolgte die Bewegung mit den Augen. Wieder schenkte er ihr dieses unergründliche Lächeln. Und da verstand sie.

Mit einem Handgriff sprang der Verschluss auf, und sie überreichte ihm das Armband.

»Verbindlichsten Dank. Wenn Sie mir folgen möchten?«

Flavia setzte sich entschlossen hinter ihm in Bewegung. Und während er sie lange Treppen hinauf- und endlos scheinende Gänge entlangführte, staunte sie darüber, dass diese schlichten Glasperlen mehr Wert für ihn besaßen als Geld. Perlen, von denen er glauben musste, dass sie sie gefertigt hatte. Ein warmes Gefühl von Stolz und Erfüllung meldete sich in ihrem Bauch. Sie nahm es dankbar an. Denn bei ihrem Vorhaben konnte sie jede Bestärkung gebrauchen.

Schließlich deutete der Mann mit einer leichten Verbeugung auf eine Tür und ließ sie allein.

John öffnete ihr beim dritten Klopfen, als hätte er sich erst aufrappeln und zur Tür schleppen müssen. Schweigend hielt sie den Blumenstrauß so vor sich hochgestreckt, dass er ihr Gesicht verbarg. Zwanzig rote Rosen, ein duftendes Bouquet, wie er es ihr so oft zu den Verabredungen mitgebracht hatte.

Er stieß einen Laut zwischen Überraschung und Bestürzung aus. Dann schob er mit der Hand vorsichtig die Blumen aus dem Weg, und ihre Blicke trafen sich. Flavias Puls, der schon hämmerte, seit sie die Treppen hochgestiegen war, begann zu rasen.

Sie war auf alles gefasst. Dass er ihr die Tür vor der Nase zuschlagen, die Rosen auf dem Boden zertrampeln würde – dass er sie an sich reißen und küssen würde. Aber er tat nichts dergleichen. Er sah sie einfach nur wortlos an, und dann, nach einer halben Ewigkeit, öffnete er die Tür ganz.

»Ich habe keine Zeit«, flüsterte sie.

»Also bist du nur gekommen, um mir die Rosen zu schenken?« Seine Stirn furchte sich. »Flavia, was soll das?«

Sie betrachtete sein Gesicht. So kantig und abweisend, wie er ihr jetzt gegenüberstand, jedoch so weich und einladend, als sie das Bett miteinander geteilt hatten. Ihre Zurückweisung hatte ihn hart gemacht.

»Rosen zu einer Verabredung mitzubringen, bedeutet, seine Wertschätzung für den anderen auszudrücken«, sagte sie, und sein Blick fiel auf ihre zitternden Hände, die den Strauß umklammerten. »Ich schätze dich, John. Mehr als ich es in Worte fassen kann. Und ich weiß, dass du mir nichts schuldest, aber ich habe eine wichtige Bitte an dich.«

Unter ihrer Ansprache ganz still geworden, rührte er sich endlich und nahm ihr die Rosen ab. Er ging damit zu seinem Bett; es war zerwühlt, und der Baldachin hing nur noch wie eine verschlissene Fahne vom Rahmen. Auf dem Nachtkästchen stand eine Wasserkaraffe mit Glas und daneben *seine Vase*. Behutsam füllte er sie mit dem Wasser und stellte die Rosen hinein. Und als er wieder zu ihr zurückkam, die Schultern eingebrochen, die Augen glasig, hätte sie sich am liebsten selbst geohrfeigt. Er war ihretwegen so traurig.

Sie atmete einmal tief durch. »Ich werde jetzt zur Veridiani gehen. Und John, ich brauche dabei deine Hilfe.« Als sie es ausgesprochen hatte, löste sich ein unsichtbares Gewicht von ihrer Brust. Entschlossen, seine Antwort hinzunehmen, ob sie gut oder schlecht ausfallen mochte, sah sie ihn abwartend an.

Er schaute weg und presste die Lippen zusammen. Einen langen Moment schien er mit sich zu kämpfen. Oder nicht mit sich, eher damit, was es zu bedeuten hatte, dass sie sich ausgerechnet an ihn wandte. »Natürlich begleite ich dich«, sagte er leise.

»Es ist gefährlich. Ich werde sie mit lauter unschönen Sachen konfrontieren.«

Und da, während ein Schatten seines gewohnten schiefen Lächelns aufblitzte, neigte er sich zu ihr und raunte in seiner alten geheimnisvollen Manier: »Wie abenteuerlich.«

* * *

Sie trafen die Veridiani in einem Café auf dem Markusplatz an. »Wenn sie ihrem üblichen Tagesablauf folgt, wird sie dort sein.« Mit dieser Vermutung hatte John richtig gelegen. Sie saß in einem gesonderten Raum, der durch eine Tür vom Rest des Innenbereichs abgetrennt werden konnte. Tabakqualm waberte durch den Raum, und eine Handvoll Studenten unterhielten sich hier und da an den runden Tischen. Niemand hatte sich zu ihr gesellt, wahrscheinlich weil sie es nicht wagten, sie bei der Lektüre zu stören.

Eine kurze Unterredung zwischen John und dem Oberkellner genügte, um den Bereich um Veridianis Tisch räumen zu lassen. Erst als Stuhlbeine über den Boden scharrten und ein lautes Gewusel um sie herum entstand, schaute die Salondame von ihrem gedruckten Essay auf, über dem sie gebrütet hatte. Ihre Miene offenbarte keinerlei Erstaunen. Doch die Belustigung, die sie Flavia so gerne spüren ließ, blieb ebenfalls aus.

Sie lehnte sich auf ihrem Stuhl zurück. Mit einem dezenten Fingerzeig orderte sie eine weitere Runde Getränke, und als wäre es ihr Wohnzimmer, deutete sie auf den freien Platz ihr gegenüber. »Verehrter Earl, setzen Sie sich doch.«

John zog für Flavia den Stuhl vom Tisch zurück, und sobald sie sich darauf niedergelassen hatte, holte er sich selbst einen anderen heran. Dann verschränkte er die Arme vor der Brust, als wäre es selbstverständlich, dass Flavia das Gespräch eröffnete.

Prompt nutzte die Veridiani den Moment, in dem Flavia ihm einen dankbaren Blick zuwarf, und kam ihr zuvor. »Und Orietta?«, fragte sie.

Flavia hatte damit gerechnet, doch John rutschte unbehaglich auf seinem Stuhl herum, als müsste er sich mit aller Macht davon abhalten, der Veridiani an die Kehle zu springen. Sein Instinkt, sie zu verteidigen, wärmte Flavias Herz. »Ich nehme an, *Sie* haben Signor Dal Corso zu seinem jüngsten Schritt geraten«, sagte sie zu der Salondame. Es war keine Frage.

Sibilla Veridiani zündete sich eine Zigarette an. »Ratten verlassen immer als Erste das sinkende Schiff, nicht wahr?« Ein Rauchschwall traf Flavias Gesicht, und John wedelte ihn ärgerlich für sie fort.

»Oh, pardon!« Sie blies in eine andere Richtung. Aber ihr

boshaftes Lächeln zeigte nur zu deutlich, dass sie mit diesem respektlosen Verhalten nur Johns Engagement auf die Probe hatte stellen wollen. Um vorzufühlen, wie weit er schon mit dem Herzen dabei war. Die Antwort gefiel ihr sicher nicht, doch für den Moment verzichtete sie darauf, die Autorität eines Angehörigen des britischen Hochadels anzugreifen.

»Ich weiß nicht, was Sie planen oder wann Sie es planen. Doch das hört hier und jetzt auf«, sagte Flavia.

Die Salondame lachte hell und wandte sich dem Kellner zu, der in diesem Augenblick ein Getränk servierte. Veridiani beugte sich zu John. »Bleiben Sie dabei, lieber Earl? Kein Whisky vor dem Abend?« Sie lächelte in der fälschlichen Annahme, so die Enge ihres Verhältnisses zu John demonstriert zu haben.

Doch sie ahnte nicht, dass sie damit das genaue Gegenteil bewiesen hatte. Denn während *sie* ihn mit seinem Titel ansprechen musste, hatte er sich Flavia von Anfang an mit seinem Namen vorgestellt und sie wenig später sogar darum gebeten, ihm ohne jede Förmlichkeit zu begegnen.

Flavia stellte seelenruhig ihren Pompadour auf den Tisch und spähte hinein. Sie kostete den Moment so lange aus, bis die Veridiani sich ihr zögerlich und mit zunehmenden Anzeichen von Irritation wieder zuwandte. Es war eine spannungsgeladene Pause in der greifbaren Vorahnung, dass ein von langer Hand gewebtes Netz nun trotz aller Sicherheitsvorkehrungen zerreißen würde.

»Ich habe Orietta um ihre Neigung zum Lesen und Schreiben nie beneidet«, sagte Flavia leise und wie nebenbei. »Als sie mit zehn Jahren anfing, vor dem Schlafengehen ein Journal zu führen, habe ich sie ausgelacht. Wie Kinder nun mal sind.« Sie breitete ein paar lose Notizen auf dem Tisch aus. »Jetzt als Erwachsene wünschte ich, ich hätte auch damit begonnen. Es stehen so viele Erinnerungen darin. Die heimlichsten Gedanken eines Menschen. Wäre es nicht schön, wenn wir alle so ein Journal besäßen?« John drückte unter dem Tisch ihr Knie. Sie hatte es fast geschafft. Eine letzte Hürde noch, die sie überwinden musste.

Unter ihrem Kleid brach ihr der Schweiß aus. Sie fühlte sich beobachtet. Beurteilt. Und doch räusperte sie sich und begann mit fester Stimme zu lesen.

Nach kaum fünf Sätzen keuchte die Veridiani auf, langte über den Tisch, in einer Hand noch die qualmende Zigarette, und entriss Flavia die losen Seiten. In ihren Augen standen Flammen. Ihr Mund war grässlich aufgerissen, dennoch drang kein Ton heraus.

»Mit wem auch immer Sie gesprochen haben, welche Beweise Sie auch gegen die Vetreria Volpato gefunden haben, Sie sollten noch einmal gründlich darüber nachdenken, ob Sie diese der Öffentlichkeit zugänglich machen möchten.« John hatte sich nun ebenfalls vorgebeugt.

»Ich habe einen Garzonetto, der auspacken wird«, spie die Veridiani ihre Worte aus. »Leute haben mit *eigenen Augen* gesehen, wozu Flavia Volpato fähig ist. Was sie in ihrer Glaswerkstatt treibt!«

»Nur zu, dann werden diese Leute auch sicher darauf brennen, zu erfahren, was ihre hochverehrte Salondame in der Abgeschiedenheit ihres Palazzos plant.«

Eine Woge des Stolzes erfüllte Flavia, als sie Johns klare Worte hörte. Aber es war noch nicht vorbei.

Ihre Feindin stieß ein trockenes Lachen aus, dann hielt sie mit der Konzentration einer Glasbläserin die Glut ihrer Zigarette an das Papier und entzündete es.

John keuchte und fuhr von seinem Stuhl auf. Doch Flavia zog ihn wieder herunter. Mit einem beruhigenden Nicken verschränkte sie ihre Finger mit den seinen und hielt sie für die Veridiani gut sichtbar auf dem Tisch. »Gerüchte reisen schnell. Oft bedarf es nur *einer* unbedachten Äußerung«, sagte sie. »Ich brauche diese Blätter nicht.« Sie ließ eine Sekunde verstreichen, dann setzte sie hinzu: »Aber falls doch, dann bin ich froh, dass das hier nur eine Kopie war. Eine von vielen. Schauen Sie genau hin! Die Worte stammen von Ihnen, aber es ist nicht Ihre Handschrift. Das Original verwahre ich an einem Ort, wo es niemand je finden wird.«

Sibilla Veridiani erstarrte für einen Moment, dann sackte sie in ihren Stuhl zurück. Das Ausmaß ihrer Niederlage wurde ihr erst jetzt mit voller Wucht klar. Die Erkenntnis, dass Orietta nicht kampflos das Land verlassen hatte. Dass sie nicht bloß verhindert hatte, dass die Veridiani ihr das Kostbarste in ihrem Leben wegnahm, sondern stattdessen *ihr* selbst noch etwas entrissen hatte.

Die Salondame schluckte ein paarmal, richtete dann ihr Kleid und stand wortlos auf.

»Auf dem Land lässt es sich gut nachdenken«, rief John ihr nach, und noch einmal blieb sie wie angewurzelt stehen. Ein letzter Blick über die Schulter zurück, den Flavia fest erwiderte.

»Nach dieser Saison sind Sie aus Venedig verschwunden«, fauchte Flavia. Und dann, als ihr lang beherrschter Zorn endlich aus ihr herausbrach, schrie sie der Veridiani hinterher: »Und jetzt scheren Sie sich fort! Für immer! Der Kontinent ist groß genug!«

* * *

Nachdem Sibilla Veridiani das Lokal verlassen hatte, waren auch John und Flavia aufgestanden und gegangen. Sie wollten nicht länger der Schaulust der Leute ausgesetzt sein.

Sie überquerten den Markusplatz, und dann begleitete er sie noch zur Piazzetta. Flavia betete innerlich darum, dass sich das Vaporetto nach Murano verspätete oder – noch besser – nie wieder eines an der Anlegestelle auftauchen würde. Als es Zeit war, sich zu verabschieden, umarmten sie sich umständlich. Ein höflicher Tanz, den sie umeinander veranstalteten, damit es einen Moment länger dauerte, bis sie sich trennen mussten. Nur noch für einen Atemzug die Wange eng gegen seine Brust pressen. Einmal noch seine Arme fest um ihren Rücken spüren. Seinen Duft aufnehmen und für immer in ihrem Gedächtnis verwahren.

Flavia ließ ihn los. Entschlossen drehte sie sich um. Sie wollte nicht den Schmerz in seinen Augen sehen, kein geheucheltes »bis bald« hören. Doch er sagte ihren Namen.

»Ja?« Sie fuhr zu ihm herum. Doch er stand ihr nicht mehr gegenüber. Er war auf ein Knie gegangen. Der Knoten in ihrem Magen zerbarst, als er zu ihr aufblickte, und alles, was zuvor eingeschnürt und weggesperrt gewesen war, all die tiefen Empfindungen, wurden plötzlich frei. Sie schlug sich die Hand vor den Mund.

In seinem Gesicht spiegelte sich, was sie empfand. »Flavia, ich weiß, du hast das hier anders verdient. Und ich bin nicht im Mindesten auf diesen Moment vorbereitet. Aber wenn du jetzt gehst … sterbe ich.« Er hielt ihr hoffnungsvoll die Hand hin, und sie ergriff sie wie in Trance. »Du bist alles, was ich mir je von einer Gefährtin erträumt habe. Witzig, vorlaut … Entweder unglaublich mutig oder unglaublich lebensmüde.« Sie mussten beide leise lachen, ehe sie wieder ernst wurden.

Flavia nahm jetzt nichts anderes mehr wahr als ihn, sein wunderschönes ausdrucksstarkes Gesicht, den sicheren Halt seiner Hand.

»Ich liebe dich«, fuhr er mit bebender Stimme fort. »Ich liebe dich schon lange. Deswegen frage ich dich hiermit in all meiner Unwürdigkeit: Flavia Volpato, möchtest du meine Frau werden?«

Sie versuchte einen Moment lang, etwas zu sagen, doch schließlich, mit Tränen in den Augen, nickte sie nur. Er sah sie voller Hingabe an, und sie glaubte schon, dass er als Nächstes einen Ring zücken würde, doch dann war es etwas viel Bezeichnenderes. John riss sich das Halstuch herunter und knotete die weiße Seide rasch um ihren Ringfinger.

Er hatte ihr sein Halstuch schon einmal zum Schutz vor der Kälte geliehen, und nun lieh er es ihr stellvertretend für ein Versprechen.

Für ihr zukünftiges gemeinsames Leben.

Kapitel 29

Einen Monat später heirateten John und Flavia unter dem Ausschluss der Öffentlichkeit in der Basilica dei Santi Maria e Donato, wo Flavia nach dem Gottesdienst in ihn hineingestolpert war.

Es war eine private Zeremonie im engsten Kreis, die nur genehmigt wurde, weil John als der Earl of Sunderland das nötige Ansehen besaß. Die anschließende Feier sollte zu Hause im Garten stattfinden. Und obwohl sie sich ihre Hochzeit nie so vorgestellt hatte und so viele geliebte Menschen fehlten – neben Gio und Orietta natürlich auch Johns gesamte Familie und seine Freunde –, verließen sie die Kirche überglücklich. Unter dem dröhnenden Glockenschlag riss John ihre vereinten Hände in die Höhe. Flavias Familie jubelte, weiße Tauben flatterten auf, und aus der Ferne hörte sie das Klirren zerspringenden Glases. Ein scheppernder Beifall, der nicht passender hätte ausfallen können.

Flavia ließ sich erst von ihrer tränenüberströmten Mutter drücken, dann versank sie in den Armen ihres Vaters. Er haderte zwar immer noch ein wenig mit der Tatsache, dass von seinen zwei Töchtern keine einen Glasbläser zum Mann genommen hatte, aber er hatte ihr längst lächelnd seinen Segen gegeben. Zumindest war John dem Handwerk sehr zugetan, schätzte und sammelte seltene Unikate und verstand die Liebe zum Glas.

Nonna, die sich mehrfach hatte schnäuzen müssen, streichelte ihr liebevoll über den runden Bauch. Das kleine Geheimnis war längst offensichtlich. »Und wann lernen wir die Familie von Euer Lordschaft kennen?«, erkundigte sie sich schließlich bei John. Sie trug das Kleid, das sie sich eigentlich für England aufgespart hatte, und wirkte darin so pompös, dass man sie fast für eine Karnevalserscheinung hätte halten können.

»Sobald der kleine Earl auf der Welt ist und es seiner Mutter an nichts fehlt. Wir werden in England auch noch einmal heiraten müssen.«

Nonna nickte und wurde im nächsten Moment von Flavias Mutter aus dem Weg geschoben.

»Nein, nein, das wird eine *Earlina*«, sagte Angelica und klopfte mit der flachen Hand gegen seine Brust.

John lachte, doch es war Onkel Agostino, der sie korrigierte: »Es heißt ›Lady‹.«

Und mit einem breiten Grinsen fügte Jaco hinzu: »Flavia müssen wir übrigens ab heute mit Countess ansprechen.«

»Ich warne euch!«

So standen sie noch eine Weile vor der Kirche beisammen, lachten und plauderten miteinander, bis ein unerwartetes Gesicht vor ihnen auftauchte.

»Prudentia!« Mit den Dal Corsos standen sie seit ihrer in der Zeitung bekannt gegebenen betrieblichen Trennung wieder auf Kriegsfuß, und Flavia hätte nie erwartet, ausgerechnet ihre alte Freundin als Hochzeitsgast begrüßen zu dürfen. Doch sie freute sich sehr. Denn auch wenn sie Don Benvenuto niemals den Verrat verzeihen würde, so hatte doch seine Tochter nichts damit zu tun.

»Ich möchte euch nicht die Zeit stehlen, aber ich wollte dir – euch – meine herzlichen Glückwünsche aussprechen.« Und dann tat sie etwas Absurdes und knickste verlegen vor dem Brautpaar. »Hier, mein bescheidenes Geschenk. Ich habe es von meinem eigenen Geld gekauft, von dem, was ich bei Masin für die Anproben verdient habe. Doucet hat es geschneidert.«

Gerührt löste Flavia die Schnur und schüttelte das winzige Leibchen aus.

»Für ihn. Oder sie. Euren Nachwuchs.«

Kurz umarmten sie sich, und niemand verlor ein abfälliges Wort über Prudentia, auch nicht, nachdem sie wieder gegangen war.

Immer noch klirrte Glas, und Flavia wurde endlich bewusst, dass es gar nicht von den mitfeiernden Zuschauern stammte, sondern von weiter her aus den Gassen zu ihnen drang.

»John?« Flavia zupfte ihn am Arm. »Hörst du das? Ich habe ein schlechtes Gefühl.«

Er wurde sofort ernst. Auf sein Geheiß setzte sich die Hochzeitsgesellschaft in Richtung Vetreria in Gang. Doch was sie dort erwartete, war noch hundertmal übler als in Flavias schlimmster Vorstellung. Als hätte man einen Ball in eine Ansammlung von Tauben geschossen, stoben bei ihrer Ankunft die vor ihrem Geschäft versammelten Leute auseinander. Ein paar junge Glasarbeiter hatten noch die schweren Steine in der Hand, mit denen man die Schaufenster eingeworfen hatte. Auf Jacos wütendes Gebrüll hin ließen sie sie fallen und rannten weg. Einige der Älteren ergriffen nicht so schnell die Flucht, fast als wollten sie sagen: *Wir schauen ja nur zu.* Jaco stürmte an ihnen vorbei und nahm die Verfolgung der Garzonetti auf. Flavia rief ihm nach, das sei es nicht wert, doch er war schon hinter der nächsten Ecke verschwunden. Ihre Mutter sank gemeinsam mit dem Vater in die Knie, während Nonna ihren Gehstock schwang.

»Macht, dass ihr fortkommt!«, schrie sie die Schaulustigen an. Darunter waren auch die Glasbläsergattinnen, mit denen sie sich regelmäßig zum Tee traf.

»Es ist eine Schande!« Donna Violanda, die Besitzerin des Schmuckladens, zeigte mit ausgestrecktem Finger auf Flavia. »Sie will dem Earl nur ihren Bastard unterschieben!«

John stellte sich drohend vor Flavia.

»Wie können Sie es wagen?«, krächzte Nonna. Beherzt holte sie mit ihrem Stock aus, doch Don Agostino umfing sie noch rechtzeitig mit den Armen und drängte sie fort, die Fondamenta hinunter zur Anlegestelle, wo die Meeresbrise ihren Kopf kühlen konnte.

»Genauso verkommen wie ihre ältere Schwester!«, gellten die Rufe von Donna Lucia hinter ihr her. »Und die Brüder erst: einer ein Ehebrecher, der andere ein Säufer! Elende Spieler!«

Das war zu viel für John. Er bat Flavia, mit den Eltern hineinzugehen, er würde sich um den wetternden Mob kümmern. Sie wollte ihn nicht allein hier draußen lassen, doch sie musste an ihre am Boden kauernden Eltern denken. »Wir müssen hinein!«

In dem Moment, da ihre Mutter sich erheben wollte, geschah es. Don Emilios Gesicht verzerrte sich, und er keuchte schmerzerfüllt auf. Flavias Mutter fiel mit einem angstvollen Schrei zurück auf die Knie. Unfähig, auch nur einen Laut auszustoßen, griff er fahrig in die Luft. Flavia war sofort bei ihm und umklammerte seine Hand, die sich kalt und verkrampft anfühlte.

»Papà«, rief sie heiser, während rings um sie her all die geifernden Stimmen verstummten. Doch sie sah, wie es begann. Wie das Licht aus seinen Augen schwand.

»Ich hole den Tee.« Voller Panik versuchte ihre Mutter wieder aufzustehen.

Doch Flavia tropften schon die Tränen vom Kinn, und sie schüttelte den Kopf.

»Emilio, mein geliebter Emilio!« Das verzweifelte Wehklagen ihrer Mutter hallte durch die Gasse. Doch er hörte sie schon nicht mehr. Sah sie nicht mehr. Sein Körper wurde schlaff.

»Hilfe!« Flavia kreischte. *»Hilfe!«* Sie schrie, bis ihr Brustkorb brannte. So viele klägliche Worte, die sie selbst nicht einmal verstand, weil sie in ihrem eigenen Schluchzen untergingen.

Epilog

Später, als es vorbei war, sagte man ihr, sie habe nach John geschrien. Flavia selbst besaß keine Erinnerung daran. Tatsächlich erinnerte sie sich an gar nichts mehr. Nicht daran, wer den Arzt gerufen hatte. Nicht daran, wie sie ihren Vater hineingetragen hatten.

An diesem grauen Morgen kam es ihr nur richtig vor, dass sich der Himmel Venedigs öffnete und endlose Regenmassen über der Lagune ausschüttete. In durchtränkter Kleidung sahen sie gleich aus, die Reichen und die Armen, die Arbeiter und die Aristokraten.

Bürgermeister Selvatico und ein paar andere Vertreter der Stadt waren bei der Bestattung anwesend. Er sprach mit ihrer Mutter und Nonna, noch bevor der Priester die Grabrede hielt. Jaco legte er lange eine Hand auf die Schulter, als könnte sein schwächlicher Trost ihren Bruder wieder aufrichten. Doch Jacos verquollenes Gesicht verriet, wie tief er trauerte und wie lange es dauern würde, bis er den schweren Verlust überwunden hatte. Hinter seinen getönten Gläsern verbargen sich rotgeäderte Augen, und über sein unbewegtes Gesicht strömten ungehindert die Tränen. Signor Selvatico zog weiter zu ihrem Onkel, anschließend steuerte er sie an – Flavia und Orietta.

Ihre Schwester hatte die Kunstausstellung von Anfang an in der internationalen Presse verfolgt. Als die Artikel über die Niederlage ihres jüngeren Bruders auftauchten, hatte sie angefangen, ihre Rückreise zu planen, und angesichts der Schlagzeilen vom Zerwürfnis mit den Dal Corsos hatte sie endgültig die Koffer gepackt. Doch es war keine wirkliche Rückkehr, nur ein kurzer Besuch zu diesem unfassbaren Anlass: der Beerdigung eines der bedeutendsten Glasbläser Muranos – Emilio Volpato.

Wie das Schicksal es wollte, war Orietta nicht rechtzeitig angekommen, um ihren Vater noch einmal zu sehen, sondern traf mit einem Tag Verspätung ein, doch ihre Anwesenheit jetzt beim Begräbnis war alles, was zählte. Flavia drückte beim Herannahen des Bürgermeisters ihre Hand, und sie musste auch Johns Arm fester gefasst haben, denn er zog sie wortlos an sich, und sie wandte abwehrend den Kopf vom Bürgermeister ab und schloss an Johns Brust die Augen.

Orietta übernahm das Reden, und allein der Klang ihrer ernsten dunklen Stimme – nicht gebrochen, aber von tiefem Schmerz gezeichnet – versicherte Flavia, dass sie die Verzweiflung gemeinsam überstehen würden.

Mit dem Erhalt ihres Familienbetriebs sah es dagegen anders aus. Ihre Schwester hatte nicht vor zu bleiben. Das konnte sie gar nicht, denn Salem und Louise warteten in Konstantinopel auf sie.

Nachdem Orietta den Bürgermeister verabschiedet hatte, schwieg sie wieder, und nur noch ihre leisen Schluchzer waren zu hören. Flavia hob den Kopf. Überall sah sie schwarz. Schwarze trostlose Schatten mit aufgespannten Schirmen, die um das ausgehobene Grab standen. Leute, deren Beleidigungen für die Familie Volpato noch wenige Tage zuvor durch die Gassen gehallt waren.

Sie war die Heuchelei so leid.

Das Gemurmel verstummte, als hätte der Priester seine Hand gesenkt. Er musste die Stimme erheben, um sich gegen das starke Regengeprassel durchzusetzen, das auf die Trauergemeinde niederging. »Wir haben uns heute hier versammelt, um von einer geschätzten Seele Muranos Abschied zu nehmen, dem großen Glasbläsermeister Emilio Volpato. Möge sein Licht …«

Flavias Schädel dröhnte. Sie konnte nicht mehr zuhören, sondern ließ ihren müden Blick über die Anwesenden schweifen. Niemand sah sie direkt an, doch als sie selbst ihre Aufmerksamkeit auf die einzelnen Gesichter richtete, war es, als schärften sich ihre Sinne. Trotz der Rede des Priesters hatte Gewisper eingesetzt, und einzelne Leute starrten jetzt plötzlich herüber zu ihr. Nein, nicht zu ihr, auf irgendetwas *hinter* ihr.

»Schwesterherz«, sagte da eine raue Stimme, und Flavia schloss die Augen.

Giovanni.

ENDE

Danksagung

Einen zweiten Band zu schreiben, ist eine ganz besondere Herausforderung, die mit Kopfzerbrechen, Ratlosigkeit und manchmal auch spontanen Eingebungen einhergeht. Die Schwierigkeit besteht darin, einen eigenständigen Roman zu verfassen, der in einem etablierten Setting spielt, sich vom Vorgänger unterscheiden, aber dennoch daran anknüpfen soll. In *Das Geheimnis von Murano* wollte ich euch mit Flavia, Oriettas quirliger Schwester, einen neuen Blickwinkel auf das Leben der Glasbläserfamilie Volpato geben – mehr Humor, eine präsentere Liebesgeschichte und ganz viel Zwillingsdynamik zwischen Flavia und Jaco. Und ich glaube, mit der Unterstützung von ein paar wundervollen Menschen ist mir das auch gelungen.

Deshalb möchte ich mich zuallererst bei meinen Lektorinnen beim Heyne-Verlag bedanken. Janina, du machst mir unheimlich wertvolle Vorschläge, wie ich das, was ich rüberbringen will, besser in Szene setzen kann. Danke für die ganze Arbeit, die du in diesen Roman investiert hast. Tamara, mit dir durfte ich für dieses Projekt noch intensiver zusammenarbeiten, und was soll ich sagen: Dein sprachliches Talent und deine Weitsicht haben Flavias und Johns Geschichte erst den letzten Schliff gegeben. Ich danke dir aber auch für deinen aufbauenden und stets verständnisvollen Umgang mit mir. Wenn ich Panik gekriegt habe und dachte, die Zeit reicht nicht mehr für alles, hast du mich mit deiner Ruhe prompt wieder auf den Boden der Tatsachen zurückgeholt. Ebenfalls danke ich allen in der Presseabteilung und dem Bloggerportal von Penguin Random House, die mich so gut unterstützt und meinem Debütroman Sichtbarkeit verschafft haben.

Natürlich gäbe es weder Band 1 noch Band 2 der Muranotöchter, wenn die Michael Meller Literary Agency nicht wäre. Ich danke dem ganzen Team und vor allem meiner Agentin Franziska Hoffmann, die in meinen Augen einfach einen rundum großartigen Job macht. Du hast immer ein offenes Ohr für mich und findest selbst in den stressigsten Zeiten ein kleines Fenster zum Reden. Dich hinter mir zu wissen, spornt mich an und verleiht mir das nötige Durchhaltevermögen.

Und wenn ich trotzdem mal gar nicht weiter wusste, habe ich meine Freund*innen und Familie genervt. Sie mussten mir zuhören, während ich stundenlang über den richtigen Buchanfang philosophiert habe. So habe ich auf der Fahrt nach Lüneburg mit euch, Maureen, Princess, Marie und Domi, verschiedene Ideen gewälzt – auch wenn Domi sich nicht mehr richtig daran erinnern kann –, und daher gilt euch besonderer Dank!

Zoe, du hast mir bei einer kniffligen Szene die Augen geöffnet und echt weitergeholfen! Tobi, du hattest die skurrilsten Ideen zu Glasskulpturen und immer einen witzigen Spruch auf den Lippen, wenn ich zu verbissen am Lektorat saß und mir selbst unnötig Stress gemacht habe. Danke auch an Sarina, dass du die Releaseparty zu etwas Besonderem gemacht hast! Und natürlich ein Danke an Mama und Tabea sowie generell an meine Freund*innen, die das Buch sofort gekauft und gelesen haben (Christine, Yeliz, Marie, Bianca usw.).

Und einer darf in der Aufzählung dieses Mal natürlich nicht fehlen: Werner, du sagtest, deine einzige Kritik an Band 1 wäre, dass du nicht in der Danksagung stehst. Das ändere ich hiermit! Vielen Dank für dein Interesse an meinen Romanen und deine Unterstützung!

Als Nächstes danke ich all den wunderbaren Autorinnen, mit denen ich mich privat austausche, insbesondere Carolin Wahl. Ey, Caro, ich liebe deine langen Sprachnachrichten mit den immer wieder unterhaltsamen Hintergrundgeräuschen!

Ein großer Dank geht an die Buchhändler*innen, die meinen Roman ausgestellt und teilweise mit einer ganzen Bücherwand in Szene gesetzt haben. Danke auch an Joke Broker von den Westfälischen Nachrichten für den Artikel über mich. Und in diesem Zuge auch vielen Dank, Petra Kipp, dass du das Ganze überhaupt erst ins Rollen gebracht hast und dich so für meinen Roman einsetzt. Ebenfalls bedanke ich mich bei Frau Höhenberger-Henze, Frau Austrup und Frau Nink, die mich sehr unterstützt und eine Lesung in Lengerich organisiert haben.

Zum Abschluss danke ich euch, den Leser*innen und Blogger*innen, die meine Bücher lesen, lieben und weiterempfehlen! Mich haben nach der Veröffentlichung von *Das Vermächtnis von Murano* so viele Nachrichten privat erreicht, in denen ihr mir für das Buch dankt, weil es euch so sehr gefallen hat. Das ist nicht selbstverständlich, und ich freue mich über jede Rezension und Weiterempfehlung, jeden Beitrag auf TikTok und jede Instagram Story!

Und wer mich nach dem Roman noch besser kennenlernen möchte: Du findest mich auf TikTok unter @jessica_amankona_autorin und auf Instagram unter @jessica_amankona.